決定版対訳西鶴全集 十七

色里三所世帯
浮世榮花一代男

訳注 冨士昭雄

明治書院

目次

凡例

色里三所世帯

巻上

巻中

巻下

浮世榮花一代男

巻一

巻二

巻三

巻四

凡例

一　本書は上段に原文を翻刻し、下段にその対訳文を収載した。

一　本文の作成にあたっては、最も信頼できる初版本を底本に選び、さらに諸本を参照して、可能な限り原文を忠実に翻刻するように努めた。挿絵はそのすべてを本文該当箇所に収めた。ただし、行移り・丁移りは原文によらず、なお適宜段落を設けた。会話に相当する部分に「　」印をつけた。

一　句読点　『色里三所世帯』にはおおむね黒丸・点が施されている。『浮世栄花一代男』にはおおむね白丸。点が施されている。また施されている位置は必ずしも厳密なものではない。そこで文意を勘案して新たに句読点をつけた。

一　漢字の翻字は、次のような方針によった。

1　正字体　原文の正字体はそのまま正字とした。ただし一般に通用されていない正字体はこれを避けた。

（例）閒→間　曡→疊　兎→兎

2　略字体　原文の略字体の内、現在も行われているものはそのままとした。これらの中には俗字・通用字等があり複雑であるが、しばらく略字として扱う。（例）塩、釈、条、声、体、才、仏、宝、万、礼、欠、関、昼、乱

ただし、右と同じ字でも正字を用いてある場合や、正字の行草体とまぎらわしい次のような略字は、正字に翻字することにした。（例）栄、覚、勧、観、帰、国、歯、断、変、来、恋

3　異体字　読みやすさを考慮して、次のように正字体に改めた。これらの中には古字・同字・俗字・国字などがあ

るが、しばらく異体字として扱う。(例) 㐂→喜、筭→算、敉→數、㝡→最、杦→杉、邉→邊、伇→役

ただし、当時慣用のもので正字に直すことの不適当な異字体や、特定の正字に直しにくい同字は、特に残すことにした。(例) 菴、礒、哥、皃、躰、椙、薗、泪、寐、枪、娌、窂、莚

4 当て字　当時慣用のものはなるべく残すことにした。(例) 社《こそ》、迚《とて》も、風與《ふと》、比《ころ》、各別《かくべつ》、不思義《ふしぎ》、詠《なが》め

5 誤字・誤刻　明らかな誤字・誤刻や、固有名詞の誤字と思われるものは改めた。(例) 右《いにしへ》→古《いにしへ》、鱠《なます》→鱠《なます》

なお次のように、誤字であっても当時広く慣用されたものは、残すべきではあるが、読みやすさを考慮して、ここでは正字に改めた。(例) 勒→勤、刕→州、吊《とぶら》ふ→弔《とぶら》ふ、珠數→數珠

6 漢字につけられた濁点は、訓みを示すものとして妥当な振り仮名に改めた。(例) 丼→共《ども》、嬉し悲し→嬉し悲《がな》し

7 反覆記号は原則として原文のままとした。なお、漢字一字の反覆記号「ゝ」は通行の「々」とした。

一 仮名づかい　原則として原文どおりとした。ただし、衍字《えんじ》や明らかな誤りはこれを訂正した。

一 振り仮名　原則として原文どおりにした。ただし衍字や明らかに誤りと思われるものは改めた。また、本来は本文中にあるべき活用語尾や助詞が、振り仮名中に含まれている場合は、原文のままとした。(例) 取《とる》、神田橋《かんだばしに》たてる

一 清濁　本文および振り仮名の清濁表記には誤りや脱落があるので、新たに削補をおこなった。(例) いへども→いへども、書へし→書べし、只《たい》→只《たゞ》

一 半濁点　本文および振り仮名の半濁点の表記を欠くものにはこれを施し、半濁音表記をすべき箇所に濁点のつけられているのはこれを改めた。(例) さつはり→さつぱり、ぼんと町→ぽんと町、干瓢《かんへう》→干瓢《かんぺう》

一 特殊な略体および合字、連体字は現行の字体に改めた。(例) 〻→候、ゟ→より、〱→参らせ候

一　語釈　本文読解の便宜をはかって、各章の終わりに語釈を収載した。

一　章数の示し方　『色里三所世帯』の底本は、各巻の目録及び本文の章題上部の章数の示し方に、巻によって［一］とか［第一］とか異同があるので、本巻では仮に『浮世栄花一代男』の形式に倣って示すことにした。

一　付録　西鶴の読解鑑賞の一助として、巻末に本巻所収作品の「解説」ならびに「付図」を収めた。「付図」は、『色里三所世帯』『浮世栄花一代男』に関係の深いものを選んだ。なお、本全集の他の巻々の「付図」もあわせて参照してほしい。

一　索引『色里三所世帯』『浮世栄花一代男』を理解する上で、重要と思われる語句を選び、巻末にその語句索引を掲げた。

本巻の本文挿絵および付図の作品資料には、フランス国立図書館所蔵の『色里三所世帯』、京都大学付属図書館所蔵の『浮世栄花一代男』を使わせていただいた。ただし、底本の『色里三所世帯』の巻中の一、巻下の一の挿絵には落書があるので、改題増補本『好色兵揃』の巻二の二、巻五の一の挿絵に差し替えた。その際、『新編西鶴全集』第三巻（勉誠出版）によった。

本文の注釈では、先学の研究成果をできるだけ参照したが、特に暉峻康隆氏訳注『色里三所世帯』・『浮世栄花一代男』（『現代語訳西鶴全集』第十巻、小学館）に教示を受けるところ大であった。

巻末の語句索引の作成には、中村隆嗣氏の御助力を得た。

以上の方々に、ここに記して深謝の意を表します。

色里三所世帯

上

色里三所世帯《いろざとみところぜたい》 巻上 京《きやう》 目録《もくろく》

㈠ 戀《こひ》に[一]関《せき》有女相撲《をんなずまひ》 ゑよう[二]があまつて独《ひと》[三]りころびの男《をとこ》
見えた〳〵智恵《ちゑ》のない所が

㈡ 戀《こひ》に風《かぜ》有女涼《すゞ》み 都《みやこ》ながら男《をとこ》[四]のない嶋《しま》にすむ心
此夕ぐれの氣《き》の毒《どく》やさて

㈢ 戀《こひ》に[五]燒《たく》火有 女行水《ぎやうずい》 煩悩《ぼんなう》[六]の垢《あか》[七]たまつた事ではない
男《をとこ》はやせてほね[八]が立名《たつな》の

一 ここは若隠居した主人公が、多数の愛妾を抱え、表門を閉ざし、男の出入りを固く禁じたことをいう。関・恋路は付合語。
二 栄耀。ぜいたくな暮らし。エヨウ・エイヨウとも両用。
三 自滅する男。ここは独り気ままに（女と）寝る男の意も掛ける。相撲・ころびは縁。
四 女のみ住むという伝説の島。女護の島。
五 焼タク（節用集類）。
六 煩悩の迷いを垢にたとえる。
七 とても我慢できない。「垢（の）たまる」と言い掛ける。煩悩・垢、垢・行水（風呂）は付合語。
八 骨が目立つ意と、浮名が立つ意と掛ける。

㊃　戀《こひ》に種《たね》有女帯[九]《をび》の色

㊄　戀《こひ》に違《ちが》ひ有女形氣[一二]《かたぎ》

[一〇]隠《かく》し紋《もん》あらはれたる四条河原[一一]《でうがはら》
見せまじき物男《をとこ》ざかりの野郎《やらう》

今程《ほど》人のくれぬ物は銀[一三]《かね》の世《よ》の
中
あはれや男泣《をとこなき》の別《わか》れ

九　本文の「帯祝ひ」、岩田帯に当たる。
一〇　定紋に替えて用いる紋。
一一　当時は四条通の鴨川以東の、通りをはさむ南北にあった芝居街。現在の東山区中之町・常盤町辺。四条河原は、元来四条通の鴨川をはさむ東西の河原で、祇園社の門前の遊興の地であったが、元和ごろから四条大橋と小橋との間に芝居地があり、四条中島ともいう（洛陽落穂集）。それが寛文九年に鴨川東岸に新堤が築かれてから、芝居街が西岸側から東岸側に移ってにぎわい、さらに大和大路の常盤町にまで拡がった。また南側の宮川町には芝居関係者が多く住み、舞台子や陰間などの色宿があったので、西の島原遊廓に対して東の悪所と呼ばれた。
一二　女気質。
一三　諺。「銀（かね）がかねをためる世の中」（永代蔵、二の三）などとも。ここは上文の「人のくれぬ物は銀」と掛ける。

一　[一]戀《こい》に関《せき》有女《をんな》ずまひ

年中世《ねんぢうよ》の萬《よろづ》に氣《き》を付て、何《なに》がなと思ふ人のいへり。「[二]花《はな》・紅葉《もみぢ》・月・雪《ゆき》も、朝《あさ》から暮《くる》るまでは、[三]詠《なが》めにあきて、首《くび》の骨《ほね》いためり。常住《じやうぢう》見ても[四]美女《びぢよ》は名木《めいぼく》、雨《あめ》にいたまず、嵐《あらし》にちらず、然《しか》も夜《よる》ひるの盛《さかり》」とて、都《みやこ》の東《ひがし》山[五]岡崎《をかざき》といふ所に、いまだ廿五に一とせたらぬ男の若隠居《わかゐんきよ》かまへ、[六]黒谷《くろだに》ちかけれ共、佛《ほとけ》の道を嫌《きら》ひ、[七]親《をや》の精進《しやうじん》日さへさらりと[八]あげて、哥《うた》のさま[九]鞠《まり》にも心をよせず、たゞ人のもてあそびは女道《によだう》と思ひ入、金銀有にまかせて、[一〇]酒淫《しゆゐん》・美《び》色に身をかため、[一一]うきよの外《ほか》右衞門と申ならはせり。

人のまじはりやめて、[一二]盆《ぼん》も正月もしらず、表《をもて》門に男の出入かたく関《せき》を居《すへ》て、此番《ばん》屋に[一三]譜代の[一四]甚《ぢん》内・勘《かん》六、二人の外、男といふ者《もの》なくて、諸事《しよじ》の役《やく》人もみな[一五]女のさばきにして、[一六]二十四人色作《つく》りの女にたはぶれ、我まゝなる遊樂、[一七]王城《じやう》の思ひ出

一　恋に関あり女相撲《ずまい》

年中、世間の万事に気をつけて、何か一言言いたいと思う人がこう言った。「花・紅葉《もみじ》・月・雪も、朝から日暮れまで見ていては、眺めあきて首の骨を痛める。だがふだんいつ見ても美女は名《めい》木《ぼく》だ、雨に痛まず、嵐《あらし》に散らず、しかも夜も昼も盛りだ」と言ったが、その通りだとして、都の東山《ひがしやま》岡崎という所に、まだ二十五歳に一年足らない男が、若いのに隠居屋敷を造り、浄土宗の本山のある黒谷に近いけれども、仏の道を嫌い、親の命日さえ簡単に済ませて、和歌の情趣や蹴鞠《けまり》にも興味をもたず、ただ人の慰みは女色の道と思いこみ、金銀《かね》のあるのにまかせて、飲酒と女色にふけったので、世間では浮世の外《ほか》右《え》衛門《もん》と言いならわした。

人付き合いをやめて、盆も正月も知らず、表門に男の出入りを固く禁じる関所を設けて、この番所に譜代の甚内《じんない》・勘六《かんろく》の二人を置くほかは、男という者を置かず、万事の役割もみな女が処理し

には、誰《たれ》とがむる事なく、又上もなき奢《をごり》ぞかし。されば[一八]天子《し》に后《きさき》十二人、諸侯《しよこう》に七人の艶女《えんぢよ》、大夫に三人の愛女《あいぢよ》、諸士《しよし》に二人の戯妾《げしやう》、あるに極《きは》まれり。此外凡人《たゞ》は一人の妻《さい》を定《さだ》めて、子孫《しそん》の絶《たへ》ぬたのしみをなす事なり。なんぞ仕合にもとづき、物毎《ごとじ》自由《ゆう》なればとて、色かへ、品替《しなかへ》、心を替て、京と武蔵《むさし》と難波《なには》に、[一九]民《たみ》の竈《かまど》の三所世帯《ぜたい》をかまへ、さま〴〵情《なさけ》をかけ持《もち》、[二〇]かねのわらんぢにても、追付足《をつあし》のつゞくまじき事を、外より見て[二一]いたづらになげきぬ。京は山水《さんすい》の沢《たく》さんなる所なれ共、[二二]此水へりては取かへしのなかりき。

[二三]無分別《べつ》に[二四]異見《ゐけん》のいひ手なく、日毎《ひごと》に慰《なぐさ》みかへて、折《をり》ふし[二五]秋《あき》のはじめなるに、女ずまひをもよほしけるに、廣庭《ひろには》に四本柱《ばしら》、くれなゐの絹《きぬ》に巻立《まきたて》、土俵《どひやう》に小ぶとんの數《かず》をならべ、加茂川の[二六]しやれ砂《ずな》をふるはせてまかせ、美女《びぢよ》に男の[二七]すなる緞《どん》子《す》、ふたへまはりの[二八]下帯《をび》をさせ、いやながら丸裸《はだか》にして、西《にし》ひがしの[二九]方屋にならべ置《をき》ぬ。そうじて人のはだへは[三〇]さはり有て、昼中《ひるなか》には見ぐるしかりきに、此女中《ぢよちう》いづれかひとり、身のうちに蚤《のみ》の喰所《くいどころ》もなく、腰《こし》つきよはからずして肉《にく》のりて、

て、外右衛門は二十四人の美しく化粧した女にたわむれ、そのわがままな道楽をするのも、王城の地、京の町人ならではの享楽で、これにはだれもとがめる者もなく、この上もない奢《おご》りであった。ところで天子に后《きさき》十二人、諸侯に七人の艶女、大夫《たいふ》に三人の愛女《あいじよ》、諸士《しよざむらい》に二人の戯妾《げしよう》は持ってよいことになっている。このほかの普通の身分の者は一人の妻を決めて、子孫を絶やさない楽しみをすることだ。それなのに幸運で金があるのにまかせ、物事が自由になるからといって、色を替え、品を替え、心を替えて、京と江戸と大坂《おおざか》の三所《みところ》に、民の竈《かまど》ならぬ所帯を構え、様々な情愛を掛け持ちにしている。小判という金《かね》の草鞋《わらじ》を履いて歩き回っても、やがて足の方がもつまいと、はたから見る人はむなしく嘆くのであった。京は山下水《やましたみず》がたくさん湧《わ》き出る所だが、この腎水《じんすい》が減っては取り返しのつかないことである。

外右衛門の無分別な振舞いに意見をする者もなく、毎日遊びの趣向を変えて、折から秋の初めであるので、女相撲《ずもう》を催した。広庭に四本柱を立て、紅《くれない》の絹で巻き付け、土俵には小布団《こぶとん》を数多く並べ、加茂《かも》川の曝《しや》れ砂を篩《ふるい》にかけて撒《ま》かせ、美女に男がするとい

つよいさかりの面影《をもかげ》、さてもとうと過て、是ぞ戀[三一]の力草《ちからぐさ》、根《ね》づよき男もつゐにはなげころされんとぞ思ふ。

先ひがしの方、大関《ぜき》にちゞ[三二]み髪《がみ》のおけん、今年《こんねん》廿一才、いか成人にてもあげておとして、四手[三三]のえ物なり。関脇《せきわき》に素皃《すがほ》の小雪《ゆき》、是はすこし首筋自《くびすじじ》慢《まん》。それよりつゞきて、大津《つ》の十[三四]七小さん、二[三五]皮《かは》目のおつや、ものごし[三六]よしのお丹《たん》、[三七]櫻色《さくらいろ》の音《をと》羽《は》、[三八]後帯《うしろをび》のお龜《かめ》、歩《あゆみ》上手《ず》のお半、[三九]殿《でん》中の宇治《ち》、琴好《ことずき》のお松[四〇]、我《われ》おとらじとちから[四一]足《あし》ふめば、又にしの方より、大関に、び[四二]くに落《をち》のるり、其年卅一なれ共、見た所二十二、三、かくれもなき手取[四三]者、はづ

う相撲のまわしを、緞子《どんす》で二重《ふたえ》回りに締めさせ、いやがるのを丸裸にして、西と東の土俵溜《どひようだま》り へ並ばせておいた。大体人の肌《はだ》にはどこかに傷があって、昼日《ひるひ》中《なか》には見苦しいものであるのに、この女性たちはだれ一人体のうちに蚤《のみ》の食った跡もなく、腰つきも弱そうでなく肉がついて、女盛りの姿態である。さてもまあ尊《とうと》過ぎて、これこそ恋の相撲取り草で、精力の強い男もついには投げ殺されるであろうと思われた。

まず東の方《かた》は、大関に縮み髪のおけん、今年二十一歳、どんな成人でも、腹の上に上げてから落として、四つに組むのが得意技《わざ》である。関脇《せきわき》は素顔の小雪《こゆき》、これはすこし首筋自慢である。それより続いて、大津の十七小《じゅうしちこ》さん、二皮《ふたかわ》目のおつや、物腰《ものごし》よしのお丹《たん》、桜色の音羽《おとわ》、後帯《うしろおぜ》のお亀《かめ》、歩み上手のお半、殿中《でんちゅう》の宇治《うじ》、琴《こと》好きのお松が、だれにも負けぬと四股《しこ》を踏む。また西の方《かた》より、大関には比丘尼《びくに》堕《お》ちのるり、その年は三十一であるが、見たところ二十二三、人に知られた相撲巧者、恥じらいも見せず躍り出ると、関脇には指切りの白玉《しらたま》、これは手練《てれん》手管《くだ》の女である。この二人に押し並んで、誓紙破りのお沢、亭主憎みのお嵯峨《さが》、後家姿の

かしげさつておどり出れば、関脇《せきわき》に[四四]指《ゆび》切の白玉《しらたま》、是は[四五]諸分《しよ》しりの女なり。是におしならびて、[四六]誓紙《せいし》やぶりのお沢《さは》、[四七]男にくみのお嵯峨《さが》、後家姿《ごけすがた》のお嶋《しま》、[四八]鶉《うづら》のおあき、[四九]飛《とび》あがりのおりん、[五〇]暇《いとま》の状《じやう》のお國《くに》、いづれも[五一]四十八手の外《ほか》よい手を知《しつ》たる女《をんな》、[五二]力《ちから》も入ずして男をなげる事を得《え》たり。

[五三]され共けふは、たがひに女中立合《ぢよちうたちあい》の本《ほん》のおすまひ、行司《ぎやうじ》は旦那《だんな》殿、みぢん勝負《かちまけ》のひいきなしに分《わけ》られ、房付團《ふさつきうちは》に戀風《こひかぜ》をふくませ、立ゑぼしに[五四]くゝり袴《ばかま》、既《すで》に[五五]脇明《わきあけ》より前ずまふをはじめ、三[五六]番《ばん》がちの方《かた》へ、[五七]長枕《ながまくら》・[五八]釣《つり》よぎをほうびに給はり、其

お島《しま》、鶉《うずら》のおあき、お転婆のおりん、離縁状のお国、いずれも四十八手のほかよい手を心得た女たちで、力も入れずして男を投げることが出来るのである。

しかし今日は、女性たちが互いに立合う本物のお相撲で、行司《ぎょうじ》は旦那《だんな》殿、勝負には全くえこひいきなしに捌《さば》かれるということで、房《ふさ》付き団扇《うちわ》に恋風を含ませ、立烏帽子《たてえぼし》に括《くく》り袴《ばかま》姿である。既に十七、八の振袖の娘から前相撲を始めており、これからは三番勝ち抜きの者へ長枕《ながまくら》・釣り夜着《よぎ》を褒美《ほうび》に下さり、その夜はそこへ旦那がお出ましになるというので、皆抜かりなく足の指をそらし、技《わざ》の続く限りは締《し》め合い、吐く息吸う息も激しく、腰をひねり、ここが大事の勝負所と争ったが、惜しいことに引き分けとなって終った。これで今日の御遊興の見せ場の打ち出しとなった。

（巻上の一）

夜《よ》は旦那《だんな》のおなりとあれば、如在《ちよさい》なく足《あし》の指《ゆび》をそらし、手のつゞく程はじめあひ、諸息《もろいき》のかよひ、腰《こし》のひねり、爰《こゝ》が大事《だいじ》所、をしやわれ[五九]になつてぞしまひける。是が今日の御遊山《ゆさん》の[六〇]芝居《しばゐ》やぶり。

一　二ページ注一参照。　二　四季の美しい自然の眺めをいうたとえ。「花紅葉月雪も我子のあるならば田舎も住吉（すみよ）かるばし」（聲喩尽）。　三　宗因の「ながむとて花にもいたし頸（くび）の骨」（懐子・山海集など）。本歌は、西行の「ながむとて花にもいたくなれぬれば散る別れこそかなしかりけれ」（新古今集、二）（山家集）。　四　美女は桜以上の名木で、風雨にたえ、いつでも眺められるの意。（参考）「花ならば桜と成、女ならば美女と成、世の諸人（もろびと）の詠（なが）めにあかれぬこそ、まもなきたのしみなれ」（浮世栄花一代男、一の二）。　五　山城国愛宕郡岡崎村。現在の京都市左京区岡崎。近世では別荘地となる。　六　左京区黒谷町の金戒光明寺。浄土宗の四箇本山の一。　七　亡き父母の命日。　八　親の命日は肉食せず、遊興なども慎むべきなのに、それを粗略に済ませたことをいう。　九　蹴鞠（けまり）。近世では上流町人も行った。　一〇　飲酒にふけり、美女を愛すること。酒淫と好色。「身をかため」は、一般に酒や女色に対して身を固く守り、品行のよい意だが、ここは酒や女色一途に振舞う意。　一一（俗世間の勤め）家業のことはほったらかしにして色事にふける男、の意をこめた人名。（参考）「浮世の事を外になして、色道ふたつに、寐ても覚めても夢介と、かえ名よばれて」（一代男、一の一）。　一二　盆と正月は祝祭の年中行事であると同時に、それぞれの前日は物前といい、掛け売りの決算期であり、年中で最も多忙な時期であった。　一三　親代々主家に奉公する者。　一四　甚忍、勘弁など、色欲・物欲などに我慢強い意の語をこめた人名、か。　一五　女性の管理。　一六　一年十二箇月の倍数によるか。後注一八参照。　一七　玉城の地に住む町人の特権の意（定本頭注）。「金銀捨（すて）やうのなき奢（おごり）、一国一城の町人ならば、とがめにもあふべき事なりしに、玉城に住る徳には、世上の聞（きゝ）をはゞからず」（好色盛衰記、一の一）。　一八『独断』（漢魏叢書）に、「天子一取二十二女一、象二十二月一、三夫人九嬪。諸侯一取二九女一、象二九州一、一妻八妾。卿・大夫、一妻二妾。士、一妻一妾」とある。近世の用語では、「諸侯」は大名に相当し、「大夫」は旗本、もしくは家老、「諸士」は諸侍（槍持一人を供に連れる武士）に当たる。　一九「高き屋にのぼりて見れば煙立つ民のかまどはにぎはひにけり　仁徳天皇」（新古今集、七／和漢朗詠集、下）。難波・民の竈は縁語。　二〇　諺で二義あり。(一)鉄（かね）の草鞋、すり減りにくいことのたとえ。(二)金（かね）の草鞋、（小判の形が草鞋に似ているので）小判の異称。ここは後文に「足のつゞくまじき事」とあるので、後者小判の意の方。本文は、どんなに金の草鞋をはいて（小判を持って）いても、足（身体）の方が続くまいの意。　二一　原文は丁移りのためか、「いたづらに」とあるべきところの「いたづら」の四字を誤脱するので補う。　二二　腎水。精液。　二三　外右衛門の無分別なる奢にの意（定本頭注）。　二四　意見。「異見」は当時慣用の表記（易林本など）。　二五　相撲は初秋（七月）の行事（はなひ草）。　二六　曝れ砂。風雨や日にさらされて微粒になった砂。　二七「男もすなる日記を女もしてみんとてするなり」（土佐日記）のもじり。「男もすなる半弥様のさし櫛」（男色大鑑、七の二）。「緞子」は、原文には「純子」とある。当時は「段子・端子・鈍子」（易林本）とも表記する。　二八　相撲のまわしは、常人も緞子（どんす）・綸子（りんず）・綾繻子（あやしゅす）などを用いた例もあり、三重や二重に結んだ（嬉遊笑覧、四）。　二九　相撲などで東西に設けられた力士の控え所。「東西有二片屋一、力士屯レ之」（和漢三才図会、一七）。　三〇　障り。傷。欠点。　三一　恋心を強く起こさせる物を洒落ていう。「力草」は、イネ科の一年草「おひしば」（雄日芝）の異名。中空の茎なども強くて引き切るのに骨が折れるので、当時二人の子供が各一本の茎を組み交わし、引き切る遊びをしたので、相撲取り草ともいう。秋の季語。力草・根づよきは縁語。　**三二**　縮み髪は、男女共に好色淫乱の相とされた（好色訓蒙図彙、中など）。　**三三**　相撲で互いに両手を差し合い、がっぷりと組むこと。四つに組むとも。「得物」は得意の業。　**三四**　女子の十七、八歳は娘盛り、嫁入り盛りといわれた。　**三五**　二重まぶたは、女として愛嬌（あいきゃう）があるとされた。『人相小鏡大全』巻三では、「上下瞼厚きは、男女ともに婬欲深し」という。　**三六**　二義あり、（一）「物越」と書けば、物を隔てて聞こえる音声、言葉付きの意。（二）「物腰」と書けば、立居振舞い、身のこなしの意。ここは後者か。　**三七**　桜色の顔は、当世風の美人とされた（一代女、一の三）。音羽・桜は縁語。　**三八**　帯を後に結ぶのは、地味な素人女の風俗。ここは素人女らしく見せた好色者の意。　**三九**　殿中羽織の略。木綿の袖なし羽織。旗本奴（やっこ）などがこれを着て、六方を踏んで歩いたところから、伊達な風俗をいう。当時「殿中ぢゃ、張りひぢちゃ」のはやし言葉もあった。　**四〇**　琴・松（風）は付合語。　**四一**　力足。相撲の四股（しこ）を踏む体勢。　**四二**　比丘尼（尼僧）から還俗した女。「瑠璃」は、七宝の一。薬師如来は浄瑠璃世界（瑠璃の世界）に住むとされたので、「瑠璃」は薬師と付合語。ここはその縁による命名か。　**四三**　相撲の巧者、達者。　**四四**　以前客への心中立てで小指を切ったことのある女の意で、ここは遊女上がりを示唆するか。　**四五**　遊里のしきたりに通じた女。恋の駆け引き上手な女。　**四六**　「誓紙」は、遊女が客に対して心変りしないと神仏にかけた誓った文書。ここは何度も誓紙を破り、男を変えた女。　**四七**　夫を嫌い、尼寺に入るなどして自ら離縁を求めた女。尼・嵯峨の奥は付合語。　**四八**　閨房の泣声が鶉に似ているのでいうのか（定本頭注）。　**四九**　とっぴな行動をする女。お転婆。　**五〇**　離縁状。ここは今は独身であると離縁状を見せびらかす女の意か。　**五一**　様々な床上手なさまを相撲の手数になぞらえていう。　**五二**　『古今集』仮名序の「力をも入れずして天地を動かし」による表現。　**五三**　前文では寝床での男女の取り組みの持技を紹介したのに対し、ここからは女同士の本物の相撲となるので、「され共」という。　**五四**　括り袴。裾口（すそぐち）にひもを通してくるようにした袴。挿絵参照。　**五五**　脇の下に袖を縫い付けないで明けた着物。年少者の着物の仕立て方で、女性は結婚すると脇をふさぎ留袖にした。また未婚でも十九歳の秋に脇をふさぎ留袖にした（俗つれづれ、四の二）。ここは十七、八歳の娘のこと。　**五六**　「番」は勝負の回数。「前相撲」とは違い、上位の東西各四人による勝ち抜き三回の勝者。　**五七**　夫婦用の房付き長枕。　**五八**　釣り夜着。夜具（掛け布団）の重みを軽くするため、布団の表側中央に鐶（かん）を付け、ひもで天井からつるようにしたもの。　**五九**　割れになる。引き分けになる。　**六〇**　見世物の終り。芝居が終ると見物客を追い出すのでいう。打ち出し。

＊　挿絵は、外右衛門の愛妾が、紅白二軍に分かれて角力をとる場面。行司役は外右衛門で、立烏帽子に陣羽織、袴姿で、軍配団扇を持つ。なお、当時の土俵は方形で、その四隅に柱を建て、屋根を設けた。『本朝二十不孝』巻五の三の挿絵参照。

二 戀《こひ》に風有女涼《かぜありをんなすゞ》み

時雨《しぐれ》してつねよりはしめやかなる夕暮《ゆふぐれ》、[一]手あきの女中《ちよちう》[二]櫻《さくら》戸《ど》の奥《おく》におし入られ、外《ほか》よりおろさるゝ錠《でう》の音《をと》、耳《みゝ》にひゞき胸《むね》をいたませ、今宵《こよひ》もまた旦那《だんな》の御ねまに、[三]御つやどのひとりえりどりの跡《あと》は、十九人ながら同じ枕《まくら》に、宵《よひ》からねられもせず。

謎《なぞ》も火[四]わたしも、もどかしく興《けう》を覺《さま》して、「是程の中へ、せめてに

二 恋に風あり女涼み

時雨が降っていつもよりはひっそりとした夕暮れ、非番の女たちは桜戸の奥に押し込められ、外から下された錠《じょう》の音が皆の耳にひびき、せつない思いをした。今宵《こよい》もまた旦那《だんな》のお寝間には、おつや殿一人が選び出された後は、十九人はみんな同じ所に枕を並べたが、宵《よい》時分から寝られもしない。

謎《なぞ》かけや火渡しをしても、気がいらいらして面白くなく、「これほど女がいる中へ、せめてにきびの吹き出た若い男を、頭割りに一人ずつ持てないのは情けない。縁結びの神は、悪ふざけもいい加減になさるがよい。世間には数々の情事にうち込む女もいるのに、自分には連れ添う夫さえなくて、血気盛んな年ごろを、何の契りもなく過ごし、悲しいことよ、女の楽しみを欠いて、無理に我慢しなければならない。みんなもよくよく前世の悪い報いとはあきらめながら、出雲《いずも》の大社《おおやしろ》で神々が、縁結びの協議の時、そ

きびのふき出し男、[五]あたま役《やく》に一人づゝ持《もた》ざる事の口をしき。[六]むすぶの神は、大かたにたはけをつくされたがよい。あまたのいたづらに身をなす女も有に、我《われ》にあひみる[七]妻《つま》さへなくて、血氣《けつき》さかんの比《ころ》を、何の事もなく、かなしや、女のたのしみかけて、無理《むり》に堪忍《かんにん》せねはならぬ。いづれもよく〳〵[八]先生《ぜんじやう》あしき業《がう》とは思ひながら、[九]出雲《いづも》の大社《やしろ》にして、[一〇]夫婦《ふうふ》さだめの談合《だんかう》の時《とき》、[一一]帳《ちやう》はづれのわれ〳〵、是は諸神《しよじん》に恨《うら》みあり。[一二]庚申《かのへさる》・[一三]申子《きのへね》、[一四]雨《あめ》の夜《よ》、地震《ちしん》・神鳴《かみなり》、こんな事などいむの、用捨《ようしや》の、養生《やうじやう》のといふ事を、かつてかまはぬ女中間[一五]二十人有て、やう〳〵廿日めに廻《めぐり》

㈡ 戀に風有女涼み

の名簿に付け落とされた我々と思えば、これは神々に恨みがある。庚申《かのえさる》・甲子《きのえね》の夜や、大雨の夜、地震・神鳴《かみなり》の時には、男女の契りを慎めとか控えろとか、身の養生しろとかいわれるのを、全く頓着《とんじゃく》しない女仲間が二十人ここにいて、二十日《はつか》めにやっと番が回ってくるのが楽しみなのだ。幸いに旦那は、親御《おやご》様の命日や神祭りの精進《しょうじん》も、気にしない人だからこそ、まだしもである。もし世の人並みに差し障りはないかと慎しまれたら、その夜旦那のお伽《とぎ》役に巡り合わせた女は、どんなに死ぬ思いをするであろう。思えば独りの旦那を、霜先《しもさき》の薬食《くすりぐ》いにするのだから、これほど効《き》くものがほかにあろうか」と、身をもだえ顔をほてらせて、番の割り当てを忘れず、その日の暮れるのを待ちかねる。天の河《がわ》で年に一度逢《あ》うという七夕《たなばた》の星を思えば、それよりは楽しみは深い。みんなは月に一度は逢うことがあるのだと、稀《まれ》の契りを喜んでいる。

女たちの宵から話すことといえば、この一つのことばかりで、血気盛りの気をはずませ騒いでいるうちに、小利口な女がこう言い出した。「(女護《にょご》の島では裸に風を受けるとみごもるというが)、

てくるたのしみ。仕合《しあはせ》と旦那《だんな》は、親御《をやご》様《さま》の命《めい》日、神精進《かみしやうじん》をも、かまはぬ人なれはこそまだしもなれ。もし余人並《よじんなみ》に、[一六]さし會《あひ》をくり給ひ、其夜《よ》[一七]とまり番《ばん》にあたりあはせる女は、いかに命も有べきか。思へばひとりの旦那《だんな》を、[一八]霜先《しもさき》の藥喰《くすりぐひ》、是程きく事何があるべし」と、身をもだへ上氣をして、[一九]番《ばん》ぐりを忘《わす》れず、其日の暮《くれ》をいそぎ、[二〇]銀《あま》の川の七夕《たなばた》思へば、それよりは樂《たの》しみ深《ふか》し。月に一度《ど》は逢《あふ》事もと、稀《まれ》の契《ちぎ》りをよろこぶ。

宵《よひ》からいふ程の事、此一つより外《ほか》なく、若盛《わかざかり》の氣《き》をうごかしざはつく中に、こざかしき女のいひ出して、「爰もさながら[二一]女護《にようご》の嶋《しま》、男のすがたは見ず共、せめてや其[二二]袖風《そでかぜ》もなつかし」と、西うけの[二三]くれえんに立ならび、むすびめときて帯《をび》の捨《すて》所われを忘《わす》れ、しどけなく、[二四]皆《みな》ぐれなゐの[二五]内衣《ゆぐ》のすそ、風《かぜ》にひるがへして、鼻息《はないき》ばかりあらけなく、[二六]父《てゝ》なし子《ご》産《うめ》る種《たね》にもならんかしと、扨もきみのよきありさま、あたら花《はな》を見る人なくて散《ちら》しぬと、

ちかき山々のにしき、萩《はぎ》の葉《は》分《わけ》のするに、遠《とを》ねは物あはれげに、男鹿《をじか》の妻《つま》を尋《たづ》ねてし。しらずや爰へこよかし。角《つの》こそ

ここもまるで女護の島と同然、男の姿は見なくても、せめて男の袖を吹いてきた風に当たろう」と言うので、みんな西に面した縁側に立ち並び、帯の結び目を解きその始末はせず、ただ夢中になり、着物の前ははだけてしまりがなく、紅《くれない》一色の腰巻の裾《すそ》を風にひるがえして、鼻息ばかり荒々しく、父《てて》なし子を産む縁《よすが》にもなればよいと、それにしても小気味のよい有様であるが、せっかくのこの花々を見る人もなく空しく終ってしまった。

近い山々は紅葉《もみじ》の錦に彩《いろど》られ、萩《はぎ》の葉末には、遠音《とおね》もものの哀れげに、牡鹿《おじか》が相手を求めて鳴いている。知らないだろうが、ここへ来るがよい。角《つの》こそないが男を恋い焦がれる女たちがいることだ。有明《ありあけ》の月が冴《さ》え渡って、月に住むという桂男《かつらおとこ》のほのかな姿でさえ、「わたしが初めに見つけた、人の物にはしない」と争う。これこそ雲に梯《かけはし》のたとえのように、とても及ばぬ恋なのに、夢中になって、これにさえねたみ合って争う有様である。旦那の外《ほか》右衛《え》門《もん》をつかみ殺さないのは、主人に対する遠慮からであろう。どの道同じくつらい奉公ではあるが、こんなつらくてしょうのない男に、大勢で勤めるというのは、女の身の悲しさ、こんな憂き

なけれ、男《をとこ》こがるゝもの有明《ありあけ》の、月の寒《さへ》わたりて、[二七]桂《かつら》男の影《かげ》さへ、「我《わが》見付そめし、人の物にはなさじ」と、是《これ》ぞ[二八]雲《くも》にかけはし、迚《とて》も及《をよ》ばぬ[二九]うはの空《そら》になりて、是をさへ[三〇]りんきしてあらそひぬれば、外右衛門抓《つかみ》ころさんは、主《しゅ》といふえんりよなるべし。いづれ同じ奉公《ほうこう》ながら、かゝるたへがたき男に大勢勤《ぜいつと》めけるは、女の身の因果《ゐんぐは》、此うきめにあふも、[三一]銀がかたきの世《よ》の中にぞ有ける。

目にあうのも、銀《かね》が敵《かたき》の世の中であるよ。（巻上の二）

一　非番。　二　桜の板で作った戸。　三　前章の「二皮目のおつや」。　四　数人で輪をつくり、紙燭（しそく）などを持った者が、しり取りのように物の名を挙げては次の者に紙燭を順に渡す遊び。火の消える時に当った者を負けとする。「ひ」の字を頭につく物を挙げたりした（百物語、上）。火回しとも。　五　人数に応じて金品を平等に割り当てること。頭割り。　六　男女の縁結びの神。後文の「出雲の大社」の神に当たる。　七　ここは夫のこと。　八　センジョウ。前世。前生（ゼンショウ・ゼンジョウ）とも。「ぜんじやう」は原文のまま。　九　現在の島根県簸川郡大社町所在。　一〇　毎年十月、全国の神々が出雲に集まり、男女の縁を結ぶという俗伝があった。　一一　帳面に記載されないこと。出雲の神の手もとには、男女の結びつきを記した帳簿があり、それにより縁が結ばれるとされた。それにもれた者は、帳外（ちょうがい）・付け落ちともいわれた。　一二　庚申（こうしん）の夜には、人体に潜む三戸虫（さんしちゅう）が、人の睡眠中に天に上り、その人の悪事を天帝に告げるとされ、人々は身を慎み、徹夜した。京都は八坂の庚申堂、大坂は四天王寺の庚申堂などに参詣する習俗もあった。　一三　甲子（きのえね）待ちといって、甲子の夜は大黒天の像や画を祭り、福を祈った。「庚申（こうしん）・甲子（かつし）」の日は、男女の交わりを禁じ、特に庚申の夜に受胎したときは、その子は盗賊になるといわれた。　一四　『好色訓蒙図彙』下巻には、「分（わけ）たてまじき日の事」として、「大風・大雨・かみなり（中略）地震・（中略）かのへさる・きのへ子（ね）」などを記す。　一五　前章では「二十四人」とするが、本章及び上巻の四では「二十人」、上巻の三では「廿人あまり」とする。　一六　「差合ひ」は差し障り、または禁忌（タブー）とされる言葉や物。「差合ひを繰る」は、もと連俳の用語で、式目の規定に合うかどうかを吟味すること。ここは差し障りがないか考えて遠慮すること。　一七　旦那のお伽役。　一八　霜の降る前の十月ごろ、真冬に備えて滋養のある肉食をすること。　一九　番繰り。順番の割り当て。　二〇　天の川。銀河。アマノガハ（書言字考）。「七夕」、七月七日の夜にには、天の川に隔てられた織姫と彦星の二星が一年に一度逢うといわれた。　二一　女性ばかりが住むという伝説の島。十七世紀の古地図類では八丈島のさらに南に位置し、食人鬼の国という「羅刹国」に「女島」と注記する。寛文六年「扶桑国之図」では、「らせつこく／此国女はかりすむ国なり／おとこゆきぬれば二たひかへらす」という。詳しくは、吉江久弥氏「女護島考」（『西鶴文学研究』所収）参照。　二二　男の袖の香を運び来る風。　二三　榑縁。「榑」は丸太や、丸太を割っただけで板状になっていない用材。「榑縁」は前記用材を縁框（えんがまち）に平行に張った縁側。　二四　皆紅（みなぐれない）。紅（鮮やかな赤色）一色であること。　二五　湯具。もとは入浴の時男女ともに着用した単衣。近世では女性の腰巻。　二六

(二)　戀に風有女涼み

女護の島の女性は、裸形で南風を受けると、風に感じて子を生むといわれた（御伽草子・島わたり／和漢三才図会、一四・女人国）。（参考）「女護の島密夫かくせ扇箱　心色」（誹枕）は、人為的な浮気の風を送るような扇を、密夫と見立てたもの。　**二七**　月世界に住む男。転じて容姿の美しい男をいうが、ここは前者の意。（参考）「桂男なぐさめかねつ女護のしま　幽山」（誹枕）。　**二八**　雲に梯。とても及ばぬ恋をいう諺。　**二九**　浮きうきと落着かなくなるさま。　**三〇**　悋気。嫉妬。　**三一**　諺。

＊　挿絵は、外右衛門の二十人の美女たちが、旦那に呼ばれるのは二十日に一度で、所在なさを嘆く場面。それは女護の島の女みたいな境遇である。女護の島では南風を身体に受けて子種を授かるという話にならって、ある秋の夜、非番の十九人が、月光の下縁側に立ち並び、腰巻を脱ぎ捨てて風を受けているところ。

三　戀《こひ》に[一]燒火《たくひ》有女行水《ありをんなぎやうずい》

[二]白川の流《なが》れ、[三]にしの岸根《きしね》、分立《ぶんだつ》て[四]油《あぶら》ぎり、玉《たま》に光《ひかり》うつりて、しかも匂《にほ》ひふかし。[五]有明夕立《あけゆふ》さつとあがりて、俄水《にはかみづ》の濁《にごり》おもしろやと、[六]縄手《なはて》の茶屋、折節客《をりふしきやく》の隙《ひま》を一慰《なぐさ》みに、[七]さで網《あみ》もたせ、浅瀬《あさせ》を水上《みな》へ、[八]おもだか・[九]沢桔梗《さはぎきやう》の花もろく踏折《ふみをり》て、[一〇]かせゐび・小鮒《ぶな》をすくひ行に、岡崎《をかざき》の邊《ほと》りまでのぼりて、枝《えだ》川の細《ほそ》き[一一]落水《をち》、あたゝかにしてこゝちよく、えもいひがたきかほり、是をしたひ行ば、大竹の茂《しげ》みなる、高塀《たかべい》の下

三　恋に焚《た》く火あり女行水《ぎょうずい》

白川の流れで、（縄手の茶屋街のある）西岸の水際は、際立って脂《あぶら》ぎり、水玉に燈火が映って、しかもいい匂《にお》いがこもっている。明け方のにわか雨がさっと上がって、急な増水で川が濁ったのも面白いと、縄手通の茶屋の亭主が、折から客の来ぬ暇に一慰《ひとなぐさ》みしようと、叉手網《さであみ》を下男に持たせ、浅瀬伝いに白川を川上へと上がって行った。沢瀉《おもだか》や沢桔梗《さわぎきょう》の花をもろくも踏み折って、小蝦《こえび》や小鮒《こぶな》をすくいながら、岡崎のあたりまで上ると、枝川《えだかわ》の細い落

より流《なが》れ出る。

　是はいかなる人の御下屋敷《しき》ぞと、籔垣《やぶがき》のきびしきうちゆかしく、おもひもよらぬ木の間より[一二]眈《のぞき》みれば、はるかなる廣庭《ひろには》に、夕涼《ゆふすゞ》みの床《とこ》をならべ置、一床《とこ》に、うつくしき姿《すがた》の人さま、ふたり三人づゝ、しろき[一三]絹帷子《きぬかたびら》に[一四]すごき帶《をび》、黒髪《くろかみ》のみだれしをそこ〳〵にとき捨《すて》、金《きん》の丸團《うちは》を手にふれ、螢《ほたる》をまつさまして、其[一五]美形《びけい》、是はと氣《き》をとめて見しに、弐間《けん》にあまる湯《ゆ》船《ぶね》に、掛樋《かけどひ》たきをおとし、椙葉《すぎは》のかり天井《じやう》青々《あを〳〵》として、高《かう》欄付《らんつけ》しはしがゝりを轟《とゞろ》かし、此家《いへ》の旦那《だんな》らしき人を、あまた女取付抱へ出《いで》て、裸身《はだか》[一六]湯舟《ゆぶね》うつし、廿人あまりの美女《びぢよ》、一度《ど》に身のまはりをぬぎ捨《すて》、村鳥《むらとり》の浪《なみ》に入風情《ふぜい》して、男ひとりまん中に取まき、左右《さう》の手先《さき》もめば、おあしのうらをかく女もあり。脇腹《わきばら》いたくはさすらず、または腰《こし》をうち、あるひはかしらをひねり、耳《みゝ》を洗へる役《やく》も有。[一七]けんべき所さするもあれば、お胸《むね》のあたり撫《なで》おろす女も有、ひざ枕《まくら》にせらるゝ女も有。扨も思ひのまゝなる遊樂《ゆふらく》。

　不斷《ふだん》かくあればこそ、たがひに女、裸《はだか》はぢあふ氣色《けしき》もな

ち水が暖かで心地よく、何ともいえないよい薫《かお》りがした。これを慕って行くと、大竹の茂みを活《い》かした高塀《たかべい》の下から流れ出ている。

　これはどういう人の別宅かと、藪垣《やぶがき》の透き間のない木立の奥を見たいと思っていると、思いがけない木の間があり、のぞいて見ると、はるかかなたの広庭に、夕涼みの縁台を並べ、一床《ひととこ》に美しい姿の女性《おかた》が、二人三人ずつ涼んでいる。みんな白い絹帷子《きぬかたびら》を着てしごき帯をしめ、黒髪の乱れたのを適当に解き流し、金箔《きんぱく》の丸《まる》団扇《うちわ》を手にして、蛍の出るのを待つ風情で、その美しさといったらない。これはと気をつけて見ていると、二間余りの浴槽に掛樋《かけどい》から湯水を滝のように落とし入れ、杉の葉で葺《ふ》いた仮天井が青々としている。やがて手摺《てすり》の付いた橋掛かりの廊下を踏み鳴らして、この家の旦那《だんな》らしい人を、大勢の女が抱きかかえて出て来た。その裸身《はだかみ》を浴槽に移し入れ、二十人余りの美女が、一斉《いっせい》に着ている物を脱ぎ捨て、群鳥《むらどり》が波に飛び入る風情で、男一人を真中《まんなか》に取り巻いた。左右の指先をもむ者がおれば、お足の裏をかく女もいる。脇腹《わきばら》をやさしくさすり、または腰をたたき、あるいは頭

く、[一八]色さはぎて水かけ合《あひ》、しなだれて取付《つき》、こそぐる程おかしき事共、しばし見るにさへ立すくみて、目縁《まぶた》も張弓《はりゆみ》のごとくなりて、若盛《わかざかり》二人の男、網《あみ》も手桶《てをけ》もそこに捨《すて》て、「たとへせめころさるゝ共、あの中へはまりて、[一九]浮《うき》よの思ひ出に、夜《よる》昼《ひる》三日物[二〇]として、死《し》す共何か思ひ残すべき。あの男は[二一]前《まへ》の世《よ》に、いかなる戀《こひ》の種蒔《たねまき》て、今は[二二]へざかりのうつくしき皃《かほ》ばせを、自由《じゆう》する事、世《よ》に[二三]生佛《いきぼとけ》といふはあの人さまの身なり」と、「少しはあやかり物」、手《て》を合《あはせ》て其俤《をもかげ》を拝《をが》みけるに、あがり場《ば》に[二四]竹莚《たけむしろ》敷《しき》て、[二五]猫《ねこ》の枕《まくら》をなをし、[二六]ふせ香《がう》の薫《かほり》、いやといはれぬ袖風のかよ

をひねり、耳を洗う役もある。肩癖所《けんぺきどころ》をさする者もおれば、お胸のあたりを撫《な》でおろす女もおり、膝枕《ひざまくら》にされている女もいる。それにしても思いのままの遊興である。

ふだんこのようにしているからこそ、女たちは互いに裸を恥ずかしがる様子もなく、色めき騒いで水を掛け合い、しなだれかかってすがりつき、くすぐったりするなど魅力的な情景を、しばらく見ているだけで立ちすくみ、まぶたは弓を張ったように大きくなった。この血気盛んな二人の男は、網も手桶《ておけ》もそこに投げ捨てて、「たとえ責め殺されれても、あの中へはまって、この世の思い出に、夜昼三日あの女たちをわが物に出来たら、死んでも何も思い残すことはない。あの男は、前の世でどんな恋の種をまいたのか、今生え盛りの花のような美女を自由にすることよ。世に生き仏というのは、あのお方の身の上である」と思う。「少しはあやかりたいものだ」と、手を合わせてその姿を拝んだ

やがて上がり場に竹筵《たけむしろ》を敷いて、猫の枕を置き、伏籠《ふせご》で浴衣《ゆかた》に香をたきしめていて、何ともいわれぬ袖風が通ってくるが、その前に大勢の女の手で
お浴衣を旦那にお着せするまでもなく、その前に大勢の女の手で

ひ、おゆかた着《き》せ参らす迄もなし、大勢《ぜい》の女の手して雫《しづく》も露《つゆ》もかはかせ、御ぬれ髪《がみ》

をすきにかゝれる女に、つゐ出來《でき》心にて、何のえん慮《りよ》もなく分《わけ》もなく首尾《しゆび》の有様《さま》、あまたの女、顔《かほ》ふるも有、うつぶくも有、おそばを立《たち》てものき兼《かね》、恨《うら》めしそうなる身の程。「あれを〳〵」と、二人の男、歯切《はぎり》をしてもぜひなく、最《さい》前の湯《ゆ》が水《みづ》になる迄詠《なが》めつくし、元の川筋《すじ》に歸り、是を語《かたり》て、みぬ人に心をうかせける。[二七]穴《あな》の端眈《はたのぞき》かゝれる人も、[二八]後世咄《ごせばなし》聞様《やう》にはなしとぞ。

お体の雫《しずく》も露も拭きとった。御濡《おんぬ》れ髪を梳《す》きにかかった女に、旦那はつい出来心で、何の遠慮もなく夢中になって、かわいがられる有様である。大勢の女はこれを見て、顔をそむける者もあり、うつむく者もあり、お側《そば》を立ち去るわけにもいかず、恨めしそうな身の上である。「あれを、あれを」と、二人の男は歯ぎしりをしたがどうにもならず、先ほどの浴槽の湯が水になるまで眺め尽くし、元来た川筋に帰り、この話をして、見ぬ人に心を浮き浮きとさせた。墓穴の端をのぞきかかった老人も、後世の法話を聞くような穏やかな状態ではなかったという。

（巻上の三）

一　二ページ注五参照。　二　京都市左京区北白川の山中より発し、浄土寺を経て南禅寺より西方へ流れ、東海道（三条街道）の白川橋より南流し、大和大路通の大和橋を経て

鴨川に注ぐ。 **三** 白川の東山区新町通の新橋より前注の大和橋間の西岸は、後注六に記す茶屋街があった。「分立て」は際立っての意。 **四** 茶屋女が脂粉（しふん）を洗い流すので、脂（あぶら）ぎり、水泡に燈光が映って輝き、しかもいい匂いが漂っているという。「玉」は水玉、水泡。「油ぎり」以下の文は、杜牧之「阿房宮賦」（古文真宝後集）による。「涓流（いりゅう）の膩（じ）を漲（みなぎ）らすは、脂水（しすい）を棄つるなり」。なお、「阿房宮賦」は『好色二代男』巻八の五の冒頭にも活用する。 **五** 夜明けに降るにわか雨。 **六** 縄手通。大和大路通の、三条と四条通間の別称。鴨川東の縄手（堤）に出来た通りのことで、寛文期にはこの通の西側（鴨川側）に、弁財天町・常盤町・廿一軒町など、後世の祇園新地の一部をなす茶屋街が出来た。 **七** 叉手網。交叉した竹に網を張った、すくい網。 **八** 沢瀉。オモダカ科の多年草。沼地に自生する。季語は夏。 **九** キキョウ科の多年草。山野の湿地に自生する。季語は秋。 **一〇** 小海老。「かせ」はやせ細る意の動詞「かす」の連用形より音転の接頭語。 **一一** 流れ落ちる水。 **一二** 「眎ケツ、ミル」（増続会玉篇大全）。 **一三** 帷子は多く麻・木綿などのひとえの着物だが、ここは絹縮（きぬちぢみ）帷子。夏物は涼しげな水色・空色に染めるのが普通。「水色のきぬ帷子に、とも糸にさいはい菱をかすかに縫せ」（一代男、二の二）。 **一四** しごき帯びのこと。腰帯。 **一五** 美しい容姿。 **一六** 湯舟（浴槽）に移し入れの意。 **一七** 肩癖は襟首から肩にかけての筋肉が痛む病。ここは襟首から肩にかけての所。 **一八** 色めき騒ぐ。 **一九** 後々までの思い出となるような快楽。 **二〇** わが物として。 **二一** 人の仕合せな暮らしを見て、前世の因果と慨嘆するのは西鶴の常套的な表現。「諸大名には、いかなる種を前生に蒔給へる事にぞ有（あり）ける」（永代蔵、一の二）。 **二二** 生え盛りの。「種蒔て」の縁で、「はへざかりの（花）」と続けた。 **二三** 前注二一の『永代蔵』の本文に引き続き、「万事の自由を見し時は、目前の佛といふて又外になし」とあるのに類似の表現。 **二四** 竹で編んだむしろ。浴室や涼み床に敷く。 **二五** 虎の枕。虎の頭を木彫りし、その上に船底枕を置いたもの。虎の頭骨は頭痛を治し、悪夢を避けるというのによる。形の類似から猫の枕と俗称したか（定本頭注）。中国に虎枕・虎頭枕がある。馬琴の『耽奇漫録』に朝鮮虎頭枕の絵図があり、前記の形を備える。 **二六** 伏籠（ふせご）のこと。香炉の上に木または金属製の籠をかぶせ、その衣に衣服を掛けて香をたきしめた。西鶴は「ふせ香（ご）」などと表記する。（二代男、六の五）。 **二七** 穴は墓穴の意で、ここは死期の近い老人のこと。 **二八** 来世の極楽往生を説く話。

＊ 挿絵は、ある夏の一日、京の茶屋の主人が下男を連れて魚を取りに出て、岡崎辺の下屋敷のなまめかしい情景を、木の間越しにのぞき見る場面。外右衛門が多くの裸の美女に囲まれ、入浴をしている。

四　戀《こひ》に種有《たねあり》女帯《をんなおび》の色《いろ》

四　恋に種《たね》あり女帯の色

暦明《こよみあけ》そむるより、[二]姫《ひめ》はじめ、人の心も春《はる》めきて、不斷《ふだん》見し内儀《ぎ》も、皃《かほ》つき珍《めづ》らしく、呼《よび》入て初枕《はつまくら》の思ひをなしける。しかも其としは、[三]正月に閏《うるふ》ありて、[四]干鮭《からさけ》もしやくしもはらめると、むかし人のいひならはせるが、いづれさもあればこそ、[五]清水寺の[六]子《こ》安塔《やすたふ》に[七]十二燈《とう》の絶《たゆ》る間《ま》もなく、當年《たう》の包錢《つゝみぜに》十三文づゝ、目に見えて[一〇]壱文づゝの德《とく》、[八]地藏《ぞう》も仕合《しあはせ》、[九]とりあげ祖母《ばゝ》も質請《しちうく》る年迚《とて》、[一〇]新《あら》玉の玉襷《だすき》たのみをかけ、[一一]手ぐすみしてぞ待かけける。[一二]室《むろ》町のちいさき呉服《ごふく》屋には、いつより産着《うぶぎ》の仕《し》込《こみ》、[一三]五条の賣藥《うりぐすり》屋には[一四]五香《かう》の合置、[一五]をんやう師《じ》も懐胎《くはいたい》の心にあふ事を作《つく》り、[一六]辻談義《つぢだんぎ》も釈迦《しやか》の御誕生《たんじやう》の所ばかり有がたく説《とき》ぬ。[一七]丹波《たんば》の山里にもかんがへて、[一八]青梅《あをむめ》はやく都《みやこ》に出し、其道《みち》〳〵にかしこき世《よ》わたりの有事ぞかし。

外《ほか》右衛門はしやうばいに[一九]明暮《あけくれ》、[二〇]れんぼのたゞ中にそまり、あまたにみだれし内に、ひとりの女、お中のむつかしき事を、[二一]女房《にようばう》あづかりの岩倉殿《いはくらどの》をもつて申あげしに、御きげんよろしく、「我《われ》いまに子といふ物をもたず。いづれにても男もふけて、それがしに形《かたち》の似《に》たるを我家《わがいへ》を譲《ゆづ》り、其母《はゝ》はすぐに

暦を開け始めると、まず姫始めとあるので、人の心も正月らしくなって、ふだん見慣れた女房も、その顔つきが目新しく、床に呼び入れて新婚の思いをするのである。しかも今年は正月に閏《うるう》がある。そんな年は乾鮭《からざけ》も杓子《しゃくし》もみごもると、昔の人が言い習わしているが、いずれそうなるからこそ、清水寺《きよみずでら》の子安塔《こやすのとう》に十二燈《とう》のお賽銭《さいせん》の絶える間もなく、しかも今年は閏月があるから包銭十三文ずつで、目に見えて一文ずつの得となり、地蔵もお仕合せである。産婆も質種《しちぐさ》を請け出せる年というので、新年になると期待して、襷《たすき》がけて用意をして待ち構えている。室町通の小さい呉服屋では、例年より産着《うぶぎ》を多く仕入れ、五条通りの薬屋では小児用腹薬、五香《ごこう》を調合しておき、占師《うらないし》も妊婦の気に入る事柄を作っておき、辻《つじ》説法師も釈迦《しゃか》の御誕生《ごたんじょう》のところばかりを、ありがたそうに説く。丹波《たんば》の山里でも時勢を考えて、青梅を早く都に出すなど、それぞれの商売によって賢い処世術があるものだ。

外《ほか》右衛《え》門《もん》は商売に飽き、明けても暮れても旺盛《おうせい》な色恋に夢中になり、多くの女と遊んでいるうちに、一人の女のお腹《なか》がおかしくなった。これを女中取締《とりしま》りの岩倉《いわくら》殿を通して申し上げたところ、

奥様《をくさま》にする」とあれば、をの〳〵懐妊《くはいにん》をねがふしるし有て、二十人の美女《びぢよ》十七はらみて、姿《すがた》次第におかしげに成《なり》、二二帯祝《をびいは》ひもやかましく、二三むまれぬ先《さき》より二四餅米《もちごめ》のこしらへ、鰹節《かつほぶし》の山をなし、今や〳〵と待《まつ》程に、其月にめぐりあはせ、「爰《こゝ》の部屋《へ》には氣《け》づきて祖母《ばゞ》をよぶ」、「そこには腰《こし》をだく」とて、せはしく、二月あまりに残《のこ》らず二五平産《さん》して、其子を見るに、独《ひと》りも㒵《かほ》ばせの我に似《に》たるもあらず。

みな顔つきこまさくれて、十八、九より三十ばかりに見えけれは、是ふしぎに思ひ、「殊更《ことさら》是程のうちに、女子の一人もなき事、いよ〳〵

外右衛門は御機嫌《ごきげん》よろしく、「われ今まで子というものを持たない。どの女でもよいから男の子を産んで、自分に顔の似ていればその者にこの家を譲り、その母親はすぐに奥様にしよう」と言われたので、ほかの女たちもめいめい懐妊を願ったしるしがあって、二十人の美女のうち十七人もみもごった。姿が次第におかしいようになって、岩田帯をしめる祝儀もきちんと済ませ、生まれぬ先から餅米の用意をし、鰹節《かつおぶし》を山と積み、今か今かと待つうちに、産月《うみづき》が回って来て、「ここの部屋では産気づいて産婆を呼ぶ」、「そこでは腰を抱く」というのでせかせかと忙しく、二月《ふたつき》余りに残らず安産した。外右衛門がそのその赤子を見ると、一人も顔が自分に似ていない。

みな顔つきがこましゃくれて、十八、九から三十歳ばかりに見えたので、これは不思議に思った。「とりわけこれほど多い赤子の中に、女の子が一人もいないのは、ますますわけが分からない。そうではあるが、稲妻《いなづま》よりほかに男などの通った気配もない。何にせよ疑いを晴らそう、晴れてわが子ならば、藤菱《ふじびし》の定紋が胞衣《えな》にすわっているはずだ」と、外右衛門が一つ一つ胞衣桶《おけ》を

合点《がてん》ゆかず。然《しか》りといへ共、稲妻《いなづま》よりほかにかよふ移《うつ》りもなし。とかくうたがひははれて、我子ならば、[二六]藤菱《ふぢびし》の[二七]定紋《でうもん》、胞衣《ゑな》にすはるべし」と、ひとつ〳〵[二八]桶《をけ》をあけて改《あらた》めけるに、紋所《もん》、あるひは[二九]蝶《てう》に唐《から》花《ばな》、矢車《やぐるま》に鳥居《とりゐ》、又は七つ櫻《ざくら》に木の字《じ》の[三〇]やつし書、[三一]むすび文を鼠《ねずみ》の引所《ひく》、つなぎ舟に[三二]かざり松、丸のうちに鬼《をに》の[三三]打違《うちちが》へ、かさね升《ます》中に數珠《じゆず》もたせたる大黑《だいこく》、釣鐘《つりがね》・達磨《だるま》の[三四]ならべ紋《もん》、[三五]酒ばやしに蛇《じや》のまとひたるも有。是みな[三六]色河原《いろかはら》の[三七]太夫子共の、[三八]隠《かく》し衣装《ゐしやう》の[三九]替紋《かへもん》に極《きはま》れり。ひそかに是をせんさくするに、其身まことの契《ちぎ》りもなく、たま〳〵[四〇]狂言《きやうげん》づくしを見にま

開けて吟味すると、その紋所は、あるいは蝶《ちょう》に唐花《からばな》、矢車に鳥《とり》居《い》、または七つ桜に木の字のくずし書き、結び文を鼡《ねずみ》の引くところ、つなぎ舟に飾り松、丸の内に鬼の打ち違え、二重升《にじゅうます》の中に数《じゅ》珠《ず》を持った大黒、釣鐘《つりがね》と達磨《だるま》を並べた紋、酒林《さかばやし》に蛇《へび》の巻きついた紋もあった。これはみな四条河原の歌舞伎《かぶき》若衆らの隠し衣装の替《かえ》紋《もん》ということに決まった。ひそかにこれを調べてみると、女たちは実際に関係したこともなく、たまたま芝居を見に行ったのがきっかけで、それぞれの役者に惚《ほ》れ込み、男日照《ひで》りで忘れることもなく、その執念が相手に通い、旦那に抱かれている時にも、真の相手はその人その人と思い続けたところから、恋の思いがこり固って、こんなことになったようだ。

なおなお気をつけて見ると、生まれた子供の顔つきが、それよこれよ、役者にそっくりそのまま生き写しなのである。外右衛門はひどく興ざめして、今までの赤子を見る面白さをすっかりなくしてしまった。赤子が自然と煩しくなって、心が変りかかったとき、なおまた赤子が泣きたて、おしめの臭いには留め伽羅《きゃら》の香も負けて、臭いが鼻につき、いやな思いをした。この子供たちに乳

かりし縁《えん》[四一]にひかれ、それ〴〵の思ひ入、男とぼしくて忘《わす》れもやらず、一念《ねん》これにかよひ、旦那《だんな》の情《なさけ》の折《をり》ふしも、心當《あて》にはそれよ〳〵と思ふより、戀《こひ》のかたまつてかくこそ成けれ。なを〳〵氣《き》を付てみるに、生《むま》れ子の顔《かほ》つき、それよ是よ、野郎《やらう》[四二]にまざ〳〵と生《いき》うつし、いかい事興覺《けうさめ》て、今迄《まで》の面白《をもしろ》さを皆《みな》になして、おのづからうるさくなりて、心かはりかゝるを、なをしも赤子《あかご》泣《なき》たて、むつきのかほり、留伽羅《とめきやら》[四三]の烟《けぶり》まけて、鼻《はな》つきてうたてかりき。此子どもに抱姥《だきうば》[四四]とれ共、中〳〵[四五]かぶりしてそれが乳《ち》は呑《のま》ず、めい〳〵の母親《はゝをや》をはなさず、抱《だか》れて寢《ね》たがる事、いよ〳〵おもふにおかしく、地女房《ぢにうばう》[四六]のしうぢやくの深《ふか》きをいやになりて、皆〳〵《みな〳〵》[四七]かたづけて、さらりと爰《こゝ》が分別所《ふんべつどころ》[四八]。

母を雇《やと》ったが、頭でいやいやをしてその乳は飲まず、めいめいの母親を離さず、抱かれて寝たがる有様で、外右衛門は思えば思うほど変な気分になり、素人女の愛着深いのがいやになり、みんな他所《よそ》に嫁に出してさっぱりしたが、さらりとここが思案のしどころである。

（巻上の四）

一　三ページ注九参照。　二　暦の正月二日の行事。女の仕事始めとする説もあるが、俗説に新年で男女が初めて交合する日とされた。『五人女』三の一参照。　三　太陰暦では、大の月（三十日）と小の月（二十九日）の十二箇月、三五四日であったから、実際の一年三六五日との誤差を、二、三年おきに一箇月を余計に設けて調整した。これを閏月と言い、「正月に閏」の場合は、正月の終った後にもう一度正月を繰り返し、その後の方を閏正月と称した。西鶴当時、正月に閏があったのは、慶安元年と本書刊行の翌年、元禄二年である。　四　諺。閏年には妊娠する女性が多く、乾鮭のような老女や、杓子（しゃくし）顔の女までも妊娠するといわれた。　五　京都東山の法相宗、音羽山清水寺。

六　清水寺の楼門（仁王門）外南側にあった法相宗泰産寺の三重塔。本尊は千手観音で、安産に霊験があるとされ、子安の塔で知られる（謡曲・熊野など）。清水坂を上り詰めた右手にあった。『都名所図会』にも挿絵あり、現在の泰産寺とは位置が違う。　七　一年十二か月にちなみ、神仏に供える十二本の灯明。実際は銭十二文を紙に包み納めた（包銭とも）。なお本文は、閏月があるので「包銭十三文」とある。　八　前注六のように子安塔の本尊は千手観音だが、西鶴は「地蔵」と誤まる。『一代男』一の七でも同じ。

九　産婆。当時お産に産婦を助けるのは、多く年配の女なので、本文でも「ばば」という。　一〇　「新玉の」は「年」に掛かる枕詞だが、ここはそれから転じて、「新玉」で新年の意。「玉襷」はたすきの美称で、後文の「かける」に掛かる枕詞。なお「新玉」「玉襷」と、「玉」の音を重ねて洒落る。「たのみをかけ」は、（仕合せを）期待する意。「たのみをかけ」の「かけ」は、「たすきを掛ける」意と、頼みを掛ける意と掛ける。「とりあげ祖母」と「襷」は縁語。**一一**　手ぐすねひいて。**一二**　室町通の二条上ル辺から三条辺の間は、巻物呉服屋、上下帷子屋、呉服問屋が多く（京羽二重、一）、また仕立物、産着類もその付近で売られた。**一三**　五条橋東に虎屋孫左衛門、室町五条付近には植村和泉・同浄泉など、万病円の薬屋があった（京羽二重、六）。**一四**　丁香（ちようこう）・木香・沈香（ぢんこう）・乳香・麝香（じやこう）を調合して、紅絹（もみ）の袋などに入れた振り出し薬。小児の毒気・虫気を去り、脾（ひ）や胃を強くするという。五香湯。**一五**　陰陽師。占師（うらないし）。**一六**　四辻（よつつじ、交差点）や街頭で説法する僧。**一七**　京都の西北部に隣接する山国。**一八**　つわりの時の妊婦は、青梅など酸性の食物を好む（織留、六の二）。**一九**　商売に飽きと、あけ暮れと掛ける。**二〇**　恋慕。色恋。**二一**　女中取締り。**二二**　妊娠五か月めに締める帯。腹部の保温と胎児の位置を正常に保つために白布を巻く。岩田帯。**二三**　諺の「生まれぬ先の襁褓（むつき）定め」をもじる。**二四**　産後の滋養食物。次の「鰹節」も同じ。**二五**　安産。ヘイサンと清音。**二六**　藤の花を菱形に図案化した紋。**二七**　胞衣（えな）に実父の定紋がついているという俗説があった。**二八**　胞衣桶。胞衣を土中に埋める時の桶。吉日に吉方を選んで埋めた。**二九**　以下は役者の替え紋だが、役者名は未詳。**三〇**　字画を略したり、文字をくずして書くこと。**三一**　畳んだ手紙の端を折り結んだもの。艶書の形式。**三二**　門松。松飾り。**三三**　十字形に交差した形。ここは二鬼が四つに組んださまをいう。打ち交（かい）とも。**三四**　紋様を二つ横に並べたもの。**三五**　杉葉を丸く束ねた酒屋の看板。**三六**　四条河原のこと。芝居小屋や陰間茶屋があり、色を売る歌舞伎若衆がいたのでいう。**三七**　将来、立女形（たておやま、一座の筆頭の女形）ともなるべき容色のすぐれた歌舞伎若衆。訓みはタユウゴ。**三八**　天和三年（一六八三）の衣装法度で、傾城や役者の衣服についてぜいたくが禁じられたため、表面は地味にして、裏面にぜいたくをこらした衣装。**三九**　定紋に替えて使う別の紋。**四〇**　「物真似狂言尽くし」の略。承応元年（一六五二）以後一時期使われた用語で、歌舞伎芝居のこと。**四一**　その機縁で知り合いになるの意。**四二**　類似の表現に、『一代女』巻六の四、一代女が五百羅漢の像を見て、「我、女ざかりに枕ならべし男に、まざ〳〵と生移しなる面影あり」という箇所がある。**四三**　衣服に焚（た）きこめた伽羅の香り。**四四**　抱き乳母。授乳専門の本乳母に対して、子守り専門の乳母のこと。ここは乳も飲ませたらしい。抱守り。**四五**　頭を左右に振って承知しないさま。**四六**　素人女。遊女に対していう。**四七**　他所へ嫁入らせる意。**四八**　思案のしどころ。「爰が分別所」（一代女、五の四／嵐は無常物語、上の一）。

＊　挿絵は、外右衛門の美女たちが、不思議にも次々と男児を産む。しかし独りも外右衛門に顔が似ていない。そこで外右衛門は、自分の子であるならば赤児の胞衣（えな）に藤菱の定紋があるはずと、一つひとつ胞衣桶をあけて確かめている場面。

五　戀《こひ》に違《ちが》ひ有[一]女形氣《かたぎ》

物によいかげんのなき物なり。[二]御所めきたる女は、[三]情ふかく[四]花車《きやしや》なれ共、[五]世のはしりまはれる事をしらねば、かつて中位《くらい》の人の慰《なぐさみ》にならず。形《かたち》うつくしきとて、小家そだちの娘《むすめ》を取あげぬれば、[六]味噌《みそ》・塩《しほ》事、[七]こぬかより小米取《ごめとる》など、[八]西瓜《すいくは》の皮《かは》のすたれるを、香《かう》のものに漬置《つけをく》事、[九]茶《ちや》の煎《せん》じがらを、枕《まくら》の中込《なかごみ》に入けるとや、世智《ち》がしこき事ばかり何程《なにほど》か覚《をぼ》えて、わるう賤《いや》しき形氣《かたぎ》、おのづからにあらはれ、中々《なか〱》淋《さび》しき時のはなし相手《あひて》にもなるものにあらず。

「是を思ふに、むかしはともあれ、それにこしらへ置《をき》てたしなみのふかき物にして、いかなる人の氣にもそれ〲になして、遊興《ゆうけう》の[一〇]うはもり、嶋原《しまばら》の女郎《ぢよらう》[一一]まして又なし」と、上分《じやうふん》別《べつ》を出し、今此世界《せかい》に[一二]つかひ手《て》のきれめな時分《じぶん》に、[一三]ばつとしてわけよく出《いづ》れば、東《ひがし》山の大臣《だいじん》と二たび名に立《たち》、太夫《たゆふ》・[一四]天《てん》

五　恋に違いあり女気質《かたぎ》

物事にはよい加減ということがないものだ。御所風のおっとりとした女は、風流のたしなみ深く上品であるが、忙しく立ち働く世間というものを知らないので、全く中流どころの人の慰みにはならない。またいくら器量が美しくても、小家《こいえ》育ちの娘を妾《めかけ》に取り上げると、味噌《みそ》や塩のことを始め、粉糠《こぬか》から小米《こごめ》を取ること、捨ててしまう西瓜《すいか》の皮を香《こう》の物に漬《つ》けておくこと、茶殻《ちゃがら》を枕《まくら》の中に入れることなど、世渡り上手で抜け目のないことばかり数々覚えて、ひどくいやしい気性が自然に表われるので、とうていさびしい時の話の相手などになるものではない。

外右衛門《ほかえもん》は、「これを思うと、昔の育ちはさておき、慰み者に仕込んであってたしなみが深く、どんな人の気もそらさずそれ相応に応《こた》えてくれる、最高の遊び相手は、島原の遊女に勝るものは外にない」と、実にうまい所に気がついた。そして今この遊興の

職《しよく》、かりそめにも十四、五人の一座《ざ》、さながら人間業《にんげんわざ》とは思はれず。銀《かね》の神《かみ》の威光《ゐくはう》と、[一五]百廿末社《まつしや》も爰《こゝ》にあつまり、此[一六]三木《みき》をすゝめ奉《たてまつ》り、其上にての願《ねが》ひ事、何にても叶《かな》はぬと云《いふ》事なし。

有時の御たく宣《せん》に、「惣《そう》じて女郎買《ぢよらうかい》、金銀《きんぐ〲》手に有時は、此里《さと》の[一七]諸分《しよわけ》[一八]まへかたにて、氣《き》のつかぬ事多《をほ》し。萬事《ばんじ》人の差圖《さしづ》をうけずかしこくなる時は、[一九]内證《ないしやう》[二〇]埒明《らちあき》て、心ばかりいたりて、ひとつも物にならず。此ふたつの違《ちが》ひ、汝等《なんぢら》さぞかなしかるべし。此大臣は、銀の有時師《すい》なれば、[二一]節句前《せつくまへ》、[二二]二度《ど》の大節《ぜつ》季《き》、氣骨《きぼね》おらずにうれしがらする事、我《われ》より外にまたありや、いふてもみよ」といへば、「いかな〳〵、むかしにかはり[二三]丸まこき金子くれるなし。やう〳〵[二四]四角《かく》にくだきたるもの、一角二角づゝ給はりても、是ではかどる事にはあらず。[二五]羽織《はをり》も世をおそれ、是を次手《ついで》に[二六]しやれて、もめんの[二七]立嶋《たつじま》[二八]花色《はないろ》に、[二九]爪《つめ》がたこもんに[三〇]黒餅《こくもち》を付、是さへ[三一]取まはしゆだんなく、別《わか》れちかくなりて、『今宵《こよひ》はしきりに寒き』とて、[三二]替小袖《かへこそで》までかさねきて、今は[三三]印籠《ゐんろう》・[三四]巾着《きんちやく》もさげず、『鼻紙《はながみ》入も賤《いや》しき』

世界で、大尽《だいじん》客の切れ目の時節に、ぱっと気前よく打って出たので、東山の大尽と改めて評判になった。太夫《たゆう》に天神《てんじん》取り交ぜて、ちょっとした遊びでも十四、五人も一座の遊興で、とても人間業《わざ》とは思われない。ひとえに銀《かね》の神様の御威光だと、京中の太鼓持《たいこもち》もここに集まり、大尽にお神酒《みき》をおすすめし、その上でお願いをすると、どんなこともかなわないということがない。

ある時、銀の神様、外右衛門の御託宣に、「総じて女郎買いというものは、金が手元に沢山ある時は、この廓《さと》のしきたりに習熟せず、行き届かないことが多い。だが万事人の指示を受けず賢く振舞うころには、懐《ふところ》工合が悪くなって、心ばかり粋《すい》になっても、お前たちにとって全く金の頼りとならなくなる。この二つの違いは、お前たちにとってさぞ悲しいことであろう。それに対しこのわしは、金が沢山ある時の粋だから、節句前の小払《こばら》いや、盆《ぼん》暮れの大節季《おおぜっき》の支払いも、お前たちに気苦労させずうれしがらせてやれる。こんなことをわしより外にだれがするか、言ってみよ」と、言われた。すると太鼓持は、「どうしてどうして、昔と違って丸っこい小判《おかね》を下さるお客はおりません。四角に砕いた一

など、三五それはその、けいせいぐるひする人の心入にはあらず。さても金銀もらひにくい世中《よのなか》」と、ふだん偽《うそ》いふ身なれば、さま〴〵の三六誓文《せいもん》を立て、白《かほ》をしかめて語《かた》りける。

外《ほか》右衛門きくにおかしくて、「三七歴々《れき〳〵》の太鞁《こ》、三八やぶれ口の御身躰《しんだい》、それ何程ほしきぞ。何にても今迄《まで》見ざる藝《げい》をし給へ。後《のち》共いはず、よきもの是にあり」との御言葉《ことば》に、うき立、壱人が申せしは、「小判五両もらはゞ、宵《よひ》より八つ三九門《もん》のあく迄、かはらけを喰《くふ》てゐませう」と申。又ひとりは、「銀子五百三十目入用あり。大臣是を給はらば、鉄火箸《かなひばし》を燒《やい》て、尻《しり》に一代痕《あと》のつくほどあてら

歩金を、やっと一箇《いっこ》とか二箇《にこ》ずつ頂いても、これでは稼《かせ》ぎもはかどりません。あるお客は、羽織も派手ではお上のおとがめがあるので、これを慎むついでに変った好みをして、木綿の縦縞《たてじま》を薄藍《うすあい》色《いろ》に染めて、爪形小紋《つめがたこもん》の模様に石持《こくもち》の紋所を付けて、それさえ私どもにねだられはしないかと身の始末に油断なく、帰りが近くなると、『今宵《こよい》はひどく寒い』と言われ、供に持たせた替え小袖《こそで》まで重ね着して帰られた。このごろは印籠《いんろう》や腰巾着《こしぎんちゃく》も下げず、『鼻《はな》紙入《がみい》れも持つのはいやしい』などと、お持ちではない。それはそれは、粋な女郎買いをなさる人の心掛けではありません。さてさてお金の貰いにくい世の中になりました」と、太鼓持はふだん嘘《うそ》をつく稼業なので、これだけは本当と神々に誓いを立て、顔をしかめて語った。

外右衛門は聞いておかしくなり、「ご立派な太鼓持も、破れかかった御身代と見える。いったいどのくらいほしい。何でも今までわしが見たことのない芸を披露《ひろ》して見せなさい。後《あと》でとは言わず、よい物をここに持っている」と言う。このお言葉に太鼓持らは心も浮き立ち、一人が言うことには、「小判五両頂けるなら、

れう」といふ。壱人は、「小判壱両に、一刀《かたな》づゝか[四〇]いな引せ申べし。身を切賣《きりうり》の男」といふ。壱人は、「一日一夜を小判十両にて、五木《ごもく》[四一]の下へ埋《うづ》まれてゐませう」と申。又壱人は、大分の望《のぞ》み、「金子五十両にて、溝石《みぞいし》のうへにあをのけにねて、腹のまん中を、揚屋《あげ》[四二]町の男に、米かち杵《ぎね》[四三]にて、一日用捨《にちようしゃ》なく大力《だいりき》にうたれましよ」といふ。「それは千両もらへばとて、命《いのち》が有かい」とたづねければ、「なる程命かへる合点《がってん》なり。迚《とて》も借銭《しゃくせん》のくびかせ、いつの世にかはぬける事成がたし。大かたのきげんとりても、今の世の大臣小判にならず。物思ひして死《しな》んより

㈤　戀に違ひ有女形氣

宵《よい》の口から八《や》つ門《もん》の開《あ》くまで、土器《かわらけ》を食っていましょう」と言う。また一人は、「銀貨五百三十目、必要です。大尽がこれを下さるなら、鉄火箸《かねひばし》を焼いて、尻《しり》に一生跡の付くほど当てられましょう」と言う。すると一人は、「小判一両で、刀で一引《ひとひ》きずつ腕を切らせましょう。身を切り売りの男」と言う。次の一人は、「一昼夜を小判十両で、ごみ溜《た》めの下に埋《うず》もれていましょう」と言う。また一人は、多額の望みで、「小判五十両で、溝石《みぞいし》の上に仰向《あおむ》けに寝て、腹の真ん中を、揚屋町《あげやまち》の下男に、米搗《つ》き杵《ぎね》で、一日中遠慮なく大力で打たれましょう」と言う。「それでは千両貰ったとしても、命があるかい」と、外右衛門が尋ねると、「おっしゃる通り、命と引き替える覚悟です。どうしても借金の首枷《くびかせ》から、いつの世になっても抜けることは出来ません。並み一通りの機嫌をとっても、今の世の大尽はお金になりません。思い悩んで死ぬよりは、一気に殺されて、せめて妻子のためになるようにしたい」と言った。大尽は横手を打って感心し、「それほどまでに金に困っているとはかわいそうだ。わしがその苦難を助けよう」と、望みの通り小判を分け与えた。

は、一筋《すぢ》にころされ、せめて妻子《さいし》が爲《ため》に成やうに」といへば、大臣横手《じんよこで》打て、「それ程まで金銀にさしつまりし事の哀《あは》れ。我其難《なん》をたすけん」と、望《のぞ》みのとをり小判とらせ、「分《わけ》をしる程慰《なぐさ》みにならず」と、思[四四]ひ入の太夫、千五百兩にて[四五]根引松《ねびきまつ》、「君《きみ》は千[四六]と勢《せ》」といはひはじめ、我宿《わかやど》にながめもの、嶋原《しまばら》の花をもぎとり、世《せ》帯《たい》かゝにして明暮《あけくれ》の自《じ》由《ゆう》、是もあくまでのたのしみ、かゝる事も小判がさすなり。

外右衞門はそなはりし[四七]福者《ふくしゃ》、三万三千兩の光《ひか》り、是を三つに分《わけ》て、京・大坂・江戸にて皆《みな》にする覺悟《かくご》、す衞《あ》たのもしき奢《をごり》、是もいつぞはやむ時《じ》節《せつ》有べし。

色里三所世帯　上巻終

外右衛門は、「廓の内情を知れば知るほど慰みにならないものだ。この廓《さと》も面白くない」と、惚れ込んだ太夫を千五百両で身請けして、「君は千《ち》年《とせ》いつまでも」と結婚を祝福して、わが家の眺め楽しむ物にした。島原の花をもぎ取り、世話女房にして、毎日心のままに暮らしていたが、これもどうせ飽きるまでの楽しみ、こんなことも小判のお陰である。

外右衛門は生まれながらの富裕な人、三万三千両の威光、その財産を三つに分けて、京、大坂《おおざか》、江戸で皆使い果たす覚悟とは、末頼もしい奢《おご》りだが、これもいつかはやむ時節があるだろう。

（巻上の五）

一　二ページ注一二参照。　二　以前御所や公家に仕えた女。御所風の女。官女めいた女。（参考）『西鶴織留』六の一、「官女のうつり気」の「官女」が、本条の表現の参考になる。官女は、琴や和歌に心を向け、四季の花鳥風月に打ち込むと描く。　三　情け。ここは前注と関連して、和歌などの風流のたしなみ、風流心の意。　四　華奢。細身で上品なさま。　五　世の人が生活のため忙しく動き回っていること。前注二に引用した『織留』六の一の冒頭部に類似の描写がある。すなわち、官女は「若年より世のせはしき事をしらず」とあり、庶民が忙しく立ち働いて金銭の収入を得ていることを知らないという。なお、そこでは商家の生活が活気があると思った、ある官女が、商家に縁付くが、炊事など世帯向きのことを全く知らないので、離縁される話を描く。　六　以下台所の細かい世帯向きの事を挙げる。　七　小糠は、玄米などを臼で精白する時に表皮が細かく砕けて出る粉。ここは小糠の中に食べられる小米（砕けた米）が混じっているのを拾うという始末ぶりを描く。　八　近世初期には伝来し、初めは庶民の食物とされたが、次第に上層にも好まれ、元禄ごろには紅肉を生食するほか一つも捨てる所がないとされ、その皮や白肉は煮て食べたり、香の物にしたという（本朝食鑑、菓部）。　九　茶殻を枕に入れて用いると、頭を冷やし、頭痛やめまいを防ぐという。「中込」は中に入れること。なかごめとも。　一〇　上盛り。最高のもの。　一一　これ以上勝るものは他にないの意。

一二　金の遣い手。遊廓では大尽客。元禄前後の社会は、一般に不景気になり、廓での豪遊客が少なくなる。少し時代が下るが、本条と類似の表現例が『傾城禁短気』一の三にあり、「今大臣の切れ目な時分、かふした大気なお客は稀なもの」とある。　一三　遊女の最高位。タユウと発音。揚代は時代や都市（京・江戸・大坂）により相違するが、京の島原では寛文期（一六六〇年代）では銀五十三匁した。延宝・貞享期（一六七三〜八八）では五十八匁。なおこれに太夫が必ず連れて出る引舟女郎（囲職）の揚代が両時期とも十八匁要した。　一四　太夫に次ぐ遊女の位。寛文ごろの揚代が二十五匁であったので、天神の縁日にちなみ。天神という。延宝・貞享ごろは三十匁。　一五　全部の太鼓持たち。豪遊客を「大尽・大臣」というが、これを伊勢大神宮の「大神」になぞらえ、また大尽を取り巻く太鼓持を、大神（本社）を取り巻く神社になぞらえて「末社」と呼ぶ。また「百廿」は、伊勢神宮には内宮（ないくう）八十、外宮（げくう）四十、合計百二十の末社があったところから、多くの取巻きをさす数である。　一六　神酒（みき）。神前に供える酒。神酒・三寸と表記（天正本節用集）。「三寸」は当時の慣用字だが、本文の「三木」は当て字。本文は単に「酒」の意だが、前文の「神」「末社」の縁で「みき」と使う。なお、後文の「御たく宣」も「神・末社」等の縁語。　一七　遊里の慣習や作法。　一八　前方。未熟。不慣れ。　一九　一家の財政状態。懐（ふところ）工合。　二〇　物事の決着がつくこと。ここは家計が行き詰まる、懐がからっぽになるの意。　二一　五節句の前日は支払い勘定日。五節句は、人日（正月七日）・上巳（三月三日）・端午（五月五日）・七夕（七月七日）・重陽（九月九日）。ただし「人日」は次注の「正月」、「七夕」は次注の「盆」の決算日に近接するので、この「節句前」からは除く。　二二　盆（七月十五日）と大晦日（十二月の晦日）は支払い勘定日。　二三　丸みを帯びた形の小判。後文の「一歩金」の四角に対比していう。　二四　一歩（分）金。長方形の形から「一角」という。一両の四分の一に当たる金貨。　二五　羽織は当時礼装の一種で、寛文八年（一六六八）の倹約令では、町人の衣類は倹約を旨とし、特に「毛織の羽織」は「無用」（禁止）と記す。本文は羽織もぜいたくはお上も許されずの意。　二六　ここは変ったことを好んでするの意。むしろ「悪洒落（悪ふざけ）して」の意。すなわち本文では、けちな大尽が倹約令を盾に取り、太鼓持に祝儀としてねだられる羽織を、質素で地味なものにしたと描く。　二七　縦縞。　二八　縹（はなだ）色の略で、薄い藍色。「花色」は慣用的表記。　二九　爪形小紋。爪形の小紋模様。　三〇　黒い円形の紋もいうが、ここは定紋を置く部分を、丸く白抜きにして染め上げたもの。必要に応じてその白地の上に好みの紋を描き入れた。石持（こくもち）。これは誂えでなく出来合いの染物に多い。　三一　身の振舞い方。身の始末。本文は羽織などを太鼓持にねだられないよう、始末に油断なく、以下の後文のように振舞ったと描く。　三二　着替えの小袖。普通は供の者に持たせて置く。　三三　腰に下げる楕円筒形で重ね箱式の小さな容器。薬などを入れる。両端に緒締めがあり、根付けで帯にはさんだ。外出時の装飾品。　三四　小銭などを入れる布や革製の小袋。袋の口をひもで締めくくる体裁で、前腰に下げた。　三五　それはそれは、何と言ってよいか。　三六　神にかけてうそではないと誓いを立てるの意。　三七　れっきとした、立派なの意。ここは皮肉った用法。「歴々」、原文は「暦々」と誤刻。　三八　破産しかかっていること。太鼓・破るは縁語。「身躰」は「身代」の慣用的表記。　三九　島原では四つ時（午後十時）に大門を閉じて、泊り客以外の客を帰した。また八つ時（午前二時）に大門を開けたが、これをいう。この時帰る客を朝帰りの客、廓に入る客を朝込みの客という。　四〇　「かいな（腕）」を刀で引いて傷をつけるのは、相手に自分の誓いの固いことを示す心中立ての一。　四一　ごみ。塵芥。　四二　「揚屋」は太夫など上級の遊女を揚げて遊ぶ店。「揚屋町」は、前記揚屋の集まるにぎやかな町。「男」は揚屋の下男。　四三　米搗（つ）き杵（ぎね）。　四四　熱心の。惚れた。　四五　「松」は太夫の異名で、太夫の身請けを「根引松」という。　四六　「千とせ」は千年のこと。寿命の長いことを祈念して祝う語。松・千とせは縁語。　四七　富貴な人。貧者の対。「福者はまねかずして福来り、貧者は願ふにそんかさなり」（織留、三の一）

＊　挿絵は、自分の屋敷内での遊興に飽きた外右衛門が、島原遊廓で豪遊する場面。外右衛門が今まで見たことのない芸を見せれば祝儀をはずむというので、太鼓持らが張切って芸を見せているところ。

色里三所世帯

中

色里三所世帯《いろざとみところぜたい》　巻中　大坂　目録《もくろく》

(一) 戀《こひ》に勢有《せいあり》[一]　女《をんな》[二]かけろく

錢《ぜに》[三]かけ松《まつ》をして見せる男《をとこ》

[四]ゆるしを請《うく》る[五]むらさきの下帯《をび》

(二) 戀《こひ》に座敷有《ざしきあり》　女髪切《をんなかみきり》[六]

若死《わかじに》の男は伽羅《きやら》の灰《はい》も残《のこ》り

後家《ごけ》何國《いづく》[七]もあれよの風俗《ふうぞく》

(三) 戀《こひ》に網有《あみあり》　女川狩《をんなかはがり》[八]

世上おそれぬ男の浪《なみ》[九]まくら

龍宮《りうぐう》からの[一〇]うはなりうち

一　活力の意もあるが、ここは男根のこと。「勢」の付訓に「ヘノコ、フクリ」とある（名義抄）

二　賭祿。物を賭けて勝負をすること。

三　三重県津市の西北部豊久野（とよくの）にあった松。伊勢神宮遥拝所とされ、遥拝した後、賽銭（銭の穴に紐を通して束にした）を松に掛けた（和漢三才図会、七一）。現在の津市高野尾町銭掛の地。本文には銭掛松に倣って陽物に銭を掛けて、精力絶倫を誇示する話を描く。

四　「許し」は諸芸で師匠から弟子に与える免許。

五　精力旺盛な者に許した下帯。俗説に弓削（ゆげ）の道鏡に始まるといい、総紫・斑濃（むらご）・端紫（はしむらさき）等の階級がある。

六　夫の死後、髪を首のつけ根あたりで切り揃えた後家の髪風。またそれを束ねて後ろに垂らした髪形を切り下げ髪という。挿絵参照。

七　どこでも同じ、それが世の習俗の意。

八　川魚を網で捕えるように女のつかみ取りをする話。「川狩」は夏の季語。

九　女川狩の最中、洒落た浮き枕で楽しい夢を見る話。

一〇　後妻打ち。「うはなり」は、前妻（こなみ）に対して後妻のこと。中世から近世にかけての習俗では、離縁された前妻が、親類の女と組んで後妻の家を襲い、摺り小木などで家具を打ちこわした。前妻側でも日時を予告し、当日の騒ぎの機を見て、両方の仲人が現れて仲裁して事を収めたという。

㊃ 戀《こひ》に松陰《まつかげ》有
　女執行《しゆぎやう》

住《すみ》[一一]よしの蛤《はまぐり》[一二]から〳〵の命《いのち》
自慢《じまん》の鼻息《はないき》次第よはりの男

㊄ 戀《こひ》に數《かず》有女床《どこ》

毎《まい》日色かへての皃《かほ》つき
[一三]三分藏《ぞう》も男をふる[一四]流石《さすが》[一五]それ也

一一　大阪市住吉区住吉二丁目の住吉大社の大鳥居の西方の浜辺には、仮小屋風の店が立ち続き、「蛤の羹（あつもの）」を商うのも土地の名物であった（住吉名勝図会、一）。
一二　蛤の殻（から）と、「から〴〵の命」（かろうじて助かった命の意）と掛ける。
一三　銀三分取りの局女郎（下級の遊女）。
一四　原文は「石流」。当時は「流石」を「石流」とも混用。
一五　「それ者」の意。その道に通じた者。くろうとの女。

一 戀《こひ》に勢《せい》[一]有女[二]かけろく

[三]難波《なには》の冬籠《ふゆごも》り、新《あたら》しき[四]鰏汁《ふくじる》ゆかし。京《きやう》まで[五]魚荷《うをに》のはこぶもおもはしからず。[六]新町《しんまち》の[七]夜《よ》見せ名残《なごり》の比《ころ》より、世《よ》は[八]偽《いつは》りの時雨《しぐれ》、[九]女臈《ぢよらう》もこずゑさびしく、[一〇]松梅鹿《せうばいか》の[一一]妻《つま》ごひ男《をとこ》めづら敷《しく》、銀《かね》のまれなる時《とき》、[一二]分別《ふんべつ》の外右衞門《ほかゑもん》は、かつて[一三]智恵《ちゑ》なき神《かみ》ごゝろ、もろ〳〵の末社《まつしや》めしつれ、此所《ところ》の[一四]年中行座《ねんぢうぎやうざ》をみんと、[一五]九軒《けん》に[一六]住《すみ》よしや、[一七]越後《ゑちご》町《まち》に[一八]扇屋《あふぎや》、此両あげ屋を[一九]定《ちやう》屋にして、ときめける太夫をひとりも残《のこ》さず、五日つゞけて詠《なが》めつくし、其上の[二〇]品定《しなさだ》め。

美《び》なる[二一]形氣《かたぎ》を色《いろ》つくれば、いづれかいやといはれぬみだれあそび、[二二]内證《ないしやう》のよしあしは床《とこ》に入てぞしる。今時の[二三]仕掛《しかけ》、[二四]ふるの惡《わる》じやれの子細《しさい》なしに、其客《そのきやく》に身《み》を打《うち》まかせて、それで嬉《うれ》しがらするは商《あきな》ひ上手なり。生れ付てよはき男《をとこ》こそ損《そん》なれ。[二五]きこん次第《しだい》の曲《きよく》のり、長馬場《ながばゝ》に祕術《ひじゆつ》をつくし、板敷《いたじき》ねだ

一 恋に勢《せい》あり女賭禄《かけろく》

大坂《おおざか》での冬籠《ふゆごも》りに、生きのいい鰒汁《ふぐじる》はどんなにか心ひかれる。京まで魚荷《うおに》が運んだ鰒では好ましくない。そこで外右衛門《ほかえもん》は、三月から始まった新町遊廓《ゆうかく》の夜見世《よみせ》が終り近くなる十月から大坂新町で遊ぶことにした。折しも時雨降る時節だが、（年末を控え客の心も離れるので）、木々《きぎ》の梢《こずえ》ばかりか新町の女郎もさびしくなるころである。太夫《たゆう》を始め天神《てんじん》や鹿恋《かこい》女郎なども遊客が珍しく、実入りの少ない時節である。恋に無分別な外右衛門は、全く欲心のない神のような心で、大勢の太鼓持《たいこもち》を引き連れ、この廓《くるわ》の年中行事を見ようと、九軒町《くけんまち》の住吉屋《すみよしや》、越後町《えちごまち》の扇屋《おうぎや》、この二軒の揚屋《あげや》を定宿《じょうやど》にして、全盛の太夫を一人残らず、五日続けて眺め尽くし、その上で敵娼《あいかた》を決めることにした。

太夫らは元々美しい顔立ちを化粧するので、どれもいやといわれない美人揃《ぞろ》えの気ままな遊興であったが、あそこのよい悪い

を折《をり》て、俄《にはか》に此宿《やど》のつゞくり普請《ぶしん》、算用《さんよう》の外《ほか》のめいわく。是をおもふに、かゝるあらけなき人に、勤《つと》めかず〱なれる女《ちよ》郎《らう》の[二六]そこねぬ程《ほど》、重寶《てうほう》なる物又もなし。年ふりては、御影石《かげいし》の井筒《ゐづゝ》さへそこぬる事を、思ひくらべておかし。

有時大臣《あるときだいじん》、あまたの末社《まつしや》をあつめ、霜月《しもつき》三十日の勘定帳《かんぢやうてう》を取出し、ひとり〱の高名《かうみやう》をあらためられしに、[二七]中びくの藤《とう》介《すけ》、「随分《ずいぶん》[二八]ちいさき鼻《はな》なれども、それにはよらずすぐれて大出來《でき》なる道具《だうぐ》、人並《なみ》より[二九]長銘《ながめい》かゝへて、[三〇]さしうらに[三一]連樋《つれび》のごとく青筋《あをすぢ》二つ有て、切先《きつさき》より一寸五分程手《ほどて》まへに、[三二]むくろぢ程《ほど》なるふくれ有、[三三]かさねあつく[三四]平づくりにして、[三五]無疵《むきづ》物。是にて京《きやう》の[三六]嶋原陣《しまばらぢん》にも、[三七]手だれの太鞁女郎《たいこじよらう》をくみふせ、其女に程なく、[三八]六味《み》丸《ぐはん》を呑《のま》せし事かくれなし。先年《せんねん》[三九]北野《きたの》の茶屋《ちや》にて、[四〇]大すきの二木《ぼく》に腰《こし》をぬかさせ、それのみ[四一]石垣《いしがき》町の夜軍《よいくさ》に、[四二]僞泣《そらなき》のこまんに、『ひとりある親《をや》を見いで果《はて》ましよ。是《これ》はどうもならぬ。本《ほん》に泣《なき》ます』と、大誓《せい》もんを立《たて》させ、『一生《しやう》のたのしみけふといふけふ』と、[四三]抱帯《かゝへをび》を鉢《はち》まきにして、塩《しほ》湯《ゆ》にて氣付《きつけ》をあたへ、それより四、五日は客《きやく》のあひしらひも

は、床に入ってみなければ分からない。今時の女郎のもてなし方は、初会の客を振ったり、痴話《ちわ》げんかをしたりなどという面倒なことをしないで、初手からその客に身をまかせ、それでうれしがらせるというのは、商売上手である。生まれつき精力の弱い男は、まことに損だ。また、精力の続く限りの曲乗りや、長馬場《ながばば》で秘術を尽くし、板敷や根太《ねだ》を折って、にわかにこの揚屋の修繕をさせられるというのも、勘定外のことで迷惑する。考えてみると、こんな荒っぽい客に数重ねて勤める女郎が、体をこわさないというのは、こんな重宝なものは又とない。長年のうちには、御《み》影石《かげいし》の井戸囲《いどがこ》いでさえこわれることを思い比べると、おかしくてならない。

ある時大尽《だいじん》外右衛門は、大勢の太鼓持を集め、十一月三十日間の勘定帳を取り出し、一人ひとりの手柄を吟味された。すると低い鼻の藤介《とうすけ》がまずこう述べた。「私は随分鼻が小さいけれども、世間の言い分とは違い、すぐれて立派な道具を持ち、人並の物より長銘《ながめい》を付け、その裏側に樋《とい》のような青筋が二つあって、切っ先から一寸五分《いっすんごぶ》ほど手前に、無患子《むくろじ》ほどのふくれがあり、刀身に厚

ならぬめにあはせし事、各〳〵《をの》の目前《もくぜん》にての手柄《てがら》。其外はや業《わざ》、をし付業《わざ》、一度《ど》もふかくをとらず、女色《ぢよしよく》の達者《たつしや》、此御ほうびに四四紫《むらさき》の下帯《したをび》を御ゆるしあれ」と、願《ねが》ひければ、

色《しき》道大和尚《をしやう》外《ほか》右衛門大笑《わら》ひして、「汝《なんぢ》が身の程をいかめしく、世《せ》間《けん》の婬亂《ゐんらん》をしらずや。それなる末社《まつしや》順禮《じゆんれい》の善《ぜん》吉、廿一歳《さい》より世帯《せたい》を持《もち》そめ、十年あまりに女房《にようばう》三十三人さりける。是みな女《をんな》の方《かた》より、夜《よる》の事どもにやつれ、暇乞捨《いとまこひずて》にして出て行。其後はあひ手もなくて、出家《しゆつけ》の持《もち》し四五旅《たび》女臈《ぢよらう》といへる物を、四六ことかけにあひして、是でも精《せい》分《ぶん》あまりて身のふくれあがれば、養《やう》生《じやう》のため

みがあり鎬《しのぎ》のない平作《ひらづく》りで無傷物《むきずもの》です。この道具で京の島原の陣でも、腕ききの太鼓女郎を組み伏せて、その女に間もなく六味丸《ろくみがん》を飲ませたことは広く知れわたってます。また先年北野の茶屋で、色好みの茶屋女に腰を抜かさせ、そればかりか石垣町《いしがきまち》の色茶屋の夜戦《よいくさ》では、うそ泣きのこまんに、『一人いる親にも会わずに死にましょ。これはどうもたまらぬ。ほんに泣きます』と、誠の誓いを立てさせ、『一生の楽しみは今日という今日』と、腰帯を鉢巻《はちまき》にした彼女に、塩湯の気付けを飲ませ、それから四、五日は客の応待もできないような目にあわせたことは、ここのみんなの目の前で立てた手柄です。そのほか早業《はやわざ》や手込め業《わざ》で一度も不覚をとらず、女色《じよしよく》の達者です。このご褒美《ほうび》に紫の下帯をお許し下さい」と、願い出た。

色道の大和尚《だいおしよう》外右衛門は、大笑いしてこう言った。「お前は自分の手柄を大層に述べ立てるが、世間の淫乱《いんらん》を知らないようだ。そこにいる太鼓持、順礼《じゆんれい》の善吉《ぜんきち》は、二十一歳から所帯を持ち始め、十年余りに三十三人の女房を離縁している。これもみな女のほうより、夜のことなどでやつれて離縁を申し出て、別れの挨拶

[四七]夏断《げだち》して、一日に三度《ど》づゝたはぶれ、其外《ほか》は堪忍《かんにん》しける。つよい所のためしには先年《せんねん》参宮《さんぐう》せし時、中《なか》[四八]の地蔵《ぢぞう》の色茶屋《いろぢゃや》にて、『神[四九]もゆるし給へ、末《まっ》社《しゃ》共が無礼《ぶれい》。御所望《しょもう》にまかす』と、下帯《したをび》ときかけ、六十つなぎの伊勢銭《いせぜに》[五〇]を、そもく壱貫《くはん》[五一]弐百より三貫五百までかけて、すこしも先《さき》のさがらぬに、おなじ同行《どうぎやう》是をみて、『新銭《しんぜに》かけ松《まつ》の善吉《ぜんきち》』と名《な》を改《あら》ため、『迚《とても》の事に障子《しやうじ》のはやわざ』とのぞめば、かしこまつてまかり立、杉骨《すぎぼね》のひとまくを、七けんがあひだつき貫《ぬき》、其上に大神楽《だいかぐら》[五二]の太鞁《たいこ》うたせけるに、いまだ獅子《しゝ》も舞《まひ》おさめぬうちに、ばちあたりてや、畳挑灯《たゝみでうちん》[五三]のごと

㈠ 戀に勢有女かけろく

もそこそこに出て行ったのだ。その後は相手もいないので、出家が持っていた旅女郎という女人形を間に合わせに可愛がっていたが、それでも精分が余って体がふくれあがるので、養生のために一夏《ひとなつ》の間酒や魚肉を断ち、一日に三度ずつ女人形とたわむれ、そのほかは我慢している。一物《いちもつ》の強い証拠には、先年伊勢参宮した時、中《なか》の地蔵《じぞう》の色茶屋で、『神もお許し下さい、太鼓持どもの無礼を。さて大尽の御注文どおりにします』と言って、善吉は褌《ふんどし》をほどき、六十文つなぎの伊勢銭《いせぜに》を、最初は十二本掛け、次第に増やして三十五本まで掛けても、少しも一物の先が下がらない有様だ。参詣仲間の太鼓持がこれを見て、『新銭掛松《ぜにかけまつ》の善吉』と名を改めさせた。『ついでのことに障子破りの早業が見たい』とみんなが望むと、承知して立ち上がり、障子の杉骨の桟《さん》の一間《ひとま》ひとまを、七間《しちけん》もの間突き通した。その上に太神楽《だいかぐら》の太鼓を打たせたところ、まだ獅子舞《ししまい》も舞い納めないうちに、罰が当たったのか、畳《たたみ》提灯《ちょうちん》のように萎《な》えたので、天《あま》の岩戸《いわと》の前で役に立たない物と、今少しのところを嘆いたものだ。この男にさえ六尺の褌《ふんどし》の三尺だけを、紫にすることを許したのだ。今後お前には、一尺二寸ほど、

くなりて、天《あま》[五四]の岩戸《いわと》のくらものと[五五]、今そつとの所《ところ》をなげきぬ。是にさへ六尺の犢鼻褌《ふんどし》三尺を、むらさきにゆるしぬ。向《きやう》後汝《こうなんぢ》には、壱尺弐寸程、[五六]さがりばかりを、むらさきにゆるすなり。是に云《いひ》[五七]たてにして、いかなる後家《ごけ》のかたへもすむ[五八]べし。これなる常灯《じやうとう》[五九]の甚平《ぢんべい》、出生《しゆつしやう》して此かた、昼夜《ちうや》ともに終《つゐ》によは〳〵としたる事もなく立通《たちどを》しなれば、千貫目の分限《ぶげん》[六〇]にまさり、不断《ふだん》もゆる火のごとくなれば、異名《ゐみやう》を常灯《じやうとう》の甚平《ぢんべい》と改《あらた》め、惣むらさきの下帯《をび》をゆるしける。たま〳〵の夜見せに出あひ、十三番《ばん》[六一]うちなどのゐげん[六二]、其男にはふんどしのむすびめばかり、むらさきをゆるし給へり。我、むらさきのふたへまはりをする事、弓削《ゆげ》[六三]の道鏡《きやう》より相承《さうしやう》し傳《つたは》り、千日千夜も是にあかず」と。

鰻鱺《うなぎ》[六四]・鶏卵《たまご》[六五]・山薬《やまのいも》[六六]を毒斷《どくだち》[六七]して、御次《つぎ》の間に金の鍋《なべ》[六八]をしかけ、銀の天目《てんもく》に水をはかり、腎精《じんせい》のおとろへる薬《くすり》を呑《のみ》給ふ。随分《ずいぶん》今の新町にて好《すき》といはれし女郎も、床《とこ》より前《まへ》に身をふるはし、腰《こし》をぬかしけるは、氣味《きみ》よき大じん、あやかり物は是。

褌の下がりだけを紫にすることを許そう。これを手柄に言い広めて、どんな後家の所にでも入り込むがよい。こちらにいる常燈《じょうとう》の甚平《じんべい》は、生まれてからこの方、昼夜ともにまだ一度も弱々としたことがなく立ち通しだから、千貫目持ちの資産家にも勝り、絶え間なく燃《も》えている火のようだから、異名を常燈の甚平と改めさせ、総紫《そうむらさき》の褌を許したのだ。たまたまこの廓《さと》の夜見世《よみせ》でよい相手に巡り会い、十三番打ち勝ったなどと広言する、そんな男には褌の結び目だけに紫を許している。わしが紫の下帯を二重《ふたえ》回しに締《し》めているのは、弓削《ゆげ》の道鏡《どうきょう》よりの相伝《そうでん》で、千日千夜でも女色道に飽きることがないからだ」と語った。

外右衛門は、鰻《うなぎ》、鶏卵《けいらん》、山芋《やまいも》など精のつく食物を毒として食べず、お次の間で金の鍋《なべ》を火に掛け、銀の天目《てんもく》茶碗で水をはかり、精力の衰える薬を飲んでおられた。今の新町遊廓で随分好色《すき》と言われる女郎も、床に入る前から体を震《ふる》わし、腰を抜かしてしまうという。なんと気味のよい大尽だろう、あやかりたいものはこの人である。

（巻中の一）

一 三二ページ注一参照。 **二** 三二ページ注二参照。 **三** 「難波津に咲くやこの花冬ごもり今を春べと咲くやこの花」（古今集、仮名序／謡曲、難波）などによる表現か。 **四** 鰒汁。冬季の薬食いに珍重する。 **五** 堺・尼崎などから大坂に集った生の海魚を、大坂を宵に立ち早朝に京都に急送した飛脚便。 **六** 大阪市西区新町にあった官許の遊廓。京の島原、江戸の吉原と共に近世の三大遊里の一つ。 **七** 新町の遊女が夜に店に並び客を招くこと。寛文六年十二月八日の大火後禁じられたが、延宝三年三月より毎年三月一日より十月末日の間、亥の刻（午後十時）を限りに夜見世を許された（色道大鏡、一三）。 **八** 陰暦十月に降る時雨の異名。古歌に「偽りのなき世なりけり神無月誰（た）がまことより時雨初（そ）めけむ　定家」（続後拾遺、冬）とあり、人の心は移りやすいが、時雨は初冬に必ず降ると慨嘆する。ここはこの名歌のように、十月には遊客が心変りして、遊里から遠のくのをいう。なお当時は、大晦日の決算期に備えて、十月からは客も商売一途になった実状がある。 **九** 「女郎」の慣用的表記。時雨・こずゑさびしく（木葉散音）は縁語（類船集）。 **一〇** 遊女の職分の異名。「松」は太夫、「梅」は天神、「鹿」は鹿恋（かこい）のこと。 **一一** 遊客のこと。俳諧では、鹿の異名を「妻恋鳥」という（類船集）。ここは前文「鹿」と縁語。 **一二** 「分別の外」と「外右衛門」と掛ける。知恵のない意。 **一三** 諺に「知恵ない神に知恵つくる」というが、その知恵のない神。 **一四** 年中行事に当たる。本文の内容から十月・十一月の新町の行事を挙げると、十月は、一日・二十五日が月次（なみ）の物日であるほか、亥（い）の日に亥子（いのこ）の祝い、十三日に御影講がある。十一月は、一日・二十五日の月次の物日のほか、八日にふいご祭、上の子の日に子子（ねのこ）の祭、二十四日に大師講がある（色道大鏡、一三）。 **一五** 大坂新町の揚屋町、九軒町。 **一六** 九軒町の揚屋。住吉屋長四郎・同四郎兵衛の二軒ある。 **一七** 新町佐渡島町筋は、東から西へ佐渡島町上之町・同下之町・同揚屋町と続く。その特に西一町を「佐渡」の隣の意で、越後町と俗称する（澪標）。 **一八** 佐渡島町揚屋町の揚屋、扇屋次郎兵衛（色道大鏡、一三）。 **一九** 通いつけの揚屋。定宿とも。 **二〇** 遊女のよしあしを品評し、相手を決めること。 **二一** 顔形。容姿。「容儀（かたぎ）に柔和をつくし」（人倫糸屑、取売）。 **二二** 閨房の風味のよしあし。 **二三** やり口。もてなし方。 **二四** 初会には遊女が客を振ったり、床入りしながら痴話げんかで思いを遂げさせなかったりする仕掛けがあった。「子細なし」は、何の面倒や技巧などもなく、あっさりと。 **二五** 気根。精力。精魂。 **二六** 原文は「そこね程」と、「ぬ」が脱字なので補う。 **二七** 鼻が低く、ほお・あごが出たお多福風の顔。中高（なかだか）の対。 **二八** 鼻の小さい男は精力が弱いという。 **二九** 以下陽物を刀身になぞらえる。「長銘」は、刀工の住国・姓名や鋳造年月日を刻んであり、長い銘ほど間違いのないものとして珍重された。 **三〇** 差裏。刀を腰に差した時裏になる側で右側になる。差表に対していう。 **三一** 刀の背の血走りの溝が二条あるもの。 **三二** 無患子。落葉高木で、その種子は黒い球で、羽根つきの羽根の球に使う。 **三三** 刀身の厚さ。 **三四** 刀の刃と峰（背）との間に設けた角立つ稜線を鎬（しのぎ）というが、その鎬のない平たい作りの刀。 **三五** 焼き傷のない刀。 **三六** 島原の遊女狂いを寛永十四、五年の九州島原の陣になぞらえていう。 **三七** 手足の上れ。腕きき。熟練。 **三八** 六味地黄丸。強精用の丸薬。 **三九** 京都市上京区の北野天満宮（北野神社とも）島居前の色茶屋。もと七軒あったので七軒茶屋という。後代の上七軒遊廓の前身。「北野天神の御前にも茶屋有。わけもやうすも八坂に同（じ）」（貞享五年・諸国色里案内）。その勘定は銀三匁や二匁五分であった。 **四〇** 酒席の給仕をし、色を売る茶屋女。 **四一** 石垣町（ちょう）は京都の四条から五条まで鴨川沿いの両岸の町。東石垣町（現在の東山区宮川筋一丁目）と、西石垣町（下京区西石垣通四条下ル）とあり、色茶屋が多かった。 **四二** 閨房でうそ泣きをするところからの異名。 **四三** 腰帯。 **四四** 三二ページ注五参照。 **四五** 旅行者の愛玩用に、吾妻形を仕掛けた女人形。 **四六** 事欠け。ある物がなくて不自由することの意だが、転じて間に合わせの意。ことかき。 **四七** 陰暦四月一日から三か月間、僧が一か所に籠って修行することを夏安居（げあんご）というが、俗人でもその期間に酒や魚肉を断って精進すること（滑稽雑談、四月上）。 **四八** 伊勢神宮の内宮と外宮との間の台地を間（あい）の山といい、その外宮寄りに遊里や芝居のある古市があり、内宮寄りに色茶屋のある中の地蔵があった。中の地蔵も北の古市寄りを下中之地蔵町（伊勢市中之町）、南の内宮寄りを上中之地蔵町（同桜木町）と称し、後者の方に色茶屋があった（三重県の地名）。「伊勢の古市・中の地蔵といふ所の、遊山宿に身をなして」（一代女、六の二）。 **四九** 参宮の道中では色事や不浄なことを禁じた。 **五〇** 伊勢参宮の賽銭用の鉛製の穴明き銭。宮銭とも、その形から鳩の目ともいう。伊勢の銭屋で銭一文を伊勢銭（形から鳩の目という）十文ないし十二文と交換した。また鳩の目六十箇を銭緡（ぜにさし）につないだのは、百文の賽銭として扱った。この私鋳銭は天正ごろから使われ、貞享二年十月に使用禁止となる。**五一**　一貫二百文は鳩の目の銭緡十二本、次の三貫五百文は、三十五本に当たる。　**五二**　伊勢神宮へ奉納する神楽だが、獅子舞の曲芸にもいう。ここは後者で、その鳴物（ならしもの）に、陽物を太鼓の撥（ばち）にして打たせるところ。伊勢・神楽は縁語。　**五三**　畳んだ提灯のこと。「挑灯」は原文では「灯挑」とあり、当時は「挑灯」と混用した慣用的表記だが、改めた。　**五四**　伊勢神宮の外宮（げくう）南の高倉山の峰にあるとされた。（和漢三才図会、七一）。また「天の岩戸」は女陰の異名。神楽・岩戸のむかしは縁語。天の岩戸・闇（くらやみ）は縁語。　**五五**　暗物・闇物と書く。いかさま物、にせ物のこと。「天の岩戸のくらもの」は、天の岩戸（女陰）の前で（畳提灯になっては）、陽物も暗物、役に立たない物だの意。　**五六**　褌のさがり。六尺ふんどしの前部に垂らす布の部分。　**五七**　自分の特技を吹聴（ふいちょう）すること。手柄を触れ回ること。　**五八**　済む。就職する。縁付く。　**五九**　常夜燈。当時千貫目以上の長者は、全蔵に常夜燈をともした（永代蔵、一の一）。ここの異名の由来は、後文に、昼夜立通し、「不断もゆる火のごとく」とあるのによる。　**六〇**　資産家。ブンゲンとも。　**六一**　一人で十三人の女性を物にしたこと。「番」は一対一の勝負の回数。「うち」（打ち）は、相手を打ち負かすこと。　**六二**　威言。広言。　**六三**　奈良時代の僧。孝謙（称徳）天皇の寵を受けた道鏡は、大きな陽物の所有者であったといわれる。（古事談、一）。　**六四**　鰻鱺ウナギ（書言字考節用集）。鰻を食べると、腎焔は猛（さかん）にもえ、陽物は勃興するという（本朝食鑑、鱗介部一）。　**六五**　鶏卵は男子の陰痿（イ、なえる）不起に妙験があるという（本朝食鑑、禽部之二）。『一代男』八の五でも、どじょう・やまのいも・卵などを強精補腎の食物とする。　**六六**　「薯蕷ショヨ」、山芋（やまのいも）は「山薬」ともいう（増補下学集）。山芋は腎気を益し、脾胃を健にするという（本朝食鑑、穀部之二）。　**六七**　病人の薬の食い合せとして服食出来ない食物。また病人が有害な食物を避けて食べないこと。　**六八**　薬の中には銅や鉄製の鍋などに入れると変質して有毒になるものがあるので、金の鍋を用いた。普通は磁器の鍋を用いる（日本居家秘用、一二／定本頭注）。

＊中巻は京を離れ、大坂での遊興を描く。本章では、外右衛門が太鼓持らの色道の手柄を吟味した際、順礼の善吉の過去の実績を披露するが、挿絵はその善吉の先年の逸話を描く。左図奥が外右衛門で、その左手前の太鼓持は、善吉に授けられた褒美の褌を捧げ持ち、善吉に渡そうとしている。なお本章の挿絵は、底本には落書があるので、本作の改題増補作『好色兵揃』（元禄九年刊）巻二の二の挿絵を借り掲載した。

二　戀《こひ》に座《ざ》敷《しき》有女髪切《かみきり》

二　恋に座敷あり女髪切り

[二]思《をも》ひ川にかけて[三]四つ橋《はし》といふは、大坂の名所、此あたりを[四]蟻《あり》とわたりと人は云なり。[五]前《まへ》は新町を詠《なが》め、後《しり》は道頓堀《だうとんぼり》ちかし。此ふたつのさかひなれば、其名おかし。此所にかり座敷して、色《いろ》男寄會世帯《よりあひぜたい》も珍《めづ》らし。京より薪《たきゞ》やすし、米自由《じゆう》にして、[六]酒《さけ》からく、[七]延紙《のべがみ》は吉野より手廻しよく、[八]伽羅《きやら》は堺《さかひ》より取よせ、南請《みなみうけ》にふんどしの干場《ほしば》もよし。爰《こゝ》ぞ住《すむ》べき所と、戀《こひ》の入江《え》に[九]錠《いかり》をおろしぬ。

此宿《やど》も今迄いかなる奢《をごり》人か有ける。眞綿《まわた》を入し[一〇]錦縁《にしきべり》の疊《たゝみ》、寝所《ねま》に[一一]名女揃《めいぢよぞろへ》の枕繪《まくらゑ》、さながら思ひを裸《はだが》になし、是みないたづらのひる中をもかまはず、しづか御ぜんを細目《ほそめ》に書《かき》て、弁《べん》慶《けい》がとつて押《をさへ》てわがまゝをする処《ところ》、小野《をの》の小町[一二]花の色《いろ》ふかく、うしろつきよは〳〵としてこのもしき所を、虎《とら》の皮《かは》の下《した》帯《をび》ときかけて、歯《は》のぬけたる[一三]鬼目《おにめ》が、鉄《かね》の棒《ぼう》を枕《まくら》にさせて、筋骨《すぢぼね》あらけなき手をうちかけ、ぢごく極樂《ごくらく》のさかい目を見せける。[一四]いづみ式部《しきぶ》若盛《わかざかり》を、釈迦如來《しやかによらい》袈裟《けさ》かけながら、[一五]八千度《せんたび》も是にはあかぬ皃《かほ》つき。又[一六]井筒《ゐづゝ》の女は、かくれなき業平《なりひら》の夫《ふ》妻《さい》なりしに、[一七]河内《かはち》がよひの留主《るす》の間《ま》へしかけ、孔子《かうし》のぬすま

㈡ 戀に座敷有女髪切

西横堀川《にしよこほりがわ》と長堀川《ながほりがわ》と交差する辺《あた》りは、遊里に近いので恋の思い川といえるが、そこに架《か》けて四つ橋というのは、大坂《おおざか》の名所である。この辺りを蟻《あり》の門渡《とわた》りと人が言うらしい。遊客の進む前には新町遊廓を眺め、後ろは道頓堀《どうとんぼり》の芝居街が近い。いわば女色と男色の境であるから、蟻の門渡りと言うのは面白い。この所に座敷を借りて、色男ばかりの寄り合い所帯というのも珍しい。京よりは薪《たきぎ》が安いし、米は自由に買えて、酒は本場に近く辛口《からくち》だし、鼻紙は産地の吉野より用意させ、伽羅《きやら》は交易の港堺《さかい》から取り寄せ、家は南に面して褌《ふんどし》の干し場にもよい。こここそ住むべき所だと、外右衛門《ほかえもん》の一行は、この恋の入り江に錨《いかり》を下ろした。

この家は今までどんな贅沢《ぜいたく》な人が住んでいたのであろうか。真《ま》綿《わた》を入れた錦縁《にしきべり》の畳を敷き、寝間には古今の名女を揃えた枕繪を張ってある。恋の想《おも》いをそのままさらけ出し、これ皆昼中をも構わずいたずらの最中で、静御前《しずかごぜん》を細目《ほそめ》に描いて、弁慶が押え込んでわがままをするところ、また美しい女盛りの小野小町《おののこまち》の、後ろつきの弱々として好ましいところを、歯の抜けた鬼めが、虎《とら》の皮の褌をときかけ、鉄棒《かなぼう》を枕にさせて、筋骨の荒々しい手を打ちか

る丶所、「[一八]朝《あした》に道をそむき、夕部《ゆふべ》に[一九]首《くび》を切りよと、まヽよ扨《さて》。子孫《しそん》は是でこそ出來もすれ。[二〇]見臺《けんだい》に眼《まなこ》をさらし、[二一]諸分《しよわけ》をせんさくするに、此事よりたのしみなし」と、[二二]思ひ入のやりくり。其外かやうに思ひもよらぬ取あはせ、おかしきうちにも氣を移《うつ》し、堪忍《かんにん》のならぬやうに拵《こしら》へたる座敷なり。中二階《かい》には、[二三]舞臺子《ぶたいこ》の床《とこ》づくし、いづれか思ひ〳〵好々《すきぐ》の有様、是を戀《こひ》の種《たね》として、朝暮《てうぼ》此事のやむ時なし。「人の家居《いゑゐ》は是でこそあれ。むかし住《すま》れしゆかしや」といへば、

此座敷《ざしき》あづかる人の語《かた》りけるは、「此家御普請《ふしん》のそも〳〵、[二四]地《ち》祭《まつり》・[二五]屋がためお

け、地獄と極楽の境目を見せている。あるいは若盛りの和泉式部《いずみしきぶ》を、釈迦如来《しゃかにょらい》が袈裟《けさ》を掛けたまま、八千度でもこれには飽きないという顔つきをしている。また、謡曲「井筒《いづつ》」の女は、世間周知の業平《なりひら》の女房なのに、業平が河内《かわち》の女の所へ通う留守の間に押し掛け、孔子《こうし》が盗まれるところ。孔子は、「朝《あした》に道をそむき、夕べに首を切られようともままよさて。子孫はこれでこそ出来るのだ。見台《けんだい》に目をさらして男女関係の内幕を調べてみたが、このことよりほかに楽しみはない」というように、夢中になって契りを交わしている。そのほかこのような思いもよらぬ取り合わせがあり、おかしい中にも気をそそられて、我慢の出来ないようにこしらえた座敷である。中《ちゅう》二階には歌舞伎《かぶき》若衆との情事の数々を描き、どれを見てもめいめい好き勝手に振舞っている。ここに住めばこれを恋の種として、明け暮れ情事《このこと》のやむ時はあるまい。「人の住まいはこのようにありたいものだ。ここに以前住まれた人が慕わしい」と、外右衛門が言った。

この座敷の管理人が語ったことには、「この家は御新築の当初から、地鎮《ぢちん》祭・屋固めの儀式にも手抜かりなく、鬼門を避け、柱

(二) 戀に座敷有女髪切

ろかもなく、鬼門《きもん》二六をよけ、逆木《さかぎ》二七を改《あらた》め、万事《ばんじ》に氣《き》を付られしに、此あるじ死去《しきょ》の後《のち》、幾人《いく》か若死《わかじに》せられし。二、三年まへに相果《あひはて》られし人の後家《ごけ》、黒髪《くろかみ》を切捨《きりすて》、時《とき》めく姿《すがた》をより、二八折ふしの風情《ふぜい》を見し人こがれ、後家御にあひなれしに、『我氣《わがき》に入ならば、筋目《すぢめ》二九にはかまひなし。此家屋敷《いへやしき》はいふまでもなし、三〇ほぞくり金の千両も、其人に進《しん》ぜん』と、三一廣《ひろ》い口から沙汰《さた》あれば、欲《よく》と戀《こひ》とのふたつにて、是を望《のぞ》みくる人、數《かず》をしらず。されども五日七日にやつれ、又は十日、十二、三日に腰《こし》をぬかし、ありきて歸る者ひとりもなし。三二なんぼうおそろしき物語《がたり》。殊にそれな

の逆木《さかぎ》を吟味し、万事に気を配られたが、この御主人が亡くなられた後、跡を継いだ何人かが若死にされました。二、三年前に亡くなられた人の奥さんは、黒髪を切り捨て後家となったが、昔の全盛であった姿を見せた時と違って、何か頼れる人ほしそうな今の風情《ふぜい》を見た人が恋いこがれ、後家さんに親しくなったところ、『もし私が気に入ったなら、氏素姓には関係なく、この家屋敷は言うまでもなく、へそくり金の千両もその人に差し上げよう』と、広い口から言い触らされたので、欲と色との二道《ふたみち》かけて、これを望んで来る者が数知れずおりました。しかし五日か七日でやつれ、または十日か十二、三日で腰を抜かし、歩いて帰る者は一人もおりませんでした。なんとまあ恐ろしい話でしょう。ことにそこにある内蔵《うちぐら》造りの一間《ひとま》は、用心のためではなく、厚壁にして入口の戸も幾重《いくえ》にも念を入れて作られている。これは声高によがられても、近所に聞こえないためです。この中こそ男の命を取る所で、見るのも恐ろしい」と言うのだ。外右衛門とその仲間は、これを聞いて、「その女の一人ぐらい、何ほどのことがあろうか。我々に出会ったならば、この世の思い出に、命の終わるのに四十

る[三三]内蔵作《ぐらづく》り一間は、用心の爲《ため》にはあらず、厚壁《あつかべ》にして、[三四]戸《と》まへ幾重《いくへ》か念《ねん》を入られし。是は、聲高《こゑだか》にむづかりても、近所《きんじょ》へしれぬ爲なり。此内こそ男の命《いのち》を取所、見るもこはし」といへば、外右衞門をの〱、是を聞て、「其女ひとり、何程《なにほど》の事か有べし。我《われ》らに出あふ物ならば、浮世《うきよ》の思ひ出に、[三五]最後《さいご》四十九日まではかゝらじ。其後家《ごけ》いづれものぞむ所なり」と、[三六]つよ藏《ぞう》いさめば、

「面々《めん〱》後家の望《のぞ》みならば、よき事こそあれ。道頓堀《だうとんぼり》の[三七]はま川に、いまだ色残《いろのこ》れる大坂中の後家《ごけ》、毎《まい》日あつまれる[三八]小宿あり。是は」といへば、「それよ」と、此宿《やど》を頼み、しのび〱に取よせけるに、「後家《ごけ》といふ姿《すがた》のおもしろや。何國《いづく》にても髪《かみ》を切て[三九]中幅帶《はゞをび》、數珠《じゆず》[四〇]人の眼《まなこ》玉をぬき、[四一]いつはりの談義《だんぎ》參り、殊に[四二]あひどりに[四三]惡事負《あくじをひ》のびくにをつれ、前巾着《まへぎんちゃく》の[四四]芥子《けし》銀《がね》は、男の[四五]餌《え》にかひて、是程各別《ほどかくべつ》なる物はなし」といふにぞ、心うき立《たち》、なを名の高《たか》きをまねきける。

「是は[四六]中《なか》の嶋《しま》の二度咲《どざき》の花《はな》さま、それは[四七]横堀《よこぼり》の寺《てら》さがしさま、又は[四八]天満《てんま》の月夜烏《よがらす》様、さては[四九]上町の燃杭《もへぐい》さま、[五〇]伏見堀《ぼり》の

九日まではかかるまい。その後家はだれもが望むところだ」と、外右衛門ら精力絶倫の一行が勇み立った。

すると座敷の管理人が、「皆さん、後家をお望みならば、よいことがあります。道頓堀《どうとんぼり》の浜側に、まだ色気の残る大坂中の後家が、毎日集まる小宿があります。これはどうです」と言うと、「それがよい」と、その小宿に頼み、人目を忍び呼び寄せた。小宿の主人は、「後家という姿は、面白いものです。どこの国でもそうですが、切り下げ髪で中幅帯をしめ、数珠《じゅず》を提げて人目をあざむき、見せかけの寺参りをします。ことに浮気遊びの仲間には、いざという時の身代り役に科負《とがお》い比丘尼《びくに》を連れ、前巾着《まえぎんちゃく》の細《こま》銀《がね》は男を釣る餌《えさ》に用意するというように、これほど格段に面白いものはないでしょう」と言うので、心も浮き浮きとして、さらに名の高い後家を招くことにした。

「これは中の島の二度咲きの花《はな》様、それは横堀の寺探し様、または天満《てんま》の月夜《つきよ》烏《がらす》様、さては上町《うえまち》の燃抗《もえぐい》様、伏見《ふしみ》堀の取り付き虫様、堺《さかい》筋の出尻《でじり》様」、そのほか異名を聞き覚えた後家が二百三十四人もいた。皆一癖《ひとくせ》ずつあって、盛り過ぎた色香は、みだらな

取つきむし様、[五一]堺すじの[五二]出尻《じり》さま」、其外異名《ゐみやう》の覺《をぼ》へ、弐百三十四人あり。皆一子細《さい》づゝやりて、盛過《さかりすぎ》たる櫻《さくら》は、[五三]いたづらにあらはれ、一日に四、五人づゝ釣寄《つりよせ》て、外《ほか》右衞門をはじめ末社《まつしや》、「大坂にておくれを取な」と、命を鼻紙《はながみ》より輕《かろ》く、[五四]業平傳受《なりひらでんじゆ》の四十八手をつくしけるに、隨《ずい》分[五五]はがねをならす後《ご》家《け》達《たち》、只《たゞ》一會《くはい》にこりて、重《かさね》て尋《たづね》る方もなきは、よく〳〵の事なり。此歸り姿《すがた》を見るに、腰《こし》元がかたにすがり、又駕籠《かご》にかきのせられ、あるひは氣《き》を取うしなひ、正氣《き》にて歸るはひとりもなし。

よいきみの外右衞門、是より思ひ付、[五六]髪切《かみきり》おもしろければ、「振袖《ふりそで》の後家《ごけ》さがせ」とある。心中《しんぢう》は各別《かくべつ》、[五七]わきあけの髪切世《かみきりよ》にまれなれば、太鞁持《たいこもち》ども才覺《さいかく》にて、色《いろ》よき娘《むすめ》あまた取よせ、大臣《だいじん》御物ずきを語《かた》り、親《をや》共其身[五八]あひたいにて、十五、六より十八、九までの女を十二人、壱年切《ねんきり》に定《さだ》め、前金《まへきん》拾兩づゝにて、惜《をし》や黒髪《くろかみ》を切《きら》せて後家《け》分《ぶん》にして、大臣《だいじん》の御機《き》嫌《げん》取ける。「世に[五九]身すぎ程かなしき物はなし」、[六〇]肝煎《きもいり》の千松《せんまつ》がかゝ。

(二) 戀に座敷有女髪切

所作に表われ、一日に四、五人ずつ招き寄せて、外右衛門を始め太鼓持らは、「大坂で失敗するな」と、命を鼻紙よりも軽く、業《なり》平《ひら》伝授の四十八手を尽くしたところ、随分嬌名《きょうめい》高い後家たちも、たった一回でこりて、二度と訪ねる者がなかったのは、よくよくのことである。その帰り姿を見ると、腰元の肩にすがり、または駕籠《かご》に乗せられ、あるいは気を失い、正気で帰る者は一人もなかった。

よい心地になった外右衛門は、これから思い付いて、髪切り姿の後家が面白かったので、「振袖《ふりそで》を着た娘盛りの後家を探せ」と命じた。お気持は御尤《ごもっと》もとしても、振袖を着た未婚の娘で髪切り姿の後家などとは、めったにあるものではない。そこで太鼓持らが機転で、器量のよい娘を大勢集め、大尽の変ったお好みを語り、親子共に合意の上で、十五、六から十八、九歳までの娘を十二人、一年契約に決め、前金十両ずつ渡して、せっかくの黒髪を切らせて、後家同然の姿にして、大尽の御機嫌をとらせた。「世に（貧乏人の）暮らし向きほど悲しいものはない」と、口入れ屋の千松《せんまつ》の女房《かか》が嘆いた。

（巻中の二）

一　三二ページ注六参照。　二　ここは新町遊廓近辺の川をいう。東側には西横堀川、南側には長堀川がある。　三　西横堀川と長堀川が交差する所に井の字状に架けた四つの橋の総称。南流する西横堀川には北側に上繋（かみつなぎ）橋、南側に下繋橋が架かり、西流する長堀川には東側に炭屋橋、西側に吉野屋橋が架かる。現在は両川とも埋めたてられて、西区の同所に「四ツ橋」の地名のみ残る。　四　蟻の門（と）渡り。陰部と肛門との間の会陰（えいん）の俗称。　五　大坂町中から四つ橋を渡ると、前方が新町遊廓で後方が道頓堀の芝居街である。俗に女色を前、男色を後の遊びというので、両者の間に位置する四つ橋を、蟻のとわたりだという。　六　近くの酒造地、池田・伊丹は辛口酒で有名。酒客は甘口より辛口を好む。　七　縦七寸横九寸ぐらいの小形の杉原紙。大和国（奈良県）吉野産を上等品とし、鼻紙として遊里などで多く用いられた。吉野紙の一種。　八　香木の名。沈香のうちの黒色良質のもの。長崎舶載の薬類は、当時堺の唐薬屋で検査の後、売り出された。　九　原文は「鏈」。当時は「碇」が一般的。ここは「錠」の誤りか。「錠イカリ」（新編和玉篇）。　一〇　公家以上の身分の者が使用するような最上等の畳。庶民は紺布縁や縁なしを使用。真綿入りの畳のことは未詳。　一一　後文に挙がるような古今の名女を扱う春画。　一二　小町の歌の、「花の色はうつりにけりないたづらにわが身世にふるながめせしまに」（古今集、二・春下）による。また小町の歌は、「あはれなるやうにて強からず。いはばよき女（をうな）の悩めるところあるに似たり」と評された（古今集、仮名序）。　一三　鬼の奴（やつ）め。鬼と小町の取合せは、謡曲「通小町」のシテ四位の少将と小町との関係の俳諧化。　一四　和泉式部と釈迦如来の取合せは、謡曲「誓願寺」による。すなわち誓願寺の本尊は阿弥陀如来で、「衆生済度の御本尊たり。されば毎日一度は西方浄土に通ひて、来迎引摂（いんぜふ）の、誓ひを現（あらは）しおはします。」またこの阿弥陀仏は、前世霊鷲山で説法された時は「法華」といい、西方浄十では「弥陀如来」、現世に現れては「観世音」といい、「三世利益同一体」であると謡われる、その俳諧化。　一五　釈迦は転生してこの娑婆に八千度も往来して、衆生を救ったという（梵網経品）。「爰は又世尊時分の鼾（いびき）かき／八千度まで立ぬいひわけ」（西鶴大矢数、第七）。釈迦・八千度は縁。　一六　紀有常の娘。井筒の女とも。在原業平と夫妻となったことなど、謡曲「井筒」による。　一七『伊勢物語』第二十三段の筒井筒の説話により、「井筒」でも河内の国高安の里（大阪府八尾市の東部）に愛人が出来て業平が通ったという。　一八　論語の「子曰、朝（あした）《ニ》聞《カバ》レ道《ヲ》、夕《ニ》死《ストモ》可《ナリ》矣」のもじり。孔子の縁。　一九　夫が妻の姦通の場を押さえたら、姦婦・姦夫を殺害してもよいという習俗があった。　二〇　書見台。　二一　男女間の情事の内幕。　二二　深く惚れ込むの意。「やりくり」は情交の意。「けふは首引の絵を見合せてのやりくり」（男色大鑑、四の一）。　二三　歌舞伎若衆と客との痴態を描いた絵図。　二四　地鎮祭。　二五　新築の家屋の大黒柱などの主な柱を建てる時、諸神に祈る儀式。上棟式とは別。　二六　陰陽道では艮（うしとら、東北の隅）は鬼の出入りする所といい、建築に際しては、屋敷の東北の隅を引っ込めたり、出入り口などを設けないようにした。　二七　柱の木目を逆にし、つまり材木の本末を逆さにして建てると、病気や災厄が起こるといわれた（世説故事苑、二）。　二八　ここは説明不足の表現。以前の「時めく姿」を（見し）場合より、「折ふしの風情」（今の色っぽい様子）を見た人が恋いこがれ、の意か。定本頭注は、原文の「より」は「せる」の誤刻かとする。「昔色を作って美貌を誇ってゐた頃の色気ある姿を見知つてゐた人がといふ意か。」とする。本稿では、「時めく姿をより」を原文に則して解し、「より」を比較の基準を示す助詞とした。　二九　氏素姓。　三〇　臍繰り金。へそくり金。　三一　口の広い女は好色という。「広い」は「広く」沙汰する意と掛ける。　三二　謡曲「道成寺」のワキの語りの文句、「なんぼう恐ろしき物語にて候ふぞ」による表現。　三三　母屋続きの土蔵造りの中の座敷。　三四　戸前。土蔵の入口最前部の黒渋塗りの板で覆った観音開きの扉。戸前の次に金網張りの格子戸、その次に裏白（防災用の白壁を塗った引き戸）があるのが普通。　三五　最期を遂げること。絶命。　三六　精力絶倫の男の異名。　三七　浜側の意。道頓堀の「芝居側」に対して、広く道頓堀川沿いを「浜側」という。芝居茶屋があった。大坂では川端・河岸を「浜」という。　三八　奉公人などが利用した宿。奉公の周旋をしたり、男女の密会宿となったりした。　三九　伊達な風俗なら大幅帯だが、後家らしく地味な帯。　四〇　人の目をあざむく。眼玉は数珠の縁。　四一　信心ではなく男を釣るための寺参り。「談義」とは仏教の教義や宗旨などについて説き明かすこと。浄土宗・真宗の寺院では説教のことを談義という。　四二　相取り。悪事の共謀者。　四三　良家の妻女や娘に付き添って、もし過失があればその過失の責任をとる役の尼。科負（とがお）い比丘尼（びくに）。　四四　芥子粒ほどの銀貨。豆板銀は量目一分ぐらいから五、六匁まで大小様々あるが、そのうち最小のものをいう。小粒。 **四五** 餌に飼う。餌として与える。 **四六** 中の島（北区中之島）には諸大名の蔵屋敷に出入りをする掛屋・蔵本などの大商人が多い。その後家の中に突然男狂いを始めたための異名か。二度咲きは陰暦十月ごろの桜・つつじなどの返り咲きをいう。 **四七** 東横堀川（中央区内）からは、東南方に中寺町・下寺町などの寺町に近い。その坊主専門の後家の異名。 **四八** 天満（北区内）の女で男を求めて夜歩きしたための異名。隆達小歌に、「月夜の烏はほれて（寝ぼけて）鳴く。我も烏かそなたに惚れて泣く」とある。 **四九** 上町は東横堀川以東の大坂東部（中央区東南部・天王寺区西北部）の高台の俗称。私娼や妾奉公を望む者が多く住み、それを上町者という（一代男、二の七／一代女、六の一）。「燃杭」は二度咲きと同じく、情火再燃の意を表わす異名。諺に「後家と黒木は触つてみねば知れぬ」とか、「燃え杭には火が付きやすい」などとある。 **五〇** 伏見堀は京町堀の俗称。現在の大阪市西区京町堀の南部と、靫（うつぼ）本町の北部辺が、当時の京町堀川の両岸の町。近くには雑喉場（ざこば）魚市場があり、生魚問屋が多かった。「取りつきむし」は男ならだれにでも取り付くの意の異名。 **五一** 堺筋には椀家具・小間物道具屋などがあった（難波鶴）。 **五二** この後家の身体の特徴からの異名。女の浮気なのを尻が軽いというのにも関係があるか（定本頭注）。 **五三** 色好みなさま。「いたづらなるよせい、おとなもはづかしく」（一代男、一の一）。 **五四** 在原業平を陰陽の神と称し、閨房の技巧をその伝授に仮託したものが行われた。「なりひらの五法の大事」「なり平八个のみだれ」（好色旅枕）などもその一例（定本頭注）。 **五五** 刃金を鳴らす。武勇をふるう。羽振りをきかす。 **五六** 三二ページ注六参照。 **五七** 脇明けは、和服の脇の下（八口、やつくち）を縫わないで明けておくこと。児童や未婚の女子の服装。女子は十九歳の秋、またはそれ以前でも結婚した折に脇をふさぎ、振袖を留袖にした。ここは未婚の後家ということになり、あるはずがない望み。 **五八** 相対。当時者同士が合意の上で行うこと。 **五九** 身過ぎ。暮らしを立ててゆくこと。また生活の手段。生業。 **六〇** 遊女や妾などの奉公に口入れ、周旋する者。よくうそをつくことが多いので、千三（せんみ）つ、千三つ屋ともいうが、「千松」はそれをもじった異名か。

＊ 挿絵は、大坂四つ橋辺の借り座敷で、外右衛門と太鼓持の一行が、後家遊びに興じる場面。右図は、招かれた後家たちが一度の逢瀬に懲りて、ほうほうの体で帰るところ。

三 戀《こひ》に網《あみ》有女[一]川狩《かはがり》

[二]夏海《なつうみ》しづかに、[三]芦《あし》の青葉《あをば》に風かよひ、[四]三軒《げん》屋川口の舟涼《ふなすゞ》み、[五]爰《こゝ》も天下《てんか》の町人なればこそ、世間《せけん》を恐《をそ》れず、思ひ〱の

三 恋に網あり女川《かわ》狩り

夏の海は静かで、芦《あし》の青葉に風が通い、三軒屋川の川口では、町人たちが涼みの船遊びをしている。ここ大坂も京と同じく幕府

色《いろ》さはぎ、遠國《をんごく》にてなるべき事か。是に付ても銀《かね》のないこそ口惜《くちをし》けれ。

爰《こゝ》に外右衛門といふ[六]大じん御座《ござ》、都《みやこ》にはぢぬ樂《がく》の音《をと》、あまたの[七]下髪姿《さげがみすがた》、さながら[八]諸《しよ》ぼさつ來迎《らいがう》の心ち、佛《ほとけ》様の國《くに》へ[九]御むかひ船《ぶね》かと、[一〇]是に命をとられける。此所日本ならびなき[一一]津《つ》なれば、大かたの事に目をおどろかすべき事にはあらねど、かゝる遊山船《ゆさんぶね》、見え渡りたるためしなし。供舟《ともぶね》にさへ、是はと手うつ程なる[一二]面影、まして幕《まく》の下風よりほの見えしそろへ[一三]帷《かた》子《びら》、白《しろ》き[一四]紋羅《もんら》に[一五]紅《もみ》うら、いづれもむらさきに大房付《ぶさつき》の[一六]くみ帯《をび》、[一七]わけ前髪《まへがみ》、金水《きんみづ》引に

の直轄地《ちょかっち》なので、天下の町人なればこそ、世間を恐れず、めいめい好きなように色騒ぎをしているが、地方の城下町などで出来ることではない。これにつけても銀《かね》のないのは情けないことだ。

ここに外《ほか》右《え》衛門《もん》という大尽は、立派な屋形船に乗り、都にひけをとらない楽の音を立てさせ、大勢の下げ髪姿の女たちを引き連れた有様は、まるで諸菩薩《しよぼさつ》のお出迎えの感がして、極楽へのお迎え船かと、人々は見とれてしまった。この大坂は日本で比べるものがない大港であるから、たいていのことには目を見張るようなことはないのだが、こんな華やかな遊山船《ゆさんぶね》はほかに見たことがない。供舟にさえこれはと驚くような姿のよい女がおり、まして本船の幕の下が風にめくれてちらりと見えた女たちは、揃いの薄物を着ている。見れば白い紋羅《もんら》に紅裏《もみうら》を付け、みんな大房《おおふさ》の付いた紫の組帯をしめ、前髪を二つに分けて、下げ髪の根もとを金色の水引きで結び、姫百合《ひめゆり》の真っ赤《か》に咲いたのを二、三本髪に差して、好きなようにお洒落をしており、並みの女などの思いもよらぬ身形《みなり》をしている。

その船を川の流れにまかせて差し下だし、木津《きづ》村の上人《しょうにん》川の塩

てむすび、姫百合《ひめゆり》のあけに咲《さき》しを二もと三もとかざしに、おもふまゝいろつくりて、つねの女とは存[一八]のほかなる仕出しなり。

其船行水《ふねゆくみづ》につれてさしくだし、上人川[一九]の塩《しほ》[二〇]ざかひ、岸《きし》は青《あを》柳《やぎ》のしげり、汀《みぎは》わづかに足《あし》[二一]くびたけ、ひざがしらの立《たつ》所に、長《なが》さ五丈横《でうよこ》弐丈ばかりもありし、くれなゐの細引網《ほそびきあみ》[二二]をおろして、南《みなみ》のかたは通《かよ》[二三]ひ船《ぶね》・臺《だい》[二四]所船、のりかへ[二五]の御座《ござ》、又は湯風《ゆぶ》[二六]呂《ろ》舟・蚊《か》屋釣《つり》たる船も有。かづ〳〵の船にて、すこしは人のみるをしのび、水心しるもしらぬも、此戀《こひ》の海《うみ》へ丸裸《はだか》にて飛《とび》入ば、女も同《をな》じ心の大膽《だいたん》にて、緋縮綿《ひぢりめん》の内具《ゆぐ》[二七]ばかりになつ

境までやって来た。岸は青柳《あおやぎ》が茂り、水際《みずぎわ》のわずかに足首がつかる深さの辺り、また膝《ひざ》をついて膝頭《ひざがしら》まで水がつかるぐらいの浅瀬に、長さ五丈、横二丈ほどある紅《くれない》色の細引き網を張りめぐらし、南の方は連絡用の小舟や台所船、乗替え用の屋形船、または風呂《ふろ》船、蚊帳《かや》を釣った船もある。数々の船で取り囲み、少しは人の見る目を避け、男たちは泳げる者も泳げない者も、この恋の海へ丸裸で飛び込んだ。すると女たちも同じ思いで大胆に、緋縮緬《ひぢりめん》の腰巻一つになって、八人とも細波《さざなみ》立つ川に入ったが、これぞ恋の流れ歩きというものである。どの女を見ても肌は雪を砕いた色をして、胴間《どうあい》長く、腰がしまって尻《しり》の形《なり》は丸く、首筋はすっきりと伸び、胸の乳房の間は沈み、腹は丸々と肉づきよく、目のうちは青く澄み切って、口元は小さく、手足の指が反っており、こんな女に味のよろしくないのはいない。都に負けず、大坂の周施屋もよくぞ見立てて、これほどまでに揃えたものだ。

外右衛門は波枕《なみまくら》と名付け、竹の組籠《くみかご》を練絹《ねりぎぬ》で張ったものを枕にして、これこそ宝船の夢の中のように浮んでいるが、これもみな外右衛門の小判の威力である。ようやく西日が川瀬に映《うつ》り、女た

て、八人ながらさゞ波《なみ》に入しに、是ぞ戀《こひ》が流《なが》れありき。いづれを見ても、はだへ雪《ゆき》をくだきて、[二八]胴《どう》あひながく、腰《こし》しまりて尻形《しりなり》まろく、首筋立《くひすじたち》のび胸《むね》しづみて、腹《はら》むつくりと[二九]しゝのりて、[三〇]目のうちあをくして口もとちいさく、[三一]手足のゆびのそるものにあだなるはなし。都《みやこ》にまけず、難波《なには》の[三二]人置《をき》もよくは見立《たて》て、是程《ほど》まではそろへける。

浪枕《なみまくら》と名《な》付て、[三三]くみ籠《かご》をねり絹《ぎぬ》にて張《はり》て、是かや[三四]寶船《たからぶね》の夢《ゆめ》のごとく、是皆《みな》外右衞門小判《ばん》のひかりなり。やう〳〵[三五]西日《にしび》川瀬《せ》に影《かげ》うつりて、女中《ぢよちう》と色《いろ》をあらそひ、太皷《たいこ》のをの〳〵ふとくたくましく、赤松《あかまつ》のやうなるはだか身、足《あし》には毛《け》をならべ、うでに力《ちから》こぶふくれて、にくさげなる男共、何《なに》の用捨《ようしや》もなく、大臣様《じんさま》の御《を》影《かげ》の自由《じゆう》と、思ひ〳〵にうるはしき[三六]女﨟《ぢよちう》に、昼《ひる》をかまはず、酒機嫌《さかきげん》にて取つくは、[三七]糸《いと》ざくらに鳶《とび》のとまりたる風情《ふぜい》なり。

脇《わき》よりみてのこのもしさ、一日のやとひの船頭《せんどう》も、いな所に帆柱《ほばしら》を立《たて》、「あんなめに只《たゞ》一度《ど》あひて、首《くび》なり共きられたし」と、いふて叶《かな》はぬ無常《むじやう》を観《くはん》じける。料理《りやう》人は身を口惜《をし》

ちと美しい色を競《きそ》うころになると、太鼓持《たいこもち》らが現れ、それぞれ太くたくましく、赤松のような裸身で、足には剛毛がはえ、腕には力こぶがふくれ上がって、憎々《にくにく》しい男どもが、何の遠慮もなく、大尽様のお陰で自由に出来ると、めいめい好きなように美しい女性に、昼も構わず、酒機嫌《さかきげん》で取り付いた有様は、枝垂《しだ》れ桜に鳶《とび》の止まったような趣であった。

脇から見ての好ましさは言うまでもなく、一日雇いの船頭も、変な所に帆柱を立て、「あんな目にただ一度でもあって、首でも切られたいものだ」と、言ってみても仕方のない世の中を嘆くのであった。台所船の料理人はくやしくてならず、「人前もはばからないわがままぶりだ、あの男どもの面《つら》をこのように打ち割れ」と、俎《まないた》をたたいて嫉妬《しっと》する。ほかの遊び船の連中も、遠くから眺めやり、「あれを見てからは、三味線だの、鼓《つつみ》だの、一節切《ひとよぎり》だのという物では、とてもとても酒が飲めたものではない」と、どうしようもないむかっ腹《ばら》を立てて、「船をさし戻して、新町《しんまち》の河岸《かし》に着けろ」と船頭に命じ、立派な若い町人衆が、それぞれに「手前の銀《かね》で、したいことをしやがれ」と、言い捨てて帰って行っ

く、「あたりに人[三八]なげなる榮耀《ゑいよう》[三九]、あの男共がつらを此ごとくに打割《うちわれ》」と、眞那板敲《まないたたゝき》て悋氣《りんき》する。外《ほか》の遊《あそ》び船《ぶね》、遠目《とを》をつかひ、「あれをみてからは、三味線《みせん》の、鞁《つゞみ》の、一節切《ひとへ》[四〇]のといふ物にては、いかな〳〵酒《さけ》はのめぬ」と、無理なる心腹立《ばらたて》、「舟さしもどして、新町《しん》[四一]の濱《はま》へ付よ」と、歷々《れき》[四二]の若《わか》い者聲々《ものこゑぐ》に、「おのれが銀にてしたい事しをれ」と、いひ捨《すて》て歸りぬ。

人界[四三]の執念尤《しふねんもつとも》なり。龍宮《ぐう》の乙姫《をとひめ》、水底《みなそこ》より見て、今は堪忍《かんにん》ならず、「いかに銀でなる事なればとて、さりとは遠慮《えんりよ》なし。女の身は是非《ぜひ》もなし。其男共めをうはなり打[四四]」と、浪間《なみま》よりけんぞく[四五]あがりて、かさねて何もならぬ程《ほど》、胴《どう》[四六]をうたせて、其ひまに中にも大きなるりん[四七]のたまをもつて、龍宮《りうぐう》[四八]の淨《じやう》土へ歸られける。

た。

人間界の嫉妬の情はもっともである。竜宮の乙姫《おとひめ》までも、水底《みなそこ》からこの情景を見て、もはや我慢出来ず、「どんなに銀《かね》で出来ることだからといって、あんまり遠慮がなさ過ぎる。女たちは雇われた身で仕方がない。その男どもを後妻《うわなり》打ちにせよ」と、眷族《けんぞく》を連れて波間に浮かび上がり、外右衛門の一行が二度と何も出来ないように胴上げさせて、そのすきに、中でも大きなりんの玉を取り上げて、竜宮の浄土へ帰って行かれた。

（巻中の三）

一 三二ページ注八参照。 **二** 太平の世を祝福する「四海波静かにて」などと同趣の表現。 **三** 「津の国の難波の春は夢なれや芦の枯葉に風渡るなり　西行」（新古今集、六・冬）による。 **四** 現在の浪速区と大正区の境を南流する木津川は、当時勘助島（大正区三軒家東・西辺り）で東側が木津川本流、西側が尻無川として分かれ、さらに難波島（大正区三軒家東三丁目辺り）を挟んで、東側が木津川、西側が三軒屋川として分かれるが、難波島の南端で再び本流に合流する。その三間屋川の川口辺りをいう。納涼やはぜ釣りの名所。『織留』三の四参照。 **五** 幕府直轄地の町人。一応町人の自治も許されており、地方の城下町の役人に対して誇りを持っていた（定本頭注）。 **六** 大尽が川遊びで乗る御座船（屋形船）。「外右衛門といふ大尽」と「大尽御座船」と掛ける。 **七** 女の髻（もとどり）を束ねて、後に垂れ下げた髪形。挿絵参照。 **八** 諸菩薩の御来迎。死者を極楽へ導くため二十五の諸菩薩が現れること。紫雲たなびき、音楽が聞こえて成仏するという（謡曲、水無瀬など）。楽の音（管弦）・来迎は縁語。『諸艶大鑑』八の五参照。 **九** 浄土宗や真宗では、死ぬとき極楽から仏のお迎え船が来るといわれた。彼岸へ渡す弘誓（ぐぜい）の船とも。 **一〇** 魂を奪われ、見とれるさま。 **一一** 「津」は（イ）港の意、（ロ）人の大勢集まる都会の意があるが、ここは前者。大坂は「日本第一の津なればこそ」（永代蔵、一の三）。 **一二** ここは姿のよさをいう。 **一三** 夏用で裏

㈢ 戀に網有女川狩

地のない単（ひとえ）の着物。麻・木綿・生絹（すずし）等で作る。　**一四**　「羅」は「絽（ろ）」とも言い、織り目の粗く薄い絹物。「紋羅」は、前記の布地に文様を織り出した上品な着物。　**一五**　「紅（もみ）」は「紅絹」とも書き、紅花（べにばな）で染めた鮮やかな紅色の絹。女の衣服の裏地に用いた。　**一六**　真田紐（さなだひも）の袋打ち（組紐を管状に組む）の帯。帯の端に総（ふさ）を付け、女帯は総つき幅四寸。名古屋織の帯ともいう。夏の帯地（万金産業袋、四）。　**一七**　分前髪。島田・兵庫などの髷（まげ）の前髪を一つに束ねないで、二つに分けて耳の辺りまで垂れかけた髪形。貞享ごろには古風となった髪形（近世女風俗考）。　**一八**　ぞんのほか。思いのほか。意外。「存じのほか」に同じ。　**一九**　淀川（旧淀川）の分流、木津川の内、西成郡木津村（現在の浪速区西南部・西成区西北部辺）を流れる川をいう。農民の舟が往来するので、俗に小便水尾（みお、水路）という（摂陽群談、三）。　**二〇**　潮境。川水と海水との境。　**二一**　足首が川水につかる深さ、または膝をついて膝頭の所まで川水がつかるような浅瀬の意（定本頭注）。　**二二**　細引網を編んで作った漁網。なお「一丈」は十尺の長さ。　**二三**　本船と陸地との連絡に用いる小舟。伝馬船。　**二四**　御座船の客に供する料理をまかなう舟。　**二五**　木津川の川口から川幅の狭い市中の運河に入る際には小さい御座船に乗換えた。その乗換え用の御座船。　**二六**　風呂を設けた船。　**二七**　湯具。腰巻。
二八　胴間。胴の長さ。その長いのがよいとされた。『好色盛衰記』五の二参照。　**二九**　肉（しし）のるは、肉づきがよいさまをいう。　**三〇**　好色の女の相。「大淫（中略）先、目の内すみきりて、いさぎよく」（好色訓蒙図彙、中）。「枕はいつとなく外に成て、目付かすかに青み入（り）」（一代男、六の七）。　**三一**　足の親指の反っているのは、閨情こまやかな相とされた（一代女、一の三）。「殊には此女髪のちゞみて、足の親指反（そっ）て、口元のちいさきに思ひつき」（一代女、二の四）　**三二**　奉公人の周旋人。その請人となり、周旋料（契約金の一割）をとる。　**三三**　竹の組籠を練絹で張り枕としたのである。「絹」の振仮名は、原文は「さぬ」とあるのを「きぬ」と改めた。　**三四**　節分の夜、宝舟の摺り物を枕の下に敷いて寝ると吉夢を見るとされた。その摺り物の回文の歌には、「なかきよのとをのねふりのみなめさめなみのりふねのおとのよきかな」とある。浪枕・宝船の夢、また宝船・小判は縁語。　**三五**　類似の表現に、「海原静に、夕日紅（くれない）、人々の袖をあらそひ」（五人女、一の三）。　**三六**　女﨟の振り仮名「ぢよちう」は原文のママ。婦人の意。　**三七**　枝垂れ桜。枝長く糸を垂らすのでいう。　**三八**　傍若無人の。　**三九**　勝手気ままなさま。「栄耀」は原文では「栄曜」とある。
四〇　長さ一尺一寸一分の竹管の笛。尺八の一種だが、竹の節は一つだけ。正しくはヒトヨギリ。　**四一**　西横堀川の新町橋の西詰めの河岸。上陸すると新町遊郭の東口に当たる。　**四二**　原文は「暦々」と誤刻するのを改めた。　**四三**　仏教にいう十界の一つの人間界。煩悩の世界。　**四四**　三二ページ注一〇参照。　**四五**　眷属。竜宮城の主、竜王の眷属は、八万四千の異類異形の鱗（うろくづ、魚類）という（俵藤太物語）。　**四六**　胴上げをして地面に落とす。　**四七**　女性用の閨房の秘具。金属性の小球で、大小二個を一組とする。うち一個は中が空洞で、温めると妙音を立てる仕掛けがある。ここは竜宮の玉取り型説話（謡曲、海士／舞の本、大職冠）の逆設定で、竜女が玉を取り返す話にする。　**四八**　竜宮の八歳の竜女が、変成成仏した説話（後述）をもじり、竜宮を極楽浄土としたものか。「竜女が成仏」（謡曲、三井寺）、「竜女成仏」（謡曲、海士）。
＊挿絵は、外右衛門と太鼓持一行が、美女を連れて屋形船で遊山に出て、大坂の上人川の河口近くで、人目をひく派手な遊興をする場面。

四　戀《こひ》に松陰《まつかげ》あり女執行《をんなしゆぎやう》

[一]木《き》男《をとこ》といへば、[二]松ふぐりのおかしく、[三]住吉《すみよし》の濱《はま》に出、けふは慰《なぐさ》みかへて、[四]大誓文《せいもん》、色《いろ》をやめて、當年中の隙《ひま》になし、女の顔《かほ》を見ぬに極《きは》め、「面々《めん〱》の身が敵《かたき》ではなし。一日も此事やめよ。さりとはあかずもしすごして、やうも〱命《いのち》のつゞきし事ぞ。外右衛門をはじめいづれも、年ひさしく[五]親《をや》の日《ひ》は朝《あさ》精進《しやうじん》をして、ひるからは[六]無性《むしやう》になつて、其外《ほか》は神の事も佛《ほとけ》の事もかまひなく、わけもない事したりけり。[七]大明神《みやうじん》もゆるし給へ。をの〱身を清《きよ》めての参詣《さんけい》、[八]千たびにもむかふべし」と、煩悩《ぼんなう》のあかを[九]汐垢《しほご》離《り》にあらひながし、さて[一〇]本社《ほんしや》に参《まい》り、「外《ほか》には何のねがひもなし。息《いき》のねのかよふうちは、たとへ百になる共、女のびくりする程なる事にあはせ、末期《まつご》の水《みづ》も、腹《はら》の上にて呑《のみ》死いたしますやうに」と、聲《こゑ》たかぐ〱にふしおがみ、「いづれもが思ふ所も是か」。「中〱」と同《どう》心し、

四　恋に松陰あり女修行

女を知らぬ無骨《ぶこつ》な男を木男というが、松毬《まつかさ》を松ふぐりというのもおかしい。その木男ではないが、住吉の松原に出かけ、今日はいつもと慰みを変えて、堅く誓って色事をやめ、当年中の色事の休息日にして、女の顔は見ないことに決めた。「めいめい自分の体が敵《かたき》ではない。一日でもこの色事をやめよ。それにしても飽きずにし過ごして、よくも命が続いたことだ。この外《ほか》右《え》衛門《もん》を始めみんなは、長い間親の命日には朝だけ精進して、昼からは色事に夢中になり、そのほかの日は神の事も仏の事もおかまいなく、たわいもない事をしてきた。住吉大明神もお許し下さい。みんな身を清めての参詣は、千日参りにも当たるだろう」と言って、外右衛門を始め一同は、煩悩《ぼんのう》の垢《あか》を潮垢《しおご》離《り》で洗い流した。さて本社に参詣し、「ほかには何の願いもない。息の音《ね》の通っているうちは、たとえ百歳になろうとも、女がびっくりするほどの目にあわせ、

心に[一一]宮《みや》めぐりして、[一二]神宮寺《じんぐうじ》[一三]五大力ぼさつを拝《をが》み、「年《とし》月偽《うそ》を書籠《かきこめ》たる文《ふみ》の上書《うは》をたのみしも、今思へばさぞ〳〵めいわくに思しめさん。さりながらまことなる事には神も佛も頼《たの》む事なし」。[一四]神樂《かぐら》堂《だう》の舞姫《まひひめ》、みな〳〵としはよれ共、是も女とおもへばけふばかりは見るもいやにて、足ばやに下向《かう》して、

[一五]松陰《まつかげ》に居《ゐ》ならび、生《いき》ながらの鯛鱸《たいすゞき》、さま〴〵の肴好《さかなごの》み、「酒《さけ》おもしろく呑《のめ》」とて、「[一六]踊《をどり》は〳〵、やつこの」、是でもおかしからず。一斗《と》もたせたる[一七]口きりて、いまだ一升《せう》も明がたく、「[一八]色なし千鳥《ちどり》、友《とも》によりて是程違《ちが》ふ物かな。せめて[一九]風呂《ふろ》屋よねでもあらば、此酒《さけ》今迄《まで》有べきか。けふ一日と申ながら、せぬと思へば堪忍《かんにん》ならず。[二〇]『朝ゆふにみればこそあれ』とよみしが、何のかはつた景《けい》もなし。淡路《あはぢ》島《しま》への入日、扨もはてぬ事かな。爰程日のながい里は又有まじ」。はやく日がくれて[二一]夜見せをみる事をねがひぬ。「それは夜になりての分《ふん》別《べつ》、それ迄待るゝものか。大臣御一代の無《む》分別《べつ》は、けふの無[二二]分《む》色《しき》なり。[二三]堺《さかい》の色町に行もしばしの事、銀《かね》でならば、出茶《ちゃ》屋の女を残らず太夫分にして、爰へよぶ才覺《かく》」。

末期《まつご》の水も女の腹の上で飲み死にいたしますように」と、声高々に唱えて伏し拝んだ。「みんなの思うところもこんなことか」と、外右衛門が言うと、みんなは「その通りです」と同意した。それからいくつかの末社を、心中に祈念しながら宮巡りした。近くの神宮寺《じんぐうじ》の五大力菩薩《ごだいりきぼさつ》を拝み、「長年の間嘘《うそ》を書きこめた手紙の封じ目に、お名前を使わせてもらいましたが、今思えばさぞ迷惑に思われたでしょう。けれども、誠のことを書く場合には、神も仏も頼むことはないのです」と、申し上げた。神楽《かぐら》堂を見ると、舞姫はみんな年はとっていたが、これも女と思えば、今日ばかりは見るのもいやで、足早に境内を後にした。

住吉の浦の松陰に居並び、生きたままの鯛《たい》や鱸《すずき》など、様々の肴《さかな》を注文し、「酒を面白く飲め」というので、「踊りはおどりは、やっこの」と囃《はや》し立てたが、これでも盛り上がらない。一斗樽《だる》を持たせて来たので、樽の口を開けたが、まだ一升もはかどらない。「これでは友なし千鳥ならぬ、色気のない千鳥だ。相手がいないとこれほど違うものかな。せめて風呂屋女でもいたら、この酒が今まであるはずはない。今日一日のこととはいいながら、女を断

其内も身をふくらかし、「かゝる時なれば、何の物好《この》みもなし。髪《かみ》あぶらくさく脚布《きやふ》さへしてゐれば、けふの[二四]事かきに」といふ所へ、絹糸《きぬいと》ざしの[二五]加賀《かゞ》笠かづきつれて、[二六]取まはしのりこんなる女六人、扨もいひあはせての衣裝付《ゐしやうつき》、皆《みな》くろじゆすに[二七]白《しろ》ぬめのうら付て、銀《ぎん》の[二八]かくし紋《もん》、はだ着《ぎ》は白ちりめん薄綿《うすわた》入、むらさきと[二九]浅黄《あさぎ》とうちまぜの[三〇]なごや帯《をび》、素《す》あしに[三一]ばらをの藁《わら》ぞうり、[三二]石疊《だゝみ》を五色染《ぞめ》の[三三]内具《ゆぐ》、浦《うら》風にひるがへし、是さへ目に立けるに、髪《かみ》は[三四]もとゆひなしに[三五]ぐる〳〵わげ、見る程かはつた[三六]出立《でたち》。竹杖《たけづへ》に墨《すみ》筆仕《し》込《こむ》は、いかさま旅《たび》人のやうにも見えて、俄《にはか》にこのもしくなりぬ。小いたづらなる目《め》づかひ腰《こし》つき、是やどうも[三七]ならひで、「濱《はま》見に行風情《ゆくふぜい》、是《ぜ》非《ひ》引とめて薄茶《うすぢや》まいらすべし。あれ程の女中に、下女壱人もつかぬ事をふしぎ」と、せんさくする所へ、

[三八]中年よりたるおとこ、大わきざし背中へまはし、わらんぢはきたるあしも定《さだ》めかね、[三九]ゆたん包《づゝ》み[四〇]西行《さいぎやう》がけにして、菅笠《すげがさ》の緒《を》をわきざしの柄《つか》にかけて、[四一]弐百さしを右のかたにぶらつかせ、[四二]ふしやうらしき皃《かほ》つきにて、かの女房衆《にうばうしゆ》の供すると見

つと思えば我慢が出来ない。『朝夕に見ればこそあれ住吉の浦よりをちの淡路島山』と古歌にあるが、なんの変った景色もない。西の方淡路島への入り日は、さてもなかなか沈まないことだな。ここほど日の長い所はほかにあるまい」と、太鼓持らは早く日が暮れて、新町の夜見世《よみせ》を見ることを願った。「それは夜になってから考えること、それまで待たれるものか。大尽の御一代一番の無分別は、今日の女人禁制だ。堺の色町に行くのも（一里はあり）、少し時間がかかる。銀で出来るなら、そこらの出茶屋《でぢやや》の女を残らず太夫に見立てて、ここへ呼ぶ工面をしては」と、言う者もいる。

そのうちにも体の前をふくらまし、「こんな時だから、なんの好き嫌いも言わない。髪油くさく腰巻さえしておれば、今日の間に合わせに」と言っているところへ、絹糸で縫い付けた加賀笠《かがかさ》をかぶり連れ立って、着こなしのきりりとした女が六人やって来た。なんと言い合わせたような身形《みなり》で、黒繻子《くろじゆす》に白絖《しろぬの》の裏を付けた着物に、銀糸で刺繡《ししゆう》した替紋を付け、肌着《はだぎ》は薄綿入りの白縮《しろちり》緬《めん》、紫と薄青色を組み交ぜた名護屋《なごや》帯をしめ、素足《すあし》にばら緒《お》の藁《わら》

えたり。是にたよりて、「あの女中《ぢよ》は何國《いづく》への御参詣《さんけい》」とたづねしに、此男《をとこ》物いふもうらめしそうに、なげくびして、四三「かつて信心《しんぐ》のともがらにはあらず。あれは大坂《ざか》に年《とし》久しく四四はうらつ中間《なかま》とて、世に有《ある》程の色《いろ》にそまり、所の遊興《ゆうけう》おかしからず、諸國男《しよこくをとこ》執行《しゆぎやう》にまはり給ふなり。さもしく四五かづけ物にはあらず、金銀《きんぐ》づくは思ひがけもなし。きのふ旅《たび》はじめ、大坂を出て四六日高《ひだか》なるに、四七はやすみよしにとまり、男は我ひとりなるに四八一、二付の鬮取《くじ》して、夜の明がたまで六人にさいなまれける。

それがしもさのみよはきにもあらず、五人まではは大かたにつとめしに、う四九

草履《ぞうり》をはき、石畳《いしだたみ》模様を五色《ごしき》染めにした腰巻を、浦風にひるがえしている。これさえ目立つのに、髪は元結《もとゆい》なしのぐるぐる髷《まげ》で、見れば見るほど変った旅装束である。竹杖に墨筆《すみふで》を仕込んでいるところを見ると旅人のようにも見えて、にわかに好もしくなってきた。いたずらっぽい目つきや腰つき、これはどうもたまらなくなったので、「住吉の浜を見に行く様子だ、ぜひ引ひとめて薄茶を差し上げよう。あれほどの女子《おなご》衆《しゅう》に下女が一人も付いていないことは不思議だ」と、太鼓持たちがあれこれとせんさくしていたところへ、

中年になった男がやって来た。大脇差を背中へ回し、草鞋《わらじ》をはいた足もともふらつき、油単《ゆたん》包みを肩から斜めに背負って、菅笠の緒《ひも》を脇差《わきざし》の柄《つか》に引っかけて、銭緡《ぜにさし》を二筋右の肩にぶらつかせ、迷惑そうな顔つきで、例の女房衆の供をしていると見えた。この男に近付いて、「あの女子衆はどちらへ御参詣」と尋ねたところ、この男は物を言うのもおっくうそうに、首を前に傾けて言うには、「まったく信心をする連中ではない。あれは大坂で長年の間、放蕩《ほうとう》仲間として、世にあるほどの色事に染まり、大坂での遊びは

ちどめにうつゝぬけて、けふは取[五〇]湯《ゆ》さへ通りかね、もはや此御供《とも》なりがたし。世《せ》上《じやう》にかゝる事、望《のぞ》みの人も有べし」と、心ちよき物がたりに、

みな〳〵横手《よこで》をうつて、「[五一]渡《わた》り舟よ、此浦《うら》こそ情《なさけ》の湊《みなと》なれ」と、この女中《ちよちう》を[五二]幕《まく》の内へ引込《こみ》、かしらからたはぶれ、風のけもなき夕ぐれに、松もゆるぎて、たがひにはれの[五三]けしやう軍《いくさ》、さま〴〵曲《きよく》をつくして後《のち》、つゐには夜露《よつゆ》に男はしほれて、「もはやならぬ〳〵、ゆるし給へ」といふてからも、壱人して十二、三度《ど》づゝも枕《まくら》を替《かへ》、入乱《みだ》れてもみにもみしが、

面白くなく、諸国を男修行に回られるところです。さもしく色を売るようなくわせ者ではなく、金ずくでは思いも寄りません。昨日が旅始めで、大坂を出てまだ日が高いのに、早や住吉に泊り、男は私一人なのに、順番のくじ引きをして、夜の明け方まであの六人の好きなようにされました。私もそれほど弱い方でもなく、五人まではどうやら勤めましたが、最後の取組みでふぬけになり、今日は重湯《おもゆ》さえ喉《のど》を通りかね、もはやこのお供は出来ません。広い世間にはこんな役目を、望む人もあるでしょうに」と、聞けば心地よい話をした。

皆みな横手を打って喜び、「それこそ渡りに船だ。この住吉の浦こそ情けの港である」と、その女子衆を幕の中へ引き込み、のっけから戯れかかり、風の吹く気配もない夕暮れに、松もゆれ動いて、男女互いに晴れてのはなやかな戦いぶりで、様々の秘曲をし尽くして後、ついには男たちは夜露にしおれて、「もう出来ぬ、許してくれ」と言ってからも、一人で十二、三度ずつも相手を替え、入り乱れてもみにもんだが、女たちはけろっとした顔をして、「私どもの一生の思い出に、さっきの御自慢ほどに、飽きる女は[五四]けんによもない顔《かほ》、「我々《われ〲》一生《しやう》の思ひ出に、最前《さいぜん》の御自《じ》慢程《まんほど》に、あく程あかせて見給へ」といふ。此聲《こゑ》におどろき、外《ほか》右衞門、いづれも、日比《ごろ》の達者《たつしや》およびがたく、血《ち》をはきて目《め》を眩《まは》し、「いかな〲命《いのち》つゞかず。かゝる女中《ぢよちう》に出合《であひ》し事、色道天命《しきだうてんめい》のつきなり」と、別《わか》れに物をもいはず、取乱《とりみだ》しうちふしける。

供《とも》の男指《をとこゆび》さして打笑《うちわら》ひ、「我生《われしやう》をうけて五十余歳《よさい》まで、つゐに女に肌《はだ》なれたる事一度《ど》もなし。其[五五]ため〲を、此たび出してつとめけるさへ、此ごとくなる物を、まして人々、年〲の[五六]ゐんらんにて、男執行《をとこしゆぎやう》に出し程の女に、何としてつゞくべし」と、無常《むじやう》を観《くはん》じける。[五七]それ六人の女は、「是は思ふたよりよはき男共かな」と、寐皃《ねがほ》を笑《わら》ひ、鼻《はな》に手《て》を當《あて》て、「死《しに》はしられぬよ」と、いひ捨《すて》て歸りぬ。

まで付き合ってみて下さい」と言う。この声に驚いて、外右衛門を始め太鼓持たちは、平生の達者も歯が立たず、血を吐いて目を回し、「とてもとても命が続かない。こんな女子衆に出会ったのは、色道の天命の尽きたのだ」と、別れに言葉もなく、取り乱して倒れてしまった。

供の男はこれを指さして笑い、「おれは生まれてから五十余歳まで、ついぞ女と寝たことは一度もない。そのためていた物を、今度吐き出して勤めてさえ、こんな目にあったのに、ましてお前さん方は、毎年放蕩をし尽くしており、この男修行に出たほどの女たちに、どうして張り合うことが出来ようか」と、体力のはかなさを嘆いた。それから六人の女は、「これは思ったより弱い男どもだな」と、寝顔を見て笑い、鼻に手を当てて、「死にはしないらしい」と、言い捨てて帰って行った。

（巻中の四）

一　女気のない無骨な男。女を知らぬ無粋な男。「ほどなくもとの木男となりぬ」（一代男、八の四）。　**二**　松毬・松陰嚢。（松の陰嚢の意で）松の木の果実。まつかさ（松笠）。まつぼくり・まつぼっくりともいう。　**三**　住吉神社（現在は大社）の西の大鳥居の馬場先筋正面の海浜。住吉の浦。住江（すみのえ）の浜ともいい、歌枕。三月三日には潮干狩、六月晦日には大祓（おはらい）の行事があった。　**四**　堅く誓っての意。　**五**　親の命日。　**六**　分別をなくし色にふけるのをいう。　**七**　住吉の大明神。　**八**　千度の参詣にも相当するの意。　**九**　陰暦六月晦日は、住吉神社御祓（おはら）いの行事で、神輿（みこし）の渡御があった。神輿の担ぎ手は住吉の海辺で潮垢離（しおごり）を浴し、神官は神前で神輿一基に祝詞（のっと）を修し神遷しをして、堺の御旅所へ還幸し、夜になり住吉へ還幸した。また当日住吉の浜で潮垢離をすると、現世と来世の願いが叶（かな）えられるといわれ、人々も斎竹（いみだけ）を立てた所で身を清めた（難波鑑、三／住吉名勝図会、二／摂津名所図会、一）。　**一〇**　住吉神社は、第一本宮（祭神、底筒男命）、第二本宮（中筒男命）、第三本宮（表筒男命）、第四本宮（神功皇后）の四所を本社とする。　**一一**　住吉神社周辺には、大海神社等の摂社、楯御前神社等の末社が二十数社あった（住吉名勝図会、四）。それらを心中で祈り巡拝代りにしたの意。　**一二**　住吉神社の北にある天台宗の寺。本尊は薬師如来（住吉名勝図会、三）。　**一三**　神宮寺の宝蔵の五大力菩薩の五幅の画像（摂津名所図会大成、七）。当時恋文の封じ目に五大力菩薩・五大力と記すと、他見を忌むので、開封されずに届くという俗信があった。　**一四**　住吉神社第二の本宮の南傍にあった（摂津名所図会大成、七）。　**一五**　住吉の松原には茶店が多くあった（摂津名所図会、一）。それを指すか。　**一六**　俗謡のはやし言葉。「さはぎ踊、此々（このく〵）やつこのく〵此女」（一代女、五の一目録見出し）。　**一七**　一斗樽の飲み口をあけて。　**一八**　友なし千鳥のもじり。女気のない独り者の意。住吉の浦と千鳥は縁語。　**一九**　風呂屋女郎。風呂屋で客の垢を落とす女の中に、ひそかに売色をする女がいた。垢かき女、湯女（ゆな）、風呂屋者とも。堺の風呂は、大町の西六間筋、すなわち塩風呂小路（しょうじ）の塩風呂が有名（堺鑑、中）。　**二〇**　「朝夕に見ればこそあれ住吉の浦よりをちの淡路島山　津守国夏」（新後拾遺集、一六・雑上）。　**二一**　ここは大坂新町遊廓の夜見世。三九ページ注七参照。　**二二**　女色禁止の発願。前出。　**二三**　堺の遊廓は、堺の南北二か所にあり、北は高洲（高須とも）、南を乳守（ちもり、津守とも）という。北の方は現在の堺市北旅籠町東一・二丁辺、南の方は南旅籠町東一丁と南半町東一町辺に当たる。『諸艶大鑑』七の五参照。　**二四**　間に合わせ。　**二五**　加賀国産の菅笠。女性用で、内を菅でふき、外は絹糸で刺し綴った上品な笠。　**二六**　身のこなしや格好が「利根」（きびきびしている）の意。　**二七**　白絖。「絖」は薄地で表面が滑らかで光沢のある絹織物。　**二八**　人目を忍ぶための定紋でない替え紋。「銀」は銀糸の刺繡。　**二九**　ここは浅葱（あさぎ）色で、薄青色。　**三〇**　ここは組紐の帯。長い帯の両端に総（ふさ）がある。腰に何回が巻いて結び下げた。肥前国名護屋経由で、朝鮮伝来の技術により作った帯。今の名古屋帯とは違う。　**三一**　ばら緒。麻などの細いひもを数本合せて、細く裂いた竹の子皮などで巻いた鼻緒。わら草履などに用いて流行した。　**三二**　市松模様。　**三三**　湯具。腰巻き。　**三四**　元結。男女ともに髪の毛を束め集めて頭上で結ぶのを髻（もとどり）といい、その髪を束ねて結（ゆ）うのに用いる紐のこと。　**三五**　髪を頭の上で無造作に巻き上げて結った髪形。ぐるまげ（一代男、三の五）。　**三六**　ここは旅立ちの服装。以上の女の身なりが旅装束と似合わないので「かはった」という。　**三七**　どうにも我慢が出来なくなって。　**三八**　なかどしよる。中年になる。　**三九**　油単包み。油をひいた単（ひとえ）の布で包んだもの。多く旅人が背負う。　**四〇**　荷物を肩から斜めに背負うこと。西行法師行脚の絵図からいう。　**四一**　百文つなぎの銭緡（ぜにさし）二筋。道中のちょっとした支払いの銭。　**四二**　不請・不承などと表記。迷惑・不満足などの意。　**四三**　まったく。少しも。　**四四**　放埓仲間。身持の悪い仲間。　**四五**　被け物。ここは人に押しつけ、受け取らせる悪い品。だまされる物。くわせ者の意。　**四六**　まだ日が高く、暮れないこと。　**四七**　住吉。住吉神社の社前を通る紀州街道沿いの集落。今在家村の新家（しんけ、住吉町とも）や、安立（あんりゅう）村（安立町とも）には、旅宿が多かった。現在の住吉区東粉浜や、住之江区の粉浜・安立などの紀州街道沿いの所。　**四八**　一番・二番の順位を記したくじを取って順番を決めること。　**四九**　打留め。最後の取組み。相撲より出た語。　**五〇**　重湯（おもゆ）。病人・乳児用。　**五一**　「渡りに舟よ」の略。　**五二**　遊山には小袖幕などを張って休憩所を設けるのが風習。　**五三**　化粧軍。形式だけの見せかけの戦い。花軍（はないくさ）などのはなやかな戦いをいう。　**五四**　「権輿（けんよ）もない」が変化した語。思いがけないの意もあるが、ここは何も気にならない、けろとしたさまの意。　**五五**　溜めに溜めた精液。　**五六**　淫乱。　**五七**　「それより」の「より」の誤脱か。

＊　挿絵は、外右衛門と太鼓持ちが、住吉参詣の帰途、洒落た加賀笠をかぶり、一風変った身なりの女六人の一行に出会った場面。左図の中央の羽織姿が外右衛門。

五 戀《こひ》に數有女床《かずありをんなどこ》

古代《こだい》から「[一]やめがたきは色《いろ》の道《みち》」といへり。今思案《しあん》して見ても、いよ〳〵其通《とを》りなり。世の中に氣《き》[二]のどくなる者は、分限《ぶんげん》にて腎虚《じんきよ》[三]めきたると、目《め》に埃《ほこり》のいりたると、内井戸《うちゐど》の水のわるひと、年寄《より》てから貧《ひん》になつて、埒《らち》のあかぬ物ぞかし。外右衞門も、いまだ分別《ふんべつ》[四]所へゆかぬ年なれば、大坂に世帯《せたい》[五]持といふは、太皷《たいこ》を名《な》[六]代にして、内證《ないしやう》は我まゝしてのたのしみ、又うへもなき願《ねが》ひ。近所《きんじよ》の夫婦《ふうふ》いさかひの曖《あつかひ》[七]に出合《であひ》、竈役《かまどやく》[八]として、[九]七日の仕あげの齋《とき》[一〇]にも、はかま・かた[一一]衣《ぎぬ》着て參らねばならず、こんなむづかしき事は人にさせて、其身は新[一二]町を家《いへ》にして、元日《ぐはんじつ》の雜煎《ざうに》の箸《はし》を下に置《をく》と、宿《やど》にて薪《たきゞ》の燃《もゆ》るを見た事なし。

とかくするうちに、名《な》[一三]の女郎《ぢようらう》、十五《かこい》[一四]まであひつくして、此上の物ずき、は[一五]しつぼねのくらゐ、[一六]三匁・弐匁・壱匁、[一七]五

五 恋に数あり女床

古代から「やめられないのは色の道」と言われる。今深く考えてみても、確かにその通りである。世の中で困ったことといえば、金持で腎虚らしくなったのと、目に埃《ほこり》が入ったのと、内井戸の水が悪いのと、年取ってから貧乏になるのと、いずれもどうしようもないものだ。外右衛門《ほかえもん》も、分別くさくなるにはまだ間《ま》のある年なので、大坂で所帯を持ったといっても名ばかりで、太鼓持《たいこもち》を名義人にして、内情は勝手気ままに楽しもうというもので、またこの上もない願望でもある。一戸を構えておれば、近所の夫婦喧嘩《げんか》の仲裁に出向いたり、戸主の役目として、町内の初七日《しよなのか》の仕上げの法事の接待にも、袴《はかま》に肩衣《かたぎぬ》を着て参らねばならず、そんな面倒なことは人に任せて、外右衛門は新町の揚屋をわが家にして、元日の雑煮《ぞうに》の箸を下に置くやいなや外出し、わが家で薪《たきぎ》の燃えるのを見たことがない。

分・三分・弐分五リンまでを、女郎と名の付たるをひとりも残さず、毎日《まい》壱人づゝ揚《あげ》て、首尾《しゆび》せぬといふ事なし。するぐの女郎とても心ざしは[一八]やさし。[一九]吉《よし》はらの戀塚《こひづか》といふ[二〇]三分藏《ぞう》、外《ほか》右衞門を[二一]改《あらた》め出して、「いかにしても御心入もしれず。ぜひ御しうしんならば、[二二]日をさして、いつなり共御心まかせに」といひかけ、つゐに[二三]揚屋《あげや》の疊《たゝみ》ふまぬわろが、すこしもおめずして、[二四]かねきぬに色繪《いろゑ》、中く\とく風情《ふぜい》はなし。「大願《ぐはん》あつてかくする」と、いろく\くどけ共、合点《がてん》をせねば、かさねてあふ事も、算用《さんよう》むつかしければ、此女郎《ぢよらう》歸りし跡《あと》にて、[二五]宿の上する女の、[二六]割玉子《わりたまご》の吸物《すひ》すへるを、それはこぼれ次第《しだい》に取ておさへて、[二七]赤まへだれの[二八]もみくさになるもおかしく、是で其日《ひ》の勘定《かんでう》をあはせ、

色里《いろざと》一人もなく勤《つとめ》て、それより[二九]地《ぢ》女にかゝり、一子細《しさい》づゝありて、金銀にてなる程の者を、毎日《まい》ひとりづゝ、手わけをしてさがさせけるに、扨《さて》も大坂の廣《ひろ》さ思ひしられたり。もはや此思ひ立、三年になりぬ。日に壱人、同じ顔はなかりき。此間のおかしさ、大かた姿《すがた》のかはらねば、[三〇]千躰佛《せんたいぶつ》と思はれけ

何やかとしているうちに、ちゃんとした名前の付いた女郎は、太夫《たゆう》・天神から鹿恋《かこい》まで逢《あ》い尽くして、その上の物好きに、端局《はしつぼね》の位の女郎、すなわち三匁《もんめ》取り・二匁取り・一匁取りから、五《ご》分《ふん》取り・三分《さんぶん》取り・二分五厘《りん》に至るまで、女郎と名の付く者は一人も残さず、毎日一人ずつ揚げて契りを結ばぬということはなかった。ただし下《した》っ端《ぱ》の女郎といっても、気性のしっかりした女もいるものだ。葭原《よしはら》の恋塚という三分取りの女郎が、外右衛門の遊びの真意をせんさくし出して、「どうしても御了見が分かりません。ぜひとも逢《あ》いたいといわれるのなら、日を決めてその上で、いつでもお心に添いましょう」と言い出し、これまで揚屋の畳を踏んだことのないやつが、少しも気おくれせず、金巾《かねきん》に染めつけ模様のある腰巻を、なかなか解くそぶりがない。「大願があって逢いたいのだ」と、色々口説いたが、承知しないので、日を改めて逢ったとしても、一日一人という勘定に合わない。そこでこの女郎が帰った後で、揚屋の給仕をする仲居女が、割り玉子の吸い物を膳《ぜん》に据《す》えようとするところを、吸い物のこぼれるのも構わずに押え込み、赤前垂れのもみくちゃになるのもおかしく、これで

る。後《のち》にはすこしづゝ見覺《ざめ》して、昼《ひる》[三一]をはづる女になれば、思ひのまゝにつくして、そも〳〵より此かた、美女《びぢよ》[三二]おもふ女を、遊女《ゆう》にて四人、素人《しろ》女に十一人[三三]に、わが物にして、名《めい》[三四]よな所のうら座敷《ざしき》に置《をき》ぬ。「是に似《に》たる女は、何程さがしても御ざらぬ」と申。よきは人[三五]は嫁子《よめご》、又は内義《ないぎ》にはありもすれど、迚《とて》も是はならず。

「大坂も是まで」と、江戸飛脚《びきやく》[三六]に金荷《かねに》をわたしけるに、小判[三七]入五箱《はこ》の内、丸に外《ほか》の字《じ》のしるし、いまだ内證《しやう》めでたく、もうけ[三八]に行《ゆく》金を、つかひにくだりぬ。

その日の勘定を合わせた。

色里新町の女を一人も残らず相手にした外右衛門は、それから町の素人女に掛かりきりになり、何か好ましい風情《ふぜい》があって、金で思うようになるほどの女を、毎日一人ずつ、手分けして探させたところ、それにしても大坂の広いことを思い知った。この毎日一人の色事を思い立ってから、すでに三年になった。毎日一人の相手、同じ顔は一人もなかった。この三年間の面白さ、姿は大体変らないので、千体仏に逢っているような思いがした。後には少しずつ興ざめして、明るい昼間を恥じるような女もまじるようになったが、それにしても何かと望み通りにし尽くした。大坂で遊び始めてからこの方、美女と思う女を、遊女で四人、素人女で十一人わが物にして、思いもよらぬ所の裏座敷に囲って置いた。「これほどの女は、どれほど探してもおりません」と、太鼓持が言った。よいと思うのは人の花嫁、または眉毛を落とした内儀の中にもあるとはいうものの、これはとても物にはならない。

外右衛門は、「大坂はこれまで」と見切りをつけて、江戸への金飛脚《かねびきやく》に金荷《かねに》を預けたが、その千両箱五つには、丸に「外」の字の印《しるし》が付いていた。まだ財産は豊かでおめでたく、世間では金をかせぐために下るのに、外右衛門は浪費するために、江戸へ下って行った。

（巻中の五）

一「わりなきは情けの道」（心友記／諸艶大鑑、七の二）。諺に「竹に雀は品よく止まる、止めて止まらぬは色の道」とある。**二** 困ったり、腹立たしくなること。本文の「者」は「物」の当て字。以下「物は尽くし」の形式で表現する。**三** 房事過多により、腎水（精液）が枯れる衰弱症。**四** 諺に「四十の分別盛り」とあり、四十歳（初老）になれば思慮分別が出るといわれた。**五**「世帯」を「持つ」たというのば、名ばかりでの意。**六** なだい。名義人。**七** 仲裁。**八** 元来、家のかまどの数により課せられた地租と夫役（ふやく）。ここは町内の冠婚葬祭や、労力奉仕に、一戸に一人ずつ出て勤めなければならない役目。井戸替えの奉仕例が『五人女』二の一にある。**九** 葬式の後、喪主は七日間仕事を休み、七日目に仕上げといって、親類や町内の世話になった人を招き、酒食の接待をし、葬儀の支払いを済ませること。ここは接待される側のこと。**一〇** 法事の後、喪主が僧や参会者へ出す精進料理。ここはその接待。**一一** 武士の礼服では、肩衣・袴が同じ着地の上下一式で、裃（かみしも）という。町人の礼服では、肩衣と袴は別の着地や色を用い、略式では肩衣だけを着用した。ここは町人の場合。**一二** 大坂の新町遊廓の揚屋。**一三** 太夫・天神・鹿恋（かこい、囲とも書く）という上級の遊女は、由来のある風流な名を付けた（色道大鏡、一一）。**一四** 鹿恋はもと揚代が十五匁なので、「十五女郎」とも表記した。**一五** 端局の位。「端局」は下級の遊女のこと。端傾城とも。「端局の位」は、後文の「三匁」以下「二分五厘」までの階級の遊女。**一六** 銀三匁取りの遊女。以下その位（売値）が下がる。**一七** ゴフンと読む。「一分」は銀貨一匁の十分の一の値。**一八** ここは（自分の立場を心得て振舞うさまを、他人が見てほめる言葉で）、立派である、感心である、の意。**一九** 葭原町。新町遊廓内、南端の遊女町。局見世の多い町。**二〇** 三三ページ注一三参照。**二一** せんさくし出して。外右衛門が裕福であるのに、下級の局遊びをする真意に疑いを持ったからである（定本頭注）。**二二** 逢う日を指定して。**二三** はやらぬ遊女をばかにしていう言葉。「わろ」は老若男女に限らず、相手を軽く見ていう語で、やつ、あいつなどの意。なお、葭原町にも揚屋が三軒あったが（色道大鏡）、五分取り以下の遊女は揚屋には呼ばれなかった。**二四** 金巾。堅い木綿糸で目を細かに織った、薄地の綿布。かなきん。後代キャラコとも。「西洋布　カナキン」（書言字考）。ここは金巾に染めつけた模様のある腰巻。**二五** 揚屋の仲居女。配膳・給仕役の女奉公人。**二六** 鶏卵を割って掛け、さっと煮たてた吸物。**二七** 遣手や仲居女などの服装。**二八** もみくちゃ・もみくた。**二九** 町の素人女。**三〇** 同型に造った千体の仏像。多く彫像。**三一** 昼を恥づる女。明るい昼間では見られないような顔の女。**三二**「美女とおもふ」の「と」が誤脱。**三三**「十一人を」の誤り。**三四** 名誉な所。不思議な所。ここは思いも寄らぬ所の意。**三五**「人の嫁子」の誤り。ここの「嫁子」は新婚の妻、「内儀」一般的な妻の意。（参考例）「そこのお内儀もうかれ、隣の嫁子にかり衣装、振袖にしなつけて」（伝来記、四の四）。**三六** 江戸・大坂間を往復した町飛脚。後文に「金荷」とあるので、ここは金（かね）飛脚に当たる。輸送の際に飛脚の宰領が割符の一片を携帯し、金荷を届けた後に、割符に受取り印を取って送金者に返した。**三七** 小判用の千両箱の五箱。五千両に当たる。なお千両箱は、一箱に五十両包み二十箇収納。重さは約四貫八百匁。**三八** 世間では江戸へ金もうけに行くのに、その金を、の意。

＊ 本作品では、本章のみ挿絵を掲載しない。

色里三所世帯

下

色里三所世《いろざとみところぜ》帯《たい》 巻下 江戸 目録《もくろく》

一 妻を持たず暮らす男。

二 「東」の枕詞で、鶏が鳴く早朝に旅に出る意を掛ける。

三 旅の目的地に着くと直ぐにの意。「はじめての馬おりより葛籠（つづら）をあけて」（永代蔵、二の五）。

四 色事。

五 街頭で女を誘惑することを「釣る」という。

六 人から問われもしないのに自分から話し出すこと。「問ず物語」（一代女、六の一）。

七 まだ見ない前から心が浮かれるの意。

八 剽軽玉・剽金玉。軽はずみで滑稽な男。

㊃ 戀《こひ》に焼付《やき》有[九]女《をんな》の鍋尻《なべじり》[一〇]

物《もの》ずきに金捨男《かねすてをとこ》のかり宿《やど》

太夫《たいふ》請《うけ》出して其まゝのながめ

㊄ 戀《こひ》に果《はて》有女ぎらひ

望《のぞ》みのとをり武蔵野《むさしの》ゝ土《つち》となる男

是もましかといふ迚《とて》も死《し》ぬる世《よ》

九 遊女が客をうれしがらせてひきつけること。遊里語。「やきで 下略してやくと計もいふ。(中略)当道のやきでといふは、人のよろこぶやうにいひきかす言語(げんぎよ)の事也」(色道大鏡、一)。「いつまでも焼付(やきつけ)て此里へ通はせ」(風流曲三味線、四の四)。

一〇 鍋尻は鍋底の直接火に当る所で、常に黒くすすけている。ここは上文の「焼付」と結び付き、「鍋尻を焼く」の意。すなわち、庶民の女房として細かいことに世話を焼く意で、また貧しいながら夫婦として世帯を持ったの意。

一　戀《こひ》に堪忍《かんにん》有女もたず

菱川《ひしかは》[一]が筆にて、浮よ繪《うきよゑ》[二]の草紙《さうし》を見るに、しゝおき[三]ゆたかに腰《こし》つきにまるみありて、大かたは横《よこ》の目づかひ、男めづらしそうなる皃《かほ》の色《いろ》、さながら屋敷《やしき》[四]めきて、江戸女このもしく、見ると聞と寝《ねた》と、戀《こひ》ほど各別《かくべつ》にかはれるものはなし。いざ遊《ゆう》興《けう》のもとでのあるうちに、一たびくだりて、たとへ腎虚《じんきよ》[五]して死すとも、むさしのゝ土とならいでは[六]。穴《あな》[七]より出《いで》て穴にこそいれ。なんのその長生《ながいき》して、隠居《ゐんきよ》におく妾《てかけ》に、「給銀《きうぎん》とればこそ、寝所《ねどころ》まで手を引てやれ」と、思ふそうなる皃つきの、鼻《はな》のさきに見えすき、口はむかしにかはらねど、腰《こし》ぼね思ふまゝならず、下おびしめてもぬけるやうになりて、何かたのしみなし。「人間六十年[八]を三十年にたゝみ、旅《たび》[九]がつぱよ、挑《てう》[一〇]燈《ちん》よ、銀《かね》づかひにあづまくだり」、外《ほか》右衛門さま下知《ぢ》にまかせ、京・大坂は色を見つくし、皆置《みなをき》[一一]ざりに跡《あと》の事はかまは

一　恋に堪忍あり女持たず

江戸の絵師菱川師宣《ひしかわもろのぶ》が描く、浮世絵の草紙を見ると、肉付き豊かに腰つきに丸みがあって、たいていは横目を遣い、男珍しそうな顔の様子、まるで男に不自由している武家屋敷の女らしいので、江戸の女が好ましくなった。見ると聞くと寝た場合とでは、恋ほど甚だしく変るものはない。さあ遊興の元手のあるうちに、一度江戸へ下って、たとえ女のために腎虚して死んでも、武蔵野《むさしの》の土にならなくてどうするものか。武蔵野の月ではないが、穴から出て穴に入るのが人間の定めだ。どんなに長生きしてもどうであろう、隠居所に置く妾《めかけ》に、「給銀《きゆうぎん》もらえばこそ、寝床まで手を引いてやるのだ」と思っていそうな顔つきをされるのが、鼻の先に見えすくようだ。こちらも口だけは昔と変わらないが、腰骨は思うように動かず、褌《ふんどし》をしめてもずり落ちるようになっては、なんの楽しみがあろうか。「人間六十年を三十年に畳むことにして、

ず。

大臣ともに十一人、[一二]けふ逢坂《あふ》の関《せき》の岩《いは》かども、むまからおりて小便《せうべん》にくづし、[一三]勢田《せた》うなぎに身をやしなひ、[一四]水口《みな》の泥鰌《どぢやう》汁《じる》も、此たびのためならん。鈴鹿《すゞか》の山の[一五]薯酒《いもざけ》、[一六]桑名《くはな》の煎岩《いりが》花《き》、明がたいそぐ鶏《にはとり》のたま子、「是も[一七]腎薬《じんやく》じやが、合点《がてん》か」「呑《のみ》こんだ」。いづれも日本一の[一八]つよ蔵《ぞう》、富士《ふじ》の煙《けぶり》は、[一九]地黄《ぢわう》むしかへすかとながめ行に、爰《こゝ》は[二〇]清《きよ》見が関《せき》とかや、「今も[二一]あらためて、京よりくだる[二二]角細工《つのざいく》の荷物《にもつ》を、是にて留《とゞ》めたし。それをやらずば、屋敷《やしき》女のすき目に、ことをかゝす物を」と、婬欲《ゐんよく》おこりて行《ゆく》に、けふ[二三]品《しな》川に着《つき》て、[二四]陰陽《ゐんやう》の[二五]神《かみ》いさめ、[二六]鈴《すゞ》の森《もり》を跡《あと》になして、先《まづ》は浅草《あさくさ》その町に、[二七]今の世の太鞁《たいこ》もち、[二八]掘《ほり》貫《ぬき》井戸の源次《げんし》かたに借宿《かりやど》。

いまだ[二九]馬折《むまをり》より亭主《ていしゆ》よび出し、「なんぢが上方へ書中《しよちう》にての、[三〇]幅《はゞ》見る事只今《たゞいま》なり。かた〴〵に馳走《ちそう》、女より外《ほか》はなし。魚鳥《ぎよてう》はめづらしからず」と、皆々《みな〳〵》[三一]下帯《したをび》かきかへ、「今夜《こよひ》は善《ぜん》悪《あく》にかまひなし。旅くたびれをはらすぶん也」と、扨《さて》も待《まち》かねたる皃《かほ》つき、「夜《よ》明たればなる事也。すこしの堪忍《かんにん》し給へ」


旅合羽よ、提灯《ちょうちん》を用意せよ、銀《かね》遣いに東《あずま》下り」と、外《ほか》右衛《え》門《もん》様の命令に従い、京・大坂《おおざか》の美人や遊女は見尽くしたし、太鼓《たいこ》持《もち》たちも囲っている女を皆置き去りにして、後《あと》のことは構わない。

大尽《だいじん》と太鼓持、共に十一人は、今日逢坂《おうさか》の関に差し掛かり、古歌に歌われた関の岩角《いわかど》も、馬から下りて小便でくずし、瀬田《せた》では名物の鰻《うなぎ》で精をつけ、水口《みなくち》の泥鰌汁《どじょうじる》も今度の役に立つだろう。鈴《すず》鹿《か》山の芋酒《いもざけ》、桑名《くわな》の煎牡蠣《いりがき》、夜明の旅立ちをうながす鶏の卵、「これらも精のつく薬だが、知ってるか」「承知した」と、口にした。だれもが日本一の強蔵どもが、富士の煙は地黄《ちおう》を蒸《む》し返しているのかと眺めて行くと、ここは駿河《するが》の清見《きよみ》が関という。「昔の関所の跡だが、今も取り調べをして、京より下る水牛《すいぎゅう》の張形《はりがた》の荷物を、ここで留《とど》めたいものだ。それを江戸へ遣らなければ、武家屋敷奉公の好色な女たちに、不自由な思いをさせるのに」と、色欲を起こして行くうちに、今日、品川の宿に着いた。陰陽の神を慰める神楽の鈴、その名のある鈴が森を後にして、まずは浅草さる町に住む今全盛の太鼓持、掘貫《ほりぬき》井戸の源次方に宿を借りた。

外右衛門は、到着早々、亭主を呼び出し、「お前が上方へよこ

といふ。「大臣《だいじん》をはじめいづれも、男女《なんによ》のわけをしつて此かた、相手《あひて》なしには一夜もあかしたる事なし。是非《ぜひ》に才覺《さいかく》せよ」といふ。亭主《ていしゆ》我をおつて、「さりとは氣《き》[三二]ずいなり。爰元《こゝもと》の男も、女[三三]にまいるぞ。かゝるからは、おの〳〵にまくる事にあらず。世は堪忍《かんにん》にておさまつた、證據《しやうこ》を見せん」と、我《わが》住《すむ》[三四]うらだなの長屋《ながや》作りを、切窓《きりまど》[三五]より一軒《けん》〳〵のぞかせけるに、女といふ物は、丹[三六]後ぶしの浄瑠璃《じやうるり》本にて見[三七]るより生《しやう》はなかりけり。

先、男《をとこ》世帯《ぜたい》にして四、五人、食《めし》はま[三八]はり焼《だき》に、安倍《あべ》[三九]茶《ちや》の荷《にな》ひ賣《うり》と見えしが、駿《する》

した書状で知った、羽振りのよいところを見せてもらうのはただ今だ。みんなへの馳走《ちそう》は、女よりほかにはない。魚魚などは珍しくない」と、言い付けた。みんなは褌《ふんどし》を新しく締《し》め替え、「今夜は器量のよしあしなどどうでもよい。旅の疲れをはらすだけだ」と、さてさて待ちかねた顔つきをしている。「夜が明けたら思うように出来ます。少しの我慢をなさい」と、源次がなだめた。太鼓持らは、「大尽を始め我々は、男女の色事を知ってからこれまで、相手なしに一晩も明かしたことがない。ぜひとも都合してくれ」と言う。源次は閉口して、「まったくわがままなことを言われる。当地江戸の男も、女に不自由して閉口しているのです。ですから、女にかけては皆さんに負けることではありません。それが皆我慢することで治まっている、証拠を見せましょう」と言って、自分の住む裏長屋の長屋造りを、切り窓から一軒一軒のぞかせたところ、女というものは、丹後《たんご》節《ぶし》の浄瑠璃《じょうるり》本の挿絵で見るだけで、生身の女は見られなかった。

まず初めの一軒は、四、五人の男所帯《じょたい》で、飯は回り番で炊《た》いて、安倍茶《あべちゃ》を肩にかつぐ行商人と見えた。駿河《するが》からかせぎに来た

河《が》よりかせぎにくだり、中にも二十五、六なるさかんの男、ふんどしかきなをして無常《むじやう》を觀《くはん》じ、「我《われ》女をせぬ事十三年、[四〇]長老《ちやうらう》をのぞむ中の[四一]のぼりの出家《しゆつけ》も、只は道中をとをらじ」といふ。又ひとりは[四二]貫《くはん》ざし賣《うり》ため、六、七百つなぎ、「是にてよき物一夜《や》かふて、浮《うき》よの思ひ出に」といひしが、「いや〱、けふも十八文の利《り》を見かけ、[四三]板橋《いたばし》ちかくの二里ある所へ行て、肩《かた》をはらして、[四四]釜拂《かまばらひ》が男を旦那《だんな》さまといふ事をおもへば、今四、五年せいでも命は有物ぞ。[四五]作蔵《さくぞう》だまれ」と、むす子に異見《ゐけん》するごとく成もおかし。

㈠ 戀に堪忍有女もたず

連中で、中でも二十五、六になる血気盛んな男が、褌《ふんどし》を締め直し、世を悲観して、「おれは女と寝ないで十三年になる。住職の資格を取りに、京の本山へ二度目に上る出家でも、道中色事なしに通ることはあるまいのに」と言う。また次の一軒では、貫緡《かんざし》の緡《さし》を売って稼《かせ》いだ銭を、六、七百文緡につなぎながら、「これで女を一晩買って、楽しい思い出にしようか」と言ったが、「いやいや、今日も十八文のもうけを見込み、板橋近くの二里ある所へ出掛けて、肩を張らして、竈祓《かまばら》いの巫女《みこ》の亭主を、旦那様と立てて言ったことを思えば、あと四、五年女としなくても死にはしない。作蔵だまれ」と、息子に意見しているような様子がおかしかった。

その隣には、高野聖《こうやひじり》にやとわれた男が、三人一緒に住んでいたが、夜は鬼界《きかい》が島に流された俊寛のような有様で、割勘《わりかん》で蛤汁《はまぐりじる》を作って飲むより、ほかに楽しみはなく、「こんな所へひょっとして後家が、少なくとも三人来たならば、恐らくは生かして帰すまい」と、腰骨のたくましい男どもが、おかしな物に飢えていた。その次の家では、四十ぐらいの男が、死期が近付き、足元や枕元

其隣《となり》には、[四六]高野《かうや》非寺里《ひじり》にやとはれ男《をとこ》、三人一所に有しが、夜《よる》は[四七]鬼界《きかい》が嶋《じま》のこゝちして、蛤汁《はまぐりじる》の[四八]集銭《しゆせん》出し、外に慰《なぐさ》む事もなく、「こんな所へひよつと後家《ごけ》が、わるく共三人來らば、おそらくいけてかへさじ」と、腰《こし》ぼねのふとくたくましきが、いなものにかつえける。其次《つぎ》の家《いへ》には、四十ばかりの男、最後《さいご》ちか付、跡《あと》や枕《まくら》に友だちと見えしが、「もはや此うへは、喰《くふ》て見たい物はないか」といへば、「今死《しゝ》ても借銭《しやくせん》は一文もおはず、何思ひ残《のこ》す事もないが、一生のねがひに、せめて一夜《や》、女のあるあそび所に行て、日比つゝしみ置し淫乱《ゐんらん》して、其女をすぐに先に立て、往生《わうじや》したい」と、涙《なみだ》をこぼす。其又おくに、[四九]絹賣《きぬうり》と見えしが、十八、九なる[五〇]角《すみ》前髪《がみ》を折《せつ》檻《かん》して、「拙者《せつしや》もわるい事があつたによつて、大かたの事は見ゆるせど、おのれあまりなる[五一]ぞんざいして、宵《よひ》から夜《よ》の明るまで人をゆらつかせ、[五二]腕《うで》てんがうかく程こそあれ、あつたら鼻紙《はながみ》をつゐやしける。まことの女に出あふた時は、紙《かみ》に身《しん》袋《だい》を[五三]疊《たゝむ》か」といふ。

[五四]地尻《ぢじり》には上人になりそこなひの法師《ほうし》、いな所に身を隠《かく》し、

にいる友だちらしい者が、「もはや最期となり、食うてみたい物はないか」と言うと、「今死んでも借銭は一文も借りてなく、何も思い残すことはないが、一生の願いに、せめて一晩、女のいる遊び場所に行って、日ごろ慎んでいた色遊びをして、相手の女をすぐに先に死なせて、往生したい」と、涙をこぼしていた。そのまた奥の家では、絹の行商人らしい男が、十八、九になる角前髪《すみまえがみ》をひどくしかって、「わしにも悪いことがあったから、たいていのことは見許してきたが、お前はあまりにも身勝手過ぎる。宵《よい》の口から夜の明けるまで、わしをゆり動かして、せんずりをかくにも程がある、もったいない、鼻紙をつかいへらす。まことの女に出会った時は、紙で身代をつぶす気か」と、しかっていた。

路地の奥には、上人になりそこないの僧が、こんな変った所に身を隠していた。さすがに昔の出家気質《かたぎ》は残っていて、鮪《まぐろ》も好まず、人の悪口を言わず、さほど欲張りでもなく、偽りの世なのに嘘《うそ》もつかず、大変立派な人相をしている。しかし精進腹のためにいつとなくやせて、色青ざめてよろよろとし、杖をつかずには一尺も歩けない。そんな先行き短い御坊が、庭には松・桜は植え

流石《さすが》むかしの出家《しゆつけ》かたぎ残りて、[五五]目黒魚《ぐろうを》もこのまず、人のうへそしらず、さのみ欲《よく》心もなく、いつはりの世にそれもいはず、ずいぶん見事なる人相《さう》なるが、精進腹《しやうじんばら》いつとなくやせて、色あをくたよりなく、杖《つゑ》つかずには一尺もありかず、たのみすくなき[五六]御坊《ごばう》の、庭《には》に松櫻《まつさくら》は植《うへ》ずして、[五七]棕櫚《しゆろ》の木・八つ手をしげらせて、明くれこれをながめ、「人のいひ傳《つた》へしにも僞《いつはり》あり。腎精《じんせい》[五八]からす物といふにより、見る事はさておき、毎《まい》日せんじて呑《のめ》ども、かへつて其ひとつ[五九]いきつて、ざんじもやむ事なし。汝本來馬《なんぢほんらいむま》の物にもあらず」と、うつても[六〇]みしやいでも立通《たちどを》せば、我身ながらあきれて「いかなる女人にても、爰《こゝ》に[六一]むかひ、[六二]第十八番《ばん》の願《ぐわん》文をすゝめさづけん」と、

みなやもめずみのなげきに、江戸は女のすくなき所を今覺《をぼへ》て、「尤《もつとも》この數《す》百万人の男に、其相手はたらぬはづなり。され共、金《かね》の光《ひかり》・銀《ぎん》のうつりにて、何時なり共[六三]あそびよね、人の堪忍《かんにん》を見てかんにんせぬ事やある」と、[六四]百三十里くだつたるしるしに無分別《むふんべつ》やみて、その夜《よ》はやめたる分別《ふんべつ》、又夜あけて、是分別の[六五]ほかなり。

(一) 戀に堪忍有女もたず

ず、棕櫚《しゆろ》の木と八つ手を茂らせて、明け暮れこれを眺め、「世の言い伝えにも嘘がある。棕櫚や八つ手は精液を枯らすものというので、見ることはともかく、毎日煎《せん》じて飲んでも、かえって一物《いちもつ》は奮《ふる》い立ち、少しも収まることがない。汝《なんじ》は元来馬の一物ではないのだ」と、打ってもたたいても立ち通しなので、我ながらあきれて、「どんな女性でもいいから、拙僧《せっそう》に帰依したら、阿弥陀《あみだ》の第十八番の誓願通り、往生させてやるのに」と、嘆いていた。

皆やもめ暮らしの嘆きで、これを見た外右衛門たちは、江戸は女の少ない所だと改めて了解した。「なるほど、江戸へ稼《かせ》ぎに来た数百万人もの男にとって、その相手の女が足らないはずだ。けれども金貨の威光、銀貨のお陰で、いつでも遊び相手の女は都合がつくだろうが、人の我慢するのを見て我慢出来ないことがあろうか」と、大坂からはるばる百三十里も下って来た効《き》きめで、無分別も止《と》まって、その夜は遊びを止《や》める分別をしたが、また夜が明けるとどうなるか、これは全く分らない。

（巻下の一）

一　菱川師宣。通称吉兵衛。江戸で寛文末より絵本や挿絵本に独自の画風を開き、天和年間には版画・肉筆画において浮世絵という新領域を樹立した。元禄七年没。　二　春画の本。枕絵本。　三　肉（しし）置き。肉付き。　四　「屋敷」は武家屋敷の意で、ここは屋敷女をさす。武家奉公の腰元・仲居女のこと。後出。　五　六三ページ注三参照　六　「な」の一字、原文は「に」と欠刻。　七　古歌の「武蔵野は月の入るべき山もなし草より出でて草にこそ入れ」のもじり。『徳永種久紀行』では、古歌とし、二句目は「月のいるさの」とある。古歌の類歌に、「武蔵野は月の入るべき峰もなし尾花が末にかかる白雲　源通方」（続古今集／明題和歌全集）。　八　諺に「六十年は暮せど六十日は暮しかぬる」（毛吹草、二）。人間の寿命は六十年ともいわれた（可笑記、二）。　九　旅合羽。　一〇　提燈・提灯。「挑燈」とも表記（易林本）。畳む・挑燈は付合語。　一一　夫が妻を家に残したまま家出し、離婚の事実を作ること。　一二　「陸奥（みちのく）のあだちの駒はなづめども今日逢坂の関までは来ぬ　源縁法師」（後拾遺、四・秋上）と、「逢坂の関の岩角踏みならし山立ち出づる桐原の駒　大弐高遠」（拾遺集、三・秋）に拠る。　一三　滋賀県大津市、瀬田川の大橋付近産の鰻。瀬田は、当時勢田・勢多と表記。「江州勢多ノ橋辺」産のは、膏脂（あぶら）は尋常の十倍、肉は脆白（もろくしろく）、味ひ最もよく、諸州の中でも第一とされた（本朝食鑑、七）。　一四　滋賀県甲賀郡水口町（みなくちちょう）は当時東海道の宿駅で、そこのどじょう汁は美味とされた（和漢三才図会、五〇）。　一五　薯蕷（やまのいも）を冷酒にすりまぜたもの。精力増強の薬という。鈴鹿山東南側の沓掛（くつかけ）の茶屋では、とろろ芋が売られていた（東海道分間絵図）。　一六　蛤と共に桑名（三重県桑名市）の名物。牡蠣（かき）を細かくたたいて塩を加え、鍋で煎りつけたもの。　一七　精力を増す薬。強精剤。　一八　強蔵。精力絶倫な男をいう。　一九　ゴマノハグサ科の多年草。根茎は黄色で大きく、漢方で補血強壮の薬とする。ここは地黄煎のことで、麦芽や米の胚芽の粉末を煎り、地黄の汁を合わせ、何度も焚き返して練った飴（あめ）。胃腸を潤し、気血を増すという（本朝世事談綺、一など）。　二〇　静岡市清水興津の清見寺の門前付近にあった古代の関。　二一　往来の旅人を吟味（検査）する意。　二二　水牛製の張形。　二三　東海道五十三次の宿駅の一。当時は江戸の市中には入らず、江戸の南の入口。　二四　在原業平を神格化していう。当時浅草寺末の南蔵院境内に業平天神社があり、「陰陽の神とて色を好める人は殊更に祈りける」という（浮世栄花一代男、一の一）。　二五　神慰（いさ）め。神楽を奏して神の心を慰めること。「神いさめ鈴」と「鈴の森」と言い掛ける。　二六　鈴森八幡宮（盤井神社とも）には鈴石があり、二尺ばかりの青赤い石で、他の石で打つと鈴の音を出すという（江戸砂子、五）。現在の東京都大田区大森二丁目に盤井神社があり、鈴ヶ森の名称の由来のもとになる。当時は「鈴の森」（江戸鹿子など）という。　二七　今全盛の。当代第一の。　二八　地下深く地下水に達するまで掘り抜いた井戸。「井戸」は原文に「井土」とあるのを改めた。（参考）「おほん恵み掘貫井戸や江戸の春」（俳諧玉手箱、一）。（参考）「掘兼（ほりかね）の井」は歌枕（歌枕名寄など）。　二九　旅より到着早々。　三〇　威勢。羽振りのよさ。　三一　（下帯を）掛く、締める意。　三二　気随。わがまま。　三三　女に不自由し困っているの意。　三四　裏店。表通りから入り込んだ所に建てられた借家。造りは棟割り長屋。　三五　壁を切り抜いて設けた採光用の窓。　三六　江戸浄瑠璃の祖、杉山丹後掾一派の浄瑠璃を丹後節という。丹後掾は寛文初年に没し、当時はその子肥前掾・左近兄弟らが活躍していた。ここはその正本の絵入浄瑠璃本のこと。　三七　浄瑠璃本の挿絵で見る以外生きた女は見られないの意。ここは浄瑠璃本の口調をまねた表現。　三八　当番を定めて順番に炊飯の役をすること。　三九　駿河国（静岡県）安倍川流域産の茶。特に足久保村産が知られた。　四〇　高徳な僧。禅宗や律宗などの住職を敬っていう語。　四一　なかのぼり。初上りに対して、二度目の上京。長老の資格を取るためには、京都の本山に何度か上京しなければならなかった。　四二　貫緡（かんざし）・貫差。寛永通宝の銭、一千文（一貫文という）の個々の穴に麻縄などを貫き通して結んだ物。実際には九六〇文を差し結んで、一貫文として通用した。なお、百文つなぎの銭緡（銭差）は多くわら縄で結ぶ。銭差は商家の自家製もあるが、武家の中間（ちゆうげん）が内職で作ったりした。その銭差を商家に売り歩く行商もあり、ここはその内職。　四三　中山道の宿駅。宿場は現在の板橋区板橋一～三丁目辺。　四四　毎月晦日民家を巡り、台所のかまど払い清め、しめ縄を張る行事。山伏の仕事だが、江戸では巫子（みこ）の仕事で、その夫は山伏が多かった。本文の「釜払が男」とは、釜払の巫女の夫のこと。　四五　男根の擬人名。　四六　高野聖。もと高野山中の寺院外の別所に住み、念仏修行し、また諸国を巡り勧化した真言宗の僧。中世末の戦乱期より近世前期には、高野聖の僧形を借り、笈を背負い、種々の行商をする者が出た。特に呉服一般の行商をした。商聖（あきないひじり）とも。 **四七** 中古の流刑の島。俊寛が流された所といわれる鹿児島県大隅諸島の硫黄島とも。謡曲「俊寛」に、「この程は三人一所（いつしよ）にありつるだに、さも恐ろしくすさまじき、荒磯島（あらいそじま）にただひとり、離れて」の一部文句を借りる。 **四八** めいめいが銭を出し合って飲食をすること。 **四九** 絹布などの行商人。 **五〇** 元服前は若衆髷（まげ）の髪形をするが、その額の左右の角（すみ）を剃り込んだ髪形。普通は十五、六歳の半元服の髪形。絹売りは武家屋敷方へも出入りするから、小者を角前髪にさせて客の気をひこうとしたものか。内証は自分の弟分のことが多い。 **五一** 存在する。わがままな振舞いをする。 **五二** 手淫。「てんがう」は、転合・転業の字を当て、悪ふざけ・いたずらのこと。 **五三** 原文は「たゝみ、」と誤刻するのを改めた。 **五四** 路地の奥。 **五五** 鮪（まぐろ）の二、三尺ほどの物を、上方で目黒という（物類称呼）。 **五六** 出家の敬称。前文の「上人になりそこなひの法師」を指す。 **五七** 棕櫚の木・八つ手が性欲減退に効果があることは未詳。棕櫚の筍と子花には小毒があり、のどを刺激するので、少しでも食すべからずという（和漢三才図会、八三）。 **五八** 涸らす。原文は「からず」とあるが、「からす」に改めた。 **五九** いき（熱）る。熱を帯びる意。ぼつ起する。 **六〇** 押しつぶす。ひしゃぐ。 **六一** 対面する。ここは帰依するの意。 **六二** 阿弥陀如来が衆生済度のために立てられた四十八の御誓願の、第十八番の願文は、「念仏往生」（無量寿経）。 **六三** 歌舞で人を楽しませる女。また遊女。「よね」は、女または遊女のこと。 **六四** 大坂と江戸間の距離。江戸日本橋より大坂までは、百三十二里半十五丁（延宝四年刊、江戸道中重宝記／国花万葉記、七下など）。 **六五** 「分別のほか」と、外右衛門と言い掛けるか。

＊ 下巻は江戸での遊興を描く。本章の挿絵は、外右衛門と太鼓持の一行が、江戸の太鼓持源次方で、師宣の「浮世絵の草紙」（春画）を眺めている場面。本章の挿絵は、底本には落書があるので、本作の改題増補作『好色兵揃』（元禄九年刊）巻五の一の挿絵を借り掲載した。

二 戀《こひ》に隙有女奉公《ひまありをんなほうこう》

東《あづま》もおもしろく、今は忘れたる都[一]どり、平《ひら》[二]のくだられし時も、釣《つり》[三]ものは有[四]やなしや。けふは十[五]八日、浅草《あさくさ》の観音《くはんをん》にや[六]しきさがりのまれ女、上《かみ》がたにないもの、なまりことばおかし

二 恋に暇《ひま》あり女奉公

江戸も面白く、今では都のことは忘れてしまった。都鳥といえば隅田《すみだ》川で都鳥を歌に詠んだ業平《なりひら》が、東下《あづまくだ》りをした時代にも、釣り者がいたかどうか、都鳥に尋ねたい。今日は十八日で、浅草観

かるべしと、朝《あさ》とく宿《やど》を出て、[七]茶屋《ちや》町を見わたし、[八]源次《げんじ》が所しり顔《がほ》に才覚《かく》して、随《ずい》ぶん廣《ひろ》き座敷《ざしき》を一日かりきつて、「こふした分《わけ》じや、亭主《ていしゆ》がつてんか」、「[九]小判《こばん》の都、いかにもおもしろい。今まで女を釣《つり》てめいわくしたるためしなし。[一〇]自然《じぜん》の事に、わたくし[一一]首《くび》ひとつ、御慰《なぐさ》みのためになる」と、無性《むしやう》なる大さはぎ。小座敷《ざしき》一間《けん》づゝにこしらへ、枕《まくら》ふたつの寝道《ねだう》具《ぐ》、相手も[一二]山も見えぬむさし野《の》に、「[一三]いかなる風の袖伽羅《そできやら》、利付《きゝつけ》次第に無《む》理留して、たま〱あふは思ひ出《で》の[一四]戀《こひ》川、腎水《じんすい》高浪《たかなみ》うたせて、随分《ずいぶん》たしなみふかき女にも、[一五]堤《つゝみ》をきらせ、子種《こだね》まく新田《しんでん》をみなつきながさせ、其跡《あと》は我ばかりの[一六]男嶋《をとこじま》となし、屋形《かた》女を思ふまゝに[一七]作《つく》り取にする事ぞ」と、廣《ひろ》きあづま女ばうを、ひとりして[一八]庄《しやう》屋皃《がほ》のねがひ、茶《ちや》屋亭主《ていしゆ》も此欲《よく》を聞て、大笑《わら》ひいたせり。

「我は此家に入聟《むこ》して、あの女ばうひとりさへ迷惑《めいわく》するに、人の生れ付も達者《たつしや》、おもひの外に違《ちが》ひある物ぞ。いづれ世けんに、つかふ〱といふてから、つかはぬ物は銀《かね》、せぬ〱といふてから、するものは女也。追付《をつつけ》よきものに仕かけ、其

音の御縁日、観音には藪入《やぶい》りにしか外出できない武家屋敷奉公の女たちも参詣するだろう。上方にはないものだし、江戸なまりの言葉を聞くのも面白いだろうと、外右衛門《ほかえもん》の一行は、朝早く宿を出て、浅草寺《せんそうじ》の雷《かみなり》門前の茶屋町を見渡した。江戸の太鼓持源次《げんじ》が所知り顔に工面して、茶屋の随分広い座敷を一日借り切った。外右衛門が「こういう事情だ。亭主、分ったか」と言うと、「小判が物をいう都ですから、なるほど面白い催しです。私も今まで女を釣って困った験《ため》しがありません。万一の時には私の首一つで済むこと、それもお慰みになるでしょう」と、夢中になって大働きをした。小座敷を一人に一間《いっけん》ずつにこしらえ、枕二つの寝道具を用意すると、まだ相手も山も見えぬ、広い武蔵野《むさしの》なのに、外右衛門は、「風が運ぶどんな女の袖《そで》の香《か》でも、かぎつけ次第に無理留めして、たまたま逢《あ》うのは後の思い出になる恋の川だから、腎《じん》水《すい》の高波を立たせて、どんなに慎み深い女にも、堤を切ってあふれ出させ、子種《こだね》をまく新田を皆押し流させ、そのあとは自分一人の男島にして、江戸中の屋敷女を独り占めにしてやるぞ」と、広い武蔵野の女性を、何かと独りで取り仕切る庄屋顔をしたいとの

御手柄《がら》を見ましよ」といふうちに、年の程三十二、三の女、一九ほうさきすこしあかく、氣味《きみ》はあしけれ共、いかにとしても腰《こし》のふとくたくましきに思ひ付、「二〇あれは」ととへば、「なる程なる物」と、亭主跡《ていしゆあと》よりはしりより、「御近付《ちかづき》のかたのあれに御入」といへば、「どなたか」と立歸り、はやうれしさうなる目付《めつき》して、供《とも》につれたる親仁《をやじ》に壱歩ひとつとらせて、二一「有さまは二二觀音堂《くはんをんだう》へ参り、それからいづかたへも行《ゆき》て氣《き》をのばし、夕飯《はん》まへに爰へ」といへば、二三佛《ほとけ》になるべきおやじにて、何心もなく出《いで》行ける。

此女のいたづらそうなる好《この》もしく、中間にて論《ろん》じぬるうちに、亭主《てい》・内義が才覺《かく》にて、扨もうつくしきをあまたつりこみ、二四銘《めい》々木々の花は見どり、酒大かたにして、面々床《とこ》に引込《こみ》、何のあひさつもなく、「是はふしぎの御縁《えん》〳〵」と、いへることばより外はなく、何思ひ出してや此女ども、かたはしから泣《なき》出し、鼻《はな》いきうなりて、人の聞をも我をわすれて、二五「此思ひ出申事、今生後《ご》生わすれませぬ。迚《とても》の事に御氣《き》せかれず、此方つゞかぬといふまで、藝《げい》をながふ」と所望《もう》せら

願いを言う。茶屋の亭主もこの大欲を聞いて大笑いをした。

亭主が言うには、「私はこの家に入り婿して、あの女房一人さえもてあましているのに、人の生まれつきも床の達者なのも、思いのほかに違いがあるものです。いずれにせよ世間で、使う使うと言いながら、使わないものは金、しないしないと言いながら、するものは女遊びです。やがて好《い》い女に色を仕掛けるでしょうから、そのお手柄を見せてもらいましょう」と、話しているところに、年のころ三十二、三の女が通りかかった。頬先《ほおさき》が少し赤く、気味は悪いが、何にしても腰が太くたくましいのに心をひかれ、「あれは」と、一行の一人が尋ねると、「確かに思うようになる相手」と、亭主が女の後から走り寄り、「お知り合いの方があちらにいらっしゃいます」と言うと、「どなたか」と、女は立ち戻り、早やうれしそうな目つきをして、供に連れた親仁《おやじ》に一歩《いちぶ》金《きん》を一つやり、「お前は観音堂へお参りして、それからどこへなりと行って気晴らしして、夕飯《ゆうはん》前へここへ帰って来い」と言うと、人の好い親仁で、少しも疑わずに出かけて行った。

この女の浮気っぽい様子が好ましく、太鼓持仲間で言い争って

れ、それをねがひの兵[二六]自慢《じまん》、碁石《ごいし》まくらに數とれば、大かた十七、八、観音[二七]《くはんをん》の縁日に合せて、扨もしたり。

男あかずも好《すき》なる女、別《わか》れおしむ夕ぐれの鐘《かね》、うらみをふくみて、最《さい》ぜんのほうのあかき女、「そも〳〵には釣《つら》れながら、後々若《わか》き女に目くれて、今朝《けさ》から相手なしに堪忍《かんにん》なりがたき淋《さび》しさ。いやなれば余人《よじん》かせぐに、今となつて七つ[二八]にさがれば、何をいふても一時の勝負《しやうぶ》、此まゝに帰るは去《さり》とは残《ざん》念《ねん》、わたくし心底《しんてい》はかくのごとし」と、一間なる座敷《ざしき》を見せけるに、はだ着《ぎ》の白小袖ひとつ、り[二九]んずの内《ゆ》具《ぐ》ひとつ、びつたりとぬらして、「よ

いるうちに、茶屋の亭主と女房が気を利《き》かして、それにしても美しい女ばかりを大勢誘い込んできた。太鼓持らはそれぞれ気に入った女を選び取り、酒もいい加減に切り上げて、めいめい床《とこ》に引き込み、何の挨拶もなく、「これは不思議な御縁、御縁だ」と、言っただけで後は夢中である。女たちは何を思い出したのか、片端から泣き出し、鼻息うならせ、人の聞くのも構わず我を忘れて、「こんな楽しい思いを致すこと、この世ばかりか死んでも忘れません。このついでにあんまりお気をせかせず、こちらが続かないと言うまで芸を長く」と、望まれた。こちらもそれが願いの達者自慢の男だちで、碁石《ごいし》を枕もとに置いて数えると、大体十七、八で、観音の縁日に合わせて、よくもしこなしたものだ。

男に飽きない色好みの女たちが、夕暮れの鐘を恨めしく思っている。最初の頬《ほほ》の赤い女は、「一番初めに誘われながら、男はその後若い女に目を向けてしまい、自分は今朝から相手がなくて我慢のならないさびしいことだ。自分がいやだというのならほかの男を探したのに、今となっては七つ下がりなので、何といっても一時の勝負である。このまま帰るのはさてさて残念です。私の本

所の戀《こひ》を聞たばかりにさへ此好目《すき》、たゞ歸るはうらむるはづなり。いづれも心ざし次第に、[三〇]奉加《ほうが》のちぎりこめてとらせ」と、夕日のかぎりあるうちをいそぎ、是も惣《そう》[三一]なみに立かはり入かはり、十八番《ばん》[三二]の數を合せける。此女思ひ殘する事もなく、十一人の中にも我氣《き》に入たる男をまねき、[三三]鏡袋《かゞみぶくろ》をあけて、金子五兩、「是は伽《きや》[三四]羅《ら》代」とて、袖《そで》より袖になげ入て、うれしさうにわかれゆく。

　みな〳〵女はたちて、男ばかり跡《あと》に殘り、ひとり〳〵のさ[三五]んげ物がたり、女のかたから金子その外、かたみもらはざる

(二) 戀に隙有女奉公

心はこの通りです」と、男たちに自分の一間の座敷を見せると、肌着の白小袖一枚と綸子《りんず》の腰巻一つを、びっしょり濡らしていた。「余所《よそ》の恋を聞いただけでもこれほど濡らす好者《すきもの》が、むなしく帰るのは恨むはずだ。みんな気の向くままに、情けの契りを結んでやれ」と、夕日が沈まないうちにと、この女も不公平なしに入れ替わり立ち替わり、十八番の数を合わせてやった。この女は思い残すこともなく、十一人の太鼓持の中でも自分の気に入った男を呼び寄せ、鏡袋をあけて、「これは伽羅《きやら》代」と、小判五両を袖から袖に投げ入れて、うれしそうに帰って行った。

　女たちはみんな引き上げて、男ばかり後に残り、一人ひとりのざんげ話を聞くと、女の方から金やその他の形見を貰《もら》わない者は一人もなかった。上方と違ったことは一つもないが、女の方から沢山の礼金を取って、しかも見事な女に逢えるとは、こんなことはほかの国にはないことである。京・大坂などは、こちらで金を使っても、まだその上にほしがるのに、こんなめでたいことがあるとは、土地の人は知らないのだろうか。

　「大概の商人は、相場がどうなるか分からない荷物を廻漕《かいそう》して、

はひとりもなし。上がたにちがふた事ひとつもないが、女のかたから大分の賃《ちん》をとつて、しかも見事な女にあひて、かゝる事よの國《くに》にはない事なり。京・大坂にて、金銀つかふてさへまだほしがるに、こんな目出たい事のありとは、所の人はしらずや。

「惣じての商人《あきんど》、相場《さうば》のしれぬ荷《に》物[三六]まはして、仕[三七]切状見るまで無用の氣《き》づかひしやうより、若ざかりのつよき百人ばかり、[三八]岡《をか》付にして爰《こゝ》にをくり、[三九]下谷《や》の天神、[四〇]目黒不動《ぐろのふどう》、又は芝《しば》[四一]の神明《めい》、[四二]堺《さかい》町の新道《みち》、あるひは[四三]黒《くろ》門さき、[四四]無縁《えんじ》寺の前《まへ》、[四五]深《ふか》川の八幡《まん》、[四六]木挽《こびき》町の近所、[四七]谷《や》中の門前町、[四八]湯嶋《ゆしま》の宮の裏《うら》門、[四九]白《はく》山の水茶屋《ちや》、[五〇]西の久保《くぼ》の三田八幡のほとり、[五一]馬《ば》喰《くらう》町の寺々の門前、扨はあさ草《くさ》の[五二]三十三間堂《げんだう》、此觀音《くはんをん》の茶屋町にて、釣《つり》もの問屋《とひ》をせば、何商《あきな》ひよりましならん」と、算《さん》用して見る程、是も命のちゞまる談合《だんかう》、[五三]三五の十八、ばらりと座敷を立ける。

その商品の勘定書を見るまでは、余計な心配をするものである。それよりは若盛りの強い男を百人ほど、陸上輸送で江戸に送り込んでみたらどうだろう。下谷《したや》の天神、目黒の不動、または芝の神《しん》明《めい》、芝居のある堺町《さかいちょう》の新道《しんみち》、あるいは上野の黒門前《さき》、両国の回向《えこう》院の前、深川の八幡、芝居のある木挽町《こびきちょう》の近所、谷中感応寺《やなかかんのうじ》の門前町、湯島天神の裏門、白山権現《はくさんごんげん》裏の水茶屋、西《にし》の久保《くぼ》の三田《みた》八幡の付近、馬喰町《ばくろうちょう》の寺々の門前、さては浅草の三十三間堂、それにこの浅草観音の茶屋町などで、釣り者の問屋をしたら、どんな商売より増《ま》しだろう」と、みんなで勘定してみればみるほど、この商売も寿命の縮まる話だということになり、三五の十五ならぬ十八と勘定が合わず、ばらりと計画を御破算にして、座敷を引き上げた。

（巻下の二）

一 都鳥。カモメ科のユリカモメ。「忘れたる都」と「都鳥」と言い掛ける。 二 在原業平の略称。都鳥・業平は縁語。後注四参照。 三 街頭で異性を誘惑する者。男が女を釣る場合もいうが、売春する女の場合もある。本文はわざと釣られようとする素人女のことで、「釣られ者」に当たる。「被釣者（つられもの）という女あり。釣者（つりもの）はむかしより之在」（色道大鏡、一四）。 四 業平の「名にし負はばいざ言（こと）問はむ都鳥わが思ふ人はありやなしやと」（伊勢物語、九段等）を踏む表現。 五 十八日は浅草寺の縁日。特に隔年三月十八日は三社権現の祭礼（江戸砂子、二）。　六　武家屋敷の奉公人が、休暇で親元や奉公人宿へ帰ること。藪入（やぶいり）と言い、正月と七月の一六日、春秋の二度。「まれ（稀）女」は美女のことで、ここは藪入りしか外出出来ない稀な女の意と掛ける。　七　駒形堂から浅草寺雷門（惣門）に向かう門前は、並木町という茶屋町。両側にうどんそば切り・奈良茶などの茶屋が多く、藤屋・菱屋・扇屋・鯉屋などという料理茶屋もあった（江戸砂子、二）。ここは料理茶屋の座敷を借りたのか。なお定本頭注が、「二王門前」とするのは誤認。当時仁王門（山門）前から雷門の間は、両側に浅草寺の下寺があった。現在の仲見世。　八　前章の掘貫（ほりぬき）井戸の源次という太鼓持。　九　上方が銀貨と銭の銀本位の経済であったのに対し、江戸は金貨と銭の金本位の経済の都会であり、また金貨（小判）が物を言う都会であるからいう。　一〇　万一の場合には。振り仮名「じぜん」は原文のママ。　一一　釣った女が人妻であった場合、露顕すると密通の咎めで死罪となった。また夫に現場を押えられた場合、夫が密通の男女を殺しても「無《シ》レ構」となった。なお、享保以降、夫が密通を訴えないで内済にする場合もあり、内済金は江戸では小判七両二分（大判一枚に相当したため）、大坂では五両二分であった（石井良助・江戸時代漫筆、第四江戸時代漫筆など）。　一二　諺に「山も見えざる高括（ぐく）り」（譬喩尽）とか、「山も見えざる胸算用」等がある。また「海とも山とも知れず」（同上）ともいう。それを文字通り広くて山の見えない「武蔵野」と続けた表現。　一三　「武蔵野や行けども秋の果てぞなきいかなる風の末に吹くらむ　源通光」（新古今集、秋上）。　一四　精液。　一五　淫水をもらさせる。高浪・堤を切る・田を突き流す・島は縁語。　一六　女護島に対して、男だけの島。「島」は特定の区域をいう。　一七　年貢は免除で、作物の収穫を全部所有すること。新田の開発の場合、一定期間年貢が免除された。　一八　領主から任命された村長。村内の年貢から訴訟まで万事を統轄した。当時上方では庄屋、関東では名主という。ここは外右衛門が上方下りなので庄屋としたか。新田・作り取り・庄屋は縁語。　一九　頬先（ほおさき）が赤い女は体が臭いとされた（好色具合）。原文は「ぼうさき」とあるのを改めた。　二〇　原文は「あは」とあるが、「あれは」と改めた。　二一　ありさま。お前さま。「われさま」の音変化した語。　二二　浅草観音堂　二三　好人物の老人。　二四　諺。「木々」は「気々」に通じ、人によりそれぞれ心の違うことのたとえ。『懐硯』一の一参照。　二五　歓楽を極めること。「思ひ出」は、後の思い出になるほどの快楽をいう。　二六　つわものじまん。武道具自慢。　二七　前注五参照。　二八　午後四時過ぎになれば、日暮れまで一時（いっとき、二時間）ばかりしかない。　二九　綸子。紗綾形（さやがた）の模様を地紋に織り出した、滑らかで光沢のある絹織物。　三〇　神仏への寄進のことだが、ここは特別の厚意。　三一　不公平なしに、一様に。　三二　浅草観音の縁日の十八日にちなんだ数。　三三　懐中鏡の袋。屋敷女は財布の代りに鏡袋に金を入れて持ち歩いた（一代男、四の四／二代男、二の四）。　三四　（名香伽羅を買えと言って渡した代金の意で）遊里などで金のことをいう隠語。　三五　懺悔物語。自分の過去の罪悪を悔いて、それを人に打ち明けた話。ざんげ話。　三六　回送して。酒・醬油・紙・木綿などの物資は、上方から江戸へ樽回船・菱垣回船により回送された。大体大坂の相場を標準としたが、江戸に到着の時期によっては相場の変動があった。　三七　商品の品質・数量・代金を明細に記した書状で、売り手が商品と共に買い手に送った。　三八　牛馬による荷物の陸上輸送。陸付け。　三九　俗に牛天神と称し、上野の鎮守の社で、下谷忍岡にあった（江戸鹿子、三）。位置は寛永寺の黒門前右（東）脇で、現在の台東区上野四丁目十番地辺（江戸方角見図など）。また五条天神社とも称し（江戸切絵図など）、現在は上野公園内にある。本文の以下の地名は、寺社の門前町や芝居の興業地などで、江戸の岡場所（遊興地）であった（諸国色里案内など）。　四〇　目黒にある天台宗の滝泉寺（りゅうせんじ）。現在の目黒区下目黒三丁目内。　四一　芝神明宮。十一世紀創建の由緒ある神社。港区芝大門一丁目の芝大神宮。　四二　堺町は芝居街で、歌舞伎の猿若（中村）勘三郎座や浄瑠璃小屋・見世物小屋などがあった。「新道」は堺町の裏手の横町。現在の中央区日本橋人形町三丁目内。　四三　寛永寺の表惣門は黒塗りであったので黒門というが、その門前の地。不忍池に沿って水茶屋があった。　四四　無縁寺回向（えこう）院。山号を国豊山と称す浄土宗の寺（江戸鹿子、四）。現在の墨田区両国二丁目内。　四五　富岡八幡宮。寛永年間永代島に創建され、後近くの深川の地が開けて深川に移り、深川八幡とも称す。別当は真言宗永代寺で、承応二年には門前町ができて、色茶屋が繁昌した。その門前町は天和二年焼失したが、元禄十年には復旧した（岡場所遊廓考等）。江東区富岡一丁目内。　四六　当時の木挽町五丁目に歌舞伎の森田座や浄瑠璃小屋があった。また木挽町六丁目に山村座があった（江戸方角安見図／続江戸砂子等)。現在の中央区の銀座六丁目・七丁目の昭和通りに面した辺に当たる。 **四七** 谷中の日蓮宗感応寺の西方に形成された門前町。水茶屋が多くあった。なお感応寺は、元禄十一年に天台宗に改宗し、天保四年より天王寺と改称した。現在の台東区谷中七丁目内。 **四八** 湯島天満宮の裏門。俗に天神裏という。現在の文京区湯島三丁目の切通し坂の側。 **四九** 小石川の白山権現社の裏門、鳥居内に茶屋があった。現在の文京区白山五丁目内の白山神社。 **五〇** 芝には西ノ久保の八幡宮と、田町の三田八幡宮と二つある(江戸鹿子)が、ここは両者を混融した地名となっている。岡場所は前者の方。現在の港区虎ノ門五丁目の八幡神社。 **五一** 馬喰町一・二・三丁目には旅籠屋が多く、馬喰町四丁目(中央区日本橋馬喰町二丁目)辺は寺院が多かった。その門前に地方からの旅人を相手にする釣者が出たことをいう。なおこの寺々は明暦三年の大火後は、深川・駒込などに移転した(御府内備考)。 **五二** 寛永十九年、弓師備後が弓術稽古のために願い出て、通し矢で名高い京都の三十三間堂を模倣して、浅草浅留町(あさとめちよう、台東区松が谷一丁目)に建立。なお元禄十一年焼失し、同十四年深川の富岡八幡宮の東(江東区富岡二丁目)に移築された。 **五三** 算盤(そろばん)勘定の合わないことのたとえ。諺。

＊挿絵は、浅草雷門前の茶屋町の街頭風景。往来の女性は、黒い絹布の奇特頭巾をかぶり、洒落た身なりをしている。背景は二軒の水茶屋。当時茶屋町の両側にはうどんそば切り、奈良茶などの茶屋が多く、藤屋・菱屋・扇屋・鯉屋などの料理茶屋もあった(江戸砂子、二)。

なお、挿絵右端の編笠をかぶる二人の男の絵像は、後年の『西鶴織留』巻六の一の挿絵の、京西陣の街頭風景中の人物像に流用される。

三 戀に違ひ(有)女の肌

所ならひにて、一男世帯《をとこぜたい》を人もとがめず。二元吉原《もとよしはら》の三うら棚《だな》かりて、御臺所《だい》の万事當座買《たうがい》、四氣《き》さんじなる五あづまのかたのすみ所、人は商賣《しやうばい》の利徳《りとく》を望《のぞ》み爰にくだりけるに、此大臣は金すてにはる〴〵の御下向《かう》ありとは、よもやしる六まじ。七水道《すいだう》の

三 恋に違い(あり)女の肌

土地の習慣で、男だけの生活も江戸ではだれも見とがめない。外右衛門《ほかえもん》の一行は、元吉原の裏長屋を借りて、お台所の方は万事現金買いで済ませるという、気楽な江戸での暮らしぶり。世間の人は商売のもうけを望んで江戸に下るのに、この大尽は金のつか

みなれて、江戸ことば聞ならひ、上がたにて[八]鰈《かれい》といふを、平目と賣も見なれける。[九]鱧《はも》・まな[一〇]鰹《がつほ》のない事をくやめば、しかも[一一]蒲鉾《かまぼこ》は、[一二]くづなに鯛《たい》を摺《すり》まぜて、くはずにはゐる事なし。いづれも鯛は、京も大坂も江戸も、人皆是をほめけり。[一三]下子《す》魚《うを》とは各別《かくべつ》の[一四]女﨟《らう》魚なり。「さればきのふの[一五]釣《つり》もの、思へば[一六]品川鰒《ふぐ》の横《よこ》とび、かはつた物を喰《くた》といふぶんにて、[一七]毒《どく》の心みおかしからず。いざ口なをしに色里の君をみん」と、[一八]大和橋の[一九]船宿《やど》に案《あ》内させて、

血氣《けつき》の長介が[二〇]二挺《てう》だて、是乗《のり》手[二一]ふたりづゝにかぎり、十壱人の手[二二]組《ぐみ》五艘《そう》に分て、煙管筒《きせるづゝ》に[二三]火縄《なは》取添《そへ》、壱升入の[二四]笹葉《さゝば》樽に[二五]天目《もく》ひとつ、是すこしのうちのたのしみ。扨もこの舟のはやき事、[二六]ふげんぼさつのとばせ給ふは[二七]礒《いそ》なり。[二八]地藏《ぞう》の道行、ふしなしにかたりしまはぬうちに着て、[二九]日本堤《づゝみ》の[三〇]道鉄《てつ》が扣鉦《たゝきがね》、きけば[三一]無常《じやう》の烟《けぶり》、右のかたに見すて、自然《しぜん》と鬢《びん》に氣《き》を付、かたちを作る、[三二]衣《ゑ》紋《もん》坂をおりて、大門口にさしかゝれば、都とはちがいて[三三]番所きびしく、色里の入口にはきつとして見にくし。それより揚《あげ》屋町に行て、[三四]源次《げんじ》がさし圖《づ》にして、しるべの

い捨てにはるばるのお下りだとは、まさか知るまい。一行は水道の水を飲みなれて、江戸言葉も聞きなれ、上方で鰈《かれい》という魚を、平目《ひらめ》といって売るのも見慣れてしまった。鱧《はも》や真《ま》魚鰹《ながつお》のないことを残念がれば、代りに蒲鉾《かまぼこ》があり、しかも甘鯛《あまだい》に真鯛《まだい》を摺りまぜたぜいたくなもので、食べずにはおられない。いずれにしても鯛は、京も大坂も江戸も、人は皆これをうまいとほめている。下々の食べる魚とは格段に違う上つ方の魚である。「ところで昨日の釣り物の女は、思えば腹の出た品川鰒《ふぐ》のようで、下手物《げてもの》を食ったあんばいで、毒の味見も悪いものではない。さあ口直しに、色里吉原の遊女を見よう」と、大和橋の船宿に案内させた。

血気《けつき》の長介《ちようすけ》の二《に》挺立《ちようだ》ての猪牙船《ちよきぶね》は、乗客は二名ずつに限るので、外右衛門の一行十一人を五組で五艘《そう》に分けて、煙管《きせる》筒に火縄《ひなわ》を添え、一升入りの平樽《ひらだる》に天目茶碗《てんもくぢやわん》一つ用意してあるのは、これ船中でしばらくの楽しみである。さてさてこの船の速いことといったら、象に乗った普賢菩薩《ふげんぼさつ》が飛ばせられるのも比べられない。船路の地蔵の道行を、それも節なしに語り終らないうちに、山谷《やんや》堀《ぼり》に着いてしまった。日本堤を進めば、途中で土手の道哲《どうてつ》の勤行《ごんぎよう》

三五やどやに入て、大二階《かい》の見わたし、戀《こひ》のはてしもなき武藏《むさし》野《の》、三六「けふは客《きやく》をなやきそ」と、ふるき言葉《ことば》のすゑにすこし小なまりも、京のやはらかなるくちびるに、女郎はいづくもかはる事なし。世界《かい》の自由《じゆう》は、三七江戸もするがも、小判すてねば合点《がてん》をせぬ勤《つと》めの濡《ぬれ》。

外右衞門は今の世の大臣《だいじん》、その子細《しさい》は、三八諸分《しよわけ》は京の嶋原《しまばら》に身をなし、三九口舌《くぜつ》は大坂の新町に魂《たましゐ》をくだき、四〇はりつよき所を江戸のよしはらに見初《そめ》、人の始末《しまつ》する四一ゐんつうを、かしらからすて所の覺悟《かくご》なれば、此十分なる色道《しきだう》、又有べからず。惣《そう》じてまゝならぬ世の

の叩《たた》き鉦《がね》が聞え無常を覚えたが、また橋場《はしば》の火葬場の無常の煙を右の方に眺めて通り、自然と鬢《びん》の乱れを直し、身形《みなり》を整える衣紋《えもん》坂を下りて、吉原の大門口にさしかかった。ここは都と違って門番がきびしく、色里の入口にしてはきちっとしていていやな気がした。それより揚屋町《あげやまち》に行って、太鼓持《たいこもち》の源次《げんじ》の指示により、その知り合いの揚屋に入った。その大二階の座敷を見渡すと、恋の思いと同様に果てしもなく、武蔵野ように広い。「今日だけはお客を焼かないで」と、古歌をもじった言葉の端に、少しなまりがあるのも、京の女郎のやわらかな物言いに比べても、女郎というものはどこでも変わることはない。この色里の自由といっても、江戸でも駿河《するが》でも同じで、小判を捨てるようにつかわなければ承知してくれないのが女郎の勤めの濡事《ぬれごと》である。

外右衛門は今の世一番の大尽である。そのわけは、遊びのしきたりは京の島原で身につけ、恋の駆け引きは大坂の新町で腕を磨き、意気地の強いところは江戸の吉原で心得た。その上、人の節約する金子《きんす》を、初めから捨てる覚悟だから、この十分に行届いた色道は、またとあるはずがない。大体思うようにならないのがこ

事、帥《すい》[四二]になればかならず金《かね》なし。前《まへ》[四三]かたなる太郎殿には、金のある徳《とく》にて、うとき座《ざ》敷《しき》もかしこく見えける。此大臣は諸色《しよしき》[四四]の得道《とくだう》して、しかも金捨《すつ》るに極《きはめ》ての大さわぎ、「扨此里の色《いろ》づくし、太夫有程取よせよ」と、三代目の高尾《たかを》[四五]・小紫《こむらさき》[四六]・わかむらさき[四七]・薄雲《うすぐも》[四八]・にしを[四九]・小にし[五〇]・小長門《こながと》[五一]・八千世[五二]・千と勢《せ》[五三]、是皆《みな》[五四]松のくらゐとりて、此外格子《かうし》[五五]をつめに[五六]一座《ざ》のながめ、初會《しよくはい》[五七]は戀《こひ》をはなれてむつかしく、上がたの[五八]仕かけとは各別《かくべつ》にかはり、さのみ大《だい》臣《じん》を思ひつかする身振《みぶり》もせず、此つとめは縁次《えんし》第《だい》の物といはぬばかりの白《かほ》つき、是を思ふに客《きやく》にことをかゝぬゆへぞか

㈢ 戀に違ひ有女の肌

の世の中のこと、色道の粋《すい》になるころには、必ず金がなくなるものだ。一方、野暮《やぼ》な鈍太郎《どんたろう》殿でも、金のあるお陰で、間抜けな座敷遊びも賢《かしこ》そうに見えるものだ。ところでこの外右衛門という大尽は、色道の諸相に熟達して、しかも金を捨てる覚悟での大騒ぎをするのである。「さてこの廓《さと》の美人揃えが見たい。太夫をあるだけ呼び寄せよ」というので、三代目の高尾、小紫《こむらさき》、若紫、薄雲、西尾、小西、小長門《こながと》、八千代《やちよ》、千歳《ちとせ》、これ皆松の位の太夫たち、このほか格子女郎を末席に並べた一座の眺めは、見事であった。吉原の初会は、床入りはなく作法が面倒だ。京・大坂のやり方とは格段に変わっていて、さほど大尽の気をひくような身振りもせず、この勤めは縁次第のものと言わんばかりの澄ました顔つきをしている。これを思うに客に不自由しないからであろう。客からの盃《さかづき》もあっさりと回し、恋の筋道をつけるきっかけもなく、酔い心地も楽しくない。そこで太鼓持が時々仲間笑いをして景気をつけるのだが、女郎はそれに心をひかれず、廓《くるわ》の三味線を弾きかけて、突節《つきぶし》の小歌でむだに午後を過ごさせ、七つを告げる時の鐘が、金竜山浅草寺より聞えてくると、床入りをうながすことも

し。盃《さかづき》も子細《しさい》なくまはして、りくつゝいふ程の首尾《しゆび》もなく、酔《ゑひ》心《ごゝろ》もおかしからず。折々《をりをり》中間わらひして[五九]いさめど、女郎は是に氣《き》をうつさず、色三味線《いろざみせん》引かけて、[六〇]つきぶしの小哥《こうた》に日をかたぶけ、[六一]七つの鐘《かね》のね、[六二]金龍山《きんりうざん》より告《つげ》わたれば、[六三]床《とこ》ぜんさくもなく、「又の御縁《えん》も」と、さらりと惣立《そうだち》、「[六四]おさらばへ」といふ聲《こゑ》もそこ〳〵に、其跡《あと》のさびしさ、[六五]花ちる里の心ちして、

「さりとは是程におもしろからぬ事はなし。只の事にてあそびかねたる若盛《わかざかり》、此ぶんにては埒《らち》あかず。是から跡が女郎ぐるひ」と、亭主《ていしゆ》よび出し、今の一座を残らず、三十日づゝの約束《やくそく》すれば、爰《こゝ》もむかしに違《ちが》ひ、こんなよい事稀《まれ》なれば、「此宿はんじやう」とよろこび、此大臣を福《ふく》の神のごとく、[六六]御三寸すゝめて、御機嫌《きげん》とりの男共、御前にかしこまり、問《とは》ずがたりに、此所の太夫たちの[六七]懐《ふところ》を、うちあけていへり。「名はかさねての事、只今申うちに、銘々《めいめい》の御物ずきあらば、『ある』とこたへて、其君《きみ》に御あひなされませい。今年二十一歳《さい》にしてせいたかく、[六八]色《いろ》はすこしあさぐらふして、口

なく、「又の御縁もありましょう」と、太夫たちはいっせいに立ち上がり、「おさらばえ」という声もそこそこに、引き上げて行った。その後のさびしさといったら、花散る里にいるような名残惜しい心地がした。

外右衛門は、「さてまあこれほど面白くないことはない。座敷だけの遊びでは我慢できぬ若盛りの我々、こんなことでは決まりがつかない。これから先が本当の女狂いだ」と、揚屋の亭主を呼び出して、今の一座の太夫たちを一人残らず、三十日ずつ買い切りの約束をした。すると吉原も昔と違い、こんなよいことはめったにないので、「この揚屋の繁盛」と喜び、この大尽を福の神のようにあがめ、御神酒《おみき》をすすめて、所の太鼓持どもが御前にかしこまって、聞かれもしないのに、吉原の太夫たちの内緒話を打ち明けて語った。「お名前はこの次のこと、これからお話する太夫様のうちに、めいめいのお気に入りがありましたら、『ある』と答えて、その君にお逢《あ》いなさいませ。今年二十一歳で背が高く、色は少し浅黒くて、口もと小さく、人の言い伝えたことにも、まんざら嘘《うそ》はないものです。あそこがせまいことで、風味は甘露の

もとちいさく、人のいひ傳《つた》へし事にも、まんざら僞《いつはり》はなひ物なり。[六九]御ひさうのせばき事、それゆへふう味《み》[七〇]かんろのごとし。人みな此おとし穴《あな》へ、燒《やか》ぬさきより命《いのち》をとられける。されど玉《たま》に疵《きず》は、其事嫌《そのこときら》ひなり。勤《つと》め女の此不好《ふずき》は、炭《すみ》のきへた火桶《ひをけ》を抱《かゝへ》て寢《ね》た同《どう》前」と、わらふ。

又、「さる太夫さまは、當年《たうねん》[七一]十九は花よ、それは〳〵形自《かたちし》然《ぜん》の美君《びくん》。[七二]麹町《かうじまち》の鳥《とり》屋が娘《むすめ》とかや、[七三]鵄《とび》か鷹《たか》をうんだとは是なるべし。目つきかしこく、髪《かみ》すぐれてながくしなやかに、殊《こと》更腰《さらこし》つき、人の思ひ付所そなはりし女郎なり。なさけない事は、此床《とこ》のわるさ、肌《はだへ》ひやゝかにして、[七四]御茶《ちや》入、むしやうに[七五]廣沢《ひろさは》のかづき物。[七六]高《たか》い物の結構《けつかう》な物の、なんのやくに立ぬ物なり。」

「さる太夫様は年[七七]明《あき》まへにて、久しく見つくせし皃ばせ、然《しか》もすこし中[七八]びくにして、外《ほか》の女郎《ぢよらう》のごとくにうつくしからず。道中もはでになく、人の内義めきてあしをとしづかに、さのみ風情《ふぜい》もつくらず。利發《りはつ》もおもてに出さずして、[七九]一座《ざ》よはからず。うち見たる所は太夫にしては請取がたし。格子《かうし》に

ようです。人は皆このおとし穴へ、焼き場へ行かない前に命を取られるのです。けれども玉に傷は、そのことが嫌いなのです。勤め女でこれが嫌いというのは、炭火の消えた火鉢を抱いて寝たのと同然です」と、言って笑った。

また「ある太夫様は、今年十九の花盛りで、それはそれは器量は生まれつきの美人です。麹町《こうじまち》の鳥屋の娘とかで、鳶《とび》が鷹《たか》を生んだというのはこれでしょう。賢そうな目つきで、髪が大変長くしなやかで、ことに腰つきがよく、男がひかれるところの備わった女郎である。しかし情けないことには、その床《とこ》の悪さです。肌がひんやりとして、あそこがむやみに広くとんだくわせ物です。高い物が結構な物とならず、何の役にも立たないものです。」

「ある太夫様は、勤めの年季が明く前で、長年見慣れたその顔つきは、しかも少し鼻が低くて、ほかの女郎のように美しくありません。揚屋への道中も派手でなく、人の内儀めいて、足音も静かに、さほど太夫らしい風情《ふぜい》も作りません。利口ぶらないけれど、宴席での接待はしっかりしています。だからちょっと見たところは、太夫としては受け取れません。格子女郎に変わる所がな

かはる所なく、先は素人客《しろうときやく》の合点《がてん》せざる女郎《ぢよらう》なるが、床入《とこいり》の首尾以後《しゆびいご》、其客《そのきやく》のはなれぬ事、是はいかなるゆへぞと、せんさくいたしけるに、千人の中にも中〳〵あるまじき上物《じやうもの》。數《す》年のつとめにそこねず、ぬくもりあつてふくらかに、扨《さて》もしよさ上手にてあかず。好《すき》にて、いかなるつよ藏《ぞう》もたはひなくもまれて、床《とこ》の夢《ゆめ》を現《うつゝ》にわすれず、其風味《ふうみ》今生後生《こんじやうごしやう》命をとられ、いか成親《をや》にてかゝる種《たね》はまきて、かやうのよき物は産《うみ》出しけるぞ。一切《さい》の女《をんな》、別《べち》の事あるまじき物に、是程に各《かく》別に違《ちが》ひ有物はなし。此君《きみ》おり〳〵の[八〇]藥喰《くすりぐひ》に、薄《うすう》して一きれづゝ、壱ケ月に七夜《や》づゝあふ物ならば、[八一]不老《ふらう》不死《し》の腎藥《じんやく》是ぞと取《とり》ざたのよねさま。則《すなはち》是が定《さだ》まつての御床《とこ》なるが、一年《ねん》に二度《ど》づゝはかならず[八二]ねだおれて、[八三]もみ板《いた》くだけて、[八四]大工《だいく》づかひをいたすが證據《しやうこ》。其外女郎《ほかぢよらう》は、みな[八五]いつはりのなき聲《ごゑ》、つとめ一ぺんの[八六]こしの曲《きよく》、虛實《きよじつ》ふたつけいせいにあり」と、氣《き》味《み》のよき長《なが》物がたりに、

外《ほか》右衞門をはじめ、血氣《けつき》さかんのわかもの、上氣《じやうき》して身をふくらし、相手《あひて》ほしそうなる皃《かほ》つき。さながら[八七]さんちや・[八八]つ

く、まずは素人《しろうと》客が太夫と受け取らない女郎ですが、一度床で契った後では、その客が離れないというのは、どういうわけか調べてみますと、千人の中にもなかなかあるまいと思われるすぐれ物の持ち主なのです。数年の勤めにもこわれず、暖かみがありふっくらとして、それにしても床の所作が上手で飽きることがない。好き者で、どんな精力家でもたわいなく揉《も》まれて、床での楽しい夢を片時も忘れず、その風味のよさにこの世ばかりか来世まで魂を奪われてしまうのです。一体どんな親がこういう種をまいて、こんなよい物を産み出したのでしょう。すべての女は別に変ったこともあるはずはないのに、これほど格段に違いのあるものはありません。この太夫を時折の薬食いに、薄くして一切れずつの形で、一か月に七晩逢うならば、不老不死の強精薬はこれだと、噂《うわさ》の高い太夫様です。実はこの月に七晩というのが、この太夫の決まった床入りなのですが、一年に二度ずつは必ず根太《ねだ》が折れて、床《ゆか》の樅《もみ》板が砕けるので、大工が鋸《のこぎり》仕事をするのが、その実態の証拠です。そのほかの女郎は、泣き声はみな偽りで、腰を使う所作も通り一遍の勤めです。虚と実の二つを持ち合せているのが傾

ぼねの女郎をもなりがたく、宿《やど》を立《たち》帰る夜《よる》の道《みち》、小ぐらき柳《やなぎ》陰《かげ》に、十一人立ならび、最前《さいぜん》の太夫の名《な》を當《あて》て、かくておかしき[八九]腎水《じんすい》に、日本づゝみを切《きり》かゝり、近里《きんり》の百姓《ひやくしやう》、雨《あめ》もふらぬに、是はとおどろき、にはかに[九〇]太鞁《たいこ》を出しける。

城です」と、小気味のよい長物語りをした。

外右衛門を始め、血気盛んの若者たちは、のぼせ上がって体をふくらまし、相手ほしそな顔付きになった。そうはいっても散茶《さんちゃ》女郎や局《つぼね》女郎を相手にするのはいやで、揚屋から帰る夜の道の、小暗《こぐら》い柳陰に、十一人が立ち並び、先ほどの話に聞いた太夫の名を当て推量しながら、せんずりをかく手つきもおかしく、その腎《じん》水《すい》で日本堤も切れかかったので、あたりの村の百姓たちは、雨も降らないのにこれはと驚き、にわかに触れ太鼓《だいこ》を打ち出した。

（巻下の三）

一 当時は全國的に宿を貸す際、浪人を始め出家・山伏に至るまで、一夜であっても請人を立てるか、身分の証文を示すかなど、厳しい触れが出ていたが（徳川禁令考、前集第五巻など）、江戸は参勤交代で男の出入りも激しく、また自然と男世帯が多かったので、取締りもゆるやかであったのであろう。 **二** 元和三年より明暦三年の江戸大火まで、江戸の遊廓のあった所。明暦の大火後、遊廓は山谷（現台東区内）に移され、そちらを新吉原と称したのに対し、こちらを元吉原という。元吉原は、新和泉町・高砂町・住吉町・難波町の町屋を広くいう（続江戸砂子、二など）。現在の中央区日本橋富沢町・人形町二・三丁目の各一部辺に当る。 **三** 七四ページ注三四参照。 **四** （参考）「男世帯も気散じなるものながら」（五人女、三の二）。 **五** 「住み所求むとて、東の方に行く雲の」（謡曲、杜若）に拠るか。 **六** 原文は「しらまじ」とある。 **七** 江戸は天正十八年に神田上水、承応二年に玉川上水が開かれ、江戸城を始め町々には木管の暗渠方式で飲料水が供給された。上水ともいう（東京市史稿、上水篇など）。 **八** 現在は「左ビラメの右カレイ」とも俗称し、ヒラメ科の海魚は両眼が体の左側に片寄ってあり、カレイ科の魚は両眼が体の右側にあるものをいう。当時は上方がカレイ、江戸がヒラメと方言の違いとした。「畿内西国ともに、かれいと称す。江戸にては大なる物をひらめ、小なるもの、かれいと呼（ぶ）。然ども類同くして種（しゆ）異也」（物類称呼、二）。 **九** 鱧は摂州の難波、泉州の堺・住吉・岸和田、紀州、播州、丹後、但馬の江海で多く採れる（本朝食鑑、鱗介部之三）。本州の西南海に多く産し、東北の海には全く無しという（和漢三才図会、五一）。 **一〇** 学鰹（まながつお）は、京都で賞玩され、摂州・泉州・紀州・播州に最も多い。江都（えど）の芝浜、及び駿州・豆州・総州・奥州の海辺で稀に採れるが、京付近の諸州のものとは似ていない（本朝食鑑、鱗介部之二）。 **一一** 蒲鉾に用いる魚は、鯛・甘鯛（あまだい、「くづな」ともいう）・鱧（はも）を上とする。比目（ひらめ）・藻魚（もうお、「めばる」・「はた」など）・きす・はぜ・えび、などがこれに次ぐとされた（本朝食鑑、鱗介之部三）。 **一二** 甘鯛の異名。「くずなの蒲鉾」（好色盛衰記、三の一）。 **一三** 下種魚。身分の低い者の食べる魚の意。 **一四** 上臈魚。高貴な人の食べる魚 **一五** 色を目的として異性を誘惑する者のこと。八〇ページ注三参照。

㈢ 戀に違ひ有女の肌

一六　品川鰒（ふぐ）は、一尺以上もある大きなふぐの一種で、江戸の芝浜・品川の海で採れるが、味はよくないので食べないという（本朝食鑑、鱗介之部三）。また「ふぐの横飛び」とは、ふくれた顔で腹の出た姿などをあざける諺。　一七　危険な試みをいう諺。　一八　道三堀（道三河岸とも）の銭瓶（ぜにがめ）橋と竜（たつ）の口との間に架かる道三橋のこと。現在の千代田区大手町二丁目東部にあった。古来異名が多く、彦次郎橋（寛文江戸図、江戸方角安見図）とか、越中橋（延宝及び天和江戸図）とか、道三橋（江戸鹿子、一）などと呼ぶ。橋の近くに曲直瀬（まなせ）家（代々号道三を襲名）の邸や、細川越中守の上屋敷があった（元禄二年江戸図）ためという。　一九　客の注文で船を仕立てて出す店。　二〇　二挺の櫓（ろ）を付け二人で漕ぐ舟。当然一挺立てより舟足が速い。吉原通いの猪牙船。「にちょうだち」とも。船賃は、浅草橋より金竜山（待乳山」までは二丁ろで銀三匁五分、一丁ろは二匁。京橋や木挽町から金竜山までは二丁ろで二匁五分。なお帰り（下り）はどこへでも大概一匁（延宝六年・吉原恋の道引）。二一　猪牙船の客の定員は二名。本文の「ふたり」は原文では「のふりに」とあるのを改めた。　二二　いくつかの組に編成すること。　二三　ここは煙草の点火用。　二四　升入りの樽。「笹葉、一升入にして手うすき樽也。遣ひ捨（て）にして当座〳〵にちり〴〵になりぬ。是竹葉（ちくよう）のこゝろなるべし」（新吉原常々草、上）。振り仮名「さゝば」は原文では「たつは」とある。　二五　天目茶碗。すり鉢形をし茶碗。　二六　普賢菩薩。釈迦三尊の右（向って左）の脇士で、白象に乗る。謡曲「江口」では、月光の下の舟に乗って現れた江口の遊女の亡霊が、普賢菩薩と姿を変え、乗る舟は白象となり、「白雲にうち乗りて、西の空に行き給ふ」とあるのに拠る。　二七　諺の「富士は磯」の略。その物事の深さに比べると、高い富士山も浅い磯同然であるの意。比較にならない意のたとえ。　二八　「地蔵の道行」は、ほうじゅ丸が琵琶湖北岸の塩津より南岸の大津までの船路の道行で、竹生島などの名所を詠み込み、七五調三十九句の歌謡（延宝四年・淋敷座之慰）。　二九　浅草の待乳山北麓の聖天町から三の輪に至る山谷堀の土手で、十三町余あり、この内吉原入口の衣紋坂までは約八丁で、土手八丁ともいう。　三〇　前注二九の聖天町の日本堤（土手とも）へ取付く左手に、道哲（道鉄とも）という道心者が明暦のころ住み、近くの刑死者のために常念仏を勧めたので、土手の道哲と呼ばれた。後その僧庵の跡に浄土宗の西方寺が建てられた（吉原恋の道引など）。道哲庵は現在の台東区浅草六丁目の東北部にあった。　三一　橋場（小塚原）の焼場（火葬場）の煙。現在の荒川区南千住五丁目内にあった。　三二　日本堤より吉原の大門へ下る坂。遊客が衣紋をとりつくろう所という。　三三　吉原大門口の番所。門番を四郎兵衛という。遊女の逃亡を見張り、廓内の警備を担当。当初は七人いて、昼夜二人ずつ交代した。近世後期では十二人いて、四人ずつ昼夜三交代した（柳花通誌）。　三四　太鼓持の掘貫井戸の源次（下の一）。　三五　ここは揚屋。　三六　「武蔵野は今日はな焼きそ若草のつまもこもれり我もこもれり」（伊勢物語、十二段）の古歌をもじった洒落。なお、「なやきそ」の「やく」は、（熱くする意から）遊女が客をおだててうれしがらせる手管のこと。　三七　江戸も駿河も。江戸でもどこでもの意。「駿河」は後文の「小判」の縁でいう。駿河小判は、当時流通した慶長小判より以前、家康が文禄四年ごろ駿府で鋳造させた小判。　三八　「諸分」は遊興のこつの意。「身をなす」は身を打ち込んで体得する意。本条と類似する発想・表現に、「長崎の寝道具にて、京の上臈に江戸のはりを持たせ、大坂の九軒町に遊びたし」（難波鑑、二）などがある。西鶴も「京の女郎に江戸の張（り）をもたせ、大坂の揚屋であはば、此上何か有べし」と叙べる（一代男、六の六）。三九　男女間の痴話げんか。遊里の手管の一つでもあった。　四〇　張り。遊女の自尊心による毅然（きぜん）とした態度。潔い心意気。意気地。　四一　銀子・員子・印子とも書く。中国から渡来した純良な金・銀貨。転じて金・銀の貨幣のこと。　四二　粋。色道の作法を熟知した洗練された振舞い。人情の機微を理解した言動。またそのような人をいう。「帥」は「粋」の慣用字。原文は「師」とあるのを改めた。　四三　「前方なり」は、遊興の未熟なる意。「太郎」はひどい馬鹿をいう「馬鹿太郎」の略。大馬鹿。四四　万事、色々な事の意もあるが、ここは色道の諸々相の意。「いまだ諸色のかぎりをわきまへがたし」（一代女、一の一）。　四五　江戸吉原京町、三浦四郎左衛門抱えの太夫。西鶴は新吉原の高尾を、「はじめの高雄」（一代男、三の五）、「中比の高尾」（俗つれ〴〵、五の二）、「今の高尾」（本章）と区別している。ここは延宝期の三代目高尾。『大ざつしよ』『下職原』などの評判記に所載。　四六　前注と同じく三浦四郎左衛門抱えの太夫。延宝期の二代目小紫。『下職原』『恋慕水鏡』巻二などに所載。　四七　若紫。吉原新町、山本峰順抱えの太夫（吉原人たばね）。延宝八年秋格子女郎に下る。『下職原』『大豆俵』などに所載。　四八　吉原京町、三浦四郎左衛門抱えの太夫。延宝期末ごろの二代目薄雲。『下職原』『吉原源氏五十四君』などに所載。　四九　西尾。吉原新町、彦左衛門抱えの太夫。寛文末より延宝期。『大ざつしよ』『吉原人たばね』に所載。　五〇　小西。前注と同じく彦左衛門抱えの太夫。延宝期（吉原人たばね）。　五一　前注四七と同じ新町山本峰順抱えの太夫（吉原人たばね）。　五二　吉原角町、清左衛門抱えの格子。延宝期（吉原人たばね）。　五三　千歳。吉原角町、太左衛門抱えの太夫。延宝期（吉原大ざつしよ）。　五四　遊女の最上位の太夫の位。本文に「皆松のくらゐとりて」とあるが、前注四七・五二のように格子女郎もいる。太夫並みに繁盛していたので叙べる。　五五　格子女郎。吉原で太夫に次ぐ位。上方の天神（梅の位）に当たる。　五六　詰め。茶会などで正客に対して末客のこと。　五七　遊客が遊女に初めて会うこと。初会の「捨て枕」といって、太夫は床入りはせず、たとえ床入りをしても客に肌を許さない作法があった（色道大鏡、二）。　五八　初会の作法は、上方より江戸の方がきびしかった。『二代男』二の一によると、初会は、「京ははじめから帯をとき、情らしき言葉もかけ、ゆたかによは〳〵としてから底心のつよく、自然とくらゐをとられ、（中略）江戸は頭から寝道具も出さねば、いつそ思ひねんきれて」とある。　五九　景気をつける。　六〇　突節。継ぎ節とも。江戸吉原名物の歌謡。「都島原のなげぶし、江戸吉原のつぎぶし、大坂新町のまがきぶしとてこれ廓三名物也」（澪標）。　六一　ここは午後四時を知らす鐘の音。なお、当時初会の客の揚屋登楼は午後一時二十分ごろから二時ごろとされた。「初会は、夜陰に行（く）事を制す。是は一宿もせず、又床にも入（る）まじき為なり。入来の時分は、午の下刻より未刻にいたるべし」（色道大鏡、二・遊客参会法）。　六二　「金竜山」は浅草寺の山号。鐘楼は、本堂の右手前随身門（二天門）の傍にある。江戸の時鐘は、浅草寺のほか本石町（中央区日本橋室町一丁目）、上野（当時は大仏前）など七か所あった（江戸鹿子、一）。なお「金竜山」は、隅田川近くの聖天宮（浅草寺の下寺本竜院）のある小丘、待乳山（まつちやま）の別称でもあるが、ここは浅草寺の時鐘のこと。　六三　床入りをどうするかの挨拶もなく。前注五七・五八参照。　六四　吉原の遊女特有の別れの挨拶。「門に見送り、おさらばへといふ」（二代男、四の四）。　六五　花なき里の寂しさを訴える歌謡を踏まえ、名残り惜しい気持を表わす。　六六　おみき。御神酒。「三寸」は慣用的表記。「神酒ミキ　又三寸」（天正本節用集）。前文の「福の神」の縁で酒のことを洒落ていう。　六七　内幕。内緒。　六八　俗に色の浅黒いのは精が強く、口もと小さいのは女陰のしまりがよいとされた。「口ちいさく、髪も少（し）はちゞみしに」（五人女、一の二）。『一代女』二の四、本書中巻の三参照。　六九　御秘蔵。秘蔵は当時ヒソウと清音。ここは女陰の異名。　七〇　甘露。元来仏教語で、切利天（とうりてん）にある蜜のようにおいしい飲み物で、飲むと悩みを去り、不老不死になるという。ここは極めて美味なことのたとえにいう。　七一　諺に「十九立花（たちばな）、二十（はたち）は見花（みばな）、二十一ではしおれ花」という。女性の容姿の推移を花にたとえた表現。　七二　麴町は、半蔵門前から四谷御門までの大通りをはさむ町で、当時は一丁目から十丁目まであり（江戸方角安見図）、麴町五丁目北側に鳥屋が多くあった（真山青果「西鶴と江戸地理」）。現在の千代田区麴町三丁目内。『世間胸算用』五の四にも、「麴町の雁鳧（がんかも）」の用例があるが、前記の青果の所説では、当時の『江戸往来』によると、麴町には雁・鴨などの鳥屋のほか、兎・猪などの獣屋も多くあり、西鶴は幕府の生類憐み令（貞享四年正月）と関連して、表面は「麴町の鳥屋」表現したかという。　七三　諺。前文の「鳥屋」の縁。　七四　茶を入れる容器で、抹茶用は一般に形は小さい。なお濃茶用は多く陶器、薄茶用は多く漆器。ここは女陰の異名。　七五　広くて味の悪いくわせ物の意（定本頭注）。茶入の口の広い意と、茶入の名器「広沢」と掛ける。「広沢」は小堀遠州が命名の「瀬戸金華山茶入」。その姿は口少し延びて肩の部分が張り、下部が据広がりに丸い。代価は大判一枚（小判十両）という（「和漢名物茶入之記」『古今和漢万宝全書』）。　七六　諺に「高かろう良かろう、安かろう悪かろう」と言い、値段の高い物は良いと思うのが人情だが、ここは高い物が意外に役に立たないものだという。「結構」の「構」の字、原文では「講」と誤刻。　七七　遊女の年季は公界（苦界とも）十年といって、十年の定め。十四、五歳から勤めに出ると二十四、五歳になる。　七八　中低（なかびく）。鼻が低く、お多福ふうの顔。　七九　客の宴席での接待もしっかりして、他の遊女にひけをとらないこと。　八〇　身体の養生や精をつけるために、猪や鹿などの肉を食べること。ここは男女の交わりを滋養の薬食い（肉食）にたとえた表現。また「薄（う）して一きれ」とは、性交を適度に軽くせよとのたとえ。　八一　俗に適度の性交は不老長寿の薬とされた。「腎薬」とは、養生の道は腎臓が大事とされたため。益軒の『養生訓』では、「然らば養生の道、腎を養ふ事を重ずべし（中略）只精気を保ちてへらさず、腎気をさめて動ずべからず。（中略）いはんや精気をつひや

㈢　戀に違ひ有女の肌

し、元気をへらすは寿命をみじかくする本なり」（巻四「慎色欲」）。　八二　根太。床板を支える横木。　八三　床の縦板。　八四　大工がのみや鋸を使うこと。又その音。
八五　閨房での技巧。　八六　腰をつかう技巧。　八七　散茶。吉原で太夫・格子に次ぐ位。散茶は、茶を茶臼で挽いて粉末にしたもの。古くは煎茶（せんちや）は袋に入れて振り出して飲むことがあったが、散茶は振らないで用いるところから、客を振らない意気や張りのない女郎の名称となる。寛文五年江戸各所の茶屋・風呂屋七十余軒を吉原に収容し、新たに伏見町・堺町を設けて営業させたのが始まりという（異本洞房語園）。揚代は初めは銀十五匁で、貞享ごろは、二十匁、又は金一分。　八八　局女郎。江戸では太夫・格子・散茶より下位の女郎。揚屋へは呼ばれず、自分の局見世で客をとった。吉原では最下級の端（はし）女郎よりは上位に扱われた。　八九　八一ページ注一四参照。
九〇　洪水の際堤防の警戒警報として、触れ太鼓をたたき回らせる。
＊　挿絵は、外右衛門一行が、吉原の揚屋に登楼して、吉原の美人尽くし、太夫らを揚げて遊興する場面。　＊　注二八は古浄瑠璃『二しんかうぢざうのほんぢ』より出る。
本挿絵の右図は、そのまま『西鶴織留』巻六の四の挿絵右図に流用される。どちらも吉田半兵衛風画である。

四　戀《こひ》に[一]燒付《やきつけ》有女《ありをんな》の[二]鍋尻《なべじり》

かよへば〱、[三]浅草《あさくさ》すじの道《みち》も踏《ふみ》へらして、明《あけ》くれ吉原《よしはら》を身《み》の置《をき》所とさだめぬ。是ばかりの心がけ、外《ほか》に見る事もなくきく事もなし。「世《せ》間の人は、御江戸へ金銀まうけにくだりけるに、我々《われ〱》は大ぶんつかいにくだりければ、元《ぐはん》日より[五]大晦《つご》日《もり》の算用《さんよう》は、[四]高《たか》ぐゝりにして覺え有。此たび見事なよねぐるひつかまつれ」と、身はうき世《よ》の隙《ひま》になし、毎《まい》日毎夜《よ》の戀《こひ》づ

四　恋に焚付《たきつけ》あり女の鍋尻《なべじり》

外右衛門《ほかえもん》らは、吉原に通い詰め、浅草筋の道も踏み減らして、明け暮れ吉原を身の置き所と定めた。これほどの女郎買いの心掛けは、ほかに見たことも聞いたこともない。「世間の人は、上方からお江戸へ金もうけに下るのに、我々は沢山使うために下ったのだから、元日から大晦日《おおみそか》までの費用は、ざっと見積っても高が知れている。このたび見事な女郎買いを致せ」と、渡世のことな

くし。

なじめは爰《こゝ》も京・大坂にかはらず、[六]髪《かみ》きりかねず指《ゆび》をおしまず、誓紙《せいし》の[七]日書《ひがき》、年中三百六十まい、[八]日本の諸神《しよじん》を[九]たくさんそうに證據《しやうこ》に立、おのづから[一〇]僞《いつは》りうすく情《なさけ》こく、はじめの程はいやらしきなまり言葉《ことば》、後は殊《こと》に聞よく、[一一]袖ちいさくてむねだかに帶《をび》したる風俗《ふうぞく》、見なれて、是なを[一二]よし野は都に見すて、[一三]むらさきの色に心をそめて、外《ほか》右衞門、色道《しきだう》の極意《ごくゐ》爰《こゝ》に思ひ入、町屋住《ずま》ゐしてはるぐ〜かよふもむつかしく、さる揚《あげ》屋[一四]ひとまざしきに鍋釜《なべかま》すへて、めづらしき世帶《せたい》の取つき、諸《しよ》道具《ぐ》、雛《ひな》あそびのごとく拵《こしら》へ、「太夫を請《うけ》出し町に置《をく》は、常《つね》に人のする事なり」と、親方《をやかた》手前は、三千五百兩に[一五]殘り年六年を請て、万事《ばんじ》は我方《わかかた》より算用して、其まゝ[一六]くつわに預け置《をき》、今までの勤《つと》めのごとく道中を見て、諸《しよ》人にかなはぬ一座《ざ》をこがれさせ、我《わが》ものにしてのたのしみ、つゐに神《じん》代より此かた、ためしもなき物ずき。

さるいろぐるひ巧者《かうしや》、此事さたしていへるは、「迚《とて》も自由《じゆう》をせば是なり。惣じて、大ぶん金銀を出し、女郎を請《うけ》て町屋

(四) 戀に焼付有女の鍋尻

どから離れて、毎日毎夜女遊びにふけった。

いつしかなじむと吉原の女郎も、京・大坂《おおさか》と変らず、真心を示そうとすると、髪を切りかねず、時には指を切るのを惜しまない。誓紙を日課のように書き、一年中三百六十枚も書き客に送りかねない。誓紙には日本の諸神を、いかにも本当らしく沢山書き立てている。そのうち女郎も自然と本気になり、情が深くなるにつれて、始めのころはいやらしく思えた訛《なま》り言葉も、後には聞きよくなり、袖が小さくて胸高《むなだか》に帯をしめた装いも、見慣れるとこれも又よい。島原の太夫吉野は都に見捨て、ここ吉原の太夫小紫の色香にひかれた外右衛門は、色道の極意はここにあると思いつめ、町に住んで吉原へはるばる通うのも面倒だと、ある揚屋の座敷を一間《ひとま》借り切り、そこに鍋釜《なべかま》を置いて、風変りな所帯暮らしを始めた。種々の道具を雛《ひな》遊びのように並べ、「太夫を身請けして町家に置くのは、いつも人のすることだ」と、遊女屋の親方に対しては、年季がまだ六年残っている太夫を三千五百両で身請けして、万事の費用はこちら持ちで、太夫の身柄はそのまま遊女屋に預けて置いた。そして今までの勤めの通り遊女屋から揚屋へ道中

におくは、無分別《べつ》也。此くるわにて見る姿《すがた》こそ、太夫なれ。一七下屋《や》敷《しき》・わがうちにおくからは、つねの女なり。それは歴々《れき〱》一八人の娘《むすめ》も、しのびて一九手かけになる事なれば、是がまされり。世《よ》を夢《ゆめ》のごとく暮《くら》して、罪《つみ》もなく欲《よく》もなく、けふをたのしみ、あすの身のうへをかまはぬ命を、女郎といひて、人のなぐさみとはなれり。世帯《せたい》かゝのやうになして、おのづから心さもしくなつて、十露盤《そろばん》の音《をと》を聞ならひ、二〇針口《はり》のひゞきを嬉《うれ》しがり、文の反古《ほうぐ》も捨《すて》ぬ氣《き》になり、二一町屋の心になれば、何《なに》のおもしろげも絶《たへ》けるに、此たび外《ほか》右衛門の請《うけ》出しやう、前《ぜん》代に仕残したる色あそび。

させ、その姿を見物する人たちに、自分らの出来ない座敷遊びをあこがれさせ、太夫を我が物にしての楽しみは、神代より以後、まだ前例のない物好きである。

ある色遊びの達人が、このやり方を評判して言うには、「どうせ好き勝手をやるならこれに限る。およそ多額の金を出し、女郎を身請けして、町家に囲って置くなどは、ばからしいことだ。この遊廓で姿を見るからこそ太夫なのだ。別宅や本宅に置いたならば、素人《しろうと》の女と変りがない。それというのは、立派な人の娘でもこっそり妾《めかけ》になることがあるのだから、廓《くるわ》に置く方が断然よい。世を夢のように暮らして、罪もなく欲もなく、今日を楽しみ、明日の身の上を構わない生き方を、女郎の身上《しんじょう》といって、人の慰みになるのである。それを所帯持ちの女房のようにすると、自然と意地汚くなって、算盤《そろばん》の音を聞き慣れ、銀貨を量る天秤《てんびん》の針口《はりくち》をたたく音をうれしがり、手紙の反古《ほご》も捨てない気持になり、すっかり町人の女房気質《かたぎ》になるので、何の面白さもなくなってしまう。ところが今度の外右衛門の身請けのやり方は、これまでにだれもが為残《しのこ》した色遊びだ。我々も今後女郎を身請けしても、その

此後女郎請たり共、此里に置《をき》て、人に見せて、ならぬ戀《こひ》をさせたき物ぞ。すてる金《かね》さへあらば、此うへ何かあるべし。」

外右衛門此君《きみ》[二二]にはまりて、手づから水をくめば、太夫は葉《は》[二三]胡蘿《にんじん》などそろへてしたし物[二四]になして、置手拭《をきてぬぐい》[二五]にまへだれすがた、都の棚《たな》[二六]さがしをひるになして遊興《ゆうけう》、十一人の太鞁《たいこ》もち、毎《まい》日客《きやく》になつて、女郎は揚屋《あげ》によばせ、さばき[二七]は外右衛門よりはらはせ、「朝《てう》夕[二八]は太夫様の臺所《だいどころ》より仕出《しだ》[二九]し食《めし》、かはつたるもり手[三〇]をたべける」と、しやくし果報《くわほう》[三一]なるまつ社《しや》どもいへり。

ままこの廓に置いて、人に見せて手の届かぬ恋をさせたいものだ。捨てるほどの金さえあればやってみたい、これ以上の楽しがあろうか」と語った。

さて外右衛門はこの太夫に夢中になり、自分で水を汲むと、太夫は人参《にんじん》の葉など揃えておひたしを作り、置き手拭いに前垂れ姿で、京島原の揚屋で夜更《ふ》けにする棚《たな》探しを、昼にする有様だ。十一人の太鼓持は毎日客になって、相手の女郎は揚屋に呼ばせ、その費用は外右衛門より払わせ、「朝夕の食事は太夫様の台所からの仕出し飯《めし》で、女郎が給仕をするという風変りな御馳走になった」と、食べ物運のいい太鼓持どもが言った。

この所帯は、にわかに倹約にするわけにもいかず、次第に費用がかさみ、京から馬で運んだお金も、今では残り少くなって、もうあと一年ほどの貯えとなった。外右衛門はつくづく考えて、「とかく長生きすれば恥をかくことが多い。ことに好色におぼれた我々は、病死するのは本意ではない。女郎相手に討死《うちじに》しよう」と覚悟して、腎水《じんすい》をありったけ掻《か》き出したという。（巻下の四）

此世帯《せたい》、俄《にはか》に始《し》末《まつ》もならず、次第《しだい》に物入となり、京より岡《をか》[三二]付《づけ》の金子も、今はのこりすくなくなりて、もはや一年ばかりのたくはへなれば、つら〳〵分別《ふんべつ》して、「兎角《とかく》は長命《ちやうめい》[三三]にはぢおほし。殊更好色《ことさらこうしよく》におぼれたる我《われ》〳〵、病死《びやうし》は本意《ゐ》にあらず、女郎と打死《うちじに》」と極《きは》め、腎水《じんすい》有ほどかへほしけるとなり。

一　六七ページ注九参照。　**二**　六七ページ注一〇参照。　**三**　主人公は元吉原に住む（前章）。元吉原から陸路吉原へ通うには、浅草御門の橋から浅草寺に向かい、山の宿（やまのしゆく、待浮山聖天宮辺）から田町（泥町とも）を経て日本堤を通っていく。その際、人目を忍ぶ際は浅草観音の裏門より日本堤に出るのがよいという（吉原恋の道引）。なお同書によると、浅草橋あるいは伝馬町辺より山の宿までの駄賃馬の値段は、銀七分ずつという。　**四**　大ざっぱに見積ること。　**五**　「よね」は「娼」の字を当て、遊女の異名。ここは女郎買いに熱中すること。　**六**　髪切り・指切り・誓紙などは、遊女がなじみの客への心中立てとして客に贈った。指切り（断指）は、放爪・誓紙・断髪・入れ墨などより志が深いとされた（色道大鏡、六）。　**七**　日課として毎日書くこと。　**八**　誓紙には、自分が誓言に背けば神罰を蒙むる旨を記し、日本の神々の名を列挙し書き込むのが定法。　**九**　沢山さうに。沢山列挙して、いかにも嘘偽りでないと、おおげさな様子をからかう表現。　**一〇**　原文の振り仮名は、「いつはり」と「り」が衍字（えんじ）であるのを改めた。　**一一**　吉原の遊女は、政治都市江戸の気風を反映して、伊達な風俗を好んだので、袖の裄（ゆき）短かく、帯も胸高にきりりとしめた。京島原の風俗から見ると風流ではない。『色道大鏡』巻三によると、「当世傾城の袖のゆきみじかきは口惜（し）けれど、都の傾城さへ今はみじかければ、是非にをよばず。京・大坂・田舎の果までも袖のゆき長く、袖のふりも長くたをやかなれば、風流ことさらなりき」と評す。又同書によると、「帯の仕やうは、さがり過（ぎ）たる程なるをよしとす。（中略）大坂の傾城、京に遠からずといへども是をしらず。予、年々大坂にくだりて是を制すといへども、受納する傾城五三人には過（ぎ）ず。江戸にいたりて是を制するに、耳にも聞（き）いれざりき」とある。　**一二**　京島原上之町、喜多八左衛門抱えの太夫。ここは延宝二年正月に太夫に出世した三代目吉野。諱は媛子（えんし）（色道大鏡、一六）。延宝七年のころ長崎の源という客に千両で身請けされたという（恋慕水鏡、二）。西鶴は千三百両で身請けされたと描くが（二代男、一の五）、小説や芝居でも喧伝された。「是なをよし」と「よし野」と掛ける。　**一三**　前章の小紫を指す。九〇ページ注四六参照。むらさき・武蔵野は付合語（類船集）で、都の花ならぬ武蔵野の紫草の色香にひかれたの意。　**一四**　揚屋の一間を定宿に借りての意。　**一五**　十年の年季がまだ六年残っているのを三千五百両で身請けしたの意。　**一六**　轡。遊女屋の異名。小紫の親方（抱主）は吉原京町の三浦四郎左衛門。　**一七**　自分の別宅や本宅に意。　**一八**　れきれきじん。身分や家柄のよい人。　**一九**　側室。めかけ。「京師にて、てかけとよぶ。東国にて、めかけと云」（物類称呼）。　**二〇**　銀貨のやりとりは一々天秤で量るが、その際天秤の上部の針口を小槌でたたいて量目を確かめた。ここは商売の繁盛をうれしがることをいう。　**二一**　金に細かい商家の気質。　**二二**　夢中になる。はまる・水は縁。　**二三**　葉人参。秋季に人参の葉を食した。『本朝食鑑』では、「人参菜」として、「六月土用種を下し、苗を生ず。（中略）八九月、葉や茎を採りて煮て茹（ジヨ、野菜の意）となす。冬十一月臘月及び春、根を採る」（巻三・菜部）。　**二四**　ひたし物（浸物）。野菜をゆでて適当に切り、器に盛って、醤油などにひたした料理。　**二五**　畳んだ手拭を頭巾代りに頭に載せて置くこと。前垂れ（前掛け）姿と共に、下女など働く女性の格好。「吉野は浅黄の布子に赤前だれ、置手拭をして」（二代男、五の一）。　**二六**　台所の棚に残った飲食物を探がすこと。特に島原の揚屋で、客と遊女が夜ふけて起き出して、あり合わせの飲食物を探して興じること。『二代男』一の三参照。 二七 ここは遊興後の支払いの意。遊女の揚代や店の者への祝儀など。 二八 当時は一日の食事は朝夕の二食であったので、朝夕の食事のこと。 二九 注文により料理屋などで調理し配達した食事。 三〇 飯を盛る人。給仕人。また、お給仕によって食べる御馳走のこと。 三一 杓子果報。大勢で食事をする際に思いがけず自分だけ分量や味のよいものを盛りつけられた幸運いう。 三二 八一ページ注三八参照。 三三 諺に「長生きすれば恥多し」などという。

＊ 挿絵は、太夫小紫に惚れ込んだ外右衛門が、廓に通うのは面倒だと、揚屋の座敷を借り切り、新世帯道具を持ち込んで暮らす場面を描く。

挿絵の右図、台所の土間で水桶を運ぶ女の姿は、『西鶴織留』巻五の二の挿絵右端にそのまま流用される。また本挿絵の台所の情景は、『好色盛衰記』巻一の五の挿絵の台所の情景に類似する。 ＊ 本章の身請された太夫が、夫に手料理を出す描写は、『西鶴俗つれづれ』巻二の一や、『西鶴置土産』巻四の二などと酷似し、西鶴独自の表現といえる。

五 戀《こひ》に果有《はてあり》女ぎらひ

一物《もの》にはかぎりあり、人ほどかはるはなし。さかんの時は外《ほか》右衛門、一生色道《しやうしきだう》の達者《たつしや》、われにまされる人、世にはあらじ。いまだ若《わか》おとこのおのれが、妻《さい》ひとりにさへもてあまし、夏さへあしひゆるとて、綿《わた》入のたびをはき、霜《しも》さきの二くすり喰《ぐひ》、おかしかりしに、我《われ》もまた三闇《くら》がりをこのみ、あしもとさだめかね、野《の》も山もみな女の皃に見えて、今のうたて

五 恋に果てあり女嫌い

物事には限りがあり、特に人間ほど変わるものはない。外右衛《ほかえ》門《もん》も、遊び盛りの時には、一生を通しての色道の達者は、自分に勝る者世にあるまいと思っていた。まだ若い男の奴《やつ》が、女房一人にさえもてあまし、夏でも足が冷えるといって、綿入れの足袋《たび》をはき、霜《しも》先の薬食いするのをおかしく思っていたのに、今は自分も又まぶしい所を避け暗《くら》がりを好み、足もとがふらつき、野も山

さ、髪《かみ》のあぶらのかほり胸《むね》につかへ、ふとも〻のしろきが目にか〻ると上氣《じやうき》して、さりとは〳〵是ほどまできらひにもなる物かな。

上《かみ》がたからめしつれし十一人のものども〻、みなぶら〳〵[四]やまひにしづみて、女といふ咄《はなし》聞ても泪《なみだ》を溢《こぼ》し、今迄の仕過《しすご》し、後悔《こうくはい》しても歸らぬむかし。やう〳〵[五]地黄《ぢわう》の力にて、一あし二あしの用事をかなへ、「あ〻さて[六]腎精《じんせい》は、いつも有物のやうに覺え、年月此かたの不作法《ぶさほう》、三ケの津《づ》の女好《をんなごの》み、さま〳〵の罪《つみ》をつくらせ、其報《むく》ひ眼前《がんぜん》に身をせめ、男ざかりの我々《われ〳〵》、東《あづま》の土《つち》と果《はて》ん事、

もみな女に顔に見えて、今では情けないことに、女の髪の油の匂《にお》いが胸につかえ、太股《ふともも》の白いのが目につくとのぼせるという有様で、それにしてもこれほどまで嫌いになるものかな。

上方《かみがた》から連れて来た十一人の太鼓持どもも、皆ぶらぶら病《やまい》にかかって、女という話を聞いただけでも涙をこぼし、今までの女遊びのやり過ぎを後悔してみても、昔には戻らない。ようよう地黄《ぢおう》丸《がん》の力で、一足《ひとあし》二足で出来る用事を片付け、「ああさて、腎水はいつまでもある物のように思って、長い年月の間ふしだらをして、京・大坂《おおざか》・江戸、三箇《さんが》の津の女を漁《あさ》り、色んな罪を作らせた。その報いで今現世で身を責められ、男盛りの我々が、江戸の土と朽ち果てるのは残念だ」と、太鼓持どもは無念な顔付きをしている。

それを見た外右衛門は、みんなの立場を得心させて言うには、「人間の一代を十五歳から六十三歳までと見積り、盛り四十五年の間、昼夜に女遊びをしたとして勘定してみれば、みんな沢山お釣りがくるだろう。その上になお女遊びを欲張るのは、あんまりな願いだ。世の中にはしたいこともしかねて死んで行く人もある

残念《ざんねん》」なる白《かほ》つきすれば、外右衛門面々得《めん〳〵とく》道致《だういた》させ、「人間一代を十五さいより六十三までにつもり、さかん四十五が間《あいだ》、昼夜《ちうや》の女遊《ぢよゆう》を勘定《かんぢやう》せば、いづれも大分算用残《だいぶんさんようのこ》り有べし。是[七]にゐんよくいふは、あまりなるねがひなり。世にはしたい事しかねて死《し》ぬる人もあるに、皆々往生《みな〳〵わうじやう》の覺悟《かくご》をせよ。うご〳〵と長生《ながいき》しても、此事やみては生《いき》がひなし。とかくは最後《さいご》いそぎて、二たび生れかはらば、美《び》なる女に生を請《しやううけ》て、世間の男に上手をしかけ、腎虚《じんきよ》させてあそぶべきねがひなり。たま〳〵男に生《むま》れて、さりとては女のたはむれにあきはてぬ。浮世《うきよ》[八]の所帯《しよたい》やぶり、わ

のに、みんなも往生を覚悟するがよい。もぞもぞと長生きしても、この遊びが出来なくなっては生きがいもない。いずれにせよ最期を急いで、再び生まれ変るならば美しい女に生まれ変わり、世間の男をうまく誘い、腎虚《じんきよ》させて遊びたいのが私の願いだ。たまたま男に生まれて、まったく女との遊びに飽き果ててしまった。世間でいう所帯破りとは我々のことだ」と、今となって身の上を悟った。

にわかに世の無常を痛感し、吉原に近い小塚原《こつかつぱら》の草原《くさはら》に一つの庵《いおり》をこさえて、みんなはそこに籠《こも》ることにした。めいめい極楽往生を願ってみたけれども、夢に太夫《たゆう》が現れ、幻に後家が立ち、夢現《うつつ》に京の妾《めかけ》どもが現れ、後ろからは大坂でだました娘が取り付き、前からは置き去りにした女房がしがみ付くので、次第に気力が衰えていった。その後には毎日五人、七人と、女の姿が重なって見えて、外右衛門はもとより十一人の者どもも、いい加減な嘘《うそ》をつかれた女たちの恨みや、その執心がここに通い、後には寝もせぬ現実《うつつ》にも女たちの姿が現れ驚かされて、一人ひとりじりじりと追い詰められてやつれてしまい、いつとなく息も絶えだえとな

れ〳〵なり」と、今となつて身の上合点《うへがてん》して、俄《にはか》に無常《むじやう》を観《くはん》じ、[九]小塚原《こづかはら》のくさむらにひとつのいほりをむすびて、おの〳〵是に取こもり、後の世をねがふてみれ共、夢《ゆめ》に太夫が見え、まぼろしに後家《ごけ》がたち、現《うつゝ》に京の妾女《てかけ》共が顕《あら》はれ、うしろよりは大坂《ざか》でだましたる娘《むすめ》が取《とり》付、まへより[一〇]置《をき》ざりにせし女がしがみ付、次第《しだい》に氣力《きりよく》のおとろへるにしたがひて、毎日《まいにち》五人七人、女のかたち[一一]かさみて、外《ほか》右衛門は殊《こと》に、十一人の者共も、よいかげんにうそいふたるうらみ、其《その》執心爰《しうしんこゝ》にかよひ、後には[一二]寝《ね》もせぬ夢《ゆめ》におどろかされ、ひとり〳〵[一三]くらゐづめにやつれて、いつとなく息《いき》たえ〴〵に、「[一四]女ばうはいやじや〳〵」と、いひ死《じに》に、ひとりも残らず同《をな》じ枕《まくら》に果ぬ。

「[一五]死《し》なざやむまい」との一ふしうたひけるが、兼《かね》て[一六]口てんがうに申せし、むさしの〻[一八]土になるべきのぞみ、つゐに[一七]はしばのけぶりとなり、跡《あと》には塵《ちり》も灰《はい》も残らぬ事の、[一九]よしや[二〇]世語り。

った。そして「女はもういやじや、いやじや」と言いながら倒れ、一人残らず枕《まくら》を並べて死んでしまった。

かねて「死なざぁやむまいわが思い」という小歌の一節《ひとふし》を歌っていたが、また以前いっそ武蔵野《むさしの》の土になりたいなどと冗談《じようだん》に言っていたが、その望み通りに橋場《はしば》の火葬場の煙となり、あとには塵《ちり》も灰も残らないことだ。まあ仕方のない、これも一場の世間話である。

（巻下の五）

一　諺に「生ある者は必ず死す」、「若い時は再び来らず」という。　二　九一ページ注八〇参照。　三　腎虚の症状。房事過度のため身心が衰弱すると、暗がりに引っ込み、付き合いを避けるようになる（定本頭注）。 **四** 気がふさぐ病気で、病状が良くも悪くもならない病気。 **五** 地黄丸や地黄煎など、地黄（ゴマノハグサ科の多年草）の根を主成分とした精力補強薬。 **六** 腎水。精液。 **七** この上になお淫欲の満足を求めるのは意（定本頭注）。 **八** 家計が苦しく合意の上夫婦離散した者。ここは色遊びで体力の減退した男女関係の脱落者。「浮世」は享楽の世の意。 **九** 武蔵国豊島郡小塚原村の野原。吉原遊廓からは北方の隣接した地。野の中を日光道中（奥州街道と重なる）が南北に通じており、野の北は荒川（現隅田川）に架かる千住大橋で、北の街道筋には煮売屋や休み茶屋があった。また江戸から地方へ向う出口に当るので、火葬場や刑場が設けられた。この両者は現在の荒川区南千住五丁目内にあった（江戸方角安見図／江戸鹿子、一／続江戸砂子、四） **一〇** 夫が妻に離縁状を出さなくても、家に妻を置いたまま夫が家出をして一年経つと、離別したとみなされた。ここは夫が妻を家に置き飛び出して来たことをいう。 **一一** 嵩みて。重なって。 **一二** 寝込んでもいない現実に見る夢。前文の「現に京の妾女共が顕はれ」と少し重複する表現。（参考）「起きもせず寝もせで夜（よる）をあかしては春のものとてながめくらしつ　業平」（古今集、十三／伊勢物語、二段）。 **一三** 位詰め。ここは病状が次第に悪化してどうにもならないさま。 **一四** 女房。ここは女子の意。 **一五** 投節の歌謡。「うきもつらきも世にすむうちよ、死なざやむまい我が思ひ」（当世投節）。 **一六** 口転合、口転業。冗談。むだ口。 **一七** 橋場の火葬場の煙。橋場は、前注九に記した「小塚原」の東南部隅田川沿いの地名で、橋場の火葬場は小塚原の火葬場の異称（新撰荒川区史）。西鶴は「羽柴の煙」とも表記（二代男、一の四）。 **一八** 何も残らない意の諺。前文「けぶり」の縁。 **一九** （不満足ではあるが、それ認める意の表現で）まあよい。まあ仕方がない。（参考）「流れてはいもせの山のなかに落つる吉野の河のよしや世の中」（古今集、十五・恋五）など。 **二〇** 「よしや世語り」は「えいままよ、すべてはこれ一場の世間話」の意（定本頭注）。

＊ 挿絵は、女遊びに身心共に疲れ、飽き果てた外右衛門一行が、無常心を起こして住んだという、小塚原の草庵の有様を描く。一行の夢の中や幻に、これまで逢った女たちの幽霊が現れて、怨みを訴えているところ。

『色里三所世帯』の刊記（下巻最終丁の本文の後、左端にあり）。

[一]貞享五歳戊辰六月上旬

一 一六八八年。「戊辰」（つちのえたつ）は貞享五年の干支（えと）。なおこの年は九月三十日に元禄と改元。

㈤ 戀に果有女ぎらひ

浮世榮花一代男

浮世榮花一代男

一

浮世榮花一代男

序

[一]美女はおとこの命を斷《たて》る斧成と、古人の言葉。有時戀の山入[二]して、花は連理[三]の枝をきるにつきず、鳥[四]は夜毎の別れを惜まじ。月は更に[五]たはぶれ酒の種とも成。花鳥[六]風月の中に遊んで、色にそめたる身は、長生[七]のせんだく、仙家[八]にちとせの流れをしるぞかし。されば世界は廣し。[九]むさし野の戀種[一〇]の中に住ながら、色しらずの男のありしを、陰陽の神[一一]の道びかせ給ひ、俄に浮世の榮花物語。是を見る人、虚實《きよじつ》[一二]のふたつ有。時に移れる心にして見る事、同じ夢にも、玉殿の手枕、しばしも樂しみふかし。

[一三]元祿六のとしの春

[一四]松壽軒

西鶴

壽松

浮世栄花一代男

「美女は男の命を断つ斧《おの》なり」とは、古人の言葉である。ある時恋の山に入り込んで見ると、花は、どんなに仲のよい連理の枝を切っても、恋の花は尽きることはない。鳥は、夜ごとに逢《あ》う恋人たちに、朝にはつれなく別れの時を告げる。更に月は、眺める恋人たちに、酒に酔って楽しく遊べと、酒をすすめる誘因《たね》ともなる。そんな四季折々の花鳥風月の中に遊んで、色の道に染まったこの身は、命の洗濯《せんたく》をして、仙境で千歳《ちとせ》の寿命を保つという流れの水を飲んだ感がする。ところで世界は広い。広い武蔵野《むさしの》の、恋草が茂り色沙汰《いろざた》の多い所に住みながら、色事を知らない男がいたが、それを男女の神、業平大明神《なりひらだいみょうじん》がお導きになり、にわかに華やかな色恋の世界を見聞したという。この物語を読む人に、虚《きょ》と実《じつ》と二つの受け取り方があるだろう。それも物語につれて移り変る心のままに虚心に読めば、同じ夢でも美麗な宮殿で美人の腕枕による夢が見られ、しばらくでも楽しみは深い。

元禄六年の春

松寿軒

西鶴　松壽

一　美女は男を迷わせ、身を滅ぼす元になる意の諺（譬喩尽）。「美女は命を断つ斧と古人もいへり」（一代女、一の一）。　二　「恋の山」は積もる恋の思いを高い山にたとえた語で、ここは様々な恋の世界に迷い込む意。　三　一木の枝が他木の枝と連り、木目が相通じること。男女の契りの深いことのたとえ。白楽天の「長恨歌」に、「天にあらば比翼の鳥となり、地にあらば連理の枝とならん」（原漢文）とある。　四　前注の詩句「比翼の鳥」を踏まえるが、ここは鶏や諸鳥をさす。　五　戯れ酒。男女が酔って戯れながら飲む酒。　六　四季折々の美しい風物。また四季の風物に応じた風流。なお本書四巻は、花鳥風月の一つを各巻の構想に織り込んでいる。　七　寿命が延びるように思われる意。諺の「命の洗濯」に近い。なお「洗濯」は、当時上方でセンダクと発音（一代男、七の七など）。　八　仙人の住居。本文は仙境で、千年も寿命が延びるという、流れの水を飲むような趣だという。せんだく・流れは縁。　九　ここは江戸をさす。広し・むさし野は縁語。　一〇　訓みは「こひだね」でなく、ここは前文「むさし野」との縁で「こひぐさ」。俳諧の作法書『類船集』は、「武蔵野」に「千種（チクサ）・草のゆかり等」を付合語（縁語）とする。『置土産』四の一でも江戸の話で「恋種」を「こひぐさ」とする。「恋草」は、恋の思いがつのるのを草の茂るさまにたとえる歌語だが、ここは様々な恋愛沙汰の意。　一一　一般にはイザナギノミコト・イザナミノミコトの男女の二神のことだが、室町時代以後、好色家の祖とされた在原業平（ありわらのなりひら）をさす。光悦本謡曲「杜若（かきつばた）」や『一代男』七の四参照。　一二　西鶴の類似の表現に、「人は虚実の入物」（新可笑記、序）などがある。　一三　一六九三年。西鶴はこの年の八月十日、数え五十二歳で没する。　一四　西鶴の軒号。

＊　本文一行目の「断（たて）る」、六行目の「道びかせ」の表記は、原文のまま。後者は元来「道引く」の意だが、「導かせ」と表記すべきところ。

浮世《うきよ》栄花《ゑいぐは》一代男《おとこ》　花の巻一　目録

一　花又は造花で飾った笠。
二　浅草観音のある浅草寺の山号でもあるが、浅草寺の東北方、聖天宮で知られる本龍寺（当時は天台宗、今は聖観音宗）のある小丘、待乳山（まつちやま）のこと（江戸鹿子、一）。現台東区浅草七丁目内。「土人」はその土地の者。
三　橋場の火葬場の煙。橋場は吉原遊廓の北方の小塚原の東南部の地名で、ここは小塚原の火葬場の異称。現荒川区南千住五丁目内で、当時は日光道中と下谷通りの合流点の南方、広さ一町四方に十八箇寺とその火屋があった（平凡社・東京都の地名）。「羽柴の煙」（二代男、一の四）。
四　前注二の聖天宮のある待乳山の麓に山谷（さんや）堀があり、そこから西北の三ノ輪に至る十三町余の堤。堤の半ば（八丁）の南西部に吉原遊廓があり、堤の上の道が遊客の吉原通いの道で、土手八丁として知られる。
五　吉原通いの遊客のために変装の衣類等を借す所。本文に「忍び道具」を借すとある。「借」は当時「貸」と混用する。
六　吉原の異称。「三野（さんや）　遊女の住める里也。名所の野三つ有とて此名のおもしろき」（一目玉鉾、一）。西鶴は又、「三野と云けるは、此あたりに（中略）続（つゞき）が原・あさぢが原・小塚原、かれ是広野三つあるゆへ三野とは申侍る」（新吉原つねぐ〵草、序）とも注記する。吉原は江戸の遊廓で、明暦三年（一六五七）の江戸大火後、浅草寺北方の田圃の中に開かれた。現台東区千束三・四丁目内。元吉原（八九ページ注二）に対して新吉原という。
七　業平は当時陰陽の神とされた。本作序文注一一参照。「宮所」は神社。
八　女に色を売る男。男妾。
九　ここは内密のことをもらさないと神に誓った文書。

㊂ 一一花はやれど

三人の子の親

一二目《め》病《やみ》の地《ち》蔵《ざう》の腹立《ふくりう》

一三内《ゆ》衣《ぐ》の一四縫《ぬひ》もん

毛《け》貫《ぬき》のふしぎ

一五野《や》郎《らう》に女客《きやく》

借《かり》座《ざ》敷《しき》は長崎《ながさき》衆

㊃ 偽《うそ》に散《ちる》花おかし

一六先斗《ぽんと》町《てう》の文宿《ふみやど》

一七花垣《はながき》左吉がかる口

嶋原《しまばら》の一八帥皃《すいがほ》

思ひの外の告《つげ》口

一九稲荷《いなり》明神の弟《おとゝ》

一〇 「姿」は美人の意。本文では「うるはしきしのび男」とある。

一一 華やかに振舞う意。

一二 京の四条通大和大路東入ル（東山区祇園町南側）の浄土宗仲源寺の地蔵。眼病を治す霊験があるとされた（都名所図会）。「付図」参照。

一三 腰巻。

一四 縫紋。ここは恋人の姿を刺繡したもの。

一五 ここは歌舞伎役者で売色する者のこと。歌舞伎若衆とも。

一六 京都市中京区、鴨川と高瀬川の間で、三条から四条までの南北に細長く続く町。当時は中宿、出会い宿などがあった。

一七 当時実在の太鼓持。「かる口」は軽妙な洒落。

一八 粋人顔。「帥」は原文に「師」とあるのを改めた。

一九 ここは伏見稲荷の神。現伏見区深草藪之内町の伏見稲荷大社。

＊ 本作品は、風流な遊興の意の「花鳥風月」の四種を各四巻に配置する構想を持つ。第一巻では、目録に明示するように、「花の巻」に相当する。そこで本巻の章題名や本文冒頭部に、「花」に関する修辞を織り込んであるところに留意されたし。

一　花笠《がさ》は忍びの種《たね》

二鏐《こがね》を崔《うづた》かふして、富士《ふじ》をならぶとも、しかじ、生前《しやうぜん》の美《び》花《くわ》・一樽甘露《そんかんろ》の悠樂《ゆうらく》。三賓女《いんぢよ》・麗童《りどう》のたはぶれ、此ふたつの外に何か榮花《ゑいぐわ》なしと、世々の賢《かしこ》き人の詞《ことば》に殘しぬ。されども富《ふう》四乏《ぼく》のわかちありて、艶《ゑん》なる慰《なぐさ》み成がたし。

爰にむさし野の廣《ひろ》きかたかげ、金《きん》五竜山《りうざん》のほとりに、笹《さゝ》かり葺《ぶき》の六四阿屋《あづま》つくりて、

一　花笠《はながさ》は忍びの種《たね》

黄金《こがね》をうず高く積んで、富士山と同じになったとしても、生きているうちに美人や、一樽《ひとたる》の美酒を悠然と楽しむ方がましだ。美女や美少年をかわいがること、この二つのほかにどんな栄華があろうかと、世々《よよ》の賢い人が言い残している。けれども人には貧富の違いがあって、だれでもその色艶気《いろつやけ》のある慰みをするわけにはいかない。

ここに広い武蔵野の片隅、浅草金竜山《きんりゆうざん》の近くに、笹葺《ささぶき》の粗末な小屋を建て、毎日南向きの窓を明けて、細々と暮らし、この所で近年焼き始めた土器の細工をして、その日その日を成りゆき次第に暮らす男が住んでいた。その気立てはさっぱりとして、清らかに流れる水のようで、年の頃《ころ》も早や四十の初老《しよろう》になるほどになっていた。

山で咲く桜の美しさ、谷間で咲く藤の花の、見た目に好ましく

南《みな》うけの窓《まど》のあけくれ、けぶりわづかに立のぼり、此所にして近年《きんねん》[七]仕出し燒《やき》、土《ど》器《き》の細工《さいく》して、けふをなりわひにおくれる男の住《す》めり。其心ざし蝸《わだかま》[八]りもなく、清《きよ》く流《なが》るゝ水にひとしく、身の程もはや初《はつ》[九]老《おひ》の浪《なみ》たつ春をかさねし。

櫻《さくら》山のやさしく、藤咲谷《ふぢさくたに》の見よげに覺束《おぼつか》[一〇]なき風情《ふぜい》をもしらず。野邊《のべ》ちかき菜種《なたね》の花のみ詠《なが》めくれて、蚊虻《ぶんぶ》[一一]の声《こゑ》など、麥《むぎ》わら笛《ぶえ》に夏《なつ》かと思ふばかり。紅葉《もみぢ》[一二]は傘《からかさ》に見るより、雪《ゆき》は雨の姨《おば》と野夫《やぶ》のいふまかせに、人間《にんげん》は神代の木のまたより生《しや》じて、我もそれなるべしと、父母《ふぼ》[一三]の恩《をん》をもわきまへなく、帶《おび》も

また頼りなげな様子も知らず、近くの野辺の菜種《なたね》の花だけを眺めて暮らし、蚊《か》の声などや、麦藁笛《むぎわらぶえ》を聞いて、夏かと思うばかりである。紅葉《もみじ》は紅葉傘《がさ》に見るだけで、雪は雨の伯母《おば》と農夫が言うのを信じ、人間は神代に木の股《また》から生まれたもので、自分もそうであろうと、父母のお陰であるのも知らず、帯も独りで解いたりしたりして寝たり起きたりするほどになった。朝方の眠りを覚ます葛西《かさい》・千住《せんじゅ》の薪馬《たきぎうま》が、夕方に帰るとき、その馬方《うまかた》が山雀節《さんがらぶし》というのを声を高く張り上げて、「いつに変らぬ君千歳松《ちとせまつ》」と歌っている。男はこれを聞いたお陰で、自然と小歌というものの違いを知った。近くの浅茅《あさじ》が原に小川はありながら、顔を洗う人の習わしも知らず、毎日の振る舞いもひどく卑《いや》しかった。今だに夫婦の契りという、世の決まりの楽しみも知らず、なおまた極楽往生を願うこともなくて、不信心《ぶしんじん》の境遇は奇妙であった。

こんな男でも、ある時その土地の老女が、もう惜しくもない年で亡くなったので、橋場《はしば》の焼き場で火葬にしたが、身内でない者まで悲しんで袖をぬらし、月代頭《さかやきあたま》を整え、忌中の印《しるし》に脇差《わきざし》の柄《つか》を白紙《はくし》で巻き、竹杖をつき連れ立って、野辺送りに出た。この男も

ひとりときて寝起《ねおき》もする程になりぬ。あけぼのゝ夢《ゆめ》おどろかす、[一四]葛西《かさい》・[一五]せんじゆの[一六]柴付馬《しばつけむま》のかへるさに、[一七]山雀《やまがら》ぶしといへるを上調子《うはでうし》にはりあげ、「いつにかはらぬ君ちとせ松」とうたへり。是を聞たより、おのづからに小歌《こうた》といふ事の差別《しやべつ》はしりぬ。[一八]浅茅《あさぢ》が原《はら》にさゞれ水はありながら、手水《てうづ》をむすべる人のならはせもなくて、朝暮《てうぼ》の身持《みもち》もむげにいやしかりき。今に妻女《さいぢょ》のかたらひ、定《さだ》まれる楽《たの》しみもなく、なをまた後《のち》の世《よ》の願《ねが》ひもうとくて、無佛世界《むぶつせかい》はおかし。

かゝる人も、有時其里の人のなる[一九]老女《らうぢょ》、おしからぬ息絶《いきたへ》て、[二〇]羽柴《はしば》の野墓《のばか》に[二一]けぶりなせるは、他《た》の人までなげきを袖にあらはし、髪月代《かみさかやき》をあらため、[二二]紙巻《かみまき》のわきざし、竹杖《づえ》を突《つき》つれて、無常《むじやう》の道をおくりぬ。彼男《かの》も[二三]火宅《くわたく》の門役《かどやく》とて、袴《はかま》かたぎぬ着《き》たる事、たまさかなれば目立て、人より跡《あと》になりて[二四]日本堤《づゝみ》にさしかゝれば、[二五]呼継番屋《よびつぎばん》の行燈《あんどう》、星《ほし》の連《つら》なるひかり、拍子木《ひやうしぎ》・太鞁《たいこ》の音《をと》づれは、雲《くも》にとゞろく鳴神《なるかみ》のごとく、往來《ゆきき》のしげきは、岸根《きしね》の芦《あし》の友摺《ともづれ》、[二六]さはぎ中間《なかま》の[二七]姿宿《すがたやど》ありて、此所を忍《しの》び道具《だうぐ》を萬《よろづ》かしける。あるひは[二八]長老《ちやうらう》の髭《ひげ》かけて、戀の

葬式の町内付き合いで、袴《はかま》・肩衣《かたぎぬ》を着たが、めったにないことで目立つので、人々の後《あと》に付いて、日本堤《にほんづつみ》に差し掛かった。折しもこの堤を通る遊客を、拍子木《ひょうしぎ》で知らせて次々と廓《くるわ》に送るために、吉原遊廓《ゆうかく》から出した呼継ぎ番屋の行灯《あんどん》が、星を連ねたように光り、その拍子木や太鼓《たいこ》の音は、雲にとどろく雷《かみなり》のようであった。往来《ゆきき》の人の多さには、岸辺の芦《あし》もすれ合うほどだ。付近には遊客が着替えをする中宿《なかやど》があって、吉原へ人目を忍び行くための変え衣装をなんでも貸している。そこである時は、和尚《おしょう》が付け髭《ひげ》をして、恋のとりこになるのもあり、武士は丸腰になって、特別の山の手風の吹抜《ふきぬ》き頭巾《ずきん》姿ともなる。吉原へ浮かれて通う道筋で、わざと作り声で小歌をうたい、定紋《じょうもん》を付けない提灯《ちょうちん》を持たせた供を、はるか後から来させ、月夜の編笠《あみがさ》もここではおかしくない。

この男は、堤の上の人たちが皆吉原へ行く遊客だとは知らず、「世間には人の死を悲しまない者が多い。いくら赤の他人の葬式だからといって、こんなに騒がしくては、人の非難もあるだろうに」と、葬式大事に思いつめて、どこへ進むのか不安なまま、人の後《あと》について、堤の衣紋坂《えもんざか》をおり、吉原の大門口《おおもんぐち》に差し掛かっ

奴子《やっこ》と成も有、武士《ぶし》は長釼《ちゃうけん》やめて、各別《かくべつ》の[二九]山の手風、[三〇]ふきぬきづきんともなれり。うかれ通《がよ》ひの道筋《すじ》、つくり聲《ごえ》の音曲《をんぎよく》、無紋《むもん》の[三一]挑灯《ちやうちん》はるか跡《あと》より持《もた》せ、月夜《よ》の編笠《あみがさ》も爰なればおかしからず。

是皆、[三二]さんやにゆくとはしらず、「世には哀《あは》れおもはぬ人多《おほ》かりき。いかに身の事ならぬ野をくりなれば迚《とて》、かくさはがしきは、人のそしりもありぬべし」と、後世大事《ごせだいじ》に觀念《くわんねん》して、夢路《ゆめぢ》の心定《さだ》めもなく、人の歩《あゆみ》につれて、[三三]衣紋坂《ゑもんざか》をおりて大門口《おゝもんぐち》になりぬ。[三四]火屋は是ならめと、しばらく立晲《のぞ》きて、[三五]外《そと》番《ばん》の役人《やくにん》にたより、「人を焼所《やくところ》は爰か」と、たづねしに、[三六]四郎兵衞大笑《わら》ひして、[三七]「夫諸分《それしよわけ》の女は人を焼《やく》[三八]ならひ、今更《いまさら》おろかに問《とふ》人」といへり。其はづなり。此男《おとこ》の住《すみ》なせし里より十丁《てう》にたらざりしに、一生色《しやう》町見し事もなく、今宵《こよひ》は死人《しにん》の縁《ゑん》にひかれて、おもはざる外《ほか》の門《もん》にいりぬ。

はや[三九]導《いんだう》の時も移《うつ》りなんと、足《あし》ばやに行て、是はと見まはし、[四〇]局《つぼね》に色作《つく》りたる女の、長煙管《ながぎせる》をくはへて、[四一]お敵待《てきまつ》など風《ふ》情《ぜい》して、惡《にく》きほどに[四二]妖姪《うつくし》み、なを詠《なが》めて氣《き》もかはり[四三]縹行《たどり》に、

た。焼き場はここだろうと、しばらく門内をのぞき込んで、大門の番人に近付き、「人を焼く所はここですか」と尋ねると、門番の四郎兵衛《しろべえ》は大笑いして、「そもそも遊里の女は人を焼くのが商売で、今さらくだらないことを聞く人だ」と言った。それは無理もない。ここはこの男の住んでいる所から十町《じゅっちょう》も離れていないのに、今まで色町を見たこともなく、今宵《こよい》は死人の葬式がきっかけで、思いがけなくも見当違いの門に入ったのである。

もう導師《どうし》が引導《いんどう》を渡す時になるだろうと、この男は足早に廓《くるわ》の中を進んだが、（様子が変なので、）これはとあたりを見回した。局見世《つぼねみせ》では、化粧をした女郎が長煙管《ながぎせる》をくわえて、客を待っている様子で、にくらしいほどに美しい。この男はつくづくと眺めて気も変わり、うろうろと進んで行くと、どういう方様《かたさま》からの書状であろうか、何度も訳《わけ》ありそうに読み返している女郎の口もとは、まるで定家流《ていかりゅう》の「へ」の字のようだが、（こんな様子をするのは、）少しこましゃくれた女を好く人があるからだろう。散茶《さんちゃ》女郎がひやかし客とふざけているのも、それはそれで面白い。色っぽい三味線《しゃみせん》の音《ね》にのせて突節《つきぶし》を合唱しているが、加賀津《かがつ》という

いかなるかたさまの書籍《しよかん》にやありける、幾度《いくたび》か子細《しさい》をふくみて讀《よみ》たる[四四]よねの口もとは、さながら[四五]定家流《ていかりう》のへの字《じ》のごとく、すこし[四六]こまさくれしを好《すけ》る人もあればなり。[四七]散茶《さんちや》は[四八]佩《あだ》人に[四九]調謔《たはぶれ》、さもあらばあれ。濡《ぬれ》の[五〇]繩《いとすじ》に[五一]投節《つきぶし》の[五二]つれうた、[五三]加賀《かが》津《つ》はすぐれて[五四]臻《いたり》の穿鑿《せんさく》、[五五]名の木のかほりに惱《なつま》せ、勤《つと》めは昼夜《ちうや》かはり、[五六]玉臂《ぎよくひ》千人枕《まくら》、朱脣萬客《しゆしんばんかく》に嘗《なめ》させ、うきながら遊契、是にもたのしめる所有。

此男有頂天《うてう》に成て、いまだ惜夜《あたらよ》と、跟《くびす》せはしく見めぐりしに、爰は三浦《うら》の花紅葉《もみぢ》、[五七]高尾《たかお》・むらさき、此御[五八]の字《じ》は古今《ここん》の太夫職《しよく》にして、[五九]くり出し歩《あゆみ》の[六〇]本道中《だうちう》、美形《びけい》の山更《さら》に動《うご》きて、外の女郎は麓《ふもと》の椿《つばき》となりぬ。そこ〳〵に見捨《すて》て、揚屋《あげや》町にゆきしに、いづれの宿にも、大臣《だいじん》[六一]羞耀《かゝはゆく》して、[六二]理屈酒《りくつざけ》の遺朖《やりくり》、醉《ゑい》のまぎれにかたづけられ、房《ふさ》付枕《まくら》に五色《しき》ふとん、[六三]匂ひ玉ある大夜着《よぎ》の中《うち》に、うるはしき夢《ゆめ》や見るらんと、人をうらやみ、「かゝる歡樂花麗《くはんらくくわれい》、是をおもふに、[六四]驪山宮《りさんきう》のあそび、よもや此うへあらじ。目に極樂《ごくらく》」、しばしが程に心ざし移《うつ》り替《かは》りて、我里へは歸らず、戀を祈《いの》れるはじめとなつて、[六五]淺草《あさくさ》寺に參詣《もふで》

女郎《じよろう》は特に上手で、めったに聞かれない芸という。女郎たちは香木の香りで客をうっとりとさせ、勤めは昼夜交替し、美しい両腕を千人の枕《まくら》にし、小さな赤い唇《くちびる》を万人の客になめさせて、つらいけれども客に身をまかせるのだが、これにも楽しめるところがあるのだ。

この男は廓の情景にすっかり夢中になって、まだ寝るにはもったいない夜だと、足早に見て回っていると、ここは三浦屋で、花と紅葉《もみじ》とうたわれる高尾と小紫《こむらさき》が現れた。古今の女郎の中でも特にすぐれた太夫たちで、足を繰り出して歩く本式の道中を始めると、美しい姿の山が二つも動き出したようで、ほかの女郎は麓《ふもと》の椿《つばき》のように見劣りがした。広い廓はいい加減に見捨て、構えの立派な揚屋町《あげやまち》に行くと、どの揚屋でも大尽客が華やかに遊んでいた。太夫がもったいをつけて差す盃《さかずき》の応酬《やりとり》があり、大尽《だいじん》客は酔いのまぎれに寝間にかつぎこまれて、房《ふさ》付き枕のある五色の布団《ふとん》の上、匂い袋の付いた大夜着《おおよぎ》の中で、綺麗《きれい》な夢を見るのだろうと、この男は大尽の身の上をうらやんだ。「こんな歓楽の華麗さを見ると、（唐の玄宗《げんそう》が楊貴妃《ようきひ》と遊んだ）驪山宮《りさんきゅう》の遊楽も、まさかこ

ける。
仰《そも》〳〵仁王《にんわう》[六六]三十四代、推古天皇《すいこてんわう》の御宇《ぎよう》に建立《こんりう》、本尊《ほんぞん》は所壬《しよじ》[六七]観音《くわんをん》、関東最初《くわんとうさいしよ》の伽藍《がらん》にして、霊験無双《れいげんぶそう》の御佛《みほとけ》なり。此末《このまつ》[六八]寺《じ》に、古木《こぼく》の梅榮《むめさか》へて、其まゝ舟《ふね》[六九]に作りなし、春ごとに見し人立、絶《たへ》ざり。此木陰《こかげ》に、むかし男業平《なりひら》の面影《おもかげ》を、社《ほこら》[七〇]にこめをかれ、是陰陽《ゐんやう》[七一]の神《かみ》とて、色《いろ》を好《この》める人は、殊更《ことさら》に祈《いの》りける。

彼《かの》男、此やしろに百日の大願《だいぐわん》、「我一たび、こゝろにまかす色道《しきだう》の榮花《えいぐわ》をさずけ給はれ。誰《たれ》をさして戀《こひ》の相手《あいて》はなし。只てんたう次第」[七二]と、骨髄《こつずい》なげうつて願《ねが》ひかけしに、此神も祈《いの》りつめられ、難義《なんぎ》のあまりに、夜更《ふけ》、物の淋《さび》しく、松の風静《しづか》なる時いたりて、枕神《まくら》[七三]に立せ給ひ、あらたなる御告《つげ》[七四]、夢中《むちう》にもわすれざりき。「汝《なんぢ》が身に應《おう》ぜざる願《ねが》ひ、叶《かな》ひ難《がた》し。前《ぜん》生《しやう》にしてまんざらの戀しらず、此道にもとづける種《たね》なければ、神のまゝにもならざり。然れども、をのれふかくなげくもいたまし。是をあたへけるぞ」と、金銀・珠玉《しゆぎよく》をちりばめし花笠《がさ》をわたし給ひ、「をのれにそなはらぬ榮花《ゑいぐわ》なれば、耳《みゝ》

れほどではあるまい。極楽を見るようだ」と、しばらくの間に魂が入れ替わって、わが家へは帰らず、恋を祈る機縁となって、浅草観音の寺へ参詣した。

そもそもこの寺は、人皇《にんのう》三十四代、推古《すいこ》天皇の御代《みよ》に建てられ、本尊は聖観世音《しょうかんぜおん》、関東最初の寺院で、霊験のこの上もない御《み》仏《ほとけ》である。この浅草寺《せんそうじ》の末寺に、枝葉の茂る古木の梅があり、これをそのまま舟の形に仕立てて、(花の咲く)春ごとに見る人だかりが絶えない。この梅の木陰に、昔男とうたわれる在原業平《ありわらのなりひら》の像を祭った社《やしろ》がある。これは男女和合の神様というので、色好みの人は、とりわけ祈るのであった。

例の男は、この社に百日参詣の大願を立て、「どうぞ私に一度でも、思い通りになる色道の栄華を授けて下さい。だれといって恋の相手はおりません。ただ天の神様のお心次第に」と、全身全霊をこめて祈願したところ、この神もあまりしつこく祈られ、困られたあげく、夜がふけてあたりが物寂しく、松吹く風が静かな時になって、男の枕もとにお立ちになり、ありがたいお告げがあった。男は夢の中のことであったが忘れなかった。「お前には身

に聞《きゝ》、目に見るよりたのしみなし」と、御神託《しんたく》、さめてつねのあけぼのとはなりぬ。

肝《きも》にめいじて、ありがたく此笠《かさ》を被《かづけ》ば、忽《たちまち》外《ほか》よりは見えぬしるしあつて、是なん世の重寳《てうほう》と嬉《うれ》しく、「隠《かく》れ笠《がさ》の忍《しの》び之介」と、我と名をあらため、けふよりは願《ねが》ひのまゝといさみて、諸國《しよこく》の戀《こひ》づくしを見る事、聞《き》く事、其身にはつかざることのよしなや。

分不相応《ふそうおう》な願いで、叶《かな》えてやれない。前生《ぜんしよう》ではまったくの恋知らずで、この色道に基づく因縁《いんねん》がないから、神の思うままにもならない。けれどもお前が深く嘆くのはかわいそうだ。これを与えてやるぞ」と、金銀珠玉《しゆぎよく》をちりばめた花笠《はながさ》をお授けになり、「お前の身につかない栄華だから、耳で聞き、目で見て楽しむよりほかはないのだ」との神のお告げがあり、夢が覚めるといつも通りの夜明けとなった。

男はお告げを深く心に留めて、ありがたくこの笠をかぶると、たちまち外《ほか》から姿が見えなくなる効《き》き目があった。これは実に調法《ちようほう》とうれしくなり、「隠れ笠の忍之介《しのびのすけ》」と、自ら名を改め、今日からは望み通りに楽しもうと、勇んで旅に出た。諸国の様々な恋を、見るにつけ、聞くにつけ、それが自分の物にならないのは仕方のないことであった。

（巻一の一）

一　一〇八ページ注一参照。　**二**　『白氏文集』の「身後堆㆑金拄㆓北斗㆒」（身ノ後ニ金ヲツンデ北斗ヲササフトモ）、不㆑如㆓生前一樽酒㆒」（生前一樽ノ酒ニシカズ）」（勧酒）による。「身の後には金（こがね）をして北斗をささふとも人のためにぞわづらはるべき」（徒然草、三八段）。「鏐」はリュウ、黄金の意。「崔」はサイ、山が高くけわしいの意。　**三**　遊女と歌舞伎若衆。すなわち女色と男色の遊興。　**四**　富貴と貧乏。「乏」は音はボウだが、当時ボクとも慣用。「貧乏　ビンホク、ビンボフ」（書言字考節用集）。　**五**　一〇八ページ注二参照。　**六**　屋根を四方に葺き下ろし、柱ばかりで壁のない建物で、亭（ちん）ともいう。しかしここは屋根の構造をいう。東屋とも書くが、節用集類は「四阿屋」と表記。　**七**　新趣向の焼物。今戸・橋場辺は今戸瓦を製した（続江戸砂子、一）が、貞享年間に白井半七が土風炉（どぶろ）・火鉢・灯心皿などを作り始めた。（参考）「有時浅草の寺町の横筋をゆくに、（中略）土人形の細工する男」（置土産、三の一）。　**八**　「蝠　ワダカマル」（元禄四年・玉篇大全）。　**九**　初老の訓読語。四十歳。　**一〇**

花房が長く垂れて、あぶなげな様子をいう。「山吹の清げに、藤のおぼつかなきさましたる、すべて思ひ捨てがたきこと多し」（徒然草、一九段）。**一一** か・あぶ。「虻」の音はボウ。「ぶんぶ」は虻（あぶ）の異名。菜種の花によく飛んで来たようで、「菜種の花の虻々（ぶんぶ）に吸れたる詠（ながめ）」（貞享四年『好色破邪顕正』上）の用例あり。**一二** 紅葉傘を見るよりほかなく、の意。紅葉傘は日傘もあるが、ここは雨傘。雨傘の紅葉傘は、傘の中心部分だけ青色の土佐紙で丸く張り、他の部分は白紙張りで、多く上等な傘。『男色大鑑』二の二など。**一三** しつけの悪い粗野な者をさす表現。**一四** 葛西を含む葛飾郡は、古来下総国に属し、中世には大日川（現在江戸川）を境に、葛東（かとう）・葛西と称した。近世では大体武蔵国に所属し、郡の大部分が天領となった。また葛西の地は、中川を境に東葛西・西葛西ともいう（東京都の地名）。現在の葛飾区・江戸川区・江東区に当たる。**一五** 千住。千住宿は江戸四宿の一つで、日光道中、水戸・佐倉街道の初めの宿。現在の足立区千住や荒川区南千住付近。**一六** 江戸市中へ柴（薪）を載せ運ぶ馬。**一七** 天和から元禄ごろ流行した「さんがら節」か。「荒い風にもようやよや、当てまい様を、やろか信濃の雪国へ、さあささんがらが」（松の落葉、さんがらが踊）。**一八** 浅草北郊の橋場村の総泉寺門前の野原（江戸砂子）。総泉寺は、関東大震災で焼失、その跡地は台東区橋場二丁目内。**一九** 「人のなる」は意味不明だが、原文のママ。**二〇** 橋場の火葬場。小塚原の火葬場の異称。前出。一〇八ページ注三参照。**二一** 「なせる」は原文のママ。**二二** 服喪のしるしに脇差の柄（つか）を白紙で巻く。**二三** 「火宅」は、この世には苦悩多く安住できないことを、燃えさかる家にたとえた語。「門役」は、町内の冠婚葬祭に一戸に一人出る義務。ここは葬式という町内の義理で勤める役の意。**二四** 九〇ページ注二九参照。**二五** 吉原五町から出した番屋で、日本堤から吉原に向かう遊客を、拍子木を打って次々に送った。**二六** 遊里の遊び仲間。**二七** 遊里に行く途中で身なりを整える宿。**二八** 学徳の優れた僧。高僧。また禅宗や律宗で住侍を敬っていう。**二九** 江戸の下町に対し、麹町・四谷方面の高台に住む武家屋敷の風習。**三〇** 吹抜き頭巾。頭巾の後に垂れる部分を袋縫いにせず、吹抜けにしたものか。挿絵参照。**三一** 原文は当時の通用字「灯挑」とあるが、挑灯に改めた。**三二** 三野。吉原付近には、続（つづき）が原・浅茅が原・小塚原の三つの野があり、吉原の異称（新吉原つねづね草、序）。**三三** 九〇ページ注三二参照。**三四** 焼き場。火葬場。**三五** 吉原遊廓大門口の番人。九〇ページ注三三参照。**三六** 前注の番人の通称。担当者はこの名を襲名。**三七** 遊里のしきたりを心得た女、接客上手な女。**三八** 「焼く」は人の心を熱くする意で、人をおだてて喜ばせること。**三九** 葬式の終りに、導師が唱える成仏の法語。**四〇** 局見世。下級の遊女が客を迎える長屋風の建物の小部屋。**四一** 遊女・遊客ともにその相手を敵といい、ここは遊客の方。**四二** 『遊仙窟』（近世初期刊本等）に、「妖婬」を「ウツクシ」と訓む。「女は妖婬（うつくし）き肌（はだへ）を白地（あからさま）になし」（一代女、四の二）。**四三** 「縹（ヒョウ）」（薄い藍色の意）は、「漂ヒョウ」（あてもなくさまよう意）の当て字。ただし当時慣用的な誤用。「宵は月もなく、推量に縹行（たどりゆく）に」（二十不孝、二の二）。**四四** 遊女の異称。**四五** 藤原定家の書体を模した書道の一派。茶人に好まれた。**四六** こましゃくれる。少し大人びた風にみせる。**四七** 吉原で太夫・格子に次ぐ第三位の格の遊女。揚代は貞享ごろは銀二十匁、または金一歩。散茶女郎とも。**四八** 店に揚がらず遊女を見るだけの客。**四九** 用字は遊興、特に色遊びの意。「調謔タハフレ」（遊仙窟、前出本）。『一代女』一の一にも用例あり。**五〇** 絃楽器。ここは三味線。「縄イトスヂ」（遊仙窟、前出本）。「縄（いとすぢ）ならして」（一代女、一の一）。**五一** 「投節」は京の島原の歌謡。訓みの「つきぶし」は、突節、また継ぎ節ともいい、江戸吉原の歌謡。漢字の「投節」は「突節」の誤記か。「しめておよれと突節のうたがゝり」（嵐は無常物語、上の一）。**五二** 連れ歌。合唱。**五三** 寛文期の吉原京町、三郎右衛門抱えの格子女郎（吉原大全新鑑）。当時流行の加賀節の創始者という（西鶴自註独吟百韻、四五）。**五四** この上もなくぜいたくな注文芸。**五五** すぐれた香木。**五六** 『円機活法』に、「一双ノ玉臂千人ノ枕、半点ノ朱唇万客嘗（な）ム」とある。上句は、美しい両の腕は千人の男の枕となり、の意。『一代女』の五の一の冒頭部にも類似の引用がある。**五七** 高尾と小紫。二人とも吉原京町、三浦四郎左衛門抱えの太夫。高尾・小紫を花・紅葉にたとえてほめる。紅葉と高尾は縁語。なお、九〇ページ注四五・四六参照。**五八** 「御」の字を付けたいほどの、特にすぐれた人の意。**五九** 上体を動かさず、腰を据えて静かに歩くさま。**六〇** 本格的道中。太夫が遊女屋から客のいる揚屋へ呼ばれて行く際の儀式的な歩行。**六一** まばゆい、また、てれくさいの意。**六二** 一杯ごとに意味をこめて酒のやりとりをすること。

六三 色々な香を入れる球形の袋。「夜着」は大形の衣服状の掛け布団。 **六四** 中国陝西省西安、東北郊の唐の玄宗の離宮。驪（り）山の麓に温泉が湧き、玄宗が楊貴妃と住んだ所。華清宮。 **六五** せんそうじ。浅草観音。本尊は聖観世音。山号は金竜山。貞享当時は天台宗（江戸鹿子、四）。 **六六** 原文は「十四代」と誤刻するのを改めた。近世では神功皇后を第十五代に数えたので、三十三代だが三十四代とする（本朝年代記等）。「浅草（あさくさ）寺　当時は仁皇三十四代、推古天皇の御守に建立、本尊は聖（しやう）観音、関東に最初の伽藍也」（一目玉鉾、一）。 **六七** 正しくは聖観世音（しょうかんぜおん）のこと。 **六八** 牛島の南蔵院。天台宗で業平山東泉寺南蔵院。境内に業平塚・業平天神社がある（江戸砂子、六）。位置は浅草寺からは対岸、墨田区吾妻橋三丁目内に当るが、寺は昭和初期、葛飾区東水元二丁目に移転した（小学館『東京都の地名』）。 **六九** 古木の梅を舟の形に仕立てたというのは、業平塚の形が舟のようであったという俗説によるか。『江戸名所記』（寛文二年刊）には、「牛島の古老の伝に、（業平が）此所にして舟損じて死なれしを、塚につきこめたり（中略）塚の形ちすなはち舟のごとくにて残れりと也」とある。 **七〇** 小さな神社。前注六八の業平天神社。 **七一** 本作序文に前出。一〇七ページ注一一参照。 **七二** 天道（天の神）のお心次第。 **七三** 寝ている枕もとで、お告げをする神。 **七四** 霊験あらたかな。

＊ 枕神のお告げの趣向は、『椀久一世の物語』巻一の一などにもみられる。なお、挿絵右半図の中央、袴・肩衣姿の男が忍之介。

二　花は盛《さかり》[一]の男傾城《けいせい》

花ならば櫻と成、女ならば美女《びちょ》と成、世の諸人《もろびと》の詠《なが》めにあかれぬこそ、[二]まもなきたのしみなれ。そのやごとなき形《かたち》も、いつぞは風の梢《こずゑ》と成、うき雲の浪、ひたいに立かさね、命《いのち》[三]はつながぬ舟ともたとへ、誰《たれ》か此土《ど》に碇《いかり》をおろすべし。愚《おろか》なる身の、歸らぬむかしの形《かたち》をおしむは、さもこそあれ、かしこ

二　花は盛りの男傾城

花ならば桜となり、女ならば美女となり、多くの人に眺めて飽きられないなら、尽きることのない楽しみであろう。だがそのすぐれた姿も、いつかは風に吹き散らされて寂しい梢《こずえ》となり、美しい額には浮雲の波のように皺《しわ》が立ち重なる。命は岸につながぬ舟のようだともたとえられ、だれ一人この世に碇《いかり》を下ろして留《とど》まる

きひとの國《くに》、[四]白居易《はくきよい》も、四十六のすがたを鏡《かゞみ》に移《うつ》して泪《なみだ》を流《なが》し、是はと蓋《ふた》を覆《おほ》ふて、ふたたびあけては見ざりき。我も其《その》としにちかく成、いつまでも是かと、只何となく夢《ゆめ》のごとし。いまとなつて、色道《しきだう》に[五]お狭入《はまり》といはれ、曛黄《ゆふぐれ》の[六]手枕《たまくら》、あけぼのゝ別《わか》れ、[七]夜《よる》の錦《にしき》も見る事はなく[八]て、我戀にはならざる[九]益惡《あやにく》。

身はかくれ笠《がさ》をかぶり、むさし野國《くに》のよし野、[一〇]東叡山《とうゑいざん》の春の盛《さかり》、都にも見ぬ[一一]衣裝幕《いしやうまく》、いにしへの[一二]きぬかけ山と見しも是、皆[一三]それ〴〵の家《いへ》の風裾《すそ》ふきて、面影《おもかげ》を詠《なが》めけるに、つねと大替《かは》りの美形《びけい》もなかりき。「もしも是ぞとおもふ人あらば、呑《のみ》残せし盃《さかづき》を横取《よこどり》して、いな事じやと、其座の女房《にょばう》どもに、不思議《ふしぎ》たてさすも興《けう》になるべし」と、酔《ゑい》もせぬ先《さき》に氣《き》をうかして、ひとり機嫌《きげん》に「[一四]山寺《でら》」うたへば、程なく[一五]谷中《やなか》の晩鐘音《ばんしやうをと》せはしく、けふは是までと松にあらしを残《のこ》し、塒《ねぐら》の鳥に心を預《あづ》けて、あそびたらぬは酒《さけ》ゆへ、[一六]黑門前《くろもんさき》の並木《なみき》の椙葉《すぎば》も、[一七]諸《もろ》白《はく》のしるしかとおもはれ、[一八]車坂《くるまざか》を靜《しづ》かに行けるに、

美《び》をつくしたる女中駕籠《のりもの》、いかつがましくお先《さき》へ梨地《なしぢ》の長《なぎ》

者はいない。愚かな者が、帰らぬ昔を惜しむのは仕方がないが、賢い人の国の白楽天《はくらくてん》も、四十六歳の自分の姿を鏡に映して涙を流し、これはと鏡に蓋《ふた》をして、二度と明けて見なかったという。忍《しのび》之介《のすけ》は、自分もその年に近くなっていながら、いつまでもこんな有様かと、何となく夢のようである。今となっても、色道におぼれていると言われたり、夕暮れ時の女の腕枕、明け方の別れ、夜の錦など、そんな目にも遇《あ》ったことはなくて、しかも自分の恋には和合が許されないとはあいにくなことである。

忍之介は隠れ笠をかぶり、武蔵《むさし》の国の吉野山に当たる、上野東《とう》叡《えい》山の桜の盛りを見物に行った。女の小袖を掛けた衣装幕は、京でも見られない光景で、昔、宇多《うだ》法皇が、真夏に雪景色を見たいと、山に白布を掛けたという衣掛山《きぬかけやま》の眺めもこんなものであったろう。小袖幕には皆それぞれの家風が反映していて、その幕の内の女たちはさぞかしと眺めたところ、並より格段に美しい女もいない。「もしこれだと思う美人がいたら、その人の飲み残した盃《さかずき》を横取りして、おかしなことだと、その座の女たちに不思議がらせるのも面白いだろう」と、酔いもせぬ先に浮かれて、独り

刀《なた》、から織《おり》の覆《おおひ》かゝりし對《つい》の挾箱《はさみばこ》[一九]、つゞきて手振《てぶり》[二〇]のさぶらひあまた、前後《ぜんご》は大かたに年寄《より》たる人〳〵のしゆごし、左右《さゆう》にたくましき女二人、[二一]増花染《ますはなぞめ》に、[二二]しだり柳《やなぎ》の枝《えだ》に落《おち》かゝる鞠《まり》玉をながし、同じもやう丸袖、裾高《すそだか》に抱帶《かゝへおび》、取ましぬからず、うち懐《ふところ》にまもり刀《がたな》を隠《かく》しざし、[二三]一番《ばん》女の足《あし》を揃《そろ》へて、なる程ゆたかにつきしはいさぎよし。御供乗物《とものりもの》しばしつゞきし跡《あと》には、二十年もうき世を盗《ぬす》みたる親仁《おやぢ》、かしらは不断《ふだん》の霜《しも》ふらせ、花はむかしに梅干《むめぼし》の赤《あか》み勝《がち》なる皃《かほ》つきして、[二四]常道《じみち》に歩《あゆ》む

馬《むま》に乗《のり》、武士《ぶし》の役《やく》目《め》とて大小は指《さし》ながら、手《て》首《くび》に數珠《じゆず》をかけて、その[二五]律義《りちぎ》さ、御前《ぜん》

上機嫌で「山寺」の謡《うたい》をうたっていると、やがて谷中《やなか》の寺の晩鐘《ばんしょう》が、音せわしく鳴り出した。忍之介は今日はこれまでと、松吹く風をあとにし、塒《ねぐら》の鳥に心を残して立ち去ろうとした。遊びたりない気持がするのは酒の飲みたりないせいで、黒門先の並木の杉葉を見ると、酒屋の看板の酒林《さかばやし》かと思われ、車坂《くるまざか》を静かに下りて行った。

すると美しく飾った女性駕籠《かご》の行列に出遭った。先頭にはいかめしく梨子地《なしぢ》の薙刀《なぎなた》持ち、唐織《からおり》の覆《おお》いの掛かった対《つい》の挟箱《はさみばこ》を持つ男たちが立ち、続いて手を振る供侍《ともざむらい》が大勢続き、駕籠の前後は総体に年寄った年寄った者たちが守護《しゅご》する。駕籠の左右にはたくましい女が二人、増花《ますはな》染めで、しだれ柳の枝に鞠《まり》の落ちかかる模様を染め出した、揃《そろ》いの丸袖の着物を、裾《すそ》短かにしごき帯で締《し》め、身のこなしも油断なく、内懐《うちぶところ》に守り刀を隠し差しにして、その二人の大女が足並みを揃えて、なるべくゆったりと付き従うさまは小気味がよい。お供の駕籠がいくつか続いた後《あと》には、五十年の人生を二十年も生き残った老侍がお供している。頭は真白《まっしろ》で、花は昔のこと、今は梅干《うめぼし》の赤みがかった顔付きをして、並み足で進む

様のおもりにそなはりし男よと、慥《たしか》におかしく、此御駕籠《のりもの》の中《うち》、見ぬ戀ゆかしく、おの〳〵にうちまじりゆくに、[二六]大名小路《みやうこうじ》かと覺へし、大屋形《かた》の裏《うら》の御門《もん》に入しが、此殿《との》の奥《おく》さまにはあらず、御隠居《ゐんきょ》さまとて、同じ屋敷にひとがまへありて、高塀《たかべい》二重《ゑ》に、[二七]忍《しの》び返《がへ》しのきびしく、つまり〳〵の番所《ばんどころ》、「二の御門《もん》より奥《おく》へは、男入べからず」との掟《おきて》、物静《しづか》に[二八]長廊下《ながらうか》まで、御駕籠《かご》を[二九]女六尺かき込《こみ》て、

出させ給ふ御よそほひ、五十《いそじ》あまりと見へさせ給ひしが、[三〇]おぐしは[三一]髻《もとゆひ》かゝりて、わづかに残《のこ》る程きらせられ、其風情《ふぜい》、

馬に乗り、武士の役目として大小の刀は差しながら、手首に数珠《じゅず》を掛けて、その律義《りちぎ》な姿は、いかにも奥方様のお守《も》りにふさわしい男だと、まったくおかしかった。この女性駕籠の中の、お姿が見えないのが慕わしくて、行列にまじって付いて行くと、大名小《こう》路《じ》かと思われる、大きな屋敷の裏門に入って行った。だが、聞けばお駕籠の主《ぬし》はこの屋敷の奥様ではなく、御隠居様ということで、同じ屋敷の中にさらに一構えがあって、いわば高塀《たかべい》二重に忍び返しが厳しく取り付けてあり、要所ごとには番所を設け、「二つ目の御門から奥へは、男入るべからず」という掟《おきて》があるという。長廊下まで物静かに、お駕籠を女陸尺《ろくしゃく》が担《かつ》ぎ込んだ。

　駕籠から出られたお姿は、五十余りとお見受けしたが、髪は元《もと》結《ゆい》が掛かり、わずかに残るほどに切っておられる。その容姿は、三枚重ねの薄緑色のお小袖を着て、上に羽織った打掛けの両方の褄《つま》を、鬢《びん》切りしたお側《そば》使いの少女が右と左から持ち添え、裾《すそ》を蹴《け》出《だ》す歩き方は、遊女のそれとは格段に違う趣のお身振りである。忍之介が広座敷を見渡すと、お局《つぼね》を始め女中たちがお次の間《ま》まで並んで座り、御隠居様の御機嫌のほどを伺《うかが》っている。御隠居がお三つがさねの浅黄《あさぎ》[三二]の御小袖、うちかけの兩つまを、鬢《びん》[三三]ぎりしたるおそばつかひの小女《せうぢよ》、右ひだりより持添《もちそへ》、蹴《け》出しの御はこび、遊君《ゆうくん》とは各別《かくべつ》の御身振《ぶり》、ひろざしきを見やりけるに、お局《つぼね》をはじめ女﨟達《ぢよらうたち》、お次《つぎ》まで居《ゐ》ながれて、御機嫌《きげん》のほどを見あはせける。かみよりつぼねに仰せけるは、「色あつて花は咲《さけ》ど、けふの詠《なが》めも本《ほん》[三四]の色にましたる事なし。我目出たき家《いゑ》にうまれて、何の願《ねが》ひも外にはなかりしに、大殿《との》御死去《しきよ》の後《のち》、堪忍《かんにん》つよき身を、心あらばすこしはおもひやれ」と、上《じやう》氣《き》あそばして小語《さゝやか》せ給へば、「俄《にはか》に何をかおぼしめし出されけれるぞ」と、思ひながら、おの〳〵御尤《もつとも》といふ㒵《かほ》つきして、いづれもしづまる中に、鶯《うぐひす》のつぼねゑんりよもなく[三五]、「此身に誰《たれ》をかはゞからせ給ふぞ。御目通《どを》りの女中には、御内證《ないしやう》の事、何によらず外へもらすまじきとの、誓紙《せいし》をかゝせければ、是をもつて子細《しさい》なし。御榮花《ゑいぐわ》あそばされたよし、外さまにもさま〳〵にある事なり。人のしるべき事にはあらず。御老後《らうご》の思《おも》ひ出《で》に、したい事して」と、悪所《あくしよ》[三六]を進《すゝ》むる言《こと》葉《ば》の下より、「然《しから》ばつね〳〵願《ねが》ひし、男傾城町《おとこけいせいまち》を見せよ」と、

局におっしゃるには、「美しい色に花は咲いていたが、今日の眺めも本物の色事に勝《まさ》るものではない。わたしは立派な家に生まれて、ほかには何の願いもなかったのに、大殿の御死去の後、ずっと我慢《がまん》しているこの身の上を、思いやりがあるなら少しは察しておくれ」と、顔を赤らめてささやかれたので、お局《つぼね》たちは、「にわかに何を思い出されたのであろうか」と思いながら、めいめいごもっともという顔つきをして、だれも静まり返っていた。その中でも鶯《うぐいす》の局《つぼね》は遠慮もなく、「今のお身の上で、だれに遠慮なされることがありましょう。御面前におります女中には、内輪のことは、何によらず外へはもらさないという誓紙《せいし》を書かせておりますから、この点は御心配いりません。華やかなお遊びをなさりたいとの御事、外《ほか》の方《かた》にも色々と例のあることです。人の気付くことではありません。御老後の思い出に、したいことをなさりませ」と、色遊びを奨《すす》めると直ぐに、「それなら常々願っていたことで、男の傾城《けいせい》町を見せよ」と、おっしゃられた。

それこそたやすいお望みだと、鶯の局はひそかに手を尽くして、お屋敷の梅園の片隅に、言われた町を三日の内に移して置い

仰せける。

それこそやすき御望《のぞ》みなれと、ひそかに才覺《さいかく》して、[三七]梅《うめ》の薗《その》生《ふ》のするゐに、其町を三日がうちに移《うつ》し置《をき》ぬ。「さもあらば此暮《くれ》をいそげ」と、御意《ぎよい》にまかせ、格子《こうし》に銀燭《ぎんしよく》のひかり、つぼねに紅《くれなゐ》ののふれんをかけ、うるはしきしのび男の若盛《わかざかり》なるを二十余《よ》人、さかやきそり立、髪《かみ》は[三八]茶筅《ちやせん》に金の平髻《ひらもとゆひ》をかけさせ、はぐろ付《つけ》させ、口紅《くちべに》さし、身は白粉《はくふん》を色どりて、ひぢりめんの[三九]内衣《ゆぐ》しどけなく、[四〇]太夫染《ぞめ》の仕出し、幅廣《はゞびろ》の帯《おび》まへにむすばせ、無理《むり》に壺口《つぼぐち》して細目《ほそめ》になし、三味《しやみ》に[四一]しのび駒《ごま》かけて、こうたも[四二]おもひ入ばかり。あるは又双六《すごろく》をうつも有、文《ふみ》かくにも品《しな》をやりて、只よは〳〵と形氣《かたぎ》をつくり、心から女に成替《かは》れば、さながら男とはおもはれず。「さりとはかはつた御慰《おなぐさ》み」と、笑《わら》ふうちにも[四三]ふくめり。

其名《な》もやはらかに、[四四]太夫分《ぶん》には、鼻筋《はなすじ》のさし通《とを》つたをゑらみ、[四五]采女《うねめ》、右近《うこん》、主水《もんど》、宮内《くない》さまなど〵よびぬ。其すゑ〴〵は、虎《とら》之介、小左衞門、三弥《や》、玉之丞《ぜう》と名付、やり手には、お湯殿《ゆどの》女のあらけなきをつけ置、遊女《ゆうちよ》のすなる事を生移《いきうつ》し

た。「それでは早速今晩から」と、御隠居の御指図に従い、大店《おおだな》の格子には燈火《ともしび》が光り輝き、下級の局見世《つぼねみせ》には赤い暖簾《のれん》を掛け、女の相手役の美しい若盛りの男を二十人余り置いた。月代《さかやき》を剃り立て、髪は茶筅《ちやせん》にして金の平元結《ひらもとゆい》を掛けさせ、お歯黒《はぐろ》を付けさせ、口紅《くちべに》をさし、顔には白粉《おしろい》を塗って、緋縮緬《ひぢりめん》の腰巻も色っぽくしまりがなく、太夫《たゆう》染めの洒落《しやれ》た衣装に、幅広の帯を前に結ばせている。そうして無理におちょぼ口をして目を細め、三味線に音を低くする忍び駒《こま》を掛けて、小歌も恋慕の歌ばかり歌っている。あるいは双六《すごろく》の骰子《さいころ》を振り出している者もあり、手紙を書くにもなまめかしい様子をして、ただもう弱々と女らしい格好をして、心から女になり切っているので、全く男とは思われない。だれかが、「それにしても変ったお慰み」と、笑うときでも女の色気をこめていた。

太夫格の男には、鼻筋の通ったのを選び、その名も優雅に、采《うね》女《め》、右近《うこん》、主水《もんど》、宮内《くない》様などと呼んだ。それより下級分は、虎之《とらの》介《すけ》、小左衛門《こざえもん》、三弥《さんや》、玉之丞《たまのじよう》と名付け、指導役の遣手《やりて》には、湯殿《ゆどの》番の荒っぽい女を付けておき、遊女がするとかいうのを生き写し

に、物いひまでも成けり。女中がたには、御隠居《ゐんきよ》さまを大臣《だいじん》にして、長羽織《ながばおり》にひとつざし[四六]、紫《むらさき》の置《をき》[四七]づきん、おそらくは樂《らく》兵衞様と、御替名《かへ》をよびたてまつり、末社《まつしや》は女蔦《ちよろう》[四八]がしらの八橋《はし》右衞門、御草履《ざうり》取にはお物縫《ぬひ》の針《はり》右衞門、ひとへものに尻《しり》からげおかし。御《お》[四九]茶《ちや》の間《ま》の水右衞門は、熊谷《くまがい》[五〇]の中笠《ちうがさ》きて、つ[五一]ぼねの男にかゝる。いづれもまがきに立添《たちそひ》[五二]、すいつけたばこを申請、禿《かぶろ》にお名を聞て、「おさし[五三]合《あひ》はないか」とたづねしに「大じんさまのおてき定《さだ》まりかね、どれさまも相手なし」といふ。「あの采女《うねめ》を太夫にしては、位違《くらゐちが》ひなるべし。いかにしても鼻《はな》[五四]がこぶり」と、針《はり》右衞門が見立ける。しばらくさはぎありきて、小夜更《さよふけ》がたと戀をすゝめ、つぼね才覺《さいかく》にて、灯《ともしび》残らずしめして、爰が思ひ[五五]の闇《やみ》、わけもなふ入乱《みだ》れ、どれがどうやらさだめなく、て[五六]んと次第に、取あたるを最後《さいご》に、「命とり目」とばかり、其跡《あと》は声《こゑ》も絶《たへ》て、たがひに恥《はぢ》かはし、世のつねとはおもひの外ぞかし。

男に女あまりて、哀《あは》れ有。今は忍《しのび》之介たまりかね、「爫《つかみ》どり爰ぞ」と、男をしらせければ、手あき六、七人も取付し

に、言葉つきまでそっくりになった。お客になる屋敷の女中の方は、御隠居様を大尽に仕立て、長羽織《ながはおり》に刀を一本差し、紫の置頭《おきず》巾《きん》で、恐らくは楽兵衛《らくべえ》様と、お替名《かえな》をお呼び申し上げ、お供の太《たい》鼓持《こもち》には奥女中頭《がしら》がなり、名は八橋右衛門《やつはしうえもん》、お草履《ぞうり》取りには裁縫女がなり、名は針右衛門《はりえもん》、これは単物《ひとえもの》を尻《しり》からげしているのはおかしかった。お茶の間女は水右衛門《みずえもん》と呼ばれ、中形の熊谷笠《くまがいがさ》をかぶって、局見世《つぼねみせ》の男に掛け合っている。ほかの女中も張見世《はりみせ》の格子窓に立ち寄り、太夫格の男から吸いつけ煙草《たばこ》をもらい、禿《かぶろ》にその男のお名を聞いて、「お都合の悪いことはないか」と尋ねると、「大尽様のお相手が決まりかねて、どの男様もまだ相手がない」と言う。すると草履取りの針右衛門が「あの采女《うねめ》を太夫にしたのは、格が違うでしょう。どう見ても鼻が小ぶりです」と見立てた。しばらく座敷での遊興があってから、夜中近くなったと床《とこ》入りをすすめ、局見世では気をきかして、燈火《ともしび》を残らず吹き消した。これこそ恋には闇《やみ》が都合よいというもの、どさくさと入り乱れて、だれがだれの相手やら決めもせず、運次第につかまえたのを決まった相手として、「この命とりめ」とだけ言って、そのあ

に、心ざしは通《かよ》へど、不思議《ふしぎ》や、立よるに足《あし》たゝず、取付に手かなはず。「いかなる因果《いんぐわ》ぞ」と、思ひめぐらしけるに、「見る戀、聞《きく》戀より其身には叶《かな》はじ」との神託《しんたく》、それよ〳〵とおもひ切《きり》、御門《もん》の明《あく》を待《まち》かね、かへりにける。

其後又ゆかしくて見にゆきしに、彼《かの》男傾城《げいせい》あげづめられ、昼夜《ちうや》に幾度《いくたび》かかられて、[五七]さし合くる事も[五八]ふる事も[五九]ならばこそ、大臣《だいじん》みては泪《なみだ》を流《なが》し、いつとなくおもやせて、たはひもなきに、[六〇]六味《み》丸《ぐわん》のませられ、かたはしから死果《しにはて》、皆埋草《うめくさ》とはなりぬ。扨もこはやの、我見たばかりの戀の徳《とく》には、[六一]命をうしなはぬ元手《もとで》を榮花《ゑいぐわ》の種《たね》として、都のかたにのぼりぬ。

とは声も立てず、互いに情けを交わしたが、（女が男をかわいがるとは）世の常とは全く変ったことである。

床《とこ》で迎える男に対して女が余ってかわいそうである。今は忍之介もがまん出来なくて、「恋のつかみ取りはここだ」と思い、（笠を脱ぎ）自分が男であることを知らせると、相手のいない女が六、七人もすがりついて来た。忍之介はやる気十分なのだが、不思議なことに、女に近付こうとすると足が立たず、つかまえようとすると手が思うようにならない。「どういう宿命か」と、あれこれ考えてみると、「見る恋、聞く恋よりほかは思い通りにならない」という御神託《ごしんたく》のあったことを思い出し、それだそれだとあきらめて、屋敷の御門の開《あ》くのを待ちかねるようにして、帰って行った。

忍之介が、その後の様子を知りたくて又見に行くと、あの男《おとこ》妾《めかけ》たちは屋敷に揚げ詰めにされ、昼でも夜でも何度もほかの客から呼びつけられ、都合が悪いと断ることも、相手を振ることなど出来るものではなく、大尽を見ては涙を流し、いつとなく頬《ほお》がこけて、正体もない有様なので、六味《ろくみ》丸《がん》を飲ませられ、片端から死んでしまい、みんな土中に埋められてしまった。忍之介は、さてもこわいことよ、自分は見るだけの恋のお陰で、命を落とさず、また無事なお陰で華やかな恋を見ることが出来たと（あきらめて）、都の方へ上《のぼ》ることにした。　（巻一の二）

一　一〇八ページ注八参照。　二　絶え間のない。　三「身を観ずれば岸の額（ひたひ）に根を離れたる草、命を論ずれば江の頭（ほとり）に繋がざる舟」（和漢朗詠集、下、無常、羅維）。謡曲「大原御幸」などにもあり。　四　唐の詩人、白楽天の「対鏡吟」に「白頭の老人鏡に照す時、鏡を掩（おほ）ひて沈吟し旧詩を吟ず」（白氏長慶集、二一）とある。　五　遊興におぼれること。　六　共寝の際、相手の腕を枕にすること。なお、曛黄（コウコン）はたそがれの意で、『遊仙窟』の用字。『書言字考節用集』にも所載。　七　夜は錦の着物を着ても暗いので見る人はなく、そのかいのないこと。諺。　八　上文の「いまとなつて」を承けて、今となっても、経験したことがないの文意。「見る事はなくて」の「なくて」は、原文には「なつて」とあるのを、誤刻とみて改めた。　九　自分の思い通りにならず、困る意。用字の参考、「益憎アヤニク」（運歩色葉集）。　一〇　江戸上野の天台宗、寛永寺のある山。また同寺の山号。その境内は花見の名所。　一一　花見のとき、木の間に綱を張り、それに小袖などを掛け、幕の代りとした。小袖幕。　一二　衣掛山。京の金閣寺南西の衣笠山の異称。昔、宇多法皇が炎天の折、雪景色を眺めたいというので、この山に白布を掛けられたという（山州名跡志、七）。『永代蔵』一の四にも用例あり。　一三　それぞれの家の繁栄ぶりが伝ってくる、の意。（参考例）「其家の風、暖簾（のうれん）吹（き）かへしぬ」（永代蔵一の三）。　一四　謡曲「道成寺」や「三井寺」の一節。「山寺の、春の夕暮れ来て見れば、入相（いりあひ）の鐘に花ぞ散りける」（道成寺）。本歌は能因の『新古今集』春下に所載歌。（参考例）「ふたりながらよい機嫌にして山寺うたひつれて」（西鶴名残の友、二の四）。　一五　谷中の日蓮宗感応寺の鐘。なお同寺は、幕命により元禄十二年に天台宗に改宗し、天保四年に天王寺と改称。ここは琵琶湖八景の「三井の晩鐘」を真似るか。　一六　寛永寺の総門は黒塗りなので黒門ともいう。総門の門前左右の町屋を黒門町という。　一七「諸白」は清酒。酒屋の看板は、杉の小枝を束ね、毬（まり）形、または箒（ほおき）形にして軒下に吊した。酒林（さかばやし）という。　一八　寛永寺の吉祥閣より東へ、塔頭の顕性院や明静院の横を取り、下谷の町屋へ出る坂。出たあたりは下谷車坂町。　一九　着替えの衣服を入れる箱で、箱の上部中央の金環に担ぎ棒を通し、供の者が担いだ。　二〇　主人の外出の際、威儀を整える役で、両手を振って歩く供回りの侍。　二一　未詳。花色は縹（はなだ）色、薄い藍色のことで、薄花色は用例あり（藻塩草、一七・色）、くすんだ青色。ここは濃い藍色か。　二二　しだれ柳。　二三　一番大きい女。大女。　二四　地道。馬術で、普通の速度で馬を進ませること。　二五　実直さ。原文は「建義」（りちぎ）とあるのを改めた。　二六　現千代田区丸の内の地域に該当する。江戸域の内堀（馬場先堀・日比谷堀）と外堀に挟まれた所は、大名屋敷が立ち並んでいたのでいう（東京都の地名）。　二七　盗賊除（よけ）に、とがった竹や木、釘などを屏の上に打ち付けたもの。　二八　原文は「長郎下」とあるのを改めた。　二九　女陸尺とも書く。女の駕籠かき。　三〇　御髪。頭髪の敬称。　三一　元結とも書く。髪の根元を束ねる糸、紐などをいう。ここは元結で束ねた髪が肩に垂れかかるのを、途中でわずかに残るほどで切っているさま。後家の髪形。　三二　浅葱（あさぎ）色。薄緑色のこと。　三三　鬢（びん、頭の左右側面の髪）の毛を切って垂らし、それを耳の後にはさむ髪形。　三四　本当の男女の色事。　三五　原文は「ゑんりもなく」と「よ」を誤脱するのを補った。　三六　遊廓や芝居街をさすが、ここはそれに準じた色遊び。　三七　梅を植えた庭。　三八　髪をひとまとめにして元結で巻き立て、髪の先端を茶筅のようにした髪形。　三九　腰巻き。　四〇　型紙で鹿子絞（かのこしぼ）りのように染めたもの。絞りの手数を省いた大量生産用。太夫鹿子ともいう。「仕出し」は、ここでは流行の衣装。 **四一** 「駒」は、三味線の胴と絃の間にはさみ入れて音階を整える器具。ここは音を低くするために、三味線の胴の両端にまたがるような長い物。 **四二** ここは恋慕の情をこめた曲ばかりの意。 **四三** 女の色気を「含めり」という。 **四四** 「太夫」は遊女の最上位。ここは太夫に相当する男のこと。 **四五** 原文は「宋女」とあるのを改めた。後文の「采女」も同じ。 **四六** 刀を腰に一本差すこと。 **四七** 置頭巾。服紗（ふくさ）状の布巾（ふきん）を二つ折りにして頭にかぶる。当時の隠居などの風俗。 **四八** 奥勤めの女中の取締り役。 **四九** 武家方で腰元と下女との間に位する女。なお町家の仲居に当たる。 **五〇** 武蔵国熊谷（埼玉県熊谷市）産の大編笠の中形。 **五一** 一一七ページ注四〇参照。 **五二** 籬。遊女屋の張見世（はりみせ）の格子窓。挿絵参照。 **五三** （差し支えの意で、）目当ての遊女に先約があること。遊里の用語。 **五四** 俗に鼻が大ならば陽物大なりという（好色訓蒙図彙、中・大腎）。 **五五** ここは諺の「恋の闇」と同意で、恋のために理性をなくし夢中になる意。ここは前文に描く暗闇（くらやみ）の場面が、恋には好都合である意に使う。『一代男』一の一参照。 **五六** 天道次第。成り行き任せ。運次第。 **五七** 他の客に揚げられている遊女（ここは男妾）を、頼んで呼び寄せる。 **五八** 遊女（ここは男妾）が、先客がいて差し支えがあるとして断る意。 **五九** 男女間で言い寄る相手をはねつける意。 **六〇** 六味地黄丸。強壮剤。 **六一** 諺の「命あっての物種（ものだね）」と同じ意。何事も命があるお陰で出来る。

＊ 挿絵では、店の中で客を待つのは男、店先の客の方は女性である。挿絵右半図の右端、笠をかぶる男が忍之介。

三 [一]花はやれど三人の子の親

[二]柳はみどり、[三]花代を極《きは》めて、[四]夜の勤《つと》め、昼《ひる》の舞臺《ぶたい》子。けふより狂言《きやうげん》かわつて、[五]淵《ふち》は瀬越《せごし》の[六]くづれ橋《ばし》、情《なさけ》をかけし袖の浪、[七]濡《ぬれ》の仕組《しくみ》を見る計《ばかり》のおもひ入。はじまり太鞁《だいこ》のおとづれ、四条通《どを》りなる[八]染殿《そめどの》の后《きさき》の宮《みや》のほとりまで聞《きこ》へつれば、神

三 花はやれど三人の子の親

「柳は緑《みどり》、花は紅《くれない》」と言われるように、人の家業は色々と違うが、花といえば、花代を決めて夜の客勤めに出るのは、昼は舞台を勤めた歌舞伎若衆である。今日から芝居の演目《だしもの》が替って、昨日の淵《ふち》が今日は瀬となる鴨川のくずれ橋を渡って、（東の）芝居へ

の事もわすれ、佛《ほとけ》の事はなを心にもかけずして行ば、[九]地蔵《ぢざう》もあきれさせ給ひ、「洛中數《らくちうす》万《まん》の女、色ある役者《やくしや》の面影《おもかげ》を穴《あな》の明《あく》程見つめて、目を病《やみ》出して我をたのむとも、いかな〳〵此願、聾《つんぼう》程も聞まじ。[一〇]鮹薬師《たこやくし》にも此内證《ないしやう》を語り置べし。佛中《なか》間《ま》はたがひなれば」と、立すくみになつて、うらみ給へども、後帯《うしろおび》したる尻《しり》に聞せて、俄《にはか》に足《あし》どりはやくなつて、蹴《け》かへし小妻《こづま》までまくれて、今すこしと思ふ程まで見えすき、[一一]久《く》仙《せん》が雲《くも》から落《おち》て腰《こし》をぬかせしいにしへ、さもあるべし。京そだちの女ほど、いたづらなるは又なし。是をおもふに、萬《よろづ》の[一二]きやしやにまじはり、戀をしるのみ。「ちかきとしは、芝居《しばゐ》の事どもまことに見なし、其氣に移《うつ》りやすき世の中、いづれ人の姪《よめ》子には見せまじき事」といへるも、物難《がた》し。ゆるせば又みだりになりて、[一三]誓願寺《せいぐわんじ》にぬけ道のきれい庵《あん》にあそぶ事、精進食《しやうじんめし》何かめづらしからず、外にたのしみありそふにおもはれける。

兎《と》角《かく》都は花笠被《かづき》て、忍之介《しのび》が[一四]見わたせば、柳は[一五]鞠場《まりば》、さくらは[一六]椛茶染《かばちやぞめ》の衣装《いしやう》のはやり出、いづれの風俗見ても、いやら

向う女は、役者に想《おも》いをかけて袖を濡《ぬ》らすが、それは新芝居の濡《ぬ》れ場の趣向を見たいという熱い思いからでもある。芝居の始まりを知らせる太鼓《たいこ》の音が、四条通の染殿《そめどの》地蔵のあたりまで聞えて来ると、見物の女たちは、神のことも忘れ、仏《ほとけ》のことはなおさら心にも掛けず通り過ぎるので、四条縄手《しじようなわて》の目疾《めやみ》の地蔵もあきれてしまわれて、「京中の数万《すうまん》の女が、男ぶりのよい役者の顔を穴のあくほど見つめて、目を悪くして我を頼んでも、どうしてどうしてその願いを、耳の聞こえない者ほどにも聞いてやるまい。新京極《しんきようごく》の蛸薬師《たこやくし》にも、自分の意向を話しておこう。仏仲間は相身《あいみ》互いだから」と、身動きもなさらずお恨みになったが、女たちはそれを後帯をした尻《しり》に聞かせて、にわかに歩き方が速くなり、足のけり返《かえ》しで着物の褄《つま》までまくれ、もう少しと思うあたりまで見えすいた。昔、久米《くめ》の仙人は、女の白い脛《はぎ》を見て、雲から落ちて腰を抜かしたというが、もっともなことだ。京育ちの女ほど、色好みなものはほかにない。これというのも、様々な風流の遊びに接して、色恋沙汰《ざた》を見聞きしているからである。「近年は、芝居で演じられた事を事実だと思い込み、その気になりやすい世の中だか

しきはなかりき。[一七]男は東《あづま》ながら、[一八]戀の山の手に、せめて足もとにつゞくもあらず。女はいふまでもなし。能に極《きは》めて、[一九]白似らしき姿《すがた》はつゐに見ざりき。是をおもふに、京の男の[二〇]鐘木杖突《つく》まで、世に住《すみ》残るも不思義《ふしぎ》なり。きのふは無常《むじやう》を觀《くわん》じ、[二一]舟岡《ふなおか》・[二二]黑谷《くろだに》・[二三]鳥部《とりべ》山にゆきて、はかなき物語を聞《きく》に、多《おほ》くは[二四]若死《わかじに》の塚《つか》、大かたは[二五]四百四病の外、くすしの手には迚《とて》も叶《かな》はぬ戀のさた、あはれにかなしく、近付《ちかづき》ならぬ人をとひて、[二六]けふは[二七]藝子《げいこ》を見る事、是に氣《き》はうつさじとおもひながら、心は空《そら》になつて、八雲たつ[二八]出雲神子《いづもみこ》に、[二九]國とかやいふ女の、[三〇]風流《たはれ》すがたのはじめ、哥舞妓《ぶき》といふ面影《おもかげ》殘りて、今の[三一]太夫の女のすなる美形《びけい》、さりとは衆道嫌《しゆうだうぎら》ひの目からも是は捨難《すてがた》し。

[三二]木戸はしのび入、只《たゞ》みる事に居所をこのみ、[三三]女棧敷《さじき》の其次《つぎ》明《あき》しを幸《さいわ》ひ、あがりて、ゆるりとひぢまくらして樂《たの》しみ、いまだ[三四]脇狂言《わききやうげん》のうちは見る人もしづまりかね、隣《となり》の女中も姿《すがた》をやつし、上着《うはぎ》ぬぎて帯《おび》仕替《かゆ》るを[三五]眈《のぞき》ば、脇《わき》あけの娘ながら、縁《えん》付のしるしには、[三六]白歯《しらは》にてなかりき。しろりんずの内具《ゆぐ》[三七]ゆたかにまはして、前《まへ》のかたに當《あた》る所に、此芝居《しばゐ》の若衆《わかしゆ》らしき形《かたち》

ら、何にしても人妻などに見せるべきでない」と言うのも、物堅く感心しない。さりとて好きにさせておくと又慎みがなくなって、誓願寺《せいがんじ》への抜け道にあるきれいな貸座敷で遊ぶのは、精進《しようじん》料理などが珍しいはずはなく、ほかに楽しみがあるように思われた。

とにかく花の都だからと、忍之介《しのびのすけ》が花笠《はながさ》をかぶって見渡すと、「見渡せば柳桜をこきまぜて」の古歌のように、柳といえば鞠場《まりば》の柳の模様、桜といえば（樺桜《かばざくら》ならぬ）樺茶染《ぞめ》の衣装がはやり出し、どちらの装った姿を見ても、いやらしい女はいなかった。男は京男より東男《あずまおとこ》と言われるが、京という様々な恋の世界で腕前を上げている京男に比べると、せめてその足もとにも及ばない。女は京女と言われるように、京女がよいのは言うまでもない。すばらしいに決まっていて、まぎらわしい姿など今だに見たことがない。これを思うと、京の男が、撞木杖《しゆもくづえ》をつく年ごろまで、この世に生き残っているのも不思議である。忍之介は、昨日は世の無常をしみじみ感じ、船岡山《ふなおかやま》、黒谷、鳥部《とりべ》山《やま》などの墓地に行って、世のはかない話を聞くと、多くは若死にした人の墓で、四百四病の

を色糸《いと》にてぬはせ、腰《こし》とおもふ所をいたくはたゝかず、嬉《うれ》しそうに詠《なが》め、そこを大事に掛《かけ》たる風情《ふぜい》、たとへまことはなくても、心の通《かよ》ふたはぶれぞかし。此女の本《ほん》の男の身の上、ふびんにおもはれける。かくとはしらで、舅《しうと》のかたへ[三八]鏡《かゞみ》を居《すへ》、[三九]鰤《ぶり》も円後と念《ねん》を入て、定《さだ》めて機嫌とるであるべき。かつてかまはぬ事ながら、追付《をつ》絵草子《ゑざうし》になるべき女房おそろしく、世のさまぐ〜なるを思ふうちに、

[四〇]年がまへなる中居女の、[四一]才覺過《すぎ》て、「爰もせまきに、しばしは明桟《あきさ》敷に置《おけ》」と、[四二]寝覺《ねざめ》提重《さげぢう》をあづけける。

「[四三]あたまのくろき鼠《ねづみ》に[四四]鰹《かつほ》、是はかた

ほか、医者では治《なお》せない恋の病《やまい》で亡くなったのだという。哀れに悲しく、近付きでもない人を弔《とむら》った。今日は歌舞伎若衆を見に行くのだが、これに気はひかれまいと思いながら、心は上《うわ》の空《そら》になった。昔、八雲《やくも》立つ出雲《いづも》のお国とかいう女が、伊達《だて》な舞姿を始めた、その女歌舞伎の面影が残っていて、今の立女形《たておやま》が扮《ふん》する女の美しさは、これはまあ、衆道《しゆどう》嫌いの者が見ても忘れられないほどだ。

忍之介は、芝居の木戸を忍び込み、只《ただ》で見物するのに座る所を選《え》り好みし、女専用の桟敷《さじき》の隣があいているのを幸い、そこに上がり込んで、ゆったりと腕枕《うでまくら》をして楽しむことにした。まだ脇《わき》狂言のうちは見物客もざわざわと落着かず、隣の桟敷の女も身形《みなり》をくずし、上着を脱いで帯を仕替えているのをのぞいて見ると、振《ふり》袖《そで》の娘姿ではあるが、人妻である証拠には、お歯黒《はぐろ》であった。白《しろ》綸子《りんず》の腰巻をゆるやかに腰に回して、前の方に当たる所に、この芝居の若衆らしい姿を色糸で刺繡《ししゆう》させ、その姿の腰と思うあたりを軽くたたいて、うれしそうに眺め、そこを大事にしている様子である。たとえその役者と親しい関係でなくても、心が通うまじ

じけなし」と、榮花《ゑいぐわ》も爰にひらき、蛸《たこ》・かまぼこの切形、きやしや過て氣に入らねど、礼《れい》いふ事でなし、先はたのしみ[四五]此内にありがたしと、[四六]錫《すゞ》一對《つい》をあきらかにしてげり[四七]。其後女中も、「氣晴《きばら》しに[四八]笹《さゝ》」とて、[四九]髪《かみ》切すがたなる人の、小盃《こさかづき》に請《うけ》られしに、露程もなかり。まかなひの下女が仕業《しわざ》を、くど〵しかり給へば、「日本國《ごく》の神〵、別《べつ》して[五〇]松の尾《を》の大明神をせいもんに入、酒は然《しか》も吟味《ぎんみ》をいたし、[五一]宇治川・花橘《たちばな》を、ふたつに詰《つめ》置たるに僞《いつは》りなし。もしはもりける事か」と、錫逆《すゞさかさま》に取なをし、底《そこ》を見るこそおかしけれ。

㈢　花はやれど三人の子の親

ないである。この女の亭主の身の上が、哀れに思われた。亭主はこんなこととは知らないで、舅《しゅうと》の所へ鏡餅《かがみもち》を届け、鰤《ぶり》も丹後《たんご》産のと念を入れて、恐らく機嫌を取っているのだろう。全く関係のないことだが、やがて絵草紙《えぞうし》の種にもなりそうな女房だと、忍之介は空恐《そらおそ》しく、世間にはいろんな女がいるものだとあきれていた。

　すると年配の中居《なかい》女が、機転をきかして、「ここも狭いから、しばらく隣の明き栈敷に置くように」と、小型の提《さ》げ重箱《じゅうばこ》を持ち込んで来た。忍之介は、「頭の黒い鼡に鰹《かつお》を与えられたようなもの、これはありがたい」と、早速ぜいたくな重箱をあけて、蛸《たこ》や蒲鉾《かまぼこ》の切身《きりみ》の形が、細過《ほそす》ぎて気に入らないが、礼を言うわけでもないし、まずは楽しみはこの中にありとありがたく、錫《すず》の銚子《ちょうし》の一対《いっつい》分の酒をすっかりあけてしまった。その後女たちも、「気晴らしにお酒でも」というので、髪切り姿の女性が、小盃《こさかずき》に受けられたところ、一滴《いってき》もなかった。賄《まかない》の下女の仕業《しわざ》だろうと、くどくどとしかられると、「日本国中の神々、殊に酒の神様の松尾《まつのお》大明神に誓って私ではありません。しかも酒は吟味して〈宇治川《うじがわ》〉と〈花橘《はなたちばな》〉を、二つのお銚子に詰めて置いたことに間違いありませ

それより[五二]繼《つゞ》き狂言《きやうげん》とて、重役者《おも》残らず出ける中に、お姫さまに成ける若衆見て、彼女眼《まな》ざし替《かは》りて、悦喜《き》のありさま、扨は是になづみけるやと、[五三]其若衆がたをよく〳〵見しに、振袖をきて腰《こし》をちゞめ、随《ずい》分くろめ[五四]けれども、三十七、八より内にてあらじ。[五五]日剃《ひぞり》の髭《ひげ》のあと青覺《あをざめ》て、[五六]けうとかりき。是には[五七]弘法《こうぼう》大師《し》も惡《にく》みかゝるべし。いかに[五八]陰間《かげま》のむかしをしらねばとて、あまりなる男目と、舞臺《ぶたい》に忍《しの》びあがり、後《うしろ》にまはり、此女がたが口をすぼめて、「我〳〵もいまだ若《わか》い女の事なれば」と、せりふの時、[五九]ほうげたから[六〇]書院毛《しよゐんけ》貫《ぬき》を落《おと》せば、見物是はと、大笑《わら》ひしばらくやむ事なし。

其身も驚《おどろ》き、はやしかたのおの〳〵肝《きも》をつぶし、樂《がく》屋に大勢寄合《ぜいより》、[六一]めいよの事と沙汰《さた》せし時、子細らしき罷出て、了簡《りやうけん》しけるは、「惣《そう》じて物にはよい程があるなり。此太夫殿の客《きやく》勤《づと》めとは、十二、三年も過物也。[六二]勝手《かつて》づくとはいひながら、天是をとがめ給ふ、[六三]きどく成」とぞ、しめしける。「されども此太夫の年ぜんさくなしに、毎《まい》日客《きやく》をせらるゝ事、京都《きやうと》の廣《ひろ》きためし」と、いへるうちに、[六四]追《をひ》出しうち立て、諸人《しよにん》歸り

ん。もしや漏《も》ったのでしょうか」と、下女が錫の銚子を逆様《さかさま》に持ち直し、その底を見たのはおかしかった。

それから続き狂言が始まって、主立った役者がみんな登場した中に、お姫様に扮《ふん》した若い役者を見て、先ほどの女は目付きが変って、歓喜の様子である。さてはこの役者に惚《ほ》れているのかと、忍之介がその若い役者をよくよく見ると、振袖を着て腰をかがめ、随分取り繕《つくろ》っているけれども、三十七、八より下ではあるまい。毎日剃《そ》っている髭《ひげ》の跡が青々として、うす気味悪い。これには衆道の元祖、弘法大師《こうぼうだいし》も憎まれるであろう。どんなに陰間《かげま》時代のことを人が知らないからといって、ひどい男めと、忍之介は舞台にこっそり上がり、後ろに回り、この女形《おんながた》の役者が口をすぼめて、「我々《われわれ》もまだ若い女のことなれば」と台詞《せりふ》を言う時、その頬《ほお》骨《ぼね》のあたりから髭《ひげ》抜き用の毛抜きを落とすと、見物客は大笑いしてしばらくやまなかった。

その役者も驚き、囃子《はやし》方《かた》の連中もびっくりし、楽屋に大勢集まって、世にも不思議なことだと噂《うわさ》している時に、何でも心得顔をした男がのり出して来て、よく考えて言うには、「およそ物事に

し跡《あと》にて、木戸にしのび乗物待請《まちうけ》て、若衆《わかしゆ》をのせて、ひがし山のかたにゆきける。

「是にあひぬる大臣《だいじん》はいかなる老僧《らうそう》の慰《なぐさ》みなるぞ」と、ゆかしくあとをしたひ行に、六五岡崎《おかざき》の下屋敷らしき門に入、玄関《げんくわん》よりは通《とを》らずして、六六猿戸《さるど》明て植込《うへこみ》はるかにすぎて、岩組《いはぐみ》の陰《かげ》より足《あし》ばやかけはしわたれば、供《とも》の人は跡《あと》にかへりぬ。大座《ざ》敷《しき》をはなれて、月見るためにしつらひし、南《みなみ》うけの中《ちう》二階《かい》にあがる。忍之介《しのび》も、隠《かく》れ笠着《がさき》ながら、そこに行て見しに、大じんはなくて、唐織《からおり》の寝《ね》道具ばかり取乱《みだ》して、伽羅《きやら》のかほりに胸《むね》のつかゆる事にぞ。茶《ちや》・たばこの通《かよ》ひも、風義《ふうぎ》替《かは》りて、六七こなまりのある女ばかり出ける。其後、五十あまりの六八後室《こうしつ》出られ、「けふもまた御越嬉《こしうれ》しや。外にも御勤《つと》めのかたもありぬべきに、お六九氣《き》づくしなる御無心《むしん》、それゆへ病人《びやうにん》も心よく、只今是へまいるべし。七〇湯風呂《ゆぶろ》に入かゝれば、其うちのさびしさ、せめて是成とも手慰《てなぐさみ》にしたまへ」と、七一きはずみ入し跡《あと》の梧《きり》の箱《はこ》ひとつをくりて、祖母《ばゞ》は内證《ないしやう》に入給へり。若衆《わかしゆ》何やらんと明《あけ》て見しに、いまだ人の手にわたらず、角《かど》のちびざる一

㈢ 花はやれど三人の子の親

は許される限度というものがある。この太夫《たゆう》殿の客勤めとは、十二、三年も長過ぎている。自分の都合次第とはいいながら、天がこれをおとがめになられた、ありがたいお告げだ」と、教えさとした。すると別の男が、「けれどもこの太夫の年を聞きもしないで、毎日客になられる人かいるのは、京都が広いしるしだ」と、言っているうちに、打ち出しの太鼓《たいこ》が鳴り、見物客が帰ったあとで、芝居の木戸に人目を忍ぶように乗物が待っていて、例の役者を乗せて、東山の方へ向って行った。

忍之介は、「この役者に逢《あ》う大尽《だいじん》は、どんな老僧で慰みであろうか」と、知りたくて跡を付けて行くと、岡崎の下屋敷らしい門に入り、玄関からは通らずに、庭の猿戸《さるど》をあけて植込みをはるかに通り過ぎて、築山《つきやま》の岩組みの陰から足速《あしばや》に掛け橋を渡ると、乗物の供の者は後《あと》に引き返して行った。大座敷を離れて、月見るためにこしらえた、南向きの中《ちゅう》二階に役者は上がった。忍之介も、隠れ笠をかぶりながら、そこへ行って見ると、大尽の姿はなくて、唐織《からおり》の夜具だけが乱れた状態で、伽羅《きやら》の香りに胸がつかえることだ。茶や煙草盆《たばこぼん》を運ぶのも、変った身なりで、少し言葉にな

歩《ぶ》を給はり、ひとり機嫌《きげん》にて、鯖讀《さばよみ》[七二]にしけるに、物數《かず》[七三]四百は
したゝかなるもらひ物ぞかし。野郎《やらう》[七四]の身も、折節《おりふし》はかゝる仕
合あればこそ、年月のうきをはらせ、六拾目[七五]弐分小判《こばん》にし
て、六貫弐拾目が物[七六]と、算用《さんよう》するはおかし。
すこしありて後、十六夜《いざよひ》[七七]ばかりの丸皃の美女《びぢよ》、濡身《ぬれみ》にゆか
た着《き》ながらしどけなく、「君きたか」と、手に入れたる言葉《ことば》
つき、其まゝひざまくらして、みだれかゝれば、若衆もむら[七八]
さきの帽子《ぼうし》とき捨《すて》、「かゝるお情《なさけ》にあづかり、命成とも惜《おし》む[七九]
にあらず。此心底《しんてい》にみぢんも僞《いつはり》あらば、つねぐ〵語《かた》りし通《とを》
り、妾女《てかけ》どもに三人の子ども持《もち》けるを、見ずに果《はて》ますほうも[八〇]
あれ」と、御定《さだ》まりの誓文《せいもん》、聞《きい》ておかしさあまりて笑《わら》われも
せず。娘《むすめ》も心底《しんてい》をあかして、「明日《あす》は長崎《ながさき》に歸りて、父《ちゝ》の約《やく》
束《そく》なれば是非《ぜひ》なく、一たんは男持《もつ》とも、あかれて二たび都に
來《き》て、かたさまと夫婦《ふうふ》に成、石垣《いしがき》[八一]町にて茶屋《ちや》成ともいたし、
しやれ内義《ないぎ》といはれたき願《ねが》ひ。母人《はゝ》もゆくぐ〵は成程其合《が》
点《てん》」と、身の大事《だいじ》をかたりて、「旅《たび》の名残も今宵《こよひ》ばかり」と、
泪《なみだ》もあれほど種《たね》のある物かと見るに、酒《さけ》事もなく床《とこ》に入て、

まりのある女だけが出て来た。その後、五十歳余りの後室《こうしつ》が出て来られた。「今日も又来ていただき、うれしいことよ。ほかにもお勤めの所があるでしょうに、御配慮頂けるよう勝手なお願いをしました。来て頂いたお陰で病人も気分がすぐれ、只今《ただいま》これへ参りましょう。お風呂に入りかかっておりますから、その間のさびしさを、せめてこれででもまぎらして下さい」と、化粧墨《けしようずみ》を入れていた後《あと》の桐の箱を一つ贈って、後室に当たる祖母《ばば》は奥の部屋へ入ってしまわれた。役者がなんであろうかとあけて見ると、まだ人手に渡ってなく、角《かど》のすり減っていない一歩金《いちぶきん》が入っていた。独り上機嫌で、ざっと数えてみると、合計四百とは沢山な貰《もら》い物であるよ。色を売る役者の身も、たまにはこんな幸運があるからこそ、長年の憂さ晴らしができるというものだ。これは、今の相場の金一両を銀六十匁《もんめ》二分《ふん》替えとして、銀六貫二十匁に相当すると、勘定しているのはおかしかった。

しばらくして、十六歳ほどの丸顔の美少女が、濡《ぬ》れ身に浴衣《ゆかた》を着ながらくつろいだ姿で、「あなた、来られたの」と、打ち解《と》けた言葉を掛け、そのまま役者の膝《ひざ》を枕にして、甘えかかると、役

枕絵《まくらゑ》にある程の美曲《びきよく》をつくしける。[八二]首《くび》引の後はたがひにくたぶれ、若衆は尻《しり》もかまはず、鼾《いびき》のうちにも「物數《かず》四百」と、寝言《ねごと》いふもおかし。女は現《うつゝ》にも、[八三]やりくりを[八四]わすれず、「今一色残りし、[八五]臼《うす》とやらのひでん所望《しよもう》」と、口びるうごかしける。

時に堪忍《かんにん》成がたくて、夜着《よぎ》の下に入て、彼女を引まはしてもしらず。是一生《しやう》のおもひでに、女の願《ねが》ひにまかせ、[八六]茶臼《ちやうす》を仕《し》かけるに、さりとては[八七]挽木《ひきぎ》何の用《よう》にも立ずして、身をもだへ口惜《おし》かりき。「げにもなげくまじ。まことはならぬとの御神託《しんたく》、うたがふ所なし。さりながら無念《むねん》なり。もし又衆道《しゆだう》は外なれば、自然《ぜん》に首尾《しゆび》する事もや」と、立かゝれば、野郎《やらう》、前後《ぜんご》を覺ず、不斷《ふだん》の所作《しよさ》を夢《ゆめ》にも出して、忍之介を後手《うしろで》に引しめ、よいかげんに持《もつ》てまいれど、是もならぬに極《きは》まり、「あゝ残念千万《ざんねんせんばん》、さても〳〵」と、立歸りしが、せめては笠《かさ》の代《だい》とおもひつけて、若衆《わかしゆ》がもらひ置《をき》し箱《はこ》入の一歩《ぶ》、抓《つか》んで立のきけるが、「世はおもふまゝならず。娘に濡《ぬれ》ての上《うへ》に此仕合なれば、諸果報《もろぐわほう》といふ物なるに、ひとつは欠《かけ》たる事よ」

㈢　花はやれど三人の子の親

者も紫の帽子を脱ぎ捨て、「こんなにかわいがって頂き、この命も惜しくありません。この本心に少しでも偽りがありましたら、いつも話している通り、妾《めかけ》どもに三人の子まで設けていますが、それを見ずに死んでも構いません」と、お決まりの誓を立てている。それを聞いて、忍之介は余りのおかしさに笑われもしなかった。娘も本心を打ち明けて、「明日は長崎に帰って、父との約束なので仕方がなく、ひとまず夫を持ちますが、飽かれて再び都に来て、あなたと夫婦になり、石垣町《いしがきちよう》で茶屋なりとして、洒落《しやれ》た女房も言われたいのが願いです。母親も行く末はそうなることを承知しています」と、内密のことを語って、「旅も今夜限りで名残り惜しい」と、流す涙もあれほど出る種のあるものかと、忍之介が見ていた。すると二人は酒も飲まずに床に入って、枕絵にあるほどの姿態を数々ためしている。首引きの体位のあとは互いにくたびれて、役者は尻も出したままで、いびきをかきながらも、「一歩金《いちぶきん》の数が四百」と、寝言を言うのもおかしかった。女は夢うつつの中にも、情事を忘れず、「今一つし残した、茶臼《ちやうす》とかいう秘伝を頼む」と、くちびるを動かしている。

と、下帯《おび》引しめて、無理《むり》なる欲《よく》にはかぎりなし。

すると忍之介も我慢出来なくて、夜着《よぎ》の下に入って、女をゆすってみたが気がつかない。これを一生の思い出にと、女の願いの通り、茶臼《ちゃうす》を仕掛けたところ、それにしても、かんじんの挽木《ひきぎ》がなんの役にも立たないので、身もだえして悔《くや》しがった。「なるほど嘆くまい。実際の交わりは出来ないというお告げは疑う余地がない。けれどもこのままでは残念だ。ひょっとして衆道は別だから、もしかしてうまくいくかも知れない」と、かかっていくと、野郎役者は正体《しょうたい》なく寝ていても、いつもの動作を始めて、忍之介を後ろ手に引きしめ、よい工合に当てがおうとしたが、これもうまくいかないと分かった。「ああ残念極まりない、さてもさても」と、立ち帰ろうとしたが、せめては隠れ笠の使用代にと思いついて、先にこの役者が貰って置いてある、一歩金の入った箱をつかんで立ち退《の》いた。忍之介は、「世の中は思うようにはならない。娘と濡れた上でこの金が手に入ったのなら、色と金の二重の幸運というものであるのに、一つは欠けたことよ」と、下帯を引き締《し》めたが、無理な欲には限りのないものだ。　（巻一の三）

一　一〇九ページ注一一参照。　二「柳は緑花は紅（くれない）」は、万物はそれぞれ色も形も相異するのが実相で、各自それぞれの本性を悟れと説く禅語。また転じて、世間の事物は色々異なるものという諺。ここは人の家業は色々と違う意で、次の「花代」にかかる序の表現。 **三** 芸妓や役者を座敷に揚げる代金。揚代。「柳はみどり花代はつもりく\て」(椀久二世、上の四)。 **四** 夜の客勤め。 **五** 「世の中は何か常なるあすか川昨日の淵ぞ今日は瀬になる」(古今集)により、「昨日の淵は今日の瀬」は、人の世の変りやすいことをいう諺。「瀬越」は川の急流を渡ること。 **六** 四条通の鴨川に架けた仮造りの板橋。四条の橋は、延宝四年五月の洪水で流され、以後洪水に備え、仮造りの板橋なのでいう。「爰が分別のくづれ橋」(嵐は無常物語、上の二)。橋・かけるは縁語。 **七** 濡れ場の趣向。袖の浪・濡れは縁語。 **八** 寺町通と新京極通の間で、四条通北の染殿地蔵を祭る寺。染殿地蔵は、染殿の后(九世紀の文徳帝の后)が深く帰依したといわれ(京羽二重)、当時は時宗十住心院の本尊。今は時宗染殿院と改称し、中京区中之町内。 **九** ここは目疾(めやみ)の地蔵。四条通大和大路東南角、浄土宗仲源寺の本尊。 **一〇** 新京極の蛸薬師通の東端(中京区東側町)、浄土宗妙心寺の別堂に祭る薬師如来。中古・中世では室町通二条下ル(中京区蛸薬師町)にあった天台宗永福寺の本尊であった。天正年間現在地に移り、近世では浄土宗円福寺の子院で祭った。なお明治期に、円福寺は三河国の妙心寺と寺地を交換したので、以来妙心寺の別堂に祭られる。 **一一** 久米の仙人。大和国の仙人で、物洗う女の脛(はぎ)の白さに魅せられ通力を失ったという(徒然草、八段)。 **一二** 華奢。ここは花車事、和歌や琴など風流な遊び事をいう。 **一三** 新京極三条下ル東側(中京区桜之町)の浄土宗西山深草派の総本山。もと上京にあったが、慶長二年以後は今の地に移る。 **一四** 「見渡せば柳桜をこきまぜて都ぞ春の錦なりける　素性法師」(古今集、春上／謡曲・西行桜)を踏まえ、後文の表現を引き出す。 **一五** 蹴鞠(けまり)の鞠場には、その四隅に「掛かり」といって、桜・柳・楓・松の枝ぶりのよい立木を植える。柳は東南隅に置く。ここは柳の枝に落ち掛かる鞠を配した模様をさす。女の着物の柄として流行。「(風呂屋女の浴衣が)柳に鞠、五所しぼり」(一代女、五の二)。「しだり柳の枝に落かゝる鞠玉をながし」(前章、一の二)。 **一六** 樺色(オレンジ色)がかった茶色。男の着物で洒落た色合いとされた。「しやれ過て、木綿物を椛茶染にして」(椀久二世、上の一)。なお、椛茶染の「かば」に、上文「さくらは」から「かば桜ならぬ椛茶染」と言い掛ける表現か。 **一七** 諺に「東男に京女」という。 **一八** 「恋の山」は、様々な恋の世界の意。本作の序文参照。「手」は腕で、後文の「足もと」に対比する。ここは色道の腕前、手管の意か。 **一九** しらにせ。似せ者。 **二〇** 撞木杖。頭部が丁字形をした杖。 **二一** 京都市北区紫野西部にある船岡山。船岡山の西から紙屋川までの一帯の野は、蓮台野といい、平安時代以来葬送の地。 **二二** 左京区黒谷町辺は、浄土宗の本山の一、金戒光明寺のある霊場。また墓地もあった。 **二三** 東山区清水寺の西南西大谷の帯は、鳥辺野ともいい、平安時代以来の葬送の地。 **二四** 「古き墳多くはこれ少年の人なり」(徒然草、四九)。謡曲「求塚」、『伝来記』三の一等にも出る。 **二五** 人間のかかる病の総称。 **二六** 弔う。弔問する。 **二七** 歌舞伎若衆。舞台子とも。 **二八** 出雲大社の巫女(みこ)。「八雲たつ」は出雲の枕詞。 **二九** 出雲のお国。歌舞伎踊りの創始者。 **三〇** 戯(たわ)れ姿。色っぽい伊達(だて)な舞い姿。 **三一** タユウ。一座の最高位の女形。立女形(たておやま)の称。 **三二** 劇場の出入り口。 **三三** 選(え)り好みする。 **三四** 近世前期の歌舞伎で、最初に演じる「三番叟(さんばそう)」の次に行われる狂言。舞踊を主とする。 **三五** 「眖ケツ、ミル」(増続会玉篇大全)。「笹の葉わけて眖(のぞけ)ば」(伝来記、二の一)。 **三六** 未婚の女ではないの意。当時は結婚すると歯を黒く染めた。 **三七** 腰巻。 **三八** 鏡餅。正月用に贈る。 **三九** 丹後産の鰤は上等品とされた(本朝食鑑、八)。正月用の贈答品。 **四〇** 相当年配であるさま。 **四一** 商家の腰元と下女との中間の階級で、座敷の取りさばき役をした。武家方の茶の間女に当たる。 **四二** 「寝覚」は夜番の人向きの小型な重箱。又遊山用の提げ重箱で、酒器も組み込む。 **四三** 家の中で物がなくなるのは、鼡ではなく人間の仕業であろうとほのめかしていう語。諺。 **四四** ここは京の話で、鰹はいたみやすいので、一般に蒸して半乾燥させた生節(なまりぶし)のこと。 **四五** 「此内にあり」と「ありがたし」と言い掛ける。 **四六** 錫製のちろり(酒器)一対。 **四七** 「てげり」の読みはテンゲリ。完了の助動詞「つ」の連用形の付いた「てげり」はテンゲリと撥音挿入の形で発音する。 **四八** 酒の女房詞。 **四九** 頭髪の末を切りそろえた後家。 **五〇** 酒造の神とされた松尾神社の神(京都市西京区松尾大社)。 **五一** どちらも酒の銘柄。宇治川は未詳。花橘は「堀川大炊通北、花橘酒」とある(雍州府志、六)。「大炊(おおい)通」は、竹屋町通の旧称。 **五二** 続き狂言とは、三番続き・五番続きなどの多幕物の芝居。三番続きの場合、その三番目を切り狂言と呼び、延宝末から世話物を上演した。 **五三** 若衆形とは、若衆に扮する役柄だが、ここはそれでなく歌舞伎若衆の意に用いる。本章後半部の主要人物たる、この役者は、前文に「お姫さまに成（り）ける若衆」とあり、演技上では女形のはず。しかも後文に、「此女がた」とあり、また役者仲間から「太夫殿」と呼ばれており、これは一座の女形の最高位の立女形（たておやま）である。本文後文には、この役者は昔「陰間」で、今も「若衆」「野郎」だと作者は呼んでいる。これは三者とも夜に色を売る役者のことで、後の二者は「歌舞伎若衆」「野郎役者」ともいわれる。従って、前文の「お姫さまに成ける若衆」及び本注の「若衆がた」は、歌舞伎若衆のことで、本注の「若衆がた」の「がた」は、余計な表現で、作者が誤って付記したか。**五四**　とりつくろう。**五五**　毎日髭（ひげ）を剃ること。**五六**　うす気味悪い。**五七**　衆道（男色）の元祖と俗伝された。**五八**　まだ舞台に出ないで、養成中の少年役者。夜に客に呼ばれて色を売る者。**五九**　頬桁。頬骨（ほうぼね）。**六〇**　書院の煙草盆に置く毛抜き。髭抜き用。**六一**　名誉。世に稀で不思議なこと。**六二**　自分の都合のよいように振舞うこと。**六三**　奇特。神仏のあらわす霊験や、不思議なこと。**六四**　興行が終った合図に鳴らす太鼓。果て太鼓。**六五**　洛東の岡崎村。中世までは六勝寺や法勝寺など寺院があったが、近世では富裕な町人の別荘地となる。山城国愛宕郡岡崎村。現左京区岡崎。**六六**　路地の木戸で、戸の裏側に細長い木を取り付け、それを横に滑らせ、柱の穴などに差し込む戸。**六七**　小訛。少しなまること。**六八**　身分のよい人の未亡人。原文は「古室」とあるのを改めた。**六九**　お心を労する。お心に掛けて頂く。**七〇**　桶の下に焚（たき）口を設け、水から湯をわかすようにした風呂を、水（すい）風呂というのに対し、蒸し風呂をいう。「水風呂より湯風呂が徳なれど」（傾城色三味線、京・四）。**七一**　際墨。額の生え際に墨を引いて整える化粧墨。**七二**　鯖読み。いい加減に数を数えること。**七三**　一歩金四百個。一両は四歩なので、小判百両に当たる。**七四**　一〇九ページ注一五参照。**七五**　小判一両を銀貨に両替する際、銀六十匁二分（ふん）の相場によって、の意。前注七三の百両は、六〇二〇匁、すなわち六貫二十匁（目）となる。**七六**　原文は「と物」とあるのを「が物」と改めた。**七七**　十六歳ほど。**七八**　歌舞伎の女形や若衆が、月代（さかやき）や髷（まげ）の部分を隠すためにかぶった。紫ちりめんで作り、左右に重りを付ける。**七九**　「惜むに」は、原文では「む」を誤脱するので補う。**八〇**　「法もあり」は、（前文の事柄を受けて）、そんな目にあっても構わない の意。**八一**　石垣町（ちょう）は、四条の橋より南の鴨川をはさむ東西両岸沿いの町の異称。寛文十年に護岸工事で川岸に石垣を築いたのでいう。東の石垣町は、現東山区宮川筋一丁目に当り、西の石垣町は、下京区西石垣（さいせき）通四条下ル、斎藤町に当る。どちらにも色茶屋があったが、東石垣町の方が建物も派手であった。**八二**　首引きの体位。**八三**　遣り繰り。ここは情交。**八四**　原文は「わすれつ」とあるのを「わすれず」と改めた。**八五**　茶臼の略。女上位の体位。**八六**　前注八五参照。**八七**　臼の縁で陽物をいう。「茶臼は挽木に揉まるる」（謡曲・放下僧）。

＊　本章後半部の登場する役者は、同一人物であるのに、「お姫さまに成（り）ける若衆」「若衆がた」「女がた」「太夫殿」「若衆」「野郎」などと、様々に呼ばれている。語釈も参照されたし。訳文では、適宜原文とは別に、分りやすい呼称を用いたところがある。なお、挿絵の左端、笠をかぶる男が忍之介。

四　偽《うそ》にちる花おかし

[一]花の色は移《うつ》りにけりな、[二]いたづら宿、少将《せうしやう》甚六とて四条ちかき[三]先斗町《ぽんと》に住《す》むよしなり。名に立事いかにといふに、[四]雨《あめ》の夜も風の日も、[五]西嶋《さいとう》に通《かよ》ひ文《ぶみ》の遣《つか》ひせし男なれば、[六]花垣《がき》左吉が[七]かる口にて、是を呼《よび》ならはせける。

何によらず[八]分里《わけ》の噂《うはさ》、一時に三度づゝしれて、腹抱《はらかゝ》へて笑《わら》はぬ間《ま》もなし。「扨は定《じやう》か。[九][一〇]やり手の松が、父《てゝ》なし子をはらむ時節《じせつ》もありけるよ」と、大笑《わら》ひせし。其外きのふは隠《かく》す女郎の身の上、[一一]けふはあらはれわたる[一二]大橋《おほはし》が身請、兎角《とかく》うき世は金太夫、よし野の花崎《さき》ちつて、信濃《しなの》・しづかといへる[一三]よねも、皆[一四]根《ね》引になつて、此里の戀草も枯《かれ》〴〵になりぬ。其飛《とび》ゆく所は、[一五]鷺《さぎ》・三木・伊豆倉《いづくら》・浦井《うら》の[一六]留舟《とめぶね》に、一代の碇《いかり》をおろされ、[一七]引ふね頼《たの》むたよりも絶《たへ》て、いひかはせし事も[一八]瀬《せ》に替《かは》りゆく人心、身は親《おや》かたの物なれば、女郎にうらみは愚《おろか》なり。

四　偽《うそ》にちる花おかし

「花の色は移りにけりないたづらに」という小野小町《おののこまち》の歌ゆかりの、いたずら宿の亭主は、少将《しょうしょう》の甚六《じんろく》といわれ、四条通に近い先斗町《ぽんとちょう》に住んでいるという。そんな仇名《あだな》が付いたのはなぜかというと、雨の夜も風の日も、小町に通った深草《ふかくさ》の少将のように、島原の遊女へ客の手紙を届ける役の男なので、太鼓持《たいこもち》の花垣左吉《はながきさきち》が冗談《じょうだん》で、「少将」と呼んでからのならわしである。

この男を通して、島原の噂《うわさ》がどんなことでも、一時《いっとき》（二時間）に三度も伝わったので、みんな腹をかかえて笑わない時はない。「それにしても本当だろうか。遣手《やりて》の松が、私生児《てなしご》をはらむ時節もあるのだな」と、大笑いしたこともあった。そのほか昨日は隠していた女郎の身の上が、今日は知れわたって、太夫《たゆう》の大橋《おおはし》が身請けされたという。とかく浮世は金《かね》次第で、金太夫《きんだゆう》、吉野、花崎《はなさき》も身請けされ、信濃《しなの》、静《しずか》という遊女も、皆請け出されて、この島

つら〳〵おもふに「[19]思ひ川の白魚《しろうを》のごとし。すくひとられても跡《あと》から生《しやう》じて、遊女《ゆふぢよ》も是にかはらず、一年切の物」と、おもひ流《なが》して、「まだ残りて[20]野風・さんご、是で酒はのめるは」と、何時成とも[21]首尾《しゆび》男四、五人、「いざ」といひ出す。[22]卸《おろせ》の孫兵衞、つねより[23]四枚がたのいきほひ、此奢《おごり》いつか焼《やけ》とまるべし。元來《ぐわんらい》[24]火性《しやう》の大臣《だいじん》、魂《たまし》ゐ[25]三五の十八、胸算用《むねざんよう》のあはぬ筈《はづ》にして、「甚六が年のくれ、留守《るす》つかふ合点《がてん》じや」と、大晦日《つごもり》は[26]闇《やみ》の夜の瓢簞《へうたん》、[27]まだるひ客《きやく》は[28]根付《ねつけ》にして、[29]朱雀《しゆじやく》の細《ほそ》[30]道先《みちさき》を拂《はら》ひ、「[31]四ツ門《もん》しめな」と鳴込《なりこみ》、忍《しのび》之介も、爰の風義《ふうぎ》はじめて、[32]二十四軒《けん》の揚《あげ》屋町、残《のこ》る所もなく見めぐりけるに、色里の僞《うそ》は京もあづまもおなじ事、女郎はすかぬ男にも、[33]いている㒵つきするは身過なり。男は我物遣《つか》ひながら、毎《まい》日[34]手替《がは》りのいつはり、慰《なぐさみ》にはならずして、次第に其身をせめける。をのれに相應《さうおう》の色あそびならず、隠居《ゐんきよ》の持佛堂《ぢぶつだう》までねらうちにして、弐百貫目にはたらぬ身《しん》体《だい》の、洛中《らくちう》に根《ね》づよき[35]歌仙分限《かせんぶんげん》に立ならびての太夫ぐるひ、二、三年後はかならず、「[36]一たびはおとろへての[37]諷《うたひ》うたひに

原の恋草《こいぐさ》も枯れがれとなってしまった。その根引きされて行った先は、鷺《さぎ》、三木《みき》、伊豆倉《いづくら》、浦井などの富裕な商人で、一生囲われ者となり、引舟《ひきふね》女郎に伝言を頼むような手立てもなくなって、男と約束したこともむなしく、時と共に変わるのが人心、女郎の身は抱え主のものでままにならないのだから、女郎を恨むのは愚かなことである。

よくよく考えてみると、「女郎は思い川にいる白魚《しらうお》のようなものだ。すくい取られてもあとから生まれてきて、遊女もこれと同じで、一年切りのものだ」と、あきらめて、「まだ廓《くるわ》に残っている太夫の野風や珊瑚《さんご》、これでも酒は飲めるではないか」と、いつでも都合のつく男四、五人が、「さあ出掛けよう」と言い出した。駕籠《かご》屋の孫兵衛《まごべえ》の所から、いつもよりはずんで、四人でかつぐ早駕籠で乗り出したが、この浪費はいつやむことだろう。この連中は元来のぼせ性《しょう》の大尽《だいじん》らで、性格は三五《さんご》の十八と見通しが甘く、懐勘定《ふところかんじょう》の合うはずがない。「少将の甚六《じんろく》の所の年末の支払いは、居留守《いるす》をつかって逃げるつもりだ」と、決算日の大晦日《おおみそか》はどうせ闇《やみ》の夜、どうなろうと構わず、島原に向かう足ののろい客など

近《ちか》し」と、[三八]帥中間《すいなかま》の取沙《ざ》汰《た》聞に、さもありぬべしとおもはる。

又、[三九]八もんじやといへるに立入見るに、所かはりて、女郎も客《きやく》も、[四〇]銘《めい》々木々の花心なる座敷に、油火《あぶらび》ひかりわたるもあれば、壱挺《てう》一夜《や》の長蠟燭《ながらうそく》立のぼりて、[四一]かゝはゆき所も有。同じもてなしに、かく替《かは》るをいかにと氣を付しに、太夫さまといふ座敷はらうそくと見えける。[四二]十五《かこい》には禿《かぶろ》なしの勤《つと》め、兎《と》角《かく》[四三]天職《しよく》より上に[四四]人のたよる仕掛《しかけ》ぞかし。何によらず高《たか》い物のわるいといふ事なし。是にかぎつていふまでもなし。

又、[四五]柏屋《かしは》といへる揚《あげ》やに行ば、奥《おく》の間《ま》は[四六]大踊《おどり》、二階《かい》には[四七]夜《や》弓《きう》を射《ゐ》て、鼻毛《はなげ》を[四八]七間半ほどのばしける。中座敷は口舌《くぜつ》の最《さい》中《ちう》、爰が聞所ぞと、片角《かたすみ》に笠《かさ》かたぶけて、兩方の皃つき見るに、[四九]不断《ふだん》に替《かは》りて、是おかし。[五〇]何が[五一]功者《こうしや》のつめひらき、まはり遠《どを》く改《あらた》めてから、[五二]高《たか》ぐゝりが銀袋《かねぶくろ》で濟《すむ》事也。男は外の客を[五三]せきて、女郎をうたがひ、「心がしれぬ」といひがゝるは、髪《かみ》か指《ゆび》かをきらする望《のぞ》み、女郎は身請《うけ》さするか、今までの借《しやく》金《きん》百ばい[五四]程はめるたくみ、いづれむつかしき智恵《ちゑ》の入所ぞか

は、闇《やみ》の夜《よ》の瓢簞《ひょうたん》、巾着《きんちゃく》の根付《ねつけ》にでもする勢いで、朱雀《しゅじゃか》の細道で先触れをさせ、「四つ門を閉《し》めるな」と、どなりながら繰り込んだ。

忍之介《しのびのすけ》も、島原遊廓の風俗を見るのは初めてで、揚屋町二十四軒の揚屋を、残らず見て回った。すると色里の嘘《うそ》は京も江戸も同じことで、女郎が嫌《きら》いな男にも惚《ほ》れているような顔付きをするのは商売の習性である。客の方は、自分の金を使いながら、毎日趣向を変えた嘘をつくので、慰みになるどころか、次第にその身を責めるような羽目になる。そこで自分の身分相応の遊びが出来なくなり、隠居の仏壇まで値踏《ねぶ》みして、二百貫目にはならない資産なのに、京都でも基盤の固い三十六人の金持と肩を並べての太夫買いをしては、二、三年後には必ず破産して、「一度《ひとたび》は栄え一度は衰ふると、謡《うたい》をうたう芸人になる日も近い」と、粋人仲間が噂《うわさ》しているのを聞くにつけて、そうなるのも当然と思われた。

また、忍之介が八文字屋《はちもんじや》という揚屋に入り込んで見ると、女郎も客もそれぞれ気心が違うように、趣の変った座敷があった。安い油火《あぶらび》がともっている所もあれば、一本でも一晩もつ長蠟燭《ながろうそく》をと

し。時に女郎、泣《なき》にくひ所にて習《なら》ひの泪《なみだ》をこぼし、「我身はかたさまにうちまかせて置に」と、ばかりいひける。大じん引請、「其御一言聞《ごんきゝ》たさにまいるなり。來年《らいねん》の事をいへば鬼《おに》が笑《わら》へど、抑、氣力《きりよく》の有時の諸分《しよわけ》[五五]、先、正月は万事《ばんじ》[五六]拙者《せつしや》がうけたまはり、いよ／＼相談《さうだん》を極《きは》[五七]め月の二日、三日比に年《とし》わすれして、正月の男定《さだ》まりしを世間《けん》にしらせ、夜着《よぎ》の衣裏《ゑり》をかけかへさせ、太夫に幅《はゞ》[五八]をやらす事」と、慥《たしか》におちつかせ、さらりと盃《さかづき》事して、たがひに機嫌《きげん》をなをし、女郎は床《とこ》に入身拵《ごしら》へに立ける。

跡《あと》にて、[五九]末社《まつしや》の道《だう》伯《はく》、合点《がてん》のゆかぬ皃つきして、「是は無分別《むふんべつ》

ぼしてまばゆい所もある。同じ揚屋のもてなしに、こんな違いがあるのはどうしてかと気を付けて見ると、太夫様のおられる座敷は高価な蠟燭と見えた。(油火の座敷の)鹿恋《かこい》女郎は禿《かむろ》なしで勤めている。とかく天神《てんじん》より上の遊女に客が集まるように仕組まれている。何によらず高い物に悪いものはない。特に遊女に限っていうまでもない。

また、忍之介が柏屋《かしわや》という揚屋に行くと、奥の間《ま》では大勢の女郎の総踊り、二階では女郎と揚弓を射て遊び、客は鼻毛を七間半ものばしている。中座敷では客と女郎が痴話《ちわ》げんかの最中で、忍之介はここは聞きどころだと、片隅で笠を傾けて、両方の顔つきを見ると、ふだんと変っており、これは面白い。なんといっても口達者な連中の駆け引きなので、どちらも回りくどく確かめ合ったところで、大概のところ銀袋《かねぶくろ》次第で片付くことだ。男は、女郎がほかの客に逢《あ》うのを許さず、女郎を疑って、「心が分らない」と言い掛かりをつけるのは、髪か指を切らせて確約がほしい望み。女郎は、自分を身請けさせるか、今までの(女郎屋への)借金の百倍ほどにした額を引き受けさせる企《たくら》みなので、どちらにし

とぞんずるは、此たびが[六〇]御のきなさるゝ首尾《しゆび》の所」と、[六一]十面《じゆうめん》つくつて申せば、「やれひとりある母《はゝ》にも聞《きか》せぬ事、十二月朔日より俄《にはか》に思ひ立、[六二]熊野山《くまのさん》への[六三]年籠《としごもり》にまいりけるよしにて、ゆかねば濟《すむ》事。文《ふみ》は封《ふう》じのまゝ返《かへ》せ」と、内談《ないだん》をいたせしを、かまはぬ事ながら、忍《しのび》之介聞かねて、神ならぬ身なれば、是をまことにうけて、うかうかと日を暮《くら》すべき女郎ふびんに思ひ、勝手《かつて》へ立行、此事をいいしらせんと見わたせば、

彼《かの》女郎はやりてに小語《さゝやき》、「すゑにたのもしき事あれば、此男取はなしても勤《つと》めの欠《かけ》る所有。髪《かみ》をきりて、取とむべし」

㈣ 僞にちる花おかし

ても面倒な知恵のいるところである。時に女郎は、泣きにくいところで手管《てくだ》の涙をこぼし、「わが身はあなた様にすっかり任せてありますのに」とだけ言っている。大尽は了承して、「その御一言を聞きたさにやって来たのだ。来年のことを言うと鬼が笑うが、そもそもこの気力のみちた時の金遣いぶりを見せてやろう。まず正月買いは、万事拙者《せつしゃ》が引き受けた。さらに相談を固め、十二月の二日、三日ごろに忘年会をして、正月の客が決まったことを世間に披露《ひろ》し、夜着《よぎ》の襟《えり》を掛け替えさせ、太夫に威勢を振わせよう」と、確かに引き受け安心させ、さらりと酒を飲みかわして、互いに機嫌《きげん》を直し、女郎は床に入る身支度に立って行った。

そのあとで、太鼓持《たいこもち》の道伯《どうはく》が、納得《なつとく》のいかない顔付きをして、「これは無分別と存じます。それは今回が太夫と手をお切りになるのによい時機でしょうから」と、渋い顔をして言うと、「おい、たった独りの母にも聞かせられないことだが、十二月一日《ついたち》から急に思い立ち、熊野権現へ年籠《としごも》りに行ったということにして、揚屋へ行かなければ済《す》むことだ。太夫から手紙が来たなら、封をしたまま返せ」と、内緒話をするのを、自分には関係のないことながといへば、「是わたくしの事にあらず、よく〳〵御思案《しあん》の上にて、切《きり》てもをくられよ」と、剃刀逆手《かみそりさかて》に持《もつ》時、忍《しのび》之介声《こゑ》をかけ、「あの大臣《だいじん》、今申せし事、皆偽《みないつは》りにして、のきやうの手だては、年籠《としごもり》の熊野《くまの》まいりの相談《さうだん》」といへば、太夫もやり手もおどろき、跡《あと》見かへるに人影《かげ》はなかりき。

「扨もあり難《がた》や、正《まさ》しく是は、氏神《うぢがみ》[六四]いなりさまのおつげなるべし」と、腹《はら》立ながら座敷に行、「熊野参りの御談合《だんかう》きはまりましたか。さりながら寒空《さむぞら》に、御無用《むよう》にもなされませい」といへば、大じん、肝《きも》つぶして、「立聞する太夫に、むかしから今にひとりもはやるためしなし。世に隠《かく》せる事をいふも人のならひなり」と、さん〲わけもなふして立帰りぬ。

「髪《かみ》をきらぬは女郎の仕合なり。身に疵《きず》をつくる程なれば、正月の男もある物。兎角最前《とかくさいぜん》のおつげ嬉《うれ》しや」と、独床《ひとりとこ》[六五]に入て、まんぞくしたる寝姿《ねすがた》。是見て只は帰られず、枕神《まくらがみ》に立て、「我は是大明神《みやうじん》の弟《おとゝ》なるが、勤《つと》め女に氏子《うぢこ》するさへかなしきに、男目あまり成偽《いつは》[六六]りなれば、是をしらせける。此恩《おん》を

ら、忍之介は聞きかねて、太夫は神ではない身だから、太尽の言葉を真《ま》に受けて、うかうかと日を過ごすに違いないとかわいそうに思い、台所へ立って行き、このことを知らせようと見渡すと、かの太夫は遣手《やりて》にささやき、「行く末頼もしいところがあるから、この男を取り逃がしては勤めもうまくいきません。髪を切ってやり、引き留めましょう」と言うと、遣手は「髪を切るのは勝手にやってよいことではないから、よくよくお考えの上、切って差し上げなさい」と言った。太夫が剃刀《かみそり》を逆手《さかて》に持つ時、忍之介は声をかけて、「あの大尽が、さっき申したことは皆偽《いつわ》りで、お前から手を切る手段《てだて》として、年籠《としごも》りに熊野参りをする相談をしている」と言うと、太夫も遣手も驚き、後ろをふりかえって見たが人影はなかった。

「さてもありがたいことよ、これは確かに氏神稲荷《うじがみいなり》様のお告げに違いない」と、太夫は腹を立てながら座敷へ行き、「熊野参りの御相談は決まりましたか。けれども寒空の時分に、お出掛けはおやめになされませ」と言うと、大尽は肝《きも》をつぶして、「立ち聞きする太夫で、昔から今まで一人もはやった例《ためし》はない。人に隠し

しらば、夜中《やちう》に[六七]稲荷《いなり》山迄帰《までかへ》す事の心なし」と、[六八]こくうに申せば、女郎、是は奇瑞《きずい》の思ひをなし、「どう成とも御心まかせ」という時、笠《かさ》を着《き》ながらうち懐《ふところ》に入て、さまぐ\の事にあひぬれども、[六九]一圓《ゑん》時の用立ずして、[七〇]尾《お》の見えぬ先《さき》に、爰も又立別《わか》れける。

ていることを、告げ口するのも人のならいだ」と、ひどく正体《しょうたい》を取り乱して帰って行った。

「髪を切らずにすんだのは、女郎にとって仕合せだ。身に傷をつけて誓約するほど尽くせば、正月を勤めてくれる男はいるものよ。ともかく最前のお告げはありがたい」と、太夫は独り寝床に入って、満足そうな寝姿をしている。忍之介はこれを見て何もしないでは帰られず、枕《まくら》もとに立って、「わしは伏見《ふしみ》稲荷大明神《いなりだいみょうじん》の弟だが、氏子につらい勤め女をさせることさえ悲しいのに、相手の男めがあんまりひどい嘘《うそ》をつくので、知らせてやったのだ。この恩が分っているなら、夜中《よなか》にわしを伏見の稲荷山まで空しく帰すようでは、やさしい心がない」と、虚空《こくう》で言うと、女郎はありがたくも不思議な思いがして、「どうなりともお心任せに」と言う時、忍之介は、笠をかぶったままで女郎の懐《ふところ》に入って、色々なやり方で接してみたが、例の物が全く役に立たないので、化《ばけ》の皮のはげないうちにと、ここにも又別れを告げた。（巻一の四）

一 「花の色はうつりにけりないたづらに我が身世にふるながめせしまに　小野小町」（古今集、春下）の前半部。章題とも関連し、「いたづら宿」を出す序の表現。 二 連込み宿。 三 一〇九ページ注一六参照。 四 深草の少将が小野小町の所へ九十九夜も通ったという伝説（謡曲・通小町など）があり、特に少将が「雨の夜も風の夜も（中略）行きては帰り」（謡曲・卒塔婆小町）の行文による。 五 都の西の島原の意で、島原遊廓の異称。 六 一〇九ページ注一七参照。 七 軽口。冗談。 八 遊里。 九 本

㈣ 偽にちる花おかし

当か。原文は「定が」とあるのを改めた。　一〇　遣手。遊女屋で遊女のしつけをする中年の女。　一一　「朝ぼらけ宇治の川霧たえだえにあらはれわたる瀬々の網代木（あじろぎ）藤原定頼」（千載集・冬／百人一首）。（参考）「ある朝ぼらけにあらはれ渡り、宇治橋の辺（ほとり）に追出されて」（一代女、一の一）。　一二　大橋・金太夫・よし野・花崎・信濃・しづかは、実在の島原の太夫。本文は「わたる大橋」、「とかくうき世は金太夫」、「よし野の花崎ちつて」など、洒落を利かせる。　一三　遊女の異称。　一四　遊女を身請けすること。根引・恋草・枯れがれは縁語。　一五　以下の四人は富商で、島原の豪遊客で知られる。「三木」は、京都下立売通室町東へ入ル町に住み、筑前秋月藩（黒田甲斐守長重）出入りの蔵元、三木権太夫（難波丸、一／町人考見録、中巻）。「伊豆倉」は、京室町通円福寺町に出店を出す江戸本町四丁目の呉服店、伊豆蔵五兵衛（国花万葉記、一之上）。「浦井」は京の富商で、浦井七郎兵衛・同彦右衛門兄弟の名が見える（町人考見録、中巻）。　一六　岸につないだ船。ここは妾宅に囲われたことを、浦・留舟・碇をおろす・引舟と縁語仕立てにする。　一七　引舟女郎。太夫の世話をする役の遊女。位は囲（鹿恋）。　一八　「世の中は何か常なるあすか川きのふの淵ぞけふは瀬になる」（古今集、雑下）による。　一九　恋の思いが絶えないのを川にたとえた語。また筑前の歌枕にもあるが、ここは特定な地名ではない。「つらつらおもふに思ひ川」と、前文から語呂合いよく続けた表現。　二〇　野風・珊瑚は実在の遊女。野風は、島原下之町の大坂屋太郎兵衛抱えの太夫。珊瑚は、島原中之町の一文字屋七郎兵衛抱えの天神。二一　都合よく事を運ぶ男。　二二　駕籠かき。ここはその親方。　二三　四人の駕籠かきが交代でかつぐ、早駕籠。　二四　かしょう。木火土金水の五行説で、火性は興奮しやすい性質とされた。　二五　（掛け算の九九で、三、五の十五を十八と誤る意で）、見込みが過分にはずれることをいう。諺。　二六　「闇の夜」は暗くて前後の区別がつかないところから、根付（ねつけ）用の瓢箪の上下の形が同じなのをいう。珍品なので高価。『難波の顔は伊勢の白粉』巻二にも用例あり。ここは「大晦日は闇の夜」で済む表現を、後文の吉原に向かう「まだるひ客」を「根付」に見立てたいために、「闇の夜の瓢箪」と語尾をゆがめた表現。なお「瓢箪」は原文では「瓢竿」とあるのを改めた。　二七　ここは前を歩いて行く遊客の足がのろくて邪魔に見えるのをののしっていう。　二八　巾着（きんちゃく）や印籠（いんろう）の下げ紐（ひも）の一端に付けてあり、腰帯にはさんで止める役の道具。転じて特定の人に従ってへつらう男、腰巾着の意。ここは後者。本文は前を歩いて行く遊客を駕籠で追い抜いていくのを叙述する。瓢箪・根付は縁語。二九　京の西郊、葛野（かどの）郡朱雀村の野道。島原通いの遊客は、丹波口から丹波街道を少し経て、朱雀野（しゅじゃかの）とも呼ばれた田畑道を通って島原大門に入った。「名残惜さは朱雀（しゅじゃか）の細道うたひ連（つれ）て帰る」（西鶴織留、一の一）。　三〇　貴人などの行列で前方の通行人を追い払うこと。ここは駕籠かきの役。三一　島原の大門は夜の四つ（午後十時ごろ）に門を閉じ、泊り客以外の客を帰した。　三二　揚屋は太夫・天神など上級の遊女を呼び寄せて遊興する大店。延宝期の揚屋が二十四軒であった（色道大鏡、一二）。　三三　行って居る。惚れ込んでいる。　三四　趣向や様子を変えた。　三五　三十六歌仙になぞらえた三十六人の資産家。「広き都に三十六人の歌仙分限の内に入ぬ」（西鶴織留、二の一）。　三六　謡曲「杜若」の一節、「然れども世の中の一度は栄え、一度は衰ふる理の誠なりける身の行方」を引く。　三七　謡曲の一節をうたう門付けの乞食。深編笠をかぶり、扇で拍子をとった（人倫訓蒙図彙）。　三八　粋人仲間。「帥」は原文には「師」とあるのを改めた。「粋」の意の慣用字。三九　島原揚屋町西側の揚屋、八文字屋喜右衛門（色道大鏡、一二）。　四〇　「木々」は「気々」に通じ、人によりそれぞれ心の違うことをいう諺。「世の人ごゝろ銘々木々の花の都にさへ人同じからず」（懐硯、一の一）。　四一　光りが強いためにまぶしい意。「まばゆし」の意の方言（物類称呼）。　四二　鹿恋（囲）。上方で太夫・天神の次の位の遊女。もと揚代が十五匁であったので「十五」と表記。貞享・元禄ごろ島原は揚代十八匁。　四三　天神の異称。太夫の次位。位に応じて太夫は蒲団三、敷衾（しきぶすま）一、長枕一。天神は蒲団二、敷衾一、長枕一。鹿恋は蒲団一、敷衾一、包み枕二（長枕は制す）の違いがあった（色道大鏡、寛文式上）。　四四　客が集まる。　四五　島原揚屋町東南角の揚屋、柏屋長右衛門（色道大鏡、一二）。　四六　大勢の総踊り。　四七　夜の揚弓。揚弓は、二尺八寸の小弓で、九寸ほどを矢をつがえ、七間半離れた的（まと）に向い座って射る遊び。　四八　前注の揚弓の的までの距離を踏まえて、遊女にうつつをぬかすさまをいう。　四九　原文の振り仮名は「ふんだん」とあるのを改めた。　五〇　何といっても。なにしろ。　五一　客も遊女も色道に熟達した者同士の駆け引き。　五二　大ざっぱに見積ること。　五三　塞く。相手の遊女が他の客と親しくなるのをさえぎる。　**五四**　計略にかける。だます。　**五五**　遊興の諸経費。また支払い。　**五六**　正月買いのこと。島原では大晦日と正月三箇日の四日間、特定の太夫を揚げて遊興する契約をすること。年中の紋日の中でも重く、客の負担は大きい。『色道大鏡』巻三、寛文式参照。　**五七**　「相談を極め」と「極め月（師走）」と掛けた表現。　**五八**　幅を利（き）かす。威勢を振わせる。　**五九**　太鼓持の異称。　**六〇**　退（の）くは、太夫と縁を切る意。「首尾」はよい機会。　**六一**　渋面の意の慣用字。　**六二**　紀伊の国（和歌山県）の熊野三山。本宮・新宮・那智の三つの神社。　**六三**　年末から正月にかけて社寺に参籠すること。　**六四**　京では伏見稲荷（伏見区伏見稲荷大社）を氏神とする。　**六五**　寝ている枕元に神が現れる意。　**六六**　原文の振り仮名は「いつは」の「は」を誤脱するのを補う。　**六七**　伏見深草の伏見稲荷神社（現大社）の鎮座する山。　**六八**　虚空。
六九　全く。　**七〇**　化げの皮のはげない先に。稲荷山・尾（狐）は縁語。

＊　挿絵右半図の左端、笠をかぶる男が忍之介。

浮世榮花一代男

二

浮世《うきよ》榮花《ゑいぐわ》一代男《おとこ》　鳥の巻二　目録

㈠ 鳥《とり》の聲《こゑ》も　常《つね》に替《かは》り物

一 安《やす》井の藤《ふぢ》の昼《ひる》
京都の後家《ごけ》づくし
さる御浪人《ろうにん》
血判《ちばん》の掛《かけ》物
二 男の為《す》成《なる》風俗《ふうぞく》

㈡ 三 八《や》聲《こゑ》の鷄《とり》　四 九重《ゑ》の奥《おく》様

五 松声《しやうせい》が六 本手の哥《うた》
ある法師《ほうし》の代筆《だいひつ》
人まかせの御身
蚤しらぬ御方
うたがはるゝ猫《ねこ》

一 東山区下弁天町・毘沙門町にあった安井門跡（蓮華光院）の塔頭真性院の藤は、黄昏（たそがれ）の藤として有名（菟芸泥赴〈つぎねふ〉等）。明治四年の神仏分離で寺は廃されて、下弁天町の安井神社となる。通称、安井金毘羅（こんぴら）宮ともいう。「安井の藤」は『五人女』三の一にも所出。
二 「男のすなる」は『土佐日記』の冒頭文による表現。
三 暁にたびたび鳴く鶏。
四 宮中。ここは公家の意。
五 ここは本文に女芸人として登場する人物名。
六 三味線組歌の本手組の略。三味線の弾き方が、後に出て華やかな派手組に対して、古式で荘重なのでいう。

㊂ [七]籠《かご》の鳥かや
　　[八]あかぬなげぶし

嵯峨《さが》に[九]一かまへ有
年寄《としより》ての夜
[一〇]俄《にはか》に取揚祖母《とりあげばゞ》
頭《かしら》計のまぎれ者《もの》
女の袴《はかま》きるも

㊃ [一一]ひとりの女鳥
　　[一二]緞子《どんす》の枕《まくら》

所は宇治《うぢ》の里《さと》
[一三]好色《こうしよく》千人の供養《くやう》
てうへのつよ藏《ざう》
富士詣《ふしもふで》の留主《るす》
枕姿《まくらすがた》に有程

七　廓から出られず格子窓の中で客を迎える遊女のこと。また投節（次注）の唱歌に、「逢ひた見たさに飛び立つばかり、籠の鳥かや恨めしや」（新町当世投節）を引く。

八　投節。寛文末から貞享・元禄ごろ上方で流行した歌謡。歌の終りを「やん」と投げて歌ったので投節という。島原の大坂屋太郎兵衛抱えの遊女河内が創めたという（色道大鏡、一六）。古風で優雅な、間拍子のむつかしい曲節という（松の葉、五）。

九　一構え。一邸宅。

一〇　産婆。

一一　比翼の鳥の片方の女鳥（めどり）。

一二　練糸製の地が厚く光沢のある絹織物。原文は「純」とあるのを仮に「緞」と改めた。当時は段子・鈍子などとも表記（節用集類）。

一三　原文は「色好」とあるのを改めた。

＊　第二巻では、目録に明示するように、「花鳥風月」の内の「鳥の巻」に相当する。そこで本巻の章題名や、本文冒頭部に、「鳥」に関する修辞を織り込んである。

一 鳥の聲《こゑ》も常《つね》に替《かは》り物

初《はつ》ほとゝぎすの夕山、春の花藤咲《ふぢさき》残りて、[一]安居《やすゐ》の松にかゝる時、見にくる人を見るに、けふよりは[二]衣替《ころもがへ》の袖をひるがへし、娘自慢《むすめじまん》の母親《はゝおや》、おそらく京でひとりふたりの皃つきして、色ある男の中を押《おし》わけゆきしが、こんな風俗《ふうぞく》は野も山も腰掛《こしかけ》茶屋にも抓取《つかみ》なれば、誰《たれ》か見歸る人もなく、いづれ都の目の廣《ひろ》き事、是にぞ[三]思ひしられし。[四]戀の其時代《しだい》にかはりぬ。むかしは[五]執心《しうしん》の鬼《おに》でも、十八九、はたちよりうちなる、大振《ふり》袖《そで》のやさがたなるをしたひけるに、今の世は[六]前髪《まへがみ》比の人までも、格別《かくべつ》にしやれて、[七]年がまへなる女の然《しか》も後家《ごけ》らしきを、おしなべて好《すけ》る時にぞなれり。

忍之介、くだんの笠《かさ》に身を隠《かく》し、木陰《こかげ》の人立にまぎれて世《せ》間《けん》の噂《うはさ》を聞《きく》に、京の事ども中〲[八]りに覺《おぼ》へたる、[九]縄手《なわて》の[一〇]闇《くら》宿《やど》、小吟《こぎん》がかゝといへる者《もの》、是もた[一一]そがれの花見に出しが、

一 鳥の声も常に替り物

初《はつ》ほととぎすの鳴く初夏、夕方の東山では、春の花の藤が咲き残っていて、安井門跡《やすいもんぜき》の黄昏《たそがれ》の藤の花房が、境内の松に垂れ掛かっている。それを見物に来る人々を忍之介《しのびのすけ》が見ると、今日から衣《ころも》更《が》えなので袷《あわせ》の袖をひるがえしている。娘自慢の母親が、うちの娘は恐らく京都で一人か二人といった顔つきをして、洒落た男たちの中を押し分けて行くが、それぐらいの容姿の女は、野にも山にも腰掛け茶屋にもいくらでもいるので、振り向いて見る者もいない。なににしても都の人の目が肥《こ》えていることが、これで思い知られた。恋の好みも時代によって変わるものである。昔は女にひどく夢中な男でも、十八、九歳から二十《はたち》までの、大振袖の優《やさ》しい娘を恋い慕ったのに、近ごろは十四、五歳の前髪《まえがみ》ごろの男までも、ひどく遊び慣《な》れてきて、年配の女で、しかも後家《ごけ》らしいのを、皆同じように好む時代になった。

友《とも》とせし近所《きんじよ》の女房《にようばう》どもに語《かた》りしけるは、「けふ程名高《だか》き後《ご》家《け》の出かけし事はなし。今通《とを》られし[一二]花《はな》の帽子《ぼうし》は、ひだり巻《まき》といふ、[一三]三條西行《でうさいぎやう》櫻の町のいたづら後家《ごけ》。あれ〳〵今手をのべて、[一四]それがうら葉《ば》に短冊《たんざく》付らるゝは、隠《かく》れもなき[一五]下立賣《しもたちうり》の柳樽《やなぎだる》といへる後家《ごけ》なり。又[一六]祇園《ぎをん》町で[一七]科負《とがをひ》びくにのつきて、後《のち》の世の事ありがたそふに[一八]高咄《たかばな》ししてゆかれしは、[一九]上長者《かみちやうじや》町の寺《てら》さがしといふ[二〇]後家《ごけ》也。あの外[二一]松原《まつばら》の宮内《くない》後家《ごけ》、[二二]烏丸《からすまる》の氣違《きちが》ひ後家《ごけ》、新町通《しんまちどを》りの有明《ありあけ》後家、ひがしの洞院《とうゐん》の鶉《うづら》後家、一条の米《こめ》屋後家、出水の歯《は》ぬけ後家、姉《あね》が小路《かうぢ》の釣鐘《つりがね》後家、寺町の細《ほそ》目後家、[二三]是ぞあみだの四十八後家とて、皆殊勝《しゆしやう》皃して、諸寺《しよじ》諸山《しよさん》への日参《につさん》、是いつわりの見せかけ數珠《じゆず》、さりとは〳〵おそろしや。[二四]ぢごくのづしに[二五]戀の中宿ありて、[二六]後家《ごけ》のやりくりばかりして世をわたれる者《もの》ありしが、つら〳〵是をおもふに、五十過《すぎ》たる女の何がおもしろかるべし。扨も浮世《うきよ》かな、つまる所が、[二七]よき物給はる欲《よく》にきこへておかし。其出合宿《やど》に、色ざかりの男振《ぶり》、[二八]かの町の太夫もかしらからなづむ程なる風義《ふうぎ》に、白髪《しらが》ぬくを仕事《しごと》にせられしかたより、情《なさけ》らしき

㈠ 鳥の聲も常に替り物

忍之介《しのびのすけ》が例の笠で身を隠し、木陰の群集にまぎれて、世間の噂《うわさ》を聞いていると、京のことなら大方知っている、縄手《なわて》の私娼宿《ししようやど》の女房、小吟《こぎん》という者が、これも黄昏《たそがれ》の藤の花見に来ていて、連れの近所の女房たちに語るには、「今日ほど名高い後家が出掛けて来たことはない。今通られた縹《はなだ》色の帽子の人は、浮き名を左巻きという、三条西行桜《さんじようさいぎようざくら》の町の色好み後家。あれあれ、今手を差し伸ばして藤の葉末《はずえ》に短冊《たんざく》を付けておられるのは、有名な下立売《しもたちうり》通《どおり》の柳樽《やなぎだる》という後家です。また祇園町《ぎおんまち》で科負比丘尼《とがおいびくに》を連れて、来世のことをありがたそうに声高《こわだか》に話して行かれたのは、上長者町《かみちようじやまち》の寺探しという後家です。そのほか松原通《まつばらどおり》の宮内後家《くないごけ》、烏丸通《からすまどおり》の気違い後家、新町通《しんまちどおり》の有明《ありあ》け後家、東の洞院《とういん》の鶉《うずら》後家、一条通の米屋後家、出水通《でみずどおり》の歯抜け後家、姉《あね》が小路《こうじ》の釣鐘《つりがね》後家、寺町通の細目《ほそめ》後家など、これらは阿弥陀《あみだ》の四十八後家といって、皆殊勝な顔をして、色んなお寺へ日参しているが、手の数珠《じゆず》は見せかけで、さてもまあ恐ろしいことよ。北野の地獄《ぢごく》の辻子《ずし》に出逢《であ》い宿があって、後家の世話ばかりして暮らしている者がいるが、つくづくこれを思うに、五十過ぎた女のどこが面白いのだろう。それに

文《ふみ》ども取替《かは》して、戀があまる程に嬉《うれ》しがるをふしぎに思へば、やう〳〵此程讀《よめ》ました。此宿が才覺《さいかく》にて、[二九]手づよき男の生《うま》れつきたるを、何者《なにもの》によらずあまた抱《かゝ》へ置、是を其さま見よげに拵《こしら》へ、[三〇]御前がためきたる名を付、又は大名隠《だいみやうかく》し若殿《わかとの》などいひなして、[三一]いたり後家どもに[三二]かづける事ぞかし。是は都の自由《じゆう》成色《いろ》あそび、惣じて人のしらぬ身過、京にて七色ありといへり。これらも其ひとつなるべし。隨分《ずいぶん》金銀を溜給《ため》へ。たとへ後家《ごけ》に成ても、なぐさみに事はかゝじ」と語《かた》り、大笑《わら》ひしてやみぬ。

　忍之介跡《あと》につきて、あらましを聞にさへうき立程に成て、し

してもさもしい世の中だな、要するに後家からよい物を頂くという欲のためと分かりおかしい。その出逢い宿で、色盛りの男ぶり、島原の太夫《たゆう》でも初会から惚《ほ》れ込むような風采の男に、白髪《しらが》を抜くのを仕事にしておられる後家が、情けをこめた手紙のやりとりをして、身に余るほどにうれしがるのを不思議に思っていたが、やっとこのごろわけが分かりました。この出逢い宿が工面《くめん》して、精力強く生まれついた男を、だれでも構わず大勢抱えて置いて、これをその風采の見よげに仕立て、公家や武家らしい名を付け、または大名の御落胤《ごらくいん》などと言い触らして、粋《いき》な後家に押し付けるのです。これは都の自由な色遊びで、およそ人の知らない商売が、京に七種類あると言われているが、これもその一つでしょう。随分お金をためなさい。たとえ後家になっても、慰みに不自由することはありますまい」と語り、大笑いして終わった。

　忍之介は、後《あと》に付いていて、あらましを聞いただけでも浮きうきして、しばらく休んでいるところへ、四人掛がりの早駕籠《はやかご》が来た。鬢《びん》切りをした青年の草履《ぞうり》取りが、替え雪踏《せった》に紫竹《しちく》の細杖《ほそづえ》を持ち添えて、供をしている。「人を使うならあんなのがいい」と、

ばし休《やす》らふ所へ、[三三]四人まはしの乗《のり》物に、[三四]鬢切《びんぎり》したる中《ちう》[三五]草履《ざうり》取《とり》に、替雪踏《かへせつだ》に紫《し》竹《ちく》の細《ほそ》づえ持添《もちそへ》、「人をつかはゞあれよ」、さりとては[三六]りこんに立まはつて、駕《か》籠《ご》の戸《と》明《あく》れば、[三七]算《さん》くづしの大嶋《しま》に、[三八]竜紋《りうもん》の袷羽《あはせば》織《おり》、[三九]七つ梧《きり》の紋《もん》を付、[四〇]中脇指《ちうわきざし》に[四一]按角《なでかく》の銀鍔《ぎんつば》うつて、肩《かた》までかゝる[四二]役者笠《やくしやがさ》、さのみ面《おもて》を隠《かく》すよしにもあらず。是は端《は》手《で》なる[四三]いしや坊主《ばうず》と見えて、女なり。扨もいかなる御かたやらんと、見つくしたる藤《ふぢ》の木《こ》陰《かげ》に又立よりて、人のおもはくもかまはず、其人の身に添《そひ》ても、外より見えぬをさいわいに、折〱[四四]手をさへ袖を動《うご》かしけるに、不《ふ》思《し》議《ぎ》そうに跡《あと》を見かへら

㈠ 鳥の聲も常に替り物

忍之介が見ていると、本当に利口《りこう》に立ち回って、駕籠の戸を開けると、算くづしの大島紬《おおしまつむぎ》の着物に、竜紋《りゅうもん》の袷羽織《あわせばおり》を着て、桐の紋を七つ付け、中脇差《ちゅうわきざし》に撫角《なでかく》の銀鍔《ぎんつば》をはめ、肩までかかる役者笠をかぶっているが、それほど顔を隠す様子でもない。これは派手な坊主頭の医者かと見えたが、女であった。それにしてもどんなお方であろうかと、忍之介は眺め尽くした藤の木陰に又立ち寄って、相手の気持も構わず、その人の身に寄り添っても、ほかから見えないのを幸いに、時々手を触れて袖を動かしたところ、不思議そうに後ろを振り返られるのもおかしかった。さてこの一風変わった人を、大方の人が知っていて、都の後家大将だということである。全く江戸では見たことのない光景なので、忍之介はあとで人に語る話の種にもと思って、その帰るところを慕って行くと、六波羅《ろくはら》に近い森の中に入って行かれた。

ここが御自宅だからこそ、案内なしに門を開かせ、物々しく駕《か》籠《ご》をかつぎ込んだ。忍之介は玄関から奥が見たくなり、できるだけ静かに爪先《つまさき》立って、いくつか部屋を眺めて行くと、ここが極楽の出店だろうと思われるような趣で、一つ一つ気を付けて見ると

る丶もおかし。さて此[四五]替《かは》り人を、大かたしらぬもなく、都の後家《ごけ》大將《だいしやう》といへり。つゐにあづまのかたにて目馴《めなれ》ぬ圖《づ》なれば、かさねて人にも語《かた》る種《たね》とおもひて、[四六]かへさをしたひゆくに、[四七]六波羅《ろくはら》にちかき森《もり》のうちに入給へり。

爰が御私宅《したく》なればこそ、案内《あない》なしに門《もん》をひらかせ、いかつがましくかき込《こみ》し。玄関《げんくわん》より奥《おく》ゆかしく、成ほど靜《しづか》に[四八]足音《あしをと》うけて、幾間《いくま》か詠《なが》め行に、爰が極樂《ごくらく》の出見せならんとおもへる風情《ふぜい》、ひとつ〳〵氣《き》を付るにかぎりなし。[四九]先《まづ》よりつきに[五〇]矢《や》の根《ね》を琢《みが》き立、其次《つぎ》に鑓《やり》の間《ま》あれば、いかさま武士《ぶし》の隱居《ゐんきよ》なるべしと、又大書院《しよゐん》を見れば、三間床《げんどこ》のかざり物、三斗《ど》四、五升入べき[五一]南京《なんきん》の壷《つぼ》に、金ぷんをもつて、「[五二]是りうはくりんが形見《かたみ》、生《しやう》は死《し》の種《たね》、我最期《さいご》時はいつにても千秋樂《せんしうらく》、下戸《げこ》の通《とを》らざる道の土中《どちう》に埋《うつ》め」と、荒鋤《あらすき》一丁添《そへ》置れし。酒たのしむ人も世には多《おほ》かりしが、しかし此あるじの覺悟《かくご》、外に替《かは》りたる仕掛《しかけ》と、呑《のま》ぬうちからおもしろし。又掛物《かけもの》見るに、金入の[五三]小釣《こづり》のきれにて、[五四]臺表具《だいひやうぐ》の物、正《まさ》しく女筆《によひつ》と見へたり。ちかく立寄《より》、是を讀《よむ》に、「いづれの男にもたはぶればかりは各別《かくべつ》、

実に素晴らしい。まず最初の部屋には矢尻《やじり》を磨いた矢を立て並べ、その次に槍《やり》の間があるので、さては武士の隠居所だろうと思いながら、また大書院を見ると、三間床《さんげんどこ》の飾り物に、酒の三斗四、五升入りそうな南京《なんきん》焼きの壺《つぼ》があり、それに金粉でもって、「これは劉伯倫《りゅうはくりん》の形見、生《しょう》は死の種《たね》、われ最期の時はいつでも千秋楽、下戸《げこ》の通らない道の土中に埋めよ」と記してあり、側《そば》に粗《あら》鋤《すき》が一梃《いっちょう》添え置かれてあった。酒を楽しむ人は世の中に多いが、しかしこの家の主人の覚悟のほどは、ほかと変って見事なやり方だと、忍之介は酒を飲まないうちから面白くなった。また掛軸《かけじく》を見ると、金糸入りの小蔓《こづる》という金襴《きんらん》の布地で、台表具《だいひょうぐ》してある書は、正しく女の筆跡と見えた。近くに立ち寄り、これを読むと、「どんな男とも仮の遊戯は例外として、その座興はお許し下さい。夫に捧げた誠の肌《はだ》は許しません」とあり、日本の大小の神々の名を連ねた誓紙で、血判《けっぱん》を押して床の間の壁に掛けてあった。何かにつけて世間とは変わっていると、忍之介はしばらく様子を見守っていると、

顔から身なりまで太鼓《たいこ》持《もち》らしい男が、家柄のよい浪人らしい若

座興《ざけう》はゆるしたまへ。まことある肌《はだ》はゆるさじ」と、日本大小の諸神《しよじん》を書のせたる誓紙《せいし》に、血判《けつぱん》をすへてかけられし。何かにつけて世間《せけん》と同じからずと、しばし見合すうちに、

皃から風義《ふうぎ》から太鞁《たいこ》にそなはりし男が、歴《れき》々の浪人《らうにん》らしき若盛《わかざかり》を同道《どう〴》して、[五五]唆《ものもう》をこひて、廣座敷《ひろざしき》へ通《とを》りぬ。彼末社《かのまつしや》らしきものがひそかにいひけるは、「つね〴〵申せしごとく、あるじの氣《き》に應《おう》じて、ぬからぬ御あいさつあそばせ。すいた男と思ひつかるゝと、此ゆくさきの[五六]節季《せつき》仕舞《じまひ》、[五七]西國《さいこく》から人がまいらずとも、埒《らち》の明《あき》ます覺へあり。殿《との》、百兩は我等が[五八]請取ました」と、ひざをたゝく所へ、最前《さいぜん》の髪《かみ》切すがたの人、其まゝ男の風俗《ふうぞく》して出給ひ、なを言葉《ことば》づかひもきびしく、一腰《こし》をはなたず、身をかためて座《ざ》して、「兼々《かね〴〵》[五九]御自分《じぶん》の義《ぎ》は、人傳《づて》うけたまはりおよび、いつぞはとぞんじ候に、今日の御《ご》入《にう》來《らい》、[六〇]神《しん》八幡《まん》しうちやく〳〵。自今《じこん》は別《べつ》しておこゝろやすく」など〳〵、物がたふあいさつせられ、「御名《ごみやう》を失念《しつねん》いたしました」とある時、「自分鳥川《じぶんとりかは》九太夫、長《なが》〳〵の牢人《らうにん》もの。京都《きやうと》もめづらしからず、引籠罷《ひきこもり》有候に、けふはぞんじの外なる御

者を連れて来て、訪問を告げて、広座敷へ通った。その太鼓持らしい男が若者にひそかに言うことには、「いつも申しているように、御主人の機嫌に応じて、気のきいた御挨拶をなさいませ。好ましい男と思いつかれたら、この目前の節季《せっき》の支払いは、九州から力になる人が来なくても、決まりのつく自信があります。殿、百両は手に入ることを私が保証しました」と、膝《ひざ》をたたいているところへ、先ほどの髪切り姿の後家が、まるで男そっくりの格好で出て来られた。その上言葉遣いもいかめしく、脇差《わきざし》を離さず、振舞いにも気をつけて座り、「かねてから貴殿《きでん》のことは、人伝《ひとづて》に聞き及んでまして、いつお出《い》でかと思っていましたのに、今日の御訪問は、誠に祝着《しゅうちゃく》、満足に存じます。今後は特にお心やすく願います」などと、折り目正しく挨拶され、「お名を失念致しました」と言われた時、「わたくしは鳥川九《とりかわく》太夫《だいう》と申し、長年の浪人者です。京都も珍しくなく、家に籠《こも》っておりましたところ、今日は思いがけないお招きにあずかり、この五年間の憂さ晴らしを致します。万事は御意向通りに、突然の訪問をお許し下さい」とひじを張り大きく構えて挨拶した。すると太鼓持が、「さあ、そう

參會《さんくわい》に、此五とせの氣晴《きばら》し。萬事は御意《ぎよい》にまかせまして、[六一]すいさん御免《めん》」と大きにかまへければ、「さあ、そうした事で、[六二]咄《はな》されました物じや。[六三]取肴《ざかな》あるにまかせて、先御酒《まづごしゆ》」といひもはてたまはぬに、御勝手《かつて》より五盃《はい》入をはじめから出して、あるじこゝろみられて、[六四]さゝるゝかたも[六五]ひとつなれば、枝《えだ》つきの[六六]花柚《ゆ》、小板《こいた》の燒味噌《やきみそ》、[六七]むすびのし、漬鬼灯《つけほうづき》を銀《ぎん》の鉢《はち》に請て、此分《ぶん》にて[六八]上戸《じやうご》行なる三人酒。[六九]こけいのいにしへを今に、折〱横手《よこで》をうつて、一度《ど》〱に、「[七〇]押《おさ》へた」「[七一]しもせい」「[七二]しめた」「[七三]間合點《あいがつてん》か」。「何が〱、迚《とて》もならば、吟味《ぎんみ》せぬ程に請給へ」。「此上に申分《ぶん》、いふてももらはじ。[七四]見事か」。「成程〱、それで跡《あと》が呑《のめ》るは〱」と、たがひに酒振《さかぶり》つくせども、三人はまはりせはしき時、

墓原《はかはら》忠内・燒面《やけつら》藤内といへる[七五]小者《こもの》、兩人めし出され、「お間《あい》つかまつれ」とあれば、弐升入につもりたる大枡《ます》にて、三つ重《がさね》に、息《いき》もつぎあへずほしけるを見て、客《きやく》も太鼓《たいこ》もおどろき、「是は〱」と[七六]口をあけば、あるじはつねの皃《かほ》つきして、「私《わたくし》の家《いへ》にては、此弐人[七七]下戸《げこ》分《ぶん》のものどもなり。随分《ずいぶん》[七八]いたま

いったことで、親しく付き合われたがよい。酒の肴《さかな》はある物で間に合わせて、まずは御酒《ごしゅ》を」と、言いも終らぬうちに、台所より並《なみ》の盃《さかずき》の五盃分も入る大盃を初めから持ち出して来た。まず主人が一盃試してみられて、次に差された浪人も酒のいける口なので、枝付きの花柚《はなゆ》、小板に塗り付けて焼いた味噌《みそ》、結び熨斗《のし》、鬼《ほお》灯《ずき》の塩漬《しおづけ》を銀の鉢《はち》に盛って、これだけの肴で上戸《じょうご》好みの三人酒が始まった。虎渓三笑《こけいさんしょう》の故事を今に移して、時々横手を打って笑い、一盃の酒を飲む度《たび》に、「押えた」「しもせい」「しめた」「盃の間《あい》、よろしいか」「どうしてどうして、いっそのことに、文句を言わせぬほどに盃を受けてみなさい」「この上に文句は、付けてもらうまい。見事な飲みぶりでしょう」「なるほどなるほど、それであとが飲める、飲める」と、互いに飲みぶりを競《きそ》い合ったが、三人では盃を交《か》わすのが気忙《きぜわ》しくなった時、

主人が墓原忠内《はかはらちゅうない》・焼面藤内《やきつらとうない》という下男二人を呼び出され、「盃の間《あい》を致せ」と命じると、二升入りと思われる大升《おおます》で、重ねて三《さん》杯《ばい》、息もつかずに飲みほした。それを見て客も太鼓持も驚き、「これはこれは」とあきれると、主人はいつもの顔つきで、「わた

ぬ呑手《のみ》をあまた抱《かゝ》へ置しを、後程《のち》御なぐさみに」とあれば、[七九]「ぞんじもよらぬ事、酒御《さけ》ゆるし」と、[八〇]目でさへ、すこしいたむ時、忍之介《しのび》堪忍《かんにん》しかね、「天晴《あつぱれ》我ならば」と、咽筋《のどすじ》をならして、「爰はのまねばならぬ所、勝手《かつて》のまかなひ女の油断《ゆだん》もや」と、臺所《たいどころ》を見まはせども、いかな〳〵女といふ者《もの》は、繪《ゑ》に書《かけ》るもなかり。それ〴〵の[八一]內證《ないしやう》づかひも殘《のこ》らず奴《やつこ》にて、小袖仕立るも男の針《はり》つかひして、なを氣を付て見るに、猫《ねこ》も鷄《にはとり》もめとりはなかりき。あるじは女の女嫌《ぎら》ひ、京に[八二]高野《かうや》を見る事よとおかしく、とかふするまに夜に入て、太鞁《たいこ》は宿《やど》に歸る御斷《ことはり》を申は、「女房《にようばう》どもが產月《うみ》、はじめから惡《わる》ひくせをつけまして、我等腰《こし》を抱《だき》ませねば平產《へいさん》いたしませぬ」と、「僞《いつは》りなしの首尾《しゆび》」と笑《わら》ひ立に歸れば、

跡《あと》は床《とこ》とつて、かのお客《きやく》と同じ枕《まくら》物語《がたり》。後家《ごけ》御の[八三]思ひ出なるべしと、姿隱《すがたかく》しの屛風《びやうぶ》のかげに、忍之介やうすを見るに、彼浪人《ろうにん》を引よせ、「かくあるからは何事も恥《はぢ》るにあらず」と、ひた〳〵ともつてゆき、男の心に成替《かは》り給へば、此男は女のごとく物やはらかにして、[八四]あちらこちらの戀ごろも、年《とし》

(一) 鳥の聲も常に替り物

くしの家ではこの二人は飲めない方の者です。いくら飲んでも平気な飲み手を大勢抱えておりますから、後ほどお慰みに」と言うので、「とんでもないこと、酒は御勘弁」と、二人は目顔で断り、少し苦しんでいる時、忍之介は我慢出来なくなり、「自分なら見事に飲んでみせるのに」と、のどを鳴らして、「ここは飲まずにはおられないところ、台所の料理女が油断していないか」と、台所を見回したが、どうしてどうして女というものは、絵に描《か》いたのもなかった。いろんな奥向きの使用人もみんな下男で、小袖を仕立てるのも男が針を使っている。なお気をつけて見ても、猫も鶏《にわとり》も雌《めす》はいなかった。主人は女で女嫌いなのだ。京で女人禁制の高野山《こうや》を見るようなものだと、忍之介はおかしくなった。何かとしているうちに夜になったので、太鼓持は家に帰る言い訳に、「実は女房が臨月なのです。初産《ういざん》の時から悪い癖をつけまして、わたくしが抱きませんと安産致しません」と述べ、「これは偽りなしの次第」と、笑いながら帰って行った。

そのあとは床《とこ》をとって、主人は例のお客と枕《まくら》を並べて寝物語を始めた。これからが主人後家御《ごけご》のお楽しみなのだろうと、姿隠し

は五十にも過給へども、花車《きやしや》[八五]はむかしが残りて、此男なんともならぬそひぶし。白髪《しらが》も皺《しは》もわすれて、今は身をもだへ、わりなき事どもしかけぬれば、爰がおもはくの外なり。中《なか》〳〵肌《はだ》をゆるす風情《ふぜい》なくて、「わたくし心底《しんてい》は、書院《しよゐん》かけ物に毛頭《もうとう》かはる所なし。既《すで》につれあひ死期《しご》におよびて、みづから誓紙《せいし》二枚《まい》書て、一枚は棺桶《くわんおけ》に入て、めいどのはなむけ、又一枚は世に残しぬ。『我物好《ずき》にて男にまじはり、數《かず》〳〵のたはぶれはするとも、まことはゆるさじ』と申かはせし身なれば、二十三より後家《ごけ》を立、大かた男に出合し事三百余《よ》[八六]人、かくまではうちとけて、一生《しやう》まことは絶《たへ》たり」と、利をせめての義理《ぎり》[八七]につまり、此男おもはくの外に、下帯《したおび》しめて起《おき》わかれ、何とやら心残りに見へける。

時にあるじ内蔵《うちくら》[八八]に入給ふを、是も跡《あと》より忍之介見しに、百両づゝ針《はり》がねにてくゝりし小判《こばん》を、裸《はだか》にて山のごとくつみおかれし。「何としてひとつ所に此ごとく集《あつま》りけるぞ。我《われ》江戸の駿河《するが》[八九]町にて、御用包《ようづゝみ》[九〇]を一度に五、七万見し事有。是は〳〵」と、ほしげさつて瓦石《ぐわせき》のごとし。是を二つ三つ袖にな

の屏風《びょうぶ》の陰から、忍之介が様子をうかがうと、後家は浪人を引き寄せて、「こうなったからには、何事も恥ずがしることはない」と、ひたひたと寄り添い、男の心に成り代って言うと、相手の浪人は女のように物やわらかに応待している。男と女とあべこべの恋衣《こいごろも》を重ねる形だ。後家の年は五十を過ぎておられるのだが、ほっそりとして上品な姿態には昔の色香が残っていて、この男にはなんとも我慢できない添い寝である。後家の白髪《しらが》も皺《しわ》も忘れて、今はたまりかねて身をもだえ、むつまじい契りを結ぼうとすると、そこが予想外のことであった。後家はなかなか肌《はだ》を許す様子はなくて、「わたくしの心底は、書院の掛軸《かけじく》の誓紙《せい》と全く変りません。以前夫の臨終に際して、自ら誓紙を二枚書き、一枚は棺桶《かんおけ》に入れて、冥土《めいど》への餞別《せんべつ》とし、また一枚はこの世に残しました。『自分は物好きで男と付き合い、様々に仮の戯《たわむ》れをしても、誠の肌は許すまい』と夫に誓約した身ですから、二十三歳から後家を通し、おおよそ出逢《であ》った男は三百人余り、これほどまでにうちとけても、今まで誠の契りは絶《た》っております」と言う。この道理を尽くした話になんとも仕方なく、この男は期待はずれで、褌《ふんどし》をし

げ入、浪人《ろうにん》にみやげ迚《とて》やられし。さるほどに此後家《ごけ》、世上《せじやう》に替《かは》り、[九一]いたづらを面《おもて》に立、内證《ないしやう》はけんぢよ也。是程各別《かくべつ》なる事又あるまじと、忍之介もふかくかんじて、いとまごひなしに歸りぬ。

めて起き床《とこ》を離れたが、なんとなく名残り惜しい様子に見えた。

するとと主人（後家）が内蔵に入られたので、忍之介もあとから忍んで見ると、百両ずつ針金でしばった小判が、むき出しで山のように積んであった。「どうして一つの所にこんなに集まったのだろう。自分は江戸の駿河町《するがちょう》の両替屋で、百両ずつ封印した御用包みを、一度に五、七万も見たことがある。それにもましてこれはこれは」と、忍之介は欲心もなくして、小判も瓦石《がせき》のように思われた。後家はこの針金でしばった小判を二つ三つ袖に投げ入れ、浪人に土産《みやげ》としてやられた。さてもさてもこの後家は、世間の後家とは違って、色好みを表に出しても、内実は賢女である。これほど格段に相違することはほかにあるまいと、忍之介も深く感動して、別れの挨拶もせず立ち帰った。　（巻二の一）

一　一五〇ページ注一参照。ほととぎす・藤、藤・松は付合語（類船集）。　**二**　更衣・衣更え。季節に応じて衣服を替える年中行事。旧暦四月一日には冬の小袖を袷（あわせ）に替えた。　**三**　原文は「しらし」と「れ」を誤脱するので仮に補う。　**四**　「恋も」あるいは「恋の好みも」とあるべきところ。　**五**　女をひたむきに恋い慕う男をいう。　**六**　元服前の前髪十四、五歳ごろの少年。　**七**　年配。　**八**　ここは大体のことを心得ている意。　**九**　縄手は鴨川の堤の意で、縄手通は、今の東山区大和大路通の三条と四条間の通りで、ここはその四条辺。　**一〇**　表向きは普通で、ひそかに素人女に売春させる家。なお私娼を暗者（くらもの）という。　**一一**　前注一の安井門跡の藤の花見。　**一二**　縹（はなだ）色の帽子。薄い青色の帽子で、僧侶や尼僧がかぶる（日葡辞書）。　**一三**　（中京区）室町通三条下ル烏帽子（えぼし）屋町のこと。祇園会に黒主山（西行桜山とも）の山車を出すのでいう。　**一四**　藤の末葉（枝先の葉）。　**一五**　上京区の東西の通り。　**一六**　（東山区）祇園の門前、大和大路通の東方、四条通をはさむ南北の町。茶屋街。　**一七**　科負い比丘尼。良家の妻・娘に付き添い、過失があった際その身代りに立つ尼。　**一八**　声高に話すこと。　**一九**　上京区の東西の通り。諸職人や商家の入り組む町（京羽二重）。　**二〇**　後家の振り仮名原文は「こげ」とあるのを改めた。　**二一**　下京区の東西の通り。　**二二**　烏丸通。以下新町通、東洞院通、一条通（上京区）、出

(一)　鳥の聲も常に替り物

水（でみず）通（上京区）、姉が小路通（中京区）、寺町通と地名を列挙する。前記のうち区名を注記しない分は南北の通りである。 **二三** 寺参りにかこつけて享楽にふける後家の数の多いのを、阿弥陀の四十八願に言い掛けた表現。「四十八願」とは、阿弥陀が法蔵比丘と称した修行時代に、衆生を救うために立てた四十八の大願。 **二四** 地獄の辻子。辻子（ずし）とは大路と大路とを結ぶ小路、またその道を中心とした町をいう。「地獄辻子　北野西方寺のにし御小人町北へ上る所也」（京羽二重、一、洛中辻子）。御小人町は、明治二年に南側の小山町と合併し、今の上京区千本通下立売下ル、小山町（京都市の地名）。 **二五** 逢引き宿。 **二六** 後家の恋の仲介。 **二七** 金銭。 **二八** 島原遊廓。 **二九** 精力強く生れついた男。 **三〇** ここは公家や武家方めいた名。 **三一** 至り後家。「至り」は気の利いた、粋なの意。 **三二** 「被（かづ）く」はかぶらせる意で、ここは無理にでも押しつける。 **三三** 担ぎ手が四人ついた駕籠。四人掛り。四枚肩（しまいがた）。普通の前棒・後棒のほか、交代要員が二人付き添う早駕籠。 **三四** 左右の鬢の毛を切って垂らし、それを耳の後ろにはさむ髪型。伊達な風俗で、男女とも用いた。 **三五** 少年の小草履取りに対し、青年の草履取りをいう。 **三六** 利根。気が利いていること。 **三七** （算木をくずした形の意）算木を三筋ずつ縦・横に石畳のように並べた模様。「大嶋」は大島紬（つむぎ）か。（参考）「算くづしの紬縞」（二代男、二の五）。 **三八** 太糸で織った粗い絹織物。「袷羽織」は、裏地の付いた羽織。 **三九** 桐の七つ紋。背中に一つ、両袖の前後に各一つ、左右の肩の前に一つ、計七所に桐の紋を付ける。 **四〇** 長さが一尺二寸から一尺七寸ぐらいの脇指。 **四一** 方形の鍔の角をけづり丸みを付けたもの。 **四二** 役者が外出時に顔を隠すために用いた深編笠。 **四三** 頭髪を剃り坊主頭の医者。 **四四** （忍之介が女に）手を触れる。身体の一部にさわる意。（参考）「ひめがかたへ手をさへる」（狂言、首引）。 **四五** 一風変った人。 **四六** 帰る時。帰途。 **四七** （東山区）鴨川の東岸、松原通から七条通の間の地域。 **四八** 浮かして。体をそらし、足音のしないようにゆっくり歩く、「浮け歩み」のさま。 **四九** 寄り付き。玄関から入って最初の部屋。 **五〇** 鏃（やじり）・矢尻。矢の先端に取り付ける鋭利な刃。 **五一** 南京焼きの壺。清代景徳鎮で作られ、近世初期に南京方面から渡来。 **五二** 劉伯倫。晋の詩人で酒仙。竹林七賢の一人。酒を好み、「酒徳頌」を著す。常に鹿車に乗り、一壺の酒を携え、鋤を持った供を連れ、自分が死ねばどこにでも埋めよと言っていたという（蒙求／太平広記・二三二）。『俗つれ〴〵』三の四でも描く。劉伯倫・鋤は付合語（類船集）。 **五三** 小蔓（こづる）。金襴の模様の一つ。蔓草模様の小さいもの。「金入り」は金糸入り。「きれ」は織物の切れ端し。また布地。ここは後者の方。 **五四** 色紙・短冊などの小物を台紙に張って掛軸に表装したもの。 **五五** 物申すの略。戸口で訪問を告げる言葉。「こふ」は乞ふ、取り次ぎを頼む意。「嘇」は、音サン、口に物を含んで食べる意。振り仮名のモノモウは戯訓。『永代蔵』にも用例あり。 **五六** 盆や年末などに掛け売りの支払いを済ませること。前記以外では、三月三日、五月五日、九月九日の節句の前日が決算日。ここは藤の花見時なので、五月四日の支払いを指す。 **五七** 九州。 **五八** 引き受ける、保証するの意。 **五九** （武士階級で、同等又はそれ以上の相手に対する敬称）あなた、貴殿。 **六〇** （八幡大菩薩にかけていつわりがない意で）本当に、誠に。 **六一** 推参。突然の訪問。 **六二** 「咄す」は、語り合う、親しく付き合うの意。 **六三** 酒の肴。 **六四** 原文は「さゝるかた」とあるが、「さゝるゝかた」と改めた。 **六五** 一杯いける。酒好きである。 **六六** 小さな柚子（ゆず）。皮を薄く切り汁などに香味を添える。 **六七** 結び熨斗。鮑の肉を薄く長くはいで引き伸ばしたのを熨斗鮑（のしあわび）というが、これを適当な長さに切り結んだ物。 **六八** 上戸好み。酒飲み向き。 **六九** 虎渓三笑の故事。晋の慧遠（えおん）法師が、（江西省）廬山の東林寺に隠栖し、虎渓を渡るまいと誓ったが、訪ねて来た陶淵明と陸修静を見送るときに、話に興じてうっかり虎渓の橋を渡ってしまい、三人で大笑したという（廬山記／謡曲・三笑）。三笑・手を打つは付合語（類船集）。 **七〇** 酒席で盃を差されたとき、押し返し強いて相手に飲ませるのをいう。以下、酒席の用語が続く。『好色盛衰記』三の四の冒頭参照。 **七一** 未詳。 **七二** 締めるは、しっかり押さえつけるの意があるが、ここは相手に二盃、三盃と続けて酒を飲ませるのをいう。 **七三** 間（あい）は、酒盃のやりとりの際、二人の間に第三者が入って、代わりに盃を受けること。 **七四** 原文は「見事が」とあるが、「見事か」に改めた。 **七五** 武家の下男。 **七六** あきれたさま。 **七七** 酒が飲めない者。 **七八** 酔っても苦しまない。 **七九** 原文は「ぞんじともよらぬ事」と「と」が余計なので改めた。 **八〇** 目で障（さ）ふ。目で相手をなだめる。 **八一** 家の表に対して、奥向きの奉公人。 **八二** 女人禁制の世界。 **八三** 後にまで回想されるような楽しい思い。お楽しみ。 **八四** 男と女とあべこべの恋衣を着るの意。　**八五**　華奢。姿のほっそりとして上品なさま。　**八六**　理を迫める。ここは道理を尽くした話の意。　**八七**　道理至極なので、やむなく。　**八八**　母屋の軒続きに建てられた蔵。金や貴重品を納める。　**八九**　江戸日本橋の駿河町。両替屋が多かった。　**九〇**　本両替屋で封付きした百両包み。封包みのまま適用した。　**九一**　好色。

＊　本章の挿絵、右半丁の手前の二人の人物の絵像は、『西鶴織留』巻六の一の挿絵、中央部二人の人物の絵像と同じである（檜谷昭彦氏）。どちらも蒔絵師源三郎風の挿絵であり、『織留』の方へも活用された。なお、挿絵右半図の左端、笠をかぶる男が忍之介。

二　[一]八声《こゑ》の鶏《とり》九重《こゝのえ》[二]の奥《おく》様

短夜《みじか》の別《わか》れには鶏《とり》・鐘《かね》をうらみ、戀には罪《つみ》を作《つく》る事あり。たまさかにもあふ事成けるを、あはれぬおもひにくらべては、樂《たの》しみなるべし。

其比西《にし》[三]の京の町はづれに、松声《しやうせい》といへるごぜ[四]住けるが、おのが手業《てわざ》の琴《こと》・三味《しやみ》世にきこへ高《たか》く、殊更《ことさら》[五]こきうを得物[七]にして、[六]今やうをのせる事又外になく、人の心をなぐさめる種《たね》なり。藝《げい》は其身をたすけて、靜《しづか》に世をわたる折ふし、忍之介、

二　八《や》声《こえ》の鶏《とり》九重《ここのえ》の奥様

夏の短夜《みじかよ》の別れには、時を告げる鶏《とり》や鐘を恨み、恋の逢瀬《おうせ》には罪作りなものである。それでも稀《まれ》にも逢《あ》うことの出来るのは、逢えない人の思いに比べれば、ましな楽しみであろう。

そのころ、西の京の町はずれに、松声《しょうせい》という盲目の女芸人が住んでいた。身につけた芸の琴・三味線《しゃみせん》で世の評判も高く、殊に胡《こ》弓《きゅう》を得意として、流行の歌謡を弾《ひ》かせたら外《ほか》にかなう者がなく、人の心を慰める種《たね》となった。芸は身を助けるの諺《ことわざ》通りに、松声

都《みやこ》にのぼりて、いまだ北野《きたの》[七]の神《かみ》やしろに参詣《もふで》せざるも心なしと、又隠《かく》れ笠《がさ》をかたぶけゆくに、女の哥《うた》うたへるに氣《き》をうつし、[八]むぐらのはへ茂《しげ》りて垣根《かきね》の[九]うつぎ押分《おしわけ》、しばらく立眈《のぞき》しに、「おしや、あの女に目の見えぬこそ、戀のじやまなれ。外へはもらさぬ文など、いかに口惜《くちおし》かるべし」と思ひやる所へ、[一〇]出立つねめかぬ、するつかひの女、菊唐草《きくからくさ》の地《ち》[一一]なしの小袖に、薄紫《うすむらさき》の中幅帯《ちうはゞおび》、うしろむすびにゆたかに、髪《かみ》は[一二]かうがい曲《まげ》をなるほど下《した》へ持《もつ》てゆきて、[一三]七髩《はねもとゆひ》の目に立ほどに折掛《おりかけ》、[一四]御所染《しよぞめ》の[一五]おもりづきん浅《あさ》く、[一六]火燈《くわとう》びたいを取ひろげ、風義《ふうぎ》世のつねに皆替《かは》りて、[一七]東《ひがし》山時《じ》代《だい》の[一八]高蒔絵《たかまきゑ》の文箱《ふみばこ》に白糸《しらいと》の長緒《ながお》を付、彼《かの》ごぜにわたして、しほらしく片手《かたて》つかへて、口《くち》びるもうごかさず、奥《おく》からの御口上《こうじやう》をさりとてはならびよくいひつゞけて、其座《そのざ》を立て、返事《へんじ》待皃《まちがほ》に見へけるに、ごぜは思ひの闇《やみ》にして、此御文《ふみ》見る事絶《たへ》[一九]て、かゝる時にはいつも人頼《だの》みをせしが、是でも埒《らち》の明《あき》ぬる世や。然《しか》もちかき南隣《みなみどなり》の家《いへ》に、[二〇]杖突《つえつく》比の法師《ほうし》住《すみ》給ふが、禪法《ぜんぼう》をおこなひすまして、生《いき》ながらだるまと見へて、心は市《し》中《ちう》の山居《さんきよ》、よろづ名《みやう》

は安穏《あんのん》に暮らしていた。そんな折、忍之介《しのびのすけ》は都に上って、まだ北野天満宮に参詣していないのも信仰心のないことだと、また隠れ笠をかぶって行くと、女が歌をうたっているのに心がひかれ、蔓《つる》草《くさ》の生え茂った卯木《うつぎ》の垣根を押し分けて、しばらく近寄ってのぞき込んだ。見れば、「惜しいことに、あんな美しい女で目が見えないとは、恋のさまたげだろう。人には知られたくない恋文も自分では読めないなど、どんなに悔《くや》しいことだろう」と、思いやっているところへ、身形《みなり》が世間並みでない下女がやって来た。菊唐《きくから》草《くさ》の総模様の小袖《こそで》に、薄紫《うすむらさき》の中幅帯《ちゅうはばおび》を、後ろ結びにゆったりと締《し》め、髪は 笄髷《こうがいまげ》を出来るだけ後ろへ下げて、はね元結《もとゆい》の両端を目立つほどに折り掛け、御所染《ごしょぞめ》の重《おも》り頭巾《ずきん》を浅くかぶって、富士額《ふじびたい》を広く見せるなど、身形《みなり》格好が世間並みの下女の姿とはすっかり替っている。それが東山時代の高蒔絵《たかまきえ》の文箱《ふばこ》に、白糸《しらいと》の長い紐《ひも》で結んであるのを、この女芸人に渡し、きちんと片手を付いて、くちびるも動かさずに、奥様からの御口上《ごこうじょう》を実にすらすらと述べてから、その座を立って、返事を待っている様子であった。

盲目の女芸人は、このお手紙を読むことは出来ず、途方にくれ

利《り》をはなれて、殊勝《しゆしやう》さかぎりもなかりしに、此御かたをたのめば、是も人をたすくる道理《だうり》、瞽女《ごぜ》がかたへの送《をく》り文をひろげて、[二]つど〳〵に讀《よみ》きかせ、「けふの暮《くれ》がたよりかならずまいるべし。亭《ちん》の風の涼《すゞ》しさ、夏《なつ》をわするゝたのしみ。琵琶《びわ》・琴《こと》はひかせまじ。夜もすがら咄《はな》しの種《たね》のつくるまで」と、書《かき》つゞけて、つかはされける。此御かへしをよろしくたのめば、法師《ほうし》是非《ぜひ》なく、「やすらかなる文《ふみ》など書《かけ》る事なし。無理《むり》なる所望《しよまう》にて有事ぞ」と、ふところより目がね取出して、筆《ふで》みじかく持《もつ》て、あらまし書《かき》じまひ、今すこしになつて、「何とやら[三]氣《き》のつきたる」といひて、筆うち捨《すて》てあくびせらるゝ時、「お茶《ちや》」とへば、「咽《のんど》かはかず」といふ。「[三]さゝひとつ」と申せば、「いかな〳〵一滴《てき》もたべぬ」と、あいそもなげにいひて、中〳〵《なか》書《かき》てくれらるべきともおもはれず。今入《いる》御返《へん》事《じ》なるに、おつかひまたすもきのどくさに、さま〴〵機嫌《きげん》をとりて、「今すこしの所成に、お筆《ふで》つゐでに」といへば、惡《にく》や法師《ほうし》の、「後程まいりて書《かく》べし」と、座を立行とき、やう〳〵瞽女《ごぜ》は心付て、墨《すみ》の衣《ころも》にすがり、「自《みづか》らまなこもみへて

㈡ 八声の鶏九重の奥様

た。こんな時にはいつも人に頼んで読んでもらっていたが、これでも片《かた》が付くことよ。しかも近い南隣《みなみどなり》の家に、五十歳ぐらいの法師が住んでおられるが、坐禅《ざぜん》の修行に励んで、生きた達磨《だるま》のように見えた。町中にいながら山中に住む思いで、全く名声や利得から離れて、この上もなく感心な方であった。そこでこのお方に頼むと、これも人を救うためだと、女芸人の所へ届いた手紙を展《ひろ》げて、こまごまと読んで聞かせた。「今日の暮れ方から必ず来るように。庭の四阿《あずまや》の涼しさは、夏を忘れるほどの楽しみです。琵琶《びわ》や琴は弾《ひ》かせません。一晩中話の種が尽きるまで語り合いましょう」などと、書き連ねてよこされたのである。この御返事をよろしくと頼むと、法師は仕方なく、「女の心安らぐような手紙など書いたことがない。無理な願いというものだ」と、懐《ふところ》から眼鏡《めがね》を取り出し、筆を短く持って、あらかた書き終り、もう少しになって、「なんとなく根気が尽きた」と言って、筆を置いてあくびをされたので、女が「お茶でも」と尋ねると、「喉《のど》はかわかない」と言う。「お酒でもひとつ」と尋ねると、「とんでもない、酒は一《いっ》滴《てき》も飲まない」と、無愛想《ぶあいそう》に言って、なかなか書いて下さりそう

つねならば、お氣《き》のつきを晴《はら》し給ふ程、此腰《こし》をさすりおろして」と、たよ〳〵と寄添《よりそへ》ば、此坊主《ばうず》風情《ふぜい》かはりて、「戀《こひ》は心でなる事よ、目にはかまはぬ物ぞ」と、おもひの外に[二四]しらけて、ごぜが耳《みゝ》とつて小語《さゝやく》は、別《べち》の事にもあるまじ。瞽女《ごぜ》も其人の嬉《うれ》しがる事を數《かず》〳〵いふと見へて、法師《ほうし》よろこび、「是からは[二五]書本《かきほん》の暦《こよみ》成とも仰《おほせ》付られよ」と、彼《かの》御かへし調《とゝのへ》て、「かならず明日《あす》の晩《ばん》は」と、[二六]口かためけるもおかし。

此法師ばかりもそしられず、今の世間《せけん》皆是にぞかたづきぬる事と、忍之介《しのび》了簡《りやうけん》して、しばしが程に天神に參詣《さんけい》して、歸るさに又見渡せば、古駕籠《ふるのりもの》の肩《かた》のそろはぬ中間《ちうげん》がま[二七]はして、最前《さいぜん》の御かたよりごぜを迎《むか》ひにつかはされしと見へて、衣裝《いしやう》あらため、[二八]置綿《をきわた》して立出、駕籠《かご》に移《うつ》りて、我身《わがみ》をかため後《うしろ》に寄《より》かゝる時、忍《しの》び之介其前《まへ》へ乘《のり》て、身をちゞめ居《ゐ》るともしらず、男どもかたにあぐれば、次第に持重《もちおも》りして、[二九]帷子《かたびら》時なれば殊《こと》にかるきはづなるに、然《しか》もやせたる女の是程重《おも》き事、不《ふ》思義《しぎ》晴難《はれがた》く、「目の見えぬ女はかく有事や。かたわもいたづらはやまずして、産《うみ》月の事もありぬべし」と、物はいはずし

にも思われない。今要《い》る御返事なのに、お使いを待たせておくのも気の毒さに、女が色々機嫌をとって、「もう少しのところですから、お筆ついでに」と頼むと、憎らしいことに法師は、「後ほど参って書きましょう」と言って、座を立って行こうとした。その時やっと女は気がついて、墨染めの衣にすがり、「私が目も見えて並みの体でしたら、お気詰まりが晴れるほど、このお腰をなでおろしますのに」と、なよなよと寄り添うと、この坊主の態度が変って、「恋は心でできるものだ、目には関係のないものだ」と、意外にも本心を打ち明けて、女の耳に口を寄せてささやいているのは、ほかのことではあるまい。女もその人のうれしがることを、色々言うとみえて、法師は喜び、「これからは写本《かきほん》の暦なりとも言いつけて下さい」と言って、手紙の御返事を書き上げて、「必ず明日の晩は」と、口約束しているのもおかしかった。

この法師だけを非難するわけにはいかず、今の世間は皆これで片付くのだと、忍之介は納得して、しばらくの間北野天満宮に参詣して、その帰り道に、また女芸人の家をのぞくと、古駕籠《ふるかご》を背丈の揃わぬ中間《ちゅうげん》がかついで来ていて、先ほどの奥方から女芸人を

てごぜをうたがひ、壱丁に十四、五たびも杖《つえ》して、やう〳〵御屋形《やかた》にかき入、二人男は其廣庭《ひろには》にすぐにふして、見ぐるしかりき。

奥《おく》より手びきの女中あまた立つゞき「けふは俄《にわか》の御めしなるに、きどくの御越《こし》し」、口〳〵にあいさつして、[三〇]御内證《ないしやう》口と見へしかたより、[三一]たれむしろを明《あけ》て、案内《あない》せられける。忍之介も跡《あと》につゞきて行《ゆく》に、幾間《いくま》が大屋敷、[三二]廊下《らうか》過《すぎ》て、いまだ暮《くれ》もやらぬに、ちかき比仕出しの角蠟燭《かくらうそく》のひかりかゞやく所見へける。取集《あつ》めてのかほり、是ぞ胸《むね》の火を燒《たく》、御風呂《ふろ》、立さかりて、皆〳〵くれなゐの替内衣《かへゆぐ》ばかりになつて、[三三]ちりげの灸《きう》の跡《あと》さへ見えぬ裸身《はだかみ》、此中間《ま》より外に見る人なければ、たがひにゑんりよもなく身をたしなみて、しろきがうへを洗《あら》ひ粉袋《こぶくろ》、あるひは足《あし》のうらするためにとて、へちま瓜《ふり》のおかしげなる、礒松《いそまつ》といふ女、心ありて握《にぎ》れば、鳴子《なるこ》といへる女、このもしくて取けるを、雨夜《あまよ》といふ女の、夢《ゆめ》の間《ま》とたはぶれ、あなたへなぐれば、こなたへ隱《かく》し、是を興《けう》にして、男ほしそうにいづれも見へける。

迎えに差し向けられたものと見える。女芸人は着物を着替え、綿帽子をして現れて、駕籠に乗り移って、身を固めて後ろに寄りかかった時に、忍之介がその前に乗って、身を縮《ちぢ》めているとも知らず、男どもが駕籠をかつぎ上げると、次第に重くなっていった。今は薄い帷子《かたびら》を着る時季だから、ことに軽いはずで、しかもやせた女がなぜこれほど重いのだろうと、男どもは不思議でならず、「目の見えない女はこんなこともあるのだろうか。目が見えなくても色事はやまず、臨月《りんげつ》なのかも知れない」と、口には出さずに女を疑い、一町に十四、五度も休んで、やっとのことでお座敷にかつぎこみ、二人の男はその玄関先の庭に直ぐ倒れ伏して、見苦しいことであった。

奥から案内の女中が大勢出て来て、「今日はにわかのお召しなのに、よくまあ来られた」と、口々に挨拶して、奥の間《ま》への入口と見える所から、垂れ筵《むしろ》をあけて、奥へ案内された。忍之介も後《あと》に続いて行くと、幾間もある大屋敷で、廊下を通り過ぎて、まだ暮れてもいないのに、近ごろ新案の角《かく》ろうそくの光り輝く所が見えた。色々なよい匂《にお》いが立ちこめて、これぞ男の胸の火をたく、扨奥《おく》様と見へて、亭《ちん》の南風《みなみ》をうけさせられ、[三四]竹筵《たかむしろ》うへに、御ゆかたはめして、かり帯《おび》もしたまはず、御枕《まくら》に香《かう》を焼掛《たきかけ》、ゆたかに身をなし、御楽寝《らくね》のありさま。御腰元《こしもと》づかひの少女《せうぢよ》ふたりは、紅染《べにぞめ》の[三五]ふくさ物にて、両の御ふともゝ露も雫《しづく》も有程ぬぐひて、不断《ふだん》もかくある事にや、それよりはぎ高《たか》く、御臍《ほぞ》の前後《ぜんご》も、なを汗《あせ》の[三六]しとりをふきて、かんじんの所も人まかせに、いかに女の身を女には子細《しさい》なきにしてからも、さりとは栄花《あいぐわ》も外《ほか》にはなし。うへつかたの事ども皆《みな》こんな事なるべし。つゐに見ぬ事なればおどろき、同《おな》じ人間《にんげん》にうまれて、いかふ違《ちが》ふたる果報《くわほう》成

女のお風呂入りの真《ま》っ最中であった。女中たちはみんな紅《くれない》色の予備の腰巻《こしまき》だけになって、湯気で身柱《ちりけ》の灸《きゅう》の跡さえ見えない裸身《はだかみ》である。仲間よりほかに見る人もないので、互いに遠慮なく体を洗い、そのままでも白い肌《はだ》を洗い粉袋《こぶくろ》でみがいている。あるいは足の裏をこするために使う、へちま瓜《うり》が男の物に似ているのを、磯松《いそまつ》という女が、いたずら心を起こして握ると、鳴子《なるこ》という女が、ほしがって奪い取ると、それを雨夜《あまよ》という女が、ちょっと間とたわむれ、あちらへ投げるとこちらへ隠し、みんながこれを面白がって、だれもが男ほしそうに見えた。

　さて奥様と見えるお方が、四阿《あずまや》で南風に吹かれながら、竹で編んだ筵《むしろ》の上に、浴衣《ゆかた》を着ておられるが、仮帯もなさらず、枕《まくら》もとに香を炷《た》きかけ、のんびりとくつろいで、楽寝しておられる。お腰元の少女二人が、紅《べに》染めの袱紗《ふくさ》物で、奥様の両方の太股《ふともも》の露も雫《しずく》もすっかり拭《ふ》いているが、いつもこうするのであろうか、それから脛《はぎ》を高く上げ、お臍《へそ》のあたりも、なお汗のしめりを拭《ふ》き、かんじんの所を拭くのも人任せである。いくら女の体を女が拭くのは差し支えないにしても、さてもまあこの上もない気ままな暮ら

と、忍之介も、おそれてちかふはよりかね、はるかなる柱《はしら》に寄《より》添《そひ》、眈《のぞき》しに、その御肌《はだへ》、とかういふまでもなく、戀をまろめて京細工《さいく》と思ふばかり。其後臺《だい》にかゝりし大鏡《かゞみ》の、さし渡し三尺あまりにも見へしにむかはせ給へば、御耳《みゝ》のうちをきよめる小道具《こだうぐ》、御鼻《はな》の穴《あな》までもそうぢの役人《やくにん》、それぐ\に、御けしやうの上手《じやうず》、眉《まゆ》の作《つく》り手、おぐしのやくめ、ひとりぐ\ゑもの[三七]替《かは》りて、そなはつての美人《びじん》、殊更に仕立ければ、うつくし過《すぎ》て物すごし。薄絹《うすぎぬ》の帷子《かたびら》にめしかへ給へば、白絹《しらぎぬ》の御内衣《ゆぐ》も、おぬしの手《て》しては紐《ひぼ》をむすび給はず。まして御うは帯《おび》も人に風情《ふぜい》を

しぶりである。高貴な方の暮らしは、みなこんな風《ふう》なのであろう。忍之介は今まで見たこともないことなので驚き、同じ人間に生まれていながら、随分かけ離れた幸《しあわ》せなことだと、恐れて近く寄りかね、遠くの柱に寄り添いのぞいて見ると、そのお肌の美しさはあれこれ言うまでもなく、恋を丸めて作った京細工《きようざいく》の人形かと思われるほどであった。その後奥様が、さし渡し三尺余りにも見える大鏡の掛かった鏡台に向かわれると、お耳の中を清める小道具を持ち、お鼻の穴までも掃除する役の者とか、それぞれ役目があり、お化粧《けしよう》の上手、眉《まゆ》を作る者、髪結《ゆ》い役、一人ひとり得技を持つ者が交替して、生まれつきの美人を、さらに美しく仕立てたので、美し過ぎてものすごいほどであった。奥様が薄絹《うすぎぬ》の帷子《かたびら》に召し替えられると、白絹《しらぎぬ》の腰巻も、御自分の手では結ばれたりはしない。まして御上帯《おんうわおび》も人に任せて様子を整えさせて、錦の座《にしきざ》布団《ぶとん》の上にお座りになった。まるで後光が差しているようで、「これこそ仏様だ、極楽は目の前にある、この上になんの願いがあろうか」と、忍之介が思いやっていた。

その時、年配の女が時分を見合せて、「女芸人が参りました」

作《つく》らせて、錦《にしき》のしとねのうへに座《ざ》をあそばしける。御うしろよりひかり移《うつ》りて、「是が佛《ほとけ》様、極楽《ごくらく》とをきにあらず、あの上《うへ》の願《ねが》ひ何かあるべし」と、思ひやる時、
三八年がまへなる女の、時分《じぶん》を見あはせて、「瞽女《ごぜ》がまいりたる」と、うかゞひけるに、「それこなたへ」と、おそばにめされ、「ひさしく語《かた》らぬ内《うち》に、めづらしき事数《かず》〱なるべし。三九夜とともに聞《きい》てあかぬは、色深《いろふか》き事の外はあらじ」と仰ける。ごぜは此お言葉《ことば》の下より身をふるはし、歯《は》ぎりして、「世に男女のかたらひより別《べち》に楽《たの》しみなし。釈迦《しやか》がのめ〱とした偽《うそ》をつき置《をき》、母親《はゝおや》のわき腹《ばら》やぶつて産《うま》れ出たと、ようも〱いわれた事じや。佛《ほとけ》もすこし四〇さし合くつたがおかしや」と、是を笑《わら》ひのはじめにして、こゝちのよき事ばかり。聞《きく》さへ半分死《はんぶんじに》して、「あの中《なか》へ男を只独《たゞひとり》まぜてほしや」と、忍之介きよろりと立わづらひける。四一ちかふ相《あい》つめし女﨟《ぢよらう》、三十四、五人も有けるが、はたちあまりより四十に程なき身も、一生本《しやうほん》の男といふ事をしらず、浮世絵《うきよゑ》のやさしきを四二ほゝに入て、せめては心をうごかすばかり、欲《よく》も罪《つみ》もなく、四三此事

と、ご都合をうかがうと、「それをこちらへ呼べ」と、お側《そば》に呼び寄せられ、「長い間話し合わないでいるうちに、珍しい話が色々とあろう。夜もすがら聞いても飽きないのは、色恋の話のほかにあるまい」とおっしゃられた。女芸人はこのお言葉を聞くやいなや、体を振るわし歯ぎしりして、「この世に男女の契りよりほかに、楽しみはありません。釈迦《しやか》が恥しげもなく嘘《うそ》をついて、母親の脇腹を破って生まれ出たなどと、よくも言われたものです。仏も少し言いつくろったところがおかしい」と言うと、これを笑いの始めにして、心地のよい色話ばかり続いた。忍之介は聞いているだけで半分死んだようになり、「あの中へ男をただ一人まぜてほしいものだ」と、あっけにとられて立ち去りにくく思った。奥様のお側《そば》近く詰めている女中は、三十四、五人もいたが、二十歳《はたち》余りから四十に近い年ごろの者まで、これまで本物の男というものを知らず、浮世絵のなまめかしいのを懐《ふところ》に入れて、せめては心を動かすだけで、欲も罪もなく、この色恋のことばかり思い暮らしているのであった。女芸人も話しているうちに自然に浮きうきして、「この間の夜は、昔逢《あ》った男のことを夢に見て、夜

のみに思ひ暮《くら》しぬ。瞽女《ごぜ》もおのづからうき立て、「過《すぎ》し夜は、むかし成し男の事を夢《ゆめ》に見て、明《あけ》がたまで目のあはぬに、然《しか》も蚤《のみ》にせゝられて、いとゞしんき」[四四]と語《かた》りければ、「其蚤《そののみ》といふ物はいかなる事ぞ」と、御たづねありしもおかし。何のつぼねとかや、おそばさらずの利発人《りはつじん》、座《ざ》を立ておもてに出、下男をまねき、「汝《なんぢ》が身のうちに蚤《のみ》あらば、それひとつ入事あり」と、灯《ともしび》の影《かげ》にてたづね出させ、見へすく玉のうつは物に入て、彼《かの》むしを御目にかくれば、「是が蚤といふ物か。やさしき形《かたち》の物や。虫《むし》[四五]づくしの草紙《さうし》に是を書《かき》もらせし事ぞ」と、しばし手にふれさせ御らんあつて後、蓋《ふた》を明《あけ》させ給へば、御衣裏《あり》もとより御懐《ふところ》に飛《とび》入、やはらか成御肌《はだへ》に喰付《くひつき》ければ、「扨もいたづら成虫《むし》や。人の見るにもかまはず、ほゝへ飛込《とびこみ》ける」と、不思義《ふしぎ》そふに仰られしは、つゐに御小袖に蚤《のみ》は住《すま》ぬと見えたり。「さても〳〵うへ人の花車《きやしや》なる事、今迄蚤《のみ》をしらせ給はぬ事は、爰を見ぬ人まことにはおもふまじき。たま〳〵生《しやう》を請《うけ》て、是程違《ちが》ひの有物かな」と、忍之介、身のつたなき事を思ひまはしてなげきぬ。

㈡　八声の鶏九重の奥様

明けまで眠られなかったのに、しかも蚤《のみ》につつかれて、大変いらいらしました」と語ると、「その蚤という物はどんな物か」と、奥様がお尋ねになったのもおかしかった。なんの局《つぼね》とかいう、お側《そば》去らずの利口《りこう》者が、座を立って表に出て行き、下男を招き、「お前の身の内に蚤がいたら、それを一つほしい」と、灯火《ともしび》のもとで探し出させ、透き通った玉の器《うつわ》に入れて、その虫を奥様にお目にかけると、「これが蚤という物か。やさしい形の物よ。虫尽くしの草紙《そうし》にはこれを書きもらしていることだ」と、しばらく器を手に取って御覧になってから、蓋《ふた》を明けられると、お襟《えり》もとからお懐《ふところ》に飛び込み、やわらかなお肌に食いついたので、「さてもいたずらな虫よ。人の見る目も構わず、懐《ほほ》へ飛び込んだりして」と、不思議そうにおっしゃったところをみると、今までお小袖に蚤は棲《す》まなかったとみえる。「さてもさても高貴なお方はなんと上品なことよ、今まで蚤を御存知ないということは、この場を見ない人は本当と思うまい。たまたま人間に生まれついて、これほどまで違いがあるものか」と、忍之介は、わが身のいやしさを思いめぐらして嘆いた。

されども替《かは》らぬ物は、高《たか》きもすゑ〲もれんぼの道《みち》と、いよ〲此御所《ごしよ》のありさまを見るに、世には心のまゝならぬ事こそあれ。此御あるじさまは、當年《たうねん》二十三にして、是程の美《び》女《ぢよ》御むかへあそばし、初枕《まくら》四、五度の後、はや六とせあまりも奥《おく》に入給はず、衆道《しゆだう》もつぱらに好《すき》入せ給ひ、明暮《あけくれ》しのび姿《すがた》にて、[四六]ひがし河原《がはら》の[四七]野郎《やらう》ぐるひにつのらせ給ひ、女中《ぢよちう》の事はいかな〲目もやらせ給はねば、いとしや此姫《ひめ》さまは、生《いき》ながら後家分《ごけぶん》とおもはれける。さる程に、彼《かの》ごぜまじりに、夜の明《あけ》がたまで、このもしき色物語《がた》り、「自然《しぜん》かゝる所へ、天のあたへにて、男ひとりふつてもこよ。人のしる事にはあらず、自《みづから》が守《まも》り本尊《ほんぞん》にして、現世後世《げんぜごせ》をたすかるじやに」と、御願《ねが》ひをつゝまず仰《おほせ》られて、「いつの代《よ》の掟《おきて》にて、男は心のまゝに、女は夫妻《ふさい》の外をいましめけるぞ。是程[四八]片手《かたて》うちなる事はあらじ」と、御泪《なみだ》に[四九]ふたの物までも濡《ぬれ》わたる風情《ふぜい》。

忍之介、今はたまりかね、隠《かく》れ笠《がさ》ぬぎ捨《すて》、「てんから降《ふつ》たる男、是にあり」と、思ひきつておひざにもたれかゝれば、あまり興覺《けうさめ》て、皆〲立のかれし跡《あと》に、ごぜばかり残りぬ。

しかしながら変らないものは、身分の高い者も低い者も同じく恋慕の道だと思い、忍之介はますますこのお屋敷の有様をよく見ると、世の中には心のままにならないことがあるものだ。ここの御主人様は、今年二十三歳で、これほどの美女を妻に迎えられながら、新婚当初に四、五度一緒に寝られただけで、もう六年余りも奥様のお部屋にお入りにならない。衆道ばかりを好まれて、毎日忍び姿で、四条の東河原《ひがしがわら》の野郎遊びに夢中になっておられ、女性のことには全く関心を示されないので、おかわいそうにこのお姫様のような奥様は、夫はありながら後家同然に思われた。それで、かの女芸人も加わって、夜の明け方まで、好ましい色話を聞かれた奥様は、「ひょっとしてこんな所へ、天の与えで、男が一人降ってくればよい。人の知ることではないし、その人をわたしの守り本尊にして、この世でもあの世でも助かるのに」と、心底の願望を隠さずにおっしゃって、「いつの世の掟《おきて》で、男は思うように浮気が出来、女は夫以外の男との付合いを禁じたのか。これほど不公平なことはあるまい」と言って、流すお涙で腰巻までも濡《ぬ》れわたる有様であった。

「をのれ成とも、只《たゞ》はおかじ」と、戀《こひ》をしかけしに、ぞんじともよらぬ事にて、「是などは神《かみ》もゆるし給はぬか」と、又すご〳〵と笠《かさ》をかづき、つぼね〳〵を詠《なが》めまはれば、それ〴〵に女[五〇]知音《ちいん》して、[五一]なまおもしろき[五二]仕組枕《しぐみまくら》。是をおもへば、「精進《しやうじん》物にて腹《はら》をふくらすに同じ。喰《くは》ぬがかなしさの[五三]ことかけちぎりぞ」と、ふびんながらならぬ事なれば、是非《ぜひ》もなく、[五四]うそ腹《ばら》立て、[五五]うちあふのきにふしてうるはしき女を、かたはしから胴骨《どうぼね》を踏《ふみ》て、ひとり〳〵にびくりさせて立出れば、

ほの〴〵と明《あけ》わたりて、[五六]御上臺所《かみだいどころ》に今朝《けさ》のりやうり人、五尺まな板《いた》にかゝり、青鷺《あをさぎ》の[五七]煮冷《にざま》しを大皿《ざら》に盛《もり》ならべ置しを、「せめてはたのしみ是ぞ」と、ほしいまゝに食《くひ》て、樽《たる》の書付さがして、「[五八]花橘《たちばな》もろはく」とあるを、[五九]天目《てんもく》にくみて、片《かた》角《すみ》にしばしの夢《ゆめ》をむすぶに、彼包丁人《かのはうてうにん》おどろき、「只今の事なるが、是にありし鳥《とり》の残らず見へざる事は」と、御膳《ぜん》出し前《まへ》にさはぎて、僉儀《せんぎ》の極《きはま》る所、「猫《ねこ》より外には」と、随分《ずいぶん》りちぎなる黒猫《くろねこ》を扣《たゝ》きけるに、「其鳥は我《われ》は喰《くは》ぬ」と、物いは

それを見た忍之介は、今は我慢できず、隠れ笠を脱ぎ捨てて、「天から降った男が、ここにおります」と、思い切って奥様のお膝《ひざ》にもたれかかると、あまりのことに驚き興をさまして、奥様を始めみんなが立ち退《の》かれたあとには、女芸人だけが残った。「お前のような者でも、ただではおかない」と、忍之介が色事を仕掛けたところ、思い通りにならないので、「こんな者でも神様はお許しにならないのか」と、忍之介は又すごすごと笠をかぶった。そうして女中たちの部屋を見て回ると、それぞれ女同士で仲よく遊び、少し面白そうな仕組み枕を用いて寝ている。これを思へば、「精進料理で腹をふくれさせるようなものだ。本物が食えない悲しさの、間に合せの契りだ」と、忍之介は、かわいそうだけど自分には出来ないことだから、仕方がない。何となく腹が立って、少し頭を上げて寝ている美しい女たちを、片っぱしからその胴骨を踏みつけて、一人ひとりにびっくりさせて、座敷から出て行った。

すると夜はほのぼのと明け渡って、お上《かみ》用の台所には、今朝の料理人が、五尺の大俎板《まないた》で料理した、青鷺《あおさぎ》の煮冷《にざま》しを大皿に盛り

並べて置いてあったので、「せめての楽しみはこれだ」と、ほしいだけ食べて、酒樽《さかだる》の書付けを探し、「花橘諸白《はなたちばなもろはく》」とあるのを、天目茶碗《てんもくちゃわん》に汲んで飲み、片隅でしばらく眠っていた。するとあの料理人が驚いて、「たった今のことなのに、ここにあった鳥が残らずなくなっているのは」と、お膳《ぜん》を出す前に大騒ぎして、色々と調べた結果、「猫よりほかにはいない」と、随分おとなしそうな黒猫をたたいたが、「その鳥はわれは食わない」と、物の言えないのがかわいそうであった。

（巻二の二）

ぬこそ哀《あはれ》なれ。

一　一五〇ページ注三参照。　**二**　一五〇ページ注四参照。　**三**　葛野郡西京村。今の中京区西ノ京。　**四**　瞽女（ごぜ）。楽器を持ち門付けをする盲目の女芸人。中世以降、女性の敬称の「御前（ごぜん）」を、前述の女芸人の呼称に限定して、「ごぜ」と呼んだことによる。　**五**　胡弓。　**六**　今様。ここは当世風の歌謡。　**七**　北野神社。今の上京区馬喰町、北野天満宮。　**八**　葎。蔓性の雑草の類。　**九**　卯木。初夏に白い花が咲く。よく生垣に使われた。　**一〇**　いでたち。ここは身支度。「常めく」は普通の状態をいう。　**一一**　布地が見えないほど箔や総模様が置かれている衣服　**一二**　笄（こうがい）は髪をかき上げるのに用いる箸に似た細長い具。銀やめのうで作る。笄髷は、女の髪を巻き上げ笄に巻きつけた髪形。　**一三**　元結は髻（もとどり）を結び止める紐（ひも）の類で、その元結の芯（しん）に針金を入れ、結んだときに末がはね上がるようにしたもの。　**一四**　寛永のころ、女院の御所（東福門院）のお好みで染め出した絹染めで、地白染めともいう。白地に所々花色・照り柿・黒柿・萌黄色など多くの小色を入れまぜて染め、檜垣に菊、竜田川などの模様を表したもの（万金産業袋、四）。　**一五**　婦人が外出の時かぶった紫縮緬（ちりめん）の頭巾で、額の左右に垂らした端が風にひるがえらないように鉛の重りを付けたもの。『好色盛衰記』三の三参照。　**一六**　火燈は上が狭く下が広い方形の燈火具で、その火燈のように山形で裾開きの形状の額。富士額。遊女では固く禁じられていたが（色道大鏡、三）、素人女はよくその形の額にした（女用訓蒙図彙、三）。　**一七**　室町時代中期、足利義政が東山殿（銀閣寺）を建てた時代で、対明貿易で唐物が舶載し、その影響でわが国の美術・工芸等が発達した。　**一八**　蒔絵は漆で文様を描き、乾わかないうちに金銀粉などを蒔きつける技法だが、その際文様を適当な高さに肉上げして蒔絵を施すのを高蒔絵といい、高級品。　**一九**　原文の振り仮名は「たべ」とあるのを改めた。　**二〇**　五十歳。「五十《ニシテ》杖《ツキ》二於家一《ニ》」（礼記、王制）。　**二一**　一つ一つこまごまと。　**二二**　根気の尽きる。　**二三**　酒の異名。女房詞。　**二四**　うちあける。包み隠さず語る。　**二五**　手書きの本。版本に対して写本をいう。　**二六**　口約束する。　**二七**　物を動かし送る。運ぶ。　**二八**　真綿を引き延ばして、色んな形に作った帽子。初めは老女の防寒用的であったが、延宝ごろから若い女性も使う。　**二九**　帷子は夏用の裏のないひとえの着物。帷子時は、帷子を着る時節で、端午の節句（五月五日）から八月晦日までをいう。原文は「維」とあるのを「帷」と改めた。後文の用例も同じ。　**三〇**　家族の住む奥向きへの入口。　**三一**　垂筵。夏、部屋の入口に垂して外光をさえぎるむしろ。帳（とばり）の一種。　**三二**　原文は「郎下」とあるのを改めた。

三三　身柱。灸点の名。両肩の中央で、背骨の上部。ちりけ・ちりげとも。　三四　竹を削って編んだむしろ。　三五　柔らかな絹でつくり、茶道具を取扱う時に用いる。後出の「かんじんの所」（女陰。俗にお茶という）との連想で出したか。　三六　湿（しめ）り。水分。　三七　得物。得意とする業、役目。　三八　年配の女。　三九　夜どおし。一晩中。原文は「夜ともに」と「と」を誤脱するので補う。　四〇　差合いを繰る。差し障りはないか考えて言いつくろう。　四一　本条とやや類似の描写が、『一代男』四の四「替った物は男傾城」の冒頭部にある。　四二　懐（ほほ）。懐中。　四三　色事。情事。　四四　辛気。思うようにならず苦しいこと。　四五　『虫物語』『虫太平記』などがある。　四六　西にある悪所島原に対して、東の悪所四条河原の芝居街をいう。ここは宮川町の陰間茶屋。　四七　「野郎」は歌舞伎役者で男色を売る者。ここは野郎遊びに夢中になること。　四八　一方に片寄った、不公平な処置。　四九　二幅物。女の腰巻。幅（の）は織布の幅の単位で、普通一尺一寸九分（三十六センチ）。腰巻は二幅で作るのでいう。　五〇　「知音」は友人、転じて恋人・なじみの相手の意。ここは女同士で仲よく遊ぶこと。　五一　少し心がひかれる。　五二　女同士が互形（たがいがた）などを用いて同衾すること。　五三　事欠け契り。代用品で間に合わせた契り。　五四　なんとなく腹が立つ。　五五　打迎く。頭を少し上げて後の方にそらし上の方を向く。ここは女たちが腹を下に伏し、頭は少し上げて話などしているところか。　五六　主人や奥様の食事を調える台所。　五七　貝類や野菜などの一度味付けをして煮たものを、冷たくさました料理。夏向きの料理。　五八　京の銘酒の一つ。一三七ページ注五一参照。「もろはく」は諸白、清酒のこと。　五九　すり鉢形の茶碗の総称。

＊　挿絵の左半図中央奥、笠を脱ぎ座る男が忍之介。

三　[一]籠《かご》の鳥かやあかぬ[二]なげぶし

[三]鶏鉾《にはとりぼこ》の山、更《さら》に[四]祇園《ぎをん》まつりの氣色《けしき》、毎年《まいねん》の事ながら、詠《なが》めにあかぬ都の町、七日のあけぼのより十四日の暮《くれ》がたまで、思ひのまゝに見つくして、けふは[五]嵯峨《さが》川の鮎喰《あゆくひ》に、ゆく水に心をまかせ、青葉《あをば》せし野を過て、何か浮世《うきよ》にさはりなく、今

三　籠《かご》の鳥かやあかぬなげぶし

鳥では鶏鉾《にわとりぼこ》の山車《だし》、さらにそのほかの山車も出る祇園祭《ぎおんまつり》の景色は、毎年のことながら、眺めに飽きない都の町の風物である。旧暦六月七日の明け方から十四日の暮れ方まで、忍之介《しのびのすけ》は祭りを思う存分に見尽くして、今日は嵯峨《さが》の大堰《おおい》川《がわ》に鮎《あゆ》を食べに出かけ

の身は極樂《ごくらく》と、[六]釈迦堂《しやかだう》につきける。

此靜《しづか》にして又萬《よろづ》の自由《じゆう》は爰なるべし。いまだ男盛《ざかり》の人、世《せ》[七]間《けん》をやめて、若隠居《わかゐんきよ》をかまへ、したい事してあそび所、誰《たれ》かとがむる人もなく、いづれの下屋敷を見ても、琵琶法師《びわほうし》、または琴《こと》にのせての哥《うた》うたひ、あるひは女中《ぢよちう》あつめて、座敷能《ざしきのう》も有。下髪《さげがみ》したる[八]女﨟《ぢよらう》あまた、[九]うち掛《かけ》ぎぬを[一〇]つぼ折にして、[一一]楊弓《やうきう》の矢《や》を拾《ひろ》はせらるゝ遊興《ゆふけう》もあり。又あるかたには、廣《ひろ》庭《には》、女あまたを左右《さゆう》に分《わけ》て、[一二]ちくたうの立合、女に無用《むよう》の武《ぶ》藝《げい》と見るに、大かたの慰《なぐさ》み仕《し》つくしてうへとぞ思はれけれ。

又、[一三]藪疊《やぶだゝみ》きびしく、外門《そともん》はるかに、奥深《おくぶか》成家作《やづく》りあつて、ことに榮花《あいぐわ》なる隠《かく》れ住《ずみ》、忍《しのび》之介も爰はうらやましく、笠《かさ》ひつかぶりお居間《ゐま》に通《とを》れば、玉《たま》かざりし金《きん》の間《ま》に、七十あまりの親仁《おやぢ》殿、此家《いへ》の將軍《しやうぐん》らしき皃つきして、艶女《あんぢよ》かぎりもなく、白絹《しらぎぬ》の[一四]ひとへなるに紅《もみ》の[一五]下紐《ひも》、みだりに肌見《はだへ》へすきてこのもしく、皆十五、六より廿四、五までを物好《ずき》と見へたり。庭前《ていぜん》に[一六]かゞやく車《くるま》を作《つく》らせ、[一七]から房《ふさ》の綱《つな》を付て、十四、五人美《び》女《ぢよ》、立ならびて是を引《ひけ》ば、此年寄《としより》男座《ざ》して、跡《あと》からは[一八]唐團《たうちわ》に

た。川の流れに心を慰め、青葉した野を過ぎて、この世に何も気にかかることもなく、今の身の上は極楽だと思いながら、嵯峨の釈迦堂《しやかどう》にたどり着いた。

このように静かで、また何事も思うようにできるのは、ここ嵯峨であろう。まだ男盛りの人が、商売をやめて、若隠居の身となり、したいことをして遊ぶ所である。だれもとがめる者もなく、どちらの下屋敷を見ても、琵琶《びわ》法師がいたり、琴に合わせて歌をうたう者がいたり、あるいは女中を集めて、座敷で能《のう》を催している者もいる。下げ髪をした上流婦人が大勢で、打掛け小袖《こそで》の褄《つま》を帯にはさみ、揚弓《ようきゅう》の矢を拾っておられる遊興もある。またある屋敷では、広庭で大勢の女を左右の二組に分けて、竹刀《しない》の勝負をしていたが、女に無用の武芸と見たものの、これは大概《たいがい》の慰みをし尽くしたあげくのことと思われた。

また、竹藪《たけやぶ》できびしく家の周りを囲い、外門からはるか遠く、奥深かな家構えがあって、特に栄華な隠居住居《すまい》であった。忍之介《しのびのすけ》もここはうらやましく、隠れ笠をかぶってお居間《いま》に入ると、実にきれいな金襖《きんぶすま》の部屋に、七十歳余りの親仁《おやじ》殿が、この家の大将ら

て風をまねかせ、我屋敷《やしき》の内《うち》をまはりけるは、さながら見ぬ國《くに》の一九王院《わういん》事してあそぶとおもはれける。あの身になつて、さぞゆく年《とし》の命《いのち》の程、人にすぐれて惜《おし》かるべし。

惣《そう》じて此所の樂隱居《らくいんきよ》、昼夜《ちうや》の友《とも》には、色ある女と極《きは》めたると見へける。よく〳〵分別《ふんべつ》するに、老後《らうご》の思ひ出、是ぞよきもてあそび物也。二〇持佛堂《ぢぶつだう》二一たたきがねを夜のとぎとするは、か二二なはずぶじのお念佛《ねんぶつ》なり。誰《たれ》か色道《しきだう》の嫌《きら》ひあるべし。此親仁《おやぢ》殿の榮花《えいぐわ》あやかり物と、其日《そのひ》は爰に暮《くら》して、夜のありさまを見しに、埒《らち》の明《あか》ぬ旦那《だんな》ひとりに、手づよき女取まはして、たはぶれに腰《こし》をしめけるに、かりそめの事ながら大勢《ぜい》の手先《さき》にて、腹《はら》をりうご二三のごとくなしける。此親仁《おやぢ》果報《くわほう》のかけたる事は、是程の身にもまことの戀は叶《かな》はずして、やう〳〵手二四てんがうの外は何の事もなく、あつたら女房《にようばう》どもをかゝへ置れしは、二五喰《くは》ぬせつしやうぞかし。殊更《ことさら》二六りんき深《ふか》く、暮《くれ》がたより戸《と》に錠《ぢやう》をおろさせ、男には皃をも見せざりし。此手明《あき》の女中《ぢよちう》あはれやと、無常《むじやう》を觀《くわん》じける。

夜《は》半過《はんすぎ》に八重《ゑ》梅《むめ》といふ女、俄《にはか》に腹《はら》いたみ出て立さはぎ、ほ

㈢　籠の鳥かやあかぬなげぶし

しい顔つきをして、大勢の美女に囲まれていた。女たちは白絹《しらぎぬ》の単物《ひとえもの》に紅絹《もみ》の腰巻をして、むやみに肌《はだ》が見えすいて好ましく、皆十五、六歳から二十四、五までの女を好んで集めたと見えた。庭前に輝くような車を作り置かせ、唐房《からふさ》の綱《つな》を付けて、十四、五人の美女が立ち並んで引くのだが、主人の年寄り男が車上に座ると、後ろからは唐団扇《とううちわ》で風を送らせて、自分の屋敷の内を回っている有様は、まるで見たこともない中国の王宮ですることを、まねて遊ぶのかと思われた。あの身になっては、さぞ行く先の短い命が、人一倍惜しいことだろう。

およそこの嵯峨に隠居している人たちは、その昼夜の話相手は、美しい女たちと決めているように見えた。よくよく考えてみると、老後の思い出に、これこそよい遊び相手である。老人が仏壇のたたき鉦《かね》を夜の慰みとするのは、女遊びは出来ず、することがないためのお念仏なのだ。だれ一人色事の嫌いな者があろうか。この親仁《おやじ》殿の栄華にあやかりたいものだと、忍之介《しのびのすけ》はその日はここで過ごし、夜の有様を見物したところ、夜の役に立たない旦那独りに、手ごわい女たちが取り巻いて、ふざけて腰をしめた

うばいのよしみ迚《とて》、おの〳〵かけつけ是をいたはり、「此程氣色《きしよく》よろしからずとて、御奉公《ほうこう》も引《ひき》給ひおはしける。すこしの事ぞと思ひしに、かくなやみ給ふはこゝろもとなし」とて、薬《くすり》などのせんさくするうちに、お中次第《なかしだい》にいたみ、なんの子細《しさい》もなく男子《なんし》平産《へいさん》して、初声《はつごゑ》あぐれば、いづれも興《けう》を覺《さま》して、こと過《すぎ》て取あげ[二七]祖母《ばゞ》をよびて、おもひもよらぬ産屋《うぶや》、「[二八]胞衣《ゑな》桶《おけ》よ、[二九]味噌《みそ》汁《しる》よ」と、取まぜてのやかましさ、しばしやむ事なし。

其後、旦那《だんな》腹立《ふくりう》あそばし、女のかしらせし、清瀧《きよたき》といへるをめされ、「我あだにてうあひして、まことのなき事は、かねておのれもしれる事なり。いかなる通《かよ》ひ男なりけるぞ。汝《なんぢ》がしらざる事あらじ」と、つよく御ぎんみありしに、すこしもおどろく風情《ふぜい》なく、「御掟《おきて》の通《とを》り、奥《おく》への板戸《いたど》を明《あけ》くれ大《だい》事《じ》にまもりければ、鼠《ねずみ》もかよふべき道絶《みちたへ》、ひとり〳〵の寝《ね》姿《すがた》、夜に三度づゝ見まはりしに、こゝろがゝりのひとつもなき事、女ながらも此役目《やくめ》、命にかけてあらため、夢《ゆめ》〳〵うたがはしき事もなく、彼《かの》とりあげ祖母《ばゞ》がいひけるは、『まさし

ところ、ちょっとしたことではあるが、大勢の手の先で、旦那の腹を輪鼓《りゅうご》のようにしてしまった。この親仁の運の欠けたことには、これほど裕福な身でも、本真《ほんま》の契りができないことであった。やっと手でいたずらをするよりほかはないので、せっかく女たちを抱えて置かれるのは、食いもしないのに殺生《せっしょう》をするようなものである。殊に親仁は嫉妬《しっと》深く、暮れ方から戸に錠《じょう》をかけさせ、ほかの男には女たちの顔をも見せなかった。この手のあいた女たちはかわいそうなことよと、忍之介は世の無常を深く覚えた。

夜半《よなか》過ぎに八重梅《やえうめ》という女が、急に腹が痛み出して大騒ぎとなり、傍輩《ほうばい》の親しい関係で、みんなが駆けつけてこの女を介抱し、「このごろ気分がよくないといって、お勤めも休んでおられた。たいしたことはないと思っていたのに、こんなに苦しまれるのは心配だ」と言って、薬などあれこれと探しているうちに、お腹《なか》が次第に痛み出し、なんの問題もなく男の子を安産して、初声《うぶごえ》が上がった。だれもが気まずい思いで、生まれてから産婆を呼んだり、思いがけない産屋《うぶや》の用意をした。「胞衣桶《えなおけ》よ、味噌汁《みそしる》よ」と、

く此若子《わかご》様は八月子《やつきご》[三〇]にて、此たよはき御うまれつき、いまだ若年《じやくねん》の人の子か、又は八十過《すぎ》ての御かたの御子息《しそく》にあるべし』と申せば、すゑ〴〵の者《もの》までも、お家《いへ》のはんじやうと、よろこびなします」と申あぐれば、親仁《おやぢ》いよ〳〵腹立《ふくりう》あそばし、「あるが中にも八重梅《えむめ》といふ女には、あしをもたせし事もなし。何共合点《がつてん》ゆかず」と、外門《そともん》に番《ばん》を付、きびしく出入をやめて、先《まづ》下人どものせん義《ぎ》にかゝり、思ひもよらぬ誓紙《せいし》を書《かく》事、主命《しうめい》なれば是非《ぜひ》もなし。

いろ〳〵吟味《ぎんみ》の品《しな》[三一]を替《かへ》給へども、十四人の男ども、身に曇《くも》りなきいひ分《わけ》、せんかたつきて、又八重梅にたづね給へども、「外の男ぐるひの事、夢《ゆめ》にもつかふまつらず。去年《こぞ》の雪ふりに、旦那《だんな》の御枕《まくら》ちかく、寝《ね》ずの役《やく》を勤《つと》めける折ふし、綿《わた》入のお足袋《たび》をぬがせまいらせし時、ひだりかたの御あし、我等がふともゝにさはり、『是はもつたいなし』と思ふたより、生《うま》れて此かた、男の身にさはりたる事なし。ちいさき時、父《とゝ》さまの肩車《かたくま》[三二]に乗《のり》て、藤《ふじ》[三三]の森《もり》の宮《みや》さまへまいつた事は覺へました」と、鼻《はな》[三四]も動《うご》かさずつべ〴〵申せば、うつくしき、こづら

(三) 籠の鳥かやあかぬなげぶし

何かとやかましい騒ぎは、しばらくやまなかった。

その後、旦那は腹を立てられて、女中頭《がしら》の清滝《きよたき》という女を呼んで、「わしがただ愛撫《あいぶ》するだけで、まことの契りのないことは、以前からお前も知っていることだ。どんな男が通って来たのか。お前が知らないことはあるまい」と、厳しく問い詰めたが、少しも驚く様子がなく、「ご規則の通り、女中たちのいる奥への板戸を明け暮れ大事に守っておりますから、鼠《ねずみ》が通うほどの道もありません。一人ひとりの寝姿を毎晩三度ずつ見回っていますが、気掛りなことは一つもありません。女ながらもこのお役目を命がけで勤め、全く疑わしいことはありません。あの産婆が申すことには、『確かにこの赤子《あかご》様は八箇月《はつかげつ》の子で、このひ弱なお生れつきは、年若《としわか》な人の子か、または八十歳を過ぎたお方の御子息であろう』と申していますから、下々《しもじも》の奉公人までも、お家の繁盛と喜んでおります」と申し上げた。すると親仁は、ますます腹を立てられ、「大勢の女の中でも八重梅という女には、足を持たせ掛けたこともない。なんとも納得いかない」と、外門《そともん》に番を付けて、厳しく出入りを止めて、まず下男たちの取り調べに掛かり、思い

悪《にく》し。親仁《おやぢ》堪忍成難《かんにんなりがた》く、「[三五]七夜《や》過《すぎ》たらば仕《し》やう有。此外の女《によ》房《ばう》どもにも、いたづら者《もの》あるべし」と、彼《かの》取あげ祖母《ばゞ》に仰《おほせ》られ、かたはしから、いとふもなき腹《はら》さぐらせて見給ふに、西《にし》の岡《おか》といふ女も、[三六]忍《しの》び帯《おび》してはやな〻月ばかり也。くれなゐといふ女も、つはりの最中《さいちう》、其外の女、大かた腹《はら》に子細《しさい》有。中にも小笹《をざゝ》といへる女、我と進《すゝみ》て、「自《みづから》も、御吟味《ぎんみ》にあふまでもなし、胎内《たいない》にひとり抱《かゝへ》て居《ゐ》ます」といふ。「いづれもせんぎに成まで隠《かく》しけるに、[三七]もつてひらいたる女なり」と、

是もとらへて腹《はら》をさがすに、中にたがひてお中《なか》に別《べち》の事なし。なを〳〵不《ふ》思義《しぎ》か〻

がけない誓紙《せいし》を書かされるのも、主命だから致し方がない。

色々な取り調べをなさったが、十四人の下男たちは、潔白だという言い訳が立ち、親仁はどうしょうもなくなって、また八重梅に尋ねられたけれども、「旦那様以外の男と遊ぶことなど、夢にも致しておりません。去年の雪の降った日に、旦那様のお枕《まくら》近くで、寝ずの番を勤めました時、綿入れの足袋《たび》をお脱がせ申しました際、左の方のお足が、わたくしの太股《ふともも》にさわり、『これはもったいない』と思った時よりほかには、生まれてこの方、男の体にさわったことはありません。小さい時に、父様《とと》の肩車《かたぐるま》に乗って、伏見の藤の森のお宮へお参りしたことは覚えております」と、鼻も動かさずにあれこれと言うので、美しいだけに顔を見るのも憎らしい。親仁は怒りを押えかねて、「お七夜《しちや》が過ぎたら、始末の付けようがある。ほかの女中たちの中にも、ふしだらな者がいるに違いない」と、かの産婆に命じられ、かたっぱしから女たちの痛くもない腹を探らせてみられると、西の岡という女も、ひそかに岩田帯をして早や七箇月《ななかげつ》ほどであった。紅井《くれない》という女もつわりの最中で、そのほかの女もたいてい腹の様子がおかしい。

りて、其身をあらため見しに、大きにまぎれものなり。「形《かたち》は女にして、若衆《わかしゆ》ざかりを過たる男目、女中《ぢよちう》の勤《つと》めをして、ぬく〳〵とよい事して、大勢《ぜい》の子の親《おや》になりけるは、[三八]またもあばずれもの。旦那《だんな》はたはぶれ一ぺんの内證《ないしやう》しつて、かくはしかけもの[三九]」と、下《した》〲ともに立腹《りつぷく》して、此家《いへ》を追《をひ》出しけるに、つねに替《かは》りたるやつなればとて、かしらは下髪《さげがみ》にさせて、身は男出立《でだち》の袴《はかま》を着《きせ》、木刀《きがたな》の大小をさゝせ、彼生《かのうま》れ子を抱《だか》せ、[四〇]川原町の親《おや》が許《もと》へおくり歸《かへ》されける。

しばらく忍《しのび》之介、是を觀《くわん》じ[四一]「扨は我身を恨《うら》むまじ。是無理《むり》

㈢ 籠の鳥かやあかぬなげぶし

中でも小笹《おざさ》という女は、自分から進み出て、「わたくしも、お調べにあうまでもなく、胎内に一人抱えております」と言う。「だれも調べられるまで隠しているのに、恥知らずの女だ」と、これもつかまえて腹を調べさせると、言い訳と違ってお腹《なか》に変ったことはない。なおさら不審に思われて、その体を調べてみると、大変な似せ者であった。「格好だけは女であって、実は若衆盛りを過ぎた男奴《め》、女中勤めをして、ぬくぬくとうまいことをして、大勢の子の父親になったのは、並ぶ者もない厚かましい男だ。旦那は愛撫だけだという内情を知って、このように仕組んだのだ」と、奉公人も共に腹を立てて、この家から追い出すことになったが、並大抵《なみたいてい》の奴《やつ》ではないというので、髪は女の下げ髪にさせて、その身は男姿の袴《はかま》をはかせ、木刀《ぼくとう》の大小を腰に差させ、例の生まれた子を抱かせて、四条河原町《しじょうかわらまち》の抱え主の所へ送り帰された。

忍之介は、しばらくこの有様を眺めていたが、「なるほど、わが身の利《き》かないのを恨むまい。これは無理な願いというものだ。世の中には様々な悩みがあるもので、裕福な身分に相応の栄華だ

の願《ねが》ひなり。世はさま〴〵の物おもひ、[四二]そなはつての榮花《ゑいぐわ》に、何程か美《び》女集《ぢよあつ》め置て、ひとつもゐきのなき事ぞかし。此女房ども、『[四三]籠《かご》の鳥かや』と、[四四]小首《こくび》をなげぶしをうたひ、月[四五]日ををくるも、ひとしほふびんにこそ」。

といって、どんなに美女を集めて置いても、（体が利《き》かなくては）全く役に立たないことだ。この女たちが、『籠《かご》の鳥かや恨めしや』と、小首《こくび》をかしげて投節を歌いながら月日を送るのも、一段と哀れなことだ」と、つくづくと思った。　（巻二の三）

一　一五一ページ注七参照。　**二**　一五一ページ注八参照。　**三**　京の祇園会の巡行に出る山鉾（山車の総称）の一つ。下京区室町通四条下ル、鶏鉾町より出す鉾。「鉾」とは車が付き綱で引く大型の山車で、一方人が担いで巡行する小型の山車を「山」という。本文の「鶏鉾の山」とは、山鉾などの山車（だし）の見物する人の山（群集）をいう。　**四**　東山区祇園町の祇園社（八坂神社）の祭礼。旧暦六月七日に神輿（みこし）が四条通のお旅所に迎えられ、十四日に本社に還える。そこで七日と十四日の両日に山・鉾の巡行がある。京の代表的な年中行事。　**五**　嵯峨を流れる川の意で、保津川の下流で嵐山の麓、渡月橋辺の大堰川（おおいがわ）をさす。嵯峨・鮎は付合語（類船集）。　**六**　浄土宗の清凉寺（しょうりょうじ）。今の右京区嵯峨釈迦堂藤ノ木町内。通称を嵯峨の釈迦堂という。　**七**　商売など世間付き合いをやめる。　**八**　上臈。ここは上流階級の女性。　**九**　打掛け衣。上着の上に打ち掛けて着る小袖。原文は「うう掛」と誤刻するのを、「うち掛」と改めた。　**一〇**　壺折り。つぼめ折る意をこめる。動きやすいように、着物を両褄を折りつぼめ、前の帯にはさむのをいう。　**一一**　弓の長さ二尺八寸、矢の長さ九寸、七間半離れた直径三寸の的（まと）を座って射る遊芸。　**一二**　竹刀。　**一三**　竹藪などが重なって茂っている所。　**一四**　裏地のついていない着物。単物（へとえもの）　**一五**　下着のひもの意もあるが、ここは腰巻。　**一六**　挿絵参照。「かがやく」は古くは清音、本文は仮りに「かがやく」と改めた。　**一七**　ふっくらと糸の美しい房（ふさ）。　**一八**　中国風の団扇。相撲の軍配用。　**一九**　唐の王宮で行なうような事。　**二〇**　仏間。　**二一**　念仏に合せてたたき鳴らす鉦（かね）。原文は「たきがね」とあり「た」を補う。　**二二**　叶はず無事。老人で色事をする体力はないが、することがなく暇である。　**二三**　輪鼓。鼓の胴のように中のくびれた鼓。散楽（さんがく）の曲芸では、輪鼓の胴に緒を巻きつけ、回転させながら投げ上げたり、緒の上に受けたりする。　**二四**　手転合（当て字）。手淫。　**二五**　食うためでなく、むやみに生き物を殺すこと。無慈悲なことをいう諺。ここはせっかく利用できるものを、むだにしてもったいないこと。　**二六**　悋気。嫉妬。　**二七**　取揚げ婆。産婆。　**二八**　胞衣は胎児を包んでいる膜や胎盤などのことで、それを土中に埋めるときに用いる桶。　**二九**　産後の血暈（ケツウン、脳貧血）などを治すという（本朝食鑑）。　**三〇**　妊娠八か月で早産した子。　**三一**　方法。　**三二**　「かたぐるま」に同じ。　**三三**　伏見区深草鳥居崎町の藤森（ふじのもり）神社。　**三四**　ぬけぬけと顔色を変えないさま。　**三五**　誕生後七日目で、誕生祝いをする。　**三六**　上着の下にしめる隠し帯。ここは岩田帯をさす。　**三七**　（悪びれたりしないで）開き直った態度をとる。恥知らず。　**三八**　又もない。この上もない。　**三九**　仕掛け者。悪事を仕組んだ者。　**四〇**　ここは鴨川西の河原町通のことではなく、鴨川東の四条河原の芝居街の区域、特に宮川町を指す。本文の「親」は、陰間茶屋の親方（抱え主）のこと。　**四一**　原文は「勧」と誤刻するので改めた。　**四二**　備っての。生まつきの。　**四三**　一五一ページ注七参照。　**四四**　「小首を投げ」と「投節」と掛ける。　**四五**　投節の「嘆きながらも月日を送る、さても命はあるものを」（新町当世なげぶし）による。

＊　挿絵左半図の右端、笠をかぶる男が忍之介。

四　ひとりの女鳥緞子《どんす》の寝《ね》道具《どうぐ》[一][二]

[三]ひよくの鳥にたとへ、夫婦《ふうふ》のちぎりをなして、其身は都[四]の辰巳《たつみ》宇治《うぢ》の里に榮花《あいぐわ》を極《きは》め、此うへの望《のぞ》みなく、萬事《ばんじ》心にまかせ、うき世は色あそびひとつにかため、此男、一生《しやう》のうち今年《こんねん》までに、二六時《じ》中好色《ちうこうしよく》を勤《つと》めて、其女をわづらはせ、又は命を取、千人目の時、諸《もろ》〳〵の女のために迚《とて》、[五]くやうをして、其後は[六]奈良《なら》の京より本妻《ほんさい》をむかへ給ひしに、物にはその手うへあり。

此御かたのつよき事、鐵作《てつづくり》の男ひよろりとゆがむばかりにせめ付られ、中〳〵[七]あの世此世のさかい目見る身と成て、息《いき》も絶《たへ》〴〵になれば、爰が分別《ふんべつ》所と、俄《にわか》に遊興《ゆうけう》を捨《すて》て、「我大願あつて、富士山《ふじさん》に參詣《もふで》ゆく」と、宿を立出、是を養生《やうじやう》の種《たね》として、ひさしくたよりもせざりしを、此女深《ふか》く恨《うら》み、せめてうき世をわする事とて、毎夜《まい》あまたの女をあつめ、氣《き》の浮《うき》

四　ひとりの女鳥緞子《めどりどんす》の寝道具

男女の仲のよいことを比翼の鳥にたとえるが、そのように仲よく夫婦の交わりをして、その身は都の東南《たつみ》の宇治《うじ》の里で栄華を極め、この上の望みもなく、万事気の向くままに、この世は色遊び一つと決めた男がいた。この男は一生のうち今年までに、朝から晩まで色事に精を出して、相手の女を悩ませ、またはその命をとり、千人目の時、すべての女たちのためにと、その供養をした。その後は奈良の都から本妻を迎えられたところ、物事にはその上《うわ》手《て》があるものだ。

この御本妻の精力の強いことといったら、さすが鉄作《くろがねづく》りの男もひょろりとゆがむほどに責めつけられ、随分生死の境を見る身の上となり、息も絶えだえとなった。そこで主人は、ここが思案のしどころだと、にわかに色事を断ち、「わしは大願があって富士山に参詣に行く」と言って家を出て、これを養生の始めとして、

立はなしに大笑《わら》ひ聞えければ、忍之介《しのび》、折ふし此里一見《けん》に通《とを》りあはせ、何事やらんと立入ける。

男なしの女ばかり寄合《よりあい》、奥《おく》さまをいさめて、八 不義《ふぎ》なる事を取集《あつ》めて語《かた》りけるに、後にはいろを替《かへ》て、ひとり〳〵上氣《じやうき》して、お座《ざ》にたまりかねて、それ〴〵の寝所《ねどころ》に、九 ことかけなるうきを晴《はら》しける。中にも奥《おく》は、床《とこ》のひとり寝《ね》を堪忍《かんにん》しかね給ひ、一〇 土佐《とさ》が書たる枕繪《まくらゑ》取出し、一一 一から十二まで、幾《いく》たびかくりかへし、一二 くゝりまくらをだかへ、一三「あゝ、いとし殿《との》や」と、身をふるはせ、「扨もうき世かな。臺《だい》所には手明《あき》の男ども、淋《さび》しく夢や見るらん。

長い間便りもしなかった。そこでこの本妻はこれを深く恨んで、せめて憂さを晴らすためにと、毎晩大勢の女中を集めて、心の浮き立つ話をして大笑いしたが、その声が外に聞こえた。ちょうどその時、忍之介《しのびのすけ》が通りかかって、何事であろうかとそこに忍び込んだ。

男気《おとこけ》のない女ばかりが集まって、奥様を励まし、みだらなことを取り集めて話しているうちに、後には顔色を変えて、一人ひとりのぼせ上がって、その座に居たたまれなくなり、めいめいの寝室に入って、男に不自由している憂さを独りで慰めている。中でも奥様は、独り寝を我慢しかね、土佐《とさ》派の絵師が描いた枕絵《まくらえ》を取り出し、十二箇月に配した男女の取り組みを、何度もくり返し眺めて、くくり枕を抱きかかえて、「ああ、いとしい殿よ」と、身をふるわせ、「なんと思うようにならない世の中かな。台所には手のすいた男どもが、淋《さび》しく寝ていることだろう。それでもいい、一人ほしい」と、人に聞こえるほどつぶやき、腰巻が湿《しめ》りわたるほど、涙をこぼしておられるのは、よくよくのことと思われた。

それがな、独《ひとり》ほしや」と、人の聞程にいひ給ひ、下紐《したひも》のしめりわたる程、泪《なみだ》こぼし給ふは、よく〳〵の事と思はれ、

忍《しのび》之介、あまりいたはしさに、くだんの隠《かく》れ笠《がさ》をぬぎて、内懐《ふところ》へ片足《かたあし》さし込《こみ》、やはらか成肌《はだへ》にさはれば、奥《おく》はおどろき、「是は何人なるぞ。夫《をっと》の留守《るす》なる女を狼藉《らうぜき》したまふ」。「誰《たれ》よ、かれよ」と、呼起《よびおこ》し給へども、皆ねいりばなにて、返事《へんじ》もなし。忍之介、小語《さゝやき》けるは、「我は是、むかし男業平《なりひら》のゆうれいなるが、汝《なんぢ》あまりに戀深《ふか》く、相手《あいて》ほしそうなるをふびんさに、かりに是まであらはれける。其證拠《しやうこ》には、人し

忍之介はあんまりかわいそうなので、例の隠れ笠を脱いで、奥様の内懐《うちぶところ》に片足を差し込み、やわらかなお肌《はだ》にさわると、奥様は驚いて、「これは何者であるか。夫の留守の女に乱暴なさる」と言い、「誰《たれ》よ、彼よ」と、人を呼び起こされたが、皆寝入りばななので、返事をする者もない。忍之介が声をしのばせて言うには、「我はこれ、昔男の業平《なりひら》の幽霊であるが、お前があまりに恋の思いが強く、相手ほしそうなのがかわいそうで、仮にここに現れたのだ。その証拠には、人知れずこんな所へ忍び込むということは、人間業《わざ》ではできないことだ。殊に一夜の契りが千夜に当る、袖《そで》の下という秘伝で、どんなに気の強い女でも、『これではもう命がない』と言わせることだ。いやなら帰るまでだ」と、緋《ひ》縮緬《ちりめん》の褌《ふんどし》を見せ掛けて出て行こうとした。

この女は袖にすがり、「そんなこととは夢にも存ぜず、無用の遠慮を致しました。たまたま女に生まれて、陰陽の神と世間であがめているお方と、同じ枕で寝られるというのは、甚だ幸運なことですから、これ申し、拝みます」と、手を合わせて抱き留《とど》め、しんみりと語り合った。「本当に昔男の業平様は、絵でお顔形《かたち》を

れずかゝる所へしのぶ事、人間業《にんげんわざ》にはならぬ也。殊に一夜のちぎり千夜にむかへる、一四袖《そで》の下《した》といふひでんにて、いかに氣《き》づよき女成とも、『これはその命がない』と、いはす事じや。いやならばまかり歸る」と、ひぢりめんのふどし見せ掛《かけ》立出れば、

此女、袖にすがり、「一五さやうの御事とは夢《ゆめ》にもぞんぜず、一六いはれぬしんしやく申たり。たま〳〵女に生《うま》れて、一七ゐんやうの御神《かみ》と世にあがめし御かたに、同じ枕《まくら》をかはす事、大かたならぬ果報《くわほう》なれば、是申、拝《おが》みまする」と、手をあはせて抱《だき》留《とゞ》め、しめやかに語《かた》りて、「まことにむかし男さまは、繪《ゑ》にて御面影《おもかげ》を見しに、一八『唐紅《からくれなゐ》』の御哥讀《うたよま》せられしとは、すこし色黒《いろぐろ》に見へさせ給ふ」といへば、忍之介、腹立《ふくりう》して、「東《あづま》から是までの長旅《ながたび》、一九百人一首の形《かたち》とは違《ちが》ふべし」と、面《おもて》を背《そむ》きて鼾《いびき》をかけば、此女せき心にて、二〇さま〴〵手をおろして、戀《こひ》をしかけぬれば、「無用《むよう》の事をいはれて、すこしも心通《かよ》はぬなり。此身をそなたへまかす程に、二一手がらには我等が氣《き》を浮《うか》して、何事成ともしたまへ」と、うちまかせ居《ゐ》けるを、此女

見ましたが、『唐紅《からくれない》』の御歌をお詠みなさったにしては、少し色《いろ》黒《ぐろ》にお見受けします」と女が言うと、忍之介は腹を立てて、「江戸からここまでの長旅で、百人一首のカルタの絵姿とは違うだろう」と、顔をそむけていびきをかき始めた。するとこの女はあせる思いで、色々と手を出して恋を仕掛けると、「余計なことを言われて、少しもその気にならない。この身をそなたに任せるから、見事にわしの気分を浮き立たせて、なんでも好きなようにしてみなさい」と、身を任せていると、この女は万事心得て、「それはこちらに秘伝があります」と、色々と身をもんでみても、どうしても効《き》き目がないので参ってしまい、十二箇月の枕絵に合せて、輪に結んだ帯で首引きをしたり、また碁盤《ごばん》を取り出して、相手を腰掛けさせての秘曲など、様々に秘術を尽くしたけれど、元来、真の契りは出来ないという神のお告げなのだから、かわいそうにこの奥様に一晩中骨を折らせても、どうにもならなかった。

世が明けて、烏《からす》の群れがせわしく鳴き出したので、奥様は、「役に立たない男め、ここを出てお行き」と言う。「かしこまった」と、忍之介は、また笠をかぶって、そのまま姿を隠し、思え

ば惜しい出会いだったと、とかく思うように出来ないことを悔《くや》しがった。

（巻二の四）

手[二二]に入て、「そこはこなたにでんじゆあり[二三]」と、いろ〳〵身をもみても、いかな〳〵おもむきのなき事に我《が》[二四]を折て、つが[二五]ひ繪《ゑ》にあはせて、帯《おび》をむすびて首引《くび》[二六]、又、碁盤《ごばん》取出してのひきよく、さま〴〵仕掛《しかけ》をつくせども、元來《ぐわんらい》うごかぬ神《かみ》のつげなるに、あはれや此奥《おく》さまに夜《よ》すがら骨《ほね》をおらせて、埒《らち》は明《あか》ず。

夜はあけて、むら烏《がらす》の聲《こゑ》せはしく、「世[二七]の費《つゐへ》男、爰を出されｰ」といふ。「かしこまつた」と、又、笠《かさ》かぶりて、俤《おもかげ》其ま〻隠《かく》し、おもへば惜《おし》き首尾《しゆび》と、兎角《とかく》ならぬ事を悔《くや》みぬ。

一 一五一ページ注一一参照。 **二** 一五一ページ注一二参照。 **三** 比翼の鳥。雌雄がそれぞれ一目一足一翼で、常に一体で飛ぶという想像上の鳥。男女の契りの深いことにたとえる。 **四** 「わが庵は都の辰巳しかぞすむ世をうぢ山と人はいふなり　喜撰法師」（古今集／百人一首）に拠り、「憂し」といわれる所で、実は栄華に暮らすという。 **五** 供養。 **六** 昔男といわれる業平が「ならの京」の女の所へ通った（伊勢物語、初段）という故事による表現か。（参考）「奈良の都に……すぐれたる艶女ありとて通ひける程に」（一代女、三の二）。 **七** 生死の境。生死の瀬戸際。 **八** 慰め元気づける。 **九** 事欠けなる憂きを晴らす。男に不自由して自慰をしたの意。 **一〇** 平安以来の大和絵の流派。近世では土佐光起（みつおき）が狩野派の手法を加味した細密な画風を興す。 **一一** 春画には十二か月に配した十二の姿態を描いた物が多い。 **一二** 括り枕。そば殻などを入れて両端を括った枕。 **一三** 抱へる。だきかかえる。「手づから風呂敷づつみを抱（だかへ）しが」（一代女、六の一）。 **一四** 匹敵する。相当する。 **一五** 原文は「きやう」とあるのを改めた。 **一六** 無用な遠慮。 **一七** 一〇七ページ注一一参照。本作巻一の一にも登場。 **一八** 「ちはやぶる神代もきかず立田川からくれなゐに水くくるとは　業平」（古今集、五／小倉百人一首）。 **一九** 百人一首の歌留多に描かれた姿。百人一首の絵本は、師宣画の『百人一首像讃抄』（延宝六年刊等）もあるが、歌留多の方が流布したか。近世初期から行われ、貞享ごろの京都には「歌かるた所」の店があった（京羽二重、六）。 **二〇** あせる気持。 **二一** 自慢できるほど腕を振って。ここは見事に、の意。 **二二** 相手を自分の思い通りに扱う。ここは万事心得て、の意。 **二三** 伝授。ここは秘伝の意。 **二四** 閉口する。参ってしまう。 **二五** 番絵。男女が組み合うさまを描く春画。枕絵。 **二六** 一三八ページ注八二参照。 **二七** 世の中の役に立たない男。「おのれ世の費（ついえ）男」（桜陰比事、二の三）。

＊　挿絵の左端、笠を脱ぎ座る男が忍之介。

浮世榮花一代男

三

浮世《うきよ》榮花《ゑいぐは》一代男《おとこ》　風の巻三　目録

㊀ 姉《あね》も妹《いもと》も當世風俗《たうせいふうぞく》

[一]淀《よど》の樂《らく》ぶね
哥《うた》がるた
[二]十炷香《じしゆかう》
卽座《そくざ》の縁組《ゑんぐみ》
化物《ばけもの》うたがふ

㊁ [三]山の神《かみ》が[四]吹《ふか》す家風《いへかぜ》

惡所《あくしよ》の朝歸《あさがへり》
[五]りんきの割鍋《われなべ》
隣《となり》の後世《ごせ》ねがひ
妾女《てかけ》九の所
[六]塩《しほ》町は[七]都の嵯峨《さが》

一　淀川を船で下れば、陸路より楽である意。
二　十種の香を順不同にたき、その香をかいで香銘を当てる遊び。十種香とも書く。
三　妻の異称。口やかましいことをからかっていう。
四　山の神が、夫の身持ち次第で家での機嫌が荒れる話
五　悋気。嫉妬
六　船場の塩町（現中央区南船場）もあるが、ここはその東南の高台にあった塩町（東成郡北・南平野町村の内、現中央区上汐町一・二丁目と、天王寺区上汐町三～六丁目）のこと。当時妾宅や隠居所、後家の独り住居もあった。
七　都の嵯峨に似た環境だの意。「世を捨人の住所、難波の嵯峨と名付て、天王寺の塩町」（諸艶大鑑、七の五）。

㊂ 風聞《ふうぶん》の[八]見立男

うたてや田舎《いなか》
難波《なには》の旅宿《たびやど》
年中物《ねんぢう》[九]にかゝり
よい事に望《のぞ》み
[一〇]おもはく筆《ふで》の色《いろ》

㊃ 風流《ふうりう》の[一一]座敷踊《ざしきおどり》

盆過《ぼんすぎ》ての太鞁《たいこ》
向《むか》ひの葬禮《さうれい》
近所《きんじよ》の產月《うみ》
夜《よる》の[一二]水鏡《みづかゞみ》
皃《かほ》の落書《らくがき》

八 色事の相手として選んだ男。

九 ここは物に掛かり者（しや）の意。何にでも口出しをする男。

一〇 忍之介が恋の思惑を巧みに文に表したこと。

一一 大坂新町遊廓で、陰暦八月一日より十五日までの間、客の所望で揚屋の座敷で行なう遊女の総踊り（浪花青楼志、三）。

一二 水面に映して顔を見ること。

＊ 第三巻では、目録に明示するように、「花鳥風月」の内の「風の巻」に相当する。そこで本巻の章題名や、本文冒頭部に、「風」に関する修辞を織り込んである。

一　姉《あね》も妹《いもと》も當世風俗《たうせいふうぞく》

戀風《こひかぜ》いとふ淀《よど》の川船《ぶね》、月見てくだる秋の夜の事成しに、難波津《なにはづ》にゆく水ゆかしく、都《みやこ》を跡《あと》に車道《くるまみち》[一]、鳥羽《とば》[二]縄手《なわて》を過《すぎ》て程なく、小橋《こばし》[三]づめにつきしに、旅人《りよじん》の舟とは見えぬ御座《ござ》[四]に、臺《だい》[五]所《どころ》ぶね付て、萬事《ばんじ》大名《だいみやう》のごとく、魚鳥《ぎよてう》・酒樽《さかだる》・菓子《くわし》杉折《すぎおり》つみかさね、料理人《りやうり》は眞那板《まないた》にかゝり、煮《に》かたの者《もの》は[六]入子鍋《なべ》を取まはし、旦那《だんな》を待《まつ》よしに見へければ、是に乘《のり》て昼《ひる》のくだり船《ぶね》、一慰《なぐさみ》あるべしと、忍之介、くだんの笠《かさ》うちかぶり、艪《ろ》[七]牀《どこ》の下《した》に隠《かく》れて、すこし休《やす》らふうちに、

女中乘《ぢよちうのり》物つゞきて、つき[八]〲の女、京者《もの》の風義《ふうぎ》はなかり。御座《ござ》に乘移《のりうつ》られしを見しに、是はとびくりとする程の美女《びぢよ》あまた、ひとりもふるびたるはなくて、大かた當世仕立《たうせいじたて》の大振《ふり》袖《そで》、折ふしは秋の色、裙吹《すそふき》かへして、川の紅葉《もみぢ》かと詠《なが》めにあかず。されば一休法師《きうほうし》の「[九]花はよし野、小袖は紅裏《もみうら》」との狂《きやう》

一　姉も妹も当世風俗

忍之介《しのびのすけ》は、都の恋風を避けて淀《よど》の川船に乗り、折しも秋なので夜の月を眺めながら川を下ろうと思っていたが、都から大坂《おおざか》へ流れて行く水に心をひかれ、早くも都を跡にして車道をたどり、鳥《と》羽《ば》縄手《なわて》を過ぎて、間もなく淀《よど》の小橋《こばし》の橋のたもとに着くと、旅人の乗合船とは見えない御座船があった。料理用の小船も付いて、万事大名風に豪勢で、魚鳥《ぎよちよう》・酒樽《さかだる》・菓子の杉折を積み重ね、料理人は俎板《まないた》に掛かり、煮方《にかた》の者は大小の鍋《なべ》を取り回し、主人の乗船を待っている様子であった。そこで忍之介は、この船に便乗して、昼の下り船も一興であろうと、例の姿を隠す笠をかぶり、艪《ろ》床《どこ》の下に隠れて、しばらく休んでいた。

すると女駕籠《おんなかご》が続いてやって来たが、側仕えの腰元たちは、みな京の奉公人の身なりではない。御座船に乗り移るところを見ると、これはとびっくりするほどの美女が多く、一人も古びた衣装

哥《か》、むかしを今にすたるまじき物。色に氣《き》をうばはれて見れば、中《なか》にも十九ばかりの[一〇]脇《わき》ふさぎの女﨟《ぢよらう》、皆々うつくしき中《なか》に殊《こと》にすぐれて、言葉《ことば》にものべがたし。すこし物思ふ白《かほ》ばせにして、旅夜着《たびよぎ》にうちもたれおはしけるよそほひ、さのみ病《びやう》人《にん》ともおもはれず。[一一]物ごしつねにて、然《しか》も折〻の咲白《ゑがほ》、是[一二]人作《にんさく》ではあらじ。何から見ても、身にひとつの難《なん》いふべき所なし。

おの〻舟路《ふなぢ》の身拵《ごしら》へ[一三]すみて、なる程靜《しづか》に出しけるに、鹿《かの》子《こ》揃《ぞろへ》の衣装《いしやう》川浪《なみ》に移《うつ》ろひ、[一四]鯉《こい》・鮒《ふな》目におどろきて、自然《しぜん》と金《きん》魚《ぎよ》・[一五]櫻魚《さくらうを》のごとし。[一六]なげ嶋田《しまだ》に[一七]しづめかうがい、[一八]さし櫛《ぐし》の金《きん》紋《もん》、並木《なみき》の雁友《をのがとも》かとあやまたる。[一九]留《とめ》木のかほり風につれて、[二〇]男山の鳩《はと》ども鼻《はな》をならして立さはぐ。いはんや旅人《りよじん》、[二一]小橋《こばし》の上《うへ》に立つくして、此榮花《えいぐわ》見て、「さりとは人には高下《かうげ》ある世の中、錢《ぜに》五文の事にて、[二二]四つ塚《づか》までの借駕籠《かしかご》に乘《のら》ぬ心と、あのくだり船《ぶね》のしばしも物の自由《じゆう》なると、各別《かくべつ》の違《ちが》ひあり」と、身の程おもふて前生《ぜんしやう》を悔《くやみ》ぬ。

忍之介もたまりかねて、女中《ぢよちう》の舟にのり移《うつ》りて、「迚《とて》もの

の者はなく、大方は当世風に仕立てた大振袖で、折からの秋の色の、紅裏《もみうら》の裾《すそ》を吹き返して歩くのが川に映り、流れに浮かぶ紅葉《もみじ》かと、いくら眺めても見飽きない。それで一休和尚《いっきゅうおしょう》も、「花は吉野、小袖は紅裏《もみうら》」という狂歌を詠まれたのだが、小袖の紅裏《もみうら》は昔から今に至るまですたらないものである。紅裏の色に気をとられて眺めていると、中でも十九ばかりの詰袖《つめそで》の婦人は、みんな美しい中でも殊にすぐれていて、言葉では言えないくらいである。少し愁《うれ》い顔で、旅の夜着《よぎ》にもたれておられる様子は、さほど病人とも思われない。お声も普通で、しかも時折見せる笑顔《えがお》は、とても人間が作ったものとは思えない。どこから見ても、その身に一つとして悪いところがない。

めいめいの船旅の身支度が済んで、船をなるべく静かに出したところ、腰元らの鹿子《かのこ》絞《しぼ》り揃えの衣装の紅《べに》色が川波に映《うつ》り、これを見て驚く鯉《こい》や鮒《ふな》は、自然と金魚や桜魚《さくらうお》のように見える。投げ島田に深く挿《さ》した笄《こうがい》や、金紋付きの挿し櫛《ぐし》に、土手の並木にいる雁《かり》は仲間かと見まがうほどだ。衣装に炷《た》きしめた香の匂《にお》いは風に連《つ》れて流れ、男山《おとこやま》の八幡宮《はちまんぐう》の鳩《はと》どもが鼻を鳴らして騒いでいる。ま

事に此身をしのばず、笠《かさ》ぬぎ捨《すて》て、あのうつくしきにもたれかゝり、腰元《こしもと》づかひどもに足《あし》をさすらせて、けふ一日のたのしみに、明日《あす》は首《くび》きらるゝ手形《てがた》成ともして相渡《わた》すべし」。おもふにまゝならぬうき世をうらみ、「さるほどに此女﨟《ぢよらう》の男になる者《もの》、又もなき果報《くわほう》」とはおもひながら、「二三ぢんすいは此川の二四水車《みづぐるま》にて替干《かへほす》ごとく、よもや命はあるまじ。ふびんや若死《わかじに》なるべし」と、ちかづきならぬ人をかなしみ、ゆく水につれていそがぬ昼舟《ひるぶね》の遊興《ゆうけう》、「二五なる程小盃《こさかづき》にて、しやく取は淀《よど》の人、二六すみ濁《にごる》をや神《かみ》ぞしるらん、男まぜずの二七さゝ事」といふ。忍之介笠《かさ》うちあげ、

してや旅人は、淀《よど》の小橋《こばし》に立ち尽くして、この栄華を眺め、「さてまあ人間には身分の高下《こうげ》の違いがある世の中だ。わずか銭五文のことで、京から四つ塚まで借し駕籠《かご》に乗らなかった始末心の身と、あの下り船の一寸《ちよつと》の間《ま》も物の自由な身と、格段の違いがあるものだ」と、貧しい身の上を思って、不運な生まれつきを悔やむのであった。

忍之介もたまりかねて、料理船から女中たちの屋形船に乗り移って、「いっそのことにこの身を隠さず、笠を脱ぎ捨て、あの美しい御婦人にもたれかかり、腰元たちに足をさすらせて、今日一日の楽しみができたら、明日は首を切られてもよいという証文なりとも渡してもよいのに」と、思うままにならない浮世を恨み、「さてもさてもこの御婦人の夫になる者は、又とない仕合せ者だ」とは思いながら、「(しかしあんなに美しい奥さんでは)腎水《じんすい》をあの淀《よど》の水車で汲み尽くすようなことになり、とても命はあるまい。かわいそうに若死にするだろう」と、知り合いでもない人の身の上を悲しんだりした。川の流れに任せて急がない昼船の遊興を眺めると、「なるべく小盃で頂こう。酒のお酌《しやく》をするのは淀の

「やくにたゝずの男ひとり、是にあり」と、人のうしろに寄添《よりそひ》、口とりの肴《さかな》など、袖《そで》の影《かげ》よりつまみ喰《ぐひ》して、「酒《さけ》ひとつ」と願《ねが》へど、二八間鍋《かんなべ》の釣《つる》に手はなたねば、呑《のむ》べきたよりなく、人のしらぬ罪《つみ》をつくりて、今は下戸《げこ》のうらやましく成て、咽《のど》をならすより外なし。

酒も乱《みだ》れての後、爰は二九山崎《やまざき》の三〇踊節《おどりぶし》、名所《めいしよ》つゞきに三一金竜寺《こんりうじ》の鐘《かね》聞えて、三二水無瀬《みなせ》の瀧《たき》、三三伊勢寺《いせじ》といふ所は、歌人《かじん》の三四伊勢《いせ》が古《ふる》里《さと》とて、植残《うへのこ》せし櫻《さくら》も今は秋の葉《は》の色に、心も移《うつ》りて、「哥《うた》がるた」と三五仰せられ、皆〳〵丸居《まるゐ》して、手毎《てごと》に拾《ひろ》ひかゝり、いまだ百首のうち五つ六つ吟《ぎん》じけるに、彼女臈《かのぢよらう》、「是もむつ

㈠　姉も妹も當世風俗

女です。人の心の澄み濁るかは男山八幡《はちまん》の神様が御存じ、さあ男まぜずの酒宴」と言っている。忍之介は笠を反《そ》らし、「役に立たない男が一人、ここにいる」と、人の後ろに寄り添い、酒のつまみの肴《さかな》など、袖の陰からつまみ食いをして、「酒を少し飲みたい」と願っても、酌取りの女が燗鍋《かんなべ》の弦《つる》を手ばなさないので、飲む機会がなく、ひそかに貪欲《どんよく》の罪を作り、今は下戸《げこ》がうらやましくなって、喉《のど》を鳴らすよりほかはなかった。

酒宴も乱れた後、船の通りかかった所は、山崎の踊り歌で知られ、それに続く名所の金竜寺《こんりゆうじ》の鐘の音が聞こえてきた。次に水無《みな》瀬《せ》の滝があり、また伊勢寺《いせじ》という所は、昔の女歌人伊勢《いせ》の所縁《ゆかり》の地だというので、植え残された桜も、今は秋の葉の色になっている。それに心ひかれて、御婦人が、「歌《うた》ガルタを」と言われたので、腰元たちは円形に座って、めいめいカルタを拾いにかかり、まだ百首のうち五、六首詠み上げただけのに、御婦人が、「これも面倒だ」と、放《ほう》り出されると、腰元たちは言われた通りにやめてしまった。また、「十炷香《じしゆこう》を」と、慰みが変って、(両方に分かれて赤と黒の)競馬の人形を立て並べ、香を聞き始めると間もな

かし」迚《とて》、なげやり給へは、おの〳〵其氣《き》をそむかずやめたまへば、又「十《じ》[三六]炷香《しゆかう》」と慰《なぐさ》みかはりて、競[三七]馬《けいば》の人形《にんぎやう》を立ならべ、香聞《かうきゝ》そめて間《ま》もなく、「是もおもしろからず」とやめ給ふ。「扨は病人《びやうにん》か」とおもはれ、氣《き》を付て見るに、萬《よろづ》にたいくつし給ひて、此舟《ふね》の大坂の濱[三八]《はま》に着《つく》までのうちを、待兼《まちかね》させ給へり。

やう〳〵其日の暮《くれ》がたに、八[三九]軒《けん》屋といふ舟着《ふなつき》にあがり給ひ、「居住《ゐぢう》の中《なか》の嶋《しま》へは歸《かへ》り給はずして、すぐに長[四〇]《なが》町の下[四一]《した》屋敷へ御越《こし》あるべき」よしにて、此女中駕籠《ちよちうのりもの》しづかにまはしゆく。是につれて、忍之介も其かたにしたひゆくに、ひがしがわの長屋《ながや》の裏《うら》に大座敷《ざしき》あつて、南《みなみ》に清[四二]水《きよみづ》・あふ坂[四三]・天[四四]王寺《てんわうじ》の景[四五]氣《けいき》うづたかふ見へて、爰を遊山《ゆさん》所ひとつに、先《まづ》は物好《ものずき》なる作[四六]事《さくじ》なり。「京の借座敷《かりざしき》よりは、心落付《こゝろおちつき》てよし」と、豊《ゆたか》にかさねぶとんの上《うへ》に座《ざ》し給へば、大坂の一門中《もんぢう》、此事を聞付《きゝつけし》次第《だい》に、女のりものつどひて、音[四七]物《いんぶつ》山をなして、此病《びやう》人の機《き》嫌《げん》をとらせ給ふは、榮花《あいぐわ》にうまれつきての仕合《しあはせ》人と、忍《しのび》之介が目にもうらやましかりき。

く、「これも面白くない」とやめられた。「さては病人か」と思われ、忍之介が気を付けて見ると、何事にも退屈されて、この船が大坂の河岸《かし》に着くまでのうちを、待ちかねておられた。

ようやくその日の夕暮れごろに、大坂の八軒屋《はちけんや》という船着き場に上がられて、「本宅の中之島《なかのしま》にはお帰りにならないで、直ぐに長町《ながまち》の下屋敷《したやしき》へお出でになるように」ということなので、この女《おんな》駕籠《かご》を静かにそちらへかついで行く。これにつれて、忍之介もそちらの方へ慕って行くと、長町の東側の長屋の裏に大座敷のある家があった。南に清水寺《きよみずでら》、逢坂《おうさか》、四天王寺の景観が気高《けだか》く見えて、ここを気晴し所第一に建てたと思える、とにかく趣向をこらした建物である。「京の借り座敷より、心が落着いてよい」と、御婦人がのびのびと重ね布団《ぶとん》の上にお座りになると、大坂の一族の者たちが、お帰りを聞きつけ次第に、女駕籠《おんなかご》で集まって来た。贈物を山と積み重ねて、この病人のご機嫌をとっておられるのは、なんと栄華に生まれついた仕合せな方であろうと、忍之介の目にもうらやましく見えた。

しばらくしてから、二十五、六歳の当世風の伊達男《だて》が、少し心

しばしありて二十五、六の當世男《たうせい》、すこしせいたる風情《ふぜい》して、彼女臈《かのぢよらう》にさしむかひ、「何と氣色《きしよく》はよいか。『京都《きやうと》に今しばらくとうりうしたまひ、心静《しづか》に養生《やうじやう》なされよ』と、いひつかはしけるに、思ひの外はやく歸られ、殊更顔色《ことさらがんしよく》も見よげに、然《しか》も皃《かほ》のおもやせも、中〳〵はじめとは各別《かくべつ》。是は嬉《うれ》しや」と、右の手をとりて脈《みやく》見らるゝありさま、扨は亭主《ていしゆ》と見へける。女臈《ぢよらう》もゑしやくして、「おまへさまのお皃《かほ》を今一たび見まして、其後は相果《あいはて》ましても、浮世《うきよ》に思ひ残す事なし。四八黒谷《くろだに》の土《つち》になる覺悟《かくご》して、京《きやう》にはのぼりしが、同じくは四九道頓《だうとん》堀《ぼり》の墓《はか》に埋《うづ》まれまして、一とせに一度《ど》も、おぬしさまの御手から水《みづ》の雫《しづく》も請《うく》るを、後の世のたのしみと思ひ極《きは》めて、やう〳〵是までは歸り候へども、はや命もひとひ二日にかぎりと、我身に覺へあるなれば、長《なが》き別《わか》れもこよひなり。名殘《なごり》の酒事《さけ》して」と、五〇そめ〴〵と語《かた》り出せば、此男も泪《なみだ》に沈《しづ》み、「きのふけふのやうなれども、かぞふれは五とせのなじみ、一日をちよのおもひなして、かりそめにも惡《にく》からずして、淺《あさ》からぬ中《なか》なりしに、いかなる因果《いんぐわ》にて、かくはなやみたまふ

配でならない様子で、例の御婦人と差し向かいになり、「どうだ気分はよいか。『京都にもうしばらく滞在されて、心静かに養生しなさい』と、言ってやったのに、思いのほか早く帰って来られた。殊に顔色もよろしく、しかもやつれて見えた顔も、随分以前とは格段に違う。これはうれしい」と言いながら、右の手を取って脈を見る様子は、さては夫と見えた。御婦人も挨拶して、「あなた様のお顔をもう一度見まして、その後は死んでも、この世に思い残すことはありません。黒谷《くろだに》の土になる覚悟をして、京には上りましたが、同じことなら道頓堀《どうとんぼり》の墓に埋葬《まいそう》されまして、一年に一度でも、あなた様のお手から手向《たむ》けの水を受けるのを、後の世の楽しみと思い決めて、やっとここまで帰って来ましたけれども、早や命もあと一日か二日を限りと、わが身に感じられますから、今夜が最後のお別れになるでしょう。名残りの酒盛りをして下さい」と、しみじみと語り出すと、この主人も涙にくれ、「一緒になったのは昨日今日のようだけれども、数えてみれば五年の馴染《なじ》みだ。一日が千代《ちよ》に当たる思いで暮らし、仮にも憎いと思ったこともなくて、深い仲であったのに、どういう宿命で、こんな

ぞ。[五一]自然《しぜん》の事もあらば、我身はいかになるべし。兼《かね》〴〵思ひ籠《こめ》しは、後妻《ごさい》をもとめる覺悟《かくご》にあらず。ひそかに出家《しゆつけ》して、[五二]播州書写山《ばんしうしよしやざん》にわけ入、なきあとをもとふべき[五三]心底《しんてい》」の程をかたり給へば、此女臈《ぢよらう》よろこび、「いよ〳〵只今《たゞいま》のお言葉《ことば》のすゐにて、死《しに》ましても心がゝりのひとつもなし。扨は御身を、我ゆへに捨《すて》させ給ふ御心入、嬉しさ、此外何《なに》かあらじ。それにつきまして、わりなき御無心《むしん》あり。なまなか申出して御心にうけ給はねば、後世《こせ》のさはりとなれば、申さぬもよし」と、[五四]物をのこして小語《さゝやき》給へば、此男思案《しあん》もせず、「わたくしの身に叶《かな》ひし事は、[五五]今の外は是非《ぜひ》なし」と、一筋《すぢ》にいひわたせば、左右《さう》の手あはせて拜《はい》し、「然《しか》らばたのみたてまつる事、別《べち》の子細《さい》にあらず。おつやが事は、自《みづから》が妹《いもと》ながら、さのみ心ざしもいやしからず。殊に形《かたち》も大かたに生《うま》れつくなれば、年月ふびんにおぼしめされし我等がかはりに、むかへ置給はらば、さりとは願《ねが》ひ、是より外は」と、袖になみだは玉をつなぎ、くりかへし頼《たの》みけるに、[五六]男もおもはく外なれば、返事《へんじ》に迷惑《めいわく》して、兎角《とかく》はしばしの氣《き》をやすめるためと思ひ、「成程、

に悩まれるのですが。万一亡くなられたりしたら、私はどうなるのだろう。以前からひそかに決めているが、後妻を迎えるつもりはない。人知れず出家して、播磨《はりま》書写山《しょしゃざん》の寺に入り込み、そなたの冥福《めいふく》を祈る考えだ」と、心の内を打ち明けられた。すると奥方は喜んで、「本当に只《ただ》今のお言葉で、死にましても心残りは何一つありません。さては御身を、わたくしのためにお捨てになるお志、この上なくうれしうございます。それにつきまして、無理なお願いがあります。なまじっか言い出して、承知して下さらないなら、死んでも死にきれませんから、申し上げない方がよいのかも知れません」と、話を語り残してささやかれた。すると主人は深く考えもせず、「わたしにできることなら、今言った出家のこと以外は、なんでもしよう」と、一途《いちず》に言い切ると、奥方は左右の手を合わせて拝み、「それならばお願い申しますのは、ほかのことではありません。おつやのことは、わたくしの妹ながら、気立てもいやしくありません。殊に器量も人並《ひとなみ》に生まれついていますから、長年可愛がって下さったわたくしの代わりに、妻に迎えて頂ければ、さてまあわたくしの願いは、これよりほかにありま

それも縁《ゑん》次第」といひければ、
病人《びやうにん》心いさみて、彼妹《かのいもと》をちかふ呼《よび》て、五七はじめを語《かた》り聞《きか》せしに、おもひよらぬ事におどろき、「今まではひとつも御氣《き》を五八そむかざりしが、五九是ばかりはぞんじともよらず。いかに姉御《あねご》仰《おほ》せなればとて、いまだおふたりの親達《おやたち》の、御こゝろにしたがふ我身なれば。わけもない事仰せられける」と、恥《はぢ》らひて、座《ざ》を立てのき給へば、姉《あね》は眼色《がんしよく》かはつて、身をなやみ給へば、つき〴〵の女房《にようばう》ども、殊にそだてましたる乳母《うば》が御異《い》見《けん》申て、「ざんじの御胸《むね》をやすめるため、六〇あなたも御ふびんにおぼしめすからの御心底《しんてい》、悪《あ》敷《しく》聞《きか》せらるゝ御事にあらず」と、色《いろ》いろいさめて、道理《だうり》をいひふくめて、「ともかくも御さしづはもれまじ」と、いひかねていひ給へば、姉《あね》は機嫌《きげん》なをし給ひ、「たま〳〵女と生《うま》れ、かゝる男を持《もつ》事は、又もなき仕合《しあはせ》なり。六一有徳《うとく》にあつて風俗《ふうぞく》よく、情《なさけ》がふかふて諸藝《しよげい》たつし、六二若道《にやくだう》になづまず傾城《けいせい》嫌《きら》ひ、六三鼻《はな》の高《たか》い所僞《いつは》りなく、かゝる男を六四他人《たにん》にもたせる事の惜《おし》まれ、かくは取結《むす》びけるぞ。姉《あね》が仲人《なかうど》するに、誰《た》が何といふべし。其間鍋《かんなべ》のぬくもりの覺《さめ》ぬう

せん」と、さめざめと涙で袖をぬらし、繰り返して頼むのであった。主人は思いがけない話なので、返事に困って、とにかくしばらくの気休めのためと思い、「なるほど、それも縁があればよいだろう」と言った。

　すると病人は喜び勇んで、妹を近く呼び寄せ、事の次第を語って聞かせると、思いもよらないことなので驚いて、「今までは何事もお気にそむきませんでしたが、これだけは思いもよりません。いかに姉《あね》様のご命令だといえ、まだお二人の親たちのお心に従わねばならない身の上ですから。訳の分からないことをおっしゃいます」と、妹は恥ずかしがって立ち去った。すると姉は目の色も変って、苦しみ出したので、側仕えの腰元や、殊にお育て申した乳母が、妹にご意見して、「しばらく姉様のお心を休めるため、それに姉様もあなたを可愛いと思われてのお考えですから、悪くお取りになってはいけません」と、色々と忠告して、物の道理を言い含めると、「とにかくお指図には背きません」と、妹は仕方なしに承知した。姉は機嫌を直されて、「たまたま女と生まれて、こんな立派な男を夫に持つのは、この上ない仕合せです。

ちに、此事いそげ」と、我夫《わがをつと》又は妹《いもと》を引《ひき》合の盃《さかづき》させて、いやといわせぬ首尾《しゆび》になし、それ〴〵にいひ付て、奥《おく》の間《ま》に寝《ね》床《どこ》をとらせ、無理《むり》に押《おし》やりて、同じ[六五]枕《まくら》のはつ袖、ともし火そむきて皃に當《あて》、[六六]つま櫛《ぐし》なぐるならはせもなく、今いひ出して、其まゝの祝言《しうげん》事、さりとは段々《だん〴〵》替《かは》りたる事かなと、忍之介是を聞《きゝ》て、

夜更《よふけ》人もしづまれば、姉《あね》がしかたの[六七]おとなしきをかんじ、せめてはかゝる女に身を添《そへ》て、夢《ゆめ》の間《ま》のかりまくらと、油火《あぶらび》を吹消《ふきけし》て、闇《くらが》りのおもひでと、さし足《あし》して寄添《よりそへ》ば、此病人《びやうにん》、忍之介が手をとらへて、あらくなげやり、「宵《よひ》のさかづき事の後は、妹《いもと》おつやが殿御《とのご》よ。近《ちか》くは思ひよらず、さあのき給はぬか。奥《おく》へゆかせ給はぬか。聲《こゑ》たてますが、後悔《こうくわい》したまふな。ちかふ誰《たれ》ぞ居《ゐ》ぬか。火が消《きえ》しもしらずや」と、いつに替《かは》りてこはねだかに仰せられしに、腰元《こしもと》づかひ火をあらためければ、[六八]是はこは物と、又花笠《はながさ》かづき、片脇《かたわき》に立《たち》すくみ、やう〳〵[六九]女のこきみよき所へ手をさしのべて、二つ三つ叩《たゝ》けば、不思義《ふしぎ》そうなる皃《かほ》つきして、女ほうばいそれも是も起《おこ》して、

裕福で様子がよく、情けが深くて諸芸に達し、衆道にひかれず遊女が嫌いで、鼻の高いところは間違いでない。こんな男を他人に持たせるのが惜しまれるので、こうして取り持ったのです。姉が仲人するのに、だれが文句を言えよう。その燗鍋《かんなべ》の温《ぬく》もりの冷《さ》めないうちに、この婚礼を急ぐように」と、自分の夫と妹とを取り持ち婚姻の盃をさせて、いやと言わせぬ次第にした。それから姉は腰元たちに命じて、奥の間《ま》に寝床をとらせ、二人を無理に押しやった。妹は男と同じ枕で初めて共寝したが、灯火《ともしび》は脇へ向けて袖を顔に掛けた。新婚の夜に新婦が爪櫛《つまぐし》を投げるというしきたりもせず、姉が今言い出してすぐさまの婚礼で、これはまあ色々と変ったことだなと、忍之介はこの成り行きを見聞した。

夜もふけて人も寝静まったので、忍之介は、姉の振舞いのしっかりしているのに感心し、せめてはこんな女に身を寄せて、しばらくでも共寝したいと、油火を吹き消して、暗がりでのよい楽しみをと、差足《さしあし》して寄り添うと、この病人は、忍之介の手を取って、荒っぽく投げやり、「今夜婚礼の盃事《さかづきごと》をなさった後は、あなたは妹おつやの御主人です。わたくしに近付くとは思いも寄ら

明日《あす》語《かた》りてもくるしからぬ事を、「此お屋敷《やしき》には、人の腰《こし》をたゝく[七〇]ばけ物あり」と、色《いろ》いろのせいもん立《たて》て、子細《しさい》を咄《はな》しけるもおかし。

忍之介《しのび》もせんかたなく、かへすがへすもむねんながら、ならぬ事に身をうらみ、夜《よ》の明《あけ》ゆくを待兼《まちかね》しに、其暁《そのあかつき》に、何の音《をと》もなく只眠《たゞねふ》れるごとく、病人《びやうにん》は[七一]脈《みやく》あがりけるを、[七二]夜とぎども見出して、人〳〵を呼起《よびおこ》して、「今すこし先《さき》まで物仰せられしが、[七三]くらゐづめの御病体《びやうたい》、かねてかくとはおもひながら、あまりにもうき御最期《さいご》」と泣《なき》出し、女中の声《こゑ》〴〵殊にやかましく、爰に居所《ゐどころ》にあらずと、忍之介は立出ける。是ぞ無《む》常《じやう》の風《かぜ》、何時をしらず。

ず、さあお退《の》きなさいませんか。奥へ行かれないのですか。声を立てますが、後悔なさいますな。近くにだれかいないか。火が消えたのも知らないのか」と、いつもと違って声高《こわだか》におっしゃると、腰元が灯火《ともしび》を付けたので、これは恐ろしいと、忍之介は又花笠をかぶって、片脇に立ちすくみ、やっとのことでその腰元の小《こ》気味《きみ》よい腰のあたりへ手を差し伸ばして、二つ三つたたいた。すると腰元は不思議そうな顔をして、腰元仲間のあれこれを起こし、明日話してもかまわないことを、「このお屋敷には、人の腰をたたく化物《ばけもの》がいる」と、色々と誓文《せいもん》を立てて、精《くわ》しい事情を話していたのもおかしかった。

忍之介も仕方なく、実に残念ながら、肝心なことが出来ない身を恨み、夜の明けるのを待ちかねていた。するとその夜明け方に、なんの気配もなく、ただ眠るように病人の脈が絶えたのを、夜付き添っていた者が見つけて、人々を呼び起こして、「今少し前まで物をおっしゃっていたが、次第に悪くなる御病体なので、かねてこうなると覚悟していましたが、余りにも悲しいお最期です」と泣き出し、腰元たちの泣き声がひどくやかましいので、こ

㈠　姉も妹も當世風俗

こに居る所ではないと、忍之介は立ち去った。これぞ無常の風、いつ吹くか分らないものだ。

（巻三の一）

一　牛車など運送用の車の通る道。京都南郊鳥羽には、中世以来、車借（くるまかし）など運送業が盛んであった。　二　京の東寺口から鳥羽を経て淀に至る二里十八丁を鳥羽街道という。「縄手」は、田圃道、また長く続く真直ぐな道のこと。　三　淀の小橋の詰め（たもと）。現伏見区淀の地に、寛永年間に新淀城が出来たが、当時は城の北を西流する宇治川と、城の西を北流する木津川があった。淀の小橋は、淀の城内町から北の納所（のうそ）との間の宇治川に架かる橋。長さ七十間半、幅は三間五尺五寸（京都御役所向大概覚書、五）。木津川に架かる長さ百三十七間、幅四間二寸の淀の大橋に対して、小橋という。本対訳全集、第四巻、三二〇頁の「伏見・淀方面絵図」参照。　四　御座船。貴人の乗る船。ここは遊山用の屋形船。　五　料理用の小船。　六　同形の大小の鍋を組入れるようにしたもの。　七　船梁（ふなばり）の上部の櫓を掛ける所。　八　側仕えの女。腰元。　九　一休の狂歌に、「人は武士、柱はひの木、魚は鯛、小袖は紅梅、花は三吉野」（尤之草紙、下の三）。本文の「紅裏」は、紅絹（もみ）の裏地。「いつ見てもあかぬは、小袖の色はむらさき、もやうはかのこ、裏はもみうらが、むかしも今もよし」（花見車、二）。　一〇　女子の着物は、十九歳の秋、または結婚すると袖脇をふさいで詰め袖にする。本文の「女臈」は「上臈（じょうろう）」、貴婦人の意。　一一　話しぶり、音声。また、身のこなし、立居振舞い。ここは前者。　一二　人間の作ったもの。人の子。　一三　原文は「すめて」とあるのを改めた。　一四　淀の鯉は名物。「鯉・鮒荷（にな）ふて京通ひ、淀の川魚名物とて、殊更に売払ひ」（永代蔵、五の二）。　一五　桜咲くころにとれる魚。小さい鮎。又はわかさぎの異名。　一六　島田髷（まげ）の根を低くし、髷を後に反らした髪形。　一七　笄（こうがい）は、女の髷（まげ）に挿して飾りとするもの。ここはそれを低く沈めたような挿し方をいうか。　一八　「挿櫛」は、髪の飾りに挿す櫛。「金紋」は、家紋に金箔や金漆を施したもの。ここは遠くの舟べりに並ぶ大家の女中たちを雁の仲間に見立てる。　一九　香木をたき、その香を衣服に留めること。ここはその香り。　二〇　山城国綴喜郡（京都府八幡市）の淀川左岸の山。山頂に石清水（いわしみず）八幡宮を祭る。山は鳩峰（はとのみね）とも称す。男山・鳩の峰は付合語。　二一　淀の小橋。前注三参照。　二二　平安京の羅城門の旧跡の地名。今の南区四ツ塚町。昔鳥羽街道への出入り口に当り、鳥羽口ともいう。　二三　腎水。精液。　二四　淀城の中に川水を引き込むために、城の北西部の外郭に設けた二台の大水車。水車の直径八間、周囲二十八間。　二五　「なる程」は、できるだけの意。「しやく（酌）取（り）」は、酒の酌をする人。「淀の人」とは、船を出す土地、淀の者。ここは酌をする役に臨時にやとわれた者で、女ばかりの船であるから、当然女である。後文に出る燗鍋（かんなべ）で酌をする役。　二六　「世の中の人はなにとも岩清水（いわしみず）澄み濁るをば神ぞ知るらん」（謡曲、船弁慶／懐硯、一の二）。淀に近い岩清水八幡宮の御神詠とされた。歌意は、世間の人がどう言おうとも、自分の心の澄み濁り（善悪などの意）は、岩清水の神が御存じだろう。　二七　酒事。「さゝ」は酒の異名。本文は女だけの酒宴の意。　二八　燗鍋。　二九　京都府乙訓郡大山崎町。中世以来木実油・荏胡麻（えごま）油の一大生産地だったが、近世では大坂を中心とする菜種油・綿実油が盛んになる。　三〇　踊り歌。「面白の山崎通ひや、行くも山道戻るも山道、心の留るも山崎かの里の女郎と一夜寝たれば」（落葉集など）をさす。　三一　摂津国島上郡成合村（大阪府高槻市成合）の天台宗の寺。能因が「山寺の春の夕暮れ来て見れば入相の鐘に花ぞ散りける」（新古今、二）と詠んだ所で知られる（一目玉鉾、三）。　三二　水無瀬里は摂津国島上郡広瀬村にあり、山、川、滝があり、皆名所なり（和漢三才図会、七四）。大阪府三島郡島本町広瀬。近くに後鳥羽院の水無瀬離宮があった。　三三　大阪府島上郡古曽部村の禅宗の寺。歌人伊勢が尼となり住居した（和漢三才図会、七四）。高槻市奥天神町一丁目の寺。『伝来記』二の三、『一目玉鉾』三参照。　三四　平安前期の女流歌人。伊勢守藤原継蔭の娘。三十六歌仙の一人。　三五　原文は「とと」と「と」が重複するのを改めた。　三六　一九〇ページ注二参照。　三七　競馬香という香合せの一。赤方と黒方と別れ、赤方は赤装束、黒方は黒装束の人形を馬に乗せ、香銘を聞き当てた方が盤の目盛りを一つずつ進め、早く二十の目盛りを進めた方を勝ちとする。　三八　河岸を上方では「浜」という（物類呼称）。　三九　大坂の天満橋南詰めと天神橋南詰めとの間の河岸。淀川の伏見と大坂間の乗合船の発着場。**四〇**　大坂堺筋の日本橋以南で、紀州街道の両側に細長く続く町。当時は一丁目から九丁目まであった。現中央区日本橋一〜三丁目から浪速区四〜九丁目間に当たる。傘や合羽などを作る商人が住み、裏通りに下屋敷や妾宅などがあった。**四一**　本宅に対して別宅をいう。本文は「御越あるべき」とあり、御主人側から御婦人への指示による。**四二**　大阪市天王寺区伶人町の清水寺。京都の清水寺の別院として、新清水という。四天王寺西方の高台にあり、眺望のよい景勝地（芦分船、一）。**四三**　逢坂。四天王寺西門筋で一心寺の脇の坂。**四四**　大阪市天王寺区四天王寺一丁目の四天王寺。**四五**　景観。**四六**　建築。普請。**四七**　贈物。

四八　現京都市左京区黒谷町の金戒光明寺の墓地。寺は浄土宗鎮西派四箇本山の一。**四九**　道頓堀の芝居裏（南側）にあった火葬場兼墓地。入口に浄土宗の法善寺（千日寺とも）があった。寺は大阪市中央区難波一丁目に現存。「道頓堀の野墓の煙になし」（好色盛衰記、五の五）。**五〇**　しみじみと。「染々と」は、墨跡もあざやかに心をこめて書くさまで、それから転じた意。**五一**　万一の事。死をさす。**五二**　兵庫県姫路市書写にある山。山上に天台宗の書写山円教寺がある。西国三十三所第二十七番の札所。**五三**　弔う。**五四**　言葉を言い残して。**五五**　今言った件（出家）以外は、言うまでもない、なんでもしようの意。**五六**　思惑外。思うところと違うこと。予想外なこと。

五七　（西鶴作品にみられる用法）事の次第。一部始終。**五八**　原文は「そむきざりしが」とあるのを改めた。**五九**　原文は「是はがり」とあるのを改めた。**六〇**　あちらも。姉君も。**六一**　裕福なこと。**六二**　衆道。男色。**六三**　俗説に男根が大で精力が強いという。**六四**　「他人にもたせる事」は、定本では「に」を誤脱する。

六五　「同じ枕」「はつ袖」は、男女が共寝して初めて衣の袖を重ねる（契りを結ぶ）のをいう。なお、「ともし火」以下の文は、新婦の恥かしげなさまを描く。**六六**　歯が多く間のせまった櫛（嬉遊笑覧、一下）。記紀の神話のユツツマグシ・ユツノツマグシ（「ユツ」は清浄なの意）より出た語。神話に基づき、投げ櫛を忌む習俗があるが、当時は逆に櫛を投げる習俗もあったらしい。「浅からぬ御枕のはじめ、ゆつのつまぐしなげて御心にしたがふと見て、夢はさめて」（新可笑記、二の二）。**六七**　思慮・分別のある。

六八　恐物。恐ろしい物。こわい物。**六九**　見て感じのよい所。腰の部分。**七〇**　原文は「はげ物」とあるのを改めた。**七一**　脈が絶える。死ぬ。**七二**　夜伽。夜寝ないで付き添うこと。**七三**　位詰め。敵を少しずつ窮地に押し詰めること。ここは病状が次第に悪化すること。

＊　病死を覚悟した姉が、妹に懇望してわが夫の後妻になってもらうという挿話は、『剪燈新話』巻一の三「金鳳釵記」、あるいはその翻案作、『伽婢子』巻二の二「真紅撃帯」などの影響を受けたか。本章本文中の「女﨟」は、「上﨟（じょうろう）」、上流婦人の意である。なお、挿絵左半図の料理舟に、笠をかぶり乗るのが忍之介。

二 [一]山の神《かみ》が[二]吹《ふか》す家《いへ》の風《かぜ》

難波《なには》風静《しづか》に、[三]西國《さいこく》ぶねの[四]入湊《みなと》、それ〴〵の[五]問丸《とひまる》にぎはひて、中《なか》にも[六]米商賣《こめしやうばい》日本第一の所と、兼《かね》ては聞《きゝ》及《およ》びしが、見てなを[七]横《よこ》手をうつまに、[八]十《と》千貫目が事も埒《らち》を明《あけ》ぬ。此廣《ひろ》い心から、男も身相應《さうおう》榮花《ゑいぐわ》をすれば、是につれて女も又おのづから端手《はで》になりて、いたづらの物好《ずき》もおこりぬ。

忍之介、御夢《む》想《さう》の笠《かさ》をかぶりて、秋の朝風身にこたへて、[九]濱《はま》つゞきに詠《なが》めありくも、どこやらおもしろからねば、「[一〇]棟《むね》高《たか》き家に入て、すこしやすらひて行べし」と思ひしに、亭主《ていしゆ》は[一一]惡所《あくしよ》の朝歸《あさがへ》りと見えて、[一二]茶筅髪《ちやせんがみ》じだらくに、女の下着《したぎ》を肌《はだ》に付《つけ》て、呑《のみ》つゞけの酒にいたむと見えて、高枕《たかまくら》して素湯《さゆ》をいそぎ、醉覺《ゑいざめ》のなをる丸藥せんさくして、[一三]小者・[一四]小《こ》坊主《ぼうず》をむたいにしかりまはせば、此家《や》内《ない》しづまりかへつて、食焼《めしたき》が摺鉢《すりばち》も鳴《なら》しかね、手代が[一五]針口《はりぐち》の音《をと》さへうかゞひ、はんじやうの家

二 山の神が吹かす家の風

難波《なにわ》こと大坂《おおざか》は、風も静かに世も治まり、九州方面の荷船が入港し、各種の問屋がにぎわっている。中でも米商売は日本第一の所だと、忍之介《しのびのすけ》は前々から聞き及んでいたが、一見してなるほどと感嘆した。商人が手打ちをしている間に、銀一万貫目の取引きも決まってしまうのだ。この太っ腹な所柄から、男も身分相応に贅沢《ぜいたく》をするので、それにつれて女も自然と派手になって、色好みの道楽も盛んになった。

忍之介は、神様から授った笠をかぶって行くと、秋の朝風が身にしみて、河岸《かし》続きに町々を眺め歩くのも、なんとなく面白くないので、「構えの大きな商家に入って、少し休んで行こう」と思った。するとその家の亭主は、遊廓《ゆうかく》からの朝帰りと見えて、茶筅《ちやせん》髪《がみ》も乱れ、女の下着を肌《はだ》に付けて、飲み続けの酒に苦しむらしく、高枕《たかまくら》して白湯《さゆ》を急がせ、酔いざましの丸薬を探させて、下男

をいな事に淋《さび》しくなしぬ。

内儀は夫《をつと》のなやみに目もやらずして、一六お物師《ものし》の女を相手取《あいて》にして、一七当言《あてこと》いはるゝもおかし。「我物つかひながら女に鼻《はな》毛《げ》よまれ、銀取役《かねとりやく》に『いとしい男ぶり』などいへば、それをまことにするがおかしいまで。一八人形《にんぎやう》にも衣装《いしやう》といふて、よい年《とし》にて一九紅《もみ》の二〇隠《かく》し裏《うら》、ひどんすの下帯《したおび》、いな所の銀箔《ぎんばく》、けつかうをつくせばこそ、人間《にんげん》の皮《かは》かぶりたやうなれ。木綿《もめん》物を着て置て見や。三文《もん》が二一沙汰《さた》もない。役者《やくしや》ではあるまいし、白髪《しらが》ぬくを仕事《しごと》にして、人は大かたかぎりあつて、寄皺《よるしは》を火のしかけたればとて、なをらふか。二二親《おや》の日も忘《わす》れて、揚屋《あげ》の夕食《めし》を喰《くひ》、二三廿三夜さまにお鏡居《かゞみすへ》て二四野郎《やらう》のくるのを待《まち》、当座《たうざ》〳〵にあたらいでも、神佛のばちはこはい物じや。けふは二五九月朔日《ついたち》じやに、茶漬喰《ちやづけくを》ふとは。膾出來《なますでくる》まがまたれずば、亭主《ていしゆ》は其家《いゑ》の将軍《しやうぐん》、大きな㒵《かほ》をなされましたがよい。内證《ないしやう》は人のしらぬ事、内藏《うちぐら》は錢銀《ぜにかね》の外、二六かゝる物・寶物《たから》の置《をき》所に極《きわ》まつた物じやに、近年《きんねん》はけいせいさまの状文《じやうぶみ》の入物。一度《ど》は二七分散《ぶんさん》にて、人が見るであらふ。おれも十六の年、振袖《ふりそで》の白むく着《き》て、五拾

や丁稚《でつち》をむやみにしかりまくるので、この家中は静まり返って、飯炊《めした》きの下女は擂鉢《すりばち》の音も立てかね、手代は天秤《てんびん》の針口《はりくち》をたたく音にさえ気をつかい、繁盛している家を変なことでさびしくしている。

内儀は夫の悩みには見向きもしないで、針仕事の女を相手にして、当てこすりを言っているのもおかしい。「自分の金を使いながら女に鼻毛をよまれ、相手は金を巻き上げる役なので、『慕わしい男振り』などと言うと、それを真《ま》に受けるのがおかしいこと。人形にも衣装といって、よい年をして紅絹《もみ》の隠し裏を付け、緋緞子《ひどんす》の褌《ふんどし》をしめて、その褌に銀箔《ぎんばく》を置くような贅沢《ぜいたく》を尽くすからこそ、人間の皮をかぶったように見えるのだよ。木綿《もめん》の着物を着せておいてみなさい。三文の値打ちもない。役者ではあるまいし、白髪《しらが》を抜くのを仕事にしているが、人には大体命の限りがあって、寄る皺《しわ》を火熨斗《ひのし》をかけたからといって、直るであろうか。親の命日も忘れて、揚屋で夕飯を食い、二十三夜の月待ちに鏡餅《かがみもち》を供えて、役者の来るのを待っているが、その当座《とうざ》とうざに当たらなくても、神仏の罰はこわいものだよ。今日は九月一日《ついたち》の祝日

貫目の敷銀《しきぎん》[二八]してきた[二九]はひの。[三〇]三百五十日ある一年を、ひとり寐《ね》せぬ夜は五日か、七日か。[三一]ありさまたちに奥《おく》さまといはれたばかり、何がおもしろい事がある。男ひでりではなし。此身は何の因果《いんぐわ》、こんな所へきた事じや。堪忍《かんにん》もしているとおもや」と、疊《たゝみ》たゝいて泣《なき》わめき給へば、膳立《ぜんだて》しながら[三二]四ッ前《まへ》まで、内義《ないぎ》のりんきに取まぎれて、皆々《みなみな》なげくびして、機嫌《きげん》のなをるをまちけるに、

此男胸《むね》に居《すへ》かね、「今朝《けさ》からいはせば果《はて》しもなく、[三三]其ほうげたへ」と、十露《そろ》盤《ばん》なげうちすれば、[三四]三五の十八ばらりと違《ちが》ふて、内義《ないぎ》は[三五]大庭《には》に飛《とび》お

なのに、茶漬《ちゃづけ》を食べているとは、あきれる。お鱠《なます》が出てくる間《ま》が待たれないなら、亭主はこの家の将軍なのだ、大きな顔をなされたがよい。内輪《うちわ》のことはだれ知るまいが、内蔵《うちぐら》は銭銀《ぜにかね》のほか、絹物や宝物を収める所に決まったものなのに、近ごろは傾城《けいせい》様からの手紙を収める所になっている。一度は破産ともなれば、他人が見るだろうに。私も十六の年に、白無垢《しろむく》の振袖を着て、五十貫目の持参金を持って嫁に来たのだよ。一年は三百五十日もあるのに、独り寝しない夜は五日か七日かという有様。お前さんたちに奥様と呼ばれるだけで、なんの面白いことがあろう。世間が男日《ひ》照《で》りというわけではない。この身はなんの因果で、こんな所へ来たのだろう。我慢《がまん》していると思いなさい」と、畳をたたいて泣きわめかれた。それで女中たちは、朝御飯の支度をしながら四つ前まで、内儀の焼餅《やきもち》にとりまぎれて、皆うなだれて、機嫌の直るのを待っていた。

するとこの亭主は腹立ちを押えかねて、「今朝から言わせておけば果てしもないことだ、その横っ面《つら》へ」と、算盤《そろばん》を投げつけると、当り所がすっかり違ってしまった。女房は台所の土間へ飛び

りて、「此うちの道具《だうぐ》はなげ物ならば」と、茶釜《ちやがま》より割《わり》出し、お鉢《はち》・鍋《なべ》から次第に、残る物とて大釜《がま》ばかり、くろけぶり立て、つぶしにしても弐百目あまりそんは見えて、忍之介もきのどく成事を見かゝり、いさかひの果《はて》を聞《きく》に、何國《いづく》にても夫婦《ふうふ》の事は恥《はぢ》に上《うわ》ぬりぞかし。

時に人体《じんたい》らしき親仁《おやぢ》きたつて、此なかへわけ入て、なにがなしに亭主《ていしゅ》をひつ立、我かたへ同道《どう〱》してゆくに、忍之介も是につれて、其許《そのもと》へまぎれゆき、子細《しさい》を聞《きく》に、彼親仁《かのおやぢ》もそれが女房衆《にょぼうしゅ》も口をそろへて、「是は段々《だん〱》内かたのお道理《だうり》、いかに

下りて、「この家《うち》の道具を投げつけてよいのなら」と、茶釜《ちゃがま》から割り始め、お鉢《はち》や鍋《なべ》から次々と投げて、残る物といっては竈《かまど》の大釜だけで、黒煙《くろけむり》が立って、潰《つぶ》しにしても銀二百目余りの損は確かで、忍之介も気の毒なところを丁度見てしまった。喧嘩《けんか》の仕舞いを聞くと、どこでも夫婦のことは恥の上塗《うわぬ》りである。

その時そこへ人柄のよさそうな親仁《おやじ》がやって来て、夫婦の中へ割って入り、なんとはなしに亭主を引き立てて、自分の家へ連れて行くので、忍之介もそれに付いて行き、その家へまぎれ込んだ。どんな事情かと聞き留めると、かの親仁もその女房も口を揃えて、「これは色々と奥さんがお怒りになるのもお道理、いくら女の身だからといって（それを無視して）、あまりにもひどい廓《くるわ》通いです。今まではよくも黙ってこられた」と、内儀の肩を持つと、親仁も困ったことだと意見して、「ただ今女房が言う通り、銭銀《ぜにかね》を使いながら何者《なにもの》の娘とも知れない者をかわいがるのは、人並《なみ》に所帯を持つ者のしないことだ。わしなどは若い時に、この人を嫁に迎えて以来、後世のことを大事に思い、ほかの女には目もくれず、ただ毎日のお寺参りがありがたい。幸い今日は命日の日

女の身なればとて、あまりなる悪所《あくしよ》がよひ。今まではようもだまつて御座つた」と、内儀《ないぎ》に利《り》を付れば、親仁《おやぢ》もにがく／＼しく異見《いけん》して、「只今女房どもがいふ通《とを》り、銭銀《ぜにかね》をつかひながら、何者《なにもの》の娘《むすめ》やらしれぬものをてうあいするは、人がましく世を暮《くら》す者《もの》のせぬ事なり。我等は若《わか》い時、あの人をむかひとつて此かた、後世《ごせ》こそ大事《だいじ》、外をしらず、只毎《まい》日[三六]参下向《まいりげかう》がありがたい。幸《さいわ》ひけふは[三七]心ざしの日にて、[三八]寺町へそろ／＼と出るなれば、[三九]思ひはらしに同道《どう／＼》いたそふ」と、小者《こもの》もつれず只両人、此宿《やど》を立ゆく。

忍之介も跡《あと》につきて、「扨も人程各別違《かくべつちが》ひあるはなし」と、おもひゆくに、彼親仁《かのおやぢ》語《かた》りけるは、「されば人界《にんがい》へ生《しやう》を請《うけ》て、誰《たれ》か[四〇]れんぼあいぢやくの道《みち》を、すかぬ者《もの》ひとりもなし。殊勝《しゆしやう》皃はすれども、根《ね》を押《おし》てから、臍《ほぞ》より三寸下の無分別《むふんべつ》に極《きはま》る所。[四一]人間《にんげん》の栄花《ゑいぐわ》、此外になし。先《まづ》わたくしの女房《にようぼう》ども、かくれもなきりんき者《もの》、それを油断《ゆだん》をさせて、世には慰《なぐさ》みの拵《こしら》へやうさま／＼なり。何がありがたうて、寺《てら》へはまいらうとおぼしめすぞ。さらば我等の氣《き》のばし所を、お目にかくべし。

に当たり、これから寺町へそろそろ出掛けるところだから、気晴らしに一緒に出掛けよう」と、下男も連れずにただ二人で、この家を出て行った。

忍之介も跡をつけて、「それにしても人間ほど（心構えが）格段に違いのあるものはない」と、思いながら行くと、かの親仁が語り出したことには、「ところで人間と生まれて、だれだって恋《れん》慕愛着《ぼあいじやく》の道を、好きでない者があろうか、一人もいない。もっともらしい顔をしているが、性根《しようね》をただせば、だれでも臍《へそ》から三寸下にはだらしがないに決まっていることだ。人間の最上の楽しみは、このほかにはない。まずわたくしの女房は、有名な焼餅焼きだが、それを油断させて、実は慰みをこしらえる手立てが色々とある。何がありがたくて、お寺などへ参詣するとお思いか。それではわしの気晴らし所をお目に掛けよう。決して人に話してはならない」と、口止めをした。

松屋町《まつやまち》筋にある瓦焼きのあたり、町筋の西側の裏座敷へ行くと、年のころ十八、九の大振袖《ふりそで》の女がいた。見るとなんとも言えないような色盛りの女で、これは当地大坂風の妾《てかけ》ではない。全く

かならず沙汰《さた》なし」と、口をかため、

[四二]松屋町筋《すじ》の[四三]瓦焼《かはらやき》ほとり、にしがわのうら座敷《ざしき》に、年の比十八、九なる大振袖《ふりそで》、見ればどうもならぬ色ざかり、是は[四四]大坂仕出しの妾女者《てかけもの》にはあらず。其まゝ京の[四五]石垣《いしがけ》町の美女《びちょ》と名に立し、[四六]菱《ひし》屋の吉《きち》にあいもおとらぬを、[四七]年《とし》がまへ成かゝに預置《あづけ》て、[四八]「何時成とも御用次第に、戀は相濟事成《あいすむ》」と、さらりと爰を立出て、又、[四九]嵐《あらし》が芝居《しばゐ》のにしのかたに、南《みなみ》をうけて景《けい》のよき二階座敷《かいざしき》をかり置て、是には二十三、四の丸袖《まるそで》の女、名は小國《こくに》とやらいひて、大名《だいみやう》手かけのもどりを[五〇]かくまへ、「親には銀借《かねかし》て、在所《ざいしよ》がよひの綿 商《わたあきない》さして、ゆるり四、五人暮《くら》しけるが、以前《いぜん》は俗性《ぞくしやう》いやしからず」と、是にて[五一]花車料理《きやしやりやうり》の夕飯《めし》あつて、「爰もひさしうはおかしからず、又替《かは》つた物を見すべし」と、

天王寺につゞきし[五二]塩《しほ》町といふ所、[五三]難波《なには》の嵯《さ》峨《が》と名付、[五四]樂阿《らくあ》彌《み》の引込《ひっこみ》所なり。此ひがしがわにきれい庵《あん》をむすび、[五五]中 將《ちゆうじやう》姫《ひめ》の妹《いもと》かとおもはれし比丘尼《びくに》。「是は何ゆへの出家《しゆつけ》ぞかし。惜《おし》や若《わか》ざかりの人を」と、此子細《しさい》をきけば、「縁《えん》付して男嫌《ぎら》

㈡　山の神が吹す家の風

京の石垣町《いしがけちょう》の美女と評判の、菱屋《ひしや》の吉《きち》に似て、少しもひけをとらない女だ。これを年配の女に預けておいて、「どんな時でも御用のあり次第に、恋はかなえられるのだ」ということで、顔を見ただけでさらりとここを立ち去った。そして又、道頓堀《どうとんぼり》の嵐座《あらしざ》の西の方に、南向きの見晴らしのよい二階座敷を借りてあった。ここには二十三、四歳の丸袖の女で、名は小国《こくに》とかいって、大名の妾《てかけ》の出戻りを囲っていた。「親には銀《かね》を貸して、田舎《いなか》通いの綿商《わたあきな》いをさせて、それで落着いて一家四、五人が暮らしているが、以前は素姓《すじょう》のよい者だ」と言う。ここで洒落《しゃれ》た料理の夕飯が出たが、「ここも長くいては面白くない。また変ったものを見せよう」と言う。

そして天王寺に続く塩町《しおまち》という所へ出掛けた。ここは難波《なにわ》の嵯《さ》峨《が》と名付け、楽隠居の引込み所である。ここの東側にきれいな草庵をこさえ、中将姫《ちゅうじょうひめ》の妹ではないかと思われる美しい尼がいた。「これはどういうわけで出家したのであろう。惜しいことに若い盛りの人なのに」と、連れの男がこのわけを聞くと、「一度嫁入りしたが、亭主を嫌い、風変りなことが好きで（出家した女だ）。

ひの物好《ずき》にて、心のしやれたる事又もなきを、語《かた》りよる友《とも》にさりとはおもしろく、近所《きんじよ》へは姪《めい》としらせて、戀の只中《たゞなか》」と、前《まへ》むすびの帯《おび》のしどけなく、あかなれぬ白小《しろこ》袖《そで》、ほのかに留《とめ》木のかほり、白りんずの内衣《ゆぐ》のはし〲、立居《ゐ》にひるがへるやうだい[五六]、つねの女よりはおもひまして、世間《せけん》しのびて、戀は心にあまる風情《ふぜい》。「扨も所〲に親仁《おやぢ》の遊山《ゆさん》所。いな事で年がよらぬとおもへば、是じや物」と、彼《かの》男もうらやましく、酒呑明《のみあか》しての後、氣《き》を通《とを》してしばらく空寐《そらね》するうちに、びくには此程のとぜん[五七]をわすれける。

忍之介は、とてもならぬ事を思ひきつて、鼠《ねずみ》[五八]いらずをさがせば、手元《てもと》には牛房《ごばう》・酒麩《さかぶ》、おくぶかに玉子《たまご》・鯛《たい》のねりみそ、是たのしみと、ひとり徳利《とくり》をあけて、礼《れい》をいはぬ思ひ[五九]で申て、又、兩人の跡《あと》より行ば、長堀《ながほり》[六〇]の中橋筋《なかばしすじ》[六一]に、醫者《いしや》[六二]の名代にて家屋敷を求《もと》め置、其横《よこ》町に格子《こうし》づくりの物好《ずき》に、是にもまた脇明《わきあけ》[六三]のやさ物[六四]を隠《かく》し置、いつ成共心まかせに、ゆく水の絶《たへ》ぬをうき世の榮花《あいぐわ》と定《さだ》めぬ。「此外天滿の住吉《すみよし》[六五]町に、奈良《なら》から取よせぬる女、是もお目にかけたし」。彼《かれ》是九の所に、

気が利いている点ではこの上もないから、話し相手にはそれはそれは面白いので、近所の手前は姪《めい》ということにして（面倒をみている）。わしと恋の真最中《まつさいちゆう》」と言う。尼は前結びの帯もしまりがなく、垢《あか》づかない白小袖に、かすかに香を炷《た》き留めている。白綸《りん》子《ず》の腰巻の裾前《すそまえ》が、立居《たちい》のたびにひるがえる様子は、普通の女よりも心ひかれる。世間を忍んでいるので、恋しい気持をもてあましている風情《ふぜい》である。「それにしても色んな所に親仁《おやじ》の遊び所があるものだ。不思議なことにこの親仁は年をとらないと思っていたら、このせいだ」と、連れの男もうらやましく、酒を十分飲んでから、気を利かしてしばらく狸寝《たぬきね》入りをしているうちに、尼は親仁相手にこのごろのさびしさを忘れるのであった。

忍之介は、どうにもならない恋はあきらめて、食器戸棚を探すと、手元にごぼうと酒麩《さかぶ》、奥の方に玉子料理と鯛《たい》の煉味噌《ねりみそ》があったので、これは楽しみだと、独り徳利《とくり》をあけて、礼を言わない御《ご》馳《ち》走《そう》になった。また、二人の跡を付けて行くと、長堀の中橋筋に、医者の名義で家屋敷を買い求めておき、その横町に格子造りの洒落《しゃれ》た家に、これにも又振袖の美人を隠し置き、いつでも心ま

妾女自慢《てかけじまん》。

「世上《せじやう》にはしれずして是程慰《なぐさ》みの替《かは》れる事なし。一年に九の世《せ》帯《たい》、弐十五、六貫目にて仕《し》舞《まふ》なれば、いふてもわづかの事なり。女郎ぐるひは大分《だいぶん》物をつかひながら、内外《うちそと》の首尾《しゆび》むつかし。六六つねの身持《みもち》にして宿《やど》を出れば、夢《ゆめ》にも六七山の神がしる事にあらず。美人《びじん》なればとて、ひとりの女不《ふ》断《だん》はめづらしからず。毎《まい》日の手がはりは、是によつてくたぶれつかず」と、大笑《わら》ひして、「そなたも我も、奥《おく》様に六八秋風」と、身ぶるひして語《かた》るうちに、

程なく六九浮世《うきよ》小路《せうじ》に入て、花やたづねて、七〇高野槙《かうやまき》のしんを、一本三文にて調《とゝの》へ、手づからさげて帰れば、内義《ないぎ》は機嫌《きげん》よく、「いつよりは西日《にしび》に成まして、氣遣《きづか》ひいたしました」と、先《さき》の首尾《しゆび》はしらぬが佛《ほとけ》、七一お前《まへ》様の花瓶《くわびん》の水かへらるゝも、殊《しゆ》勝《しやう》におかし。

㈡　山の神が吹す家の風

かせに、行く水のように絶えない浮世の遊び所と決めていた。「このほか天満《てんま》の住吉《すみよし》町に、奈良から取り寄せた女がいるが、これもお目に掛けたい」と、親仁はかれこれ九か所に囲っている、妾《てかけ》自慢をした。

　さらに親仁が語るには、「世間には知れないで、これほど慰みの味の替ることはない。一年に九つの世帯を持っても、銀二十五、六貫目で片付くから、なんといってもたいしたことではない。女郎買いに夢中になる者は沢山金を使いながら、家の内外《うちそと》の都合がうまくつかない。妾を囲う方は普段の服装で家を出るので、山の神が全く気付くことはない。いくら美人だからといって、一人の女がいつもの相手では飽きてしまう。私の方は毎日相手が替るので、お陰でうんざりしない」と大笑いして、「お前さんもわしも、奥様に秋の風」と、身震いして語った。

　すると間もなく浮世《うきよ》小路《しようじ》に入って、親仁は花屋に立ち寄って、高野槙《こうやまき》の芯《しん》を一本三文で買い、それを手に提げて家に帰ると、内儀は機嫌よく、「いつもよりは西日のさす時になりまして、心配致しました」と、出先で何があったかは知らぬが仏で、お仏壇の

花瓶《かびん》の水を替えられたのも、感心なことだけに、忍之介にはおかしかった。

（巻三の二）

巻　三

一　一九〇ページ注三参照。　二　一九〇ページ注四参照。　三　九州からの大型の輸送船。　四　港。港に入る意を掛ける。「難波の入湊」（永代蔵、一の三）。　五　問屋。卸売り業者。　六　類似の表現に、「惣じて北濵の米市は、日本第一の津なればこそ、一刻の間に五万貫目のたてり商（あきなひ）も有事なり」（永代蔵、一の三）とある。なお米一石が銀四十匁の相場で試算すると、引用文の銀五万貫目は、米百二十万石（加賀藩の禄高に同じ）もの売買に当たるという。　七　「横手を打つ」（はたと感心するさま）と「手を打つ」（商談がまとまった際の所作）とを掛けた表現。　八　銀千貫目（匁）の十倍、すなわち一万貫目。前注六の『永代蔵』の五万貫目の例も参照。　九　大坂では河岸をいう。　一〇　富裕な家。　一一　遊里や芝居街。　一二　乱れ髪を一まとめに取り結んだ髪形。男子頭頂に髷（まげ）を結う前の状態。　一三　下男。　一四　商家では十四、五歳までの坊主頭の少年。丁稚。　一五　商家で銀貨を量る、天秤の支柱の上部にあり、天秤の棹の平衡度を示す役の上下の針がかみ合う部分。釣り合い度を確かめるために、その針口を小槌でたたき振動させる。　一六　女の裁縫師。　一七　当てこすり。　一八　近世の口語で終助詞的に使い、文末にあり確認や強調の意に使う。　一九　紅（べに）染めの絹布。　二〇　着物の胴裏や袖裏など、外から目につかない所に表の布地と違った布を付けること。　二一　値打ち。評判。　二二　親の命日。　二三　正・五・九月などの陰暦二十三日の夜、月の出を待って拝む行事。二十三夜は下弦の月が真夜中にのぼる。当時は念仏を唱える宗教色が薄れ、飲食し遊楽する親睦的な行事となる。　二四　前髪を剃った野郎歌舞伎の役者。　二五　近世では毎月、一日、十五日、二十八日を式日として、食膳に魚鳥をのせ祝った。民間では膾を食べた。　二六　軽物。麻布・木綿より軽いためか、絹布類をいう。　二七　自己破産。全財産を債権者たちへ渡し、これを換金などして各債権者に割り当て弁済する方法。　二八　持参金。　二九　原文は「きはひの」とあり、「た」を誤脱するので補う。　三〇　当時は大の月が三十日、小の月が二十九日で、各六ずつあり、一年は三百五十四日。なおそこで、二、三年ごとに閏月を置いた。　三一　お前様。　三二　「四つ」はここでは午前十時。　三三　頬桁。ほほぼね（頬骨）、又そのあたりの頬。なお、相手のおしゃべりをののしっていう語で、憎らしい相手の口元や、横っ面をいう。　三四　掛け算の九九で、三五は十五なのに、「三五の十八」とは当てが違うことをいう。諺。前出の「算盤」とは縁語。　三五　台所の土間。　三六　寺社へ参詣すること。　三七　死者の供養をする日。　三八　ここは東西の高津村から四天王寺にかけての寺町をさす。すなわち、高津宮の東、生玉筋に中寺町・生玉寺町があり、その南方に天王寺寺町がある。生玉筋の西、松屋町筋には下寺町がある。生玉筋の東方には、谷町筋八丁目寺町や、上本町筋八丁目寺町、さらに小橋（おばせ）寺町などがあった（国花万葉記、六の一／大阪府の地名I）。現在も町名には異同があるが、ほぼ同規模である。　三九　気晴らし。　四〇　恋慕愛着。異性を恋い慕い、愛情にひかれて思い切れないこと。　四一　本作巻一の一の冒頭にも同趣旨の見解がみられる。　四二　中央区の松屋町を通る南北の大通り。　四三　前注の松屋町と、南に隣接する瓦屋町（中央区瓦屋町一〜三丁目）の近辺。瓦屋町には御用瓦師寺島家の瓦細工場もあり、この両町では瓦のほか土器も作られ、高原焼き・松屋町焼きという。　四四　大坂風の洒落た、ぐらいの意。なお「妾女」の読み「てかけ」は、近世における上方（京・大坂）の呼称で、江戸では「めかけ」といった（物類称呼）。　四五　一三八ページ注八一参照。　四六　石垣町の茶屋、菱屋の茶屋女の吉。『置土産』三の一にも「洛中に是沙汰の菱屋の吉」として出る。　四七　年配の。　四八　以下商売の挨拶言葉を織り込む。　四九　道頓堀の嵐座。座本は嵐三右衛門。初代三右衛門は、元禄三年、五十六歳で没。二代目は、父の没後二十五歳で三右衛門を襲名し、若衆方より立役となり、座本も兼ねた。ここは二代目。　五〇　人知れず隠して置く。囲う。　五一　風流な料理。　五二　一九〇ページ注六参照。　五三　一九〇ページ注七参照。　五四　気楽な隠居。近世では隠居すると坊主頭となったのでいう。　五五　横佩（よこはき）右大臣藤原豊成の娘。十六歳で大和国当麻（たいま）寺に入って出家し、深く阿弥陀仏を信仰し、蓮糸で曼陀羅（まんだら）を織ったという（元亨釈書／謡曲・当麻〈たえま〉）　五六　様体。有様。　五七　徒然。退屈。　五八　鼡が入らないように作った食器戸棚。　五九　十分楽しい思いをしたの意。ここは御馳走になったの意。 **六〇** 長堀川。今は埋め立てられ、中央区と西区の長堀通となる。 **六一** 中橋は、長堀川の長堀橋と心斎橋との中間の橋。ただし貞享期には中橋と心斎橋の間に、既設の橋の役割を助ける意の三休橋が出来た。「中橋筋」の「筋」とは、大坂で南北の通りを称し、ここは中橋を通る南北の通り。今の地図では長堀橋・三休橋・心斎橋の地名が残る。三休橋の一つ東の南北の通りに当たる。 **六二** なだい。名義。 **六三** 脇の下を開けた成人前の女子の着物。ここは十七、八の未婚の女の意。女子は十九歳の秋には脇下を閉じ、長袖を詰め袖にする。また結婚すると脇をふさぐ。 **六四** 優者。上品で美しい女。 **六五** 天満老松町の旧名。昔、住吉太神影向の松として尊んだ老松があり、町名となった(摂陽群談/摂津名所図大成、十一)。元禄四年の古地図にあり、「老松町」は「天満堀川樽屋橋より二丁西の丁」(宝暦六年・大坂町鑑)。「大坂三郷古町名便覧」によると、老松町は北区老松町三丁目とある(『大坂町鑑集成』所収)。これは現北区西天満四丁目の南部の内。 **六六** ふだんの服装。 **六七** 一九〇ページ注三参照。 **六八** 「飽き」「秋」と掛詞。 **六九** 中央区の今橋通りと高麗橋通りとの中間の東西に走る小路の古称。奉公人の出会い宿や、色里通いの駕籠屋があった(摂陽奇観、一及び五)。『一代男』三の三、『一代女』五の四に例あり。 **七〇** スギ科の常緑針葉樹。紀州高野山より多く出て、小枝葉を仏前に供える(和漢三才図会・八二)。 **七一** お仏壇。真宗では仏壇を「お前」という。また仏壇の阿弥陀如来の画像を御真向様という。なお、本文の「仏」「お前様」は縁語。

* 挿絵の左半図右端、笠をかぶる男が忍之介。

三　風聞《ふうぶん》[一]の娘《むすめ》見立男

當風《たうふう》の女、西國《さいこく》[二]にも有。然《しか》も分限《ぶんげん》[三]成人のひとり娘にて、いまだ十六にして定《さだま》る夫《おつと》もなし。此親《おや》、聟《むこ》の吟味《ぎんみ》して、あまた望《のぞ》みのかたありしに、美女《びぢよ》に大分の財寶《ざいはう》を付ければ、大かたの男は氣にいらずして過《すぎ》けるうちに、此人はむなしう成給ひ

三　風聞《ふうぶん》の娘見立て男

当世風の女は、九州にもいる。しかも資産家の一人娘で、まだ十六歳で決まった夫もいない。この娘の親が婿《むこ》を吟味して、大勢の希望者がいたのだが、何しろ美人に多額の資産を付けるのであるから、大抵《たいてい》の男は気に入らないままに過ごしているうちに、こ

て、世は定《さだ》めなや、母親《はゝおや》ばかりに成ぬ。
　されば此娘、うき世に替《かは》りたる願《ねが》ひして、「一生《しやう》男を持《もつ》事せまじ」といひはなてば、「扨《さて》は出家《しゆつけ》の心ざしか」と、ひとしほなげき侘《わび》給へば、「田舎《いなか》の住《すま》ゐふつ〳〵といやなれば、是より上方《かみがた》にのぼりて、四目《め》好《ずき》なる男を見どりにして、それに榮花《あいぐわ》を極《きは》め、おもふまゝなるたのしみ。是御叶《かな》へなくば、今五も有なし」といへば、母親よろこび、「法師《はうし》にならずば、世《せ》間《けん》を恥《はぢ》ずとも、したい事して、わづかの六此世《このよ》を暮《くら》し給へ。此うへは無用《むよう》といはじ。何もほしきまゝよ」と、ゆるし給へば、
　ひそかに供定《ともさだ》めして、そだてあげたる乳母《うば》ひとり、ちかふ遣《つか》ひし下女二人、此外に男は譜代《ふだい》の年寄《としより》一人、挟箱《はさばこ》に千兩づゝ入て、物數五つ舟《ふね》につみ、都見物《みやこけんぶつ》のため迚《とて》、國元《くにもと》を出て、大坂に縁《あん》を求《もと》めて、七三津《みつ》寺《でら》の八幡のほとりに、人しれず借座《かりざ》敷《しき》。
　下地《したぢ》のうつくしきうへを風情作《つく》りて、衣類《いるい》も上方《かみがた》仕立にして、爰のやうすを見あはせて、道頓堀《だうとんぼり》に、浮世《うきよ》の随分《ずいぶん》かわり

の父親は亡くなられ、無常な世の中で、母親だけになってしまった。

　ところでこの娘は、世にも変わった願いを持ち、「一生夫を持ったりしまい」と言い切ったので、「さては出家の望みか」と、母親が一段と嘆き悲しまれると、「田舎暮しは全くいやですから、これから上方にのぼって、気に入った男を大勢の中から見つけ出し、その男とぜいたくに暮し、思う存分楽しみたい。この望みをかなえて下さらなければ、生きているかいもありません」と娘が言うので、母親は喜び、「尼にならないのなら、世間体《てい》を恥じなくてもよい。したいことをして、はかないこの世を暮らしなさい。これからはそれは駄目などと言うまい。なんでもしたいようになさい」と、お許しになった。

　そこで娘はひそかに供を選んで、自分を育ててくれた乳母《うば》一人と、身近に使っている下女二人、この外に男は代々使えている年寄り一人と決め、挟箱《はさみばこ》に千両ずつ入れて、合計五つ船に積んで、都見物のためと称して、国元を出発し、大坂《おおさか》に縁故を尋ね、三津《みつ》寺《でら》の八幡《はちまん》の付近に、人に知られないように座敷を借りた。

たる事を聞《きゝ》出しきもをいる、[八]生板《なまいた》の徳蔵といへる物にかゝり[九]をまねきよせ、西國の親仁《おやぢ》が申せしは、「御かたは、我等旦《だん》那《な》の御息女《そくぢよ》成が、お目にかける通《とを》り、形《かたち》も大かたに生《うま》れつき給ひ、女の[一〇]花車業《きやしやわざ》も、人のする程の事はすこしづゝしたまふなり。お年は十六なれども、おふくろさまに似《に》まして、すらりと立のび給へり。此度爰元《こゝもと》にお越《こし》なさるゝは、各別《かくべつ》なる御願《ねが》ひありての事なり。片田舎《かたいなか》にて、風義《ふうぎ》のよろしからぬ殿《との》をもたせ給ふ事を、御嫌《きら》ひにて、先《さき》の[一一]身体《しんだい》にはかまひ給はず、筋目《すぢめ》いやしからぬ人の、廿一、二より四、五までの美男《びなん》、其風俗《ふうぞく》さへお氣《き》に入れば、一生臺所《しやうだいどころ》はこなたよりあそばして、其上商賣《しやうばい》の義《ぎ》に金銀入用は、何程にても御わたしあるべきとの御事。こんな替《かは》つた御縁付《ゑんづき》、おそらく難波《なには》の都《みやこ》にも、たぐひ御座るまい」と、自慢白《じまんがほ》して語《かた》れば、徳蔵[一二]口を明《あい》て、「[一三]仁《にん》徳《とく》は儀、[一四]いざなぎ・いざなみ、神武《じんむ》此かたない事なり。此義は拙者《せつしや》のうけこみまして、是非《ぜひ》に御中立《なかだち》いたすべし。外はかならず沙汰《さた》なし」の約束《やくそく》して、

其明《あけ》の日より[一五]ひそかにこの聟《むこ》をせんさくして、[一六]自然埒明《しぜんらちあけ》ば

娘は、下地《したぢ》の美しい上にお化粧し、着物も上方仕立にして洒落たのを着た。（お供の譜代《ふだい》の親仁《おやじ》は）、大坂の様子を聞き合わせて、道頓堀《どうとんぼり》に住み、当世のどんな変ったことでも聞き出して世話を焼く、生板《なまいた》の徳蔵という口達者な男を招き寄せて、この九州の親仁が申すことには、「このお方は、私の旦那《だんな》の御息女だが、お目に掛ける通り、お器量も人並に生まれつかれ、女のたしなみの芸事も、人のするほどのことは一通りなさる。お年は十六だが、お袋様に似ておられ、背《せ》丈《たけ》がすらりとしておられる。今度この所へお越しなされたのは、特別なお望みがあってのことだ。片田舎において、風体《ふうてい》のよろしくない御亭主《ごていしゆ》を持たれるのがお嫌いで、先方の資産などどうでもよろしく、素姓《すじよう》のいやしくない者で、年は二十一、二から四、五までの美男で、その風采《ふうさい》がお気に入れば、一生暮らし向きはこちらから面倒みられて、その上商売のために資金がいる際は、いくらでもお渡しなさるとのことです。こんな変った御縁談は、恐らく難波《なにわ》の都でも珍しいでしょう」と、自慢顔で話した。すると徳蔵はあきれた顔をして、「（難波に都にされた）仁徳天皇も、これには及びません。伊弉諾《いざなぎ》・伊弉冉《いざなみ》や神

一代《だい》の仕合と、[一七]日本橋弐丁目にて、[一八]賣帳屋《うりちやう》の子を同道《どうく》申せしに、折ふし忍之介が通《とを》りあはせて聞をもしらず、此男が申せしは、「もし風俗《ふうぞく》は氣《き》に入てから、長《なが》わづらひの後、毎夜《まいや》の達者業《たつしやわざ》は成まじき」といへば、徳蔵かしら振《ふつ》て、「首尾《しゆび》さへすれば、内證《ないしやう》は人のしらぬ事。よい目にあふて、徳《とく》してのく事。沙汰《さた》なし」と、いふ声聞《こゑきゝ》て、是はおもしろそうなる分《わけ》と、忍之介跡《あと》をしたひゆくに、くだんの所にゆきぬ。縁組《えんぐみ》の男を手前《てまへ》へ取よせて見るといふ事新《あたら》し。[一九]ふすましやうじを細《ほそ》目《め》に明て、内は闇《くらく》して、此男振《ぶり》を見て先《まつ》歸し、娘もすこしおもひつく時、忍之介書《しよ》

武の大昔からこれまでにないことです。この話はわたしがお引き受けして、ぜひともお世話を致しましょう。外《ほか》へは決してもらさないで下さい」と約束した。

そしてその翌日からひそかに婿を選び出して、万一まとまれば一生の仕合せだと、日本橋《にほんばし》二丁目で営む、売帳屋《うりちようや》の息子を連れて行こうとした。丁度その時忍之介《しのびのすけ》が通り合せて、聞いているとも知らないで、この息子が申すには、「もしわたしの容姿が気に入ったとしても、長病《ながや》みの後だから、毎晩の達者な働きは出来ますまい」と言うと、徳蔵は頭を横に振って、「話がまとまりさえすれば、その後の内情は人には分らないこと。よい目にあって、得をして引き上げればよいこと。黙っていなさい」と、言う声を聞いてしまって、忍之介は、これは面白そうな事情だと、跡を付けて行くと、例の借座敷《かし》へたどり着いた。縁組みの相手の男を手前に取り寄せて確かめるというのは、新しい試みである。襖《ふすま》を細目に開《あ》け、こちらの部屋は暗くしておいて、相手の男振りを見てひとまず帰し、娘も少し気に入った様子の時、忍之介は書院の硯《すずり》を使って、「あの男は房事に弱いが、それは大病このかた」と書き

院《いん》の硯《すゞり》にむかひ、「あの男は床《とこ》よはき事、大わずらひ此かた」と書付、手元《もと》へなぐれば、娘不思《ふし》議なる皃《かほ》して、「今の殿《との》は、わづらひの後、別《べつ》の事はないか」と、たづね給へば、徳蔵横《よこ》手を拍《うち》て、「何として御ぞんじ成ぞ。すこしも身にくもりなき御かたを、御同道《どうく》申べし」と、宿《やど》にかへる。

又、忍之介もゆきて、徳蔵が内談《ないだん》聞て、娘《むすめ》のかたへはしり帰り、「只今是へつれくる男は、茶屋《ちゃ》の[二〇]よねを女房に持《もち》て、はや子ども二人有。[二一]歴々《れき》と見せかけてまいるなり。かならず[二二]たらされ給ふな」と、書付て見せければ、むすめしばらく観《くわん》

㈢ 風聞の娘見立男

付け、娘の手元へ投げると、娘は不思議そうな顔をして、「今のお方は、病気の後、変ったことはないのか」とお尋ねになると、徳蔵は横手を打って驚き、「どうして御存知なのですか。今度は少しも身に障《さわ》りのないお方をお連れしましょう」と言って、家に帰って行った。

又、忍之介も付いて行って、徳蔵の下相談を聞いて、娘の所へ走り帰り、「只今《ただいま》ここへ連れて来る男は、茶屋女を女房に持って、もう子供が二人いる。家柄のよい人に見せかけて参ります。決してだまされなさるな」と、書き付けて見せたところ、娘はしばらく考えて、「これはただ事ではない。間違いなく縁結びの神様のお告げだ」と喜んでいるところへ、徳蔵がその男と連れだって来た。娘は徳蔵を近くへ呼んで、「子のある人はいや」と言うと、「それはだれが申しました。実子ではございません」と、弁解に苦しんだ。

その後又、徳蔵が容姿のよい男を連れて来たが、座敷へ入る前に、その男が敷き松葉の小用壺《こようつぼ》に立ち寄り用をたすところを、忍之介は前へ回って見届け、「あそこが鼻の大きさと相違する男」

念《ねん》して、「是は只事にあらず。ひとへにむすぶの神の御しらせ」と、よろこぶ所へ、彼男《かの》をつれだちきたる。むすめ、徳蔵をちかふよびて、「子のある人はいや」といへば、「それは誰《たが》申ました。実子《じつし》では御座りませぬ」と、いひわけにめいわくして、

其後又、色よき男をともなひしが、座敷に入さまに[二三]敷松葉《しきまつば》の壷《つぼ》に立より用事かなへけるを、さきへ立廻《まは》りて見すまし、「[二四]鼻《はな》に相違《さうい》の男」と、書付て見せければ、娘《むすめ》物おもふ皃《かほ》にて、「そここそたのしみの第一よ。吟味《ぎんみ》するまでもなし。何とぞ不足なき男を、せんさくして頼《たの》む」とあれば、[二五]徳蔵めいよの事とおもひ、「扨はこなたには、[二六]物つげのげほうがしらあるに極《きは》まるなり。[二七]濱芝居《はましばゐ》の、見せ物にことをかきぬる時節《じせつ》なれば、あたいかまはず、それほしや」と、[二八]いひしらけて歸りにける。

忍《しのび》之介、此段《だん》〳〵おかしく、よき思案仕《しあんし》出して、我身の上を書付て見せけるは、「けふの暮《くれ》がたに、旅《たび》のすがたの男、風義《ふうぎ》いやしく、年もふけゆく身なれども、是関東《くわんとう》の戀《こひ》しりと

と書き付けて、娘に見せると、娘は何か浮かぬ顔をして、「あそここそ楽しみの第一よ。調べてみるまでもない。どうか不足のない男を、探して来てほしい」と言われたので、徳蔵は実に不思議なことと思い、「さてはあなたには、お告げをする髑髏《されこうべ》をお持に違いない。道頓堀《どうとんぼり》の見世物小屋で、演物《だしもの》に困っている時節だから、値段に構わず、その外法頭《げほうがしら》がほしいものだ」と、話を打ち切って帰って行った。

忍之介は、これまでのことがおかしく、なおよいことを思い付いて、自分の身の上を書き付けて娘に見せた。それは「今日の暮れ方に、旅姿の男が来る。風采は上がらず、年も初老の体つきであるが、これは関東の恋知りという男だ。牡丹唐草《ぼたんからくさ》模様の羽織を着て、美しい花笠《はながさ》を左手に提《さ》げ、『甚だ失礼ながら、わが気に入る女もいるかと、諸国を見て回ったが、これは美しい』と、あなたを恋いこがれる様子をするだろう。必ずその男を引き留め、一生の夫婦となり楽しみを極めるがよい。二人とも長生きして、互いに愛情深く、よいことばかり重なるのは、全く間違いない。しかもその男は、江戸で二人といない金持である」と、事細かに書

いふ男、牡丹唐草《ぼたんからくさ》の羽織《はおりき》着て、うつくしき花笠《がさ》をひだりに提《さげ》、『近此[二九]そつじながら、我氣に入女ありやと、諸《しよ》國みめぐりしが、是は』と、こがるゝ風情《ふぜい》すべし。かならず是を引とゞめ、一生の夫婦《ふうふ》とたのしみを極《きは》むべし。長命にして、たがひに情《なさけ》ふかく、よい事ばかり[三〇]つどふは、さらく\うたがひなし。然《しか》も其男、[三一]武州《ぶしう》に[三二]またなき福人《ふくじん》」と、こまかに書しるし見せけるに、此娘一筋《すじ》におもひ込《こみ》、此事皆々に語《かた》り、「自然《しぜん》此御かたまみへさせ給はゞ、神のおつげの男なり」と、心待《まち》する所へ、

忍之介、かたちをあらはせ立入れば、何のせんぎもなしに申入、「不思義《ふしぎ》の御縁《ゑん》是なり」と、兼《かね》て用意のさかづき事すまして、夜も更《ふけ》ゆけば床《とこ》を取、是[三三]かんたんのかりねの夢《ゆめ》、枕《まくら》一つにかしらふたつならべて、戀をさまぐ\語《かた》る時、忍之介いひけるは、「我さる事あつて、しばしのうちはまことのちぎりは、[三四]ならずの宮への大願《ぐわん》」といへば、娘はおもはく違《ちが》ひながら、「[三五]一期《いちご》かたらひなします身の、それは御こゝろまかせ」と、明暮《あけくれ》もてなし、ある夜は此美女《びぢよ》うき立て、是非《ぜひ》に戀

㈢ 風聞の娘見立男

き付けて、これを見せると、この娘は一途《いちず》に思い込み、このことを家の者にも語り、「万一このお方がお見えになったら、神のお告げの男である」と、心待ちしていた。

するとそこへ忍之介が、姿を現わして入り込んだので、娘はなんの詮索《せんさく》もしないで結婚を申し込み、「これは不思議な御縁だ」と、前もって用意しておいた婚礼の杯事《さかづきごと》を済ませた。夜も更《ふ》けたので床《とこ》を取り、これこそ邯鄲《かんたん》の仮寝《かりね》の夢のような不思議なご縁だと、枕一つに頭二つ並べて、睦言《むつごと》を色々と交《か》わしている時、忍之介が言うことには、「私はある事情があって、しばらくは誠の交わりを断つと、ならずの宮の神へ大願を掛けている」と伝えると、娘は期待はずれながらも、「これから生涯夫婦で暮らす身の上、それはお心任せに」と言って、毎日親しくもてなした。ある夜、この美女は浮きうきして、むりやりに恋を仕掛けて、声も上《うわ》ずり、顔も赤くのぼせて、「ああなんと思わせぶりなことよ、慕わしい男」と、忍之介の身に寄り添った。「これだけは神もお許し下さい」と、忍之介もあれこれともがいたが、どうしても肝心《かんじん》の物が芯《しん》のない筆のようで、恥をかくよりほかはなく、栄華もこ

をしかけて、[三六]物越《ごし》もそゝりて、上氣《き》しきりに、「あゝ物おもはせ振《ぶり》や、いとしき男」と、身に添付《そひ》、「是は神もゆるし給へ」と、色〳〵身をもだへても、いかな〳〵しんなし筆のごとく、恥《はぢ》をかくより外はなくて、榮花《あい》も是までと、口惜《おし》。女の堪忍《かんにん》せぬもことはりせめて、[三七]釣夜着《つりよぎ》の下より踏《ふみ》出されて、つらきは秋の小夜風《さよかぜ》、又笠《かさ》かぶりて、足《あし》ばやに、「此ほどは[三八]御ざうさにあひました」と、いひ捨《ずて》にして、どちへか。

れまでと無念の思いをした。女が怒るのももっとも至極で、忍之介は、釣り夜着の下からけり出されて、つらいといえば折しも秋の夜風も冷《つめ》たく、又笠をかぶって、「このたびはお世話になりました」と、言い捨てて立ち去ったが、さてどちらへ行くのか。

（巻三の三）

一　目録章題と異同あり、「娘」一字誤入か。　**二**　九州。　**三**　裕福。　**四**　見て気に入った男。　**五**　（「あること」なし、存在しないの意で、）ここは生きていても死人同然だの意。　**六**　原文の振り仮名は「之よ」と誤刻するので、仮に「このよ」と改めた。　**七**　大阪市中央区西心斎橋二丁目の御津（みつ）八幡宮。当時はこの付近は旅役者などが住んだ。『置土産』一の一参照。　**八**　原文の振り仮名は「まないた」とあるのを改めた。　**九**　何にでも口出しをする者。「物に掛かり者（しや）」の略。　**一〇**　風流な技芸。香道・茶道・華道など、女のたしなむ上品なこと。花車事。　**一一**　身代。資産。　**一二**　あきれるさま。　**一三**　「磯」は「沖」に対比され、「沖」が深いのに対して浅いところから、物事のはるかに及ばないさまにいう。ここは大坂におられた慈悲深い仁徳天皇もこれには及ばないの意。　**一四**　伊弉諾尊（いざなぎのみこと）・伊弉冉尊（いざなみのみこと）、並びに初代の天皇、神武天皇以来。日本の国が始まって以来。　**一五**　原文は「ひそかに」の「に」を誤脱するので補った。　**一六**　万一。　**一七**　日本橋は大坂では「にっぽんばし」。堺筋の町名で、近世の日本橋一～五丁目がおよそ今の中央区日本橋一・二丁目辺。　**一八**　商家で売った品名・金額等を記入する帳簿を売帳、又は売上げ帳というがその各種の売帳を商う店。　**一九**　襖障子。ふすま。　**二〇**　娼。遊女の異名。　**二一**　家柄のよい人。原文は「歴々と」の「と」を誤脱するので補った。　**二二**　「たらす」はうまい言葉でだます意。　**二三**　小便壺。音のしないように松葉を敷いた。「敷松葉に御しともれ行て」（一代男、一の一）。　**二四**　俗説に「鼻大なれば一物（いちもつ）大なり」という。　**二五**　名誉。世にもまれで不思議なこと。　**二六**　物告げの外法頭。「物告げ」は運命を予告する意。「外法」は仏教以外の宗教の意で、外道（げどう）ともいう。ここはその妖術。「外法頭」は妖術に用いる髑髏（どくろ）。　**二七**　道頓堀の浜側の小芝居。道頓堀の直ぐ南側に、道頓堀川と並行して東西に延びる通りに芝居街があり、通りの南側には大芝居（大劇場）が並び、通りの北側、浜（大坂で「川」の意）を背にした側には、見世物などの小芝居（小劇場）があった。　**二八**　言ひ白ける。イイジラケルとも。話をしていて座がしらける。ここはいい折に話を打ち切るの意。　**二九**　卒爾。失礼。　**三〇**　集ふ。集まる。　**三一**　武蔵国の別称。特に江戸をさす。　**三二**　原文は「まもなき」とあるのを改めた。　**三三**　邯鄲の仮寝の夢。唐の書生の盧生が、旅先の邯鄲で、道士の呂翁から枕を借りてうたた寝をすると、栄華な一生の夢を見たが、覚めると炊きかけの粟（あわ）がまだ煮えない短い間であったという。『枕中記』に出て、『太平記』や謡曲「邯鄲」等で知られる。「邯鄲」は今の河北省の地。　**三四**　どうにもならない意の洒落言葉。「ならずの森の柿の木」（一代男、二の三）など。　**三五**　一生涯。　**三六**　ここは音声、話し方。　**三七**　夜具を軽くするために、表の中央に環を付け、紐を通して天井から釣るようにした夜具。　三八　御造作。御馳走さま。
＊　挿絵の左半図右端の男が忍之介で、脱いだ笠を左の袖口に持つ。

四　風流《ふうりう》の座《ざ》[一]敷踊《しきおどり》

[二]風前《ふうぜん》の灯《ともしび》、追付《をつ》身体《しんだい》闇《やみ》となるべきは、[三]夜見せがよひの跡先《あとさき》しらずの大臣也。[四]燈臺《とうだい》元くらし迚《とて》、ちかき大坂に住《すみ》ながら、爰の色町の噂《うはさ》、移《うつ》りかはりて品《しな》〲新《あらた》しき事のありしに、傾城《けいせい》は銀で買物とばかり覺へて、各別《かくべつ》の榮《えい》花なるをしらず。遠き筑前《ちくぜん》の國、[五]はかたの女郎買《かい》、山川《さんが》[六]百里《り》をへだてゝ、新町の事ども、日限《げん》[七]刻《こく》付にして、卯の毛《け》で突《つい》た程の事までもしれる子細《さい》は、我國より大坂まで陸路《ろくぢ》に、[八]宿次飛脚《しゆくつぎひきやく》をこしらへ置、一日に四、五度の文通《ぶんつう》いたさぬといふ事なし。

新町には、揚《あげ》屋中をまはる、りこんの久といふ男、すこし

四　風流の座敷踊り

風前の灯火《ともしび》で、間もなく身代《しんだい》がつぶれ心が闇《やみ》となるはずなのは、(大坂《おおざか》の廓《くるわ》)、新町《しんまち》の夜見世《よみせ》通いをする無分別な大尽《だいじん》である。灯台下《もと》暗しというもので、廓に近い大坂の町中《まちなか》に住みながら、新町の遊興の評判も、移り変わって色々と新しい遊び方があるのに、女郎《じょろう》は銀《かね》で買うものとばかり承知して、格段に違う栄華な遊びがあることを知らない。遠い筑前《ちくぜん》の国博多《はかた》の廓《くるわ》の女郎買いは、大坂と山河《さんが》百里も隔てていながら、新町の事情が、期日や時刻を指定して、しかもどんな細かい事柄まで分かる理由《わけ》は、筑前の国から大坂までの陸路に、宿場から宿場までの飛脚を設けて置き、

文章自慢《ぶんしやうじまん》にて、書つゞけてちうしん申上る。「今日は丹波[九]屋の[一〇]小太《しやうた》、身請《うけ》。やり手のまん、四十六にて初産《うゐざん》、然《しか》も男子《むすこ》ぞかし。[一一]阿波座《あわざ》の虎《とら》之丞といふ、[一二]五分取の[一三]つぼねへ、[一四]出家落《しゆつけおち》のやうなる人、かりそめにあそびて、勤《つと》めのうき小借銭《じやくせん》の物語り、あはれに聞て、懐《ふところ》より一包《つゝみ》取出し、『あらば何か惜《おし》かるべし。是が[一五]いつせき』と、とらせて帰る。跡《あと》にて明て見しに、金子八拾三両、法花經《ほけきやう》の反古包《ほうぐづゝみ》にして、有しとなり。歴《れき》く々の女郎衆、うらやましき㒵《かほ》つきして、『筆の先《さき》のちびる程、紙《かみ》は[一六]おもひかさね、色々頼みやりてさへ、わづか十両より内の事、くれかぬる浮世《うき》に、人の仕合はしれぬ物』との是[一七]沙《ざ》汰《た》。又、御悪《にく》みなされし[一八]越後《ゑちご》町の太夫殿、此程よりの客《きやく》にはめられ、[一九]足《あし》の指《ゆび》を切ながら、欲《よく》のふかき名を立てのきけるは、むごいやうにて、我〳〵はおかし」。辻喧嘩《つじげんくわ》の[二〇]手負《をひ》の事、[二一]九軒《けん》の蒔棚《きだな》が落《おち》て、[二二]宿屋の[二三]常香盤《じやうかうばん》のわれたる事まで、[二四]ひとつ書にして申あげ、「此里、此秋の物のあはれ、さりとは淋《さび》しく、女郎の自由《じゆう》、ふけばちるやうなる客《きやく》にも[二五]まはり給ふは、風車《かざぐるま》のごとし。かゝる時、是非《ぜひ》御のぼりあそばされ、見事な

一日に四、五度の文通をきちんとしているからである。

新町には、揚屋中を回って歩く、利根《りこん》の久《きゆう》という太鼓持《たいこもち》が、少し文章自慢で、廓《くるわ》の情報を書き続けて博多の大尽に注進申し上げるのである。「今日は丹波《たんば》屋の小太夫《こだゆう》が身請けされた。遣手のまんが四十六歳で初産《ういざん》、しかも男の子です。阿波座《あわざ》の虎之丞《とらのじよう》という五分《ごぶ》取りの端女郎《はしじよろう》へ、還俗《げんぞく》したような人が、仮初《かりそめ》に遊びに来て、相手の女がわずかな借金のためにつらい勤めをすると語るのを、哀れに聞いて、懐《ふところ》から一包み取り出し、『金があるなら何が惜しかろう、しかしこれが全財産だ』と、女に与えて帰った。あとで開けて見ると、小判八十三両を、法華経《ほけきよう》の古紙で包んであったといいます。上職の女郎衆が、うらやましい顔付きをして、『筆の先のちびるほど紙も使い、思いをこめて、色々と頼みの手紙をやってさえ、わずか十両たらずの金でもくれかねる世の中なのに、人の仕合せは分からないものだ』と、もっぱらの評判です。また、お憎みなされた越後町《えちごまち》の太夫《たゆう》殿は、近ごろなじんだ客にだまされ、（言われたように）足の指を切ってやられたのに、この女郎は欲が深いと悪評を立てて、その客は縁を切ってしまった。こ

分《わけ》の御遊興《ゆふけう》、今なり〳〵」と、申入しに、
　銀あつて隙《ひま》男、諸果報《もろくわほう》の大臣、そこはまかせと、早舟《はやぶね》にてのぼりつめ、秋[二六]はかねとはいへど、小判《こばん》[二七]めづらしき時節《じせつ》に、紅葉《もみぢ》蒔《まき》ちらすごとく、紅《くれなゐ》[二八]のばつとしたるつけとゞけ、かたじけなき數《かず》〳〵の酒事、随分《ずいぶん》とさはげど、覺《さめ》ぎははやく、調子《てうし》めいりて、間《あい》の手の撥音《ばちおと》もさりとはおもしろからず。大臣帥《だいじんすい》白《がほ》をして位《くらゐ》[二九]をとれば、内義《ないぎ》がさし出て、「世の有様も春夏《はるなつ》なり。殊に色《いろ》あそびは盆《ぼん》までなり。[三〇]座敷踊《おどり》を見せませい。残り多《おゝ》い」と、くどくいひければ、大臣氣《だいじんき》[三一]をもつて、「それは今見られぬ事か」といふ。「成程なる事」、「然《しか》らば見せ」と、時過《すぎ》ての奢《おごり》。
　俄《にわか》[三二]に四町を名ざしして、振《ふり》よき踊子《おどりこ》五十人、帷子《かたびら》[三三]時に見しよりは、衣裝《いしやう》の袖つききれいに、おもひ〳〵の仕出し、ひとりも惡《にく》いはなかりき。ふるい事ながら、世に銀《かね》程成寶《たから》はなし。五十人の女郎、昼《ひる》から夜まで、手足《てあし》のつゞく程、音《こゑ》のかぎり踊《おど》らせて、わづか八百五十目が物、「此遊興《ゆふけう》、國《くに》[三四]がたにて、千貫目にても成事か。[三五]百踊《おどり》が八十五貫目、一年中踊らし

れは残酷のようで、我々にはおかしい事件です」。そのほか路上の喧嘩《けんか》の怪我《けが》人のこと、九軒町《くけんまち》の揚屋の薪棚《きだな》が落ちて、揚屋の常《じょう》香盤《こうばん》の割れたことまで、箇条書《かじょうがき》にして報告し、さらに、「この廓《さと》、今秋は客も少なく、さてさて寂しいので、女郎は客の自由になります。吹けば飛ぶような客にも、よく勤められる有様は、風車《かざぐるま》のようです。このような時節に、ぜひお上《のぼ》りなされて、見事な訳《わけ》知りの御遊興を、今こそぜひに」と、告げ知らせた。

　すると金と暇《ひま》のある男で、二重の好運に恵まれたこの大尽は、そこは任せろと、早船で上方へやって来た。寂しい秋には鐘の音は付物《つきもの》だというが、この小判の珍しい時節に、紅葉《もみじ》をまき散らすように、ぱっとはずんだ祝儀も出て、色々とありがたいことの多い酒宴となった。(取り巻きも)随分騒いだが、酒のさめるのが早く、三味線《しゃみせん》の調子もめいって、間《あい》の手の撥音《ばちおと》もそれはまあつまらない。大尽が粋人顔をしておっとりと構えていると、揚屋の女房が進み出て、「世の有様も明るいのは春と夏です。殊に色遊びは盆までのものです。座敷踊りをお目に掛けなさい。このままでは残念です」と、くどく言うので、大尽は乗り気になって、「そ

てからしれた事、なんぼ成共、[三六]ふれ〳〵やつこの〳〵」と、[三七]夕暮《ぐれ》は[三八]九月八日の節季《せつき》なるに、いつが盆《ぼん》やら節句《せつく》やら、寐《ね》ずに夢《ゆめ》見るあそび宿。

折ふし其むかひの揚《あげ》屋よりは、ひとり娘《むすめ》が相果《あいはて》、[三九]はた・てんがいをさしかけ、「今が一期《ご》のわかれ」と、泣《なき》わめく。西《にし》隣《どなり》の揚《あげ》屋のかゝは、今朝《けさ》から[四〇]けがつきて、[四一]はやめ藥《ぐすり》のせんさくするに、あそび所の[四二]氣《き》さんじは、すこしも近所《きんじよ》へゑんりよなく、[四三]二くはん笛《ぶゑ》、太鞁《たいこ》持《もち》、うつたり舞《まふ》たり、[四四]大よせ宿、門《かど》にも人の山をなしぬ。

忍之介爰にきて、扨も心のまゝなる榮花《えいぐわ》やな。踊《おどり》はくづ

れは今見られないものか」と言う。「確かにできます」。「それならば見せてくれ」というので、時季過ぎた踊りを特別に出すことになった。

にわかに新町《しんまち》筋四町《よんちょう》の女郎を名指しして、所作《しょさ》上手な踊り子を五十人集めた。帷子《かたびら》を着た盆踊りの時よりは、衣装の袖の様子もきれいで、めいめい趣向をこらし、一人もいやな女はいない。古くから言われることだが、世に金ほど調法《ちょうほう》な宝はない。五十人の女郎が、昼から夜まで、手足の続くほど、声の続く限り踊らせて、その費用はわずか銀八百五十目ほどだ。「この遊興を国元でやったら、千貫目かけても出来ることではない。百日踊らせても八十五貫目、一年中踊らせたところでたいしたことはない。それいくらでも踊れ」と、「ふれふれやっこのやっこの」と音頭《おんど》をとって、その夕暮れは九月八日、節季払いの日なのに、いつが盆やら節句やら、寝ないで夢を見る遊び宿、揚屋の情景でる。

折からその向かいの揚屋では、独り娘が亡くなり、幡《はた》・天蓋《てんがい》を差し掛け、「今が最後の別れ」と泣きわめいている。西隣の揚屋の女房は、今朝から産気づいて、はやめ薬を探しているのに、遊

㈣　風流の座敷踊

れて其跡《あと》は、彼大《かの》じんを太夫・[四五]天職《てんしよく》とりまはし、御機《き》嫌《げん》を取て、何の[四六]はりあいなしに御心にしたがへば、人に隠《かく》せる身の悪口《わるくち》いふをも、勤《つと》めとて聞流《きゝなが》せば、[四七]今での太夫殿を枕《まくら》によびて、「袖から手を入て、肩《かた》をいたくあたらず、ひねれ」といふ。大勢《おほぜい》中にて近比《ちかごろ》口惜《おし》き事なれど、[四八]淋《さび》しき折ふしのよき客なれば、身過《すぎ》かなしくお氣《き》に入れば、「紐《ひも》ときて足袋《たび》をぬがせ」といふ。是はあまりなる[四九]おろしやうと、堪忍《かんにん》成がたく、きかぬ皃《かほ》をすれば、「亭《てい》主《しゅ》〳〵、耳《みゝ》の遠《とを》い女郎はいらぬ物じや。さらりといんでもらひたい」といふ。いよ〳〵、無念《むねん》ながら、追出《をひ》されぬやうに

び所の気楽さは、少しも近所へ遠慮せず、二本の笛を吹き、太鼓持も太鼓を打ったり舞ったり、女郎大勢参会する揚屋では、門口にも人の山ができている。

忍之介《しのびのすけ》はここへ忍んで来て、それにしても好き勝手な栄華な振舞いだと思った。踊りの輪がくずれたその後は、かの大尽を太夫や天神が取り囲み、ご機嫌をとって、なんの意気地も見せずお心に従っている。そして女郎らは、太鼓持から人に隠している身の上の悪口を言われても、勤めだと思って聞き流していた。大尽は新参の太夫を枕元に呼んで、「袖から手を入れて、肩を強く当らず、上手にもめ」と言う。大勢の中ではなはだくやしいことだが、客足の遠い時節の上客なので、勤めの身は悲しくお気に入るようにすると、今度は、「紐《ひも》をといて足袋を脱がせてくれ」と言う。さすがに太夫も、これはあまりにも馬鹿にしていると、我慢ができず、聞えないふりをすると、「亭主ていしゅ、耳の遠い女郎は要《い》らんものだ。さらりと帰ってもらいたい」と言う。太夫はますますくやしかったが、追い出されないように立ち回りましょうと、上手に振舞って、足袋を脱がせたが、さてさてこんなこと

立まはりましよと、上手《じやうづ》をやつて、足袋《たび》をぬがせけるは、さて〳〵むかしはせぬ事ぞかし。

又大臣《だいじん》めも、如何にしたがへばとて、よろしからぬ奢《おごり》也と、忍之介がかまはぬ目からも、見ていられず、酒機嫌《きげん》にて床《とこ》に入、鼾《いびき》[五〇]の出る所を見すまして、揚屋《あげ》硯《すゞり》の安墨《やすずみ》を摺《すり》ながし、大じんが額《ひたい》に、「をのれ、天理《てんり》を知らぬたはけ者《もの》、もつとも金銀の威光《いくわう》とはいひながら、太夫職《しよく》を引おろして遣《つか》ふ事、ゆへなし。[五一]自然《しぜん》、灸《きう》の蓋《ふた》仕替《しがへ》、立次手に、たばこの火とつて御ざれといふは、引て出らるゝ、十五女郎《かこい》[五二]の事なり。爰の諸分《しよわけ》[五三]しらずのやくたいなし[五四]」と、落書《らくがき》せしに、

ひとり目明《あき》て、國がたよりつれたる、太鞁《たいこ》の針立坊主《はりたてぼうず》[五五]をよばれしに、是を見付けておどろき、鏡《かゞみ》に移《うつ》して、腹立《ふくりう》して、「神《しん》[五六]ぞ一[五七]ぶん立ぬ所、外よりかゝる悪事《あくじ》はいたさぬ事、太夫殿の御しかた、跡《あと》のはげる事[五八]」と、命にかけての大口舌《くぜつ》[五九]になりぬ。揚屋《あげ》夫婦《ふうふ》興《けう》を覺し、「何とも是程合点《がてん》ゆかぬ事はなし。先《まつ》太夫様《さま》のあそばさぬ證拠《しやうこ》には、女筆《によひつ》とは見へず。然《しか》も大橋《はし》[六〇]流《りう》の習《ならひ》[六一]のなき手なり。さりとは不思義《ふしぎ》」と申せば、大臣眼《だいじんがん》

は昔の太夫はしなかったことよ。

また大尽めも、どんなに太夫が自分の言うなりになるからといって、質《たち》のよくない奢《おご》りだと、関係のない忍之介の目からも、黙って見ておられず、大尽が酒機嫌《きげん》で床《とこ》に入り、いびきをかき出したところを見すまし、揚屋の硯箱《すずりばこ》の安墨《やすずみ》を摺《す》って、大尽の額《ひたい》に次のように書き付けた。「やい、天理を知らない馬鹿者、どんなに金の威光とはいいながら、太夫職の遊女をつまらないことで使うとは、よろしくない。万が一、灸《きゅう》のふたを取り替えさせ、立つついでに煙草《たばこ》の火を取って来いというのは、太夫に付いて出て来る引舟女郎《ひきふね》に対していうことだ。ここの作法を知らずのとんでもないやつだ」と、落書きをした。

やがて大尽は独り目を覚まして、国元から来た太鼓持《たいこもち》の坊主頭の鍼医《はりい》を呼ばれたところ、この落書きを見付けて驚き、大尽はこれを鏡に映して見て、腹を立て、「誠に面目の立たないところだ。ほかの者がこんないたずらをするはずがない。太夫殿の仕業《しわざ》だ。直ぐにばれること」と、太夫と命に掛けての言い争いとなった。揚屋の夫婦は不審に思って、「なんともこれほど訳《わけ》の分からない

色替《しよくかへ》て、「此家内《やない》、手を書程の者《もの》に是を写《うつ》させ、[六二]筆《ふで》行似《にる》におゐては、それを相手《あいて》に」と、吟味《ぎんみ》にかゝる時、

踊《おどり》くたぶれたる女郎、何事やらんと、ひとり〳〵目覺《さま》して起《おき》出るに、皃《かほ》に「上々吉、[六三]御はらい團子《だんご》書《かく》も有、鼻《はな》の上に「南無《なむ》觀世音《くわんぜをん》」と書しも有。あるひは[六四]輪違《わちがへ》、十文字《もんじ》、又は尾《を》のない[六五]一筆《ふで》がらす、龍虎《りやうこ》、梅竹《ばいちく》、[六六]ヘマムシ入道、[六七]ほの〴〵の人丸、[六八]へうたんから駒《こま》の出る所。[六九]十《か》五《こい》の禿《かぶろ》は、もめん着物《きる》、耳《みゝ》のないうさぎ、弁慶《べんけい》が子抱《だい》た所、[七〇]丸づくし、帆《ほ》掛《かけ》ぶね、又は鍋《なべ》蓋《ぶた》、[七一]しころ槌《づち》、あたるを幸《さいわ》ひに、女郎の皃《かほ》をひとりも残さず[七二]反古《ほうぐ》して、あなたわらへば、こなたを指《ゆび》さし、皆闇《くら》がりに隠《かく》れ、皃《かほ》かたぶけて、是はいかなる事ぞと、氣《き》をなやましぬ。

臺所《だいどころ》にふしたる、やり手がつらから首筋《くびすじ》まで、「武州《ぶしう》江戸住人《ぢうにん》忍之介かたみ〳〵」と、書捨《すて》たり。扨は順礼《じゆんれい》の化物《ばけもの》と沙《さ》汰《た》して、大風の跡《あと》のごとくしづまりし。

ことはありません。まず太夫様のなさらない証拠には、女の筆跡とは見えません。しかも大橋流の未熟な筆跡です。全く不思議です」と、亭主が言うと、大尽は目の色を変えて、「この家の内で字を書くほどの者にこの落書きを写させ、書体が似ている際には、そいつを相手にする」と、調べ始めた。

そんな時、踊りくたびれて寝込んだ女郎たちが、何事だろうかと、一人ひとり目を覚まして起き出して来たところ、顔に「上《じよう》々吉《じようきち》、御艶《おつや》おしろい」と、書き付けてあるのもおかしかった。又一人は、頬辺《ほつぺた》にお抜い団子《だんご》を書いてあり、鼻の上に「南無《なむ》観世《かんぜ》音《おん》」と書いてある女もいる。あるいは輪違い、十文字、また尾のない一筆《ひとふで》書きの烏《からす》、竜に虎、梅に竹、ヘマムシ入道、柿本人麿《かきのもとひとまろ》の似顔絵、瓢箪《ひようたん》から駒《こま》の出る所が書いてある。鹿恋《かこい》女郎の顔や、禿《かむろ》の顔には、木綿の着物、耳のない兎《うさぎ》、弁慶が子を抱いたところ、丸尽し、帆掛け船、又は鍋蓋《なべぶた》、しころ槌《づち》など、筆の当たるを幸いに、女郎の顔を一人も残さず反古《ほご》にしてしまっている。あちらを笑えば、こちらを指差して、皆暗《くら》がりに隠れ、首をかしげて、これはどうしたことかと、不思議に思った。

すると台所で寝ていた、遣手《やりて》の面《つら》から首筋にかけて、「武州《ぶしゆう》江戸の住人忍之介の形見形見」と、書き捨ててあった。さては順礼《じゆんれい》の化物《ばけもの》のせいと、話が決まって、大風の跡のように静かになった。

（巻三の四）

一　一九一ページ注一一参照。　**二**　諺。　**三**　夜見世は、遊女が夜間店に並んで客を招くこと。大坂の遊廓、新町の夜見世は、寛文六年十二月の大火後禁じられていたが、延宝三年三月に再び夜見世を許された。ただし三月一日より十月末日までの間とされた（色道大鏡、一三）。なお再開の時期は、延宝四年三月一日よりとの説もある（諸国色里案内など）。　**四**　諺。　**五**　博多は古来西国第一の港町で、近世では黒田藩の城下町福岡に隣接する商業地域として繁栄した。遊廓は博多の北部柳町にあった。現福岡市博多区。　**六**　概数を示す。大坂と福岡間は、海上百六十四里（和漢三才図会、八〇）という。　**七**　至急の手紙などの封紙に、発信や取扱いの時刻を記すこと。「都に刻付の早飛脚を立（て）」（伝来記、一の三）。　**八**　宿場から宿場へと、飛脚を順次交代させて、書状などを急送すること。　**九**　新町佐渡島町下之町の遊女屋。遊女が延宝期なら抱主は善太郎（難波鉦）。貞享期なら善左衛門の代となる（諸国色里案内）。　**一〇**　小太夫の略称。　**一一**　新町廓内の、新町大通りの一筋北の町。東から西へ上之町・下之町とあり、下級の遊女屋の町。　**一二**　揚代が銀五分（ふん）の最下級の遊女。貞享期の新町の太夫は銀四十二匁、天神が三十匁、鹿恋が十七匁で、以上が上級の遊女。その下の端女郎は、上から三匁取り、二匁取り、一匁取り、五分取りとなる（諸国色里案内）。　**一三**　局。三匁取り以下の端女郎が置かれた長屋風の建物の部屋。　**一四**　出家が堕落する意で、還俗した僧をいう。　**一五**　一跡。全財産。　**一六**　思いを重ねる意と、紙を何枚も重ねる意と掛ける。　**一七**　もっぱらの評判。　**一八**　新町遊廓の佐渡島町筋は、東から上之町・下之町・揚屋町とあるが、その揚屋町の俗称（澪標）。また、佐渡島筋全体を指す用例もある（二代男、二の二や、好色万金丹、一の二など）。本文に「太夫殿」とあり、揚屋でなく、遊女屋の所在の町を指すので、前記後者の例。　**一九**　心中立てに手の指は切るが、足の指は切る例はない。ここはずるい客が身を引く口実のため、わざと遊女にやらせたもの。なお、後文の「のく」は退く、ここは縁を切る意。　**二〇**　傷を負うこと。ここはけが人。　**二一**　九軒町（まち）。新町遊廓の代表的な揚屋九軒から成る町。クケンチョウとも。　**二二**　揚屋。　**二三**　仏前の香を絶やさないように仕掛けた香盆。香が燃え尽きると、糸が焼き切れて、鈴が落ちて鳴る。色街などでは客勤め時報の役に使う。　**二四**　一つ何々と、箇条書にすること。　**二五**　遊女が客の意のままになる。「まはる（中略）たとへば風車の風にまかせてくる〳〵とまはるやうに、男の心にしたがふなるべし」（色道大鏡、一）。　**二六**　寂しい秋には寂しい鐘の音が付き物とはいわれるがの意。「かね」は鐘と金とを掛ける。　**二七**　当時の商法は即金でなく、後日清算の掛売り・掛買いが一般的で、支払いは三・五・九月の節句の前日と、盆と暮れ（大晦日）であった。特に一年の決算日の大晦日を控えた、晩秋から冬の間は、小判のような大金は遊里には回って来ない。　**二八**　「紅の」は「色」などに掛かる枕詞だが、ここは前文の「紅葉」の縁で、小判をぱっとはずむ祝儀に掛かる表現か。　**二九**　おつとりと気位高く構える。　**三〇**　客の注文で揚屋の大座敷で行なう遊女の総踊り。大寄せ踊りともいい、八月一日より十五日まで、客の格により三、五十人から十人ぐらいで踊った（浪花青楼志、三）。前出。　**三一**　乗り気になる意。　**三二**　新町遊廓中央部の新町筋四町をさす。他の町より格が高い。すなわち新町東口之町・同中之町・同下之町・同西口之町の四町。「惣じて女郎屋町は新町筋四町」（諸国色里案内）。　**三三**　帷子（かたびら）を着る時節。端午の節句（五月五日）から八月末まで。「帷子」は、裏地を付けない着物。生絹（すずし）や麻布で仕立てた単物（ひとえもの）。原文は「維子」とあるのを改めた。　**三四**　国元。郷里。　**三五**　一日の踊りの費用が銀八百五十匁だから、百日百回の費用は百倍の八十五貫匁（目）となる。　**三六**　踊歌のはやし言葉。「ふる」は、奴（やつこ）が手を振るように、手を振って踊れの意。　**三七**　「言ふ」と「夕」と言い掛ける。**三八**　九月九日の重陽の節句の前日は、節季払いという掛け買いの支払い日。　**三九**　幡と天蓋。仏式の葬送の際に用いる飾り物（荘厳具）。　**四〇**　産気づく意。　**四一**　出産を促し早める薬。　**四二**　気苦労のないこと。類似の表現に「あそび所の気さんじは、（中略）誰はゞからぬなげぶし」（胸算用、二の二）とある。　**四三**　二管笛。二本の笛で合奏すること。　**四四**　大寄せ宿。「大寄せ」は、大勢の客が、多くの遊女を一所に揚げて遊ぶこと。　**四五**　一四六ページ注四三参照。　**四六**　遊女が自尊心から、客に迎合せず、意気地を通すこと。「張り」とも。　**四七**　今出の。新参の。　**四八**　「淋しき」は遊女が客に売れず、暇の身となるのをいう（色道大鏡、一）。　**四九**　「おろす」は、軽く扱う、こきおろす意。　**五〇**　原文は「劓（ひゝき）」とあるが、「鼾（いびき）」と改めた。　**五一**　もしも。ひょっとして。　**五二**　太夫が座敷に連れて出る囲（かこい）女郎。囲女郎はもと揚代が十五匁であったので「十五女郎」とも書く。一四六ページ注四二参照。なお、囲女郎は、太夫を大船にたとえると、それに引かれて航行する舟に見立てて、引舟女郎とも呼ばれる。　**五三**　遊里の作法や慣習。遊びのこつ。　**五四**　益体無し。役に立たない。とんでもない。また、以上のような人。　**五五**　鍼（はり）を打って治療する医者。「坊主」は坊主頭の者をいう。はやらぬので太鼓持を兼ねている。　**五六**　神かけて。誠に。　**五七**　一分立たぬ。身の面目が立たない。　**五八**　原文は「はげぬ」とあるが、「はげる」と改めた。　**五九**　「口舌」は男女間の口争い。痴話げんか。　**六〇**　大橋重保、その子重政が創めた書風。重政は将軍家光の右筆であったため広く行われた。『椀久一世』上の二にも所出。　**六一**　未熟な筆跡。　**六二**　筆づかい。筆の運び方。　**六三**　厄除（やくよ）けのお祓（はら）いの時に神に供える団子。　**六四**　円形の輪をずらして組み違えにした文様。　**六五**　一筆書きに描いた鳥。　**六六**　片仮名の「ヘマムシ」の四字で人の顔を描くもの。　**六七**　「ほのぼのと明石の浦の朝霧に島がくれゆく船をしぞ思ふ」（古今集）と詠んだという柿本人麻呂の似顔絵か。当時人麻呂は「人丸」とも表記。　**六八**　意外な所から意外な物が出るたとえの諺で、その絵。　**六九**　囲（かこい）女郎だの、禿はの意か。　**七〇**　丸尽くし。円形を散らしその円の中に、いろはの仮名や、一二三の数などの文字等を入れた模様。　**七一**　砧（きぬた）を打つ槌。　**七二**　反古はホグ・ホウグ・ホゴとも読み、書き損じたりして不用となった紙のこと。ここは「反古にする」、習字の書き汚した紙同然にしたの意。

＊　挿絵の左端、笠をかぶる男が忍之介。

浮世榮花一代男

四

巻四目録

浮世《うきよ》榮花《ゑいぐは》一代男《おとこ》　月の巻四

㈠ 裸《はだか》の勤《つと》め　冬の夜の月

八十餘歳《よさい》の男
[一]半時替《はんときかは》りの女
世は銀《かね》[二]がかたき
主命《しうめい》の誓紙《せいし》[三]
[四]めいよの樂寝《らくね》

㈡ 月影《かげ》移《うつ》す　竜宮《りうぐう》の杉焼《すぎやき》[五]

茶《ちゃ》の湯《ゆ》に紅鹿子《べにかのこ》
旅籠《はたご》屋の物好《ずき》
ふとんの下こがれ
玉《たま》かざる舟《ふね》
こがねのしやくし

一　一時（いっとき）の半分。現在の約一時間。「はんじ」とも。
二　金銭のために苦労するのを嘆く諺。
三　もし約束を背いたら神仏の罰を受けようと、固い決意を表明した文書。起請文（きしょうもん）とも。
四　名誉。世にも稀で不思議なこと。「めいよ」「めんよう」とも。
五　杉へぎで作った箱に、まず味噌のだし汁を用意し、そこに鯛や雁など魚鳥の肉を入れて煮る料理。『料理物語』一二に詳しい。ただし、杉焼きと称しても煮る料理で、折（へぎ）焼きとは違うので注意。なお、折焼きの方は、魚鳥の肉をへぎ板に載せて焼き、杉の移り香を賞味するもの。

巻四目録

六 「花の露」は、蜜蠟（みつろう）・ごま油・くるみ油などを練り合せたもので、壺に入れる。女の顔の化粧前の艶出しの化粧水で、また特に男の鬢付（びんつけ）油として知られる。女用の例は『一代男』三の七、男用の例は『一代男』二の六、『男色大鑑』三の七などにある。「花の露屋」は、江戸芝神明門前町の林喜右衛門らが製造・販売元（江戸鹿子、六）。ここはそれを地方で真似た店。

七 女への執着をなくした主人公が、身を隠す役の笠を捨て、故郷武蔵国（江戸）に帰り、浮世を捨てた境地になったのを、広大な世界を示す「武蔵野」と、明澄な心を示す「月」とで表わす。「武蔵野の月」は古来の歌語でもある。

＊ 第四巻では、目録に明示するように、「花鳥風月」の内の「月の巻」に相当する。そこで本巻の章題名や、本文冒頭部に、「月」に関する修辞を織り込んである。

一　裸《はだか》の勤《つと》め冬《ふゆ》の夜の月

月・雪のふるとても、隠《かく》れ笠《がさ》の御影《おかげ》にて、忍之介は、身をしのぎゆくに、爰は住吉《すみよし》の神無月《かみな》[一]ひとへの日、濱松《はままつ》の嵐袖《あらしそで》にかよひ、冬《ふゆ》のはじめを身に覺へて、攝泉《せつせん》[二]の堺《さかい》にゆきしに、大《だい》[三]道筋《だうすじ》の家作《やづく》り、奥深《おくぶか》にして軒《のき》をならべ、たのしや[四]と見へける。下男四、五人庭《には》にはたらき、疊《たゝみ》をあらため、「毎年《まいねん》けふは、火燵《こたつ》を明《あく》る、此家《いゑ》の吉例《きちれい》」と、勝手《かつて》をしらぬ新座者《しんざもの》[五]にいひ聞《きか》せり。

何とやら奥《おく》ゆかしくおもはれて、立入しに、外よりの見かけとは各別《かくべつ》に、内證廣《ないしやうひろ》く、むかし座敷と見へて、所々の切《きり》[六]組《くみ》、わけもなふ隙《ひま》[七]をつくし、竹揃《ぞろ》への濡椽《ぬれえん》、唐木《からき》[八]集《あつ》めての乱《らん》[九]間《ま》・窓《まど》、金銀こまかな所に、大分《ぶん》入し作事《さくじ》なり。いづれ是程には、よく〳〵たくみし。中《ちう》二階、風呂《ふろ》屋の上《うへ》を亭《ちん》[一〇]にして、淡路《あはぢ》の嶋《しま》山を我《わが》物になし、南請《みなみうけ》の夏座《なつざ》敷《しき》、紀《き》[一一]の遠《とを》山の吹颪《ふきおろし》も

一　裸の勤め冬の夜の月

月の光や、雪が降っても、隠れ笠のお陰で、忍之介《しのびのすけ》は、身を防ぎながら進んで行くと、ここは住吉神社で、折しも十月《かんなづき》の一日《ついたち》で、浜松からのはげしい風が袖に吹き通い、冬の初めの寒さを身にしみて感じた。そしてさらに摂津《せっつ》と和泉《いずみ》の国の境、堺《さかい》の町にたどり着くと、町の中央の大道筋《だいどうすじ》の家構《いえがま》えは、奥深《おくぶか》で軒《のき》を並べて、裕福そうな家々に見えた。ある家では、下男が四、五人台所の土間で働き、畳を替え、「毎年今日は、炬燵《こたつ》を明けるのがこの家のしきたりだ」と、店の者が事情を知らない新参者に教えている。

忍之介は何となく心がひかれたので、入り込んでみると、外からの見かけとは格段に違って、内部は広い。昔造りの座敷と見えて、柱や梁《はり》の切り込みなど、むやみに手間ひまをかけており、竹揃えの濡縁《ぬれえん》、紫檀《したん》や黒檀《こくたん》を集めた欄間《らんま》や窓など、細かな所に随分金をかけた建築である。何にしてもこれほどまで、よくも趣向を

爰に入なん。北に[一二]あられ松原、ひがしに[一三]大寺の森《もり》ちかし。[一四]内《うち》藏《くら》七つ、[一五]庭藏《にはぐら》十一、神殿《しんでん》・佛殿《ぶつでん》、皆築山《みなつきやま》のうちに仕込《しこみ》、[一六]唐花《からはな》の諸木《しょぼく》、五色《ごしき》の玉《たま》を敷《しき》て、[一七]金鷄《きんけい》のはなち飼《がひ》、金魚《きんぎょ》・[一八]銀魚《ぎんぎょ》はす[一九]いがきにあそび、是目前《もくぜん》の極樂《ごくらく》。町人長者《ちやうじや》の榮花《ゑいぐわ》、こんな事して世を暮《くら》しても、御法度《はつと》さへそむかねば、主《しう》なしの[二〇]樂《らく》介ぞかし。

一間《ま》〳〵に火燵《こたつ》をかぞへけるに、二十八所に小座敷《こざしき》、色あるかさねぶとんにたきものを留《とめ》て、くゝり枕《まくら》してひとりねの女も有。又みれば、さま〴〵[二一]絹糸《きんいと》あつめて、網《あみ》をすく女も有。あるひは[二二]名所《めいしょ》たばこの書付するもあり。皆隙《みなひま》さうなる皃つき。[二三]娌子《よめご》に風俗《ふうぞく》はしたなく、又腰元《こしもと》づかひの女には過《すぎ》ものなり。妾女《てかけ》ならば、是程多《おほ》くは見ぐるし。何とも[二四]讃付《さんつけ》がたく、此亭主《ていしゆ》が様子《やうす》を見まくほしき折ふし、[二五]九ツの時計《とけい》の[二六]半時《はんじ》うつ音《をと》して後《のち》、四十ばかり成女房《にょぼう》、此内のまかなひらしく見へけるが、榻戸《すぎど》引明《ひきあけ》て、「さあ、小藤《こふぢ》どのの替《かは》り」と呼《よび》ければ、「わたくしで御座ります。お濱《はま》殿わづらひにて、番《ばん》ぐり違《ちが》ひました」と、身の用意《やうい》して、自由《じゆう》を叶《かな》へ、湯《ゆ》水まで呑《のみ》

こらしたものだ。中二階は、風呂場の上を展望や涼みのための亭《ちん》にして、淡路《あわじ》島の山々を自分の庭のように見晴らし、南向きの夏座敷は、紀州のはるか遠い山からの吹きおろしもここに入る感がした。北にはあられ松原、東には堺の大寺の森が近くに見える。庭には内蔵が七つ、庭蔵が十一もあり、神殿と仏殿は、皆築山の中に建ててある。唐花《からはな》の庭木もあり、五色の玉石を敷いて、錦鶏《きんけい》を放し飼いにしている。金魚や銀魚は透垣《すいがい》の水槽《すいそう》に遊び、これは目前の極楽である。富裕な町人の栄華なさま、こんな風に暮らしても、御法度《ごはっと》にさえ背かなければ、（武士と違い）主人なしの気楽な存在である。

忍之介が一間《ひとま》ひとまにある炬燵《こたつ》を数えてみると、二十八か所で、その小座敷には、美しい重ね布団《ぶとん》に香を焚《た》き留めて、くくり枕で独り寝をしている女もいる。又見れば、色いろな絹糸を集めて、網を編んでいる女もいる。あるいは諸国名産の煙草《たばこ》の名を書き付けている者もいる。皆ひまそうな顔つきをしている。人の嫁にしては身なりがだらしなく、しかし腰元にしては出来過ぎている。もし妾《めかけ》ならば、これほど多くては見苦しい。忍之介は何とも

て、衣紋《ゑもん》つくろひて、「又半時《はんどき》は、年をよらすせわじや」と、ひとりごといひてゆくを、

跡《あと》より忍之介も立のぞきけるに、唐織《からおり》の掛絹《かけぎぬ》二七あげて、爰が旦那《だんな》の居間《ゐま》と見えて、柏《かしは》に鷲《わし》を繪書《ゑがき》たる廣間《ひろま》に、二八きよらつくせしかざり物、其身は綿帽子《わたぼうし》にて鉢巻《はちまき》をして、紅《もみ》の廣袖《ひろ》を着《き》て、八十あまりの片目《かた》の坊主《ばうず》二九なり。若《わか》いときみだりにしすごしあつて、三十年此かた筋骨《すじぼね》いたみ、立居も心のまゝならねば、世間《せけん》三〇をやめ、親類《しんるい》までも音信不通《ゐんしんふつう》になつて、一子《し》に萬事《ばんじ》を渡《わた》し、外《ほか》の家《いゑ》にて長崎《ながさき》三一商《しやう》賣《ばい》いたさせ、内儀《ないぎ》もそれへ一所《しよ》にのがれし。爰は此親《おや》

品定め出来ず、この家の亭主の様子を見たいものだと思っているとき、昼時となった時計が半時《はんじ》を打つ音がしてから、四十ぐらいの女房で、この家の世話係らしい者が、奥の杉戸《すぎど》を引きあけて、「さあ、小藤《こふじ》殿の替り」と大声で知らせると、「わたくしでございます。お浜《はま》殿が病気なので、順番が変りました」と言って、身支度をして、便所を済ませ、湯水まで飲み、えり元など着付けを整えて、「又半時《はんどき》は、旦那の年を寄らせる面倒をみるのか」と、独り言を言って行く。

それを忍之介も後《あと》から付いて行き、のぞいて見ると、唐織《からおり》の垂れ絹《ぎぬ》を上げると、ここが旦那の居間と見えて、襖《ふすま》には柏《かしわ》に鷲《わし》を描いた広間に、善美を尽くした飾り物を置き並べ、その身は綿帽子をかぶり鉢巻《はちまき》をして、紅絹《もみ》の広袖《ひろそで》を着た、八十余りの片目の坊主頭の隠居がいた。若い時に色遊びをやり過ぎて、三十年前から筋骨が痛み、立居《たちい》も思うようにならないので、世間付き合いをやめ、親類までも連絡しなくなった。一人息子に家督《かとく》を譲り渡し、別の家で長崎貿易の商売をさせ、内儀もそちらへ一緒に離れてしまった。ここは親仁《おやじ》の病家と定め、一生お望み次第と、息子も孝

仁《ち》の病家《びやうか》と定《さだ》め、一代御望《のぞ》み次第と、男子《むすこ》も孝《かう》はつくせど、はや七、八年もお目にはかゝらず。兎角《とかく》おそばへ、女房《にょぼう》より外《ほか》は嫌《きら》ひなり。されども[三二]喰《くは》ぬせつしやうのたとへ、若盛《わかざかり》の女をあたま抱《かゝへ》、[三三]ことのかけたる物おもはせけるは、大き成とがぞかし。

最前《さいぜん》の女より先《さき》に、なをうつくしき女、彼入道《かのにうだう》のお目通《どを》り、間《あい》を三尺ばかり明《あけ》て、丸裸《はだか》になつて内衣《ゆぐ》まではづし、割《わり》膝《ひざ》してかしこまり、身は秋の風しみわたり、赤《あか》みばしりて總《そう》毛立《げ》。是はいかなるきうめい[三四]と、[三五]いたはしく見とめけるに、又替《かは》りにまいりたる女も、其まゝ丸はだかになつて、下紐《したひも》ま

を尽くすものの、早や七、八年もお目にかかっていない。とかくお側へは、女以外の者はお嫌いである。しかし「食わぬ殺生《せっしょう》」の譬《たと》えのように、若盛りの女を数多く抱え、男のいない悲しい思いをさせているのは、大きな罪作りであるよ。

最前の女より先に、もっと美しい女がいて、あの坊主頭の隠居の御面前、三尺ばかり間をあけて、丸裸になって腰巻まではずし、両膝頭《ひざがしら》は離して謹んで座っている。裸身には秋風がしみ渡り、赤み走って総毛立っている。これはどういう尋問《じんもん》かと、かわいそうで注意して見ていると、又替りに伺った女も、そのまま丸裸になって、腰巻まで脱ぎ捨て、人目を恥じる様子もなく、最前の女のように座っている。すると隠居は、この女に向かって言葉荒く、「お前はかわいいと思う男がいるか」と言う。女は、「旦那様のほかに、そんな人はございません」と言う。隠居は、「どうしてこの腰の抜けた坊主が、お前らの気に入るものか。わしに隠してよいことをしている罰に、せめて裸にして辛《つら》い目に遭《あ》わせてやる」と言う。この女は涙もこぼさず、「わたくしはそんな性質《たち》の悪いことは致しません」と言う。隠居が、「お前が何もしない

でとき捨《すて》、人を恥《はぢ》る風情《ふぜい》もなく、最前《さいぜん》のごとく座《ざ》して居《ゐ》けるに、入道《にうだう》此女に言葉《ことば》あらく、「おのれはかわゆうおもふ男があるか」といふ。「旦那《だんな》さまより外《ほか》に、そんな人は御座《ござ》りませぬ」といふ。「なんの腰《こし》の[三六]ぬけたる坊主《ばうず》が、おのれらが氣《き》に入らふぞ。隠《かく》してよい事をつかまつる[三七]過怠《くわたい》に、せめて裸《はだか》にしてうい目を見せる」といふ。此女泪《なみだ》もこぼさず、「我等《われ》はさやうの[三八]手のわるい事はいたさぬ」といふ。「ようせずにをのれが堪忍《かんにん》しておらふぞ。其[三九]そくさいな生付《うまれ》で」と、悪《にく》そふにしかれば、「いかに御主《しう》なればとて、さりとは〱御無理《むり》なり。日本國《ごく》の神《かみ》〲[四〇]せいもん、御奉公《ほうこう》こそは大事《だいじ》なれ。いかな〱、男ぐるひは、夢《ゆめ》にも現《うつゝ》にもいたさぬ」と云《いふ》。旦那《だんな》[四一]はひたといひつのる。

忍之介、前後《ぜんご》の次第をひそかに聞《きゝ》しに、さのみ[四二]りんきのやうにもおもはれず。其女ども、かなしかるべき中《なか》に、折〱皃ふつて笑《わら》ひける。是程《ほど》[四三]めいよ、合点《がてん》のゆかぬ事なし。八、九人の女、半《はん》時替《がは》りに、[四四]万日の念仏《ねんぶつ》の[四五]中のきのごとく勤《つと》めける。忍之介思案《しあん》におちずしてありけるが、此事誰《たれ》に問《とふ》かたも

で我慢しておられるものか。その丈夫な生まれつきの体で」と、憎そうにしかると、「いくら御主人だからといって、それはあまりにも御無理です。日本国中の神々に誓って、御奉公こそ大事です。いや決して、男狂いなどは、どんな時でも致しません」と言う。旦那の方はひたすら言いつのる。

忍之介は一部始終をひそかに聞いていたが、旦那が怒るのも、それほど焼餅《やきもち》のようにも思われない。先ほどの女たちも、悲しいはずなのに、時々顔を横に振って笑っている。これほど不思議で、納得のいかないことはない。しかも八、九人の女が、半時替りで、万日念仏《まんにちねんぶつ》を交替で唱えて退《の》くように勤めるのであった。忍之介は訳が分からなかったが、このことをだれに尋ねようにも出来ず、しばらく様子を見ていた。

その内に又、腰元勤めの優雅な女で、年のころは十八、九であるが、名はお沢といって、今日初めてこの家に奉公が決まり、多くの女中たちと同じように、小部屋を一つ受け取って、ここをふだんの寝所と定めた。すると先ほどの四十ぐらいの世話係の女房が、硯《すずり》に片方を折った紙を持って来た。それは一枚の群烏《むらがらす》を刷っ

なく、しばし様子《やうす》を見る内《うち》に、
又、腰元《こしもと》づかひの花車女《きやしや》[四六]、年の比は十八、九なるが、名はお沢《さは》と申て、けふはじめて此家《いゑ》に済《すみ》[四七]て、あまた女房衆《にようぼうしゆう》と同じやうに、小座敷ひとつ請取《うけとり》て、爰をつねの寝所《ねどころ》と定《さだ》めける。時に最前《さいぜん》の四十ばかりのまかなひか丶、硯《すゞり》に片折《かたおり》の紙《かみ》を添《そへ》、むら烏《がらす》見へし牛王《ごわう》[四八]一枚《まい》、此腰元《こしもと》にわたし、「家父入《やぶ》[四九]に里歸り申候とも、何によらずお家《いへ》の事、外へすこしももらすまじき」と、誓紙《せいし》を書《かゝ》せての上《うへ》に、御奉公《ほうこう》の勤《つと》めの次第を申わたしぬ。「此御隠居《ゐんきよ》の法師様《ほうしさま》は、足手《あして》もかなはず腰《こし》も立ず、此ごとく大勢女臈《ぜいぢよらう》衆をか丶へおかれてから、御手のか丶るといふはひとりもなし。されどもおとぎには女房《にようぼう》をすかせられ、昼夜《ちうや》二六時《じ》中《ちう》ともに、おそばに壱人づ丶相つめるなり。爰にわりなき事ながら、十人して半《はん》時づ丶、丸はだかに成、内衣《ゆぐ》まではづし、旦那《だんな》とりんきをあらそひ、『いたづらした』と仰らる丶時、『いやいたしませぬ』と、いくたびもいひわけするぶんなり。近比迷惑《ちかごろめいわく》におぼしめしもきのどくながら、相《さう》[五〇]並《なみ》、ひとりとはづかし事にはあらず。こなたわかけれども、

㈠ 裸の勤め冬の夜の月

た熊野の牛王宝印《ごおうほういん》の守り札《ふだ》で、この腰元に渡し、「藪《やぶ》入りに実家に帰りましても、どんなことでもお家のことは、ほかへ少しももらしません」と、誓紙を書かせた上で、御奉公の勤めの手順を言い渡した。「この御隠居の坊様は、手足が不自由で腰も立たず、このように大勢の女中衆を抱えておられても、お手が付いた者は一人もいません。けれども添い寝には女を好まれて、昼も夜も二《に》六時中《ろくじちゅう》、お側に一人ずつ詰めるのです。ところで仕方のないことですが、十人が交替で半時《はんとき》（一時間）ずつ、丸裸になり、腰巻まではずし、旦那と悋気諍《りんきいさか》い、焼餅《やきもち》のけんかの勤めがあります。旦那が『いたずらをしただろう』とおっしゃる時に、『いや致しません』と、何度も言訳するだけのことです。大変いやなことにお思いになるのも気の毒ですが、だれもがすることですから、自然と恥ずかしいことではありません。あなたは若いけれども、賢そうな気性の方と見受けました。よくよく考えてみなさい。たったそれだけの勤めに、お仕着《しき》せと銀十枚を、一年分の給銀としてお出しになるのです。とかく銀《かね》が敵《かたき》の世の中です。金銀を沢山持った上での御道楽、馬鹿げたこととは思いながら、みんな仕方なく

かしこそう成心ざしを見て取ました。よく〳〵りやうけんして見給へ。そればかりに、御仕着《しきせ》に[五一]銀十枚《まい》、一年のきうぶん御出し候事なり。兎角銀《とかくかね》[五二]がかたきの浮世《うきよ》、金《きん》銀大ぶん持《もち》ての御好《すき》、たはけた事とはおもひながら、皆々《みな〳〵》是非《ぜひ》なくて勤《つと》めらるゝ」と申わたせば、此女も合点《がてん》よく、「なぶり物に成ます約束《やくそく》の御奉公《ほうこう》なれば、何が扨、おの〳〵さまの並《なみ》にお引まはし頼《たの》みます。扨申さぬ事はきこへませぬ。わたくしにひとつ[五三]きのどくは、御前《ごぜん》で昼裸《ひるはだか》に成ましては、ふともゝに『如來《によらい》』といふ二字《じ》の入ぼくろ、是は半季《はんき》[五四]、お寺《てら》へ[五五]大黒《だいこく》にまいりました時、[五六]長老《ちやうらう》の望《のぞみ》にまかせ、わけもない事いたしまして、今後《こう》悔《くわい》も歸らず。是がめいわく」と申せば、「それはしやれておもしろい。人の身には、すこしの[五七]思ひどはある物」と、大笑《わら》ひしてやみぬ。

忍之介是は〳〵と我《が》を折て、「[五八]世《せ》界《かい》は廣《ひろ》き事かな。これは咄《はな》し種《たね》なり。大名《だいみやう》のまねも銀にて成事」と、すまして、うか〳〵と其夜は爰にとまりしに、彼入道《かのにうだう》、「身がひへわたりて、寝《ね》心よろしからず」と、女残らずひとつによびよせ、同

勤めているのです」と言い渡した。するとこの女もよく承知して、「慰み者になります約束の御奉公ですから、言うまでもなく、皆様と同様にお引き回しを頼みます。ところで申しておきたいことがあります。わたくしに一つ困ったことは、御前で昼間裸になりますと、太股《ふともも》に『如来《にょらい》』という二字の入れ墨《ずみ》があります。これは半年の契約でお寺へ梵妻《だいこく》に参りました時、和尚《おしょう》の望み通りに、ばかなことを致しまして、今更後悔しても返りません。これが困ったことです」と言うと、「それは洒落《しゃれ》て面白い。人の身には少しの気になる所があるもの」と、大笑いして終った。

忍之介もこれはこれはと驚きあきれて、「世界は広いものだな。これは話の種になる。大名の真似《まね》も銀《かね》で出来ることだ」とその場を済まして、うかうかとその夜はそこに泊まった。するとあの坊主頭の隠居は、「体が冷えわたって、寝心地がよくない」と、女を一人残らず呼び寄せ、同じ枕に裸身《はだかみ》を並べ、人を布団にしてのびのびと横になった。これは実に身のほどを知らない痴《し》れ者である。旦那が寝入ると、布団代りにされた女たちは、昔のことをささやいて、懺悔《ざんげ》話を始めた。それはそれは気味のよい好色話ばか

じ枕《まくら》に裸《はだか》身ならべ、人をふとんにしてゆたかにふしける。是ぞ身の程しらぬうつけ也。主人寝《しゆじんね》いれば、ふとんにせられし女房ども、むかしを小語《さゝやき》て、さんげ物語《がたり》。それは〳〵き[五九]みのよきいたづらづくし。いづれを見ても肌雪《はだへゆき》をあらそひ、嫌《き》らひそふ成はひとりもなし。「今宵《こよひ》ばかりは神《かみ》もゆるし給ひて、此榮花《ゑいぐわ》にあはせ給はれ」と、歯切《はぎり》をしてちかよれども、なを〳〵埒《らち》[六〇]のあかぬ所を、うらみて歸りぬ。

りである。どの女を見ても肌《はだ》は雪のように白く、色事の嫌いそうなのは一人もいない。「今夜だけは神もお許し下さい」と、忍之介は歯ぎしりして近寄ったが、なおやはりどうにもならないので、恨んで帰って行った。

（巻四の一）

一　十月一日。「ひとへ」は「ひとひ（一日）」の変化した語。「神無月」は住吉の「神」と言い掛ける。住吉は摂津国住吉郡（大阪市住吉区）の住吉神社（現住吉大社）。　二　摂津国と和泉（いずみ）の国の境にある堺（堺市）。堺は和泉国の北端。　三　堺の中央を南北に貫く大通り。その北端から北半町・北旅籠町・桜の町・綾の町・錦の町・柳の町と続く。当時大店が並ぶ町筋。　四　楽し屋。裕福な家。　五　新参者。　六　柱や梁（はり）の用材を、巧みに切り込み組み合せていること。　七　手間や暇をかけて作っているさま。　八　紫檀（したん）・黒檀などの中国から輸入された木材。　九　欄間は天井と鴨居の間の空間部分で、普通格子や透かし彫りの飾り板を付けてある。　一〇　屋根と柱だけで四方吹き抜けにした建物。納涼や見晴らし用。あずま屋。　一一　大阪湾の南のかなたに眺められる紀州の山々。　一二　霰（あられ）松原。住吉から堺に至る間、安立町辺の松原（住吉名勝図会、四）。現住之江区安立一～四丁目辺。　一三　堺大道筋の南部、甲斐町の東方にある開口（あぐち）神社は、神仏混交で、境内に念仏寺という真言宗の金堂もある霊場で、俗に大寺（おおでら）と称された（和泉名所図会、一）（住吉名勝図会、五）。現堺市甲斐町東二丁目の内。当時境内の東北部は瑞森（みずのもり）という名勝の森があった（和泉名所図会、一）。　一四　母屋の軒続きに建て、戸前が母屋側にある蔵。金や貴重品を収納した。前出。　一五　母屋から離れた裏庭にある蔵。商品や穀物・道具類を収めた。　一六　中国渡来の諸木の花。堺は瀬戸内海の要港で、特に応仁の乱後は兵庫港に替って、対明、対南蛮貿易港となったので、舶来の樹木もあり、異国の花も見られた。　一七　錦鶏。キジ科の鳥で、中国西南部の山地の原産。雉に似て五色、うなじは白く黒い細文あり、冠白く、頬は黄、胸腹は紅色、背は緑、羽は黒く、尾の長さ三尺で黄・黒・紫の斑がある。高価で飼う者は少ないという（和漢三才図会、四二）。　一八　金魚が老いて白色に変わたもの（本朝食鑑、七）。　一九　透垣。「すきがき」の変化した語。垣根の柱の間に通した貫（ぬき）の表裏から、細竹または細板を交互に打ち張ったもの。　二〇　気楽な男。　二一　振り仮名「きんいと」は原文のママ。　二二　諸国名産の煙草。各産地を冠せて呼ぶ。「名所煙草のきざみ売」（好色盛衰記、四の五）。　二三　嫁御にしては、の意。　二四　「讃」は品定め、批評の意。　二五　午前と午後の十二時。ここは正午。　二六　一時（いっとき）の半分。約一時間。本文は午後一時に当たる。　二七　部屋の入口に掛けた絹の帳（とばり）。垂れ絹。　二八　清ら。清く美しいこと。美麗なこと。　二九　隠居して頭を剃った男。　三〇　世間付合いをやめる。商売をやめる。　三一　長崎貿易。　三二　食うためでないのにむやみに生き物を殺すこと。また、いたずらに金を使って罪作りなことをする意の諺。「此女郎どもを買捨てにして置くは、喰ぬ殺生、つみにも成べし」（置土産、一の二）。

三三　男のいない不自由さに悲しい思いをさせているの意。　三四　糾明。悪事を問いただし、悪い点を明らかにすること。　三五　原文は「いたはしく」とあるのを、「いたはしく」と改めた。　三六　原文は「ぬけたま」とあるのを、「ぬけたる」と改めた。　三七　過失に対するこらしめの罰。　三八　やり方のたちの悪い。　三九　息災な。健康な。　四〇　誓文。神仏にかけて、絶対に。　四一　原文は「したと」あるのを改めた。　四二　悋気。嫉妬。　四三　名誉。不思議なこと。前出。　四四　長期間念仏供養すること。　四五　申退き。長期間の念仏供養のとき、交替で念仏を唱えて退くこと。　四六　優雅な女。　四七　「住む」「澄む」と同源の語。仕事にありつく。就職する。　四八　「牛王」とは「牛王宝印」の略で、諸国の社寺で出す厄除けの護符（守り札）。特に熊野三山から出す牛王には数多い烏で宝印を図案化してある。誓紙はこの半紙状の護符の裏面に書くのが慣習。　四九　薮入り。正月十六日と七月十六日は、奉公人に休暇が出て、実家や奉公人宿に外出出来るという年中行事。　五〇　総並。それに該当するもの全部。ここは全員。　五一　「銀」は銀貨で、一般に量目不定の秤量貨幣だが、丁銀は、一つ銀四十三匁で、一枚と称した。なお、貞享・元禄前半期までの大坂の米相場の値段は、米一石が銀四十匁から六十匁の間を変動した。　五二　二三二ページ注二参照。　五三　気の毒。困ったこと。　五四　半季（半年）契約の奉公。　五五　近世、僧の妻の俗称。梵妻。　五六　高徳の僧の意だが、禅宗や律宗で住持を敬って称し、近世では広く住持をいう。　五七　思所。欠点。　五八　「世界は広し」（永代蔵、一の三など）。　五九　原文は「さみ」とあるのを「きみ」と改めた。　六〇　物事が解決しないのをいう。ここは交りの出来ないのをいう。

＊　挿絵右半図の左端、笠をかぶる男が忍之介。

二　月影移《かげうつ》す龍宮《りうぐう》の椙燒《すぎやき》一

二江天《こうてん》の暮雪《ぼせつ》かと、一景《けい》一樂《らく》、月日立をもしら浪《なみ》の三堺《さかい》の濱《はま》に、下屋敷手廣《した　びろ》く、庭前《ていぜん》に四舟《ふな》入仕掛《し　かけ》、岩組《いわぐみ》おのづからにしやれ貝《がい》などうちよせて、けふ初雪《はつゆき》の、年ふりたる松の葉末《はずゑ》にかゝる折ふし、是にて御五口切のお茶《ちゃ》くだされける迚《とて》、日比《ひごろ》お家《いへ》

二　月影映す竜宮の杉焼き

中国の瀟湘《しょうしょう》八景の一つ、江天《こうてん》の暮雪《ぼせつ》はこんなのかと、一つの美景を一楽としながら、月日の経《た》つのも知らず、白波の寄せる堺《さかい》の浜に、別荘を手広く構えている者がいた。庭前に船着き場を作り、積み上げた庭の岩組みには、自然と貝殻《かいがら》などが付き、そこに

に御出入申、御[六]ぶちにん同前《どうぜん》の者《もの》ども五人、碁打《ごうち》・針立《はりたて》・按《あん》摩《ま》取《とり》・[七]花さし・[八]連歌《れんが》の執筆《しゆひつ》、いづれあたまはまろめしが、上《うは》氣《き》らしき風俗《ふうぞく》、胸《むね》には何《なに》もないと見えすきて、[九]古金買《ふるかねかい》が目にも、つぶしにして太鼓《たいこ》持《もち》にするより外はなし。

忍之介、これが行につれて、彼濱《かのはま》屋敷に入けるに、外門子《そともんし》細《さい》なく通《とを》りて[一〇]袴着《はかまぎ》にあがり、面《めん》〳〵に[一一]挟箱明《はさみばこあけ》て、[一二]十徳《ぢつとく》・替《かへ》足《た》袋《び》の身拵《ごしら》へかとおもへば、各別《かくべつ》の事ぞかし。皆《みな》々鹿子《かのこ》の女小袖に着《き》かへてから、案内《あんない》申せば、亭主《ていしゆ》、茶筅髪《ちやせんがみ》にて、[一三]文紙子《ふみかみこ》の廣《ひろ》袖に、髭《ひげ》ぬきながらむかひに出、「おの〳〵夜前の淫酒《いんしゆ》痛《いた》まず、きどくに御出」とあれば、いづれもかしらをさげて、「外《ほか》へは千両でもまいらねど、大臣《だいじん》のめしよせられし事なれば」と、はや[一四]末社口《まつしやぐち》を出して、笑《わら》ひ立に[一五]露路《ろぢ》入れば、水《みつ》鉢《ばち》には雪かたまつてひしやく閉《とつ》れば、色最中《さいちう》の美女《びぢよ》、白《しろ》小袖のふたつがさねに紅《もみ》のはかまを着《き》て、[一六]きつ立に湯《ゆ》をつぎ、さらしの長手拭《ながてぬぐひ》をもち添《そへ》、「御手水《てうづ》」と、客《きやく》一人にひとりづゝ、扨もうるはしき詠《なが》めかな。

其後お茶の間《ま》へ皆々座を組《くみ》しに、あるじは出させ給はず、

波が打ち寄せている。今日は初雪が、樹齢重なる松の葉末に積り、これは一興と、この別邸で新茶の壺《つぼ》の封を切り、お茶を下さるというので、日ごろお家に出入りをしている、奉公人同様の者が五人やって来た。碁《ご》打ち、鍼医《はりい》、按摩《あんま》、活花《いけばな》の師匠、連歌《れんが》の執《しゆ》筆《ひつ》で、皆頭を丸めてはいるが、浮気者らしい態度で、胸には中味がないと見えすき、古道具屋が見ても、つぶしにして太鼓《たいこ》持《もち》にするよりほかはない連中である。

忍之介《しのびのすけ》は、この連中のあとに付いて、その浜屋敷に入ったところ、外門《そともん》は問題なく通って、玄関脇《わき》の袴付《はかまつけ》に上がり、めいめい持参の挟箱《はさみばこ》をあけるので、普段着を十徳《じっとく》に着替え、替え足袋《たび》の身支度をするのかと思うと、格段に違っていた。みんな鹿の子《こ》の女小袖《そで》に着替えた。それから来訪を告げた。すると亭主は、茶筅髪《ちやせんがみ》で、古手紙で作った紙衣《かみこ》の広袖を着て、髭《ひげ》を抜きながら迎えに出て、「皆々《みなみな》昨夜の色と酒にめげず、感心によう来られた」と言うと、みんなは頭を下げて、「ほかへは千両でも参りませんが、大尽が呼び寄せられたのですから」と、もう末社のお世辞《せじ》を使って、笑いながら立って露地に入ると、手水鉢《ちようずばち》には雪が固まって柄《ひ》

御内室《ないしつ》の御手前《てまへ》にてくだされしに、扨も美人《びじん》かな〳〵、傳《つた》へ聞《きゝ》し一七利休《りきう》の息女《そくぢよ》成とも、是程はあらじ。殘《のこる》所なく慰《なぐさ》み過《すぎ》て後、一八大書院《しよゐん》に出て樂《らく》あそび、「古代《こだい》より茶《ちや》の湯《ゆ》といへば、物さびて、喰《くひ》たらぬ料理《りやうり》に、まぎれ物の道具《だうぐ》を譽《ほめ》、氣《き》のつきる事を揃《そろ》へて、何かおもしろからず。時節《じせつ》ならぬ梅《むめ》を室《むろ》に入て無理《むり》に咲《さか》せ、一九水仙《すいせん》のひんなるつぼみひとつふたつ、是おかしからず。花は手足《てあし》のある、物いふこそ詠《なが》めもまされ」と申せば、此言葉《ことば》あるじの氣《き》に入て、「それよ〳〵、是より外に何か世に慰《なぐさ》みなし」と、奥《おく》さまのけて、其外は銘《めい》々好々《すき〴〵》の枝折《えだおり》、花よ、紅葉《もみぢ》よ、雪よ、

杓《しやく》が凍り付いているので、女盛りの美女が、白小袖の二枚重ねに紅絹《もみ》の袴《はかま》をはき、小桶《こおけ》に湯を注ぎ込み、晒《さらし》の長手拭《てぬぐい》を持ち添え、「お手水《ちようず》を」と、客一人に一人ずつ付いて、さても美しい眺めである。

その後、お茶の間でみんなあぐらを組んだが、亭主は出て来られず、奥様のお点前《てまえ》でお茶を下さった。それにしてもこの奥様は実に美しく、伝え聞く千利休《せんのりきゆう》の息女でも、これほどではあるまい。行き届いたお茶のもてなしが済んでから、大書院《おおじよいん》に出て気楽な遊びをすることになった。「昔から茶の湯というと、物寂しくて、料理は食い足らず、似せ物の茶道具をほめるなど、気をつかってうんざりすることばかりで、少しも面白くない。季節はずれの梅を室《むろ》に入れて無理に咲かせたものや、早咲きの水仙《すいせん》の貧弱なつぼみの一つ二つあるのを活《い》けたところで、これは面白くもなんともない。花は手足のある物を言う者こそ眺めも勝る」と、客の一人が言うと、亭主はこの言葉が気に入《い》って、「それだそれだ、これよりほかにどんな慰みがこの世にあろうか」と、奥様は退《の》けて、そのほかの女は、客それぞれの好み次第に枝を折り、花よ、

藤《ふぢ》よ、おもひ入にまかせて、ひとりづゝ御かしくだされ、我物にして腰《こし》をうたせ、肩《かた》をもませ、是程かたじけなき御馳走《ちそう》、此うへ何かあるべし。

亭主《ていしゆ》のお物好《ずき》にて、「同じ所はおもしろからず。一とせあづまにくだりし時、道中《だうちう》のありさま、一夜妻《やづま》にかはり、朝夕《てうせき》の[二〇]仕出しも、品《しな》〴〵其所によりておもしろし。皆々《みな〳〵》旅《たび》の心になつて同道《どうだう》いたせ」と、菅笠《すげがさ》に[二一]歩行《かち》合羽《がつぱ》、わらんじはきて廣《ひろ》庭《には》の雪をふみ、わづか壱丁四方の所をめぐり〳〵て、矢立《やたて》取出し、道《みち》の記《き》の詩歌《しいか》など作《つく》り、あるひは煙管筒《づゝ》、又は[二二]腰錢《こしぜに》、おもひ〳〵の身ごしらへおかしく、「見付次第に馬《むま》をかれ」

紅葉《もみじ》よ、雪よ、藤よ、お気に入りに任せて、一人ずつ貸して下さったが、これほどありがたい御馳走《ごちそう》がほかにあろうか。

亭主のお物好きで、「同じ所は面白くない。先年江戸へ下った時、道中の有様は、夜伽ぎの女も毎夜変り、朝夕《あさゆう》の注文した料理も、色々と所によって変り、面白かった。みんな旅の心になって一緒に出かけよう」と、菅笠《すげがさ》に歩行《かち》合羽《がっぱ》を着て、草鞋《わらじ》をはいて広庭の雪を踏み、わずか一町四方の所を歩き回り、矢立《やたて》を取り出して、道中記の詩歌などを作り、あるいは腰に煙管筒《きせるづつ》を差したり、小銭を入れた腰巾着《こしぎんちゃく》を下げたり、めいめい好きな身支度をするのもおかしい。「駄賃馬《だちんうま》を見付け次第にやとえ」と亭主が言う時、女たちが赤前垂れをして、縁先に出て来て、「泊まりじゃないか、お泊りなさい。この雪は日暮れになるほど積ります。まだ日は高くてもお泊りなさい。お風呂《ふろ》もわいています。炬燵《こたつ》もあり、夜着《よぎ》も布団《ふとん》も貸しましょ。寒ければ抱いて寝ましょ。酒のよい所にまずお泊りなさりませい。部屋がきれいで、お内儀《かみ》さんの美しい所に、お泊りなさい」と、大勢声をあげて招く。「旅籠《はたご》代はいくら」

といふ時、女房《にようばう》ども赤前垂《あかまへだれ》して、椽《えん》のはなに立出、「泊《とま》りじやないか、とまらんせ。此雪はくれがた程つもります。日高《だか》成ともとまらんせ。[二三]水風呂《すいふろ》涌《わい》て御ざんす。火燵《こたつ》もあり、夜着《よぎ》もふとんもかしましよ。さむか抱《だい》て寐《ね》ましよ。[二四]さゝのよい所にまづおとまりなされませい。内がきれいで、お内義《ないぎ》様のうつくしい所に、とまらんせ」と声《こゑ》々にまねく。「旅籠《はたご》いくら」、「定《さだ》まつて八十五文。[二五]百の口がすこしぬけた男どもじや」。「はじめからいはぬ事は聞《きこ》えぬ。するめ・鱠《なます》は嫌《きら》ひ、[二六]玉《たま》味噌《みそ》の汁《しる》は喰《くひ》ませぬ。随分《ずいぶん》われらは旅功者《たびこうしや》な男ども」と、大笑《わらひ》して、扨《さて》、湯《ゆ》に入てしばらく休《やす》めば、「お膳《ぜん》出します」といひはてず、[二七]ひら折敷《おしき》に竹箸《ばし》付て、[二八]鱗《うろこ》ふかぬ[二九]江鮒《あぶな》の塩焼《しほやき》に、こんにやくのにしめ、[三〇]引て大根香《だいこんかう》の物、是で食《めし》のうまき事、其まゝ人宿《やど》に替《かは》る事なし。

程なく夕暮《ぐれ》になつて、ふるき行燈《あんどう》にともし火かすかに、木《き》枕《まくら》おかし。手たゝけば折〳〵返事《へんじ》して、[三一]せんじのかよひするも興《けう》有。[三二]沢都《さはいち》といふ、三味線《しやみせん》提《さげ》て、「堺《さかい》のお客《きやく》と見請《うけ》ました。目出度[三三]早口《はやくち》申まして、跡《あと》にて[三四]判官《はうぐわん》殿の道行《みちゆき》かたりますといふ」

「決まってます、八十五文に。少し足りない男どもじゃ」「始めから言っておかないと分らない。するめと膾《なます》は嫌いで、玉味噌《たまみそ》の汁《しる》は食べません。随分われらは旅慣れた男どもだ」と大笑いした。

さて、風呂に入ってしばらく休んでいると、「お膳《ぜん》を出します」と、言いも終らないうちに、女たちが平《ひら》たい角盆《かくぼん》に竹箸《たけばし》を付けて、鱗《うろこ》を取らない江鮒《えぶな》の塩焼きに、こんにゃくの煮染《にしめ》、それに大根の漬物《つけもの》を取り合せたのを運んで来た。これで飯《めし》のうまいことといっては、旅宿のそれと変ることはない。

間もなく夕暮れになると、古びた行燈《あんどん》に灯火《ともしび》がかすかにともり、寝床に木枕を置くのも（旅先らしく）面白い。手をたたくと時々返事をして、煎《せん》じ茶を運んで来るのも楽しめる。そして沢都《さわいち》という座頭が、三味線《しゃみせん》を提げて来て、「堺《さかい》のお客と見てとりました。めでたく早物語を申しまして、あとで判官殿《ほうがん》義経《よしつね》の道行《みちゆき》の浄《じょう》瑠璃《るり》を語ります」という。その後、下男どもが偽山伏《にせやまぶし》になって、力をこめた声で祭文を語ったり、樽《たる》を提げて味淋酒《みりんしゅ》を売りに来たり、色々と趣向をこらしており、年の寄らない遊興はこれである。さて夜もふけると、亭主は奥様を呼び出し、「そなたはお独

ふ。其後、下人どもつくり[三五]山伏《やまぶし》になつて、しらご[三六]へのさい[三七]も ん、樽《たる》さげてみりん[三八]酒賣《しゆうり》、さま〴〵の事ども、年のよらぬ遊《ゆふ》興《けう》、是ぞかし。扨更《ふけ》ゆけば、お内儀よび出し、「こなたはひとり見へますが、御亭《ごてい》さまは」とたづねければ、「ひさしう界《さかい》の濱《はま》屋敷に御越《こし》なされました」。「それならばこなたにはいとしや、夜《よる》はなんとなさるゝぞ」。「旅人《たびと》にすいた男があれば、よい談合《だんかう》も成ます」と笑《わら》ひ給へば、いづれもおかしがつて、「長《なが》の夜《よ》明《あか》しかねますが、なんぞ爰に慰《なぐさ》みに成まするものは御ざりませぬか。旅《たび》のうき晴《ばら》し」と申せば、「何程成ともうかれ女あり」迚《とて》、めしつかひの女をひとり〳〵にあてがひたまひ、御[三九]油《ごゆ》・赤坂《あかさか》の心しておかしく、たはれあそびて起《おき》わかれける。我内を旅《たび》の不自《ふじ》由《ゆう》にして暮《くら》されけるは、ゑ[四〇]ようにあまつての事ぞかし。

其夜明《あく》れば、是もまたおかしからずと、氣《き》を替《かへ》て、「けふは竜宮《りうぐう》の遊樂《ゆふらく》させてあそばん」と、我女房《によばう》を乙姫《をとひめ》に仕《し》立《たて》、玉《たま》のかざしにい[四一]しの帶《おび》、泉水《せんすい》に寶船《たからぶね》をうけ[四二]て、あまねく龍[四三]女《りうによ》のすがたにさせて、くはんげんのありさま、さながらまことを

りのように見受けるが、御亭主様はいないのか」と尋ねると、「久しく堺の浜屋敷に参っております」と言う。「そんならそなたはかわいそうに、夜はどうなさっているのか」。「旅人に好いた男があれば、よい話相手にもなります」と奥様が笑われると、みんなおかしがって、「長い夜を明かしかねていますが、何かここに慰みになるものはございませんか。旅の憂さ晴らしに」と言うと、「いくらでもお話相手の女がいます」と言って、召使いの女を、一人ひとりにあてがって下さった。まるで東海道の御油《ごゆ》・赤坂に泊まったような気分がして面白く、女と浮かれ遊んで朝には別れた。わが家でわざわざ旅先の不自由な趣向で遊ぶとは、ぜいたく過ぎたことであるよ。

その夜が明けると、亭主はこれも又面白くないと、気分を変えて、「今日は竜宮の趣向をさせて遊ぼう」と、自分の女房を乙姫《おとひめ》に仕立てた。玉の簪《かんざし》に玉石で飾った帯をさせて、池水に美しく飾った船を浮かべて、召使いの女たちには竜女《りゅうにょ》の姿をさせて、笛や琴《こと》を奏させている有様は、まるで本物の竜宮を見ているような気持になって、とてもとてもこの世のこととは思われない。客のみ

みる心に成て、中〱浮世《うきよ》とはおもはれず。おの〱宿《やど》[四四]のびんをわすれて、寝《ね》もせず夢《ゆめ》の心になりぬ。其中に殊にすぐれてうつくしき女童子《めどうじ》を、生《いき》た人魚《にんぎよ》に拵《こしら》へ、是を御調《みつぎ》[四五]にさゝぐれば、「千世《ちとせ》[四六]の壽《いのち》のぶるなり」と、是をさかなに乱《みだ》[四七]れ酒《ざけ》。下人、おもひ〱の仕出し[四八]にて、かしらに鯛《たい》をいたゞくも有、又生貝《なまがい》[四九]かづくも有、あるひは鮹《たこ》に成も有、何角《なにか》につけてゆたかなり。時に亭主《ていしゆ》の申せしは、「迚《とても》の榮花《えいぐわ》に、竜宮《りうぐう》の杉焼《すぎやき》[五〇]はなんと」。いづれも、「食悦《しよくゑつ》[五一]」と申あぐれば、箔置《はくをき》[五二]の杉《すぎ》の箱《はこ》に金《きん》の網《あみ》じやくしを入て、白がねのすい物わんに盛《もり》て、一日呑《のみ》つゞけて、「龍女《りうによ》[五三]付ざし、いつよりまいる」と、旦那《だんな》をいさ[五四]め、「此たのしみは世間《せけん》にしれぬ極楽《ごくらく》」と、拝《おが》みたてまつりける。

忍之介口を明《あけ》て、「大名《だいみやう》もならぬ事、せめて杉焼《すぎやき》[五五]成ともわがたのしみ」と、すき見すまし立寄《より》けるに、小鳥《ことり》の足《あし》の所、又は鯛《たい》の中骨《なかぼね》ひとつ残しぬ。「扨も客《きやく》ぶりよき事ぞ」と、跡《あと》なつかしく詠《なが》め入、「おもへば此椙《すぎ》の箱《はこ》、あけて[五六]悔《くや》しき」と、舌《した》うちして、忍之介はうらみぬ。

んなはわが家の都合など忘れてしまい、寝もしないのに夢心地になった。中でも特にすぐれて美しい少女を、生きた人魚に仕立て、これを竜宮の献上品として差し出すと、「人魚を食べると、千年も寿命が延びるそうだ」と、みんなこれを酒の肴《さかな》にして大いに飲み始めた。下男たちも、それぞれ趣向をこらして、頭に鯛《たい》を載せる者もあれば、また鮑《あわび》を頭に載せる者もあり、あるいは蛸《たこ》になる者もあり、何かにつけて豊かで不足ない。時に亭主が申すには、「どうせぜいたくするついでに、竜宮の杉《すぎ》焼きなどはどうであろう」と言う。みんなも、「それは御馳走様《ごちそうさま》」と申し上げると、金銀の箔《はく》を置いた杉箱の中の煮物料理を、金の網杓子《あみじやくし》を入れて、銀の吸物椀《すいものわん》に盛って、一日中飲み続けて、「竜女から頂く付け差しは、いつもよりはいけます」と、旦那を景気付け、「この楽しみは世間に知れない極楽」と、旦那を拝み申し上げた。

忍之介はあきれ果て、「これは大名も出来ないぜいたくだ、せめて杉焼きでもわが楽しみに」と、すきをよく見て近寄ると、小鳥の足の所や、または鯛《たい》の背骨一つが残っていた。「それにしても客の振舞いもたいしたものだ」と、食べ荒したあとを名残り惜しそうに見つめ、「(浦島太郎ではないが) 思えば開けて悔しいこの杉の箱だ」と、忍之介は舌打ちして恨むことだ。(巻四の二)

一　二三二ページ注五参照。　**二**　中国湖南省の瀟水と湘水の合流点付近の八つの佳景を瀟湘（しょうしょう）八景というが、その一つ。　**三**　前章と同じ和泉国（大阪府）堺。　**四**　舟を岸に停泊させる所。　**五**　陰暦十月に、新茶を入れた壺の口の封を切り催す茶会。　**六**　扶持人。給与を受けている家来。一人扶持は、一日玄米五合、一年間に一石八斗（約五俵）支給される。　**七**　生花の師匠。　**八**　連歌の作法を心得た書記役。　**九**　町々を回り古鉄を買い集める者。　**一〇**　ここは袴付（はかまつけ）のこと。玄関脇の一室で、客が道中着を改めて、袴を着用する所。　**一一**　外出の際、着替えの衣装を納めて従者にかつがせた箱。前出。　**一二**　道服の一種で、医者・茶人・俳諧師などの外出着。　**一三**　用済みの書状を使った紙衣（紙製の衣服）。「広袖」は、袖口の下方を縫い合わせてない衣服。羽織・丹前など。伊達な風俗とされた。　**一四**　末社（太鼓持）が言いそうな言葉。お世辞。　**一五**　茶庭の入口から茶室までの通路。　**一六**　未詳。切り立ての竹筒か。手桶の一種。　**一七**　室町末期の茶人。千家流茶道の祖。堺の人。利休の娘が絶世の美人であったことは有名。利休の娘が万代（もず）屋宗安の後家であった時、豊臣秀吉に見初められたが、父利休がこれを拒絶したので、秀吉の勘気を蒙り、利休は自害したという（延宝六年成『武辺咄聞書』、京大本の七九話）。　**一八**　原文の振り仮名は「しよゐん」とあるのを改めた。　**一九**　人間の花。美女をさす。　**二〇**　注文により調理した料理や弁当。　**二一**　徒歩で供をする侍が着る、両袖があり裾の短い合羽。　**二二**　腰巾着（こしぎんちゃく）に入れて置く小銭。　**二三**　桶の下部に焚口（たきぐち）を設け、水をわかした風呂。据風呂（すえふろ）とも。蒸し風呂（湯風呂）に対していう。　**二四**　酒をいう女房詞。　**二五**　前文の「八十五文」をうけて、銭百文つなぎの銭緡（ぜにさし）の口がとけて、百文に少し足らない男。知恵が足らない意の諺。「百に足らぬ」「百が抜ける」などともいう。　**二六**　大豆を煮てつき砕き、麴と塩とを混ぜて丸めて団子とし、わらづとに包んだもの。炉の上などにつるし、一、二年置いて熟させた下等な味噌。『俗つれづれ』三の三にも出る。　**二七**　足の付いていない折敷（檜のへぎで作る角盆）。足打（あしうち、足付き折敷）に対して、格の低い客に出す食膳。　**二八**　魚を料理するとき鱗を取り去ることを、鱗をふくという。　**二九**　ボラの一歳魚をいう。形が鯽に似ているので江鯽という。泥土を食べる習性があるので少し泥臭い。「（堺では）客なしには、江鯽も土くさいとて買ぬ所ぞかし」（胸算用、三の四）。　**三〇**　ここは取り合せる、あしらう意。　**三一**　煎じ。煎じ茶の略。「内に小判よみて是をたのしみにせんじ呑て暮しける」（新吉原常々草、上）。　**三二**　沢都といふ（座頭が）。　**三三**　発音しにくい文句や俗謡などを、早口に語る芸。早口そそり。早物語り。「南北三ぶが早口」（男色大鑑、七の五）。　**三四**　「判官」は検非違使（けびいし）の尉（じょう）ことだが、特に源義経をさす。ここは古浄瑠璃『十二段草子』の「御曹司東下り」の段か。　**三五**　にせ山伏。謡曲「安宅」の義経以下十二人の作り山伏が有名。　**三六**　白声。祭文などを力んで早口に唱えること。　**三七**　祭文。神仏に捧げ誓う詞の意で、山伏が錫杖を伴奏にして神仏の霊験を語った。「祭文、此山伏の所作祭文といふを聞ば神道かと思へば仏道、とかく其本拠さだかならず（中略）江戸祭文といふは白こゑにして力身を第一として歌浄瑠璃のせ（乗）ずといふ事なし」（人倫訓蒙図彙、七）。　**三八**　味醂酒。焼酎（しょうちゅう）、蒸したもち米、麴（こうじ）を混ぜて醸造し、かすをしぼりとった酒。甘味が強く、飲用・調味用とする。　**三九**　現愛知県豊川市御油町と、宝飯（ほい）郡音羽町赤坂。どちらも東海道五十三次の宿駅。両宿間の距離は、問屋場から問屋場まで十六丁で、極めて短い。両宿とも客引きの飯盛り女が多かった。西鶴は『一代男』二の五、『一目玉鉾』巻三でもその旨を描く。　**四〇**　栄耀。栄華。「えいよう」の変化した語。『おくのほそ道』平泉の段、『万の文反古』一の三などにも用例あり。　**四一**　石帯（せきたい）ともいう。衣冠束帯（いかんそくたい）のときに用いる革製の帯。黒漆を塗り、官位により種々の玉石で飾った。　**四二**　（「浮く」に対する他動詞で）浮かべる。　**四三**　原文は「龍女に」とあるが、「龍女の」と改めた。　**四四**　宿の便。わが家の都合。　**四五**　貢物（みつぎもの）。献上品。　**四六**　長生きする意の慣用句。「水無月（みなづき）の〳〵、夏越（なごし）の祓（はらへ）する人は、千年の命、延ぶとこそ聞け」（謡曲「水無月祓」）。　**四七**　原文の振り仮名は「みだす」と

㈡　月影移す龍宮の椙燒

「す」が誤入するのを改めた。　**四八**　新趣向。　**四九**　特に鮑（あわび）の生肉をいう。「生貝のふくら煎（いり）を」（一代男、六の四）。　**五〇**　二三二ページ注五参照。　**五一**　うまいもの、食べたいものを思う存分食べること。「のぞみ次第の食悦をさすべしと」（置土産、一の一）。　**五二**　金銀の箔をかぶせること。　**五三**　自分が口をつけた盃を人にさすこと。　**五四**　勇む。はげます。　**五五**　二三二ページ注五参照。　**五六**　本条に描く「竜宮の遊楽」の縁で、（玉手箱ならぬ）杉の箱をあけて悔しきという。「開けて悔しき玉手箱」は諺。『二代男』六の四参照。

＊　挿絵左半図の中央手前、笠をかぶる男が忍之介。

三　油《あぶら》火消《きへ》て月も闇《くらがり》

一春日《かすが》の里《さと》、二三笠《みかさ》山の月夜影《かげ》に、ふるき駕籠《のりもの》いそぎゆく折から、忍之介も、奈良《なら》の都《みやこ》を心にかけてあゆみしに、彼乗《かののり》物あやしき事は、かい〴〵しき下女壱人、供《とも》に付ける程に、主人《しゆじん》は女中《ちよちう》と見れば、二十一、二と見えし若男《わかおとこ》の、鉢巻《はちまき》したる其さま、正《まさ》しく三手負《てをひ》には、うたがひなし。身自由《じゆう》を叶《かな》ゆるまも用心《やうじん》して、又のりゆくは、子細《しさい》有べき者《もの》ぞと、幸《さいは》ひの道づれ、跡《あと》よりしたひ行《ゆく》に、

三　油火消えて月も暗がり

春日の里を、背後の御蓋《みかさ》山（春日山）の上から照らす月の光の下、古い駕籠《のりもの》が急いでいる。折から忍之介《しのびのすけ》も、奈良の都を目指して歩いていたが、その乗物の怪しいことには、かいがいしい下女が一人供をしているので、主人は女性かと見ると、二十一、二歳に見える若い男で、鉢巻《はちまき》をしているその様子は、正しく怪我人に違いない。用便を済ます間も用心して、また駕籠に乗って行くのは、何か事情のある者だろうと、忍之介は幸いの道連れと、あと

奈良《なら》の京、[四]手貝《てがい》といふ所《ところ》の民家《みんか》に立より、いまだ夜深《よぶか》に、戸《と》をひそかにたゝき起《おこ》し、下女は内に入、「ことの次第は御状《じやう》あり」と、あるじ夫婦《ふうふ》にかたりて、彼男《かの》は残し、下女は人しれぬさきにと、其乗物《のり》にのりて歸りぬ。其後亭主《そのゝちていしゆ》、手負《てをい》を奥《おく》座敷に入て、「すこしも氣遣《きづか》ひし給ふな。扨國元《くにもと》の首尾《しゆび》を残らず咄《はな》し給へ。隠《かく》されても後日《ごにち》にしるゝ事」と、たづねければ、彼男《かの》いひかねつれども、是包首尾《これつゝむしゆび》ならねば、中國《ちうごく》にての次第を物語《がたり》せしに、各別替《かくべつかは》りたる事ぞかし。

「御ぞんじの通《とを》り、親《おや》たる人、長《なが》々の浪人《らうにん》ゆへ、尾羽《おほ》うちからして、あなたこなたへわたり鳥《どり》の、去秋《きよ》はじめの比、[五]越《こし》の國《くに》より播州《ばんしう》にまいり、[六]身体取組《しんだいとりくみ》申され候段々《だんく》は、兼《かね》てお前《まへ》へも文通《ぶんつう》申さるゝ子細《しさい》、今申あぐるまでもなし。奉公相濟《ほうこうあいすむ》まで、何《なに》とも世《よ》の暮《くら》し成がたく、親仁《おやぢ》、小刀細工《こがたなざいく》の耳《みゝ》かきも、ほそき事にてけふをおくりかね、はや四、五日も煙絶《けぶりたえ》ぐの折ふし、是を近所《きんじよ》の町人見かねて、命をつなぐ[七]舟《ふな》つきの賣物《うり》とて、[八]鬢《びん》付露《つゆ》のこしらへをしへて、わづかの棚《たな》を出し置しに、ある日十五、六の若衆《わかしゆ》、[九]追鳥狩《をひとりがり》のもどりと見へて、雉子《きゞす》

㈢ 油火消て月も闇

に付いて行った。

するとその駕籠は、奈良の京の手貝《てがい》という町の民家に立ち寄った。まだ深夜《しんや》なのに、戸をひそかにたたいて起こし、下女は内に入り、「詳しい事情はこのお手紙に書いてあります」と、主人夫婦に語って、例の怪我人は残して、下女は人に知られないうちに、その駕籠に乗って帰って行った。その後亭主は怪我人を奥座敷に入れて、「少しも心配なさるな。隠されても後日《ごじつ》に知れること」と、尋ねたところ、その男は話しかねていたが、これは隠す場合ではないので、中国地方での一部始終を語ったが、ひどく変った話であった。

「御存じの通り、私の親は長年の浪人暮らしなので、尾羽うち枯したみすぼらしい姿で、あちらこちらへ渡り鳥の暮しをしております。昨年の秋の初めごろ、北陸の国から播磨《はりま》に参り、仕官《しかん》の口を探し始めたいきさつは、かねてあなた様へも手紙で知らせてありますので、改めて申し上げるまでもありません。その奉公が決まるまで、どうにも暮らしていけないので、親父《おやじ》は小刀《こがたな》細工で

をもたせ、めしつれられ人あまたにて、我門《わがかど》に立よられ、花《きや》車《しや》なる商賣物《しやうばい》やと、しばらく見入させ給ふ風情《ふぜい》、數年《すねん》[一〇]武州《ぶしう》にて、大名小姓《こしやう》を見つくせし中にも、つゐに見た事なき御風《ふう》俗《ぞく》、ひとつ〳〵いふまではなし、玉をみがけると見しは、此[一一]兒人《しやうじん》の御事なり。其明《あけ》の日より、中間《ちうげん》、毎《まい》日金子《きんす》一歩《ぶ》づゝが鬢《びん》付を、買《かひ》に來《きた》れば、是にて渡世《とせい》ゆる〳〵暮《くら》し、あやうき露《ろ》命《めい》をのべける。

彼《かの》御屋敷をたづねても、いはざれば、ふたりの親達《おやたち》、『兎《と》角只《かくたゞ》事ならず、是[一二]狐福《きつねぶく》なるべし』と、小豆食《あづきめし》を焼《たき》て神《かみ》を信心《しんぐ》せらるゝ、愚《ぐ》に歸られておかし。其程《ほど》なく、時雨《しぐれ》物淋《さび》しくふりける日、彼中間不思義《かのちうげんふしぎ》にござりけるが、暮《くれ》におよびて、『けふはあなたへ持てまいれ』のよし、御意《ぎよい》にまかせてゆきしに、[一三]歴々《れき〳〵》の御屋形《かた》成しが、御親父《しんぷ》御死去《しきよ》の後、いまだ無役《むやく》にしておはしけると也。書院《しよゐん》・御居間《ゐま》[一四]のやうだい、榮花《ゑいぐわ》の御家《いへ》と見へて、何がひとつふそく成事あらじ。わたくしをちかうめされ、『こなたは御浪人《らうにん》と見請《うけ》ました。近比《ちかごろ》の御無心《むしん》あり。物くどく申は戀《こひ》のじやまなり。我等の念者《ねんじや》[一五]になつて給は

耳掻《みみか》きを作ったりしましたが、そんな細々とした仕事では、その日その日を送りかね、もはや四、五日も食事の支度も出来ないことになりました。そんなときこれを近所の町人が見かねて、これも命をつなぐためだからと、船着き場での売り物として、鬢《びん》付け油、花の露の作り方を教えてくれました。それを小さな店に出して置きましたところ、ある日十五、六歳の若衆が、小鳥狩りの帰りと見えて雉子《きじ》を持たせたり、お供を大勢連れてわが店に立ち寄られ、風流な商品だと、しばらく御覧になっている風情といっては、数年《すねん》江戸で大名の小姓《こしよう》を見尽くした中にも、まだ見たこともないお姿でした。あれこれと言うまでもなく、玉を磨いたようなというのは、この若衆のことでしょう。その翌日から中間《ちゆうげん》が、毎日金一歩《いちぶ》ずつ鬢《びん》付け油を買いに来たので、これで生活もゆったりと暮らせて、露のようにはかない命を延ばすことが出来ました。

　さて先方のお屋敷の場所を中間に尋ねても、言わないので、二人の親たちは、『何にせよこれは徒事《ただごと》ではない、これは狐福《きつねふく》であろう』と、小豆飯《あずきめし》を焚《た》いて神を拝まれたが、年をとり馬鹿《ばか》になられたようでおかしいことでした。それからしばらくして、時雨《しぐれ》が

れ』と、しめやかに御頼《たの》みなされしは、あまりけつから過たる御事にて、身にふるひ出胸《むね》せまり、お返事一言[一六]も仕《し》かねて、さしうつぶきて物おもふ時、『あまりきうなるもたれやうなれば、御腹立《ふくりう》にて取あへ給はぬと見へたり。いかにしても御自分《じぶん》さまの風義《ふうぎ》にうごきがとれず、かくはこがるゝ種《たね》となれり。是非おもひ入れしうへは、いやならばさしころし給ひ、こなたを目にみぬむかしになし給へ』と、御心底《しんてい》いつはりなく見へて、とかう申せは、御命心もとなくおもはれ、さりとてはいたましく、かたじけなき事身にあまれば、跡先《あとさき》何の思案《しあん》もなく、『此うへは一命《めい》わたくしの物ならず』と、心残さずお請《うけ》を申せば、

　此若衆《わかしゅ》かづ〳〵の御よろこび、かための盃《さかづき》事すみて、『扨は我《われ》事、おもひつく人もなく、念者《ねんじゃ》にことをかきて、御かたさまをたのむにはあらず』と、すこし笑《わら》はせ給ひ、御寐《ね》間《ま》のぬり長櫃《ながびつ》の蓋《ふた》も沈《しづ》まぬ程つまりて、あなたこなたより此君執心《きみしうしん》のかよはせ文、ぬしは百六十四人に替《かは》り、状文《じゃうぶみ》は三万余《よ》有。『是程までしのぶ人に、ひとりも氣《き》に入たるはなくて、

㈢　油火消て月も闇

寂しく降った日に、例の中間がそれまでは不思議に来なかったのに、夕暮れにやって来て、『今日は屋敷の方に持って参れ』とのことで、お指図の通りに出掛けますと、立派なお屋敷でした。御《ご》親父《しんぷ》が御死去なさった後で、まだ役に就かない身でおられるという。書院やお居間の様子は、豊かなお家と見えて、何一つ不足な様子はない。私を身近かに呼ばれて、『あなたは御浪人と見受けました。甚だ勝手なお願いがあります。回りくどく言うの恋の邪魔です。私の兄分《あにぶん》になって下さい』と、しんみりとお頼みなされました。余りに結構過ぎたお話なので、私は体が振えて胸がいっぱいになり、一言《ひとこと》も御返事をしかね、さしうつむいて思い悩んでいました。すると『余り急な甘えたお願いなので、お腹立ちで取り上げて下さらないと見えました。どうしてもあなた様の御様子にひかれ身動きがとれず、このように恋い焦《こ》がれる身となりました。ぜひともこのように思い込んだからには、いやなら私を刺し殺されて、あなたを見なかった昔の身にして下さい』と、若衆の御本心には偽りはないと見えました。あれこれ言訳すれば、お命のほども心もとなく思われ、それにしてもふびんで、またありが

いたづらに過ぬ。いづれの返しにも、たんと[一七]見すてがたき人さまありと、いつはり置しは、こなたさまのやうなる好《すい》た念《ねん》者《じゃ》を手に入ける』と、初戀《はつこひ》よりも死《しぬ》るばかり、うか〳〵とな物に成て、昼夜《ちうや》のたはぶれ、外にはしらず、ありがたきくゝり枕《まくら》を、折〳〵なげうちにして、氣に入ぬ事はしかるに、手をあはして拝《おが》み給ふ程《ほど》の分《わけ》になりて、『此ちぎりいつまでもかはるな、かはらじ』と思ひしに、家中《かちう》に[一八]聞《きか》ぬ男ありて、『其御いたはりあそばしける、御後見《うしろみ》様をしらせ給へ』と、しきりにさいそくいたせしを、我に聞せず、随分《ずいぶん》つよふあしらい置れしに、我も

たさが身に余るほどなので、前後のことを考えもせず、『この上は私の命はあなたの物です』と、快く承知致しました。

するとこの若衆は大層喜ばれて、固めの盃事《さかずきごと》を済ましてから、『ところで私のこと、自分を思ってくれる者もなく、念者《ねんじゃ》に不自由して、あなた様に頼んだのではありません』と、少し笑われて、お寝間《ねま》の塗《ぬ》り長櫃《ながびつ》の蓋《ふた》も浮き上がるほど詰めてある、手紙の山を見せられました。それはあちこちからのこの君を慕った恋文で、差し出し人は百六十四人に上り、恋文の数は三万余通もありました。『これほどまで慕ってくれる人があるのに、一人も気に入ったのがなく、むなしく過ごしてきました。どの返事にも、〈とても見捨てられないお方があるので〉と、偽っておきましたのは、あなた様のような好きな兄分を手に入れるためでした』と言われ、初恋のその夜から死ぬほどの深い仲となりました。私もうかうかと我を忘れて、昼夜のたわむれは、だれにも知られず、うれしい括《くく》り枕《まくら》を時々投げつけたりして、気に入らないことは叱《しか》ると、若衆は手を合わせて拝まれるほどの仲になって、『この契《ちぎ》りはいつまでも変るな、変るまい』と、互いに思っていました。

人も文捨《ふみすて》置れし恨《うら》み、心の山と成て、もはやさ一九しづめにいひつのる。さむらひは、二〇たがみとなく身をかまはぬ者なり。

有時、明ぼの深《ふか》く帰るを、屋形《かた》はなれて脇道《わき》をくり給はり、両方への道のり、爰ぞ同じ所と立わかれしに、くだんの男、四、五人組《くみ》して付出し二一、お若衆《わかしゅ》を取まはし、是非をたゞす言葉《ことば》のあらきにおどろき、立帰れば、はや切むすびはげしき所を、それがし身を捨《すて》てうちける太刀《たち》の、ばんじやく二二たまらず血煙《ちけぶり》立て、ひとりも生《いき》ては帰らず、首尾《しゅび》残る所なし。時に年寄《より》たる御供の者、かひ〴〵しくもはたらき、『旦那《だんな》是よ

㈢　油火消て月も闇

ところがその藩中《はんちゅう》に負けず嫌いの男がいて、若衆に『あなたを可愛がっておられる、御後見の人はだれか教えて下さい』と、しきりに催促するのを、私には聞かせず、随分気強くあしらっておかれたところ、だれもが恋文を見捨てられた恨みが、積もる思いとなったのか、もはや直《じか》に詰問するようになったようです。侍というものは、だれでも一命を惜しまないものです。

ある時、私が夜明けのまだ暗い時分に帰るのを、若衆は屋敷を離れた、脇道を送って下さり、両方への道のりの、ここが丁度真ん中だと別れたところ、若衆に振られた例の男たちが、四、五人組んで見付け出し、お若衆を取り巻き、問いただす声の荒いのに驚き、私が引き返すと、早くも斬《き》り合って激しくなっていました。そこで私が身を捨てて打ち込んだ太刀は、巨石もたまらぬ勢いで血煙《ちけむり》を立て、一人も生きては帰さず、その顛末《てんまつ》は見事でした。その際若衆の年寄ったお供も、かいがいしく働きましたが、その者が申すには、『旦那《だんな》はこれより直ぐに、丹波《たんば》の伯母様の所へお立ち退かせます。あなたは軽傷ですが、同行しては何かと不都合ですから、御養生の後、丹波へお訪ね下さい』と、あらまし

りすぐに、先丹波《まづたんば》[二三]の姨御様《おばご》[二四]の御かたへのけ[二五]まいらすなり。こなたは浅手《あさで》ながら、同道《どうく》中は不首尾《ぶしゆび》なれば、御養生《やうじやう》の後、あれへ御たづねあれ』と、あらましいひ聞せて別《わか》れぬ。私宅《したく》に歸れば、『我此所にありては、其御かたのためならず、さつそく立のけ』との内談《ないだん》にて、[二六]こはうばいの御よしみにすこしの御かくまへを頼《たの》み入」、是まで罷越《こし》たる様子を語《かた》れば、

此浪人《らうにん》[二七]おさめすまして、「扨はひけたる[二八]所なし。何が扨、日比《ひごろ》男の申あはせし事なれば、萬に氣遣《きづか》ひしたまふな。さりながら手の養生《やうじやう》[二九]いたさるゝうちは、其若衆《わかしゆ》の事はふつ〱とわすれ給へ」と、にが〱しく申わたしぬ。「何がさて、お言葉《ことば》はそむかじ」といふ。あるじたのもしく、如在《ちよさい》もなくもてなしけるが、浪人《らうにん》の然《しか》も底《そこ》[三〇]たゝきたる内證《ないしやう》なれば、此客《きやく》の迷惑《めいわく》、面《おもて》にはいださねども、明日《あす》の用意《ようい》もなければ、一腰《こし》の目貫《めぬき》[三一]切ほどきて、是を代《しろ》[三二]なし、かなしき㒵《かほ》はせざりき。殊更《ことさら》内儀《ないぎ》の取まはし、つねより機嫌《きげん》を作《つく》られしは、流石《さすが》武士《ぶし》の娘《むすめ》と、忍之介外より見て、心ざしをかんじける。

かゝる物侘《わび》しき宿《やど》に、一夜のしのび寐《ね》もおもはしからず

打ち合わせて別れました。私宅に帰ると、『お前がここにいては、その若衆の方のためにもならず、早速立ち退け』と、親父との内談で、（こちらへ参りました。）昔の同僚のよしみに、しばらくかくまって下さい」と、ここまでやって来た事情を語った。

するとこの浪人は（話を聞き遂《と》げ）落ち着き払って言うには、「そういうことでは卑怯《ひきよう》なところはない。何はともあれ、日ごろ男が約束し合ったことだから、何も心配なさるな。しかしながら手傷の手当をなさるうちは、その若衆のことはきっぱりと忘れなさい」と、苦々《にがにが》しく言い渡した。「もちろん、お言葉にはそむきません」と言う。亭主は頼もしく、愛想よくもてなした。しかし、浪人でしかもどん底の暮しなので、この客を迎えた迷惑を、顔には出さないものの、明日の用意もないので、刀の柄《つか》の目貫《めぬき》を切りほどいて、これを金に替え、悲しい顔は見せなかった。とりわけ内儀の立居振舞いが、いつもより機嫌よくもてなしているのは、さすがは武士の娘だと、忍之介は外から見て、その志に感心した。

こんなら寂しい家に、一夜の忍び寝をするのは好ましくない

と、立出れば、[三三]飛火野《とぶひの》の枯葉《かれは》なる萩《はぎ》も薄《すゝき》も風に乱《みだ》れ、声《こゑ》せぬ鹿《しか》のおそろしく、寺々の霜《しも》夜の鐘《かね》心ぼそさに、立帰り、又彼《かの》笹《さゝ》の屋にとまれば、皆々枕《まくら》さだめて鼾《いびき》の音《をと》、手負《てをひ》一間《ま》にかたより、さのみいたみもやらず、壁《かべ》にもたれかゝり、過にし若《わか》衆《しゆ》の情《なさけ》のみ思ひ出し、「先是まで立のきたる事を、はやくしらせて、御心をやすめたし。亭主《ていしゆ》見られぬ時、文《ふみ》をしたゝめ置て、たより求《もと》めて、丹波《たんば》の[三四]笹《さゝ》山へをくるべし」と、硯《すゞり》・紙《かみ》取まはせば、亭主《ていしゆ》又起《おき》て、「何とて鉢巻《はちまき》はとかれけるぞ。身《み》持《もち》が大事《だいじ》」と、氣を付、「扨心やすさに申。油《あぶら》は其かはらけにあるばかりなれば、灯心《とうしん》ひとすぢにして置給へ。病人《びやうにん》の闇《くらが》りは不自由《ふじゆう》なる」といひて、又寝所《ねどころ》に入ける。

とかふいふまに油《あぶら》なくて、ともしび消《きえ》かゝるは、命にかへても惜《おし》。[三五]下《した》かはらけをはなちて見れども、いかな〳〵きれいに一滴《てき》もなかりし。此時のかなしさ、たましいも沈《しづ》む程に氣《き》をこらしぬるが、此文《ふみ》、是非今宵《ぜひこよひ》のうちに書《かき》たき所存《しよぞん》やまざれば、つく〴〵と思案《しあん》して、内義《ないぎ》の櫛道具《くしだうぐ》に氣《き》を付て、髪《かみ》の油《あぶら》やありけんと、[三六]ろくろびきといふ物を盗《ぬす》みにゆきしに、誰《たれ》

(三) 油火消て月も闇

と、忍之介が立ち去ると、春日野《かすがの》の枯れた萩《はぎ》も薄《すすき》も風に乱れ、鳴かない鹿の姿も恐ろしく、寺々の霜夜の鐘も心細い。そこで忍之介は立ち戻り、又先ほどの笹葺《ささぶ》きの家に泊まると、皆々枕について寝息を立てている。例の怪我《けが》人は一間《ひとま》に身を寄せ、さほど傷の痛む様子もなく、壁にもたれかかり、過ぎた日々の若衆の情けだけを思い出し、「まずここまで立ち退《の》いたことを、早く知らせて、安心させたい。亭主に見られない時に、手紙を書いておいて、よい機会を見付け、丹波《たんば》の篠山《ささやま》へ送ろうと」、硯《すずり》と紙を手にしていると、亭主が又起きて来て、「どうして鉢巻《はちまき》を解《と》かれたのか。養生が大事です」と注意し、「さて遠慮のないところで言っておく。油はその土器《かわらけ》にあるだけですから、燈心《とうしん》を一筋にしておきなさい。病人に暗がりは不自由です」と言って、又寝所へ引っ込んだ。

あれこれするうちに油が切れて、灯火《ともしび》が消えかかったのは、命に代えてもと思うほど惜しい。行灯《あんどん》の下土器《したかわらけ》をはずして見たが、どうしてどうしてきれいに一滴もなかった。この時の悲しさといったら、魂も沈むほどに心を痛めたが、この手紙をぜひ今夜のう

とがむる人もなく、嬉《うれ》しく取て歸る時、ものやはらかなる手して抱《だき》つき、「宵《よひ》より目もあはずして、ひさしく見ぬうちに、扨もよい殿《との》ぶりにならせ給ふと、思ひかさねしに、ようも〳〵御しのびなされました。うき世のおもひ晴《はれ》ます」と、したゝるく取付ける。手負《ておひ》、おもひの外なる首尾《しゆび》に成、まことに亭主《ていしゆ》の娘《むすめ》に、艶《えん》なるうまれつきありしが、戀ざかりの比を思ひあはせ、娘《むすめ》が心ざしをいたづらになさず、「只《たゞ》こひしさに押《おし》かけたるしのび男を、こなたも同じこゝろ入、是が縁《えん》」とて、添臥《そひぶし》して、夜の明《あけ》がたまで、たがひの心かよはせけれども、嬉《うれ》しさあまりてや、つゐに本《ほん》の事の埒《らち》あかねば、女心にいひはせずして、羽織《はおり》たもとに喰付《くひつき》、泪《なみだ》をはら〳〵袖につたはせ、「何がお氣《き》[三七]のせく事やありける」と、さま〴〵いさめ甲斐《かひ》もなく、迚《とて》もならぬ事と、男はおもひ切て起別《おきわか》れぬ。

かへす〴〵も娘《むすめ》身をもだへてなげき、残念《ざんねん》なる皃つきして、枕《まくら》なしにうちふし、歯切《はぎり》して、「よはい男目」と、いひやまざるを、忍之介無常《むじやう》を觀《くわん》じ、「扨は我身をなげくまじ。神とやくそくせぬ身も、かゝるうまい事の、ならぬものはな

ちに書き上げたいという思いがやまないので、よくよく考えて、この家の内儀の櫛道具《くしどうぐ》に思いつき、髪油があろうかと、ろくろ細工の油入れを盗みに行った。するとだれにもとがめられず、うれしく取って帰ろうとする時、ものやわらかな女の手で抱きついて来て、「宵《よい》時分から眠らないでいました。長い間お会いしないうちに、さてもよい男振りになられたと、思い続けていたところ、よくまあ忍んで来られました。恋しい思いが晴れます」と、甘ったれて抱きついた。怪我人は、思いがけない成り行きになり、確かにここの亭主の娘に、美しい生まれつきの者がいたが、今では恋盛りの年ごろと思い当たり、娘の恋心を無《む》にしまいと、「ただ恋しさに押しかけて来た忍び男です。あなたも同じお気持とは、これが縁というもの」と言って、添い寝をした。夜明けごろまで、互いの心は相手に向けられたけれども、男はうれしさが余ったのか、とうとう実際の交わりが出来なかったので、娘は女心で口には出さず、羽織の袂《たもと》をくわえて、涙をはらはらと袖《そで》にこぼし、「なんのあせることがありましょう」と、色々とはげましたがかいもなく、とても出来ないと、男は思い切って起き別れた。

らぬなり。あの娘《むすめ》あはれや、堪忍《かんにん》のならぬ年比」と、しどけなき寝すがた見捨《すて》、此宿を立出ける。

娘はなん度も身をもだえて悲しみ、残念そうな顔つきをして、枕《まくら》もせずにうつ伏《ぶ》して、歯ぎしりして、「弱い男め」と、言いやまないのを見て、忍之介は無常な世をはかなみ、「それでは女と出来ないわが身を嘆くまい。神と約束をしない者でも、こんな好ましい事が、出来ない者は出来ないのだ。あの娘はかわいそうに、我慢の出来ない年ごろなのに」と、乱れて色っぽい寝姿を見捨てて、この家を出て行った。

（巻四の三）

一　現奈良市春日野町付近の村里。歌枕。古来奈良の地名として知られ、西鶴作品にもよく登場（置土産、三の三等）。また本作品が業平説話を主人公の背景の趣向に取っていることも勘案すべきであろう。　**二**　奈良市三条大路東方の春日山の昔の名称。歌枕。山の姿が蓋（笠）のようなので、古来御蓋山（みかさやま）と呼び、また神山として狩猟や伐採は禁じられた。近世では名称の漢字をやわらげて三笠山とも表記した。現在は春日山と呼ぶが、実は古代における春日山は、現春日山の東にある花山を中心として、現春日山を含む台形状の諸山を一括して春日山と称していたので留意。今一つ留意すべきは、現春日山の北に隣接する若草山の存在である。もとは葛尾（つづらお）山といい、樹木を払い採草場とされたので、芝草の山なので後に若草山という。ところが若草山の形が三層の笠状なので、若草山も三笠山と呼ばれたりして、一時期まぎらわしかった。これは今は整理された（平凡社『奈良県の地名』）。現行の地図では、現春日山の脇に（御蓋山）と注記があり、若草山の脇に（三笠山）と注記がある。なお阿倍仲麻呂が、「春日なるみかさの山にいでし月かも」（古今集、九）と詠んだのも、現春日山（御蓋山）の方である。　**三**　武器による負傷者。　**四**　奈良市手貝町。東大寺の北西大門、転害（てがい）門の門前で、奈良坂越えの京街道に沿う町。西鶴作品によく登場する（二十不孝、五の四／懐硯、三の四／胸算用、四の二）。　**五**　越前・越中・越後などの北陸の国。播州は播磨の国（兵庫県南部）。　**六**　仕官や奉公の口を求める意。『新可笑記』一の二に用例あり。「身代かせぐ」（懐硯、一の五）と同じ意味。　**七**　船着き場。つなぐ・舟つきは縁。　**八**　鬢付（びんつけ）は鬢付油。男の髪の特に鬢を整えるために付ける油。「露」は花の露の略。目録に前出の「花の露屋」の語注、二三三ページ注六参照。　**九**　雉や山鳥などを勢子（せこ）に追い立たせて狩りをすること。　**一〇**　武蔵の国、特に江戸を指す。　**一一**　少年。　**一二**　稲荷の使いの狐がもたらした福の意で、思いがけない幸運。　**一三**　身分や家柄のよいさま。ここは立派なの意。　**一四**　容体。様子。　**一五**　男色関係の兄分。　**一六**　甘えたさまで頼る様子。　**一七**　大変に。非常に。　**一八**　人に負けたり、人の言いなりになるのを嫌う性質。負けず嫌い。　**一九**　差し詰めに。直接に迫るさま。　**二〇**　誰（た）が身となく。だれでも。原文は「たがみなく」と間に「と」が誤脱するのを改めた。　**二一**　尾行するの意だが、ここは見付け出すの意。『諸国ばなし』五の六に用例あり。　**二二**　磐石も堪まらず。巨石でも（その刀の勢いの前に）支えきれず砕けるように。　**二三**　山陰道八か国の一つで、近代になり京都寄りの一部が京都府へ入り、他の大半は兵庫県中央部に入った。　**二四**　「姨」は母の姉妹をいう（和名抄）。　**二五**　「退（の）く」の他動詞で、立ち去らせるの意。　**二六**　古傍輩。昔の同僚。　**二七**　治め済ます。（万事心得て）落ち着きはらっている。　**二八**　ひる

㈢　油火消て月も闇

んだところ。卑怯なところ。　**二九**　手傷の手当。　**三〇**　どん底の家計状態。　**三一**　目貫とは、刀身を柄（つか）に固定する目釘のことだが、中世以降目釘の頭飾りの金具を、目釘から離して柄の目立つ所に着けるようになり、目釘を真（まこと）目貫、飾りの金具を空（そら）目貫と称した。近世では目貫というと、空目貫のこと。意匠をこらした装飾品が多く、金に困ったとき取りはずして売ることもあった。　**三二**　代為す。品物を売って金代える。　**三三**　「飛火」とはのろしのことで、春日峰にあった（続日本紀）。飛火野は春日野（春日山・若草山の西麓の台地）の別称。歌枕。　**三四**　現兵庫県篠山市。貞享元年当時松平信庸、五万石の城下町。　**三五**　酒や油などを樽などから小さな器に移すとき、そのしずくを受けるために、樽の栓などの下に置く皿。　**三六**　轆轤挽き。ここはろくろ細工の髪油入れか。　**三七**　急ぐ。ここはあせる、の意。

＊　挿絵右半図の右端、笠をかぶる男が忍之介。

四　笠《かさ》ぬぎ捨《すて》て武蔵《むさし》[一]の月

新枕《にいまくら》[二]と讀《よみ》し伏見《ふしみ》[三]の里にまかりしに、爰はむかしに替《かは》りて、末《すゑ》〲は民家《みんか》も野《の》と成て、花なき比の桃《もゝ》[四]の木いとゞ淋《さび》しく、師走《しはす》の空《そら》も月[五]はありしにかはらず。日暮《ぐら》[六]しの御門《もん》も、以前《いぜん》此あたりといふ所を、誰《たれ》[七]か忍之介、手に持《もつ》もむつかしければ、花笠《がさ》を着《き》ながら、心静《しづか》にたどりゆくに、一[八]町三所《てうみところ》にわらやありなしの道筋《みちすじ》に、面《おもて》むきは萱軒《かやがのき》にして、竹箒《ばうき》の細工人《さいくにん》、葛籠《つゞら》[九]の木地《きぢ》などする者《もの》、かすかに住《すみ》て、

四　笠ぬぎ捨て武蔵《むさし》の月

「新枕する」と和歌にも詠《よ》まれる伏見《ふしみ》の里に、忍之介《しのびのすけ》が出掛けたところ、ここは繁盛した昔と変わって、町はずれは民家も野となり、花の咲かない季節の桃の木は（名物だけに）一段と寂しい。師走《しはす》の空も、出ている月だけが昔のままである。（慶長《けいちょう》の昔に豪華で知られた）日暮しの御門も、以前このあたりにあったという所を、忍之介は、人目を忍ぶこともなかったが、手に持つのも面倒なので、花笠をかぶりながら、心静かに歩いて行った。あ

其裏《うら》に京作《づく》りの立家《いゑ》、かるうしてよろづに氣《き》を付、出家《しゆつけ》の住家《すみか》には榮花過《ゑいぐわすぎ》て、萬事美《び》をつくしける。何にしても奥《おく》ゆかしく、内に入ければ、食焼女《めしたき》も一〇さとびずして、あまたそれぐ〜のめしつかひ、むらさきのうしろ帯《おび》に定《さだ》めて、一一かうがいわげの髪《かみ》を下へおろしけるは、一二お上家《かみけ》にはそなはり、目をとめける程しほらしき風情《ふぜい》を見出しける。此あるじいかなる御かたと、大座敷にゆけば、御年の比三十七、八と見へさせ給ひしびくに、白むくの三つがさね、白ちりめんの一三しごき帯《おび》、此風義《ふうぎ》じんじやうにして位《くら》ひある事、兎《と》角《かく》人なみの人にはあらず。尤《もつとも》一かまへなる所に佛壇《ぶつだん》はありながら、しきみ立かれて、香爐《かうろ》は鼠《ねづみ》の雪隠《せつちん》となつて、いとしや佛《ほとけ》は着《き》のまゝ立すくみておはしける。

此あるじ、年寄《より》たるびくにをひそかにめされ、密々《みつ〳〵》の御相《さう》談《だん》、一四一大事《いちだいじ》・一五後生事《ごしやうごと》かとおもへば、「子おろし薬《ぐすり》の一六名方《めいほう》もありや。あたひの金銀《きんぎん》はかまはず、それを求《もと》めたき」との御願《ねが》ひ、忍之介御前《ごぜん》ちかふよりて聞《きく》程おかし。彼《かの》年よりたるびくにの申あげしは、「されば子一七はうき世のほだしとは申ますれ

たりは一町の間に藁屋《わらや》が二、三軒あるかないかという寂しい道筋で、表向きの軒は茅葺《かやぶき》にして、竹箒《たけぼうき》の細工人や葛籠《つづら》の木地作りなどが、ひっそりと住んでいる。

その裏手には京風に洒落《しやれ》て建てた家があり、簡素ながら万事に心を配り、出家の住まいにしてはぜいたく過ぎて、隅々《すみずみ》まで美しく建ててある。何にしてももっとのぞきたく、忍之介《しのびのすけ》が内に入って見ると、飯《めし》炊き女も垢《あか》抜けしている。大勢の色んな役目の召使いは、紫の帯を後ろでしめるように定められ、笄髷《こうがいまげ》の髪を下へずらしているのは、公家風になっており、見れば見るほど上品な風情を見つけた。ここの主人はどんなお方と、大座敷に行って見ると、年ごろは三十七、八と見える尼で、白無垢《しろむく》の三枚重ねに、白縮緬《しりちりめん》のしごき帯をしめていた。この容姿のおとなしくて品位があるのは、何にしても人並《ひとなみ》の方ではあるまい。もっとも座敷の一郭に仏壇はありながら、花立ての樒《しきみ》は立ち枯れ、香炉は鼡《ねずみ》の便所となって、お気の毒に仏様は着のみ着のままで立ちすくんでおられる。

この主人が、年寄った尼をひそかにお呼びになり、内密の相談

ど、老《おい》てのたのしみ又外になし。せめておひとりは、世間《せけん》へ沙汰《さた》なしに御持《もち》あそばされても、くるしからぬ御事。子をもたぬ者の身のゆくすゑ、此年寄《としより》がかなしさを御らんあそばせ」と、申上る。あるじ笑《わら》はせ給ひ、「子は何の役《やく》に立物ぞ。子といふ物のうたてく、おもふまゝの男ぐるひも成がたし。世に浦山敷《うらやましき》[一八]はうまず女なり。たとへ又の世に、灯心《とうしん》[一九]にて竹の根《ね》をほらさるゝ事も、まゝよ扨《さて》。子を産《うむ》はうたてや」と、身ぶるひ立て仰せければ、「それは御かたさまに、御子息《しそく》様をお持《もち》なされぬから」と申せば、「我身も子はよろこびて、世の哀《あはれ》をしるぞかし」と、

をなさっている。大事な極楽往生のことかと思ったら、「子下《お》ろし薬のすぐれた処方はないだろうか。値段は構わず、それを求めたい」と願っておられる。忍之介は御前近く寄って、聞けば聞くほどおかしい。その年寄った尼が申し上げるには、「ところで子はこの世の首枷《くびかせ》とは申しますが、老後の楽しみは又このほかにはありません。せめてお一人は、世間へ知らさずにお持ちなされてもよろしいでしょう。子を持たない者の行く末がどうなるのか、この年寄りの悲しさを御覧なさい」と申し上げる。主人はお笑いになって、「子どもがなんの役に立つものか。子というものはうるさくて、思うように男狂いも出来ない。世にうらやましいのは子を産めない女です。たとえあの世で、燈心《とうしん》で竹の根を掘らされるような目にあおうと、構うものか。子を産むのはいやなことよ」と、身ぶるいしておっしゃる。「それはあなた様が御子息様をお持ちにならないからです」と、年寄った尼が言うと、「この私も子を産めば喜んだし、世の哀れは知っています」と、詳しく語られるのを聞くと、どなた様とも父親の知れないお子たちを、男女合せて十一人も産み、皆京の方へ養子にやられたという。忍

二〇つどつどに語《かた》り給へば、誰《たれ》さまとも親御《おやご》のしれぬお子達《たち》、男女《なんによ》に十一人まで、皆京のかたへ二一もらかし給ふとや。お皃が詠《なが》められておそろしく、御一生《しやう》のいたづらを聞《きく》にかぎりもなし。同じ男に只一たびよりあふ事を嫌《きら》はせ給へり。「各別《かくべつ》の御物好《ずき》」と、子細《しさい》をたづねしに、「物語《がた》りするまでもなし。今宵《こよひ》もはじめて忍び男のまいるなり。かならず外へはもらさず、やうすを見給へ」と、仰せける。忍之介もこゝちよく、爰は様子《やうす》を見とゞけんと、片蔭《かたかげ》にしのび、更行《ふけゆく》夜を待《まち》けるに、

すらりと立のびたる女の、わたぼうしをかづき、衣《ころも》を着《き》た

(四) 笠ぬぎ捨て武蔵の月

之介はあきれてお顔を眺めるにつけて恐ろしく、主人のこれまでの情事《いたずら》を聞くとひどい話である。同じ男に二度と逢《あ》うことはお嫌いであるという。年寄った尼が、「それは大変変ったお物好き」と、訳を尋ねると、「話をするまでもない。今夜も初めての忍び男が来ます。必らずほかへはもらさないで、様子を御覧なさい」とおっしゃった。忍之介も心ひかれて、ここは様子を見届けようと、片隅に忍び、夜のふけるのを待っていた。

すると、背のすらりとした女で、綿帽子をかぶるのを、法衣《ころも》を着た尼が連れて来て、「以前から申し上げていました按摩《あんま》のお上手です」と申し上げると、「こちらへ」と案内され、型通りの挨《あい》拶《さつ》が済んでから、主人が「今晩はここに泊りなさい」と引き留めた。家の者が寝静まるとその女は姿勢をくずし、かぶっている物を取ると、この女というのは男であった。連れて来た尼が主人にささやいて申し上げるには、「この人は大層お気に入りましょう」と、たくましい所をほめて言うと、「まだ二十五にはなるまいが、身に灸《きゅう》の跡があるからには、およそ達者の程度が知れた人」と、主人のお見立ては面白い。夜の四つの鐘が鳴る時に、交わりを始

るあまがつれて來《きた》り、「兼〳〵申ました、腹取《はらとり》[二二]のお上手《じやうず》」と申あぐれば、「こなたへ」と、つねのあひさつ過《すぎ》て、「今晩《こんばん》は是に」と留《とゞ》め、人しづまつて乱《みだ》れ、被物《かづき》をとれば、此女、男なり。彼《かの》あまが小語《さゝやき》て申あげしは、「此人は随分《ずいぶん》お氣《き》に入べし」と、たくましき所を自慢《じまん》申せば、「いまだ二十五まではゆくまじきが、身に灸《きう》の跡《あと》見ゆるからは、大かた達者《たつしや》しれた人」と、御見立おかし。[二三]四つの鐘《かね》のなる時、枕《まくら》はじめて、此男も身を捨《すて》て、廿余度《よど》までは、お氣《き》に入しが、それにもあき給はねば、すとんと腰《こし》をぬかして、「も此上《うへ》は御免《めん》」と、明《あけ》がたに血《ち》をはきて、一夜に目を落入《おち》、ほうさきすきて、[二四]きのふの形《かたち》はなく、氣付《きつけ》のせんさくして、駕籠《かご》にかきのせられて、やう〳〵命《いのち》を拾《ひろふ》て歸りぬ。

最前《さいぜん》の年寄《としより》びくにも興覺《けうさめ》て、「わたくしも此年まで、あまたの好色《こうしよく》の御かたも見めぐりしが、さりとは目出度《めでたき》御うまれつき。見ました所はたよ〳〵とあそばして、柳の枝《えだ》に雪折《おれ》なしとは、かゝる御事ならめ」と、花車《きやしや》にほめなして、此女も、此道《みち》はわすれたるむかしをおもひ出しける。忍之介、是

めて、この男も身を打ち込んで、二十余度《よど》までは主人のお気にかなったが、それでもお飽きにならないので、すとんと腰を抜かして、「もうこれ以上はお許し下さい」と言い、明け方に血を吐いた。一晩で目は落ちくぼみ、頬《ほお》先の肉が落ちて、昨日の姿はなく、気付け薬を飲ませて、駕籠《かご》にかき乗せられ、やっと命拾いして帰って行った。

最前の年寄った尼もあきれてしまって、「私もこの年まで、色々と好色なお方に巡り合いましたが、それにしてもめでたいお生まれつき。見かけは弱々となさっていて、柳の枝に雪折れなしとは、こんなことを申すのでしょう」と、品よくほめ立て、この尼も、この道は忘れたはずの昔を思い出したりした。忍之介はこれを見て、「人はだれでも好色だというものの、こんな女が又どこにあろう。こんなお方に近付きながら、ただで帰るのは、それにしても悔しい。今度ばかりは神様もお許し下さい」と、覚悟して目をふさぎ、主人に寄り添って、色々と気分を出してみたが、どうしてどうして、耳の聞こえない人に話しかけたように、わが一《いち》物《もつ》に通じないので、「おのれ、身に付けておいても役に立たない

をみて、「いづれ好《すき》と申てから、又何國《いづく》にかあるべし。かゝる御かたにたよりながら、只《たゞ》に歸るは、扨も〱口惜《おし》く、是ばかりは神《かみ》もゆるし給へ」と、觀念《くわんねん》の眼《まなこ》をふさぎ、あるじのちかふよつて、さま〲氣《き》をうごかせども、いかな〱聾《つんぼう》に物いふごとくなれば、「をのれ、身に付て置てせんなし。手うちにせん」と、思ひ極《きは》めしが、血《ち》で血をあらふ恥《はぢ》なれば、浮世《うきよ》を見めぐる榮花《ゑいぐわ》も是までと、笠《かさ》ぬぎ捨《すて》て、あるじにまみへ、

二五 陰陽《ゐんよう》の神《かみ》のいましめこまかに物がたりして、笠《かさ》かづけば見えぬ不思議《ふしぎ》あらはしければ、さてはと、あるじもうたがひなく、したい事のならぬ浮世《うきよ》をあはれみ、「我はまた、『男にあく程の色道《しきだう》をさづけ給へ』と、二六 きぶねの神になげきしに、祈《いの》り過《すご》してかぎりをしらず、身をこらしめの出家《しゆつけ》に成て、なをやまず。一門《もん》にもうき名の立をうとまれしは、人にすぐれて無用《むよう》の願《ねが》ひするゆへなり。たがひ同じ心ざしならぬも、神《しん》ばちなり。過《すぐ》るも神《かみ》のとがめ、身そなはらぬ榮花《ゑいぐわ》、かならず願《ねが》ふまじき事ぞ」と、思へどもさんげ物語《ものがたり》に浮世《うきよ》のしうぢやく

㈣ 笠ぬぎ捨て武蔵の月

やつだ。手討ちにしよう」と、思い詰めたが、血で血を洗うのは恥ずかしいことだと思い直し、浮世の好色を見て回る栄華もこれまでと、花笠を脱ぎ捨てて、主人に対面した。

忍之介は、陰陽《いんよう》の神の戒《いまし》めを細かに物語って、花笠をかぶれば姿が見えなくなる不思議を隠さず示したので、さてはそうであったかと、主人も疑いを晴らし、したいことの出来ない忍之介の身の上を哀れんだ。主人は、「私はあなたとは別に、『男に飽きるほどの好色を授けて下さい』と、貴船《きぶね》神社の神に祈願しましたが、祈り過ぎてとめどがなくなり、この身を懲《こ》らしめるために出家になっても、なお好色が修《おさ》まりません。一族の者にも悪名の立つのを嫌われましたのは、人並はずれて無用の願いをしたからです。互いに神に祈りながら満たされないというのも、神罰です。過ぎるのも神のとがめ、身に不相応な栄華は、決して願うべきではありません」と、互いに悩むことも懺悔《ざんげ》物語をして、浮世の執着《しゆうじやく》を晴らし、主人の尼は、「今日から男には逢《あ》いますまい」と、固く誓って身を持ち固めると、忍之介は、隠れ笠を踏み破り、心にかかることは塵《ちり》や埃《ほこり》ほどもなく、再び江戸に帰り、年を重ねて後、

晴《はら》し、あるじのびくには、「けふより男にあはじ」と、大せ[二七]いもんにて身かため給へば、忍之介は、隠《かく》れ笠《がさ》を踏《ふみ》やぶり、塵《ちり》もほこりも心にかゝる事もなく、二たび東武《とうぶ》[二八]に歸り、年をかさねて後、金竜山《きんりう》[二九]の土佛《つちぼとけ》[三〇]に成けるとや。

金竜山の麓で自分でこねて作った土仏のように、わが身も成ったという。　（巻四の四）

一　二三三ページ注七参照。　二　「新枕」は男女が初めて共寝すること。ここは「まことにや三年もまたで山城の伏見の里に新枕する　源雅定」（千載集、九／名所小鏡など）による。「新枕とよみし、伏見の里」（一代男、一の五）。新枕・伏見は縁語。　三　現京都市伏見区。当時の伏見は、秀吉が築いた伏見城の、城下町としての繁栄はみられず、さびれていたが、京・大坂間の交通の要衝で、特に淀川水運の三十石船などの発着場としてにぎわった。　四　伏見城が元和九年（一六二三）に廃城になった後、その城山には桃が植えられ名所となる（都林泉名勝図会、三など）。その伏見桃山の桃。　五　月だけは昔の時と変らない。「月は昔にかはらめや」（謡曲・江口）、「月はかはらぬ昔の空」（武道伝来記、七の一）など古来類似の表現が多い。　六　豊臣秀吉の没後、伏見城は慶長年間徳川家康の持城（預り）であった。その時諸大名は将軍の御成りのためと、各屋敷に立派な門を建てた。特に家康の第二子で、越前福井の城主、松平秀康が伏見の上屋敷に建てた御成門は、二十四孝の故事を彫り、その見事さに見る者は日の暮れるのを忘れたので、日暮しの御門と称したという（永代蔵、三の三）。　七　誰にか忍ばん忍之介の意。　八　物事がまばらに存在している意のたとえ。本条前後の伏見の描写は、『永代蔵』三の三の伏見の叙述に倣っている（定本頭注）。　九　「葛籠」（つづら）はツヅラフジなどのつる草を編んで作る籠（かご）や箱。近世では竹の網代（あじろ）や薄板で芯（しん）を作って上に紙を張り、柿渋や漆を塗った物を指す。ここは後者の方で、紙を張る前の骨組み。伏見ではこの葛籠のほか、前文にある「竹箒」や茶筅（ちゃせん）など、竹細工品が名産であった。　一〇　里びず。田舎じみていない。　一一　笄髷。一七四ページ注一二参照。　一二　公家風の上品な家。　一三　着物を締める細い帯紐。　一四　仏教で最も重要なこと。特に悟りを開くこと。　一五　死後、極楽往生すること。　一六　すぐれた処方。　一七　ほだし（絆）は、人の心や言動の自由を束縛すること。諺に「子は三界の首枷（くびかせ）」という。　一八　石女。子を生めない女。　一九　地獄で与えられる苦難の一つとされ、いくら苦労しても効果のあがらないことのたとえ。　二〇　一々。くわしく。　二一　「貰かす」は、もらわせる、くれてやるの意。「貰ふ」に接尾語「かす」が付いた「もらはかす」の変化した語。　二二　腹をもんだり、さすって痛みを治すこと。按腹（あんぷく）というあんまの一つ。　二三　ここは午後十時を告げる鐘。　二四　空く。ここは肉が落ちる意。　二五　本作品巻一の一に、陰陽の神が忍之介に花笠を授け、「をのれにそなはらぬ栄花なれば、耳に聞（きゝ）、目に見るよりのたのしみなし」と、男女の交わりを制禁したこと。　二六　現京都市左京区鞍馬貴船町の貴船神社。和泉式部が離れた男の心を引き戻すため、貴船社に参詣し、明神より返歌を頂いたという（後拾遺集、神祇／古今著聞集、六など）。それより恋を祈る神とされ、また丑刻（うしのとき）参りも行われた（謡曲、鉄輪）。　二七　大誓文。固く誓いを立てること。　二八　関東の武蔵国の意の略称。特に江戸を指す。　二九　一〇八ページ注二参照。本作品巻一の一の冒頭部の叙述のように、金竜山は主人公忍之介の出身地。　三〇　土をこねて固めて作った仏像。忍之介は、金竜山の元の職業土器作りの細工人に戻り、やがてその地で死去して葬られたことをいう。

＊　本章の末尾で、主人公が京・江戸などの好色の諸相を垣間見た後、愛欲の世界のむなしさを会得して、金竜山で土作りをして仏となったというのは、西鶴の遺稿『置土産』巻三の一「おもはせ姿は土人形」の構想に影響したかと思われる。本章の登場人物の身なり格好は挿絵参照。挿絵左半図の中央奥、笠をかぶるのが忍之介。

[一]元祿六年
酉　正月吉日

江戸日本橋青物丁
[二]萬屋清兵衛
大坂心斎橋上人町
[三]雁金屋庄兵衛
京
[四]油屋宇右衛門
[五]松葉屋平左衛門
板

一　一六九三年。癸酉（みづのととり）の年。西鶴当年八月十日、大坂で没す。享年五十二歳。

二　江戸青物丁（東京都中央区日本橋一丁目内）の書肆。『五人女』『二十不孝』『伝来記』などの江戸における取次ぎ売りさばき元。

三　大坂上人町（大阪市中央区高麗橋三丁目内）の書肆。『西鶴織留』の大坂における取次ぎ売りさばき元。

四　住所未詳。当時大坂高麗橋筋に、油屋与兵衛（元禄七年と享保二年の刊行物あり）と、油屋平右衛門（宝永四年と享保二年の刊行物あり）などの書肆がある（井上隆明『近世書林板元総覧』）。後者の油屋平右衛門は、『西鶴織留』の宝永六年再版に関係する。

五　上村氏。京二条通堺町通西入ルの書肆。本書の版元。また『西鶴織留』の版元で、『世間胸算用』の京における取次ぎ売りさばき元。

＊　本書の伝本は少なく、元禄六年初版本は京都大学附属図書館蔵本のみである。しかも刊記の部分が入木であるという指摘もあり（塩村耕氏）、版元に関しては問題が残っている。

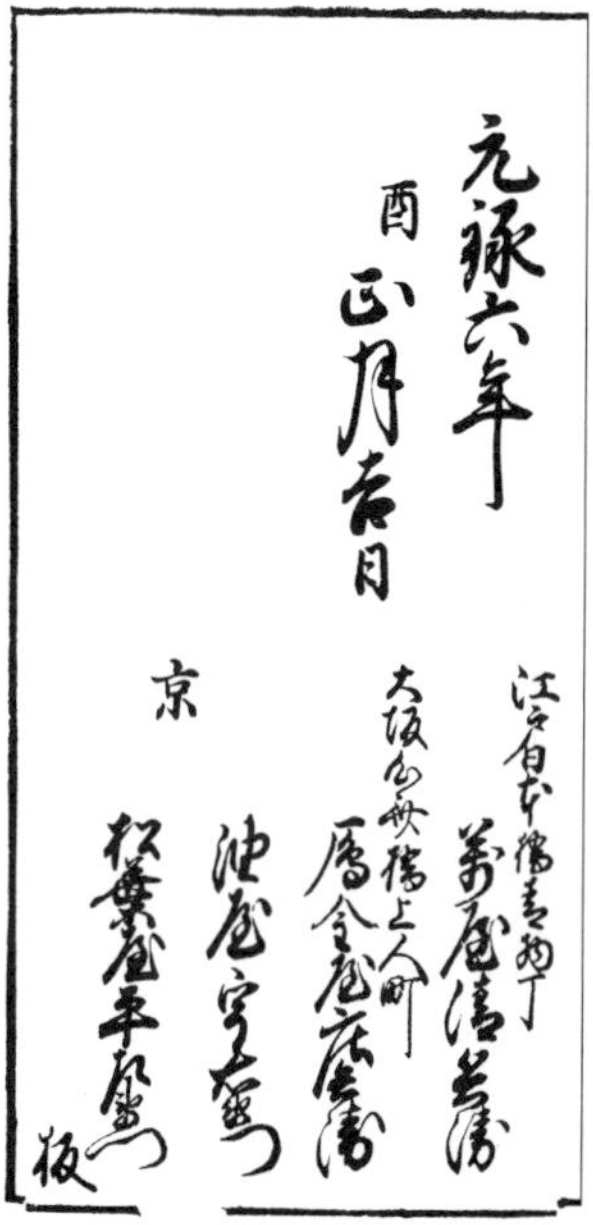
本書の刊記（最終丁裏の左半分にあり）。

(四)　笠ぬぎ捨て武蔵の月

解説

色里三所世帯

『色里三所世帯《いろざとみところぜたい》』（以下、適宜「本書」と略称）は、大本三巻四冊の体裁で、貞享五年（一六八八）六月に刊行された。時に作者西鶴は四十七歳で、この年の正月に町人物の第一作『日本永代蔵《にっぽんえいたいぐら》』を出し、二月に武家物の第二作『武家義理物語』を出すなど、西鶴としては幅広い多彩な作品を世に出した時期でもある。

本書の梗概は、京の東山岡崎に二十四歳の若さで隠居した（浮世の外右衛門《ほかえもん》）が、金と精力があり余るのに任せて、その屋敷や色里で女色道に打ち込み、それに飽きると、大勢の太鼓持を引き連れて大坂《おおざか》や江戸へ転居し、貸座敷や色里で様々な途方もない遊興をし尽くす。しかしその精力にも限界があり、太鼓持らを連れて吉原遊廓の北に隣接する小塚原の草庵に移り住むが、一同は夢にも現《うつつ》にも、様々な女の亡霊に悩まされ、一人ひとりやつれて、ついには橋場の火葬場の煙となったという。

本書の題名は、主人公が京・大坂・江戸の色里で、多種多様な暮らしをしたことを表示する。作品の構成は、京・大坂・江戸、三都の話を、そのまま上・中・下の三巻に分け、また各巻は各五章（五話）から成る。ただし、下巻は第一・二章（計二話）を一冊に、第三・四・五章（計三話）を一冊に収めているので、前記のように本書は三巻四冊の体裁となった。

　本書挿絵は吉田半兵衛風画といわれる（『西鶴』図録、天理図書館）。

　本書の版元は、近年発見された原版本にも、刊記のみで記載はない。しかし元禄九年の『増益書籍目録大全』には、本書の版元を「雁金屋庄兵へ」とし、値段を銀弐匁と記す。本書の改題増補本『好色兵揃《つわものぞろえ》』は、元禄九年二月上旬の刊行で、版元を「大坂上人町　雁金屋庄兵衛」とし、「江戸日本橋　萬屋清兵衛／松葉屋平左衛門」と、取り次ぎ売りさばき元の二軒を記す。

　ただし、本書と『好色兵揃』とが、「目録」と増補分を除き、「本文」及び「挿絵」が同一である点を勘案すれば、本書の版元はまずは雁金屋庄兵衛かと推定される。この書肆は元禄二年に『本朝故事因縁集』を出している。住所は大坂高麗橋心斎橋筋南へ入ル町、上人町で（『改題増補近世書林板元総覧』青裳堂書店）、これは現大阪市中央区高麗橋三丁目内になる。


『三所世帯』は、読めば興深いが、その内容が好色低調であるとして大事にされなかったためか、近年まで版本の所在は知られなかった。明治・大正期には、二例しか所在が確認されていない。一本は名古屋の貸本屋大野屋惣八の貸本として登場し、淡島寒月や尾崎紅葉に借りられ、紅葉書写本系の転写本が二種残り、天理図書館と京都大学図書館に収った。今一本は、永井荷風の『断腸亭日乗』大正八年正月八日の条に登場し、書肆竹田屋が「西鶴の作と言傳ふる色里三世帯を持來る」（書名は「所」の一字脱）とある。しかしこの二版本の行方は不明である（定本第六巻野間光辰氏「解説」）。

　ところで、明治期より昭和二十年の終戦時までは、儒教道徳による旧弊な立場から、好色本を否定する風潮があった。しかし、同じ愛欲を題材にしても、真摯な好色文学と、煽情的な好色読物とでは、内容に格段の相違があることを忘れてはならない。そのような堅苦しい時代でも、西鶴本を読めば傑作だと分るので、西鶴作品は帝国文庫・日本古典全集・日本名著全集・岩波文庫（十一冊）などに収録された。また版本の伝存しない『三所世帯』も、前述の写本を基に、大正五年に『江戸時代文芸資料』巻五（国書刊行会）、昭和五年には（昭和版）帝国文庫『西鶴全集前篇』（博文館）に収録された。

終戦後は、解放された自由な風潮の下、西鶴の代表的作品は、全国の大学の教養課程で読まれ、また高校の教科書にも掲載されている。そうして西鶴の小説や俳諧等の全作品の決定版として、昭和二十四年から昭和五十年にかけて、『定本西鶴全集』全十四巻十五冊（中央公論社）が刊行された。そうした気運の中で、問題の『三所世帯』は、昭和三十四年に前記『定本西鶴全集』巻六に収載された。担当の野間光辰氏は、本書の改題増補本『好色兵揃《つわものぞろえ》』を基にして、現京都大学図書館所蔵の写本と校合して、従来より精確な本文を示された。

そうして平成二年秋、国立国文学研究資料館の長谷川強氏による、パリのフランス国立図書館の和本調査で、本書の版本が発見された（『国文学研究資料館報』第三六号）。そこで筆者も平成四年九月に同図書館を訪ね、持参した定本の本文（コピー）と校合して来た。また平成十年三月には、前記フランス国立図書館所蔵本が、吉田幸一氏により古典文庫の影印本として刊行されたので、今回の本文校定の作業もより確実なものとなった。

なお、平成四年の秋に、本書版本の下巻一冊が、和歌山の旧家から発見され、本の痛みを修理して天理図書館に収ったという（前記古典文庫の吉田幸一氏解説）。

さて『三所世帯』の版本と、定本西鶴全集の本文とを校合すると、定本の「目録」の本文を除く本文は、漢字・平仮名・振り仮名などの表記や、行移り・丁移りも両者全く同じである。ただし、上・中・下三巻の巻首「目録」の本文は、定本ではほとんど振り仮名を削除しており、漢字の表記でも少し異同があることが分った。

本巻の『三所世帯』の本文は、定本西鶴全集本の不備な点を補う役に立つと思う。

『三所世帯』は、その内容が好色猥雑であるというので、昭和二十年ごろまでは、西鶴作を否定する説も数例あった。岸得蔵氏の論考によると、否定側は鈴木敏也・鈴木暢幸・潁原退蔵の諸氏がいた。一方、肯定側は石川巖・片岡良一・瀧田貞治の諸氏で、不確定側に水谷不倒・藤村作・尾崎久弥の諸氏がいた。詳しくは岸氏の論考を見てほしい。*

＊　岸得蔵『色里三所世帯』（『仮名草子と西鶴』）。

それが終戦後には、前述したような思想の自由が確保される時代になったので、西鶴の好色物の研究も一段と充実進展した。『三所世帯』に関しても、東明雅・岸得蔵・吉江久弥の諸氏によって、その西鶴作であることが明確になった。* また西鶴研究の第一人者、野間光辰・暉峻康隆両氏も、その西鶴作であることを肯定された。

＊　東明雅氏「色里三所世帯について」（『西鶴研究』復刊第二集）。
岸得蔵「色里三所世帯」（前出）。
吉江久弥氏「西鶴本検討の一試案」（『西鶴研究』第八集）。
野間光辰氏『西鶴年譜考証』。
暉峻康隆『西鶴研究ノート』。

それでは『三所世帯』の本文を、西鶴の他の作品と比較吟味して、その用語・思想などから西鶴作に相違ないとした根拠を一、二挙げておく。

本書巻上の一の冒頭部は次のようにある。

○花・紅葉《もみぢ》・月・雪も、朝から暮《くる》るまでは、詠《なが》めにあきて、首の骨いためり。常住《じやうぢう》見ても美女は名木、雨にいたまず、嵐にちらず、然《しか》も夜《よる》ひるの盛《さかり》とて、

これは四季折々の風情ある景色も、じっと眺めていると疲れてしまうが、美人だけは何時見ても見飽きないという。普通人は口にしない異色な、それでいて面白い見解である。

これに対し、『諸艶大鑑』(『好色二代男』とも)巻一の二の冒頭部の表現が類似する。

○競《くら》べ物なき富士の雪も、是《これ》はと詠《ながめ》た計《ばかり》なり。吉野の花も夜《よる》までは見られず、姨捨《おばすて》山の月も、世間にかわつて、毛がはへてもなし。是《これ》をおもふに、人間遊山《ゆさん》のうはもりは、色里に増《ます》事なし。

これは名所における雪月花の景勝も一時的なもので、また世間で特に変ったものではない。それに対して色里での遊興は変っていて最高だという。実はこの『二代男』では、巻頭の章(巻一の一)と巻尾の章(巻八の五)は、主人公世伝を小説全体の話の語り手として登場させているので、前出の巻一の二の冒頭部は、『二代男』全体に通底する思想を提示したものといえるのである。

そうして『好色一代男』巻一の一の冒頭部の表現も類似する。

○桜もちるに歎き、月はかぎりありて入佐《いるさ》山《やま》、爰《ここ》に但馬《たじま》の国、かねほる里の邊《ほとり》に、浮世の事を外になして、色道ふたつに、寐《ね》ても覺《さめ》ても夢介《ゆめすけ》と、かえ名よばれて、

これは桜や月の景色のよさは一時的なものであるが、色道二つ(女色・男色)の色恋は尽きることなく、これに夢中の男がいると紹介する箇所だが、同趣の思想が流れている。

さらに本巻所収の『浮世栄花一代男』巻一の一の冒頭部の表現も類似している（二一〇頁）ので参照してほしい。

次に本文の用語の面では、前出『三所世帯』巻上の一の冒頭部の中の、傍線部の語句を問題にしたい。「詠《なが》めにあきて、首の骨いためり」という語句で、本巻八頁注三のように、西行の「ながむとて花にもいたくなりぬれば散る別れこそかなしかりけれ」（新古今集など）を本歌取りにした宗因の句を踏まえた表現である。その宗因の句は、「ながむとて花にもいたし頸《くび》の骨」で、『懐子《ふところご》』『山海集』などに載るが、後年の西鶴編『精進膾《しようじんなます》』にも載る。これは天和三年三月、西鶴の俳諧の師宗因の一周忌に、この「ながむとて花にもいたし」の宗因の句を発句として、西鶴を中心とした門人達が、追善の俳諧百韻を詠み、それを刊行したものである。「ながむとて」の句は、西鶴には忘れらない句として、その小説にも織り込まれているのである。

この用語と類似するのが『男色大鑑』巻六の五にもある。そこでは大坂の若衆方の人気役者、鈴木平八の芝居を観る客が、「首の骨の折るゝもしらず」、夢中になったと描く。

また『懐硯』巻三の二にもある。七月十日の夜、紀州和歌浦では、竜神が燈火を捧げるという伝承行事があり、群集は潮風にもめげず眺め、「詠《ながめ》に首の骨もたゆくなりける」と描く。

以上、思想・用語面の類似は各一例のみ挙げたが、『三所世帯』全体では数多く指摘されており、西鶴の作であることは確かである。

浮世栄花一代男

『浮世栄花一代男』は、半紙本四巻四冊、各巻四章（四話）の体裁で、元禄六年（一六九三）の正月に刊行された。目録には、巻一が花の巻、巻二が鳥の巻、巻三が風の巻、巻四が月の巻と、各巻のテーマが掲げられており、各章の章題や、本文の冒頭部にはそのテーマに即した文飾が施されている。

本書の梗概は、江戸浅草、金竜山の近くの土器作りの男が、町内付き合いの会葬のため、吉原遊廓北方にある火葬場に向かう途中、行列の後になり、吉原へ行く遊客の群にまぎれてしまい、つい廓《くるわ》の中に迷い込み、見たことのない華やかな世界を見て驚く。そこで浅草寺下寺にある陰陽の神、在原業平《ありわらのなりひら》の社《やしろ》に百日参詣し、満願の夜のこと、男の夢の中で神のお告げがあった。お前は前生の因縁で色事は出来ない。代りに他人の色事を見たり聞いたり出来る隠れ笠を与えようと言われ、綺麗な花笠を授った。男はまずは喜び、「隠れ笠の忍之介《しのびのすけ》」と名を改め、江戸の色事を始め、京・大坂《おおざか》から堺・宇治・奈良・伏見と、各地の色事を見て回った。諸国の様々な浮世の栄花（歓楽）のさまを見聞きしても、自分は思うようにならない空虚《むなし》さを体験して、男はついに浮世の栄花を見る執念を捨てて、故郷の江戸へ帰った。再び土器作りで年を重ね、金竜山の土仏と化したというのである。

本書には西鶴自筆の序文が載る。「元禄六のとし春」と記し、「松壽軒／西鶴」と自署し、「松／壽」の印記を押す。この隷書体の印記は、元禄五年正月刊の『世間胸算用』と、元禄六年冬刊の『西鶴置土産』や、晩年の俳書にみられる。西鶴の小説中の序文は、貞享二年の『諸国ばなし』から付載されており、好色物では少ないが、『男色大鑑』と『西鶴置土産』にはある。また序文のない作品では、巻頭の章の冒頭部に、作品全体の主題や思想が提示されている。

本書の挿絵は、蒔絵師源三郎風の画とされている。

本書の版元は、前出（二六七頁）の刊記（写真）の四軒の書肆の内、京の松葉屋平左衛門である。他の三軒は本書の取り次ぎ売りさばき元である。

本書の初版本は、極めて少なく、次の二種ある。一つは京都大学図書館蔵本で、本巻の底本にした。元は名古屋の貸本屋大野屋惣八、大惣の本で、汚損があり、落丁が一丁分、補写が一丁ある。刊記の下部に入れ木の跡があるので、近年塩村耕氏は後年の刷りかと疑問視されている。*

また挿絵では、巻二の四及び巻四の一で、他本に比べて挿絵中の図柄が一部欠けており、別の板木で刷られたのか、初刷りではないようだ。本巻では再版本より該当挿絵を差し替えている。なお、定本西鶴全集、第十四巻所収本では、巻二の四が京大本と同じである。また、前記以外の章の挿絵も所々欠刻があり、その底本のためかと思われる。実は近年の『新編西鶴全集』第三巻所収本も、京大本を底本とするので、前記二章の挿絵に問題がある。

今一つの初版本は、天理図書館蔵本である。『図書総目録』では、「天理（二冊欠）」とあるが、その後二冊増えたもので、ただし（巻一）（巻二）（巻三・四）の三種の本から成る取り合わせ本だという。*

再版本は、初版と同書名で、西鶴の序文はある。刊記は、「元禄十一年／寅二月吉日　松葉や平左衛門／萬や彦三郎／板行」とある。再版本の現存は一種のみである。『国書総目録』には、元禄六年の頃に、前述二種のほかに果園文庫、元禄十一年の頃に吉田幸一と所蔵名を記す。これが実は同一の書である。果園文庫本は吉田幸一氏の所蔵となり、再版本と分かった。現在は東洋大学図書館蔵本となる。

本書の三版本は『好色堪忍記』と改題する。現存本は二種あるが、共に零本で、刊記の丁が欠いたりしており、刊年等は未詳である。

四版本は『浮世花鳥風月』と再度改題する。序文はなく、刊記によれば、正徳三年正月刊で、大坂の万屋彦太郎が版元である。塩村耕氏の論考によると、*現存本は四種あり、最善本は同氏所蔵本である。東洋文庫所蔵（岩崎文庫）本もあるが、これは巻一巻頭の一部などに初版本より取り合わせたり、補写の部分も多いという。以上の書誌・所在等は左記の論考を参照した。

＊吉田幸一氏「再び「好色堪忍記」について」（『西鶴研究』第五集の巻末）。

＊安田富貴子氏「近世文学資料類従『近世栄花一代男』」の「解題」。

＊塩村　耕氏「西鶴と春本―『浮世栄花一代男』を疑う―」（『近世前期文学研究』）。

『栄花一代男』は、前述の『色里三所世帯』同様に、昭和二十年の終戦以前は、原文の活字印刷化されることも稀で、一部の好事家だけに知られるところとなっていた。それでも大正五年には『江戸時代文芸資料』巻五（図書刊行会）に収録された。水谷不倒氏も大正九年の『浮世草子西鶴本』で、本作品を紹介している。一方、当時の西鶴研究の第一人者だった瀧田貞治氏は、『西鶴の書誌学的研究』に、先の『三所世帯』は取り挙げても、本作品は西鶴作品と認めず取り挙げていない。

しかし終戦後は、西鶴作品であることを立証する研究が進められた。吉田幸一・岸得蔵・吉江久弥の諸氏の研究である。*

＊ 吉田幸一氏（前出例など）。
＊ 岸得蔵氏「浮世栄花一代男」（『西鶴研究』第六集）。
＊ 吉江久弥氏「西鶴本検討の一試案」（『西鶴研究』第八集）。

岸氏・吉江氏らの研究は、本書と他の西鶴作品の表現（用語）や思想等の類似点を、広く丹念に比較検討して、その西鶴作であることを解明している。また野間光辰氏は、昭和二十七年の『西鶴年譜考証』で、本書が西鶴作であることを的確明に説かれた。

『栄花一代男』は、昭和二十八年に定本西鶴全集第十四巻に収録された。その節、担当された暉峻康隆氏は、その「解説」や、同年の「西鶴著作考」（『西鶴研究ノート』）では、本書が西鶴作であることを疑問視された。しかし後年（昭和五十一年）、本書を『現代語訳　西鶴全集』第十巻（小学館）に収録された際、「鑑賞のしおり」で、「かれこれの先行作品を思いうかべながら読み直してみると、やはりこれはまぎれもない西鶴の作品だと思うようになった」と、述懐されている。

その後本書の研究は、早くは高橋俊夫、近年は篠原進・森耕一両氏によって、格段に深まった。＊

＊ 高橋俊夫氏「『浮世栄花一代男』攷」（『西鶴論考』笠間書院）。
＊ 篠原進氏「『浮世栄花一代男』ノート」（『青山語文』24号）
＊ 森　耕一氏「『浮世栄花一代男』論」（『西鶴論』おうふう）。

『栄花一代男』では、主人公が隠れ笠をかぶって様々な色事の世界をのぞき見をする趣向を採る。その典拠を考えてみよう。隠れ笠は、古くは『枕草子』などや、謡曲「善知鳥《うとう》」にも登場するが、具体的ではない。西鶴も『独吟一日千句』第二の中で、「貧女は髪を結ふや結《ゆは》ずに」を前句に、「伊達をするかくれ笠とてあらばこそ」と詠み、その後句に「其蓬萊の島原がよひ」と詠んでいる。隠れ笠が蓬莱の島の宝物として使われている。また『世間胸算用』巻三の二にも出るが、厄払いの文句をもじった余興の中で語られているだけである。

『栄花一代男』の隠れ笠は、狂言の『居杭《いぐい》』に拠るのではなかろうか。居杭は、居候《いそうろう》ではないが、時折さる亭主の所に訪ねて来る男で、亭主からよく頭をたたかれる。そこで清水《きよみず》の観音に参詣し祈願をかけたところ、観音から頭巾を授かる。居杭はその頭巾をかぶって亭主を驚かす狂言である。隠れ笠は一般には隠れ蓑と一緒に出て、鬼ヶ島の宝物として扱われるだけである。それが清水の観音に授かる狂言が先にあるので、本作品のように陰陽の神（業平）に授かる趣向となったのであろう。

隠れ笠をかぶった忍之介は、神出鬼没、全く自由自在に色事の世界に登場することが出来るのである。垣間見、のぞき見の段階ではない。様々な色事に親しく参加出来る点が斬新である。

さて本書に先立つ『懐硯《ふところすずり》』では、主人公は半僧半俗の伴山という者で、その諸国行脚の旅の途中に見聞した珍事異聞を、携帯した硯で書き留めた作品だという。いわば能楽のワキ僧の役を活かした構想をとる。

また同じく本書に先立つ『好色一代女』では、色恋に悩む二人の男が、色道に詳しいという老女が嵯峨の奥に住むというので、伝授を受けに訪ねて行こうと話し合っている。それを立ち聞きした作者が後をつけて行き、美しい老女の体験した色道の諸相を語るのを、のぞき見をし立ち聞きをしたという構想をとる。これらに比べると、『栄花一代男』の方が、より直接的で臨場感も備わるといえる。

また『栄花一代男』は、前作『三所世帯』とは対蹠的である。『三所世帯』では、『一代女』に続き、美女を中心に、男を魅惑し、男の精力を消耗させる話である（前出森耕一氏の論考参照）。『三所世帯』の主人公達は、最後には精力・体力も弱り、もう女はいやどと言い死にをする。性の哀感を描いている。

これに対し、本書の最終章では、貴船の神に祈り過ぎたため、房事に飽きることがなく、尼になって自制しても、身持ちの修らない女が登場する。一方、房事を果たせない恨之介は、ついに空虚《むさし》さを痛感し、隠れ笠を脱ぎ、拙《つたな》いわが身の宿命《さだめ》を嘆く。すると尼は、身に備わらぬ栄花（色事）は願うべきでない。もう男と逢うまいと誓いを立てた。恨之介も、隠れ笠を踏みつぶして帰郷し、市井の凡人として往生したという。

このように両作品は、終末で性の哀感や空虚《むなし》さを描く点は類似する。しかし、『三所世帯』より『栄花一代男』の方が、数年後の刊行であるだけに、内容が深化しているといえよう。ただし西鶴晩年の作、『西鶴置土産』の境地には達していない。

次に本書の本文中の難解な用語を、一つ問題にしたい。

それは巻三の一の前部にある「雁友《をのがとも》」である。美婦とお供の美しい女中たちの一行が、駕籠《かご》乗物を連ねて淀の小橋に来て、船で大坂へ向かおうとする場面に出る。

○なげ嶋田《しまだ》にしづめかうがい、さし櫛《ぐし》の金紋《きんもん》、並木の雁友《をのがとも》かとあやまたる。

この語句は難解で、暉峻康隆氏も、他の西鶴作品にも用例のない、非西鶴的な語彙の一つとされた（「西鶴著作考」『西鶴研究ノート』）。しかしこれは『日本永代蔵』巻三の三に類似の表現がある。そこでは昔、家康が伏見在城の時のこととして、諸大名の屋敷が軒を並べて輝き、中でも越前侯の屋敷は、御成門の彫刻が見事で、鳥獣でも見とれたという擬人的な描写がある。

○大舜《しゅん》の耕作の所、斑牛《まだらうし》の、いかな事作り物とは思はれず。淀《よど》・鳥羽《とば》に帰《かへ》る車をとゞめ、己《をの》が友かと道づれをこひける。

すなわち、斑牛《まだらうし》が作り物とは思えないほどの出来栄えで、淀や鳥羽に帰る荷車の牛もこれを見て立ち止まり、自分の仲間かと思って、道連れにしたがるほどだ、というのである。両者は全く同趣の表現であり、本書の方は脱文があると思われる。すなわち、「並木の雁《かり》は己《をの》が友かとあやまたる」と、あるべきか。これによると問題の箇所は、美女たちは投げ島田に綺麗な櫛や笄《こうがい》を挿しており、並木の雁は自分の仲間かと見間違えるほどだ、の意となる。

最後に、本書序文の表現を考えてみたい。

○俄に浮世の栄花物語。是《これ》を見る人、虚実のふたつ有《あり》。時に移れる心にして見る事、同じ夢にも、玉殿の手枕、しばしも楽しみふかし（栄花一代男、自序）。

右の傍線部「虚実のふたつ」は、西鶴の中期以降の作品に散見する。これを刊行年時順に紹介すると、次のようになる。

○虚実のふたつ共に、皆悪《にく》からぬ男の事のみ（一代女、巻四の二）。

○其外《ほか》女郎は、みないつはりのなき声、つとめ一ぺんのこしの曲、虚実《きよじつ》ふたつけいせいにあり（三所世帯、巻下の三）。

○笑ふにふたつ有《あり》。人は虚実の入物《いれもの》（新可笑記、自序）。

○前出（栄花一代男、自序）。

○世界の偽《うそ》かたまつて、ひとつの美《び》遊となれり（置土産、自序）。

以上のほか、先の『一代女』の次に刊行した『日本永代蔵』巻一の一、巻頭の弁があるが、これが「虚実ふたつ」の用語の典拠を明示するので、改めてここに提示したい。

○天道言《てんたうものいは》ずして、国土に恵みふかし。人は実《じつ》あつて、偽《いつは》りおほし。其心《そのしん》は本虚《もときよ》にして、物に応じて跡《あと》なし（永代蔵、巻一の一）。

これは、天は何も言わないで、国土に深い恵みを与える。ところが人間は誠実でもあるが、また虚偽も多い。人の本心は元来空虚なものであって、外物に応じて善とも悪ともなり、外物が去れば元の空虚に帰ってその跡形もない、というのである。右の文の前部、「天道言ずし、国士に恵みふかし」は、『古文真宝後集』所収、王元之の「待漏院記《たいろういんのき》」に拠る。また後部、「心《（しん）》は本《もと》虚にして、物に応じて跡なし」は、同じく『古文真宝後集』所収、程正叔の「視箴《ししん》」に拠る。『永代蔵』の「其心は本虚にして、物に応じて跡なし」の「物」とは、「心」に対する外物、金銭などを指すといえる。

　ところで、前出例のうち、『三所世帯』での虚実は、遊女の客に対する接待が、商売としての勤め（虚）か、客に心を許した勤め（実）かを分けて用いている。

「虚実のふたつ」は、元来『荘子』外篇・天道第十三などの処世観より出て、近世では重くも軽くも多様に使っているのである。そこで『栄花一代男』の序文を改めて考えてみよう。そこでは作者が主人公の途方もない「栄花（享楽）物語」を提示して、これを読む人に「虚実のふたつ」ありと述べる。西鶴は本書を「虚」の作品、いわゆる「慰み草」（『好色二代男』跋文）として読者に提供しようとする。一方、読者は、これを「実」、本当の話として、その世界に溶け込むならば、「しばしも楽しみふかし」と述べているのである。

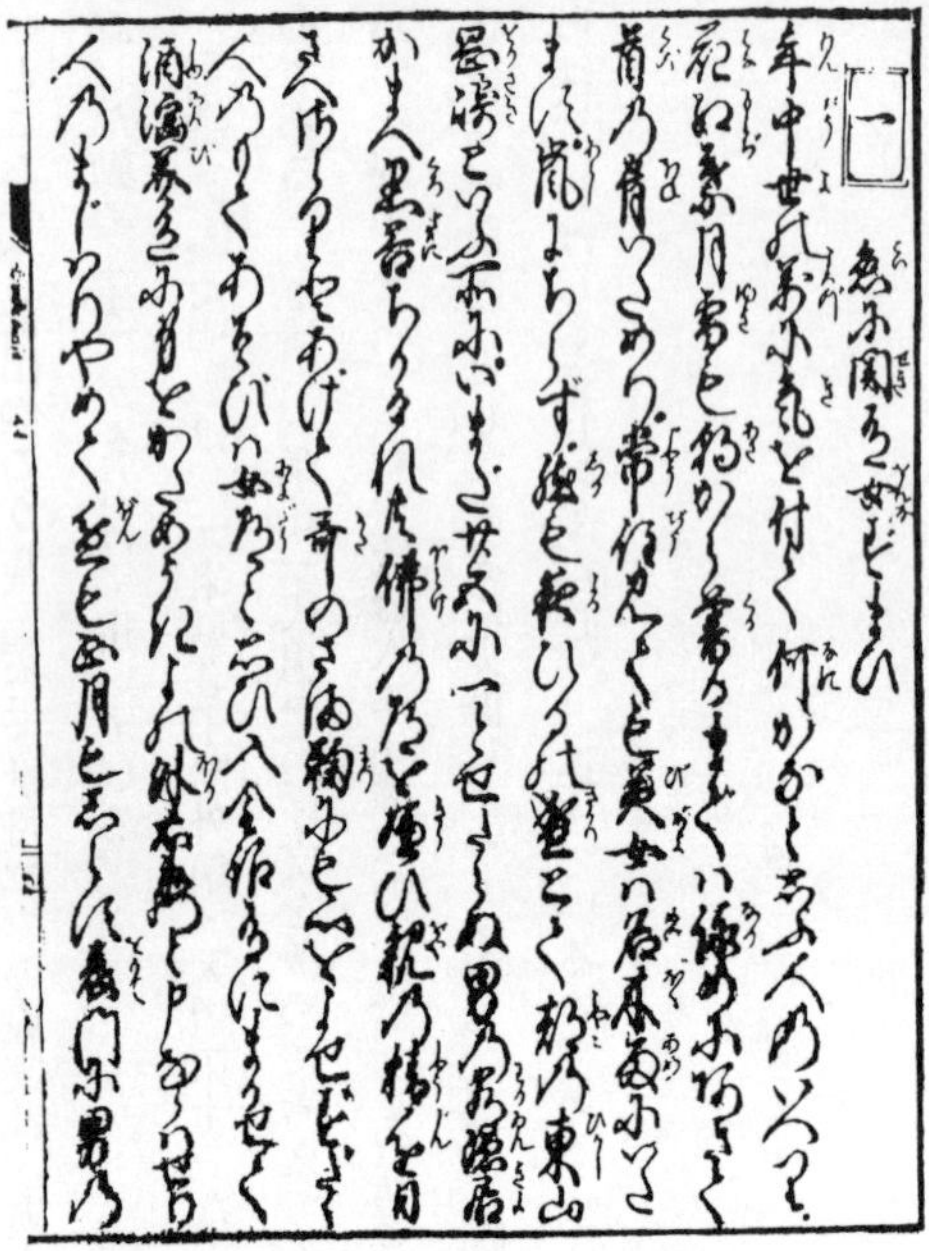

『色里三所世帯』　本文冒頭

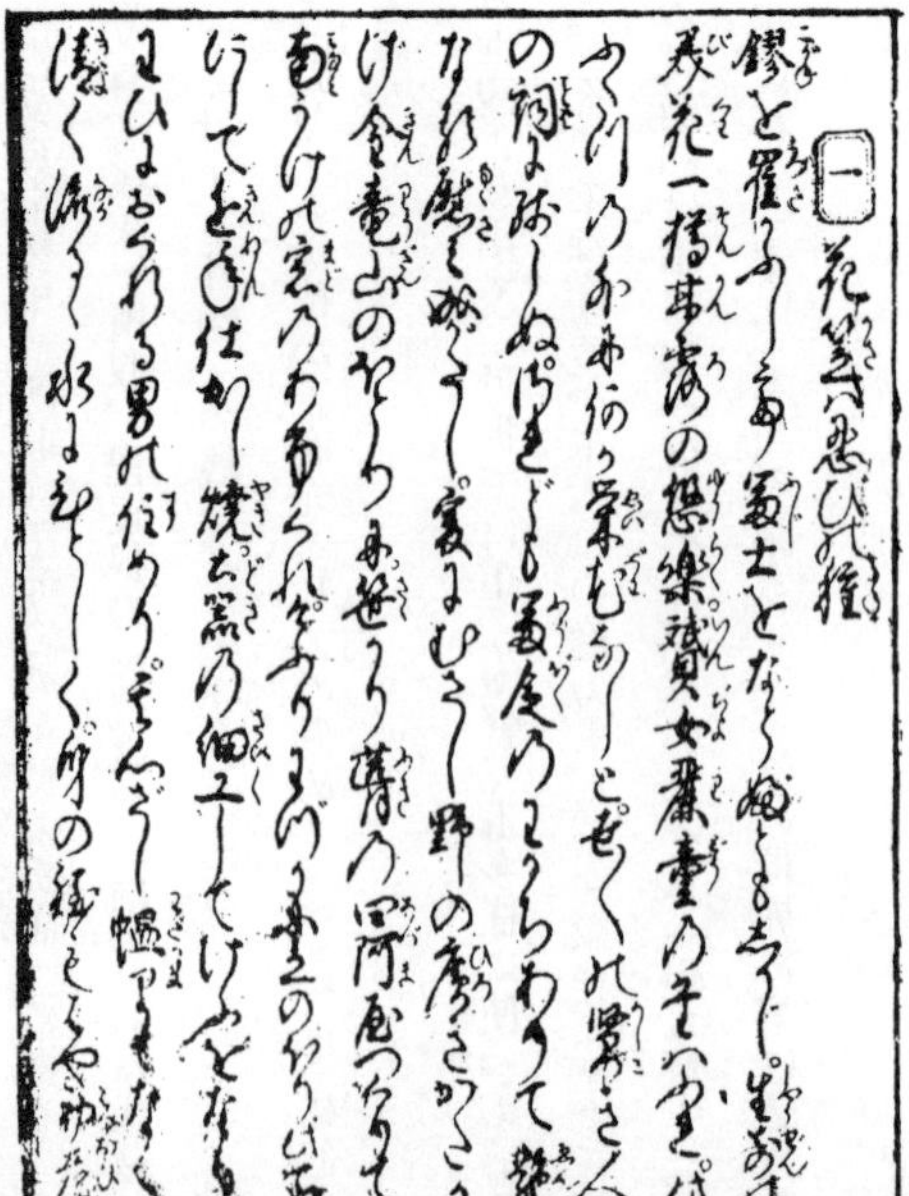

『浮世榮花一代男』　本文冒頭

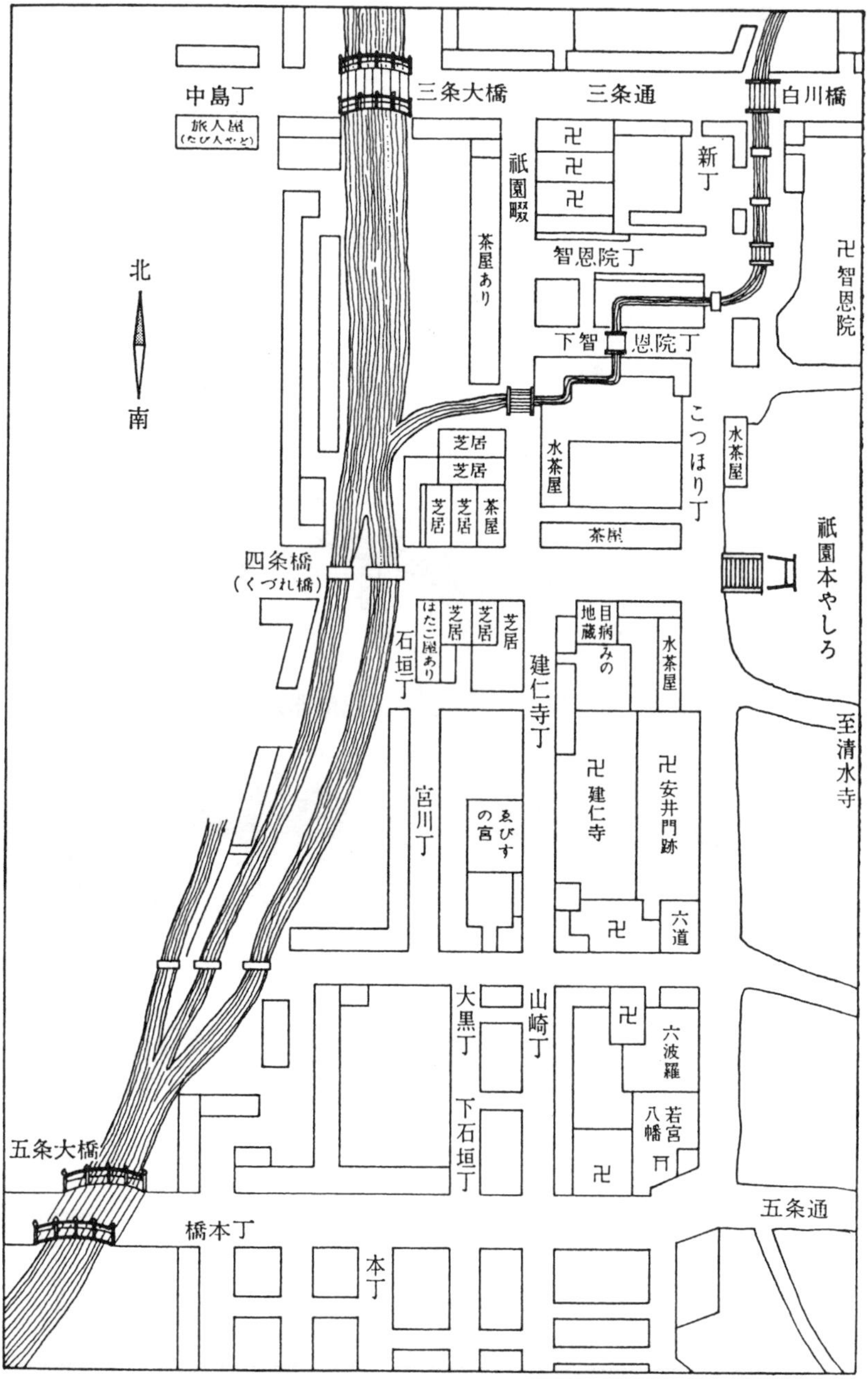

京四条河原周辺図　　元禄九年刊「京大絵図」より

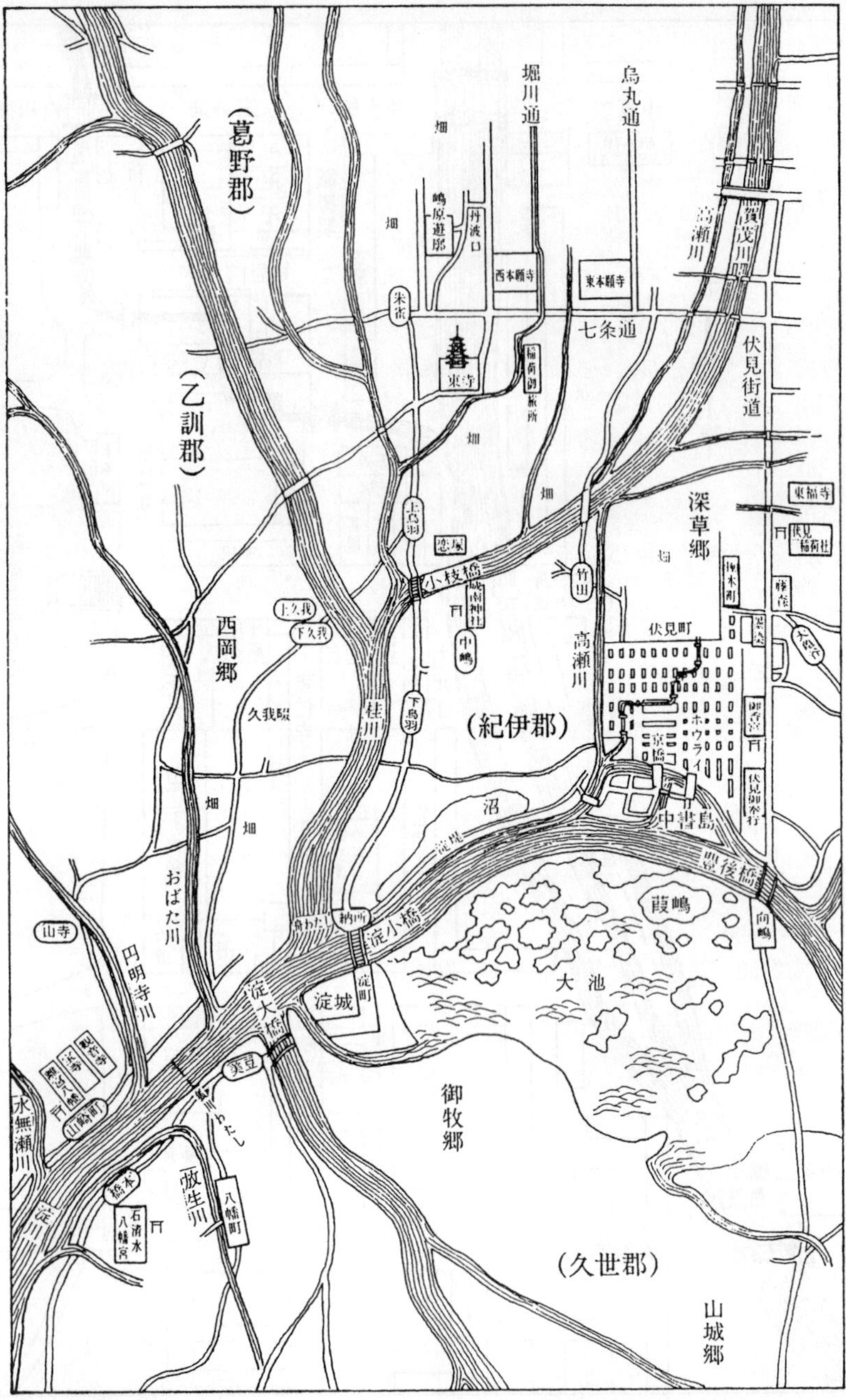

伏見・淀方面絵図　　（安永七年「洛中洛外絵図」より）

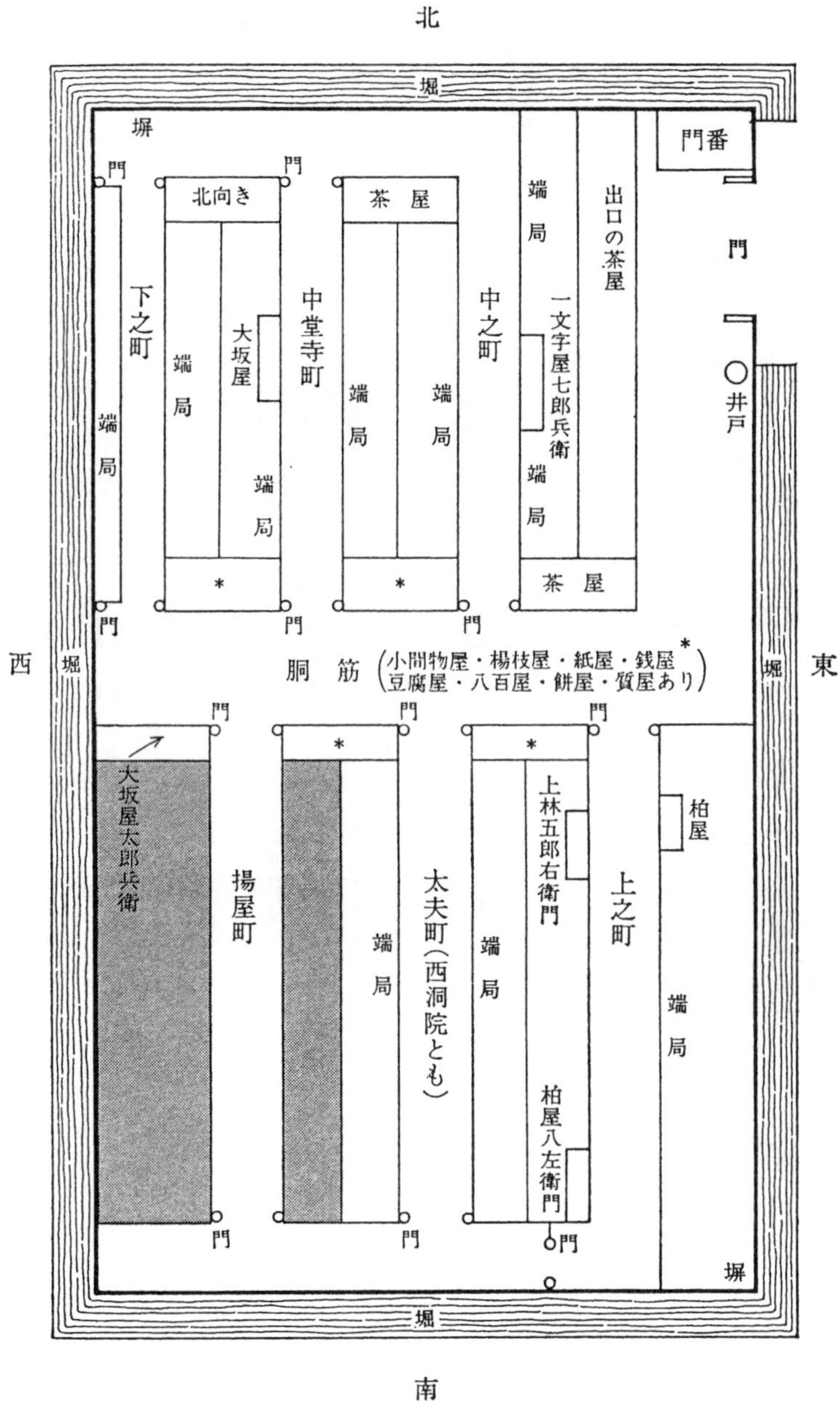

島原遊廓図（『色道大鏡』、『朱雀遠目鏡』参照）

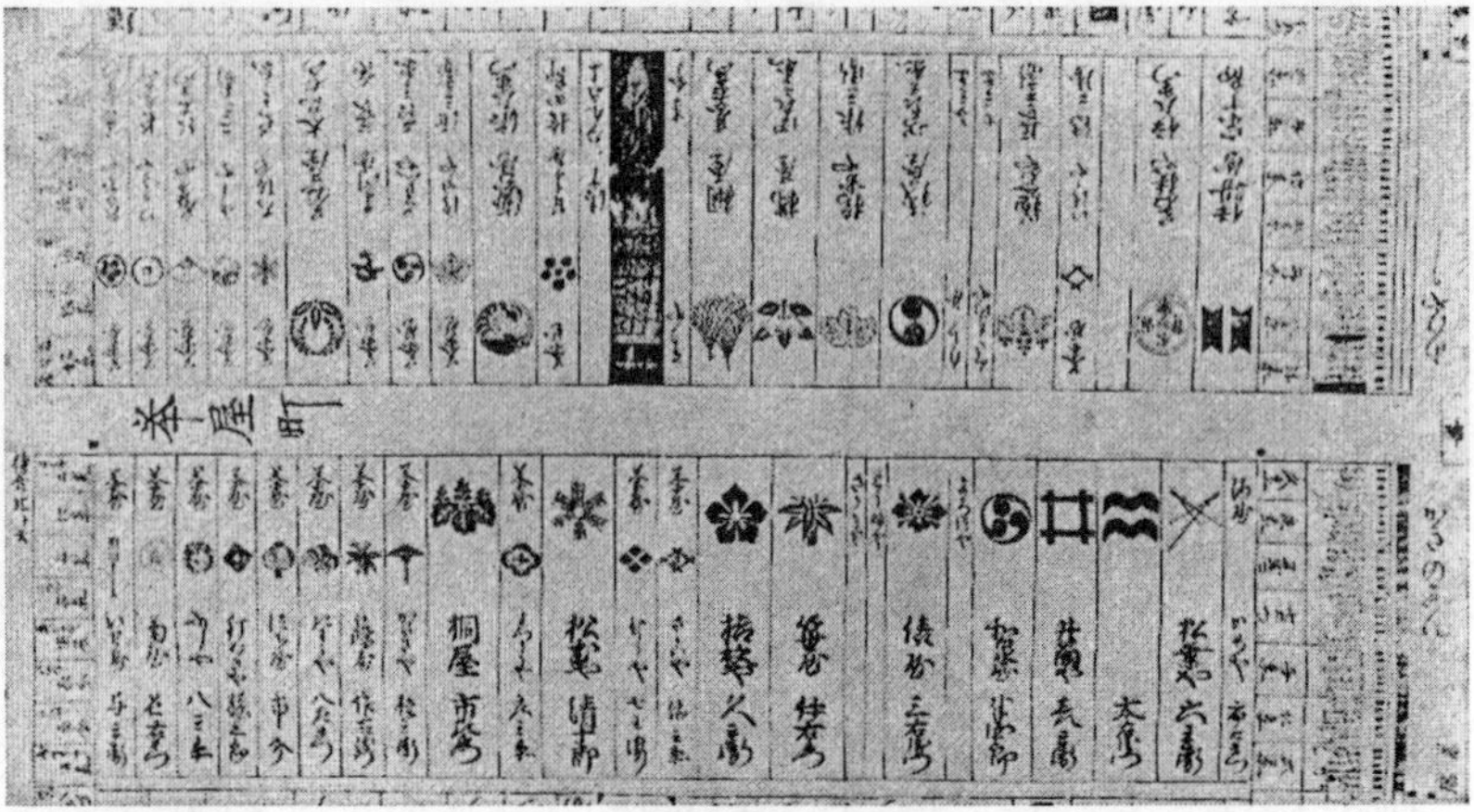

吉原揚屋町部分図

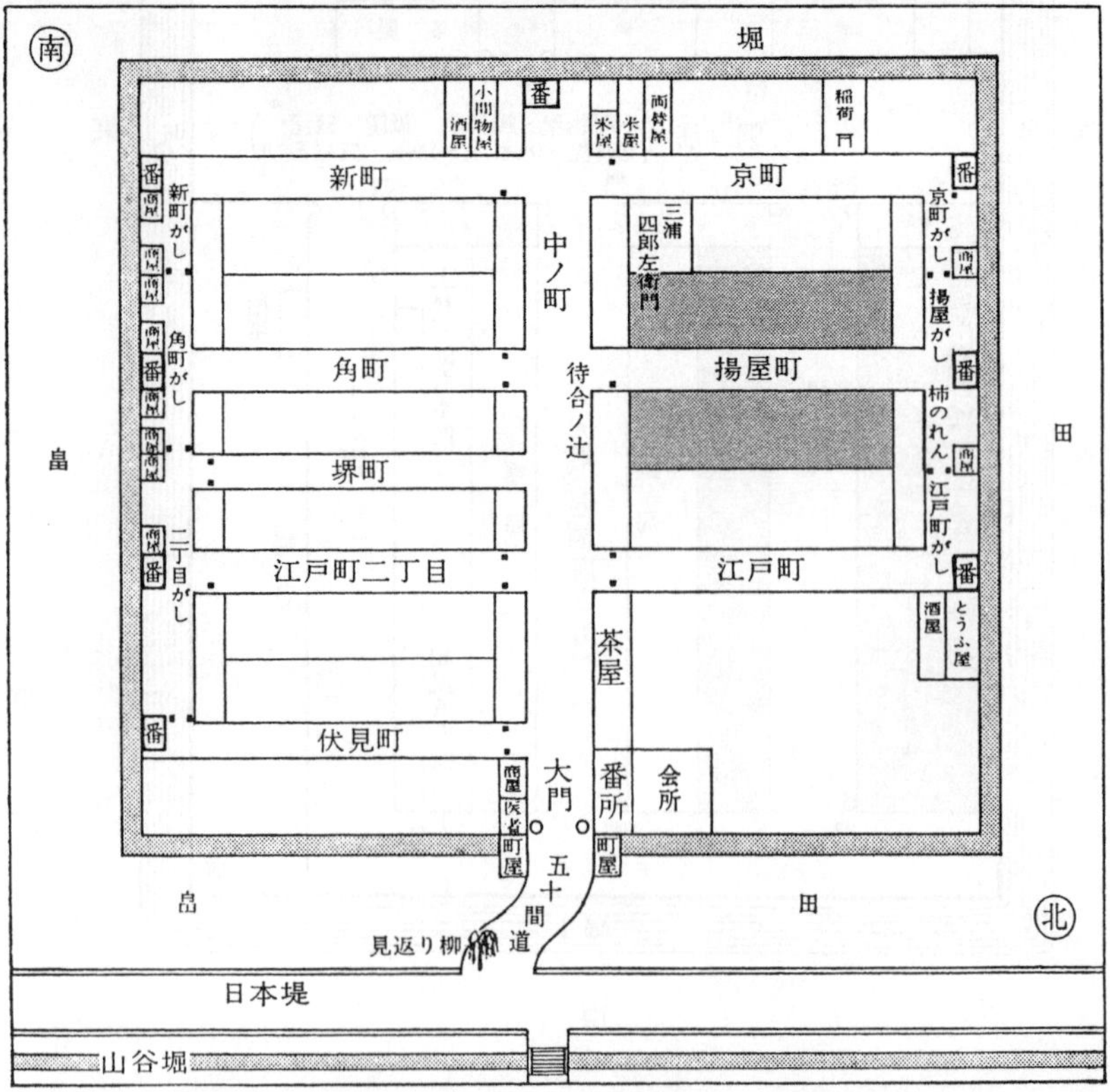

吉原絵図　　元禄二年「大画図」より

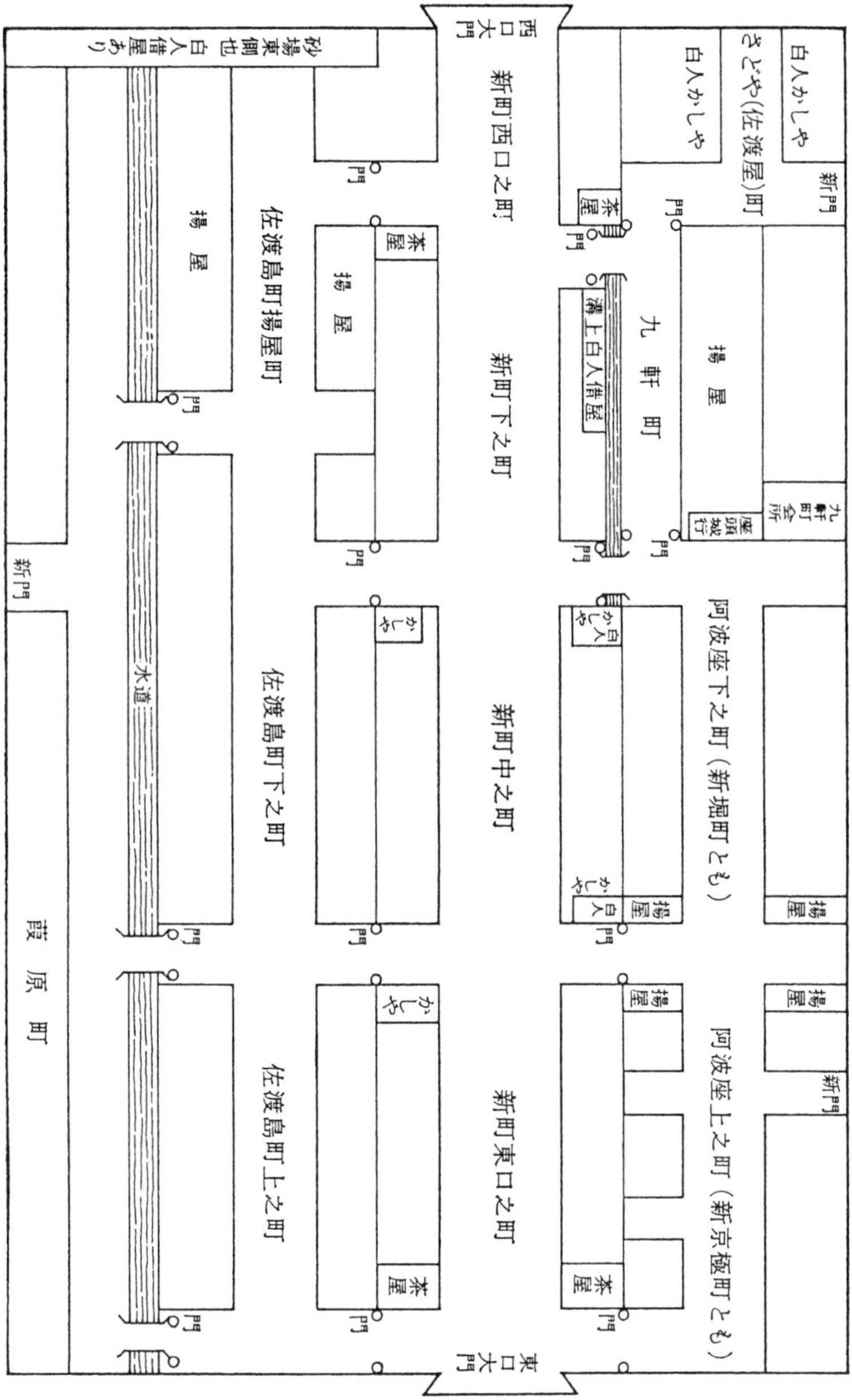

新町遊廓図
『色道大鏡』(延宝六年成)より
(本全集第四巻付図参照)

主要語句索引

一、語句の配列は表音式五十音順にした。
一、表記はおおむね原文のとおりにした。
一、読みにくいと思われる語句には、仮名や漢字その他を（　）内に注記した。

あ

う

か

き

こ

す

せ

ち

つ

て

と

な

む

め

冨士昭雄＜ふじ・あきお＞

〔略歴〕 昭和 6 年生。

昭和 30 年東京大学文学部国文学科卒業。東京大学大学院修了。名古屋大学教養部講師・助教授を経て，駒澤大学文学部助教授・教授。現在は同大学名誉教授。

〔編著書〕『好色二代男』及び『西鶴置土産』(新日本古典文学大系〈76 巻及び 77 巻〉，岩波書店)，『井原西鶴集 (4)』(共編，新編日本古典文学全集〈69 巻〉，小学館)，『江戸文学と出版メディア』(笠間書院) など。

色里《いろざと》三所《みところ》世帯《ぜたい》・浮世《うきよ》栄花《えいが》一代男《いちだいおとこ》

決定版 対訳西鶴全集 17

平成十九年六月十日 初版発行

著者 冨士昭雄

発行者 明治書院 代表 三樹 敏

印刷者 大日本法令印刷 代表 田中國睦

発行所 株式会社 明治書院

東京都新宿区大久保一－一－七

電話 〇三－五二九二－〇一一七

振替 〇〇一三〇－七－四九九一

ISBN978-4-625-51400-5 大日本法令印刷製本